STEPHANIE PARRIS

Das verbotene Evangelium

Buch

Die englische Hafenstadt Plymouth ist in heller Aufregung, denn die Flotte des berühmten Weltumseglers und Freibeuters Sir Francis Drake bereitet eine große Fahrt gegen die Spanier vor. Durch einen Todesfall an Bord ist Francis Drake jedoch gezwungen, das Auslaufen der Flotte zu verschieben, bis die Umstände des angeblichen Selbstmordes auf seinem Schiff, der *Elizabeth Bonaventura*, aufgeklärt sind. Drake kommt die Ankunft von Giordano Bruno, der mit seinem scharfen Verstand schon mehrere Kriminalfälle gelöst hat, gerade recht, denn Bruno ist mit seinem Freund, Sir Philip Sydney, in Plymouth zu Besuch. Sir Sidney wünscht sich nichts sehnlicher, als mit Drakes Flotte auszulaufen und sich durch heldenhafte Kämpfe gegen die Spanier endlich mit Ruhm auszuzeichnen. Philip drängt Bruno daher, den Todesfall zu untersuchen, und beide hoffen, dadurch die Gunst der englischen Königin, Elisabeth I., zu erlangen. Als plötzlich ein weiterer Mann an Bord stirbt, wird deutlich, dass jemand mit aller Kraft versucht, das Auslaufen der Flotte zu verhindern – und Giordano Bruno in eine gefährliche Falle zu locken …

Autorin

Das Pseudonym Stephanie Parris verwendet die Journalistin Stephanie Merritt immer dann, wenn sie einen Roman veröffentlicht. Unter ihrem bürgerlichen Namen publizierte sie Literaturkritiken in so angesehenen Zeitungen wie *The Times, Daily Telegraph, New Statesman* oder *Die Welt*. Derzeit schreibt sie für den *Guardian* und den *Observer*. Sie lebt mit ihrem Sohn in Südengland. *Das verbotene Evangelium* ist bereits ihr vierter Roman um den ehemaligen Dominikanermönch Giordano Bruno.

Von Stephanie Parris bereits erschienen
Ketzer · Frevel · Das letzte Sakrileg

Stephanie Parris

Das verbotene Evangelium

Roman

Deutsch von Nina Bader

blanvalet

Die Originalausgabe erschien 2014 unter dem Titel
»Treachery« bei HarperCollins Publishers, London.

MIX
Papier aus verantwortungsvollen Quellen
FSC® C014496

Verlagsgruppe Random House FSC® N001967

1. Auflage

in der Verlagsgruppe Random House GmbH,
Neumarkter Str. 28, 81673 München
Redaktion: Martina Czekalla
Umschlaggestaltung: © www.buerosued.de
Umschlagmotiv: © www.buerosued.de;
Ranken: Gutenberg Bibel / AKG Images
DN · Herstellung: wag
Druck und Einband: GGP Media GmbH, Pößneck
Printed in Germany
ISBN: 978-3-7341-0687-3

www.blanvalet.de

Verfasst an Bord des stolzen Schiffes Ihrer Majestät, der *Elizabeth Bonaventure*, Plymouth, an diesem Sonntag, dem zweiundzwanzigsten August 1585

Euer Hochwohlgeboren Sir Francis Walsingham,

zunächst möchte ich Euch, Master Staatssekretär, meine höflichsten Empfehlungen übermitteln. Schweren Herzens greife ich zu meiner Feder, um die folgenden Worte niederzuschreiben. Zweifellos habt Ihr zu diesem Zeitpunkt mit guten Nachrichten bezüglich des Ablegens meiner Flotte gerechnet. Es bekümmert mich, Euch mitteilen zu müssen, dass wir vorerst weiterhin im Plymouth Sound vor Anker liegen, da wir zunächst durch die üblichen Probleme hinsichtlich der Ausrüstung und des Proviants aufgehalten wurden und ferner immer noch auf die Ankunft der Galleon Leicester *warten, die (und mit ihr Euer Schwiegersohn) jeden Tag eintreffen muss, um die Anzahl unserer Besatzungsmitglieder zu vervollständigen. Bei einem Unternehmen dieser Größe sind derartige kleinere Verzögerungen natürlich unvermeidlich.*
Aber was mir derzeit auf der Seele liegt, ist eine weitaus ernstere Angelegenheit, und ich betrachte es als meine Pflicht, Euer Ehren davon in Kenntnis zu setzen – obwohl ich Euch gleichzeitig bitten muss, jene traurigen Umstände Ihrer Majestät vorerst zu verschweigen, da ich hoffe, all

dies in Kürze klären zu können, um ihr keine unnötigen Sorgen zu bereiten.
Euer Gnaden kennen vielleicht – zumindest vom Hörensagen – Master Robert Dunne, einen Gentleman aus Devon, der manchmal bei Hof anzutreffen ist. Dieser hatte sich während meiner Weltreise vor sieben Jahren als wertvoller Offizier und Gefährte erwiesen, und er wurde deshalb für seine Verdienste im Rahmen dieses Unterfangens angemessen belohnt. Für unsere jetzt anstehende Reise nach Spanien und in die Neue Welt lud ich Dunne ein, sich wieder meiner Besatzung anzuschließen, wenngleich es unter meinen engsten Beratern einige gab, die mir angesichts der persönlichen Probleme des Mannes und dessen, was über ihn gemunkelt wird – worauf ich hier nicht weiter eingehen muss –, davon abrieten. Doch da ich mir nicht aufgrund von Gerüchten ein Urteil über einen Mann bilde, sondern anhand seiner Taten, war ich entschlossen, Dunne die Chance zu geben, im Dienst für sein Land seine Ehre wiederherzustellen. Womöglich hätte ich gut daran getan, auf die mahnenden Stimmen zu hören – was jetzt freilich nicht mehr von Belang ist.
Von Anfang an verhielt Dunne sich merkwürdig; er wirkte sehr in sich gekehrt und auf der Hut, als hätte er Angst, von jemandem verfolgt zu werden, und glich in keiner Hinsicht mehr dem Mann, an den ich mich erinnerte. Dies schrieb ich der nervösen Furcht vor der bevorstehenden Reise zu; sein Heim und seine Familie zu verlassen, um an das andere Ende der Welt zu segeln, ist nichts, worauf man sich leichtfertig einlässt, und Dunne wusste nur zu gut, was ihn erwarten mochte. Am gestrigen Abend war er mit einigen der anderen Gentlemen an Land. Während wir hier im Hafen liegen, halte ich es für klug, ihnen zu gestatten, den

normalen Vergnügungen junger Männer nachzugehen und die Zerstreuungen zu genießen, die Plymouth den Seeleuten bietet – sowie wir den Anker gelichtet haben, sind sie dann lange genug unter Deck zusammengepfercht und der an Bord eines Schiffes herrschenden strengen Disziplin unterworfen. Genau wie meine Mitkapitäne mache ich ihnen ohne Frage klar, dass sie sich jederzeit so zu benehmen haben, dass die Flotte nicht in Verruf gerät.

Dunne wurde letzte Nacht sturzbetrunken zum Schiff zurückgebracht, was ebenfalls ungewöhnlich war; der Himmel weiß, dass der Mann etliche Laster hatte, aber ich war sicher, dass die Trunksucht nicht dazugehörte, denn sonst hätte ich ihn nicht aufgefordert, zusammen mit mir Dienst auf dem Flaggschiff Ihrer Majestät zu versehen. Er befand sich in Begleitung unseres Pfarrers, Padre Pettifer. Dieser hatte Dunne im Zustand der Volltrunkenheit durch die Straßen wankend angetroffen und es für das Beste gehalten, ihn direkt zurück zum Schiff zu schaffen – eine Entscheidung, die ich an seiner Stelle nicht getroffen hätte, denn wie ich hörte, hatte er seine liebe Not damit, Dunne zuerst in das Ruderboot und danach die Leiter hoch auf das Deck der Elizabeth *zu hieven. Dort begegneten sie meinem Bruder Thomas, der mit mir an Bord zu Abend gegessen hatte und gerade auf dem Rückweg zu seinem eigenen Schiff war. Da er wusste, dass ich in meinem Quartier mit dem jungen Gilbert an meinen Seekarten arbeitete, und er die Angelegenheit nicht für wichtig genug hielt, um mich zu stören, führte mein Bruder Dunne gemeinsam mit dem Pfarrer in seine Kabine, damit er sich erholen konnte.*

Thomas sagte später, Dunne hätte währenddessen total verstört gewirkt, er hätte wild um sich geschlagen, als würde er für andere unsichtbare Feinde sehen, und er hätte Leute

angesprochen, die gar nicht da waren – kurzum, er verhielt sich so, als hätte er noch etwas anderes als Wein zu sich genommen. Laut Padre Pettifer fiel er jedoch fast im selben Moment, wo er in seiner Koje lag, in eine tiefe Benommenheit, aus der er nicht geweckt werden konnte, daher ließen die beiden Männer ihn allein, damit er seinen Rausch ausschlafen und am nächsten Morgen dafür büßen konnte.
Was zwischen diesem Zeitpunkt und dem nächsten Morgen geschah, wissen nur Gott und, wie ich zu meinem Bedauern sagen muss, des Weiteren eine Person. Das Wetter war schlecht, es regnete, und ein starker Wind wehte, und bis auf die beiden, die die Wache hielten, waren fast alle Männer unter Deck. Beim ersten Tageslicht klopfte mein spanischer Steuermann Jonas von Furcht erfüllt heftig an meine Tür. Er hatte versucht, Robert Dunne irgendeinen Trank zu bringen, der die Folgen seiner nächtlichen Exzesse lindern sollte, aber die Kabine war verschlossen, und Dunne ließ sich nicht zum Aufstehen bewegen, um sie von innen zu entriegeln. Ich verstand Jonas' Besorgnis – wir haben alle schon betrunkene Männer an ihrem eigenen Erbrochenen ersticken sehen, wenn niemand ihnen zu Hilfe kam. Deswegen ging ich mit ihm, um mir ein Bild von der Situation zu machen. Ich besitze einen Zweitschlüssel für die Privatkabinen, und gemeinsam öffneten wir Dunnes Tür. Aber auf den Anblick, der sich uns bot, war ich nicht gefasst.
Zuerst kehrte er uns den Rücken zu, doch als das Schiff schlingerte, schwang er langsam herum, und da sah ich es – aber ich greife meiner Geschichte vor. Dunne baumelte am Hals aufgehängt vom Laternenhaken, eine Schlinge spannte sich straff um seine Kehle. Jonas schrie auf und verschüttete etwas von der Arznei, die er bei sich trug. Ich

gebot ihm rasch Schweigen, da ich die Männer nicht aufschrecken wollte. Nachdem wir die Tür hinter uns geschlossen hatten, nahmen Jonas und ich Dunne von dem Haken und legten ihn in die Koje. Sein Körper war bereits steif, er musste also schon einige Stunden tot gewesen sein. Ich blieb bei dem Leichnam und schickte Jonas los, um meinen Bruder von seinem Schiff herüberzuholen.
Stirbt ein Mann von eigener Hand, so muss dies in jedem Fall nicht nur als betrübliches Ereignis, sondern auch als große Sünde gegenüber Gott und der Natur gewertet werden. Ich gestehe, dass kurzfristig Zorn darüber in mir aufwallte, dass Dunne ausgerechnet diesen Moment für seinen Freitod gewählt hatte: Wie Ihr wohl wisst, sind Seeleute gleichermaßen fromm wie abergläubisch – nicht anders als alle anderen Menschen auf Gottes Erden –, und dies würde gewiss als böses Omen gewertet werden, als Schatten, der über unserer Reise läge. Ich bezweifle nicht, dass einige Männer desertieren und behaupten würden, Gott hätte Sein Antlitz von uns abgewandt, wenn sie von einem solchen Todesfall an Bord erführen. Und dann tadelte ich mich dafür, dass ich zuallererst an die Reise dachte, obwohl ein Mann in unserer Mitte zu einer derartigen Verzweiflungstat getrieben worden war.
Während ich auf meinen Bruder wartete, betrachtete ich den Leichnam eingehender, und mein Zorn wich einer weit größeren Furcht, da ich erkannte, was hier nicht stimmte. Ich benötigte keinen Arzt, der mir sagte, dass es sich mit diesem Tod nicht so verhielt, wie es zunächst den Anschein hatte. So werden Euer Gnaden verstehen, warum ich mich Euch anvertraue und gleichzeitig meinen Verdacht für mich behalten muss, bis ich mehr weiß. Wenn ein Schiff schon wegen eines Selbstmordes an Bord als verflucht gilt,

um wie viel schwerer wiegt dann eine noch größere Sünde? Aus diesem Grund bitte ich Euch, den Vorfall vorerst für Euch zu behalten. Seid versichert, dass ich Euch über alle neuen Erkenntnisse auf dem Laufenden halten werde. Ich wollte, dass Euer Gnaden diese Neuigkeit von mir persönlich erfährt – Gerüchte werden durch jede Ritze sickern und in wesentlichen Einzelheiten verzerrt weitergegeben werden. Da ich weiß, dass Ihr hier Augen und Ohren habt, möchte ich nicht, dass sie Euch falsche Informationen liefern. Der Besatzung wurde lediglich mitgeteilt, dass es sich um einen Todesfall handelt und die Todesursache noch von einem Coroner untersucht werden müsse. Ihr seht, dass ich mich nicht auf eine solche Reise begeben und angemessene Sorge für meine Männer und die Investitionen so vieler namhafter Edelleute, Euer Gnaden und Ihre Majestät miteingeschlossen, tragen kann, solange ich davon ausgehen muss, dass sich vermutlich ein Mörder unter meiner Besatzung befindet. Sollte Ihre Majestät von der Verzögerung erfahren, bitte ich Euch, jedwede Ängste bezüglich des Erfolges des Unternehmens zu zerstreuen und ihr zu versichern, dass wir ablegen werden, sowie die Umstände es erlauben. Ich schicke dies mit einem berittenen Eilboten.

Stets zu Euren Diensten verbleibe ich Euer sehr ergebener
Francis Drake

1

»Da! Ist das kein Anblick, der dein Blut in Wallung bringt, Bruno? Stimmt sie dich nicht froh, am Leben zu sein?«

Sir Philip Sidney erhebt sich halb, als er voller Stolz auf den Fluss vor sich deutet, sodass sich das kleine Skullboot mit einem gewaltigen Platschen nach links neigt, der Bootsmann lautstark flucht und ein Ruder hebt, um uns im Gleichgewicht zu halten. Ich kralle mich an meiner Bank fest und spähe durch den feinen Nebel zu dem Objekt von Sidneys Begeisterung hinüber. Die Galeone ragt wie eine Hauswand vor uns auf, drei hohe Masten heben sich vom Morgenhimmel ab, und das Spiel von Seilen und Takelage zwischen ihnen verwandelt den Wolkenhintergrund in geometrische Muster.

»Es ist beeindruckend«, räume ich ein.

»Sag nicht ›es‹ und stelle so deine Unkenntnis unter Beweis, Bruno.« Sidney lässt sich schwer auf die Bank fallen, woraufhin das Boot erneut gefährlich zu schwanken beginnt. »Sondern ›sie‹ für ein Schiff. Willst du, dass Francis Drake denkt, wir verstünden nicht mehr von der Seefahrerei als ein paar Mädchen? Du kannst uns hier an den Stufen absetzen«, fügt er, an den Bootsmann gewandt, hinzu. »Bring das Gepäck hoch und stell es so nah wie möglich bei dem Schiff auf den Kai. Braver Bursche.« Er lässt zum Zeichen, dass der

Mann für seine Mühe belohnt würde, den Inhalt seiner Börse klirren.

Als wir näher herankommen und das Woolwich-Dock aus dem Nebel auftaucht, sehe ich, dass rund um das große Schiff geschäftiges Treiben herrscht: Männer rollen Fässer vor sich her, schleppen in Öltuch gehüllte schwere Bündel, legen Taue in Ringen übereinander, ziehen Karren und brüllen sich Befehle zu, die zusammen mit den Schreien der um die Mastspitzen kreisenden Möwen über die Themse hallen.

»Es stört mich nicht sonderlich, wenn Sir Francis Drake erfährt, dass ich das eine Ende eines Bootes nicht vom anderen unterscheiden kann.« Ich wappne mich, als das Skullboot gegen die Dockstufen prallt. »Zuzugeben, wie viel er nicht weiß, zeichnet einen weisen Mann aus. Außerdem ist das doch nicht weiter wichtig. Er wird kaum von uns erwarten, dass wir auf seinem Boot anheuern, oder?«

Sidney reißt den Blick von dem Schiff los und funkelt mich böse an.

»Es ist ein Schiff, kein Boot. Und du hast wirklich keine Ahnung, Bruno. Drake ist dafür bekannt, dass er seine adligen Offiziere dieselben Arbeiten wie seine Seeleute verrichten lässt. Alle seine Männer können Taue aufschießen oder an der Seite ihrer Kameraden das Deck schrubben, egal wie ihr Titel lautet – das ist Drakes Stil, ein Schiff zu führen. Es heißt, dass er, als er die Welt umsegelt hat …«

»Aber wir gehören nicht zu seinen Offizieren, Philip. Wir sind nur Gäste an Bord.«

Eine Pause entsteht, dann bricht Sidney in Gelächter aus und klopft mir auf die Schulter.

»Natürlich. Alles andere wäre ja eine lächerliche Vorstellung.«

»Ich verstehe ja, dass du ihn beeindrucken willst …«

»*Ihn* beeindrucken? Ha!« Sidney steht auf und springt aus

dem Boot auf die Stufen, während der Bootsmann einen eisernen Ring an der Mauer umklammert, um uns im Gleichgewicht zu halten. Die Stufen sind glitschig vom grünen Tang, und Sidney rutscht beinahe aus, fängt sich aber ab, bevor er sich mit blitzenden Augen umdreht. »Hör zu. Francis Drake mag die Königin dazu gebracht haben, ihn zum Ritter zu schlagen, aber er bleibt trotzdem der Sohn eines Bauern. Meine Mutter ist die Tochter eines Herzogs.« Er zeigt mit einem Daumen auf die Brust. »Meine Schwester ist die Countess of Pembroke, mein Onkel der Earl of Leicester und Günstling der Königin von England. Warum sollte ich einen Mann wie Drake beeindrucken wollen?«

Weil du tief in deinem Herzen so sein möchtest wie er, mein Freund, denke ich, doch ich behalte diesen Gedanken für mich und lächle in mich hinein. Vor nicht allzu langer Zeit hat es Sidney am Hof versäumt, einem älteren Edelmann den ihm gebührenden Respekt zu erweisen, woraufhin ihn dieser in einem Raum voller Adeliger als Schoßhündchen der Königin bezeichnet hat. Jetzt schwört Sidney, dass er jedes Mal, wenn er durch die Galerien oder Gärten geht, sarkastisches Kläffen und ihm hinterherhallende Pfiffe hören kann. Zu gern würde er als Abenteurer Ruhm ernten statt als Elisabeths Schoßhund; manchmal empfinde ich deshalb fast Mitleid mit ihm. Seit Anfang des Sommers, als die Königin endlich entschied, englische Truppen zu entsenden, um die in den Niederlanden gegen die Spanier kämpfenden Protestanten zu unterstützen, war er kaum imstande, seine freudige Erregung angesichts der Aussicht zu unterdrücken, in den Krieg zu ziehen. Sein Onkel, der Earl of Leicester, sollte die Armee anführen, und Sidney wurde in dem Glauben gelassen, dass er die bei Flushing stationierten Truppen befehligen würde. Dann wankte die Königin aus Angst, zwei ihrer Favoriten zugleich zu verlieren, in ihrem Entschluss. Anfang August zog sie das Angebot bezüglich Flushing zurück, ernannte einen anderen Kommandanten und bestand darauf, dass Sidney bei Hof in ihrer Nähe blieb. Er flehte sie an, an seine Ehre zu denken, doch sie tat seine eindringlichen Bitten mit einem Lachen ab, als würden sie sie erheitern; als wäre er ein Kind, das mit den größeren Jungen Soldaten spielen will. Sein Stolz ist seither verletzt. Mit dreißig spürt er, dass seine besten Jahre dahinschwinden, während er aufgrund einer Laune der Königin in einer Frauenwelt voller Wandbehänge und Samtkissen gefangen ist. Jetzt schickt sie ihn als Abgesandten nach Plymouth; das ist zwar von einem Garnisonskommando meilenweit entfernt, aber sogar diese kurze Flucht vom Hof zu einer Galeone und die damit verbundene Aussicht auf Freiheit hat ihn ganz zappelig vor Freude werden lassen.

Ich bin nicht ganz so begeistert, versuche aber, mir Sidney zuliebe nichts anmerken zu lassen. Das Boot ist nah genug, um auf die Stufen zu springen, überlege ich, als ich stolpere und nach dem Seil greife, um nicht das Gleichgewicht zu verlieren. Meine Stiefel gleiten auf jeder Stufe aus, und ich versuche, nicht zu dem schmierigen braunen Fluss unter mir hinunterzuschauen. Ich schwimme ziemlich gut, aber ich bin einmal versehentlich in die Themse gestürzt, und der Gestank des Wassers kann einem Mann das Bewusstsein rauben, bevor er das Ufer erreicht, und über das, was unter der Oberfläche treibt, denkt man besser nicht eingehender nach.

Auf der obersten Stufe bleibe ich einen Moment stehen, während unser Bootsmann sein Boot vertäut und mit unserem Gepäck mühsam die Treppe erklimmt. Hauptsächlich mit Sidneys Gepäck, um genau zu sein, ich habe nur eine Tasche mit Wäsche zum Wechseln und etwas Schreibmaterial mitgebracht. Er hat mir versichert, dass wir nicht länger als zwei, höchstens drei Wochen fort sein werden, um die Galeone die Südküste Englands entlang zum Hafen von Plymouth zu begleiten, wo *sie* sich dem Rest von Sir Francis Drakes Flotte anschließen wird. Trotzdem scheint Sidney für eine Reise an das andere Ende der Welt gepackt zu haben; seine Diener folgen uns in einem anderen Boot mit dem Rest seines Gepäcks. Ich habe keine Bemerkung darüber gemacht. Stattdessen mustere ich meinen Freund nun mit zusammengekniffenen Augen, als er ein Besatzungsmitglied mit einem fröhlichen Hallo begrüßt und den Mann in ein Gespräch verstrickt. Der Seemann deutet zum Schiff hoch. Die Arme verschränkt, nickt Sidney ernst. Führt er etwas im Schilde?, frage ich mich. Er hat sich seit seiner Auseinandersetzung mit der Königin äußerst seltsam verhalten, und ich weiß, dass er nicht darüber hinwegsehen kann, wenn sein Stolz verletzt wird. Doch vorerst bleibt mir nichts anderes übrig, als ihm zu folgen.

»Komm schon, Bruno«, ruft er so gebieterisch wie immer und winkt mit einem spitzengesäumten Ärmel in Richtung der Gangplanke des Schiffs. Ich verbeiße mir ein Lächeln. Sidney meint, sich für die Reise weniger herausgeputzt zu haben als sonst; die üblichen Puffärmel, die Kniebundhosen und das pompöse Wams, in dem alle modebewussten Engländer aussehen, als würden sie ein Kind erwarten, sind verschwunden, doch die Jacke aus mit zarter Goldstickerei und winzigen Staubperlen verzierter elfenbeinfarbener Seide, die er jetzt trägt, ist auch nicht passender. Seine Halskrause ist zwar nicht so ausladend wie üblich, aber makellos weiß und gestärkt, und auf dem Kopf trägt er eine schwarze Samtkappe mit einer juwelenbesetzten Brosche und einer Pfauenfeder, die über seinem Nacken wippt und sich ab und an in seinem goldenen Ohrring verfängt. Ich schließe mit mir selbst Wetten ab, wie lange die Feder eine raue Brise auf See übersteht.

Ein Gentleman, dessen Kleider ihn von den Männern unterscheiden, die auf Deck die Vorräte verladen, kommt die Gangplanke herunter und hebt grüßend eine Hand. Er muss ungefähr in Sidneys Alter sein, hat rötliches, aus der hohen Stirn zurückgestrichenes Haar und einen beeindruckenden Bart, der aussieht, als wäre er von einem Barbier frisch gelockt worden. Er steigt zum Kai hinunter und verbeugt sich knapp vor Sidney; als er den Kopf wieder hebt und lächelt, erscheinen Fältchen in seinen Augenwinkeln, die ihn herzlich und warmherzig wirken lassen.

»Willkommen auf der *Galleon Leicester*.« Er breitet die Arme aus.

»Schön, dich zu sehen, Vetter.« Sidney umarmt ihn mit viel Gewese und Schlägen auf den Rücken. »Sind wir so weit?«

»Sie bringen gerade die letzte Munition an Bord.« Er deutet hinter sich zu einer Gruppe von Seeleuten, die mittels eines Systems aus Seilen und Winden und unter viel Gebrüll Kisten auf das Schiff laden. Dann wendet er sich mit einem kurzen, abschätzenden Blick an mich. »Und Ihr müsst der Italiener sein. Euer Ruf eilt Euch voraus.«

Er kräuselt nicht so abfällig die Lippe, wie es die meisten Engländer tun, wenn sie einen Ausländer treffen, besonders einen aus dem katholischen Europa, weswegen er mir gleich noch sympathischer ist. Vielleicht betrachtet ein Mann, der über den halben Globus gesegelt ist, andere Nationen mit toleranteren Augen. Ich frage mich, welcher meiner Rufe ihm zu Ohren gekommen ist. Ich erfreue mich mehrerer.

»Giordano Bruno aus Nola, zu Euren Diensten, Sir.« Ich verbeuge mich tief, um dem Rangunterschied zwischen uns Respekt zu zollen.

Sidney legt dem Mann eine Hand auf die Schulter und dreht sich zu mir.

»Darf ich dir Sir Francis Knollys vorstellen, den Schwager meines Onkels, des Earls of Leicester, und für unsere Reise Kapitän dieses Schiffes?«

»Es ist mir eine Ehre, Sir. Sehr freundlich, dass Ihr uns an Bord genommen habt.«

Knollys grinst. »Ich weiß. Ich habe Philip eingeschärft, nicht im Weg zu stehen. Das Letzte, was ich auf meinem Schiff gebrauchen kann, sind zwei Dichter, die uns vor den Füßen herumlaufen und bei dem leichtesten Seegang wie kleine Kinder kotzen.« Er blinzelt zum Himmel hoch. »Ich hatte gehofft, beim ersten Tageslicht abzulegen. Aber der Wind steht günstig, und wir können Zeit aufholen, wenn wir auf dem offenen Meer sind. Seid Ihr seefest, Master Bruno, oder werdet Ihr auf dem ganzen Weg nach Plymouth kopfüber über einem Eimer hängen?«

»Ich habe einen Magen aus Eisen.« Ich lächele, als ich das sage, sodass er weiß, dass es nicht ganz der Wahrheit entspricht. Weder mir noch Sidney ist die in dem Wort »Dichter« mitschwingende Verachtung entgangen; mich stört das weniger, aber ich würde es begrüßen, mich vor diesem aristokratischen Seemann nicht allzu sehr zu blamieren. In einen Eimer zu spucken ist in seinen Augen eindeutig der sicherste Weg, Zweifel an meiner Männlichkeit aufkommen zu lassen.

»Freut mich zu hören.« Er nickt anerkennend. »Ich lasse Eure Taschen an Bord bringen. Kommt und seht Euch Eure Unterkunft an. Sie ist nicht sonderlich luxuriös, fürchte ich – nichts, was dem Geschützmeister der Königin zustehen würde, aber es muss reichen.« Er verneigt sich spöttisch vor Sidney.

»Spotte du nur, Vetter, aber wenn wir in der Karibik sind und der geballten Macht von König Philips Garnisonen gegenüberstehen, wirst du froh sein, wenn ein kompetenter Mann sich um die Beschaffung von Munition kümmert«, versetzt Sidney hochmütig.

»Ein kompetenter Mann? Wer soll das sein?« Knollys lacht über seinen eigenen Scherz. »Wen meinst du übrigens mit ›*wir*‹?«

»Wie bitte?«

»Du sagtest, wenn *wir* in der Karibik sind. Aber ich dachte, du und dein Freund, ihr kommt nur bis Plymouth mit?«

Sidney saugt die Wangen ein. »Wir Engländer, meinte ich. Ein Ausdruck der Solidarität, Vetter.«

Mir fällt auf, dass er dem anderen Mann nicht offen in die Augen sieht. Ich betrachte das Gesicht meines Freundes, und in meinem Hinterkopf beginnt sich ein Verdacht zu erhärten.

Knollys führt uns die Gangplanke hoch und an Bord der *Leicester*. Die Besatzung dreht sich um, als wir vorbeigehen, um uns anzustarren, obwohl ihre Hände nicht mit ihren Tätigkeiten innehalten. Ich frage mich, was sie von uns halten. Sidney – hochgewachsen, schlaksig, kostspielig gekleidet, mit einem trotz des Bartes, den er sich seit Kurzem stehen lässt, jungenhaft strahlenden Gesicht, mit dem er seine Umgebung in sich aufsaugt – verkörpert mehr oder weniger denjenigen, der er ist: einen Aristokraten mit Abenteuergeist. Mich verwechseln sie aufgrund meiner schwarzen Kleidung möglicherweise mit einem Kaplan.

Wir folgen Knollys durch eine Tür unter das Heck des Schiffes, wo wir eine schmale Kabine betreten, in der wir drei gemeinsam kaum bequem stehen können. An der Trennwand befinden sich zwei Kojen übereinander. Es riecht wenig überraschend nach Feuchtigkeit, Salz, Fisch und Seetang. Wenn sich Sidney an den kargen Wohnverhältnissen stört, lässt er es sich nicht anmerken, er äußert sich vielmehr begeistert über die beschränkten Schlafgelegenheiten, also entschließe ich mich, eine stoische Miene zur Schau zu tragen. Doch hinter meinem Rücken balle und öffne ich die Fäuste und zwinge mich, ruhig und gleichmäßig zu atmen; seit meiner Kindheit versetzen mich geschlossene Räume in Panik, und hier eingepfercht zu sein erscheint mir wie eine Strafe. Ich schwöre mir, dass ich während der Reise so viel Zeit wie möglich an Deck verbringen und den Blick auf den Himmel und die weite Fläche des Wassers heften werde.

»Macht es euch gemütlich.« Knollys winkt fröhlich mit einer Hand; kostet den Vorteil aus, den ihm seine Erfahrung über seinen kultivierteren Verwandten verschafft. »Ich hoffe, ihr habt beide dicke Umhänge mitgebracht – der Wind auf dem Meer wird ziemlich rau werden, obwohl wir angeblich Sommer haben. Ich lasse euch jetzt allein, damit ihr euch häuslich einrichten könnt; ich habe noch viel zu tun, bevor wir ablegen. Kommt an Deck, wenn ihr fertig seid, und verabschiedet euch von London.«

»Ich denke, ich nehme die untere Koje«, verkündet Sidney, nachdem Knollys gegangen ist, und wirft seinen Hut auf das Kopfkissen. »Dann falle ich nicht so tief, wenn das Meer stürmisch ist.«

Ich lehne mich gegen den Türpfosten. »Danke. Und du solltest ihm besser sagen, dass du allein für deine Kleider noch eine Extrakabine benötigen wirst.«

Sidney legt sich in seine Koje und versucht, seine langen Beine auszustrecken. Das gelingt ihm nicht, sodass er gezwungen ist, die Knie anzuziehen wie eine gebärende Frau. »Weißt du, Bruno, eines Tages wirst du lernen, mir den Respekt entgegenzubringen, den ein Mann von deiner Geburt einem von der meinigen schuldet. Natürlich habe ich mir dieses Verhalten selbst zuzuschreiben«, fährt er fort, dabei verändert er seine Position und stößt seinen Hut zu Boden. »Ich habe diese Anmaßung provoziert, indem ich dich wie einen Gleichgestellten behandelt habe. Das muss aufhören. Wie in Gottes Namen soll ich in diesem Ding schlafen? Ich kann ja noch nicht einmal flach liegen. Wurde das für einen Zwerg gebaut? Himmelherrgott, da ist man ja im Fleet-Gefängnis komfortabler untergebracht.«

Ich hebe seinen Hut auf und setze ihn mir in einem verwegenen Winkel auf.

»Was hast du erwartet, Federbetten und Seidendecken? Du warst derjenige, der unbedingt den Abenteurer spielen wollte.«

Plötzlich ernst geworden, setzt er sich auf. »Wir spielen hier nicht, Bruno. Ich bin der Geschützmeister der Königin, und dies ist eine königliche Mission. Nein, ich scherze jetzt nicht. Und du wirst mir dafür dankbar sein, warte es nur ab. Was hättest du denn sonst mit diesem Sommer angefangen, außer über deine Situation nachzugrübeln?«

»An meiner *Situation*, wie du es ausdrückst, wird sich auch nichts geändert haben, wenn ich zurückkehre. Wenn es mir nicht gelingt, einen Weg zu finden, in England zu bleiben, ohne von der französischen Botschaft abhängig zu sein, wird mir nichts anderes übrig bleiben, als im September mit dem Botschafter nach Paris zurückzukehren. Es ist schwierig, da nicht ins Grübeln zu geraten.«

Ich versuche, nicht allzu gereizt zu klingen, aber der beiläufige Ton, mit dem er über meine ganze Zukunft und vielleicht mein Leben spricht, ärgert mich.

Er winkt ab. »Du machst dir zu viele Sorgen. Der neue Botschafter – wie heißt er doch gleich, Châteauneuf? – kann dich nicht wirklich auf die Straße setzen, oder? Nicht, solange der französische König dich unterstützt und für deinen Aufenthalt in der Botschaft aufkommt. Er versucht nur, dich einzuschüchtern.«

»Nun, damit hat er ja Erfolg gehabt.« Ich schlinge die Arme um meine Brust. »König Henri hat mein Stipendium seit

Monaten nicht mehr bezahlt; er muss sich an seinem eigenen Hof um mehr kümmern als um einen verbannten Philosophen. Der frühere Botschafter hat es selbst aus den Truhen der Botschaft finanziert – ich habe davon und von dem gelebt, was mir meine Tätigkeit für …« Ich breche ab, und wir wechseln einen bedeutsamen Blick. »Und da liegt das nächste Problem«, fahre ich mit gedämpfter Stimme fort. »Châteauneuf hat mich praktisch beschuldigt, für den Kronrat zu spionieren.«

»Aus welchen Gründen?«

»Beweise hat er keine. Aber sie vermuten, dass die Botschaftskorrespondenz abgefangen wird. Und da ich in der Residenz der einzige bekannte Gegner der katholischen Kirche bin, hat er seine eigenen Schlüsse gezogen.«

»Hm.« Er zieht die Knie an. »Dann sind sie nicht so dumm, wie sie erscheinen. Aber du wirst in Zukunft vorsichtig sein müssen.«

»Ich fürchte, es wird mir nahezu unmöglich sein, weiter so für Walsingham zu arbeiten, wie ich es bisher getan habe. Der ehemalige Botschafter hat mir vertraut. Châteauneuf ist entschlossen, mich mit allergrößtem Argwohn zu betrachten, er wird jeden meiner Schritte überwachen. Er gehört zu der dogmatischsten Sorte von Katholiken – denen, die Toleranz für das schlimmste Vergehen überhaupt halten. Er wird jemanden wie mich nicht unter seinem Dach dulden. So lauteten seine Worte.«

Sidney lächelt. »Ein wegen Ketzerei exkommunizierter ehemaliger Mönch. Ja, ich verstehe, dass er in dir eine Gefahr sieht. Aber ich dachte, du wärst so erpicht darauf, nach Paris zurückzukehren?«

Die Anspielung entgeht mir nicht.

»Ich habe letzten Herbst an König Henri geschrieben, um ihn zu fragen, ob ich für kurze Zeit zurückkommen könnte. Er meinte, er könne mich im Moment am Hof nicht gebrauchen, das würde nur die katholische Liga gegen ihn aufbringen. Außerdem«, ich lehne mich gegen die Wand und verschränke die Arme vor der Brust, »wird sie schon längst wieder fort sein. Falls sie überhaupt je dort war.«

Er nickt langsam. Sidney versteht, was es heißt, eine Frau zu lieben, die man nicht haben kann. Mehr braucht dazu nicht gesagt zu werden.

»Nun, du kannst aufhören zu grübeln. Ich habe die Lösung für deine Probleme.« Das Glitzern in seinen Augen ist nicht unbedingt vertrauenerweckend. Sidney meint es gut, handelt aber impulsiv, seine Pläne lassen sich selten in die Tat umsetzen, trotzdem kann ich einen Hauch aufkeimender Hoffnung nicht unterdrücken. Vielleicht hat er vor, sich bei Walsingham oder gar bei der Königin für mich einzusetzen. Nur ein Amt bei Hof würde es mir ermöglichen, mich im Exil durchzuschlagen. Obwohl sie es nicht öffentlich zugeben kann, weiß ich, dass Walsingham der Königin berichtet hat, dass ich im Lauf der letzten zwei Jahre in ihren Diensten mein Leben riskiert habe. Sie wird sicherlich einsehen, dass ich in einem katholischen Land nie wieder in Sicherheit leben oder schreiben kann, wenn mich die Inquisition wegen Ketzerei verfolgt.

»Wirst du mit der Königin sprechen?«

»Warte nur ab«, erwidert er mit einem kryptischen Zwinkern, von dem er weiß, dass es mich zur Weißglut bringt.

Sidney wurde Anfang des Frühlings zum Geschützmeister ernannt – eine politische Entscheidung und ein Trostpflaster von der Königin und keine Anerkennung seiner militärischen oder die Marine betreffenden Fähigkeiten, die bislang ohnehin nur in seinem Kopf existieren. Den Sommer über war er damit beschäftigt, die Bereitstellung der Munition für Francis Drakes neuestes Unternehmen zu überwachen. So kam es, dass Sidney sich, als die Königin erfuhr, dass der portugiesische Thronprätendent Dom Antonio, um sie zu besuchen, nach England segeln und in Plymouth anzulegen beabsichtigte, sofort erbot, ihn dort zu treffen und nach London zu eskortieren, was es ihm zugleich ermöglichen würde, Drakes Flotte mit eigenen Augen zu sehen.

Der Plan sieht vor, dass wir mit der *Galleon Leicester* bis Plymouth segeln, wo die Schiffe sich versammeln, und dort ein paar Tage unter Seeleuten und abenteuerlustigen Kaufleuten verbringen, während wir auf den Portugiesen und sein Gefolge warten. Das erlaubt es Sidney herumzustolzieren, sich über Kanonen und die Seefahrt auszulassen und sich allgemein wichtigzumachen, bis wir dann Ende des Monats, wenn der Hof nach einem Sommer auf dem Land in die Stadt zurückgekehrt ist, mit unserem königlichen Gast über den Landweg nach London reisen. Ich bin für die Abwechslung dankbar, kann aber nicht umhin, mir über die Rechnung Gedanken zu machen, die ich nach unserer Rückkehr zahlen muss. Wenn es Sidney gelingt, einen Weg zu finden, der es mir ermöglicht, in London zu bleiben, werde ich mein Leben lang in seiner Schuld stehen.

Die Sonne ist fast vollständig aufgegangen, als Knollys uns wieder auf das Deck hochruft, wo das Licht von einem dünnen weißen Wolkenschleier gefiltert wird. Ich denke mit einem leichten Stich von Wehmut an eine sizilianische Zitrone in einem Musselinbeutel.

»So Gott will, haben wir heute klares Wetter«, sagt er, dabei nickt er gen Himmel. »Obwohl es nichts schaden würde, um ein bisschen mehr Wind zu beten.«

»Da fragst du den falschen Mann.« Sidney stößt mich an. »Bruno betet nicht.«

Knollys betrachtet mich belustigt. »Er wird. Warte, bis wir auf dem offenen Meer sind.«

Das Schiff löst sich sacht von seiner Anlegestelle. Befehle werden gebrüllt, Seile eingeholt, und über uns ertönt ein lautes Knarren und Flattern, als sich die Segel blähen und wieder schlaff werden wie Blasebälge. Zum ersten Mal, seit wir an Bord gegangen sind, wird mir wirklich bewusst, dass sich das Deck unter meinen Füßen bewegt; ein leises Schlingern vor und zurück auf der Dünung, als die *Leicester* vom Dock weggleitet und die Kinder, die sich mit dem Verladen von Fracht und mit Botengängen Pennys verdient haben, uns jubelnd verabschieden und so weit wie möglich am Kai entlanglaufen, um uns nachzuwinken. Knollys lacht und winkt zurück, also folgen Sidney und ich seinem Beispiel, als die Sonne plötzlich durch die Wolken bricht und die Messingteile und das warme Holz vergoldet und hunderttausend kleine Lichtpunkte auf dem Wasser glitzern lässt, und ich denke, dass ich vielleicht doch Vergnügen an der Reise finde. Doch jedes Mal, wenn ich mich bewege, werde ich daran erinnert, dass ich keinen festen Boden mehr unter den Füßen habe.

»Beschäftigt euch jetzt erst einmal selbst«, meint Knollys. »Achtet nur darauf, niemandem im Weg zu sein.«

»Ich bin bereit, meinen Anteil Arbeit zu leisten, Vetter. Sag mir nur, was ich tun soll. Ich habe gehört, wie Drake die Besatzung herannimmt, und wir sind nicht hier, um ehrlichen Männern beim Schuften zuzuschauen, während wir in der Sonne sitzen und französischen Wein trinken.« Sidney strahlt und spreizt die Hände, wie um zu sagen: Hier bin ich.

Ich sehe ihn erschrocken an; bei seiner Einladung war davon keine Rede gewesen. Dann spähe ich zur Spitze des Hauptmastes hoch, wo über der Ausguckplattform ein Wimpel mit einem goldenen Wappen weht. Hoffentlich hat er sich nicht gerade erboten, dass wir die Takelage hochklettern oder die Decks schrubben.

Knollys mustert ihn von Kopf bis Fuß, registriert das Seidenwams, die Spitzenmanschetten, die Verzierungen. Er lächelt, aber mit einem Anflug von Schärfe.

»Gut – der Wein ist nämlich streng rationiert. Ich muss sagen, Philip, es wundert mich, dass Ihre Majestät dir gestattet hat, den Hof so lange zu verlassen. Unter diesen Umständen …«

Sidney wendet den Blick ab. »Irgendjemand muss Dom Antonio ja nach London bringen. Allein würde er nie in einem Stück dort ankommen. Du weißt, dass Philip von Spanien ein Kopfgeld auf ihn ausgesetzt hat.«

»Eben. In Anbetracht der Tatsache, dass du im Moment nicht auf bestem Fuß mit ihr stehst, erstaunt es mich, dass sie darauf vertraut, dass du auch wirklich zurückkommst.« Knollys lacht in der Erwartung, dass Sidney mit einstimmt.

Eine Pause tritt ein, die mit zunehmender Länge immer unbehaglicher wird. Sidney studiert mit angestrengter Konzentration den Horizont.

»Sagt mir«, werfe ich ein, um das Schweigen zu brechen, »was für eine Art von Mann ist Francis Drake?«

»Halsstarrig«, entgegnet Sidney ohne Zögern.

»Ein Mann von echtem Schrot und Korn«, meint Knollys nach einiger Überlegung.

»Ich habe im Laufe der letzten paar Jahre mit ihm in einigen Parlamentskomitees gesessen«, versetzt Sidney, »und er ist so zielstrebig wie ein Jagdhund, wenn er sich etwas in den Kopf gesetzt hat. Außerdem ist er ein Pragmatiker, und er arbeitet verdammt hart – wie man es von einem seit der Jugend an körperliche Arbeit gewöhnten Mann erwarten würde«, fügt er, seine Fingernägel betrachtend, hinzu.

»Er verfügt auch über eine gehörige Portion Kampfgeist und starken Ehrgeiz, aber nicht aus persönlicher Eitelkeit, denke ich«, sagt Knollys nachdenklich. »Es ist eher so, dass er Vergnügen daran findet, es mit dem Unmöglichen aufzunehmen. Er kann ein Ausbund von Höflichkeit sein – ich habe ihn Gefangene von gekaperten Schiffen mit ebensolchem Respekt behandeln sehen wie seine eigenen Männer. Aber er hat einen Kern aus Stahl. Wenn du ihm in die Quere kommst, dann wird er dich bei Gott dafür büßen lassen.« Knollys zieht scharf den Atem ein und scheint geneigt, noch weiter darauf einzugehen, besinnt sich dann aber eines Besseren.

»Ist er ein gebildeter Mann?«, frage ich.

»Nicht im herkömmlichen Sinn, obwohl er natürlich viel über das Meer und die Seefahrt weiß«, erwidert Knollys. »Aber in seiner Kabine hat er eine englische Bibel und eine Kopie von Foxes Buch der Märtyrer sowie die Schriften von Magellan und französische und spanische Abhandlungen über die Navigationskunst. Er ist ein großer Musikliebhaber und achtet darauf, Männer an Bord zu haben, die ein Instrument beherrschen. Warum fragt Ihr?«

»Nur weil er Europas berühmtester Seefahrer ist«, entgegne ich. »Ich finde es faszinierend, ihn kennenzulernen – er hat unser Verständnis von der Welt verändert. Ich könnte mir vorstellen, dass er über außergewöhnliche Eigenschaften verfügen muss.«

Knollys nickt lächelnd. »Ihr werdet nicht enttäuscht sein. Jetzt könnt ihr zwei die Aussicht genießen, während ich meine Arbeit erledige. So Gott will, haben wir ruhiges Wasser und guten Wind und werden in zwei Tagen in Plymouth sein.«

Er scheucht uns mit einer vagen Handbewegung in den vorderen Teil des Schiffs. Ich folge Sidney ein paar fast vertikale Treppen zum Hochdeck empor. Sowie Knollys ihm den Rücken zugekehrt hat, missachtet Sidney schon dessen Befehl, er begrüßt den nächstbesten Seemann herzlich und bombardiert ihn mit Fragen über seinen Beruf – warum verknotet er dieses Seil so, was hat es zu bedeuten, dass die Toppsegel noch aufgerollt sind, welche Hierarchie herrscht unter den Besatzungsmitgliedern, welches war der am weitesten von England entfernte Punkt, an dem er sich je befunden hat – und hält kaum inne, um Atem zu schöpfen, bis der arme Kerl sich verzweifelt nach jemandem umblickt, der ihn vor diesem Verhör bewahrt.

Ich überlasse ihn lächelnd seiner Unterhaltung und suche mir ein stilles Fleckchen direkt am Bug. Entgegen meiner früheren Behauptung kann ich ein Ende des Schiffes durchaus vom anderen unterscheiden – ich habe einen Teil meiner Jugend am Golf von Neapel verbracht –, aber ich denke mir, je nutzloser ich erscheine, desto mehr wird man mich in Ruhe lassen. Was hier mein Interesse weckt, ist die Navigationskunst; ich bekäme gern eine Gelegenheit, mich mit Knollys über seine Karten und Instrumente zu unterhalten, wenn er es mir gestattet. Da Seeleute seit Jahrhunderten mit immer genaueren Kalibrierungen ihre Position anhand der Sterne berechnen und da seit derselben Zeit alle unsere Himmelskarten auf irrtümlichen Ansichten bezüglich der Bewegungen der Sterne und Planeten in ihren Sphären basiert haben, bin ich neugierig darauf, wie Steuermänner und Kartografen sich jetzt, wo wir wissen, dass die Sonne und nicht die Erde den Mittelpunkt des Universums bildet und die Sterne weder fest am Himmel stehen noch ihre Sphären die Außengrenze des Kosmos darstellen, an die neuen Erkenntnisse anpassen. Ich frage mich, ob dies Ideen sind, über die ich mit einem erfahrenen Seefahrer wie Knollys diskutieren kann. Laut Sidney hat er 1577 mit Drake den Globus umsegelt, eine Reise, die beide reich und berühmt gemacht hat. Die Berechnungen, die sie im Lauf eines solchen Unternehmens angestellt haben, müssen doch sicherlich weitere Bestätigungen dafür geliefert haben, dass sich die Erde um die Sonne dreht und nicht umgekehrt. Die Königin hat aus Furcht, die Aufzeichnungen könnten den Spaniern in die Hände fallen, Drake und den Männern, die mit ihm gesegelt sind, verboten, Berichte oder Karten von ihrer Reise zu veröffentlichen, aber vielleicht lässt Knollys sich überzeugen, mit mir im Vertrauen über die wissenschaftlichen Entdeckungen zu sprechen, die diese Reise gebracht hat – von Gelehrtem zu Gelehrtem.

Vor uns schimmert die Themse wie gehämmertes Metall, Wolken ziehen über das Antlitz der Sonne hinweg, und ihre Schatten folgen ihnen über das Wasser; in diesem Licht könnte man fast vergessen, dass die Themse eine Brühe aus menschlichem Unrat ist. Ich stütze die Unterarme auf den hölzernen Handlauf und blicke nach unten. Ich muss mich zurückhalten; da meine Lage so heikel ist, tue ich gut daran, darauf zu achten, was ich in der Öffentlichkeit sage, bis ich weiß, wie es aufgenommen wird. Knollys steht wie sein Schwager Leicester und Sidney in dem Ruf, ein guter Protestant zu sein, aber es wäre töricht von mir, mir einzubilden, dass die Ideen des Polen Kopernikus von mehr als nur einer Handvoll Männern akzeptiert worden sind. Erst zwei Jahre zuvor bin ich an der Universität von Oxford dem Gespött preisgegeben worden, weil ich seine Ansichten in einer öffentlichen Debatte vertreten habe. Nur weil die Inquisition in Elizabeths Herrschaftsgebiet nicht an mich herankommt, heißt das noch lange nicht, dass alle Engländer aufgeklärt sind.

Wir gleiten mit gleichmäßiger Geschwindigkeit den Fluss entlang, der sich in Richtung der Mündung verbreitert, und passieren hier und da eine Ansammlung kleiner Gebäude, besserer Hütten, vor denen Fischerboote an provisorischen Anlegestellen festgemacht sind. Das Land ist zu beiden Seiten flach, sumpfig und mit Tümpeln übersät, in denen sich der fahle Himmel widerspiegelt. London verleiht einem das Gefühl, eingeengt, zu allen Seiten eingepfercht zu sein; dort ist der Himmel ein schmutziges Band, das man zwischen den Traufen der hohen Häuser, die sich über die schmalen Gassen hinweg zueinanderneigen und das Licht verdecken, nur sehen kann, wenn man sich den Hals verrenkt. Als wir die Stadt hinter uns lassen, spüre ich, wie sich meine Schultern entspannen; die Luft wird frischer und beginnt nach Salz zu riechen; ich atme tief durch und koste dieses neue Gefühl des weiten Raumes aus. Die Geräusche werden mir allmählich vertraut: das scharfe Flattern von Segeltuch, das Knarren und Stöhnen sich bewegenden Holzes, das rhythmische Brechen der Wellen am Bug, während das Schiff sich hebt und senkt, und die endlosen Rufe der Möwen.

Nach dem Abendessen setzt sich Sidney mit Knollys und seinen Offizieren zu einem Kartenspiel hin, und ich entschuldige mich und kehre an Deck zurück. Der Wind ist noch frischer geworden, und ich muss mich zum Schutz vor der Kälte fester in meinen Umhang wickeln, aber ich fühle mich hier in der Salzluft wohler als in der von Tabakrauch und dem Geruch süßen Weins erfüllten engen Kapitänskajüte. Direkt vor mir ist die Sonne fast im Wasser versunken und hinterlässt orange- und rosafarbene Streifen am Himmel. Zu unserer Rechten oder der Seite, von der Sidney darauf besteht, dass ich sie mit Steuerbord bezeichne, gleicht die englische Küste einem dunklen Fleck. Zur Linken, auf der anderen Seite des unablässig wogenden Wassers, liegt Frankreich, und ich blicke mit zusammengekniffenen Augen zu den Wolken in der Ferne hinüber, als könnte ich das Land sehen.

Die Planken hinter mir knarren, und Sidney taucht mit einer Tonpfeife zwischen den Zähnen neben mir auf. Er holt eine Zunderbüchse aus dem Beutel an seinem Gürtel und hat Mühe, die Pfeife in dem Wind anzuzünden.

»Denkst du wieder nach, Bruno?«

»Damit verdiene ich gewissermaßen meinen Lebensunterhalt.«

Er grunzt, nimmt die Pfeife aus dem Mund, stößt eine Rauchwolke aus, breitet die Arme weit aus und hebt die Brust dem aufgehenden Mond entgegen.

»Es geht doch nichts über frische Seeluft.«

»Sie war frisch, bevor du gekommen bist.«

Er lehnt sich mit dem Rücken gegen die Reling und grinst. »Hör auf, du klingst wie meine Frau. Sie beschwert sich ständig über den Pfeifengeruch. Vor allem jetzt.« Er seufzt und dreht sich wieder zum Meer um. »Bei Gott, es ist wirklich eine Erleichterung, diesem Haus entronnen zu sein. Frauen sind noch widerborstiger als sonst, wenn sie ein Kind erwarten. Warum wird man eigentlich nicht vorgewarnt, möchte ich wissen?«

»Letztes Jahr um diese Zeit hast du dir noch Sorgen gemacht, dass es dir überhaupt nicht gelingen könnte, einen Erben zu zeugen. Ich hätte doch gedacht, dass du dich freust.«

»Es geht allein darum, andere Leute zufriedenzustellen, Bruno. Von einem Mann meines Standes werden gewisse Dinge einfach erwartet. Sie entspringen nicht unbedingt den eigenen Wünschen.«

»Willst du denn nicht Vater werden?«

»Ich würde gerne Vater werden, wenn ich mich imstande sehen würde, selbst für den Unterhalt von Söhnen und Töchtern aufzukommen, statt immer noch im Haus meines Schwiegervaters zu leben. Aber … nun gut.« Er verschränkt seine

Hände miteinander und lässt die Knöchel knacken. »Solange ich keinen Erben habe, werden sie mich nicht in den Krieg ziehen lassen, weil es ja sein könnte, dass ich nicht zurückkomme. Also sollte ich mich vermutlich freuen.«

Die Segel blähen sich geräuschvoll über uns, das Schiff gleitet ruhig und majestätisch über das Wasser. Nach langem Schweigen klopft Sidney seine Pfeife an der Reling vor ihm aus.

»Ich habe vor zwei Tagen eine Gruppe bewaffneter Männer und Diener auf die Straße nach Plymouth geschickt. Sie werden uns dort treffen und Dom Antonio nach London zurückbegleiten.«

Meine früheren bösen Vorahnungen erwachen schlagartig wieder zum Leben.

»Zusammen mit uns«, betone ich.

Sidney dreht sich mit einem triumphierenden Lächeln zu mir um. Seine Augen glänzen in dem schwindenden Licht. Er packt mich am Ärmel. »Wir kehren nicht nach London zurück, mein Freund. Wenn Dom Antonio sich in Whitehall die Stiefel am Feuer wärmt, haben du und ich schon den halben Atlantik überquert.«

Ich starre ihn lange an, warte – hoffe – auf ein Zeichen dafür, dass dies wieder einer seiner Scherze ist. Doch das wilde Licht in seinen Augen lässt auf das Gegenteil schließen.

»Was sollen wir machen, uns irgendwo an Bord verstecken? Vielleicht hinter dem Gepäck?«

»Ich sagte doch, ich hätte einen Plan für dich, oder nicht?« Überaus zufrieden mit sich selbst, lehnt er sich zurück.

»Ich dachte, es könnte sich um etwas Realistisches handeln.«

»Verdammt, sei nicht so ein Schwarzseher, Bruno. Hör mir zu. Welches große Problem vereint uns beide?«

»Der Drang, Gedichte zu verfassen, und eine Vorliebe für schwierige Frauen.«

»Und noch etwas anderes.« Er sieht mich an; ich warte ab. »Wir sind nicht unabhängig, weil es uns an Geld fehlt.«

»Ah. Das.«

»Ganz genau! Und wie lösen wir dieses Problem? Wir müssen jemanden finden, der uns mit Geld versieht, oder wir müssen es selbst verdienen. Und da mir niemand einfällt, der zurzeit bereit sein könnte, uns mit Geld auszuhelfen, gibt es keinen besseren Weg, als es uns von den Spaniern zu holen, nicht wahr? Ruhmreich heimkehren und noch dazu mit reicher Beute – das Gesicht, das sie dann machen würde, wäre wirklich sehenswert.«

Einen Moment lang denke ich, er meint seine Frau, bis ich begreife.

»Das dient also alles dem Zweck, es der Königin heimzuzahlen? Weil sie dich nicht in die Niederlande geschickt hat? Du beabsichtigst, ohne ihre Erlaubnis an das andere Ende der Welt zu segeln?«

Er antwortet nicht sofort. Stattdessen blickt er über das Wasser hinweg und atmet tief durch.

»Weißt du, wie viel Gold Francis Drake von seiner Reise um die Welt zurückgebracht hat? Spanische Schätze im Wert von über einer halben Million Pfund. Zehntausend davon hat die Königin ihm für seine eigenen Zwecke zugebilligt, dazu noch eine große Summe, die er unter seinen Männern verteilt hat. Und das ist nur das, was er offiziell angegeben hat.« Sidney hält inne und schüttelt den Kopf. »Er hat sich ein Herrenhaus in Devon gekauft, eine ehemalige Abtei mit all dem dazugehörigen Land, und ein eigenes Wappen. Der Sohn eines Freisassen! Und ich kann mir noch nicht einmal ein kleines Landhaus für meine Familie leisten. Mein Sohn wird in dem Wissen aufwachsen, dass jeder Bissen, den er sich in den Mund schiebt, von seinem Großvater bezahlt wurde, während sein

Vater untätig und abhängig wie eine Frau danebengesessen hat. Was glaubst du, wie ich mich dabei fühle?«

»Ich verstehe, dass du frustriert und wütend auf die Königin bist.«

»Der Bursche, dem sie das Kommando in Flushing zu übertragen gedenkt, steht in jeder Hinsicht unter mir. Es ist eine öffentliche Demütigung. Ich kann nicht in dem Bewusstsein, dass der gesamte Hof sich auf meine Kosten amüsiert, durch die Galerien von Whitehall gehen. An jeder Ecke werde ich insgeheim als unmännlich verspottet.« Die auf der Reling ruhende Hand ballt sich zu einer Faust.

»Also musst du als strahlender Held nach Hause kommen.«

»Was kann ein Engländer denn sonst tun, als gegen die Spanier zu kämpfen?« Als er sich zu mir dreht, sehe ich, dass er vor Wut blass geworden ist. »Es ist nicht mehr als meine Pflicht, und sie hindert mich daran, sie zu erfüllen, weil sie Angst hat, ihre Favoriten aus den Augen zu lassen – sie will, dass wir uns alle an ihre Röcke klammern, weil sie das Alleinsein fürchtet. Aber ich bin zu Höherem berufen als dazu, den Schoßhund einer alternden Jungfer zu spielen, Bruno.« Er blickt sich hastig um, um sicherzugehen, dass niemand die letzte Bemerkung gehört hat. »Stell es dir doch einmal bildlich vor, ja, den Nervenkitzel, dem König von Spanien in seinem eigenen Reich entgegenzutreten und als reiche Männer nach England zurückzusegeln. Die Königin wird gar nicht genug Geschenke auftreiben können, um sich erkenntlich zu zeigen.«

Ich möchte am liebsten lachen, so ernst ist es ihm. Stattdessen reibe ich mir über die Bartstoppeln auf dem Kinn und halte dann die Hand über den Mund gelegt, bis ich mit unbewegtem Gesicht sprechen kann.

»Hast du das wirklich ernsthaft vor? Mit Drake in die Karibik zu segeln? Weiß er das überhaupt schon?«

Er zuckt die Achseln, als wäre das eine unbedeutende Kleinigkeit. »Ich habe es mehrfach angedeutet, als ich ihm diesen Sommer bei den Vorbereitungen zur Hand gegangen bin. Ich bin nicht sicher, ob er mich ernst genommen hat, aber ich kann mir nicht vorstellen, dass er Einwände erhebt.«

»Das wird er ganz sicher, wenn er erfährt, dass du ohne Zustimmung der Königin und gegen ihren Willen mitreist. Er wird ihre Gunst nicht verlieren wollen.« Aber ich denke nicht an Drake und seinen Vorteil, sondern nur an mich selbst. Die Königin wird vor Wut schäumen, wenn Sidney sich über ihren Befehl hinwegsetzt, und wenn ich mich an diesem Unternehmen beteilige, werde auch ich ihren Zorn zu spüren bekommen. Sidney wird wieder nach ganz oben gelangen, weil er ist, wer er ist, aber ich könnte bei ihr endgültig verspielt haben. Und das wäre noch das Beste, was dabei herauskommt, denn es setzt voraus, dass wir alle zurückkehren.

»Francis Drake wäre ohne mich gar nicht in der Lage, diese Reise überhaupt anzutreten«, erwidert Sidney eindringlich. »Die Hälfte der Schiffe in der Flotte und ein guter Teil des zusammengebrachten Geldes stammt von privaten Investoren, die *ich* aufgetan habe; Gentlemen, die *ich* überredet habe, zur Finanzierung dieses Unterfangens beizutragen.« Er drückt seinen Daumen auf die Brust, um seinen Worten Nachdruck zu verleihen. »Er kann mich ja schwerlich am Kai wegschicken.«

Ich schüttele den Kopf und schaue über die Wellen. Er übertreibt, was seine Rolle bei diesem Unternehmen betrifft, da bin ich sicher, aber man kann nicht vernünftig mit ihm reden, wenn er sich etwas in den Kopf gesetzt hat. Wenn er keine Einwände der Königin von England gelten lässt, wird er erst recht nicht auf mich hören.

»Ich habe keine militärische Erfahrung, Philip, ich bin kein Kämpfer. Das ist nichts für mich.«

Er schnaubt. »Wie kannst du so etwas sagen? Ich habe dich kämpfen sehen, Bruno, und du bist mit Männern fertiggeworden, die doppelt so groß waren wie du. Für einen Philosophen kannst du erstaunlich beherzt auftreten.« Er bedenkt mich plötzlich mit einem Grinsen, und mich durchströmt Erleichterung; ich fürchtete nämlich, dass wir kurz davorstehen, uns zu entzweien.

»Ich kann mich in einer Schenkenschlägerei behaupten, wenn es sein muss. Das lässt sich nicht unbedingt mit dem Kapern eines Schiffes oder der Einnahme eines Hafens vergleichen. Von welchem Nutzen wäre ich denn auf See?«

»Von welchem Nutzen bist du denn jetzt in London, wo der Botschafter jeden deiner Schritte überwachen lassen oder dich gleich ganz hinauswerfen will? Wem nutzt du in Paris, der katholischen Liga zum Fraß vorgeworfen, die dich ausbeuten würde, um König Henri zu stürzen? Im Moment nutzt du überhaupt niemandem, Bruno, nicht ohne einen einflussreichen Gönner.«

Ich wende mich mit einem Ruck ab und schweige, bis ich mich darauf verlassen kann, sprechen zu können, ohne dass meine Stimme meinen Ärger verrät. Ich spüre, wie es in Sidney brodelt; er klopft mit dem Stiel der Tonpfeife hart gegen den hölzernen Handlauf, bis die Pfeife zerbricht und er sie fluchend ins Meer schleudert.

»Danke, dass Ihr mich an meine untergeordnete Stellung erinnert habt, Sir Philip«, sage ich endlich gepresst.

»Oh, um der Liebe Christi willen, Bruno! Ich wollte nur sagen, dass du im Moment auf dieser Reise nützlicher sein kannst als irgendwo sonst. Außerdem hat er eigens nach dir verlangt.«

»Wer?«

»Francis Drake. Deswegen habe ich dich eingeladen.«

»Drake kennt mich gar nicht. Warum sollte er mich brauchen können?«

»Nun, er kennt dich nicht namentlich. Aber diesen Sommer hat er mich in London gefragt, ob ich einen Gelehrten für ihn ausfindig machen kann, der ihm in irgendeiner Angelegenheit behilflich sein soll. Es war ihm sehr wichtig, obwohl er den Grund dafür nicht verraten wollte.«

»Aber *du* bist ein Gelehrter. Das weiß er doch sicherlich?«

»Ich bin anscheinend nicht geeignet. Er sucht jemanden, der sich mit alten Sprachen und alten Texten auskennt. Einen gebildeten und diskreten Mann für eine heikle Aufgabe, sagt er. Ich versicherte ihm, genau den Richtigen zu kennen.« Sidney strahlt, jetzt wieder die verkörperte Herzlichkeit, und legt mir einen Arm um die Schulter. »Er wies mich an, dich nach Plymouth mitzubringen, wenn ich dorthin reise. Denk nur, Bruno – ich weiß nicht, was er will, aber wenn du ihm irgendeinen Dienst erweisen kannst, könnte uns das den Weg zu einer Kabine auf seinem Schiff ebnen.«

Ich erwidere nichts darauf. Als er mich zu dieser Reise nach Plymouth eingeladen hat, hat er mich mit Schmeicheleien überschüttet: Er würde nicht im Traum daran denken, ohne mich zu gehen, sagte er; er würde die Gespräche mit mir vermissen; es gäbe niemanden aus seinem Kreis am Hof, mit dem er lieber reisen würde, niemanden, dessen Gesellschaft er mehr schätzen würde. Jetzt geht mir auf, dass er mich als Handelsware einsetzen will; als etwas, das er benutzen kann, um mit Drake zu feilschen. Wie ein törichtes Mädchen habe ich mich zu dem Glauben verleiten lassen, dass er mich um meiner Eigenschaften und Fähigkeiten willen mitnehmen wollte. Ich weiß auch, dass es absurd ist, sich deswegen gekränkt zu fühlen, und das steigert meinen Zorn auf ihn und auf mich selbst noch. Ich schüttele seinen Arm ab.

»Ah, komm schon, Bruno, ich kann mir nicht vorstellen, ohne dich zu reisen – willst du mich monatelang am Stück der Gesellschaft graubärtiger alter Seebären aussetzen, die nur über Käfer im Essen, Tauwerk und das Trinken ihrer eigenen Pisse reden? Einem solchen Schicksal würdest du mich doch nicht ausliefern?« Er sinkt auf ein Knie und presst flehend die Hände gegeneinander.

Ich ringe mir zögernd ein Lächeln ab. »Käfer und unsere eigene Pisse trinken? Also schön, du hast es mir schmackhaft gemacht.«

»Siehst du? Ich wusste, dass du nicht widerstehen können würdest.« Er springt wieder auf die Füße und klopft sich ab.

Unsere Freundschaft hat sich schon immer durch gutmütige Neckereien ausgezeichnet, aber seine Worte von vorhin haben mir einen Stich versetzt. Vielleicht entsprachen sie wirklich dem Bild, das er von mir hat. Ohne einen einflussreichen Gönner bin ich ein Nichts.

»Ernsthaft, Philip.« Ich drehe mich um, um ihm in die Augen zu sehen. »So offen das Missfallen der Königin zu riskieren – bist du wirklich dazu bereit? Was mich betrifft, bin ich mir nicht so sicher.«

»Ich schwöre dir, Bruno, wenn wir heimkommen, wird der Anblick der Reichtümer, die wir ihr für ihre Schatzkammer bringen, sie alles andere augenblicklich vergessen lassen.« Als ich keine Antwort gebe, beugt er sich vor und dämpft seine Stimme zu einem Flüstern. »Dir ist schon klar, dass Walsingham dich nicht aus Wohltätigkeit bezahlt. Er entlohnt dich für Informationen. Und wenn Baron de Châteauneuf dich so gut wie verbannt hat, wie kannst du ihm dann weiterhin welche liefern?«

»Ich werde einen Weg finden. Das habe ich bislang immer getan. Walsingham weiß, dass ich ihn nicht im Stich lasse.«

»Ach komm, Bruno!« Er schüttelt mich leicht, um mich bei Laune zu halten. »Sehnst du dich nicht danach, die Neue Welt zu sehen? Was nutzt es, von Welten hinter Fixsternen zu träumen, wenn du es noch nicht einmal wagst, deinen eigenen Globus zu bereisen?« Er fährt sich mit der Hand durch das Haar, sodass es vorne in Büscheln hochsteht, eine unbewusste Geste, die er immer vollführt, wenn er aufgeregt ist. »Du bist siebenunddreißig Jahre alt. Wenn du nicht mehr vom Leben verlangst, als mit einem Buch in einem Raum zu sitzen, dann weiß ich nicht, warum du eigentlich je dein Kloster verlassen hast.«

»Weil ich von der Inquisition zum Tode verurteilt worden wäre«, gebe ich ruhig zurück. Was er sehr wohl weiß. Aber wie erklärt man einem Mann wie Sidney die Realität eines Lebens im Exil? »Und was ist mit deiner Frau und deinem Kind?«, füge ich hinzu, als er sich erneut reckt und sich wie zum Gehen abwendet.

Er sieht mich an, als würde er die Frage nicht verstehen. »Was soll mit ihnen sein?«

»Dein erstes Kind soll in … was … drei Monaten zur Welt kommen? Und du willst dich zu diesem Zeitpunkt mitten auf einem Ozean befinden?« Mit nicht allzu großen Chancen auf eine Rückkehr, aber das sage ich nicht laut. Selbst ich weiß, dass Francis Drake von seiner berühmten Weltumschiffung mit nur einem Schiff von sechsen und einem Drittel seiner Männer zurückgekommen ist. Aber Sidney ist unbelehrbar wie ein kleiner Junge, der sein Herz an etwas gehängt hat; er glaubt felsenfest daran, dass wir glorreich und mit Warenladungen spanischen Goldes zurückkehren werden.

Er runzelt die Stirn. »Ich habe meinen Teil der Aufgabe erfüllt. Sie wird das Kind bekommen, ob ich nun da bin oder nicht, und sie hat genug Hebammen, die sich um sie kümmern. Herrgott, Bruno, ich habe getan, was sie von mir verlangt haben, ich habe einen Erben gezeugt. Zu diesem Zweck haben sie mich ja die letzten beiden Jahre in Barn Elms eingesperrt. Steht mir jetzt nicht ein bisschen Freiheit zu?«

Ich bin versucht anzumerken, dass er möglicherweise den Sinn der Ehe falsch versteht, aber ich halte mich zurück; ich bin schwerlich qualifiziert, ihm in puncto Frauen Ratschläge zu erteilen. Außerdem bringt es nichts, ihn noch weiter zu reizen. Sein Zorn richtet sich, wie ich jetzt sehe, nicht gegen mich, sondern gegen jeden, der dieselben Einwände vorbringen würde: seine Frau, sein Schwiegervater, Francis Drake, die Königin. Er probt seine Rechtfertigung. Ich hege große Zuneigung für Sidney, und er hat viele Eigenschaften, die ich bewundere, aber er kann sich wie ein verzogenes Kind benehmen und nimmt es übel, wenn seine Pläne durchkreuzt werden.

»Es könnte auch ein Mädchen werden«, versetze ich.

Er gibt einen unwirschen Laut von sich. »Ich gehe wieder nach unten, einen Schluck trinken. Kommst du mit?«

»Ich denke, ich werde noch eine Weile hierbleiben.«

»Wie du willst.« Oben auf den Stufen des Hauptdecks dreht er sich um und stützt eine Hand auf das Geländer. »Du weißt, dass ich versuche, einen Weg zu finden, um dir zu helfen, Bruno. Ich dachte, du würdest dich ein bisschen dankbarer zeigen.« Er klingt gekränkt. In meiner Verblüffung über seinen verrückten Plan ist es mir nicht in den Sinn gekommen, dass ich seine Gefühle verletzt haben könnte.

»Entschuldige. Ich bin dir für deine Bemühungen dankbar – glaub es mir.«

»Dann kommst du also mit? In die Neue Welt?« Sein Gesicht hellt sich auf.

»Lass mir Zeit, um mich an die Idee zu gewöhnen.«

Er verschwindet Richtung Unterdeck, und ich richte meine Aufmerksamkeit wieder auf das unruhige schwarze Wasser ringsum. Zwei Wochen auf einem Schiff hatten eine Abwechslung verheißen; Monate am Stück sind eine ganz andere Aussicht. Im Sonnenlicht hatte das Meer freundlich und friedlich gewirkt; jetzt überwältigt mich seine unendliche Weite. Es herauszufordern, zu versuchen, es mit einem so kleinen Schiff zu bezwingen, erscheint mir auf eine groteske Weise vermessen. Aber vielleicht wirken alle Heldentaten am Anfang wie Narreteien. Die Brise weht mir das Haar aus dem Gesicht, und mir wird bewusst, dass die Sonne vollständig untergegangen und der Horizont zu beiden Seiten nicht mehr zu sehen ist. Es gibt keine Trennlinie zwischen Meer und Himmel mehr, nur noch endlose Dunkelheit und die gleichmütigen Sterne.

2

Zwei Tage später, am frühen Abend des dreiundzwanzigsten August, umrunden wir die Landspitze und biegen in den Plymouth Sound ein. Unter den Männern an Deck brandet Jubel auf. Der Wind war nicht auf unserer Seite, seit wir die Küste von Kent passiert hatten und in das englische Meer hinausgesegelt waren, weshalb wir langsamer vorankamen, als Knollys vorhergesagt hatte, aber jetzt ist der Himmel über uns klarer, und die Sonne schimmert auf eine breite, zu drei Seiten von sacht abfallenden Klippen mit dunkelgrünem Baumbewuchs gesäumte Bucht. Sidney und ich haben die letzte Stunde am Bug gestanden und uns die Hälse verrenkt, um den ersten Blick auf den Hafen zu erhaschen, aber nichts hätte mich auf das atemberaubende Schauspiel der im Sound ankernden Flotte vorbereiten können.

Ungefähr dreißig Schiffe verschiedener Größe, das größte in Schwarz und Weiß gehalten und sogar noch imposanter als die *Galleon Leicester*, liegen hier vor Anker; zwischen bemalten Kriegsschiffen und Handelsschiffen dümpeln ungefähr zehn kleinere Pinassen mit eingeholten Segeln und flatternden Bannern, deren Wappenfarben sich bunt vom fahlen Himmel abheben, sacht auf der Dünung. Das Wasser glitzert, und das Ganze erweckt den Eindruck eines prachtvollen Festumzugs. Ich ertappe mich dabei, alles so entzückt wie ein Kind mit offenem Mund anzustarren. Sidney geht es nicht anders, und die Besatzung an Deck bricht beim Anblick ihrer Kameraden erneut in Jubelrufe aus. Bis zu diesem Moment hätte ich behauptet, kein großes Interesse an der Seefahrt zu haben, aber die versammelte Flotte bietet wirklich ein Bild, das den Abenteuergeist weckt. Ich stelle mir vor, wie alle diese Schiffe auf Drakes Befehl hin mit dem Ziel Neue Welt in Formation den Hafen verlassen und Sidney und ich am Bug stehen und in Richtung eines unbekannten Horizonts in die Sonne blinzeln, um lange Zeit später unter Salutschüssen der Kanonen an der Küste von Plymouth mit vor spanischem Gold platzenden Taschen zurückzukehren. Sidney hält das wirklich für möglich, und jetzt, wo wir hier sind, ist es schwierig, sich von seiner Überzeugung nicht anstecken zu lassen. Plötzlich entlädt sich über uns eine Salve von Befehlen, gefolgt von dem schweren Klatschen von Segeltuch, als die Segel eingeholt, Taue geschleppt, Ketten mit lautem Klirren von Metall auf Metall in die Tiefe gelassen werden. Der mächtige, knarrende Rumpf der *Galleon Leicester* kommt fast zum Stillstand, als ihre Anker ausgeworfen und Ruderboote an ihren Seiten zu Wasser gelassen werden. Knollys dreht sich zu uns. Seine Augen leuchten vor Stolz, als wäre das ganze Schauspiel allein sein Verdienst.

»Dort, Gentlemen, seht Ihr das Flaggschiff, die *Elizabeth Bonaventure*, die von Sir Francis Drake selbst befehligt wird. Und dort die *Tiger*, deren Kapitän Master Carleill ist.«

Er deutet über den Sound. Sidney wirft mir einen Seitenblick zu und schneidet eine Grimasse. Die Hälfte der Investoren in diese Expedition besteht aus Männern, die er vom Hof her kennt, und viele der Offiziere haben Verbindungen zu seiner eigenen Familie. Er wird seine Pläne für sich behalten müssen, bis die Flotte auf See ist, weil Walsingham sonst von seinem Vorhaben erfahren könnte.

Knollys, dessen ausgestreckter Arm einen langen Schatten über das Deck wirft, bemerkt nichts und fährt fort: »Dort drüben liegen die *Sea Dragon*, die *White Lion* und die *Galliot Duck*, und das dort ist die kleine *Speedwell* und daneben die *Thomas Drake*, die nach dem Bruder des Generalkapitäns benannt wurde und unter seinem Befehl steht.«

Wir sind nah genug, um die Besatzungen der anderen Schiffe sehen zu können, die Männer huschen die Takelage hoch und hinunter und schwärmen wie Insekten über die Decks. Jetzt, wo wir uns in dem geschützten Hafen befinden, hat der Wind nachgelassen, und zum ersten Mal, seit wir London verlassen haben, spüre ich die Wärme der Sonne auf meinem Rücken.

»Und wie heißt diese Insel?« Ich deute auf einen felsigen Hügel, der aus der Mitte des Sounds aufragt. Klippen steigen zu einem bewaldeten Grat an, und auf dem Gipfel lugt ein Turm über die Baumlinie hinweg.

»St. Nicholas Island«, erklärt Knollys, dabei schützt er seine Augen mit einer Hand vor dem Sonnenlicht. »Aber die Einheimischen nennen sie Drake's Island. Sir Francis hat versucht, Mittel aufzutreiben, um für den Fall einer Invasion die Befestigungsanlagen zu verstärken. In den letzten Jahren war eine Garnison dort stationiert, doch ich glaube, sie wurde aus Geldmangel abgezogen. Jetzt kommt, der Generalkapitän, wie wir ihn auf dieser Reise nennen müssen, wird uns erwarten.«

Er führt uns eine Treppenflucht hinunter unter Deck, wo er befiehlt, Strickleitern durch eine Luke in der Seite zu werfen. Dabei handelt es sich um dünne, unsicher aussehende Gebilde, doch Knollys schwingt sich mühelos in die Luke und hangelt sich zu den beiden stämmigen Seeleuten hinab, die in dem Ruderboot unter uns das Ende der Leiter festhalten. Sidney stößt mich an, damit ich ihm folge, ein schweigender Seemann hilft mir durch die Luke, und dann klettere ich hinunter, ohne nach unten zu blicken, umklammere die Seile, bis meine Handflächen brennen, setze einen Fuß unter den anderen und bin mir die ganze Zeit Sidneys ungeduldiger Füße direkt über meinem Kopf bewusst.

Die Ruderer schlängeln sich zwischen den anderen Schiffen hindurch, und von diesem Blickwinkel, von der Wasserlinie aus, wird einem klar, wie ungeheuer groß diese Galeonen sind. Ihre Rümpfe reichen an die Höhe einer Kirche heran, die Masten verschwinden so hoch am Himmel, dass man sich den Hals verrenken muss, bis man fast in der Horizontalen liegt, um die Spitzen sehen zu können. Gleitet man zwischen ihnen hindurch, kommt man sich vor wie in einer schmalen Gasse zwischen hohen Gebäuden, wenn sich Gebäude aus ihren Fundamenten lösen, schlingern und sich anheben könnten. Flöten und Gamben spielen eine muntere Melodie, die über das Wasser weht und von grölendem Gesang begleitet wird, der nach einem Vers in Gelächter umschlägt. Nach einigen weiteren Ruderschlägen prallt unser Boot gegen eine mit Muscheln und Seepocken übersäte steile Holzwand, an der uns erneut eine schwankende Leiter erwartet. Ich mustere meine Handflächen. Sidney bemerkt es und lacht.

»Rechne nicht damit, mit den weichen Händen eines Gentlemans zurückzukehren, Bruno.«

»Ich bin nicht sicher, ob ich je die weichen Hände eines Gentlemans hatte«, erwidere ich, strecke meine Hände vor und studiere beide Seiten, wie um den Beweis dafür zu erbringen. Meine Fingerspitzen sind wie üblich mit Tintenflecken bedeckt.

»Die Damen am französischen Hof sagen etwas anderes«,

entgegnet er mit einem breiten Grinsen. Das ist einer von Sidneys Lieblingsscherzen: dass ich mich durch die Betten der Herzoginnen und Kurtisanen von Paris geschlafen habe, bevor ich mein scharfes Auge auf England gerichtet habe. Es erheitert ihn, dass ich einst Mönch war; er kann sich nicht vorstellen, wie ich es geschafft habe, all diese Jahre, meine besten Mannesjahre, keusch zu bleiben. Er kann nur davon ausgehen, wie er sich verhalten hätte, und so witzelt er gerne, dass ich, seit ich den Orden verlassen habe, alles in Sichtweite bespringe wie ein junger Hund ein Stuhlbein. Es amüsiert ihn umso mehr, weil es nicht stimmt.

Knollys klettert als Erster die Leiter hoch. Sidney folgt ihm, und mir bleibt es überlassen, die Nachhut zu bilden. Dieses Schiff ist sogar noch höher als die *Leicester*, meine Arme beginnen zu schmerzen, und die Leiter scheint nicht enden zu wollen. Ich wage nicht, irgendwo anders hinzublicken als direkt vor mich, auf die Seile und die Holzwand, an der ich mir jedes Mal die Knöchel aufschürfe, wenn mich die Dünung dagegenschleudert. Als sich mein Kopf auf gleicher Höhe mit der Reling befindet, greife ich nach ihr, und meine Hand rutscht ab. Einen schwindelerregenden Moment lang fürchte ich, den Halt zu verlieren, doch eine starke Hand umschließt mein Handgelenk und zerrt mich unelegant über die Seite.

»Ganz ruhig.«

Ich erlange das Gleichgewicht wieder und blicke zu meinem Retter auf.

»Und wen hätten wir da beinahe an die Fische verloren?«, fragt er nicht unfreundlich. Als er lächelt, blitzt ein Goldzahn in der Ecke seines Mundes auf.

»Doktor Giordano Bruno aus Nola, zu Euren Diensten.« Mein Herz hämmert bei dem Gedanken, dass ich beinahe aus der vollen Höhe des Schiffs ins Wasser gestürzt wäre – vor Erleichterung oder Schreck oder beidem. »Sir«, füge ich hinzu, als mir klar wird, mit wem ich spreche.

Er muss sich nicht vorstellen. Die ruhige Autorität des Mannes, seine natürliche Selbstsicherheit, die Art, wie ihn die anderen in einem ehrerbietigen Halbkreis umringen, lassen mich nicht daran zweifeln, dass ich denjenigen vor mir habe, den die Spanier *El Draco*, den Drachen, nennen. Englands berühmtester Freibeuter klopft mir lächelnd auf die Schulter.

»Dann heiße ich Euch auf der *Elizabeth Bonaventure* willkommen. Seid Ihr ein Doktor der Medizin?« Ein hoffnungsvoller Ausdruck huscht über sein Gesicht.

»Der Theologie, fürchte ich. Weniger nützlich.« Ich lächele entschuldigend.

»Oh, ich weiß nicht.« Er mustert mich wohlwollend. »Wir werden schon Verwendung für Euch haben. Kommt, Gentlemen – seid Ihr hungrig? Wir werden in meiner Kabine speisen.«

Knollys senkt den Kopf. »Danke. Es gibt viel zu besprechen.«

»Ah, Kapitän Knollys.« Francis Drake reibt seinen Bart, und sein Lächeln verfliegt. »Mehr, als Ihr ahnt.«

Einen Moment schwingt eine Bekümmerung in seiner Stimme mit, die meine Aufmerksamkeit weckt, doch er wendet sich ab und erteilt einem der in seiner Nähe stehenden Männer ein paar Befehle. Das gibt mir Gelegenheit, den Generalkapitän unbeobachtet zu studieren. Er ist breitschultrig und kräftig gebaut, größer als ich, wenn auch nicht so groß wie Sidney, hat ein offenes Gesicht, und seine Haut ist von den Jahren auf See gebräunt und wettergegerbt. Weiße Fältchen liegen um seine Augenwinkel, als würde er so oft lachen, dass die Sonne sie nicht erreichen konnte. Sein braunes Haar ist schütter und an den Schläfen von grauen Strähnen durchzogen, die in seinem sauber gestutzten Bart noch deutlicher sichtbar sind. Ich schätze ihn auf Mitte vierzig. Jetzt verstehe ich, warum Sidney trotz seiner Prahlerei mit seinem höheren Rang so erpicht darauf ist, diesen Mann zu beeindrucken; Drake strahlt eine Aura ruhiger, durch Erfahrung erworbener Kraft aus, und in dieser Hinsicht erinnert er mich ein wenig an meinen eigenen Vater, einen Berufssoldaten, obwohl Drake keine zehn Jahre älter sein kann als ich. Zu meiner Verwunderung möchte ich, dass er Gefallen an mir findet.

Drake dreht sich wieder zu uns und klatscht in die Hände. »Dann kommt. Ihr sollt wenigstens Euren Durst stillen, während wir auf das Essen warten.«

Als wir ihm zum anderen Ende des Decks folgen, hält die Besatzung mit ihrer Tätigkeit inne und sieht uns nach. Mir fällt auf, dass an Bord dieses Schiffes eine eigenartige Atmosphäre herrscht; in der Art, wie die Männer uns aus den Augenwinkeln heraus beobachten, schwingen ein dumpfer Argwohn und noch etwas anderes mit, eine stumme Unruhe. Es wird weder Musik gemacht noch gesungen. Die Männer wechseln nur die notwendigsten Worte miteinander, ich höre nichts von dem zotigen, gutmütigen Geplänkel, an das ich mich bei der Besatzung der *Leicester* gewöhnt habe. Haben sie etwas gegen unsere Anwesenheit einzuwenden? Oder sind sie aus Respekt verstummt? Mein Blick kreuzt sich mit dem eines Mannes, der mich unter buschigen Brauen, die in der Mitte zusammentreffen, hervor anstarrt; seine Miene ist zurückhaltend, aber feindselig. Irgendetwas stimmt hier nicht.

Drake führt uns zu einer Tür unter dem Achterdeck, wo zwei untersetzte Männer mit Hellebarden an ihren Seiten Wache stehen und mit grimmigen Gesichtern unverwandt nach vorne blicken. Das Licht wird von den Klingen ihrer Waffen widergespiegelt. Ich empfinde die Gegenwart der Männer als beunruhigend. Vermutlich bewahren Drake und die anderen Offiziere wertvolle Gegenstände in ihren Kabinen auf, auf die sie ein Auge haben müssen, aber eine so strenge Bewachung scheint mir von einem beträchtlichen Mangel an Vertrauen in seine Besatzung zu zeugen. Drake beugt sich vor, um leise murmelnd ein paar Worte mit einem der Wachposten zu wechseln, dann öffnet er die Tür und bittet uns in eine ansprechend ausgestattete Kabine, deren Proportionen ungefähr denen von Knollys' Quartier an Bord der *Leicester* entsprechen, allerdings ist diese Unterkunft nüchterner möbliert. Die Dekorationen beschränken sich auf einen Webteppich auf dem Boden und dunkelrote, an den Rändern des breiten, um drei Seiten der Kabine verlaufenden Fensters geraffte Vorhänge. Davor steht ein großer Eichentisch, auf dem neben Seekarten und Papieren mit Berechnungen und Zeichnungen der Küstenlinie eine riesige Landkarte ausgebreitet ist. Hinter dem Tisch beugt sich, mit einer Schreibfeder in der Hand, ein magerer junger Mann mit einem strohblonden Haarschopf und kleinen runden Augengläsern auf der Nase über die Karten. Er hebt ruckartig den Kopf, als wir eintreten, starrt uns mit hüpfendem Adamsapfel kurz an und beginnt dann die Papiere so hastig zusammenzuschieben, als hätten wir ihn beim Betrachten erotischer Drucke ertappt.

»Danke, Gilbert, räum das weg und lass uns allein, ja?«, sagt Drake.

Der junge Mann nickt und nimmt die Augengläser ab. Ohne sie ist er gezwungen, uns anzublinzeln. Er rollt die Karten mit dem Geschick langer Übung zusammen und sammelt die Papiere ein, dabei wirft er mir und Sidney neugierige Blicke zu.

»Das ist die Mercatorprojektion, nicht wahr?« Ich beuge mich vor und deute auf die große Karte, die er gerade aufrollt. Er späht zu mir, dann wandert sein Blick zu Drake, als müsse er dessen Erlaubnis einholen, mir zu antworten.

»Ihr versteht etwas von Kartografie, Doktor Bruno?« Drake betrachtet mich mit neuem Interesse.

»Nur ein wenig«, erwidere ich hastig, als die Welt unter den tintenfleckigen Fingern des jungen Mannes in einem leeren Zylinder verschwindet. »Aber jeder, der sich für Kosmografie interessiert, ist mit der Mercatorkarte vertraut. Der erste wirkliche Versuch, die Oberfläche einer Kugel auf eine Fläche zu übertragen und Länge und Breite mit mathematischer Genauigkeit zu berechnen.«

»Ganz genau«, pflichtet der junge Mann bei. Sein Gesicht belebt sich plötzlich. »Es ist die erste speziell für die Navigation auf See entworfene Projektion des Globus. Mercators große Leistung besteht in der Anpassung der Breitengrade an die Krümmung der Erde. Es bedeutet, dass wir jetzt den Kurs eines Schiffes anhand einer konstanten Position …« Sein Blick fällt auf Drakes Gesicht, und er schluckt den Rest der Erklärung hinunter. »Verzeiht, ich vergaloppiere mich.«

»Mein Sekretär, Gilbert Crosse.« Drake deutet mit einem nachsichtigen Lächeln auf den jungen Mann, der sich hinter dem Tisch hervorschiebt. »Gilbert, das sind unsere gerade mit der *Leicester* eingetroffenen Gäste: Kapitän Knollys, Sir Philip Sidney und Doktor Giordano Bruno.« Der Sekretär lächelt nervös und streckt mir die linke Hand zur Begrüßung hin, was ich zunächst für einen Scherz halte. Doch als er seinen Fehler bemerkt, wird er rot. Crosse ist offensichtlich Linkshänder. Seine rot geränderten Augen bleiben an mir hängen, als er die Papiere in einem Schrank einschließt und anschließend den Raum verlässt.

»Ein sehr begabter Junge.« Drake nickt in Richtung der Tür, nachdem Gilbert sie hinter sich geschlossen hat. »Kam durch Walsingham zu mir, wisst Ihr. Nehmt Platz, Gentlemen.«

Hinter dem Tisch sind hölzerne Bänke in die Wandtäfelung

eingelassen. Wir quetschen uns hinein, während Drake Wein aus einer Kristallkaraffe in zarte venezianische Gläser füllt. Der junge Sekretär hat einen Jakobsstab aus Messing auf dem Tisch liegen lassen, ein Instrument, mit dem man die geografische Breite bestimmt; mein Freund John Dee, der ehemalige Astronom der Königin, hatte einen in seiner Bibliothek. Ich nehme ihn in die Hand, und da niemand etwas dagegen zu haben scheint, halte ich ein Ende gegen meine Wange, richte das andere auf die gegenüberliegende Wand und stelle mir vor, dass ich es auf eine Linie mit dem Horizont bringe.

»Vorsichtig, Bruno, sonst stichst du noch jemandem ein Auge aus.« Sidney macht sich auf der Bank breit und legt einen Arm hinter meinem Rücken auf die Lehne.

Ich lasse den Jakobsstab sinken und stelle fest, dass Drake mich interessiert beobachtet. »Könnt Ihr damit umgehen?«

»Man hat mir gezeigt, wie man den Winkel zwischen dem Horizont und dem Polarstern berechnet, aber nur an Land.« Ich lege das Gerät wieder auf den Tisch. »Ich schätze, das zählt nicht.«

»Damit könnt Ihr schon mehr als viele andere. Eine ungewöhnliche Fähigkeit für einen Theologen. Wisst Ihr, wie man einen Jakobsstab handhabt, Sir Philip?« Drake wendet sich mit einem boshaften Funkeln in den Augen an Sidney.

Sidney winkt ab. »Ich fürchte, nein, Drake, aber ich bin bereit, es zu lernen.«

Drake reicht ihm höflich lächelnd ein Glas Wein. Es kann ihm nicht entgangen sein, dass Sidney ihn nicht mit dem ihm zustehenden Titel anredet; beide sind in den Ritterstand erhoben worden und bekleiden daher den gleichen Rang, aber das kann man Sidney einfach nicht klarmachen. Ich beobachte Drake, als er mein Glas vor mich hinstellt. Die Anspannung, die ich bei den Männern an Deck gespürt habe, ist auch hier hineingesickert, in die kultivierte Atmosphäre der Kapitänskabine. Unwillkürlich muss ich an die bewaffneten Wachposten vor der Tür denken.

Der Türriegel klickt leise, und Drake erhebt sich blitzschnell von seiner Bank; seine rechte Hand fährt zum Heft seines Schwertes, doch er entspannt sich beim Anblick der Neuankömmlinge, einem halben Dutzend Männer mit windgegerbten Gesichtern, die in die kostspieligen Gewänder von Gentlemen gekleidet sind. Angeführt werden sie von einem Mann ungefähr meines Alters, der etwas dünner als Drake, ihm aber sonst so ähnlich ist, dass es sich nur um einen Verwandten handeln kann. Er geht zu dem Tisch hinüber und umarmt Drake.

»Thomas! Kommt, setzt euch zu uns, ihr alle.« Drake deutet auf die Bank neben Sidney. In seinem Lachen schwingt Erleichterung mit, und ich mustere ihn neugierig; ich frage mich, was für Ereignisse eine solche nervöse Anspannung bei diesem großen Kapitän ausgelöst haben können. »Sir Philip Sidney kennt ihr natürlich, und dies ist sein Freund, Doktor Bruno. Die beiden wollen Dom Antonio in Empfang nehmen, mit dessen Ankunft wir täglich rechnen. Gentlemen, darf ich Euch Thomas Drake vorstellen, mein Bruder und meine rechte Hand. Und dies ist Master Christopher Carleill, auf dieser Reise der Generalleutnant aller meiner Truppen.« Er deutet auf einen gut aussehenden, athletischen Mann Anfang dreißig mit goldenen Locken und scharfen Augen. Ich sehe, wie Sidney sich ein Lächeln abringt: Dieser Carleill ist Walsinghams Stiefsohn, der – obwohl kaum älter als Sidney – schon auf die steile militärische Karriere zurückblicken kann, die Sidney so sehnlichst anstrebt.

Nach Carleill werden wir Kapitän Fenner vorgestellt, dem das Alltagskommando auf der *Elizabeth Bonaventure* obliegt; Drake segelt zwar auf dem Flaggschiff, wird aber völlig von der Koordinierung der gesamten Flotte in Anspruch genommen. Hinter Fenner stehen drei grauhaarige, ernste Männer, auch sie bewährte Kommandanten von Drake, die ihn auf seiner berühmten Reise um die Welt begleitet haben und zurückgekehrt sind, um ihr Leben und ihre Schiffe erneut in seinen Dienst zu stellen.

Knollys ist erfreut, seine alten Kameraden wiederzutreffen; es kommt zu Umarmungen und freudigen Ausrufen, obwohl die Begrüßungen der neu hinzugekommenen Kommandanten insgesamt eigenartig gedämpft ausfallen. Mir und Sidney begegnen sie mit schroffer Höflichkeit, und erneut beschleicht mich das Gefühl, dass sie uns nur gezwungenermaßen willkommen heißen und die Atmosphäre von unausgesprochener Furcht vergiftet ist.

»Jetzt, wo die *Leicester* zu Euch gestoßen ist, wird die Flotte vermutlich ablegen, sobald die Gezeiten es erlauben?«, wendet sich Sidney an Drake.

Drake und sein Bruder wechseln einen Blick. Schweigen macht sich breit. »Ich denke«, erwidert der Generalkapitän langsam, dabei dreht er sein Glas in der Hand, »dass uns nichts anderes übrig bleibt, als noch etwas zu warten. Erst müssen gewisse Angelegenheiten geklärt werden.«

Sidney nickt, als würde er verstehen. »Ihr seid mit dem Verladen der Vorräte noch nicht fertig? Das kann sich hinziehen.«

»Etwas in der Art.« Drake lächelt. Ein Nerv zuckt unter seinem Auge. Er legt die Hände flach auf den Tisch. Das Schiff schlingert leicht, und die Sonne wirft wässrige Schatten auf die getäfelten Wände der Kabine; Reflektionen des Meeres draußen vor dem Fenster.

Es klopft fast unhörbar an der Tür. Ich bemerke, dass Drake erstarrt, aber es sind nur die Aufwärterjungen mit den Speisen. Solche plötzlichen, nervösen Bewegungen sind die Reaktionen eines Menschen, der sich gejagt fühlt – ich erkenne sie, weil ich selbst oft so gelebt habe, immer mit der Hand in der Nähe des Messers an meinem Gürtel. Aber was hat der Flottenkommandant an Bord seines eigenen Flaggschiffs zu befürchten?

Ich hatte immer geglaubt, die gesamte Verpflegung an Bord eines Schiffes wäre so zäh und ungenießbar wie die Sohle eines Lederstiefels, doch dieses Mahl steht denen in der französischen Botschaft in nichts nach. Drake erklärt, dass sie im Moment noch reichlich mit frischen Vorräten aus Plymouth versehen sind und dass ein guter Schiffskoch seiner Ansicht nach ebenso wichtig ist wie ein guter Militärkommandant, wenn nicht noch wichtiger, und alle drehen sich gutmütig lachend zu Carleill um. »Wenn allerdings …«, beginnt Drake und bricht ab, und die anderen schlagen die Augen nieder, als wüssten sie genau, was er hatte sagen wollen.

Im Verlauf des Mahls wird die Anspannung unter den Kapitänen immer deutlicher spürbar. Immer öfter tritt eine betretene Stille ein, obwohl Sidney sich zuvorkommend bemüht, sie mit Fragen über die Reise auszufüllen; die Kapitäne scheinen dankbar dafür zu sein, die Unterhaltung rein geschäftlich halten zu können. Erst jetzt, als ich ihren Gesprächen lausche, beginne ich das volle Ausmaß und den Ehrgeiz dieses Unternehmens zu begreifen. Ich hatte angenommen, der Zweck von Drakes Reise bestünde darin, an der Küste Spaniens entlangzusegeln und die illegal in spanischen Häfen festgehaltenen Schiffe zu befreien. Was er wirklich plant, ist, wie es aussieht, ein Großangriff auf Spaniens Herrschaftsgebiete in der Neuen Welt. Er will den Atlantik überqueren, die reichsten Häfen in der Karibik zurückerobern und seinen Feldzug mit der Einnahme Havannas beenden. Zwischen einzelnen Bissen oder sogar mit vollem Mund wirft Drake Zahlen in den Raum, bei denen meine Augen leuchten: Eine Million Dukaten soll die

Eroberung Cartagenas bringen, eine weitere Million die von Panama. »Wenn das nach genehmigter Piraterie klingt«, sagt er mit einem entschuldigenden Lachen, »dürfen wir nie den eigentlichen Zweck der Expedition aus den Augen verlieren: Spaniens Nachschubweg für die Schätze aus Amerika zu kappen.«

Ohne die Einnahmen aus der Neuen Welt wird Philip von Spanien seinen Ehrgeiz, Krieg gegen England zu führen, zügeln müssen. Und wenn die Schätze in Englands Truhen umgeleitet werden, könnte Elizabeth eine schlagkräftige Armee zur Unterstützung der Protestanten in die Niederlande schicken. Jetzt begreife ich, warum einige der hochrangigsten Würdenträger am Hof sich geradezu überschlagen haben, um in diese Flotte zu investieren. Der Erfolg der Expedition ist nicht nur eine Frage persönlichen Profits, sondern auch der nationalen Sicherheit. Mir ist ebenfalls klar, dass Sidney einen sehr wirkungsvollen anderen Weg gefunden hat, in den Krieg zu ziehen, und dass er von mir erwartet, dass ich ihm auf diesem Weg folge.

Als der letzte Bissen verspeist ist, entschuldigen sich die Kapitäne und kehren auf ihre eigenen Schiffe zurück. Nur Thomas Drake und Knollys bleiben noch.

Sir Francis schiebt seinen Teller weg und sieht Sidney an. »Ich muss ganz offen zu Euch sein, Sir Philip. Es wäre das Beste, wenn Ihr, sowie Dom Antonio eingetroffen ist, Plymouth so schnell wie möglich verlasst. Er wird zweifellos bleiben wollen – er und ich sind alte Kameraden, und ihm wird viel daran liegen, mit mir über diese Reise zu sprechen –, aber unter den gegebenen Umständen ist es ratsamer, wenn Ihr mit ihm baldmöglichst nach London aufbrecht. Um seiner eigenen Sicherheit willen.«

Sidney zögert. Ich fürchte, er überlegt, ob es jetzt an der

Zeit ist, mit seinem großen Plan, sich dieser Expedition anzuschließen, herauszurücken.

»Welche Umstände?«, werfe ich ein, bevor er etwas sagen kann.

Zur Antwort heftet Drake den Blick auf die Tür und dann auf seinen Bruder.

»Thomas, sag den Jungen, sie sollen abräumen. Dann befiehl den beiden Wächtern, ein bisschen mehr Abstand zu wahren.«

Thomas Drake öffnet die Tür und ruft nach den Aufwartejungen. Während die Teller eilig weggetragen werden, wechselt er ein paar Worte mit den Wachposten, wartet, bis er sicher ist, dass seine Anordnungen befolgt werden, dann schließt er die Tür nachdrücklich und nimmt seinen Platz am Tisch wieder ein.

Drake dämpft seine Stimme.

»Gentlemen, ich habe traurige Neuigkeiten für Euch. Gestern wurde einer meiner Offiziere auf diesem Schiff im frühen Tageslicht tot aufgefunden.«

»Gott steh uns bei. Wer?« Knollys setzt sich mit einem Ruck auf.

»Wie?«, fragt Sidney gleichzeitig.

»Robert Dunne. Ihr kennt ihn vielleicht, Sir Philip? Ein achtbarer Gentleman – er segelte '77 mit mir um die Welt.«

»Ich kenne ihn nur dem Ruf nach«, erwidert Sidney. Sein Tonfall lässt das nicht wie ein Kompliment klingen.

»Robert Dunne. Großer Gott. Es tut mir entsetzlich leid, das zu hören.« Knollys sackt gegen die Wand. Schock spiegelt sich auf seinem Gesicht wider. »Er war ein guter Seemann, auch wenn …« Er hält inne, als habe er beschlossen, das, was er hatte sagen wollen, lieber für sich zu behalten. Das also ist die Erklärung für die gedrückte Atmosphäre unter den Männern.

»Das Wie ist schon schwieriger«, sagt Drake, und sein Bruder streckt eine Hand aus.

»Francis …«

»Sie können genauso gut die Wahrheit erfahren, Thomas, da wir weder vor noch zurück können, bis diese Angelegenheit geklärt ist.« Er schenkt sich Wein nach und stellt die Karaffe auf den Tisch.

»Dunne wurde erhängt in seiner Unterkunft aufgefunden«, fährt Drake fort. »Ihr könnt Euch vorstellen, welche Auswirkungen das auf die Besatzung hatte. Sie sprechen von Omen, einem Fluch, der über der Reise liegt, einer Strafe Gottes. Seeleute lesen die Welt wie ein Buch voller Prophezeiungen, Doktor Bruno«, fügt er, an mich gewandt, hinzu, »und auf jeder Seite finden sie Beweise dafür, dass das Schicksal gegen sie ist. Ein solcher Todesfall an Bord, noch bevor wir abgelegt haben …«

»Also Selbstmord«, unterbricht Knollys mit einem traurigen Nicken.

»So sah es aus. Eine grob geknüpfte, an einem Deckenbalken befestigte Schlinge.«

»Aber Ihr glaubt nicht daran«, beende ich den Gedankengang für ihn.

Drake misst mich mit einem scharfen Blick. »Wie kommt Ihr darauf?«

»Ich lese es in Eurem Gesicht, Sir.«

Er betrachtet mich einen Moment forschend, ohne etwas zu sagen, als würde er versuchen, seinerseits meine Gedanken zu ergründen. »Interessant«, bemerkt er schließlich. »Robert Dunne war ein anständiger Mann. Ein erfahrener Seemann.«

»Er wurde von Sorgen geplagt, Francis, das wissen wir alle«, widerspricht Knollys.

»Er hatte einen Berg von Schulden, das ist wahr«, stimmt

Drake zu, »aber diese Reise sollte das Problem lösen. Es hätte keinen Sinn gemacht, Hand an sich zu legen, bevor wir die Segel setzen.«

»Ein Mann kann den Glauben an sich selbst verlieren«, gibt Sidney zu bedenken.

»An sich selbst vielleicht, aber nicht an Gott. Dunne war fromm, wie so viele Seefahrer. Er hätte das als Todsünde betrachtet.« Drake legt eine Pause ein, hebt warnend einen Finger und dämpft die Stimme noch mehr. »Aber genau hier liegt mein Problem. Ich habe die Männer in dem Glauben gelassen, sein Tod wäre Selbstmord, soweit es mir möglich war. Sie mögen vom Heraufbeschwören von Flüchen und Dunnes unerlöster Seele faseln, die das Schiff heimsucht, aber das ist mir im Moment immer noch lieber als Spekulationen über die Alternative.«

»Ihr glaubt, jemand hat ihn getötet?« Sidneys Augen sind so groß, dass seine Brauen zu verschwinden scheinen.

Drake bedeutet ihm, die Stimme zu senken.

»Ich bin ganz sicher. Er hatte nicht das Gesicht eines Erhängten.«

»Also wurde er nach seinem Tod aufgeknüpft, damit es wie Selbstmord aussieht?«, murmele ich. »Wie viele Leute wissen von Eurem Verdacht?«

»Die Einzigen, die den Leichnam gesehen haben, waren Jonas Solon, der Mann, der ihn gefunden hat, und mein Bruder Thomas, nach dem ich sofort geschickt habe. Ich habe auch den Schiffskaplan rufen lassen, um ihn um Rat zu fragen. Er erbot sich, ein Gebet über dem Leichnam zu sprechen, obwohl er sagte, was Rituale beträfe, könne er im Fall eines Selbstmordes wenig tun.«

»Aber niemand sonst fand, dass die Leiche ungewöhnlich aussah – für einen Selbstmord durch Erhängen, meine ich?«

»Zumindest äußerte sich niemand dazu. Ich habe meine Bedenken Thomas später unter vier Augen anvertraut, und er meinte, er hätte denselben Gedanken gehabt.« Drake trinkt einen Schluck. Die sorgenvolle Furcht steht ihm klar ins Gesicht geschrieben, obwohl er sein Bestes tut, sie zu verbergen.

»Dunne wies nicht die typischen Anzeichen einer Strangulation auf, obwohl es offensichtlich war, dass er einige Zeit am Hals gehangen hat«, sagt Thomas leise. »Die Augen waren blutunterlaufen, und um Nase und Mund zogen sich dunkle Flecken. Aber seine Züge waren nicht so angeschwollen, wie man es nach einem Erstickungstod erwartet.«

»Mein erster Impuls war, ihn noch am selben Tag auf See zu bestatten, um ihm die Würdelosigkeit eines Selbstmörderbegräbnisses zu ersparen«, fährt Drake fort. »Aber Padre Pettifer, der Kaplan, und mein Bruder hier redeten es mir aus – obwohl sich der Todesfall an Bord meines Schiffes ereignete, befinden wir uns immer noch in englischen Gewässern, und es wäre töricht, das legale Verfahren in einem solchen Fall zu missachten. Außerdem könnten wir die Sache schwerlich geheim halten. Also ließ ich ihn an Land bringen und dem Coroner übergeben. Am selben Tag wurde ein Bote zu seiner Frau geschickt; Dunne stammte aus Devon, sein Familiensitz liegt nur einen Tagesritt entfernt. Die gerichtliche Untersuchung wird erst in drei Tagen stattfinden, damit seine Frau Zeit hat hierherzukommen.« Er macht eine kurze Pause und dreht an dem Goldring in seinem Ohr. »Ihr seht, worin meine Schwierigkeit besteht, Gentlemen? Wenn Dunne ermordet wurde, muss ich herausfinden, was geschehen ist, bevor wir die Segel setzen, aber ohne die Reise zu gefährden.«

»Ihr wollt damit sagen, es könnte jemand von der Besatzung gewesen sein? Er könnte sich noch auf dem Schiff befinden?«, fragt Sidney ehrfürchtig flüsternd.

»Das müssen wir so unauffällig wie möglich herausfinden«, versetzt Drake. »Ich für meinen Teil glaube nicht, dass ein Fremder es getan haben könnte. Wir stellen die ganze Nacht Wachposten auf, und sie schwören, dass keine unbekannte Person nach Einbruch der Dunkelheit an Bord gekommen ist.«

»Wenn es einer Eurer Männer war, ist es doch sicher von Vorteil, dass er denkt, dass Dunnes Tod für Selbstmord gehalten wird?«, wirft Knollys ein. »Er wird sich sicher fühlen und vielleicht einen Fehler machen, der ihn verrät.«

»Das hoffe ich auch. Aber wie dem auch sei, wir können nicht segeln, bevor das alles aufgeklärt ist.« Drake zupft an der Spitze seines Bartes und runzelt die Stirn. »Er könnte erneut zuschlagen.« Er blickt seinen Bruder an, und ich frage mich, ob er bestimmte Gründe hat, das zu glauben. »Aber ich möchte auch nicht, dass man bei der Untersuchung zu dem Schluss kommt, dass Dunne ermordet wurde, und der Coroner weitere Nachforschungen anstellen lässt. Der Aufbruch der Flotte könnte sich endlos lange verzögern. Männer werden desertieren. Das könnte das Ende der gesamten Expedition bedeuten.« Er schaut Sidney an, als er das sagt. In Anbetracht dessen, wie viele von Sidneys Freunden und Verwandten am Hof Geld in diese Reise investiert haben, weiß er so gut wie Drake, was auf dem Spiel steht. Er nickt mit ernstem Gesicht.

»Aber die Familie wird nicht wünschen, dass das Urteil Selbstmord lautet«, murmelt Knollys. »Es würde heißen, dass er als Verbrecher gestorben ist und sein Besitz an die Krone fällt. Auch wenn er bekanntermaßen über beide Ohren verschuldet war, so besaß er doch noch Ländereien und Häuser, die er noch nicht zu Geld gemacht hatte.Wenn auch nur der leiseste Zweifel an einem Selbstmord besteht, wäre es seiner Witwe sicher lieber, das Ganze würde als Mord gewertet werden. Dann besteht wenigstens Aussicht auf Gerechtigkeit.«

»Der Coroner *muss* zu dem Schluss kommen, dass ein Selbstmord vorliegt«, sagt Drake scharf, »oder eine Investition von sechzigtausend Pfund ist verloren.« Er schwenkt eine Hand in Richtung des Fensters, hinter dem man die anderen Schiffe dieses kostspieligen Unternehmens auf der Dünung dümpeln sehen kann. »Ganz zu schweigen von dem Vertrauen einiger der hochrangigsten Personen im Land, die Königin selbst mit eingeschlossen. Dies ist die größte private Flotte, die England je ausgeschickt hat. Wenn wir schon scheitern, bevor wir überhaupt den Hafen verlassen haben, werde ich nie wieder die Gelder für eine weitere derartige Reise zusammenbringen können. Ich *muss* herausfinden, ob sich ein Mörder an Bord meines Schiffes befindet, bevor die Untersuchung stattfindet.«

»Und was werdet Ihr tun, wenn Ihr ihn findet?«, will Sidney wissen.

»Das werde ich entscheiden, wenn es so weit ist.«

Knollys sieht aus, als wolle er weitere Einwände vorbringen, verstummt aber angesichts der Miene seines Kommandanten. Ich beobachte Drake; seine kantigen Züge faszinieren mich. Eine Schiffsflotte und so viele Männer an das andere Ende der Welt zu führen braucht einen Charakter, der die Loyalität anderer einfordert. Aber was für Eigenschaften benötigt man noch? Ein gerüttelt Maß an Rücksichtslosigkeit, könnte ich mir vorstellen, und die Überzeugung, dass, wenn die Notwendigkeit es verlangt, das eigene Wort Gesetz ist. An Bord eines Schiffes, tausende von Meilen von der Küste entfernt, muss man der König seines kleinen Reiches sein und seine Untertanen mittels aller nötigen Maßnahmen zum Gehorsam zwingen. Man muss handeln, ohne Raum für Bedenken zu lassen, und ohne zu zögern Entscheidungen treffen.

»Warum vor der Untersuchung?«, fragt Sidney.

»Ich war vor vier Jahren Bürgermeister von Plymouth.« Drake stützt die Ellbogen auf den Tisch. »Ich weiß, wie die Funktionäre der Stadtverwaltung arbeiten. Der Coroner von Devonshire würde einen Verbrecher nicht finden, selbst wenn er sich hinter seinem Bettvorhang versteckte. Die Art von tollpatschiger Untersuchung, die er an Bord einer Flotte durchführen würde, würde nichts bringen, außer Zwietracht und Misstrauen unter der Besatzung zu säen und dem Mörder jede Gelegenheit zur Flucht zu bieten. Nein.« Er ballt die rechte Hand zur Faust, und seine Kiefermuskeln spannen sich an. »Ich beabsichtige, den Schuldigen selbst ausfindig zu machen.«

Er blickt in die Runde, als würde er die anderen herausfordern, seine Entscheidung infrage zu stellen. Die Männer senken die Köpfe. Eine angespannte Stille tritt ein.

»Wie viele Männer habt Ihr an Bord der *Elizabeth*?«, erkundige ich mich.

»Im Moment, während wir im Hafen liegen, ungefähr achtzig«, erwidert Drake.

»Und keiner hat etwas gesehen oder gehört? Es erscheint mir merkwürdig, dass auf einem so belebten Schiff ein gesunder Mann in seiner eigenen Kabine überwältigt und erhängt werden kann, ohne dass jemand etwas davon mitbekommt.«

Drake sieht mich an. »Ihr habt recht. Aber Dunne war in der Nacht, in der er starb, schwer betrunken, er war mit ein paar anderen an Land gegangen. Sie sagten, er hätte sich schon seltsam verhalten, bevor sie überhaupt eine Schenke zu Gesicht bekommen hatten.«

»Inwiefern seltsam?«

»Einige Männer sagen, er hätte in einem Schenkhof eine heftige Auseinandersetzung gehabt, die in eine Schlägerei ausuferte. Dann stürmte Dunne davon, und die anderen sahen ihn erst später wieder. Padre Pettifer, unser Kaplan, begegnete ihm, als er durch die Straßen torkelte, und brachte ihn zum Schiff zurück. Thomas traf die beiden, als sie gerade versuchten, an Bord zu klettern.«

»Ich kam von dem Dinner mit Francis zurück«, erklärt Thomas. »Ich dachte nur, dass Dunne extrem betrunken war. Er schwankte heftig und redete wildes Zeug.«

»Was genau?«

»Er klang wie im Fieberdelirium. Sagte immer wieder, sie wären ihm auf den Fersen, und zeigte in die Nacht hinaus.«

»Wer war ihm auf den Fersen?« Sidney beugt sich vor. Thomas mustert ihn geringschätzig.

»Nun, wenn er das gesagt hätte, hätten wir jetzt einen Anhaltspunkt, wen wir suchen müssen. Er hat nur wie ein Irrsinniger ins Nichts gedeutet«, er sticht mit dem Zeigefinger in die Luft, »und gesagt: ›Seht Ihr ihn, Thomas Drake?‹ Als ich fragte, wen er meinte, riss er die Augen auf und sagte: ›Den Teufel persönlich.‹«

»Ist Euch an seinen Augen etwas aufgefallen?«, frage ich ihn.

»An seinen Augen? Es war dunkel!«, schnaubt Thomas. Dann scheint er einzulenken. »Obwohl … in dem schwachen Licht wirkten sie stark blutunterlaufen, und die Pupillen waren geweitet. Die Augen eines Betrunkenen, wie es zu erwarten war.« Er saugt die Wangen ein. »Es ist merkwürdig. Dunne hatte seine Fehler, aber der Hang zur Flasche gehörte eigentlich nicht dazu. Der Alkohol war ihm aber ganz klar zu Kopf gestiegen, er fing sogar an, mich mit dem Namen seiner Frau anzusprechen.«

»Gnade ihr Gott, wenn man Euch äußerlich so leicht verwechseln kann«, grinst Sidney. Thomas bringt ihn mit einem finsteren Blick zum Schweigen.

»Ich half ihm zu seiner Kabine zurück. Riet ihm, seinen

Rausch auszuschlafen. Kurz bevor wir die Tür erreichten, deutete er vor sich in die Luft und sagte: ›Martha, warum hast du das Pferd an Bord des Schiffes gebracht?‹ Dann übergab er sich ausgiebig über das ganze Deck, und seine Beine gaben unter ihm nach.«

»Solche Nächte haben wir alle schon hinter uns«, sagt Sidney.

»Ja, es wäre eine unterhaltsame Geschichte, wenn er am nächsten Morgen nicht tot aufgefunden worden wäre«, bemerkt Drake mit strengem Gesicht.

Sidney wirkt zerknirscht.

»Padre Pettifer und ich haben ihn gemeinsam auf das Bett gelegt«, berichtet Thomas. »Er schien sofort einzuschlafen.«

»Und nachdem Ihr ihn in seine Kabine geschafft habt, hat ihn niemand mehr gesehen oder mit ihm gesprochen? Niemand hat etwas Ungewöhnliches gehört? Ich glaube allerdings, dass es nicht gut wäre, zu viele Fragen zu stellen.« Ich reibe mir mit dem Daumennagel über den Kiefer und stelle erneut fest, dass ich bald einen Barbier aufsuchen muss.

»*Ihr* stellt viele Fragen, Doktor Bruno«, brummt Thomas Drake. »Man könnte meinen, Ihr wärt der Coroner.«

Sir Francis mustert mich mit klugen Augen.

»Ihr legt den Finger auf das Problem. Nachdem ich verbreitet habe, dass er von eigener Hand gestorben ist, dürfte es wirklich nicht leicht werden, aus den Männern herauszubekommen, was sie gesehen oder gehört haben, ohne Misstrauen zu wecken.« Er seufzt und schiebt sein Glas weg. »Einige sagen bereits, sie wollen gehen, solange sie noch können; sie meinen, über der Reise liege jetzt ein Fluch. Ich habe sie überreden können, vorerst zu bleiben, aber wenn davon ausgegangen wird, dass es sich um einen Mord handelt, wäre es unmöglich, die Besatzung zusammenzuhalten, weil jeder seine

Kameraden anschaut und sich fragt, wer von ihnen ein Mörder ist. Ich muss mit äußerster Vorsicht vorgehen.«

»Aber einer von ihnen *ist* ein Mörder, das glaubt Ihr doch«, sagt Sidney mit einem Anflug von Ungeduld in der Stimme. »Deswegen müsst Ihr ihn finden, sonst riskiert Ihr, dass er erneut zuschlägt.«

»Danke, Sir Philip«, erwidert Drake mit tadelloser Höflichkeit, »aber die Situation ist vielleicht komplizierter, als Euch klar ist. Jedenfalls könnt Ihr froh sein, dass es sich nicht um ein Problem handelt, das Euch den Schlaf rauben muss. Ihr werdet mit Dom Antonio alle Hände voll zu tun haben. Der arme Mann verbringt jetzt schon sein Leben damit, vor gedungenen Mördern zu fliehen – ich möchte ihn nicht in Plymouth wissen, wenn ein weiterer in der Nähe ist.«

Ich lese in Sidneys Gesicht die Anstrengung, die es ihn kostet, nicht auf diese liebenswürdige Zurechtweisung zu reagieren. Halb rechne ich damit, dass er sich erhebt und seine Absicht verkündet, mit der Flotte zu reisen, aber vielleicht sollte ich mehr Zutrauen zu ihm haben; selbst er erkennt, dass dies nicht der richtige Zeitpunkt ist. Ich runzele die Stirn, werte im Geist schon die Beweise aus und grübele über das Wie und Warum nach. Teils erfüllt mich die Nachricht von diesem Todesfall mit einer eigenartigen Erleichterung – jetzt, wo ein solcher Schatten über der Reise liegt, wird Sidney nicht mehr imstande sein, sich an Bord zu drängen, und ich habe eine Entschuldigung für mein eigenes Fernbleiben, ohne ihn vor den Kopf stoßen zu müssen. Und doch meldet sich bei der Aussicht darauf, einen unerklärlichen Tod zu enträtseln, ein anderer Teil meines Verstandes zu Wort: Ich stelle mir bereits die Szene an Deck bildlich vor, die letzten wankenden Schritte des nun toten Mannes, als er auf dem dunklen, stillen Schiff seine Kabine betritt. Ich schüttele den Kopf, um die unaufhörlich darin summenden Fragen zum Schweigen zu bringen. Der Tod dieses Mannes geht mich nichts an, daran hat Drake keinen Zweifel gelassen.

Als würde er meine Gedanken teilen, beugt Sidney sich vor und deutet über den Tisch hinweg auf mich.

»Nun, vielleicht sind wir in der Lage, Euch zu helfen, Sir Francis. Ihr habt Glück, dass mein Freund Bruno hier besser als jeder Jagdhund ist, wenn es darum geht, die Witterung eines Mörders aufzunehmen. Für die Aufklärung rätselhafter Todesfälle ist er Euer Mann.«

Er lehnt sich zurück und strahlt mich an. In diesem Moment könnte ich ihn mit Wonne über Bord werfen.

Drake hebt eine Braue. »Ist das so? Ein eigenartiges Talent für einen Theologen.«

»Ich fürchte, Sir Philip übertreibt. Ein- oder zweimal konnte ich zufällig …«

»Er prahlt nicht damit, weil er zu bescheiden ist«, wirft Sidney ein. »Aber ich könnte Euch da Geschichten erzählen … Bruno hat ein sagenhaftes Gedächtnis und ein einzigartiges Gespür dafür, Mörder zu überführen und vor Gericht zu bringen. Wisst Ihr, erst letzten Sommer …«

»Ja, aber hier geht es um nautische Angelegenheiten, Sir Philip, und von diesen Dingen verstehe ich nichts«, sage ich rasch, bevor Sidney mich für die Aufgabe vorschlagen kann. »Sir Francis hat recht – diese traurige Geschichte geht uns nichts an.«

Ich rechne damit, dass Drake mir beipflichtet, aber stattdessen mustert er mich eindringlich, dabei zupft er immer noch an seinem Bart. »Aber Ihr seid ein Gelehrter, wie Sir Philip mir versichert? Ihr seid mit antiken Sprachen vertraut?«

Ich neige zustimmend den Kopf, und mir fällt wieder ein, was Sidney mir über Drakes Interesse an mir erzählt hat.

»Ein wenig. Es kommt darauf an, an welche Sprache Ihr denkt.«

»Das ist es ja gerade. Ich bin nicht sicher.«

Thomas Drake hebt erneut eine Hand. »Francis, ich glaube nicht …«

»Friede, Bruder.« Drake kneift sich mit Daumen und Zeigefinger in den Nasenrücken. Er blickt auf und lächelt mit sichtlicher Anstrengung in die Runde. »Nun, Gentlemen, ich wünschte, Ihr hättet uns in besserer Stimmung angetroffen. Ich bedauere, dass ich die Eure dämpfen musste, aber ich hielt es für das Beste, Euch einzuweihen. Doch ich vertraue darauf, dass wir diese Angelegenheit schnellstmöglich aufklären werden. Und jetzt nehme ich an, dass Ihr an Land gehen und Euch für die Nacht zurückziehen wollt.«

Sidney blickt verwirrt von Drake zu Knollys. »Aber wir haben eine Koje an Bord der *Leicester*.«

Knollys räuspert sich.

»Philip, jetzt, wo wir hier sind, muss ich ein paar Änderungen bezüglich der Besatzung vornehmen und brauche die Kabine für einen anderen Offizier. Ich hatte gedacht, sowie wir in Plymouth angekommen sind, würdest du die Bequemlichkeit eines Gasthofes vorziehen.«

»Ich lasse Euch von ein paar Männern an Land rudern. Man erwartet Euch im *Star*; keine Sorge, es ist der beste Gasthof in Plymouth. Ich muss es wissen, er ist mein Pachtbesitz.« Drake lacht. »Ich übernachte selbst dort, wenn ich in der Stadt bin. Erwähnt meinen Namen, dann werden sie alles in ihrer Macht Stehende tun, um Euch zufriedenzustellen.« Er erhebt sich, bedenkt uns beide mit einem Lächeln, aber sein Blick bleibt an mir haften, als erwäge er, noch mehr zu sagen.

Sidneys Gesicht ist angespannt, es kostet ihn Mühe, nicht zu protestieren. »Das ist sehr freundlich von Euch«, sagt er knapp. »Ich frage mich, ob wir unter vier Augen miteinander reden können, bevor wir aufbrechen?«

Thomas Drake macht Anstalten einzugreifen; er scheint sich zum Berater seines Bruders ernannt zu haben und will überwachen, was er zu wem sagt.

Drake, der nicht den Anschein erweckt, derartigen Schutz zu benötigen, winkt ab.

»Natürlich. Vielleicht können wir etwas frische Luft schnappen? Ich könnte sie brauchen.« Er nickt in Richtung der Tür. »Wartet auf dem Achterdeck auf mich, ich bin gleich bei Euch.«

Sidney zögert, dann verneigt er sich zustimmend. Thomas Drake öffnet uns die Tür. Die Wächter stehen befehlsgemäß ein Stück abseits, nah genug, um ein Auge auf die Kapitänskabine zu haben, aber, wie es aussieht, nicht nah genug, um das Gespräch drinnen mit anzuhören. Ich an ihrer Stelle hätte das Ohr an die Tür gelegt, sowie diese sich vor mir geschlossen hätte. Das sage ich auch zu Sidney, als Thomas wieder zurück im Raum ist.

»Natürlich würdest du das«, lacht er. »Der sicherste Weg, Bruno dazu zu bringen, etwas zu tun, ist, es ihm zu verbieten, weil er etwas erfahren könnte, was nicht für seine Ohren bestimmt ist.«

»Wohingegen du ein Musterbeispiel des Gehorsams bist, wie Ihre Majestät bald herausfinden wird.«

Er zischt mir zu, still zu sein. Wir erreichen das Oberdeck im Heck des Schiffes, den Teil, der für Offiziere reserviert ist. Hier sitzen Männer in Gruppen zusammen; einige würfeln, andere schnitzen mit Taschenmessern an Holzstücken herum, wieder andere lehnen sich über die Reling und starren über den Sound hinweg zu den anderen Schiffen hinüber.

»Es muss schwer sein, die Disziplin unter den Männern aufrechtzuerhalten, solange das Schiff müßig vor Anker liegt«, bemerke ich.

Sidney stürzt sich förmlich auf mich. In seinen Augen flammt ein neuer Plan auf – einer, den ich erraten kann, bevor er den Mund aufmacht.

»Genau! Und Drake wird es Unsummen kosten, die Männer zu ernähren und bei Laune zu halten, damit sie nicht desertieren. Deswegen müssen wir den Fall für ihn klären, damit die Flotte so bald wie möglich ablegen kann. Dann steht er in unserer Schuld.«

»Nein.« Ich trete einen Schritt zurück. »Du wirst mich nicht auf diesen Mörder ansetzen, Philip. Du hast mich schon überredet, wider besseres Wissen diese Reise anzutreten, obwohl ich noch kein Anzeichen für eine Einladung von Drake sehe. Eher das Gegenteil, um ehrlich zu sein.«

Er schwenkt einen Ärmel in meine Richtung. »Darüber wollte ich ja mit ihm sprechen. Außerdem – gibt es einen besseren Weg, um zu beweisen, wie unentbehrlich wir sind?« Er blinzelt in die tief stehende Abendsonne. »Hör zu, die Flotte kann nicht ablegen, bevor Drake weiß, wer für den Tod von Robert Dunne verantwortlich ist. Eine ganze Reihe hochrangiger Personen hat auf mein Anraten ihr Geld in dieses Unternehmen gesteckt, darunter auch mein Onkel Leicester und Lord Burghley, von der Königin selbst ganz zu schweigen. Wenn die Schiffe hier in Plymouth festsitzen, verlieren sie den größten Teil ihrer Investitionen. Aber wenn wir diesen Mörder finden, Bruno, würden wir die Reise retten.« Er schüttelt leicht meinen Arm, um zu unterstreichen, was er meint.

»Du überschätzt meine Fähigkeiten.« Ich mache mich los. »Gut, ein- oder zweimal hatte ich das Glück, einen Mörder zu überführen, aber das ist nichts, was ich freiwillig und gern tue. Meist gerate ich ohne eigenes Zutun in die Situationen hinein.«

»Was ist mit Canterbury? Dahin bist du aus freien Stücken gegangen, um einen Mörder aufzuspüren – einer Frau zuliebe. Aber für einen Freund willst du das nicht tun, ist es das?«

Ich wende den Blick ab. Zum Thema Canterbury gibt es nichts zu sagen. Er schlägt einen anderen Kurs ein.

»Du magst es nicht wollen, Bruno, aber es ist etwas, wofür du ein Talent hast, so wie manche Menschen ein Talent haben, Geld zu machen oder zu musizieren. Wenn Gott dir diese Gabe geschenkt hat, dann erwartet Er von dir, dass du sie auch nutzt. Ich sehe deinen skeptischen Blick sehr wohl. Aber denk an die Parabel von den Talenten.«

»Ich frage mich nur, wann du mein spiritueller Berater geworden bist.« Ich schüttele den Kopf. »Die Sache geht uns nichts an. Du hast gehört, was Drake gesagt hat: Der Mann hatte Schulden. Ich schätze, einer seiner Gläubiger ist des Wartens überdrüssig geworden. Oder es handelt sich um einen Streit unter Seeleuten. Bildest du dir ein, wenn jemand von der Besatzung etwas wüsste, würde er das einem Ausländer anvertrauen, der nie weiter als von Calais nach Tilbury gesegelt ist? Lass Drake in dieser Angelegenheit nach eigenem Gutdünken verfahren, wie er es gesagt hat.«

Sidney stupst mich an, damit ich still bin, denn der Kopf des Generalkapitäns taucht oben auf der Treppe auf.

»Gentlemen. Danke, dass Ihr gewartet habt. Hier draußen ist es angenehmer, nicht wahr?«

Er schwenkt einen Arm, um die ganze Aussicht zu umfassen. Der Abend ist immer noch mild, graue Wolkenstreifen ziehen über den sich verdunkelnden blauen Himmel. Weiße Möwen umkreisen laut klagend den Toppmast. Zu beiden Seiten des Sounds erheben sich grüne Hänge, und Rauch steigt aus den Schornsteinen der verstreuten Häuschen auf. Vor uns dümpeln die restlichen Schiffe der Flotte mit eingeholten

Segeln sacht an ihren Ankerketten, hinter uns schmiegt sich die Stadt Plymouth in die Bucht. Ein leichter Wind weht mir das Haar aus dem Gesicht und lässt die Spitze an Sidneys Kragen flattern.

Drake tritt zu uns an die Reling. Er dreht sich um und mustert mich erneut, als würde er mich abschätzen, dann blickt er wieder zum Horizont. »Was wünscht Ihr mit mir zu besprechen, Sir Philip?« Irgendetwas in seinem Ton deutet darauf hin, dass er es bereits genau weiß.

Sidney verknotet die Finger, widmet ihnen seine ganze Aufmerksamkeit. Als er endlich antwortet, hebt er den Kopf und blickt zum Hafen hinüber, nicht zu Drake.

»Sir Francis, erinnert Ihr Euch daran, wie Ihr mich in London aufgesucht habt, um über die Geschütze zu sprechen? Es kam auch eine andere Angelegenheit zur Sprache, die meine Beteiligung an dieser Reise betraf.«

Jetzt, wo er etwas von Drake will, achtet er darauf, diesen mit seinem Titel anzureden.

Drake runzelt die Stirn, dann dreht er sich mit einem Ausdruck von Verwirrung oder Belustigung oder beidem zu Sidney um.

»Aber Sir Philip, ich dachte, das wäre nur so dahingesagt gewesen. Ich erinnere mich, dass Ihr vorgeschlagen habt, uns zu begleiten, aber wir stimmten beide überein, dass Ihre Majestät nie ihre Einwilligung geben würde.«

»Und ich sagte zu Euch, da dies der Fall sei, müssten wir dafür sorgen, dass sie es erst erfährt, wenn wir schon unterwegs sind.« Sidney spricht mit leiser, ruhiger Stimme, aber ich kenne diesen Tonfall: mit Bockigkeit gemischte Entschlossenheit.

Drake reibt sich den Nacken. »Ich hielt das für einen Scherz. Ich weiß noch, dass ich lachte, als Ihr das sagtet.«

»Ich dachte, Euer Lachen wäre als Zustimmung gemeint.«

Eine lange Pause tritt ein, während der wir die Möwen beobachten. Eine landet ein Stück von uns entfernt auf der Reling und beäugt uns hochmütig.

»Seht Ihr«, sagt Drake schließlich beschwichtigend, »wir haben uns missverstanden, aber es ist ja kein Schaden entstanden. Ihr werdet auf jeden Fall gebraucht, um Dom Antonio nach London zu eskortieren, und meine Flotte segelt nirgendwohin, solange diese Sache nicht geklärt ist.« Er fährt sich mit einer Hand durch das Haar und hebt die Augen zu den Wolken, als könne er dort eine Erklärung finden.

»Sir Francis.« Sidney ist jetzt ganz sachlich, ganz geschäftsmäßig. »Ihr werdet nicht leugnen, dass ich entscheidend dazu beigetragen habe, das nötige Kapital für diese Expedition zu beschaffen. Deswegen habe ich mir die Überfahrt mit Euch verdient, denke ich – meine und die meines Freundes.«

Drakes Blick schießt alarmiert zu mir. Ihr auch?, fragen seine hochgezogenen Brauen.

»Aber wenn Euch das nicht ausreicht, lasst uns Euch unsere Fähigkeiten weiter unter Beweis stellen. Ich habe nicht gescherzt, als ich sagte, dass Bruno, wenn es um das Aufspüren von Mördern geht, eine feinere Nase hat als ein Trüffelschwein.«

»Netter Vergleich«, murmele ich.

Drake lächelt.

»Die Königin selbst würde sich für ihn verbürgen, wenn sie hier wäre.« Sidney lässt nicht locker. »Wenn es uns gelingt, diesen Mörder für Euch zu finden, wird niemand finanzielle Verluste erleiden, die Flotte kann segeln, und wir haben uns unseren Platz auf dem Schiff verdient.«

»Und die Königin? Sie erwartet Euch mit Dom Antonio bei Hof zurück, nicht wahr? Sie wird weder auf Euch noch auf mich mit Wohlwollen blicken, wenn er alleine eintrifft und sie darüber informiert, dass Ihr auf dem Weg in die Neue Welt seid.«

Sidney zuckt die Achseln. »Aber sie wird ihren Ärger vergessen, wenn wir zurückkehren und sie erfährt, dass wir die spanischen Häfen eingenommen haben.«

Drake schließt wie um Geduld ringend die Augen.

»Auf einer Reise wie dieser steht nichts mit Sicherheit fest. Ihrer Majestät gefällt der Gedanke an spanisches Gold, so viel ist sicher. Aber sie hütet sich vor jeglichen aggressiven Handlungen, die König Philip zum Führen eines Krieges provozieren könnten.«

»Als ob er nicht selbst jeden Tag aggressiv handeln würde!«, ruft Sidney empört. »Er hat englische Handelsschiffe in spanischen Häfen festgesetzt und ihre Ladungen beschlagnahmt, Schiffe, die ihrem legalen Gewerbe nachgehen. Uns bleibt nichts anderes übrig, als darauf zu reagieren.«

Drake legt ihm eine Hand auf den Arm. »Ich habe in meiner Kabine einen von der Königin eigenhändig unterzeichneten Kaperbrief, der es mir gestattet, in spanische Häfen einzulaufen, die festgehaltenen englischen Schiffe zu befreien und unsere Kaufleute für ihre Verluste zu entschädigen.« Er hält inne. »Ihr kann kein Vorwurf gemacht werden, wenn ich ›Verluste‹ auf meine eigene Weise auslege. Genau deshalb hat sie die Wortwahl verschwommen gehalten. Aber wenn wir die Häfen in der Karibik einnehmen wollen, müssen wir vorsichtig zu Werke gehen.«

»Wenn ich die Wahl habe, bevorzuge ich immer vorsichtige Piraterie«, werfe ich ein. »Die aggressive verdirbt einem die Laune.«

Drake dreht sich zu mir; ist nicht sicher, ob ich mich über ihn lustig mache. Nach einem Moment klopft er mir lachend auf den Rücken.

»Was ist mit Euch, mein Freund, der Gelehrte?«, fragt er. »Träumt Ihr auch davon, spanische Schiffe auszuplündern und Euren Beutel mit Smaragden von der Größe fetter Weintrauben zu füllen? Würdet Ihr Skorbut, einen Bordkoller, einen Hitzschlag, Ertrinken oder Kentern riskieren, nur um die Chance zu bekommen, einem Spanier Euer Entermesser in den Leib zu rammen?«

Ich hebe den Kopf und sehe ihm in die Augen. Sidney durchbohrt mich mit einem warnenden Blick; er erwartet von mir, dass ich ihm den Rücken stärke.

»Ich habe noch nie davon geträumt, irgendjemandem ein Entermesser in den Leib zu rammen, Sir Francis. Aber ich gestehe, dass ich mich nach neuen Horizonten sehne, und diese Sehnsucht kann ich hier genauso gut befriedigen wie anderswo.« Ich tippe mit meinem Stiefel auf die Deckplanken, um meinen Worten Nachdruck zu verleihen. »Zu traubengroßen Smaragden würde ich auch nicht Nein sagen.«

Er schenkt mir ein erschöpftes Lächeln. »Nun, sie warten nur darauf, gepflückt zu werden. Solch große.« Er beschreibt mit Daumen und Zeigefinger einen Kreis. Dann fällt seine Hand schlaff hinunter, und sein Gesicht wird ernst. »Stimmt es wirklich, dass Ihr eine Gabe habt, Mörder aufzuspüren? Und zwar diskret?«

»Ich würde es nicht als Gabe bezeichnen, Sir. Eher als eine Serie von Zufällen.«

»Ich habe mich gerade eben mit meinem Bruder gestritten«, sagt Drake schließlich. »Er findet, ich sollte meinen Verdacht in der Angelegenheit Dunne nicht anderen Leuten als den Kommandanten auf dieser Reise anvertrauen. Ich brauche ja wohl nicht zu betonen, dass ich Euch beide zur Verschwiegenheit verpflichten muss. Aber ich würde Euch gern um Euren Rat bitten, da Ihr Eure Dienste angeboten habt. Weil

Ihr gebildete Männer seid, was ich von mir weiß Gott nicht behaupten kann. Das Einzige, was ich lese, sind Seekarten.« Dem Lächeln, mit dem er Sidney bedenkt, als er das sagt, haftet etwas Gequältes an, als wüsste er nur zu gut, wie Sidney über seine gesellschaftliche Stellung denkt. Ich muss meinem Freund zugutehalten, dass er beschämt den Blick senkt.

»Hatte es mit dem Tod von Robert Dunne zu tun?«, frage ich.

Drake späht über seine Schulter und beugt sich über die Schiffsreling, sodass wir nah an ihn heranrücken müssen, um ihn verstehen zu können.

»Ich weiß nicht, wer Dunne in dieser Nacht getötet hat, aber ich weiß vermutlich, wer dahintersteckt. Und wenn ich recht habe, wird es weitere Tote geben. Am Ende wird es mich treffen, wenn ihm kein Einhalt geboten wird.«

Ein kalter Windstoß pfeift über das Deck; ich erschauere und spüre, dass das die Reaktion auf seine Worte ist, obwohl er nüchtern und sachlich spricht.

»Deshalb also die Wachposten«, stelle ich fest.

»Die stelle ich ohnehin auf. Aber jetzt habe ich ihre Anzahl erhöht. Ich kann mir nicht helfen, aber ich glaube, Dunnes Tod war als Warnung für mich gemeint.«

»Wie kommt Ihr darauf?«, mischt sich Sidney ein. »Wenn er hohe Schulden hatte, könnte es dann nicht …«

Drakes Blick lässt ihn verstummen.

»Ich weiß es, Sir Philip, weil ich mir in meinem Leben viele Feinde gemacht habe, und sie haben Rache geschworen. Alle Taten unserer Vergangenheit, Gentlemen, werden auf die eine oder andere Weise an das Ufer der Gegenwart gespült.« Er starrt über das Wasser hinweg, wo die ersterbende Sonne einen Lichtstrahl hinter sich herzieht.

Ich wechsele einen Blick mit Sidney.

»Könnt Ihr etwas genauer werden?«, bitte ich.

Drake dreht den Kopf halb zur Seite. »Aber ja. Es ist eine ganz spezielle Geschichte, aber ich will Euch heute Abend nicht länger aufhalten, Gentlemen. Morgen sprechen wir weiter. Ich hätte gern, dass Ihr Euch ein Buch für mich anschaut, Doktor Bruno«, fügt er hinzu, dann späht er erneut über seine Schulter. Obwohl sich niemand auf dem Achterdeck aufhält, umwölkt sich sein Gesicht. »Nicht hier. Wir werden morgen in Eurem Gasthof speisen. Oh, eines noch. Morgen trifft meine Frau mit ihrer verwitweten Base aus Buckland ein. Sie glauben, sie kämen, um uns zu verabschieden, ich hatte keine Gelegenheit, sie zu warnen. Durch diesen Todesfall habe ich in Plymouth sehr viel Geschäftliches zu erledigen; vielleicht muss ich an Eure Ritterlichkeit appellieren, Gentlemen, und Euch ersuchen, die Ladys zu unterhalten, während ich beschäftigt bin.«

Ich verneige mich zustimmend; viel anderes scheint es nicht zu tun zu geben. Sidney bleibt stumm, aber es ist fast greifbar zu spüren, wie gekränkt er ist. Wie um den wie auch immer gearteten Ausbruch zu unterdrücken, von dem ich spüre, dass er sich in ihm zusammenbraut, lege ich ihm eine Hand auf den Arm, und er schüttelt sie ab wie eine Wespe.

»Ich wünsche Euch eine gute Nacht, Gentlemen.« Drakes Lächeln und sein Handschlag sind wieder geschäftlich. »Dann bis morgen.«

Wir folgen ihm zum Treppenabsatz, und ich sehe die Bewaffneten unten stehen und wie ein Statuenpaar an einer Kirchentür unverwandt nach vorne starren.

3

Sidney muss seinen Ärger bezähmen, als wir uns von Knollys und den anderen verabschieden, was er mit untadeliger Höflichkeit tut, obwohl ich spüre, dass es hinter der glatten Fassade in ihm brodelt. Als uns zwei Besatzungsmitglieder in einem kleinen Boot an Land bringen, presst er die Lippen zusammen und sagt kaum ein Wort; es bleibt mir überlassen, auf die fröhlichen Ratschläge der Seeleute, wo wir die besten Huren von Plymouth finden und welche Schankwirte ihr Bier verwässern, zu reagieren. Von der breiten Bucht des Plymouth Sound rudern sie uns zwischen den großen Schiffen hindurch und durch eine Hafenmauer in einen schmaleren Wasserlauf, der, wie sie uns verraten, Sutton Pool genannt wird. Hier dümpeln Fischerboote an ihren Anlegestellen. Die Seemänner steuern ihr Boot geschickt zwischen ihnen hindurch zu einem schwimmenden Steg, wo wir ungelenk aussteigen und zum Kai gehen. Ich stehe zum ersten Mal seit Tagen auf festem Boden und fühle mich seltsam unsicher auf den Beinen; wenn ich die Häuserreihe gegenüber der Hafenmauer betrachte, schwankt und schlingert sie, als hätte ich getrunken.

Sowie die Leute wieder vom Kai abgelegt haben und außer Hörweite sind, baut sich Sidney breitbeinig vor mir auf und lässt seinem Zorn freien Lauf.

»Ist es zu fassen, was dieser Mann sich herausnimmt?« Sein Gesichtsausdruck wirkt fast komisch; ich muss mir auf die Innenseite der Wange beißen, um nicht zu lachen. Er nimmt seinen Hut ab, packt eine Handvoll seiner Haare und kämmt sie mit den Fingern stachelig in die Höhe. »Ich komme als königlicher Geschützmeister her, und er denkt, ich tauge nur dazu, sein Weibervolk zu unterhalten. Wenn er ein Kind hätte, wage ich zu behaupten, hätte er mich als Kindermädchen abgestellt, und dabei erzählt er mir die ganze Zeit, er wäre nicht sicher, ob er auf der Reise, zu deren Finanzierung ich in nicht unerheblicher Weise beigetragen habe, einen Platz für mich haben wird!«

»Ich wusste ja gar nicht, dass du es für unter deiner Würde hältst, dich mit Frauen abzugeben.«

»Es ist eine unpassende Aufgabe für einen Gentleman, verstehst du das nicht, Bruno? Nein, vielleicht verstehst du es wirklich nicht.« Weil ich kein Gentleman bin, meint er damit. Er stößt einen dramatischen Seufzer aus. »Irgendeine alte verwitwete Base. Und seine Frau – es heißt, sie wäre jung, aber sie kann keine große Augenweide sein, sonst würde er sie nicht der Obhut eines anderen Mannes anvertrauen.«

»Vielleicht vertraut er darauf, dass sie deinem Charme widersteht.«

Er blickt mich mit einem Ausdruck milder Überraschung an, als wäre dieser Gedanke ihm völlig fremd. »Hm. Trotzdem ist es eine Beleidigung. Selbst das hier«, er schwenkt eine Hand vage in Richtung der schmalen Straße hinter uns. »Er hält mich für so verweichlicht, dass ich ohne ein Federbett nicht leben kann, oder? Wir sollten dort draußen sein, Bruno, bei den Männern. Nun, das wird bald genug der Fall sein, dafür werde ich sorgen.«

Er zerdrückt seinen Hut in den Händen, während er um

Beherrschung ringt, aber ich sehe ihm an, wie sehr ihn die Verbannung vom Schiff getroffen hat, er betrachtet sie als Demütigung. Erst die Königin, dann der Bauernsohn; glaubt jeder, er tauge nur für die Gesellschaft von Frauen? Und dieser verletzte Stolz ist gefährlich; er bewirkt, dass Sidney in seinem Bestreben, sich zu beweisen, noch skrupelloser vorgeht.

»Es scheint, dass er nicht erpicht darauf ist, zusätzliche Mäuler zu stopfen«, meine ich. »Und das vielleicht nicht ohne Grund, es ist ja nicht so, dass wir eine Bereicherung für irgendeine Schiffsbesatzung wären.«

»Sprich für dich!«

»Das tue ich. Ich habe dir schon gesagt, dass ich auf See nicht zu gebrauchen bin. Sie würden unsere Verpflegung lieber einsparen, denke ich.«

»Trotzdem.« Sidney mustert mich mit schief gelegtem Kopf, als wäre ihm gerade ein Gedanke gekommen. »Er zeigt Interesse an dir. Er hat mich gebeten, dich mitzubringen. Ich frage mich, was das für ein Buch ist, das er dir unbedingt zeigen möchte.«

»Irgendeines, das mit antiken Sprachen zu tun hat.«

»Komisch, er kommt einem nicht wie der Typ Mann vor, der über antiken Texten brütet. Er scheint mir angedeutet zu haben, dass es mit dem Mord zusammenhängt.« Seine Augen leuchten kurz auf, bis ihm sein Groll auf Drake wieder einfällt. »Nun, wie dem auch sei, Bruno, wir müssen ihm geben, was er will. Lass uns den Mörder für ihn ausfindig machen, sein Buch lesen und alles tun, was wir tun müssen, um ihm zu beweisen, dass wir über Fähigkeiten verfügen, die ihm nutzen.«

Ich erwidere nichts darauf, sondern hebe meine Tasche auf und beginne leicht schwankend auf die Häuser zuzusteuern. Sidney hält sich mit seinen langen, federnden Schritten schweigend und in Gedanken versunken an meiner Seite. Ich sehe glasklar, was er sich nicht eingesteht oder eingestehen will: Drake will uns auf dieser Reise nicht dabeihaben. Selbst wenn wir morgen Robert Dunnes Mörder finden und ihn dem Generalkapitän gefesselt und geknebelt beim Dinner präsentieren würden, halte ich es für keinen Deut wahrscheinlicher, dass er uns an Bord nehmen würde. Aber es hat keinen Sinn, Sidney darauf hinzuweisen.

»Weißt du, morgen«, brummt er, als wir in eine schmale gepflasterte Straße einbiegen, die sich steil von der Hafenmauer zur Stadt hochschlängelt, »ich denke, ich werde es mir zur Aufgabe machen, alle größeren Schiffe der Flotte zu besichtigen und mit ihren Kapitänen über die Waffenbestückung zu diskutieren. Das wird ihnen klarmachen, dass ich in meiner Eigenschaft als Geschützmeister hier bin und nicht nur als Eskorte verbannter Prinzen und Drakes Weibervolk. Ich werde nicht dulden, dass diese Seeleute hinter meinem Rücken über mich lachen.«

»Aber du verstehst nichts von Geschützen, jedenfalls nichts von ihrer Bedienung. Sie könnten dir direkt ins Gesicht lachen, wenn du Wissen vortäuschst, über das du nicht verfügst.«

Er funkelt mich finster an, dann grinst er breit. »Wenn du vorgibst, genau zu wissen, was du tust, nehmen es dir die meisten Leute unbesehen ab. Ich glaube, das hast du mich gelehrt, Bruno.«

Ich lächele, weil ich ihm in diesem Punkt recht geben muss. »Ich bin aber nicht sicher, ob das bei Männern funktioniert, die schon einmal die Welt umsegelt haben.«

Wir finden den *Star*, dessen Schild weithin zu sehen ist, mühelos auf der Nutt Street, einer breiten, von hohen, gut gepflegten Häusern gesäumten Durchgangsstraße. Sidney erklärt, in welcher Verbindung er zu Drake steht, zahlt für einen Raum und verlangt, wie um sich selbst zu parodieren, Leinenlaken und eine Federmatratze; während er mit der Wirtin um die beste Kammer feilscht, schaue ich mich im Empfangsbereich um. Der Gasthof ist ein schönes Gebäude, vielleicht hundert Jahre alt oder mehr, und luxuriös in dem schlichten Stil dieser Zeit: breite, mit Binsen bestreute Steinplatten auf dem Boden, weiß getünchte Wände, eine hohe Decke mit hölzernen Balken. Die Kerzen in den Wandnischen sind aus Bienenwachs, nicht aus billigem Talg, und aus der Schankstube weht ein warmer Duft nach geröstetem Fleisch und Gewürzen herüber. Und trotzdem stelle ich fest, dass es mir hier nicht gefällt. Irgendeine namenlose Ahnung lässt meine Haut prickeln, und meine Finger wandern zu dem kleinen Messer, das ich am Gürtel trage, und streichen zur Beruhigung über den glatten beinernen Griff. Ich wittere hier etwas, das mir Unbehagen einflößt, obgleich ich nicht erklären kann, warum dem so ist. Als ich dies Sidney gegenüber erwähne, während wir die Treppe zu unserer Kammer hochsteigen, lacht er nur.

»Entspann dich, Bruno, Robert Dunnes Mörder ist auf der *Elizabeth Bonaventure* geblieben. Er wird nicht nachts hier hereinschleichen und nach dir Ausschau halten. Außerdem ist das der einzige anständige Gasthof in ganz Plymouth; ich ziehe nicht um, nur weil du böse Vorahnungen hast wie eine Dorfhexe.«

Ich stimme in sein Lachen mit ein; er hat wahrscheinlich recht. Aber ich werde das Gefühl nicht los, dass irgendjemand uns beobachtet, und dessen Augen blicken alles andere als freundlich. Als wir den Schankraum betreten, um noch etwas zu trinken, bevor wir zu Bett gehen, bleibe ich in der Tür stehen, während Sidney uns einen Platz sucht, und lasse den Blick über die Tische und die auf den Bänken hockenden anderen Männer schweifen. Das Gasthaus ist voll; jeder im Umkreis von zwanzig Meilen, der Waren zu verkaufen hat, dürfte erfahren haben, dass Drakes Flotte hier ankert, und wissen, dass dort, wo Schiffe sind, eine unstillbare Nachfrage nach Vorräten herrscht. Zweitausendfünfhundert hungrige Männer umfasst die Flotte Knollys zufolge bereits, und mit jedem Tag, um den die Reise sich verzögert, entwickeln diese Männer Gelüste aller Art, die befriedigt werden müssen.

Ich bahne mir einen Weg durch die Menge, während Sidney, ohne einen freien Platz gefunden zu haben, zunächst zur Durchreiche geht, und suche nun selbst nach einem Platz für uns. In diesem Moment löst sich eine Gruppe auf, und ich bemerke im Schatten einer Ecke, in der Nähe der Außentür, am Ende einer Holzbank eine Gestalt, die mich anstarrt. Das Gesicht kann ich nicht klar erkennen, der Mann trägt einen tief in die Stirn gezogenen formlosen Hut und einen schwarzen Reiseumhang, obwohl es stickig im Raum ist. Ich sehe nur, dass er mich direkt anstiert, aber irgendetwas an ihm, die Art, wie er in sich zusammenzuschrumpfen scheint, um nicht aufzufallen, und die unter seiner Hutkrempe hervorspähenden brennenden Augen, weckt eine Erinnerung; ich bin sicher, dass ich ihn schon einmal gesehen habe. Ich drehe mich zu Sidney, um ihn auf den Mann aufmerksam zu machen, aber jemand versperrt mir die Sicht, und als ich wieder hinschaue, ist der Unbekannte verschwunden, und die Tür fällt hart ins Schloss. Ohne zu zögern, dränge ich mich an einer Gruppe von Händlern vorbei, ignoriere ihre ärgerlichen Rufe, stürze in den Hof hinaus und wirbele herum, um den Fremden mit dem Stoffhut zu suchen.

Auch im Hof herrscht geschäftiges Treiben: Pferde, Karren, Stallburschen, aus dem Sattel steigende Reisende. Mit Strohballen oder den Satteltaschen von Gentlemen beladene Jungen huschen hin und her und weichen einander mit der Präzision von Tänzern aus. Der Mann in Schwarz ist nirgendwo zu sehen.

Ich schlage Haken um die Menschenmassen und die Misthaufen, stürme durch die hohen Tore auf die Straße hinaus und blicke nach links und rechts. Er ist verschwunden, und das Licht ist schwächer geworden. Während wir im Haus waren, sind Wolken aufgezogen und haben sich über der Stadt zusammengeballt. Sidney taucht mit einem Humpen in jeder Hand neben mir auf und folgt meinem Blick mit einem verwirrten Stirnrunzeln.

»Was tust du denn hier draußen?«, fragt er.

»Dieser Mann in Schwarz, der in der Ecke herumgelungert hat … hast du ihn gesehen?«

»Ich habe bestimmt vierzig Männer in diesem Raum gesehen, und mindestens die Hälfte von ihnen trug Schwarz. Was ist mit ihm?«

Ich schüttele den Kopf. »Er hat uns beobachtet, da bin ich mir ganz sicher. Als er gemerkt hat, dass er mir aufgefallen ist, ist er weggerannt.« Ich strecke die Arme aus, um die leere Straße anzudeuten. »Aber wohin?«

»Wer sollte uns denn beobachten?« Sidney folgt meinem Blick skeptisch. »Niemand weiß, dass wir hier sind.«

»Ich habe keine Ahnung. Aber ich weiß mit Sicherheit, dass ich den Kerl schon einmal gesehen habe.« Doch als ich mich umschaue und die letzten Passanten betrachte, die in der einbrechenden Dämmerung auf dem Heimweg sind, kommen mir Zweifel. Ich habe mir während meiner Zeit in England Feinde gemacht, aber keiner davon kann erfahren haben, dass ich hier bin. Die Jahre, die ich in Italien auf der Flucht verbracht habe, nachdem ich meinem Kloster entronnen war, haben mich gelehrt, immer über die Schulter zu spähen und in jeder Menge nach einem feindseligen Gesicht oder einem Mann Ausschau zu halten, der die Hand in seinen Umhang geschoben hat. Ich hatte gedacht, in England frei davon zu sein, aber die Arbeit, die ich für Walsingham übernommen habe, hat dazu geführt, dass es auch hier Menschen gibt, die mich genug hassen, um mich töten zu wollen. Ich atme tief durch. Letztes Jahr, als ich das Gefühl hatte, quer durch London verfolgt zu werden, habe ich mir geschworen, nicht zu einem jener Männer zu werden, die beim Anblick eines Schattens zusammenschrecken und jedes Mal, wenn ein Hund bellt, ihr Messer zücken. Aber der Mann in Schwarz war real genug. Ich wünschte nur, ich könnte ihn zuordnen.

»Du bist doch der Experte für Gedächtniskunst«, meint Sidney fröhlich. »Wenn du dich nicht an ein Gesicht erinnerst, besteht für den Rest von uns erst recht keine Hoffnung.«

»Ich habe sein Gesicht nicht gesehen. Es war mehr sein … Verhalten.«

Er deutet mit seinem Ale-Humpen in Richtung des Gasthauses. »Um Himmels willen, komm wieder herein und trink etwas. Du kannst ja mit gezücktem Dolch schlafen, wenn dich das beruhigt.«

Was er denkt, aber nicht ausspricht, ist, dass ich mir den Mann in Schwarz oder zumindest sein Interesse an uns nur eingebildet habe. Vielleicht hat er ja recht. Wir gehen schweigend zurück. Als wir die Schankstube durchqueren, ist von dem Mann nichts zu sehen, obwohl mein Unbehagen bleibt. Jegliche Bedenken, die ich bezüglich dieser Reise ohnehin schon hatte, sind durch die Ereignisse des Tages und die Aussicht darauf, erneut in die Aufklärung eines Mordes verstrickt zu werden, noch dazu in einen, der uns nichts angeht, verdoppelt worden.

Sidney bleibt unten im Schankraum und trinkt mit ein paar Fremden, ich liege auf dem Bett und starre die Sprünge im Deckenputz an, die eine bizarre Landkarte ergeben. Egal wo ich mich hinbewege, überall scheint mein Leben in Gefahr zu sein, sei es draußen auf dem Meer, zurück in Frankreich oder sogar hier in Plymouth. Ich schlafe nicht mit gezücktem Messer, aber ich lege es neben mein Bett, und als Sidney später zurückkommt, schieße ich in dem Moment, wo der Riegel knarrt, im Bett hoch und greife danach – er bricht bei dem Anblick in Gelächter aus.

4

Am nächsten Tag frühstücke ich alleine. Sidney ist nach seiner langen Nacht schlechter Laune und lag stöhnend in die Decken gewickelt da, während ich mich wusch. Er sagte, er habe keinen Hunger. Ich setze mich mit Brot, Käse und Dünnbier zu anderen Reisenden an einen langen Tisch im Schankraum. Diese mustern mich kurz mit trüben Augen, bevor sie sich wieder ihrem Essen widmen. Ich bin bei Weitem nicht der einzige ausländisch aussehende Gast hier, und ich grübele darüber nach, dass das einer der Vorteile einer Hafenstadt ist. Der Himmel draußen ist verhangen, graugelb wie Austernfleisch, und in dem fahlen Licht schrumpfen meine Ängste der vergangenen Nacht und verlieren ihre Substanz, bis ich fast über mich selbst lachen kann. Ab und an schaue ich zu dem Platz an der Tür, wo der Mann in Schwarz gesessen hat, und frage mich, ob ich mir sein bösartiges Starren nicht doch nur eingebildet habe.

Der Morgen verstreicht langsam. Sidney ist gereizt und quengelig wie ein Kind, das nicht draußen spielen darf, während er auf eine Nachricht von Drake wartet. Er schlägt vor, zum Hafen hinunterzugehen und jemanden ausfindig zu machen, der uns gegen ein kleines Entgelt zu den Schiffen hinüberrudert, aber ich rede ihm die Idee aus und erinnere ihn daran, dass Drake gesagt hat, er würde mit uns im *Star* zu

Mittag essen. Bis dahin können wir nichts tun als warten. Ich versuche zu lesen, aber der Umstand, dass Sidney vor sich hinmurmelnd im Raum auf und ab marschiert, macht es mir unmöglich, mich zu konzentrieren, sodass ich endlich einen Spaziergang vorschlage und er einwilligt. Die Wolken über uns verheißen Regen; ich blicke nach oben, ziehe meinen Umhang enger um mich und denke voller Sehnsucht an den Himmel über dem Golf von Neapel.

Am Kai geht es hektisch zu. Kleine Fischerboote schlängeln sich in einem kunstvollen Tanz umeinander herum, als sie auf die Hafeneinfahrt zuhalten; Männer rufen ihnen von den Anlegestegen aus etwas zu, Seile werden von den Booten aus- oder ihnen zugeworfen und Fässer mit Fisch an Land gehievt. Stämmige rotgesichtige Fischhändlerinnen haben sich mit ihren einfachen Holztischen und Messern auf dem Dock versammelt, wo die Waren ausgeladen werden; ihre Hände glänzen silbrig und sind blutverschmiert. Die immer optimistischen Möwen kreisen nur wenige Fuß über ihren Köpfen und kreischen wie ein griechischer Chor. Der Gestank nach Fischeingeweiden weht im Wind mit.

Wir gehen an der Hafenmauer entlang und über einen Pfad bis zu der alten Burg mit den vier niedrigen Türmen, die zum Schutz des Hafens auf der Landspitze erbaut wurde. Efeu und Kletterpflanzen hängen wie Spinnweben am Mauerwerk und lassen das Gemäuer verfallen wirken. Der Anblick der Schiffe draußen auf dem Meer trägt noch dazu bei, Sidneys Laune zu verschlechtern.

»Ich wäre viel lieber dort draußen, Bruno, egal welche Arbeit ich verrichten muss.« Er winkt mit der Hand zum Sound hinüber, wo die *Elizabeth Bonaventure* wie ein bemaltes Kinderspielzeug auf dem Wasser treibt.

»Ich weiß. Das sagtest du bereits.«

Dann hellt sich sein Gesicht auf. »Nachdem du dich gestern Abend zurückgezogen hast, habe ich im Schankraum noch ein interessantes Gespräch geführt. Es betraf unseren Freund Robert Dunne. Willst du es hören?«

»Ach, Philip, ist das klug? Drake möchte, dass der Tod des Mannes als Selbstmord angesehen wird; er wird es dir nicht danken, wenn du die Spekulationen unter den Stadtbewohnern noch mit zu vielen Fragen anheizt.«

»Bevor du mich wie eine Gouvernante auszuschelten beginnst: Ich habe gar keine Fragen gestellt. Sowie die Händler in der Schenke erfuhren, dass ich mit der Flotte zu tun habe, gab es für sie kein Halten mehr. Und wenn Drake glaubt, sämtliche Spekulationen durch die Selbstmordtheorie erstickt zu haben, irrt er sich gewaltig.« Er reibt sich den Kopf und zuckt zusammen. »Bei Gott, dieses Ale ist stark. Wir sollten umkehren, weißt du. Drake kann schon da sein und auf uns warten.«

Die Sonne schimmert fast direkt über unseren Köpfen schwach durch den Wolkenschleier. Wir machen kehrt und folgen dem Weg in die Stadt zurück.

»Die Stadtbewohner sprechen also von dem Mord?«

»Mord, Hexerei, Flüche – was du willst. Die Seeleute sind in Plymouth nicht beliebt, denn der Lebensunterhalt all der Leute hier hängt von ihnen ab.« Er blickt sich um des dramatischen Effekts willen um, obwohl niemand sonst hier ist. Ein scharfer Wind pfeift über die Landzunge. Hier oben kommt man sich eher vor wie im November statt wie im August.

»Es sieht so aus«, fährt er fort, »als hätte unser Freund Dunne …«

»Hör auf, ihn so zu nennen.«

»Warum?« Er runzelt die Stirn. »Warum bist du heute so reizbar? Ich bin derjenige, der mit diesem Ale vergiftet wurde.«

»Er war nicht unser Freund, und wir haben keinen Grund, uns mit den Umständen seines Todes zu befassen. Du klingst, als würdest du das Ganze auf die leichte Schulter nehmen.«

Sidney fasst mich am Arm. »Sein Tod ist, wie ich dir schon mindestens dreimal erklärt habe, unsere Eintrittskarte zu diesem Schiff.« Er deutet in die entsprechende Richtung. »Ein Schiff, das in einem Jahr so schwer mit Gold beladen in diesen Hafen zurückkehren wird, dass du das Bugspriet über den Wellen kaum noch siehst.«

Ich verzichte darauf, mich mit ihm zu streiten. »Sprich weiter. Was ist mit Dunne?«

Er schnalzt ungeduldig mit der Zunge und zieht sich den Hut zum Schutz vor dem Wind tiefer ins Gesicht. »Robert Dunne war in Plymouth wohlbekannt, sagten sie. Er hat die letzten paar Monate hier gewohnt, obwohl sein Heim kaum einen Tagesritt entfernt in Dartington liegt.«

»Dann stand er auf keinem guten Fuß mit seiner Frau?«

»Das ist einer der Gründe.«

Der Pfad beginnt sich zu der Straße hinunterzuwinden, die am inneren Hafen entlang verläuft; dort, wo die kleinen Fischerboote vertäut sind. Unter uns sitzen Männer auf umgedrehten Fässern auf dem Kai, flicken Netze oder überprüfen Segel. Eine Gruppe kleiner Jungen tobt auf der Hafenmauer herum, trägt Faustkämpfe aus oder versucht, Möwen mit Schleudern zu treffen. Manchmal verfehlt ein Kiesel das Ziel, dann schüttelt einer der Fischer eine Faust und stößt einen blutrünstigen Fluch aus, und die Jungen stürmen lauthals lachend davon. Ich warte darauf, dass Sidney in die Einzelheiten geht.

Als er sich meiner Aufmerksamkeit gewiss ist, beugt er sich vor und dämpft die Stimme.

»Allem Anschein nach war Dunne Stammkunde in dem

berüchtigtsten Freudenhaus der Stadt. Sie nennen es das *Haus der Vesta*.«

»Tatsächlich? Nach den vestalischen Jungfrauen von Rom, nehme ich an. Sehr subtil. Und seine Frau hat das herausgefunden, ist verkleidet an Bord des Schiffes geklettert und hat ihn aufgeknüpft?«

»Versuch, das Ganze ernst zu nehmen, Bruno. Dunne ist mehr als einmal in Gesellschaft derselben beiden Männer gesehen worden.«

»In dem Bordell?«

»Nein, in den Schenken. Niemand weiß, wer die zwei waren. Und diese Kaufleute und Händler aus Plymouth haben es sich zum Ziel gesetzt, jeden zu kennen. Sie wussten, wer ich bin, bevor ich überhaupt den Mund aufgemacht habe. Aber Dunnes Begleiter bleiben ein Rätsel.«

»War einer von ihnen ein Mann in einem schwarzen Umhang?«

Sidney verdreht die Augen. »Tatsache ist«, er tippt mit einem Finger gegen die Zähne, »dass sie gesagt haben, einer der Männer hätte immer einen Hut getragen. Auch drinnen. Hatte dein Phantom gestern Abend einen Hut auf?«

»Ja, einen schwarzen, tief über die Ohren gezogenen. Und sowohl er als auch sein Hut waren ziemlich real, das kannst du mir glauben.«

Sidney denkt darüber nach. »Jeder dieser aus dem Hals stinkenden Fischhändler von gestern behauptete, Dunne mit seinen Kumpanen hier und dort gesehen zu haben, aber keiner konnte sich ihre Gesichter einprägen.«

»Nun, zumindest wissen wir, dass einer einen Hut trug. Das schränkt den Kreis der Verdächtigen ein.«

Er grinst. »Allzu viel haben wir nicht in der Hand, oder?«

»Drake sagt, Dunne wäre in der Nacht seines Todes in eine

Schenkenschlägerei verwickelt gewesen. Wissen deine verlässlichen Quellen etwas darüber?«

Er beugt sich vor. »Ihre Lieblingstheorie lautet, dass diese Fremden Dunne dazu benutzt haben, um an Drakes Schatz heranzukommen.«

»Was für einen Schatz?«

»Drake ist in Plymouth berühmt, wie man ja vermuten würde, und ziemlich beliebt, weil er viel für die Stadt getan hat, aber natürlich ranken sich die blumigsten Geschichten um ihn: dass er, als er von seiner Weltumsegelung zurückkam, der Königin nur einen Teil der Beute übergeben und den Rest irgendwo in der Nähe der Stadt versteckt hat.«

»Und diese ehrlichen Seelen würden ihn gern finden und bei Ihrer Majestät abliefern?«

Sidney lacht. »Ich bin sicher, dass sie genau das vorhaben. Aber du solltest hören, was sie über die anderen Dinge erzählen, die Drake mit zurückgebracht haben soll.«

»Als da wäre?«

»Vom Teufel mit eigener Hand geschriebene Bücher, Vögel mit Federn aus echtem Gold, junge Frauen mit zwei Köpfen, die Kinder gebären, die halb Drache und halb Mensch sind. Die Art von Dingen, von denen jeder weiß, dass es sie auf der anderen Seite der Welt gibt.«

»Verstehe. Wo soll Drake seine diabolische Menagerie denn verstecken?«

»Das weiß ich nicht. Ich schätze, sie denken, Dunne wurde dafür bezahlt, das herauszufinden.«

Wir folgen der Straße am Kai entlang der Reihe weiß gekalkter Häuser und auf das Wasser hinausgehender Schenken. Plötzlich stößt mir Sidney den Ellbogen in die Rippen und nickt zu dem Pfad vor uns, wo zwei gut gekleidete Frauen Arm in Arm auf uns zukommen. Ein Diener folgt ihnen in diskretem

Abstand. Eine ist hochgewachsen und hat rotgoldene, unter einer französischen Haube aufgesteckte Locken, die andere ist dunkler, mit blasser Haut und markanten Augenbrauen. Ihren Blicken und ihrem Getuschel entnehme ich, dass sie uns gleichfalls bemerkt haben. Sidney schickt sich an, sich schwungvoll zu verbeugen, als eine der Frauen aufschreit und eine Hand vor den Mund schlägt; sie blickt nicht uns an, sondern zur Hafenmauer hinter uns. Ich wirbele herum und sehe einen der Jungen, die sich gerauft haben, er ruft laut und zeigt nach unten. Der kleinste seiner Kameraden ist vom Kai ins Wasser gefallen, er schlägt wild um sich, hustet und versucht, um Hilfe zu schreien.

»Das ist mein Bruder, er kann nicht schwimmen. Ich wollte ihn nicht hineinstoßen«, quiekt der Junge auf dem Kai, hüpft auf und ab und fuchtelt mit den Händen.

Der blonde Kopf im Wasser versinkt unter der Oberfläche, taucht kurz in einem Schaumwirbel wieder auf und verschwindet erneut. Ohne nachzudenken, reiße ich mir mein Wams vom Leib und hechte hinterher. Ich habe Mühe, in dem dunklen Wasser die Augen zu öffnen, und die Kälte trifft mich wie ein Schlag in die Rippen. Zuerst kann ich das Kind nirgendwo entdecken, dann blicke ich nach unten und sehe seinen kleinen Körper in einer Kette von silbernen Blasen in die Tiefe sinken. Sein Kittelhemd bläht sich um ihn. Ich schwimme auf ihn zu und packe ihn um die Taille, wobei mich das Gewicht meiner wollenen Hose im Wasser behindert. Der Junge ist erstaunlich schwer, aber sowie ich wieder an die Oberfläche gelange und nach Luft schnappe, ist es nicht mehr weit bis zum Kai. Hände strecken sich mir entgegen, um mir den Jungen abzunehmen; er wird auf das Pflaster gelegt, während einer der Fischer das Ohr über sein Gesicht hält. Ich ziehe mich selbst auf den Kai und knie mich auf die Steine, um wieder zu Atem zu kommen. Wasser rinnt aus meinen Kleidern und meinem Haar. Der Junge liegt regungslos da, der Mann neben ihm versucht ihn zu schütteln, um eine Reaktion zu erzeugen.

»Ist er tot?«, jammert das Kind, das ihn gestoßen hat, und klammert sich angstvoll an das Hemd des Mannes.

»Hier.« Ich knie mich neben den Jungen und drücke mehrfach fest auf seine Brust. »Ich habe gesehen, dass sie das in Venedig so machen, wenn ein Junge in einen Kanal gefallen ist.« Das Kind hebt prompt den Kopf und übergibt sich über die Schuhe des Mannes neben ihm, der einen überraschten Fluch ausstößt und dem älteren Jungen eine Kopfnuss verpasst.

»Mach das noch einmal, du kleine Kröte, und ich werfe dich ihm hinterher«, knurrt er, als der Junge noch lauter zu heulen beginnt. »Uns einen solchen Schrecken einzujagen! Wenn dieser Gentleman nicht so schnell gehandelt hätte, hättest du deinen Bruder verloren, und ich wäre nicht gern derjenige gewesen, der deiner Mutter sagen muss, dass ihr kleiner Liebling tot ist.«

Mir kommt der Gedanke, dass dieser feine Unterschied vielleicht überhaupt erst in dem Jungen den Wunsch ausgelöst hat, seinen Bruder ins Wasser zu stoßen, aber ich halte den Mund. Der Fischer dreht sich zu mir. »Danke, Sir. Meine Neffen rangeln immer da miteinander, wo sie es nicht tun sollten. Ihre Mutter ist Witwe. Wenn Ihr nicht gewesen wärt – ich kann selbst nicht schwimmen, wisst Ihr?« Er blickt sich zu dem trüben Wasser um und schneidet eine Grimasse. »Amos Prisk, Sir. Das da ist mein Boot.« Er zeigt darauf, dann wischt er sich die Hand an seinem Kittel ab und streckt sie mir hin. Sein Griff ist fest, aber etwas glitschig, und ich versuche, nicht an Fischinnereien zu denken. »Ich würde Euch ja gern auf ein

Glas einladen, aber meine Schwester ist noch nicht mit den Tageseinnahmen vom Markt zurück.« Er lässt meine Hand los und kehrt die leeren Handflächen nach außen.

»Nicht nötig«, erwidere ich verlegen. Inzwischen hat sich eine kleine Menschenmenge versammelt, um das Drama zu verfolgen, an ihrem Rand sehe ich zwei attraktive Frauen, die miteinander flüstern. Ich wische meine Hand mehrmals an meiner nassen Hose ab, streiche mir mein tropfendes Haar aus dem Gesicht und lächele ihnen linkisch zu. Die Größere beugt sich vor, um ihrer Freundin etwas zuzuraunen, woraufhin beide lachen. Ich wende mich ab und erhasche über ihre Köpfe hinweg in einiger Entfernung einen Blick auf eine schwarz gekleidete Gestalt, die zwischen zwei Häusern am Eingang einer der Gassen steht, die sich vom Meer zum Hafen hinunterschlängeln. Ohne sich von der Stelle zu rühren, beobachtet sie die Szene. Ihr Gesicht liegt im Schatten der Hutkrempe verborgen. Ich trete einen Schritt vor, aber Sidney versperrt mir die Sicht.

»Wie heldenhaft von dir, Bruno. Du hast Seetang im Gesicht. Hier.« Er zupft die beleidigende Pflanze weg, verschränkt die Arme und nickt, als wäre er beeindruckt, obwohl er den Ärger in seiner Stimme nicht ganz verschleiern kann. Ich schiebe ihn ungeduldig aus dem Weg, aber der Mann in Schwarz ist verschwunden. Sidney hat sich mein Wams über den Arm gelegt.

»Ich bin sicher, du hättest dasselbe getan, wenn deine Kleider nicht so kostbar wären.« Ich greife nach unten, um meine Hose auszuwringen. Er schenkt mir ein anzügliches Lächeln.

»Wir sollten dich lieber aus der Nähe der Ladys entfernen – die Art, wie dein Hemd an dir klebt, kann man fast schon unanständig nennen.« Er nimmt mich am Arm und schiebt mich auf die Häuser zu. Im Vorübergehen verbeugt er sich vor den beiden Frauen, aber ich bemerke, dass die Dunklere mich eindringlich mustert.

»Das war sehr mutig von Euch«, ruft sie aus einem Impuls heraus, als wir fast an ihnen vorbei sind.

Sidney bedenkt sie mit seinem charmantesten Lächeln und legt mir behutsam eine Hand auf die Schulter. »Mein Freund wird von hier bis zu den karibischen Inseln für seine Tapferkeit gerühmt. Bitte erwägt nicht, ins Wasser zu fallen, Ladys, wenn er nicht in der Nähe ist.«

Ich fange den belustigten Blick der Frau auf und schüttele entschuldigend den Kopf.

»Aber Sir«, erwidert sie mit gespielter Ängstlichkeit, »woher sollen wir denn wissen, wo wir Euch finden, wenn wir Lust verspüren, ins Wasser zu fallen?«

Sidney sieht sie mit hochgezogenen Brauen an. »Ihr findet uns im Gasthof *Star*, Madam.«

»Was für ein Zufall«, sagt die Frau mit dem kastanienbraunen Haar. »Dort werden wir ebenfalls übernachten. Guten Tag, Gentlemen.« Sie nimmt ihre Begleiterin am Arm, wendet sich elegant ab und lächelt Sidney über ihre Schulter hinweg zu.

Er sieht ihr nach, dann dreht er sich mit einem leisen Pfiff zu mir um.

»Das waren zwei Draufgängerinnen, wie? Aber hübsch. Und kostspielig. Kurtisanen, meinst du nicht?«

»Hier?«

»Wo es Seeleute gibt ... aber vielleicht hast du recht. Frauen dieser Klasse würden mehr kosten, als ein Seemann im Jahr verdient, es sei denn, sein Name ist Francis Drake. Und sie wohnen in unserem Gasthof. Die Dunkle hat ein Auge auf dich geworfen, Bruno, obwohl du aussiehst wie ein ertrunkener Hund. Zur Hölle mit dir!« Sidney hebt grinsend eine Faust. »Ich hätte schneller reagieren sollen. Es geht doch nichts über die Rettung von Kindern und Tieren, damit Frauen dir zu Füßen liegen.«

»Wenn wir sie das nächste Mal sehen, werde ich ein Kätzchen in einen Brunnen werfen, dann kannst du dich produzieren.« Ich reibe mir die Arme und erschauere, als sich meine nassen Kleider kalt an meine Haut schmiegen. Sidney legt mir mein Wams um die Schultern und gibt mir einen sachten Klaps gegen den Hinterkopf, wie es der Fischer mit seinem jüngeren Neffen getan hat. Ich beschließe, ihm vorläufig nichts von dem Mann in Schwarz zu erzählen.

Gegen Mittag gehen wir in den Schankraum des *Star* hinunter, um nach Drake Ausschau zu halten, und die Bedienung führt uns in einen privaten Essraum auf der anderen Seite der Eingangshalle. Ich trage ein rostbraunes Wams und Hosen von Sidney, während ich darauf warte, dass meine eigenen Kleider trocknen, und komme mir vor wie eines dieser mit kleinen Seidenjacken und juwelenbesetzten Halsbändern ausstaffierten zahmen Äffchen, die die Damen bei Hof an einer Leine halten. Die Hosen sind zu groß, und das Rascheln der Seide beim Gehen ist ungewohnt und störend; bei jedem Schritt drehe ich mich unwillkürlich um, weil ich meine, verfolgt zu werden, bis mir wieder einfällt, dass das seltsame Rascheln von meinen eigenen Beinen herrührt.

Sidney stößt die Tür auf und schafft es nicht ganz zu vermeiden, dass sein Kiefer herunterklappt, als er die am Tisch versammelten Gäste sieht. Francis Drake sitzt am Kopf der Tafel. Thomas Drake ist ebenfalls anwesend, dazu ein hellhaariger, pausbackiger Mann in den Gewändern eines Geistlichen und ein kostspielig gekleideter Mann um die vierzig. Aber Sidneys Blick wird von den beiden jungen Frauen vom Kai gefesselt, die sittsam am Tisch sitzen. Um ihre Lippen spielt ein schelmisches Lächeln. Einen Moment bin ich völlig durcheinander; Sidneys frühere Vermutung hat sich in meinem Kopf festgesetzt, und mein erster Gedanke ist, dass Drake die Frauen angeheuert hat. Dann sehe ich, wie er die Hand über die zarten weißen Finger der Frau mit den kastanienbraunen Haaren legt, und allmählich dämmert mir die Wahrheit. Sie trägt einen Ehering an der linken Hand.

»Wie ich höre, seid Ihr so etwas wie ein fahrender Ritter, Doktor Bruno.« Drake trinkt mir zu, als wir uns um den Tisch herumschlängeln.

»Die Mütter von Plymouth müssen keine Angst um ihre Kinder haben, solange Ihr in der Stadt seid«, sagt Thomas Drake. Er sitzt rechts von der dunkelhaarigen Frau, die mich noch immer mit diesem heimlichen Lächeln beobachtet. Ich spüre, dass es Thomas Drake lieber wäre, wenn wir der kleinen Gesellschaft ferngeblieben wären.

»Ich rechne fest damit, dass Bruno die Ehrenbürgerrechte verliehen werden, bevor wir abreisen.« Sidney strahlt in die Runde.

Ich zucke die Achseln. Die allgemeine Aufmerksamkeit macht mich verlegen. »Jeder hätte dasselbe getan.«

»Ich selbstverständlich auch, wenn ich den Unfall rechtzeitig bemerkt hätte«, stimmt Sidney zu und nimmt schwungvoll seinen Hut ab. »Du warst nur leider schneller.«

»Oh, es wäre aber doch zu schade gewesen, wegen eines Fischerkindes eine so prächtige Feder zu ruinieren, Sir Philip«, erwidert die Dunkelhaarige mit todernster Miene. Ihre Freundin verbeißt sich ein Lächeln und hebt dann den Kopf, um Sidney anzusehen.

Drake schaut belustigt von einem zum anderen.

»Ich glaube, Ihr kennt Euch bereits.« Er deutet auf die beiden Frauen.

»Wir wurden einander noch nicht offiziell vorgestellt, mein Lieber.« Die Hellhaarige tätschelt seine Hand.

»Meine Frau, Lady Elizabeth Drake«, sagt er voller Stolz, und die Frau neigt bescheiden den Kopf, bevor sie unter den Wimpern hervor zu Sidney hochspäht. Dieser sieht aus wie ein Mann, der beim Hundekampf auf das falsche Tier gesetzt hat.

»Und ihre Base Nell Arden.«

Die dunkelhaarige Frau nickt Sidney zu, dann sieht sie mich direkt an. »Witwe des verstorbenen Sir Richard Arden«, fügt sie hinzu. Ich kann nicht umhin, mir einzubilden, dass dies meinetwegen geschieht. So viel zu Drakes unscheinbarer Frau und ihrer alternden verwitweten Base. Ich vermute, dass sich Sidneys Begeisterung für die Aufgabe, den Begleiter für die Frauen zu spielen, beträchtlich gesteigert hat. Tatsache ist, dass ich sie wahrscheinlich werde begleiten müssen, um sie vor Sidney zu schützen.

Drake bedeutet Sidney, auf dem leeren Stuhl links von ihm gegenüber seiner Frau Platz zu nehmen. Ich setze mich auf den letzten Platz zwischen dem Geistlichen und dem Mann, der wie ein Höfling aussieht, und sitze somit Lady Arden, die erneut lächelt, als würde sie einen privaten Scherz auskosten, diagonal gegenüber. Ich schätze sie auf Mitte zwanzig, so alt wie Drakes Frau; ihre helle Haut ist glatt und makellos, und unter den dunklen Brauen glitzern ihre grünen Augen schelmisch und registrieren alles. Innerhalb eines Augenblicks ist Plymouth erheblich interessanter geworden.

»Ihr seid also der berühmte Doktor Bruno?« Der Mann in der Tracht eines Geistlichen stellt seinen Becher ab und betrachtet mich mit ruhiger Gelassenheit. Widerwillig reiße ich meine Aufmerksamkeit von Lady Arden los, um ihn anzusehen. Seine Wangen weisen die frische, rötliche Farbe auf, die typisch für manche Engländer ist und ihn wirken lässt, als wäre er ständig verlegen oder aufgeregt. Sein helles Haar wird oben auf dem Kopf schütter, aber sein faltenloses Gesicht verrät, dass er nicht älter ist als Anfang dreißig. Seinen Worten haftet keine erkennbare Schärfe an, trotzdem interpretiere ich sie als provozierend, obwohl das wahrscheinlich mehr über meinen Charakter aussagt als über seinen.

»Ich wusste nicht, dass mein Ruhm, so man denn von einem solchen sprechen kann, schon bis Plymouth gedrungen ist«, erwidere ich mit einem höflichen Lächeln.

»Uns waren Gerüchte zu Ohren gekommen, dass Sir Philip Sidney einen bekannten italienischen Philosophen mitbringen würde«, entgegnet er mit einem neuerlichen Lächeln, das seine Augen jedoch nicht erreicht. »Ambrose Pettifer, Kaplan auf der *Elizabeth Bonaventure*.« Er streckt eine Hand aus, als hätte er sich eben erst wieder an seine Umgangsformen erinnert. Ich ergreife sie. Sein Händedruck fühlt sich unangenehm feucht an.

»Giordano Bruno aus Nola. Aber das wisst Ihr ja schon.«

»Soweit ich weiß, seid Ihr ebenfalls Priester. Ein Dominikaner, wenn ich mich nicht irre.«

»Ich fürchte, das tut Ihr«, gebe ich zurück. »Ich habe meinen Orden vor fast zehn Jahren verlassen. Ich betrachte mich nicht mehr als geweihten Priester.«

Er hebt eine fahle Braue. »Ich dachte, das wäre nicht gestattet.«

»Das ist es auch nicht. Deswegen wurde ich exkommuniziert.«

»Ah.« Seine Augen weiten sich kurz. Er trinkt einen Schluck Wein. »Ich hörte, die Kirche von Rom hat Euch wegen der Ideen in Euren Büchern als Ketzer verdammt.«

Mein Lächeln wird allmählich gequält. »In der Regel von denen, die sie nicht gelesen haben. Auf jeden Fall befinde ich mich in guter Gesellschaft: Der Papst betrachtet Eure Königin gleichfalls als Ketzerin. Und jeden, der ihre Religion teilt.«

»Ja«, beharrt er, »aber stimmt es, dass Ihr in Euren Büchern alte Magie beschwört und schreibt, dass der Mensch danach strebt, Gott gleich zu sein?«

Ich blicke mich um, falls uns jemand zuhört. »Ich schreibe über Kosmologie und Philosophie und die uralte Gedächtniskunst. Ich habe nie die Ansicht vertreten, dass ein Mensch wie Gott werden kann.« Jedenfalls nicht mit so vielen Worten.

»Gut«, meint er spröde. »Weil das für mich wie gnostische Ketzerei klingt. Trotzdem«, fährt er fort, dabei spielt er mit seinem leeren Becher, »wäre es mir lieber, wenn die Besatzung nicht erfahren würde, dass Ihr ein katholischer Priester wart. Engländer sind abergläubisch, müsst Ihr wissen, und Seeleute noch mehr als andere. Unter Druck wenden sie sich wieder dem alten Glauben zu. Viele von ihnen tragen Reliquien und kleine Amulette bei sich, obschon sie wissen, dass sie verboten sind, und ich höre oft, wie sie die Heilige Jungfrau und alle Heiligen im Himmel anrufen.« Er faltet die Hände. »Ich verschließe natürlich meine Augen und Ohren davor, aber es wäre nicht hilfreich, wenn sie wüssten, dass ein Priester, der der alten Religion anhängt, an Bord ist. Versteht Ihr?«

»Keine Sorge, Padre.« Sidney beugt sich vor, um einzugreifen. »Bruno ist inzwischen schon lange kein Priester mehr. Er wird nicht versuchen, hinter Eurem Rücken die Sakramente zu spenden, darauf gebe ich Euch mein Wort.«

Ich lache; bin Sidney dankbar dafür, dass er sich bemüht, das Gespräch aufzulockern, aber Pettifer lässt sich nicht beirren.

»Ihr mögt scherzen, Sir Philip«, sagt er mit erhobenem Zeigefinger, »aber erst vor zwei Tagen zuvor starb ein Mann an Bord der *Elizabeth* durch seine eigene Hand. Stellt Euch die

Auswirkungen vor, die das auf die Männer hat. Sie reden alle von Flüchen und Omen und der Strafe Gottes, und das macht es umso schwerer, sie auf dem wahren Pfad des Glaubens zu halten. Ich bin für ihr Seelenheil verantwortlich, seht Ihr?«

»Dann werde ich mein Bestes tun, um die Last, die Ihr zu tragen habt, nicht noch schwerer zu machen.« Ich greife nach dem Weinkrug. Bei Gott, ist der Mann ein unerträglicher Wichtigtuer!

Zur Antwort schenkt er mir ein verkniffenes Lächeln. »Jedenfalls gehe ich davon aus, dass Ihr nach London zurückkehren werdet, sobald Dom Antonio eintrifft? Sir Francis wird unter diesen Umständen schwerlich in der Lage sein, ihn in den Genuss seiner Gastfreundschaft kommen zu lassen. Ich wage zu behaupten, dass Ihr alle am Hof besser aufgehoben seid.«

»Das wage ich auch zu behaupten«, stimmt Sidney unbekümmert zu. Zum Glück bleiben uns weitere Wortwechsel zu diesem Thema erspart, weil drei Diener Blattsalat, Weißbrot und Platten mit in Wein gesottenem Fisch auftragen.

»Hier vor dieser Küste gefangen, erst an diesem Morgen.« Drake deutet so stolz auf den Fisch, als hätte er ihn selbst geangelt. Ich sehe, wie Sidney und die anderen gut gekleideten Gentlemen ihn argwöhnisch anschauen; sie betrachten Fisch als eine Strafe, die ihnen freitags und zur Fastenzeit, wo gute Christen auf Fleisch verzichten, auferlegt wird, aber Drake macht sich darüber her, als hätte er feinstes Wildbret vor sich. Nach einem Jahr auf See wird auch Sidney frischen Fisch zu schätzen wissen, denke ich in mich hineinlächelnd, als man mich bedient.

»Beabsichtigt Ihr, lange in Plymouth zu bleiben, Lady Drake?«, fragt Sidney, dabei lehnt er sich über den Tisch.

»Meine Base und ich langweilen uns so ganz allein in Buckland Abbey, wenn mein Mann nicht da ist«, erwidert sie. »Als wir erfuhren, dass die Flotte in Plymouth aufgehalten wurde, dachten wir, wir könnten ihr einen Besuch abstatten. Nicht, dass Plymouth viel zu bieten hätte, von Eurer angenehmen Gesellschaft einmal abgesehen, Masters. Aber wir sind dankbar für eine neue Umgebung. Vielleicht nutzen wir die Gelegenheit, um bei den Tuchhändlern vorbeizuschauen und etwas Stoff zu kaufen.«

»Wir Frauen müssen mit den Vergnügungen vorliebnehmen, die sich uns bieten«, fügt Lady Arden mit einem trockenen Lächeln hinzu.

Drake sieht seine Frau an und strahlt zustimmend. Ich beobachte sie neugierig.

»Und Ihr, Sir Philip? Wie lange werdet Ihr bleiben?«, erkundigt sich mein Nachbar, der Neuankömmling. Er hat die gebieterische Stimme eines Mannes, der daran gewöhnt ist, über andere zu bestimmen. Sein sorgfältig gestutzter, grau gesprenkelter Bart läuft spitz zu, sein Haar trägt er extrem kurz geschoren, um zu vertuschen, dass er allmählich kahl wird, aber er sieht auf eine etwas verwitterte Art noch immer gut aus. Mir fällt auf, dass seine Oberlippe geschwollen ist und einen frischen Riss aufweist.

»Zumindest so lange, bis Dom Antonio eintrifft, Sir William.« Sidney beugt sich über den Tisch und lächelt höflich.

»Guter Gott, treibt sich der portugiesische Bastard immer noch hier herum?« Sir William verdreht die Augen und hebt sein Glas, um sich nachschenken zu lassen. »Man sollte doch meinen, er hätte inzwischen aufgegeben. Ich kann nicht verstehen, warum Ihre Majestät ihn noch immer duldet und ihm sogar noch Geld in den Rachen wirft.«

»Weil er einen größeren Anspruch auf den Thron von Portugal hat als Philip von Spanien.« Sidneys Gesicht wird ernst, und er legt sein Messer beiseite. »Wenn Dom Antonio König werden würde, wäre er unser dringend benötigter Verbündeter. Ihr werdet wohl wissen, dass Spanien, seit es nach dem Tod des alten Königs Portugal annektiert hat, die größte Kriegsflotte Europas befehligt. Es liegt ganz klar in Englands Interesse, dem entgegenzusteuern.«

Sir William grunzt. »Das war eine rhetorische Frage, Sir Philip. Außerdem glaubt noch nicht einmal Dom Antonio selbst, dass er darauf hoffen kann, den portugiesischen Thron zurückzuerobern. Spanien hat den ganzen Adel bestochen, damit er das Land unterstützt. Reicht mir den Wein.«

»Bleibt Ihr selbst lange hier, Sir William?«, fragt Sidney.

»Ich? Ich bleibe, bis die Flotte ablegt.«

»Und dann reist Ihr zum Hof zurück?«

Sir William stößt ein bellendes, scharfes Lachen aus. »Und dann segele ich mit ihr, Sir Philip. Ich habe eine Koje an Bord der *Elizabeth*.«

»Was?« Sidneys Manieren sind seinem Emotionsaufruhr nicht ganz gewachsen; sein Blick schwenkt von Drake zu Sir William, sein Mund steht offen, dann gewinnt er seine Fassung zurück und fixiert Drake mit einem glühenden Blick.

»Sir William Savile hat sehr großzügig in diese Reise investiert«, erklärt Drake, obwohl er den Anstand hat, leicht verlegen zu wirken. »Und er verfügt über wertvolle militärische Erfahrung.«

»Dachte, es wäre Zeit für ein kleines Abenteuer«, sagt Sir William mit einem breiten Grinsen, das ihn zusammenzucken lässt, als sich seine aufgeplatzte Lippe spannt. Er betupft sie mit einem Zeigefinger. »Ein Mann kann faul und verweichlicht werden, wenn er den ganzen Sommer müßig am Hof herumlungert und nur Frauen zur Gesellschaft hat. Euch natürlich ausgenommen, Ladys.« Er nickt Lady Arden zu, die nichts darauf erwidert, obgleich ihre Augen vor Empörung funkeln. »Das war zumindest meine Absicht, bevor diese unselige Sache mit Dunne …« Er blickt zu Drake hinüber und bricht den Satz ab; Drake schüttelt den Kopf, wie um ihn zu warnen, das Thema weiter zu verfolgen, wahrscheinlich mit Rücksicht auf die Frauen.

»Wie schrecklich«, sagt Lady Arden mit einem dramatischen Erschauern. »Was bringt einen Mann dazu, so etwas zu tun? Sich das Leben zu nehmen, meine ich.« Sie blickt mit weit aufgerissenen grünen Augen zu mir auf.

»Verzweiflung«, erwidere ich, da niemand sonst Anstalten macht zu antworten.

»Oder Angst«, bemerkt Sir William Savile und bricht sich ein Stück Brot ab.

»Warum sagt Ihr das?« Ich drehe mich zu ihm. Er betrachtet mich; ist offenbar erstaunt, so direkt angesprochen zu werden. Anscheinend schätzt er meinen Rang ein, bevor er sich zu einer Antwort herablässt.

»Nun«, meint er endlich, »ich nehme an, ein Mann kann bis zu einem Punkt getrieben werden, wo er den Tod als ein Entkommen vor etwas Schlimmerem ansieht.« Er blickt beim Sprechen in sein Glas.

»Gibt es etwas Schlimmeres als den Tod?« Lady Ardens Stimme klingt geringschätzig.

»Der Tod hat viele Gesichter, Mylady«, gibt er zurück. »Wer weiß, vor welchen Dämonen Robert Dunne geflohen ist.«

»Kanntet Ihr ihn gut?«, werfe ich ein.

Er misst mich mit einem scharfen Blick. »Nein, nicht sehr gut. Er besitzt Ländereien in Devon, genau wie ich. Wir haben einige Male über nautische Fragen gesprochen, daher habe ich mich gefreut, als ich hörte, dass man mir an Bord der *Elizabeth* eine Kabine direkt neben seiner zugeteilt hat. Ich hatte gedacht, wir würden während der langen Monate auf See mehr Zeit zum Reden haben, aber leider …« Er spreizt in einer hilflosen Geste die Hände.

»Habt Ihr in der Nacht, in der er starb, mit ihm gesprochen?« Ich beuge mich – vielleicht eine Spur zu eifrig – vor.

Savile runzelt die Stirn.

»Ich denke, Gentlemen«, unterbricht Drake, »dass wir das Andenken an unseren verstorbenen Kameraden nicht unbedingt ehren, indem wir auf eine solche Weise über seinen Tod diskutieren. Vor allem beim Essen.« Er lächelt freundlich, aber ich höre aus seiner Stimme denselben warnenden Unterton heraus, der mir schon am Tag zuvor aufgefallen ist.

Savile hält seinem Blick kurz stand und nickt dann zustimmend.

Für den Rest der Mahlzeit wird über den Alltag auf einem Schiff gesprochen, aber der Schatten von Dunnes mysteriösem Tod, das Thema, das wir nun alle bewusst auslassen, belastet die Unterhaltung. Immer wenn Drake darüber spricht, wann er ablegen kann, ist mir klar, dass er damit den Zeitpunkt meint, an dem Dunnes Mörder überführt ist. Es scheint so, als glaubten Savile und die Frauen noch immer, dass Dunne sich selbst erhängt hat. Wenn Savile die Kabine nebenan bewohnt, müsste Drake ihn über ungewöhnliche Vorfälle in der Nacht von Dunnes Tod befragt haben – und wenn er das nicht getan hat, liegt es vielleicht daran, dass er Savile nicht ganz traut. Ich könnte ihm deshalb keinen Vorwurf machen; der gutmütig-derben Bonhomie des Mannes haftet etwas Unechtes an. Ich überlege, dass ich das später mit Drake bespreche, bevor ich mit meinen Befragungen beginne, dann fällt mir ein, dass ich geschworen habe, mich nicht in diese Sache verstricken zu lassen.

Weiter unten am Tisch unterhält Sidney Drake und seine Frau mit Anekdoten vom Hofleben. Drake wirkt höflich gelangweilt, doch seine Frau hängt förmlich an Sidneys Lippen, lacht wie aufs Stichwort hin entzückt auf und wendet den Blick nicht von ihm ab. Wenn das meine Frau wäre, denke ich, würde ich sie von Sidney fernhalten. Wenn das so weitergeht, schreibt er ihr am Abend Sonette. Ich beobachte Drake: sein breites, gebräuntes Gesicht, die großen roten Hände, in denen das Weinglas, das sie umschließen, winzig erscheint. Aus dieser Ecke dürfte sie schwerlich Sonette zu erwarten haben. Als ich aufblicke, bedenkt Lady Arden mich mit einem wissenden Lächeln, als würde sie meinen Gedankengängen folgen.

Als die Diener den Tisch abräumen, beugt sich Drake vor, um seiner Frau etwas zuzuflüstern. Beide stehen auf und entschuldigen sich, und Drake verkündet, dass er sich jetzt um die Bequemlichkeit seiner Frau kümmern muss und uns später an Bord sieht. Saviles Bart zuckt, als er wegen Drakes Wortwahl spöttisch die Lippen verzieht.

»Und wer wird für Eure Bequemlichkeit sorgen, Lady Arden?«, sagt Savile aus dem Mundwinkel heraus mit einem leicht lüsternen Grinsen. »Ich stehe gern zur Verfügung.«

»Wie galant, Sir William«, erwidert sie mit eisiger Höflichkeit. »Ich fürchte, als Witwe muss ich alleine zurechtkommen. Wenn Ihr mich jetzt entschuldigen wollt, Gentlemen … Ich denke, ich werde mich für eine Weile in meine Kammer zurückziehen. Die aufregende Unterhaltung über Seekarten hat mich ziemlich ausgelaugt, denke ich.« Sie lächelt süß in die Runde und schiebt ihren Stuhl zurück.

Der Rest von uns erhebt sich, als die Ladys und Drake den Raum verlassen; als ich mich abwende, stelle ich fest, dass Thomas Drake neben mir steht.

»Sir Francis erwartet Euch und Sir Philip oben in der Kammer seiner Frau«, murmelt er. »Er möchte allein mit Euch sprechen.«

Padre Pettifer wendet sich gerade zum Gehen, dreht sich aber um, und ich fange seinen Blick auf, während Thomas mit mir spricht. Ich bin sicher, dass er die Worte mit angehört hat. Wieder spüre ich die Feindseligkeit, die von der Art ausgeht, wie er mich ansieht.

»Reich wie Krösus ist sie, seit der alte Mann unter der Erde ist«, raunt Savile mir zu und deutet mit dem Daumen in Richtung der Tür.

»Wie bitte?«

Er beugt sich mit einem wölfischen Grinsen vor. »Ach, Ihr braucht Euch nicht zu verstellen. Ich habe gesehen, wie Ihr sie angeschaut habt. Wir versuchen alle unser Glück, glaubt mir. Wer hätte nicht gern eine reife junge Witwe mit Truhen voller Geld? Aber ich sage Euch etwas – Bruno, nicht wahr? –, ist eine Frau erst einmal verwitwet, findet sie es wenig verlockend, wieder eine Ehefrau zu werden. Sie entwickelt eine Vorliebe für Unabhängigkeit.« Er nickt nachdrücklich, um sein Missfallen unmissverständlich zum Ausdruck zu bringen. »Man muss sich mächtig ins Zeug legen. Sie genießen es, Macht auszuüben. Aber trotzdem … der beste Mann gewinnt, nicht wahr?«

Ich lächele. »Ich überlasse Euch das Feld, Sir William. Ich gehöre dem geistlichen Stand an.«

»Guter Gott. Tatsächlich?« Er weicht zurück und blinzelt mich an, als hätte ich ihm gerade gestanden, einen Schweif zu haben. »Ein Geistlicher, tatsächlich? Was hat Euch denn dazu getrieben? Aber macht Euch keine Sorgen.« Er klopft mir so herzlich auf die Schulter, wie Sidney es getan hat. »Ihre Majestät ermutigt Priester heutzutage zum Heiraten. Wenn Ihr in England bleibt, könnt Ihr eine nette kleine Frau finden. Keine von Stand, versteht sich, aber irgendeine andere. Ich werde die Augen für Euch offen halten.«

»Das ist sehr gütig von Euch, Sir William. Allerdings werdet Ihr mindestens die nächsten zwölf Monate auf See verbringen. Ich fürchte, das schränkt die Möglichkeiten ein.«

»Wie wahr, wie wahr.« Er zwirbelt die Spitze seines Bartes mit den Fingerspitzen. »Nun, dann, wenn ich zurückkomme. Eine Gouvernante oder etwas in der Art würde gut zu Euch passen.«

»Ich danke Euch untertänigst.«

In der Tür lenkt Sidney meine Aufmerksamkeit auf sich und nickt in Richtung Treppe.

»Wo wollt Ihr zwei denn mit so eifrigen Gesichtern hin?«, fragt Savile. »Ihr hättet wohl keine Lust zu einem kleinen Kartenspiel? Ich langweile mich auf diesem Schiff zu Tode.«

»Habt Ihr zu Eurer Unterhaltung Schlägereien angefangen?« Sidney deutet auf seine Lippe.

»Was, das?« Savile hebt eine Hand und betastet die Platzwunde behutsam. »Nicht der Rede wert. Ein Missverständnis. Untätigkeit führt zu Auseinandersetzungen.« Er dämpft die Stimme. »Die Männer wollen endlich die Segel setzen, wisst Ihr. Ich verstehe ja, dass Sir Francis Dunnes Familie seine Aufwartung machen möchte, aber er sollte wirklich an den Rest der Flotte denken, von den Investoren ganz zu schweigen. Je länger sich die Abreise verzögert, desto größer ist die Chance, dass einer der Spione Philip von Spaniens Wind von unserem Vorhaben bekommt und ihm eine Warnung zukommen lässt. Dann kommen wir nicht weiter als bis zu den Azoren, bevor uns irgendwelche spanischen Schiffe angreifen.«

»Was für Spione?«, frage ich.

»Sie sind überall«, erwidert er mit einer theatralischen Geste, die die geräumige Eingangshalle des Gasthofs umfasst. Ich blicke mich um. Außer uns ist niemand hier. »Ich könnte jedenfalls darauf wetten. Der Hafen wimmelt von Ausländern, sie können leicht mit der Menge verschmelzen. Drake beschäftigt sogar einen verdammten Spanier auf seinem eigenen Schiff. Habt Ihr schon einmal etwas so Absurdes gehört? Ich bin sicher, dass er seinen Landsleuten irgendwie einen Wink gibt; er wirkt verdammt verschlagen, wisst Ihr? Na, das tun sie alle, die Katholiken, das liegt an diesen schwarzen Augen, die sie haben. Man kann nie wissen, ob sie einen direkt anschauen.«

Ich mustere ihn gleichmütig mit meinen schwarzen Augen, bis er leise hüstelt. »Euch natürlich ausgenommen.«

»Ich fürchte, wir müssen die Kartenrunde verschieben, Sir William«, sagt Sidney, um die betretene Pause zu überbrücken. »Wir gehen nach oben, um ein paar Gedichte zu lesen.«

»Ach du lieber Himmel«, entfährt es Savile. »*Gedichte*. Eher würde ich meine Eier in eine Weinpresse schieben. Gott mit Euch, Gentlemen.« Mit einer knappen Verbeugung marschiert er in Richtung Schankraum.

»Vielleicht ist dein Mann in Schwarz einer dieser spanischen Spione, die diesen Ort heimgesucht haben«, grübelt Sidney, als wir die Treppe hochsteigen. Ich messe ihn mit einem vernichtenden Blick. »Hör auf, mich mit deinen verschlagenen katholischen Augen anzustarren«, sagt er und springt zur Seite, bevor ihn mein Rippenstoß trifft.

5

Der Raum ist größer und besser möbliert als der, den ich mir mit Sidney teile; ich sehe, wie er sich ein wenig neiderfüllt umblickt. Von den Frauen ist nichts zu sehen. Drake sitzt am Ende eines reich geschnitzten Bettes. Auf seinem Schoß liegt eine Ledertasche, die er so schützend festhält, als könne jemand sie ihm entreißen. Er blickt mit einem zerstreuten Lächeln auf und winkt uns zu einem Stuhl mit Gobelinkissen beim Kamin. Es gibt nur einen; Sidney setzt sich, ich lehne mich gegen den Kaminsims. Thomas Drake steht mit dem Rücken zur Tür und nickt seinem Bruder zu.

»Gentlemen«, beginnt Drake. »Es gibt da etwas, was ich Euch zeigen möchte, aber es muss unter uns bleiben.«

»Hat es mit dem Tod von Robert Dunne zu tun?«, fragt Sidney und rutscht bis zur Stuhlkante vor.

Drake zögert.

»Ich glaube, ja. Ich hoffe, dass Ihr mir Klarheit verschaffen könnt.«

Von seinem Platz bei der Tür aus gibt Thomas Drake einen nahezu unhörbaren missbilligenden Laut von sich. Drake blickt auf. »Mein Bruder ist der festen Überzeugung, dass das, was ich Euch anvertrauen werde, ein Geheimnis bleiben sollte. Aber ich habe ihm erklärt, dass Ihr Gentlemen Gelehrte seid und wir nicht. Und ich glaube, wir können Euch vertrauen. Schließlich wollt Ihr etwas von mir, nicht wahr?« Er fixiert Sidney mit wissenden Augen. »Eine Passage in die Neue Welt?«

Sidney nickt stumm.

»Nun gut.« Drake lächelt und zupft nachdenklich an seinem Bart. »Die Frage ist, wo wir anfangen.«

»Mit dem Brief«, entgegnet Thomas prompt. Er klingt nicht begeistert.

»Ja.« Drake schürzt die Lippen und holt dann tief Atem, als stünde er im Begriff, ein schwieriges Unterfangen in Angriff zu nehmen. »Am selben Tag, an dem wir den Leichnam des armen Dunne entdeckten – am selben Abend, um genau zu sein –, erhielt ich eine Botschaft. Mein Sekretär Gilbert, der jeden Tag die Briefe, die für mich eingetroffen sind, hier aus dem Gasthof abholt, brachte sie mir an Bord der *Elizabeth*. Hier.«

Er greift in sein Wams und zieht ein Stück Papier heraus, das er uns hinhält. Da ich näher bei ihm stehe, trete ich vor und nehme es ihm aus der Hand. Das Papier ist an einer Seite aufgeraut, als wäre es aus einem Notizbuch gerissen worden, dreimal gefaltet und mit karminrotem Wachs versiegelt, in das aber kein Zeichen geprägt wurde. Die Botschaft lautet schlicht:

Matthäus 27,5

»Rätselhaft«, brummt Sidney, nimmt mir das Papier aus der Hand und dreht es um. »Wie lautet der Vers? Bruno?«

»Ich wette, er weiß es.« Drake, dem mein Gesichtsausdruck nicht entgeht, zeigt auf mich.

»Und er warf die Silberlinge in den Tempel, ging fort und erhängte sich«, murmele ich. »Der Tod des Judas Iskariot.«

Drake wirkt beeindruckt. »Habt Ihr die gesamte Bibel im Kopf?«

»Oh, Bruno ist ein Meister der Gedächtniskunst«, erklärt Sidney mit einem Unterton, der einen Anflug von Stolz enthalten könnte. »Er hat sein eigenes System entwickelt. Dort, wo er herkommt, gilt das als Unterhaltung. Er kann Euch den gesamten Homer zitieren, falls Ihr Euch einmal abends langweilen solltet.«

»Dabei wird die Reise wie im Flug vergehen.« Thomas Drake hebt eine Braue.

Ich erwidere sein sarkastisches Lächeln und tippe gegen das Papier in Sidneys Hand. »Dieser Vers. Ihr glaubt, er bezieht sich auf Dunnes Tod, wie ich annehme?«

»Er kam an dem Tag, an dem Dunne sich offensichtlich selbst erhängt hat. Ich wüsste nicht, wie ich ihn sonst deuten sollte«, entgegnet Drake.

»Dem Matthäusevangelium zufolge hat sich Judas Iskariot aus Reue erhängt, nachdem er seinen Herrn verraten hat.« Ich rufe mir den gesamten Text ins Gedächtnis. »Versucht der geheimnisvolle Schreiber anzudeuten, dass Dunne dasselbe getan hat? Dass er sich aufgehängt hat, weil er sich schuldig fühlte? Wisst Ihr, ob Dunne jemanden verraten hat?«

»Aber wir glauben doch gar nicht, dass Dunne sich selbst erhängt hat«, gibt Sidney zu bedenken.

Wir sehen Drake an. Er seufzt schwer und öffnet die Tasche auf seinem Schoß.

»Verrat. Vielleicht. Es kann sich aber auch auf etwas anderes beziehen.« Er fördert ein gebundenes Manuskript zutage. Augenblicklich straffe ich mich und spüre, wie mein Nacken zu kribbeln beginnt. In meinen elf Jahren im Kloster San Domenico Maggiore habe ich viel Zeit im Skriptorium und den Archiven der Bibliothek verbracht und später oft die Buchhändler von Venedig aufgesucht; ich kann Manuskripte schon fast am Geruch und der Art erkennen, wie sie sich anfühlen, und ihre Herkunft anhand ihres Einbandes, des verwendeten Pergaments und der Verzierungen bestimmen. Ich brauche das, was Drake jetzt vorsichtig zwischen den Fingerspitzen hält, nicht anzufassen, um zu wissen, dass es sowohl alt als auch außergewöhnlich ist. Instinktiv trete ich vor und greife danach.

Drake hebt eine Hand. »Habt etwas Geduld, Gentlemen, während ich Euch eine Geschichte erzähle, die helfen wird, das zu erhärten, was ich Euch gleich zeigen will.«

Sidney schließt die Hände um die Knie wie ein eifriges Kind neben dem Stuhl seines Großvaters. Ich lehne mich bequemer gegen den Kaminsims und schenke Drake meine volle Aufmerksamkeit.

»Alles beginnt vor acht Jahren, am Anfang meiner Weltumsegelung«, verkündet Drake. »Sagt Euch der Name Thomas Doughty irgendetwas?«

Er richtet die Frage an Sidney, der sich überrascht aufsetzt.

»Doughty? Ja, natürlich, er arbeitete für meinen Onkel Leicester. Bevor man ihn …« Er besinnt sich und sieht Drake unsicher an. »Bevor er starb.«

»Er wurde hingerichtet«, versetzt Drake schroff. »An einem gottverlassenen Ort namens Puerto San Julián in Patagonien, am Ende der Welt. Er wurde auf meinen Befehl hin vor den Augen meiner gesamten Besatzung enthauptet, und das zu Recht, egal welchen Klatsch Ihr bei Hof gehört habt.« Er schiebt das Kinn vor, wie um uns zu Widerspruch herauszufordern. Sidney scheint in seinem Stuhl zusammenzuschrumpfen.

»Aber das ist nicht der Anfang der Geschichte«, fährt Drake mit etwas weicherer Stimme fort. »Zu einem früheren Zeitpunkt unserer Reise kaperten wir in der Nähe der Kapverdischen Inseln ein kleines Schiff, die *Santa Maria*. Sie war auf dem Weg zu dem amerikanischen Doppelkontinent, hatte also nichts sonderlich Wertvolles geladen, lohnte aber wegen der Vorräte an Bord und des Vorteils eines zusätzlichen Schiffes für unsere Flotte die Mühe. Ich ließ die Besatzung in Langboote steigen und an Land rudern; entgegen des Rufes, den die Spanier mir anhängen möchten, ziehe ich es vor, meine Ziele ohne Blutvergießen zu erreichen, wenn es mir möglich ist. Aber während der Kaperung kam es zu einem unglücklichen Zwischenfall.« Er hält inne und reibt sich den Nacken, als bereite die Erinnerung ihm Unbehagen. »An Bord der *Santa Maria* befand sich ein junger Mann auf dem Weg zu den Kolonien, ein Jesuit. Er verschanzte sich in einer der Kabinen, als wir an Bord kamen, obwohl der Kapitän sich fast augenblicklich ergeben hat. Thomas Doughty und sein Bruder John brachen die Tür auf. Der junge Priester drängte sich in eine Ecke, sagten sie, hielt einen Dolch in der einen Hand und presste mit der anderen eine kleine Holzschatulle gegen seine Brust. Die Doughtys gingen natürlich davon aus, dass der Inhalt wertvoll sein musste. Sie forderten ihn wiederholt auf, ihnen die Schatulle auszuhändigen, aber der Priester weigerte sich. Als Doughty einen Schritt auf ihn zutrat, ging der Priester mit seiner Waffe auf die Brüder los und beschwor sie mit allen Arten von Flüchen. Es war eine reine Verzweiflungstat: Beide Doughtys waren mit Schwertern bewaffnet, und als der Priester sie mit seinem kleinen Dolch angriff, durchbohrte Thomas Doughty ihn mit seiner Klinge. Als dem Jesuiten bewusst wurde, dass er tödlich verwundet war, versuchte er, die Schatulle aus dem Fenster zu werfen, aber es gelang John Doughty, ihn daran zu hindern. Ihr könnt Euch die Enttäuschung der Brüder vorstellen, als sie feststellten, dass der Kasten nur dieses alte Manuskript in einer Sprache enthielt, die keiner von beiden lesen konnte.«

Er verstummt und bedeutet seinem Bruder, ihm ein Glas Wein zu bringen. Thomas Drake schenkt aus einem Krug, der auf einem kleinen Tisch steht, ein und bietet uns auch welchen an. Sidney nimmt ein Glas an, doch ich schüttele den Kopf; ich möchte, dass Drake mit seiner Geschichte fortfährt. Meine Gedanken überschlagen sich bereits, und mein Blick haftet immer noch an dem Manuskript in Drakes Händen. Wenn ein Priester bereit war, sich um dieser Seiten willen zu opfern oder sie sogar ins Meer zu werfen, damit sie nicht gefunden werden, müssen sie einen ganz eigenen Wert haben. Einen, den vermutlich nur ein anderer Gelehrter erkennen kann.

»Da keiner von uns es lesen konnte, wurde das Manuskript in den Laderaum der *Santa Maria* gebracht und in einer verschlossenen Truhe verstaut, um später mit dem Rest der Beute aufgelistet zu werden«, sagt Drake, nachdem er einen großen Schluck getrunken hat. »Der Zwischenfall mit dem Priester war bedauerlich und stieß bei der Besatzung trotz ihrer Abneigung gegen die Spanier nicht auf Zustimmung. Thomas Doughty war bei den Männern nicht beliebt; er war selbstherrlich und fand, ein Gentleman hätte es nicht nötig, seinen Anteil an körperlicher Arbeit zu verrichten. Wir hatten Plymouth kaum verlassen, da wurde mir schon zugetragen, dass Doughty vor den Männern meine Art, das Kommando zu führen, kritisierte, und ich sah mich gezwungen, ihn zurechtzuweisen, was zu offenen Zwistigkeiten zwischen uns führte. Die Besatzung begann zu tuscheln, dass der Mord an einem Priester unsere Reise verfluchen würde – einige behaupteten, der Priester hätte mit seinem letzten Atemzug den Teufel beschworen.

Die *Santa Maria* wurde zu Ehren meiner ersten Frau in *Mary* umbenannt, und ich übertrug Thomas Doughty die Befehlsgewalt über sie, weil ich dachte, diese Verantwortung würde die Männer davon überzeugen, dass ich ihm vertraute, und seine rebellischen Äußerungen gegen mich verstummen lassen. Das entpuppte sich als großer Irrtum meinerseits, wie ich bald einsehen musste. Ich hatte meinen Bruder angewiesen, mir das Manuskript nebst einigen anderen Wertgegenständen aus dem Laderaum zu bringen, da ich Doughty nicht ganz traute.«

»Er ertappte mich dabei, wie ich die Sachen an mich nahm, und bezichtigte mich des Diebstahls«, wirft Thomas Drake ein. »Er und Sir Francis gerieten deswegen in einen heftigen Streit, in dessen Verlauf Doughty mich und meinen Bruder beschuldigte, uns Beute angeeignet zu haben, die rechtmäßig allen Männern gehörte, die geholfen hatten, die *Santa Maria* aufzubringen. Während sie sich anbrüllten, flüsterte ein Besatzungsmitglied mir zu, dass sie Doughty des Öfteren aus dem Laderaum hatten kommen sehen, aber niemand wagte es, ihn damit zu konfrontieren. Tatsächlich fanden wir ein paar Ringe und Münzen von der *Santa Maria* in seiner Kabine. Er behauptete, die Gefangenen hätten sie ihm geschenkt, aber außer seinem Bruder und ein paar Unzufriedenen, die sie auf ihre Seite gezogen hatten, glaubte ihm niemand.« Thomas Drake knirscht mit den Zähnen; die Erinnerung an die Doughty-Brüder bringt sein Blut anscheinend immer noch zum Kochen.

»Ich entzog Doughty das Kommando über die *Mary* und versetzte ihn auf ein anderes Schiff«, setzt Drake die Geschichte fort. »Dort begannen er und sein Bruder ernsthaft damit, eine Meuterei gegen mich anzuzetteln. Thomas Doughty verbreitete das Gerücht, ich hätte ihm befohlen, den Priester zu töten, damit ich das Teufelsbuch stehlen konnte. John Doughty machte den Männern weis, dass er und sein Bruder in der Hexenkunst bewandert wären und, wenn sie wollten, den Teufel anrufen könnten, damit er einen Sturm schickt, der mein

Flaggschiff und all die Männer vernichten würde, die sich ihm widersetzten. Laut anderen versprach Thomas Doughty ihnen großzügige Belohnungen, sobald wir wieder in England wären, wenn sie seine Meuterei unterstützen und ihn zum Kommandanten der Expedition machen würden. Er prahlte einigen gegenüber damit, dass er die Hälfte der Besatzung dazu bringen würde, sich gegenseitig die Kehlen durchzuschneiden, bevor er mit ihnen fertig wäre.« Drake faltet die Hände und presst sie gegen die Lippen. »Sollte ich eine so offene Bedrohung meiner Autorität hinnehmen?«

Er blickt mit fragend hochgezogenen Brauen von Sidney zu mir. Ich nehme an, dass es sich um eine rhetorische Frage handelt, aber wir schütteln trotzdem nachdrücklich die Köpfe.

»Nein, in der Tat nicht. Ich ließ ihn an den Hauptmast fesseln, um ihm zu beweisen, dass ich es ernst meinte. Nachdem er wieder losgemacht worden war, schickte ich ihn auf eines der Vorratsschiffe, weil ich dachte, dort könnte er keinen Schaden anrichten. Wir segelten sechzig Tage in südwestlicher Richtung über den Atlantik, ohne Land zu sehen, und die ganze Zeit wusste ich, dass Doughtys Bruder und seine Anhänger wegen der Art, wie ich ihn behandelt hatte, noch immer Stimmung gegen mich machten. Die Disziplin auf der Reise war gefährdet. Als wir Puerto San Julián erreichten, berief ich ein Kriegsgericht ein, um Thomas Doughty wegen Verrat den Prozess zu machen. Den Rest wisst Ihr.« Er trinkt einen Schluck Wein und wendet den Blick ab, als wolle er das Ende der Geschichte nicht erzählen.

Schweigen legt sich über den Raum, als Drake und sein Bruder ihren Erinnerungen an diese Ereignisse nachhängen. Ich beobachte den Generalkapitän; er spricht, als würde er die Sache mit Thomas Doughty bereuen, aber unter der Oberfläche ist diese unbeugsame Rücksichtslosigkeit zu spüren.

Drake ist kein Mann, den man zum Gegner haben möchte, denke ich nicht zum ersten Mal.

»Und was ist mit dem Manuskript?«, dränge ich mit einem Nicken in Richtung des Buches. Drake dreht sich zu mir um und zwinkert, als müsse er sich überlegen, wo er den Faden der Geschichte wieder aufnimmt.

»Das Manuskript«, erwidert er nachdenklich. »Nun ja. Ich hatte den Steuermann der *Santa Maria* bei uns behalten, einen Spanier namens Jonas. Er war schon zur Küste von Brasilien gesegelt, und ich dachte, sein Wissen könnte uns nützen. Er sprach gut Englisch, und er willigte ein, als Dolmetscher zu fungieren. Er war es, von dem ich ein bisschen über den jungen Priester erfuhr, den Doughty getötet hatte. Sein Name lautete Pater Bartolomeo, und er war Spanier, hatte aber das Jesuitenkolleg in Rom besucht und sich von dort aus einen Posten in der Bibliothek des Vatikans verschafft. Er war in letzter Minute an Bord der *Santa Maria* gekommen, an dem Tag eingetroffen, als sie die Segel setzten, hatte um die Überfahrt zum Doppelkontinent gebeten und behauptet, sich dringend mit dem Oberhaupt der Jesuiten in Brasilien in Verbindung setzen zu müssen. Das einzige Gepäck, das er bei sich hatte, war dieser hölzerne Kasten, den er nie aus den Augen ließ. Pater Bartolomeo war ein entfernter Verwandter des Kapitäns, also verschaffte man ihm aus Gefälligkeit eine Koje. Jonas sagte, er wollte für sich bleiben, und habe sich geweigert, seine Kabine zu verlassen, aber bei den wenigen Malen, wo er ihn zu Gesicht bekam, dachte er, der Jesuit würde sich wie ein Mann verhalten, der um sein Leben fürchtet. Er war nervös und blickte ständig über seine Schulter, sogar noch, nachdem sie abgelegt hatten. Die Besatzung begann sich zu fragen, ob er den Inhalt des Kastens gestohlen hatte und auf der Flucht vor der Justiz war. Als der Alarm gegeben wurde, dass die

Santa Maria von meinem Schiff angegriffen wird, schloss sich der Priester in seiner Kabine ein, sagte Jonas, aber jeder an Bord hörte ihn Jesus, Maria und alle Heiligen anflehen, ihm zu vergeben, dass er den Zorn Gottes über diese Reise gebracht hatte.«

»Was hat er damit gemeint?«, fragt Sidney.

Drake zuckt die Achseln. »Wenn er am Leben geblieben wäre, hätte er es uns vielleicht erklären oder uns wenigstens etwas über dieses Buch erzählen können. Aber die Doughty-Brüder haben dafür gesorgt, dass er sein Wissen zu seinem Schöpfer mitnahm.«

»Dürfte ich das Buch einmal sehen?«, frage ich leise; unfähig, meine Neugier länger zu bezähmen.

Drake zögert.

»Ich bin kein Gelehrter, Gentlemen, wie ich bereits erwähnt habe. Aber selbst ich weiß, dass ein Mann sein Leben nicht leichtfertig wegen eines Buches wegwirft. Ich hielt es während der Reise in meiner Kabine unter Verschluss, aber aufgrund von Doughtys Prozess und allem, was danach kam, geriet das Buch fast in Vergessenheit.«

Ich strecke immer noch die Hand danach aus und nicke ermutigend, so wie man ein Kind dazu bewegt, sein Lieblingsspielzeug zu teilen.

Drake lächelt.

»Euch liegt viel daran, Sir. Und Ihr seid mit Eurem Verlangen, das Buch in die Finger zu bekommen, nicht allein. Aber erst möchte ich, dass Ihr mir absolute Verschwiegenheit schwört. Ihr auch, Sir Philip. Was auch immer dieses Buch enthalten mag, zwei Menschen sind deswegen schon gestorben. Je weniger Leute wissen, dass ich es habe, desto besser.«

»Ich gebe Euch mein feierliches Ehrenwort«, sage ich. »Bei allem, was mir heilig ist.«

Sidney wirft mir aus dem Augenwinkel heraus einen Blick zu; ich schätze, er fragt sich, was einem Mann wie mir heilig sein könnte. Obwohl er sich gern für einen Freigeist hält, ist Sidney ein strenggläubiger Protestant.

»Ich auch«, sagt er. »Ich schwöre es bei meinem Leben.«

Das scheint Drake zu reichen, denn er durchquert den Raum und drückt mir das Manuskript so behutsam auf die Brust, als wäre es sein neugeborenes Kind. Das Leder des Einbands fühlt sich unter meinen Fingern steif an. Als ich es aufklappe, merke ich, dass ich eine gefühlte Ewigkeit das Atmen vergessen habe.

»Wenn Ihr etwas Licht in das Rätsel dieses Buches bringen könnt, Bruno, erklärt das vielleicht ein paar Dinge«, meint Drake. »Zumindest würde ich gern wissen, worum es sich handelt. Ich habe noch nicht einmal eine Ahnung, in welcher Sprache es verfasst ist.«

»Es ist ein koptischer Text, ziemlich alt«, murmele ich, als ich die ersten Zeilen überfliege. Und dann scheint mein Herz stehen zu bleiben.

»Was ist?« Sidney beugt sich über meine Schulter. »Was ist los, Bruno? Du bist leichenblass geworden.«

Ich blicke auf und starre Drake an; kann einen Moment weder sprechen noch mich von der Stelle rühren. Als ich endlich meine Stimme wiederfinde, bringe ich nur ein Krächzen heraus.

»Habt Ihr das irgendjemandem gezeigt?«

Er runzelt die Stirn. »Nur sehr wenigen Leuten.«

»Ich meine irgendjemandem, der eine Ahnung haben könnte, was das ist?«

»Ich habe den Wert von einem Buchhändler schätzen lassen«, erwidert er. »Dunne hat ihn mir empfohlen.«

»Robert Dunne?«

»Ja.« Er wirkt leicht ungeduldig. »Nachdem wir von der Weltumsegelung zurückgekehrt sind, habe ich das Buch vergessen. Es war zusammen mit vielen anderen Dingen, die ich mitgebracht habe, in einer Truhe. Mit dem Segen Ihrer Majestät, versteht Ihr, nicht alles, was wir den Spaniern geraubt haben, ging in den Tower, um dort aufgelistet zu werden.«

Ich nicke; wische das beiseite.

»Erst als ich die alte Abtei bei Buckland kaufte, kam es wieder zum Vorschein. Zum ersten Mal hatte ich eine Bibliothek, wie es sich für einen Gentleman schickt«, hier grinst er Sidney an, »und das Manuskript wurde auf ein Regal gestellt. Ich wollte es immer schätzen lassen, aber es kamen dringendere Dinge dazwischen. Meine erste Frau starb, ich wurde zum Bürgermeister von Plymouth und dann zum Parlamentsabgeordneten gewählt, ich pendelte ständig zwischen London und Buckland hin und her und versuchte die ganze Zeit auch noch eine neue Expedition zum Doppelkontinent zu finanzieren. Das Buch ist mir schlichtweg entfallen, bis Dunne nach Buckland kam, um mit mir zu speisen – sein Familiensitz war nicht weit entfernt. Er fragte mich, ob ich das Manuskript noch besäße und ob er es sehen dürfe. Ich holte es aus der Bibliothek, es war völlig verstaubt, und er studierte es eine Weile. Dann erbot er sich, es nach London mitzunehmen und es von einem seiner Bekannten, einem Buchhändler, untersuchen zu lassen, der etwas von diesen Dingen verstand und mir vielleicht einen guten Preis dafür zahlen würde.«

»Konnte Dunne es lesen?«, frage ich. In meinem Magen bildet sich ein kalter Klumpen. »War er ein Gelehrter? Wusste er, womit er es zu tun hatte?«

»Was *ist* es denn?« Sidney zupft mich wie ein Kind am Ärmel. Ich ignoriere ihn, warte auf Drakes Antwort.

»Ich glaube nicht«, entgegnet er langsam, dabei fixiert er

das Manuskript, als wäre er jetzt vor ihm auf der Hut. »Aber er konnte sein Interesse nicht gut genug verbergen. Daher wurde ich natürlich misstrauisch; es war klar, dass er mit jemandem darüber gesprochen haben musste und glaubte, es könnte einiges wert sein.« Er seufzt. »Dunne war ein guter Seemann. Gott weiß, dass niemandem damit gedient ist, jetzt schlecht von ihm zu sprechen, aber seine große Schwäche war das Glücksspiel. Er hatte in Plymouth und in London hohe Schulden angehäuft und suchte immer nach Wegen, sich seine Gläubiger vom Leib zu halten. Ich wusste, wenn ich ihm das Manuskript überlassen würde, würde ich nicht einmal die Hälfte seines wahren Wertes sehen, wenn überhaupt einen Penny. Also sagte ich ihm, ich würde es selbst zu dem Buchhändler bringen, wenn ich das nächste Mal in London wäre, und Dunne eine Provision zahlen, wenn es einen guten Preis erzielen würde.«

»Aber Ihr habt es nicht verkauft«, stelle ich fast flüsternd fest und streiche so zart über das Pergament, als wäre es die Haut einer Frau.

»Ich traute diesem Händler vom ersten Moment unserer Begegnung nicht über den Weg.« Drake lehnt sich auf der Bettkante zurück und beobachtet mich. »Ja, ich habe es zu ihm gebracht. Er täuschte große Enttäuschung vor, sagte mir, es wäre nicht das, was man ihm angekündigt hätte, und leider kaum etwas wert. Trotzdem bot er mir an, es zu kaufen, und zwar zu einem Preis, von dem ich denken sollte, er täte mir einen Gefallen. Aber da war ein Ausdruck in seinen Augen: hungrig, wisst Ihr? Er konnte ihn nicht verschleiern.«

»Hat er Euch irgendetwas über das Buch gesagt?«

Drake schüttelt den Kopf. »Er sagte, es wäre eine alte Legende über Judas Iskariot. Nur für Theologen von Interesse. Ich sagte ihm, ich würde es anderswo schätzen lassen, und er verdoppelte sein Angebot prompt. Also sagte ich, es wäre nicht zu verkaufen.« Drake hält inne, um einen Schluck Wein zu trinken. »Weniger als einen Monat später wurde in Buckland eingebrochen.«

»Suchten die Täter nach dem Buch?«

»Ich glaube schon. Meine Bibliothek wurde durchwühlt. Aber soweit ich feststellen konnte, wurde nichts gestohlen, und ich habe sehr wertvolle Dinge im Haus, die nicht angerührt wurden. Das Manuskript war in einer Kassette in meiner Schatzkammer, während ich überlegte, was ich damit anfangen sollte. Danach heuerte ich mehr bewaffnete Wachposten an, um das Haus zu schützen, denn ich war sicher, dass der Vorfall mit dem Mann zusammenhängen musste, zu dem Dunne mich geschickt hatte.«

»Dieser Buchhändler …«, mein Nacken kribbelt vor Zweifeln, »erinnert Ihr Euch an seinen Namen?«

Drake runzelt die Stirn. »Ich bin nicht sicher, ob ich ihn überhaupt erfahren habe. Dunne hat mich zum Paul's Churchyard gebracht, um ihn dort zu treffen; falls wir einander formell vorgestellt wurden, habe ich den Namen vergessen, den er genannt hat. Aber ich kann Euch etwas Auffälliges über ihn berichten.«

»Ja?« Ich hebe die Brauen, obwohl ich fast sicher bin, was er sagen wird.

»Er hatte keine Ohren.«

Sidney und ich wechseln einen Blick.

»Das war für mich ein weiterer Grund, ihm nicht zu trauen«, fährt Drake fort, obwohl ihm der Blick nicht entgangen ist. »Man verliert nicht beide Ohren durch einen Unfall. Er ist eindeutig als gewöhnlicher Verbrecher verurteilt worden, aber ich weiß nicht, wofür er bestraft wurde.«

»Aufwiegelung«, platze ich, fast ohne nachzudenken, heraus.

Drake starrt mich an.

»Ihr kennt diesen Mann?«

»Möglicherweise.« Meine Fingerspitzen wandern zu meiner Kehle, als die Erinnerung an meine Zeit in Oxford wieder aufflammt.

»Wie viele Buchhändler haben zwei abgeschnittene Ohren?« Sidney wendet sich an mich. »Er muss es sein.«

»Es ist gut, dass Ihr ihm das Manuskript nicht verkauft habt«, sage ich. »Obwohl ihn das nicht davon abhalten wird, mit allen Mitteln zu versuchen, es sich zu verschaffen, wenn wir von demselben Mann reden.«

»Dann *ist* es also wertvoll?« Drake beugt sich mit glänzenden Augen vor.

»Um der Liebe Christi willen, Bruno, sag uns doch, womit wir es hier zu tun haben«, drängt Sidney gereizt.

Ich hole tief Atem und versuche, mit ruhiger Stimme zu sprechen.

»Wenn es echt ist, dann handelt es sich um ein Buch, von dem die Inquisition geschworen hat, dass es nicht existiert. Bischof Irenäus von Lyon erwähnt es im 2. Jahrhundert in seiner Abhandlung, in der er gegen gnostische Ketzerei wettert, aber soweit ich weiß, ist es die einzige erhaltene Quelle. Die Bibliothek des Vatikans hat seine Existenz immer geleugnet, was die Gelehrten allerdings nicht daran gehindert hat, seine Spur zu verfolgen.«

»Erspart uns Euren Vortrag!«, knurrt Thomas Drake von seinem Platz an der Tür aus. »Sagt uns, was es ist!«

Ich sehe ihn an, bis er den Blick abwendet, dann beginne ich zu lesen, wobei ich meine Stimme so leise halte wie möglich.

»Der geheime Bericht der Offenbarung, dass Jesus drei Tage, bevor er das Paschafest beging, mit Judas Iskariot sprach.«

Thomas Drake blinzelt nur und zuckt die Achseln. Sir

Francis betrachtet das Manuskript mit zusammengezogenen Brauen, als würde er versuchen, seine Bedeutung zu ergründen. Nur Sidney mustert mich mit aufkeimendem Begreifen.

»Das Zeugnis des Judas Iskariot.« Er zögert. »Aber das kann doch nur reine Fiktion sein.«

Ich reibe das Pergament sacht zwischen Daumen und Zeigefinger. »Nicht zwingenderweise.«

»Ich bin immer noch kein Stück klüger, Gentlemen«, meint Drake. »Wärt Ihr so freundlich, uns arme Seeleute aufzuklären?«

Ich schaue ihn an; überlege, wo ich beginnen soll.

»Die Heilige Schrift enthält vier Beschreibungen des Lebens und Todes von Jesus Christus, die Evangelien der vier Apostel, die die Kirchenväter als wahr und göttlich inspiriert anerkannt haben und die mehr oder weniger übereinstimmen. Das ist alles, was wir wissen.« Ich tippe auf das Buch in meiner Hand. »Aber in den frühen Jahren der Kirche waren viele andere Berichte im Umlauf, alternative Evangelien, die aus der orthodoxen Doktrin herausfallen und deshalb unterdrückt, zerstört und verboten wurden. Unter ihnen befand sich Gerüchten zufolge ein Evangelium des Judas.«

Drakes Blick wandert zu dem Buch und wieder zu mir. »Von seiner eigenen Hand verfasst?«

»Einige glauben das. Um den Inhalt haben sich im Lauf der Zeit Legenden gerankt. Die Gnostiker glaubten, es hätte Judas Iskariot entlastet, die gesamte Geschichte der Erlösung enträtselt und würde das ganze Fundament des christlichen Glaubens umstoßen.« Meine Hände zittern, während ich spreche. Wenn das Manuskript echt sein sollte, wenn es beweisen sollte, dass die Geschichte der Erlösung der Menschheit auf falschen Berichten basiert, *wenn es eine andere Version der Geschichte geben sollte* … was dann?

»Was soll damit passieren?«, fragt Drake. Sein Gesichtsausdruck verrät mir, dass er Mühe hat, das zu verdauen.

»Am besten behaltet Ihr es vorerst und passt gut darauf auf. Und verkauft es auf keinen Fall an diesen Buchhändler ohne Ohren.«

»Warum, was will er denn damit anfangen?«, erkundigt sich Thomas Drake.

»Das weiß ich noch nicht.« Ich blicke auf das Manuskript hinab. Ohne es ganz zu lesen, kann ich seine Bedeutung unmöglich einschätzen. »Vielleicht will er es an den Meistbietenden verkaufen. Oder er hat andere Pläne.«

»O nein, nein. Wenn dieses Buch einen hohen Preis erzielen könnte, will ich derjenige sein, der es verkauft.« Sir Francis schiebt das Kinn vor und fixiert mich mit einem herausfordernden Blick.

»Der Jesuit hat bereits einen hohen Preis dafür bezahlt«, erwidere ich. »Er hat für die Bibliothek des Vatikans gearbeitet, sagt Ihr?«

»Jonas zufolge ja«, bestätigt Drake. »Warum?«

»Dann liegt es nah, davon auszugehen, dass er das Buch dort gefunden hat. Warum hat er es dann weggenommen und auf die andere Seite der Welt gebracht? Mit dem Wissen seiner Vorgesetzten oder ohne? Wie dem auch sei, irgendjemand muss sein Fehlen bemerkt haben und seiner Spur gefolgt sein. Es würde mich nicht wundern, wenn sich herausstellt, dass die Inquisition selbst jetzt noch Agenten darauf angesetzt hat.« Diese Vermutung laut auszusprechen, jagt mir einen kalten Schauer über den Rücken. Wenn es eine Eigenschaft gibt, an der es der römischen Inquisition noch nie gemangelt hat, dann ist es Hartnäckigkeit. Ob sie immer noch nach mir suchen, frage ich mich? Ich senke den Blick und hole tief Atem. Ich bin ein freier Mann in einem protestantischen Land; es ist neun Jahre her, seit ich aus meinem Kloster in Neapel geflohen bin, statt mich der Inquisition zu stellen. Sie haben mich doch sicher inzwischen vergessen? Aber ich kenne die Antwort bereits: Die Inquisition vergisst nie. »Dieses Buch könnte die Kirche spalten«, füge ich hinzu und begegne Drakes freimütigem Blick. »Es könnte Europa in einen Krieg stürzen, wenn sein Inhalt bekannt wird. Ihr könnt sicher sein, dass der Vatikan es um jeden Preis zurückhaben will.«

»Europa spaltet sich schon wegen der Auslegung der Bibel«, sagt Sidney, als würde ihn die ganze Angelegenheit langweilen. »Brot, Wein, Fleisch, Blut. Fegefeuer, Papst, Vorherbestimmung. Welchen Unterschied kann da ein zusätzliches Evangelium machen?«

Ich sehe ihn tadelnd an. »Du kannst das sagen, weil es in deinem Land nie die Inquisition gegeben hat.«

»Wir hatten die Blutige Königin Maria«, gibt er zurück. »Viele, die noch leben, erinnern sich daran, was sie im Namen des wahren Glaubens alles getan hat.«

Drake beobachtet uns mit auf die Faust gestütztem Kinn. »Vielleicht wäre es das Beste, es Ihrer Majestät auszuhändigen. Sie kann es von ihren Gelehrten untersuchen lassen und dann damit verfahren, wie sie es für richtig hält. Ich würde es um nichts in der Welt wieder in die Hände des Papstes gelangen lassen.«

»Vielleicht. Aber jemand sollte es zuerst lesen«, werfe ich rasch ein. »Und eine Kopie anfertigen, falls dieser Ausgabe etwas geschieht.«

»Mit ›jemand‹ meint Ihr vermutlich Euch?«, bemerkt Thomas Drake in dem sardonischen Tonfall, den er mir und Sidney vorbehält.

»Falls Ihr nicht zufällig Koptisch lesen könnt, Thomas Drake, fällt mir niemand sonst ein, der diese Aufgabe übernehmen könnte«, schießt Sidney zu meiner Verteidigung zurück.

Thomas mustert ihn mit schmalen Augen. »Euer Freund schlägt also vor, dass wir ihm das Buch aushändigen. Welche Garantie haben wir, dass wir es je wiedersehen? Er scheint diesen Buchhändler gut zu kennen und eine genaue Vorstellung von dem Wert des Manuskripts zu haben. Und, nichts für ungut, Master, er ist *Italiener*.«

»Ihr habt mein Ehrenwort, was unter *Gentlemen* ausreichen sollte«, schnarrt Sidney, als er aufsteht und seine rechte Hand instinktiv zu seinem Schwert wandert. Thomas Drake tritt mit vorgeschobener Brust einen Schritt vor. Sidneys Betonung des Wortes und die darin enthaltene Anspielung sind ihm nicht entgangen.

»Friede, alle beide«, sagt Drake mit einem warnenden Blick. Sidney setzt sich ernüchtert wieder hin, und Thomas kehrt zu seinem Platz am Türpfosten zurück. »Natürlich muss Bruno derjenige sein, der es liest. Aber das werdet Ihr in meiner Kabine an Bord der *Elizabeth* tun. Ein weiser Mann hat mir geraten, es nicht aus den Augen zu lassen.« Er lächelt, damit ich mich nicht gekränkt fühle.

»Aber was hat diese ganze Angelegenheit mit Robert Dunnes Tod zu tun?«, fragt Thomas Drake, allerdings nicht mehr so polternd wie zuvor.

Drake zuckt mit den Achseln.

»Hat jemand Dunnes persönliche Habseligkeiten durchgesehen?«, will ich wissen.

»Nein«, erwidert Drake. »Ich hatte erwogen, sie zu holen und seiner Familie zu übergeben, wenn sie eintrifft, aber ich hatte noch keine Zeit dazu. Die Kabine ist verschlossen geblieben, seit der Leichnam fortgebracht wurde.«

»Er ist in den Tagen vor seinem Tod in der Stadt gesehen

worden, wo er zwei Fremde getroffen hat. Es würde sich lohnen nachzuschauen, ob sich irgendwelche Korrespondenz oder etwas anderes findet, anhand dessen sie identifiziert werden können. Obwohl ich schätze, dass wir jetzt eine erste Ahnung haben.« Ich schaue Sidney an und verziehe das Gesicht. »Wir müssen versuchen herauszufinden, wer diesen Judasbrief zum *Star* gebracht und dafür gesorgt hat, dass er Euch ausgehändigt wird. Und ich würde mich gern mit Eurem spanischen Dolmetscher über den Jesuiten unterhalten.« Meine Gedanken beschreiben bereits große Sprünge und lassen meine eigenen Bedenken weit hinter sich.

»Ich sagte es ja, Bruno wird diesen Mörder innerhalb kürzester Zeit finden.« Sidney reibt sich zufrieden die Hände.

Drake nickt, wirkt indes nicht völlig überzeugt.

»Ihr könnt diskret zu Werke gehen? Ich möchte nicht, dass meine Männer durch Mordgerüchte noch weiter in Angst und Schrecken versetzt werden. Oder Dunnes Witwe, die jeden Tag hier sein wird – besser, sie akzeptiert, dass er sich selbst das Leben genommen hat, als dass wir uns in allen möglichen juristischen Schlingen verstricken und diese Flotte nie ablegen wird.«

Einmal mehr fällt mir seine Gefühllosigkeit unangenehm auf.

»Keine Sorge, wenn er will, ist Bruno so gerissen wie der Teufel selbst«, meint Sidney heiter.

Ich will gerade gegen diesen Vergleich protestieren, als scharf an die Tür geklopft wird. Wir zucken alle zusammen; Thomas Drake springt zurück, als die Tür aufgestoßen wird und Lady Drake, gefolgt von ihrer Base, hereinrauscht und ihre Handschuhe abstreift.

»Du könntest wenigstens warten, bis jemand ›Herein‹ ruft, Elizabeth«, grollt Drake. »Ein Mann sollte die Tür bewachen, kommt er seiner Pflicht nicht nach?«

»Ich habe ihn darauf hingewiesen, dass das meine Kammer ist und er mich schwerlich daran hindern kann, sie zu betreten.« Elizabeth lächelt in die Runde. »Ist eure geheime Versammlung zu Ende? Wir fangen an, uns zu langweilen, und die Sonne scheint.« Sie mustert erst das Buch in meinen Händen und dann mich mit forschenden Augen. »So, ist das Rätsel gelöst?«

»Wir beschäftigen uns damit«, sagt Drake, bevor ich etwas erwidern kann. Er nimmt mir das Buch aus der Hand und schiebt es behutsam wieder in die Ledertasche zurück. Ein Stich durchzuckt mich, als ich es aus der Hand geben muss; in diesem Moment hätte ich fast alles für die Möglichkeit gegeben, einen Nachmittag allein mit dem Manuskript zu verbringen.

»Sir Francis, Ihr habt uns für die Dauer unseres Besuchs die Gesellschaft dieser ehrenwerten Gentlemen zugesagt«, beschwert sich Lady Arden mit gespieltem Tadel. »Und jetzt beansprucht Ihr sie den ganzen Nachmittag für Euch. Ihr müsst lernen zu teilen.« Sie bedenkt uns mit einem bezaubernden Lächeln und dreht das Band ihrer Haube um ihren Finger. Ich bemerke, dass dies Thomas Drake nicht entgeht.

»Nun gut. Ich sollte ohnehin besser zum Schiff zurückgehen. Möchte bei meiner Rückkehr nicht feststellen müssen, dass alle desertiert sind.« Drake tätschelt nachsichtig Lady Drakes Schulter. »Lasst uns nach unten gehen, Gentlemen.«

Gemeinsam verbeugen wir uns vor den Damen.

»Wir werden uns gleich in der Eingangshalle zu Euch gesellen«, sagt Lady Drake. »Ich denke, wir sollten das schöne Wetter nutzen und am Hoe spazieren gehen, solange es uns möglich ist, findet Ihr nicht auch, Sir Philip?« Sie blickt ihn unter den Wimpern hervor an und faltet sittsam die Hände.

»Wie Ihr wünscht, Mylady.« Sidney verneigt sich erneut.

Drake scheint zufrieden zu sein; dies sind die tadellosen Manieren, die seine neue Frau erwartet, und er ist froh, einen Begleiter für sie gefunden zu haben, der ihr mit der angemessenen Ehrerbietung schmeichelt. Nur ich bemerke den Ausdruck in Sidneys Augen. Ich hoffe, Drake wird keinen Grund haben, seine Wahl zu bereuen.

Die bewaffneten Wächter folgen Drake und seiner kostbaren Tasche die Treppe hinunter. Ich spähe unwillkürlich die Korridore entlang und über meine Schulter, achte auf jede noch so kleine Bewegung. Wenn dieses Buch in die falschen Hände geraten sollte, bevor ich Gelegenheit hatte, es mir anzusehen, würde ich mir das nie verzeihen, und es scheint, dass jemand hier in Plymouth – vielleicht sogar mehr als eine Person – genauso wild hinter ihm her ist wie ich. Und dafür töten würde, daran hege ich keinen Zweifel.

6

Der Himmel über dem Hafen ist klarer, als wir auf den Kai hinaustreten. Wir alle begleiten Drake und seinen Bruder zu dem Boot, das sie zu der *Elizabeth Bonaventure* zurückbringen wird. Blaue Flecken tauchen zwischen den Wolkenbänken auf und spiegeln sich im Wasser wider wie Buntglasstücke. Die Fischerboote dümpeln, begleitet vom ständigen Flattern der Segel und der Fallleinen und dem Klirren der eisernen Halterungen, sacht an ihren Anlegestellen. Während Thomas Drake die Ruderer sucht und Sir Francis sich von seiner Frau verabschiedet, ziehe ich Sidney beiseite.

»Kann er es sein?«

Er sieht mich an. »Rowland Jenkes? Ich wüsste nicht, wer es sonst sein sollte.«

Ich reibe über die Stoppeln auf meinem Kiefer, als ich mich an den Buchhändler erinnere, den ich in Oxford getroffen habe; den Mann, der wegen Aufwiegelung an einen Pfahl genagelt wurde, entkam, weil er sich seine eigenen Ohren abschnitt, und der seinen Lebensunterhalt jetzt mit dem Import verbotener katholischer Literatur verdient. Er würde sicherlich nicht zögern, jeden zu töten, der ihm im Weg steht. »Wir wissen, dass er aus Oxford verschwunden ist, bevor er verhaftet werden konnte. Er hatte Kontakt zu allen katholischen Verbannten in Paris und an den französischen Seminaren. Wenn Gerüchte darüber im Umlauf waren, dass dieses Buch aus der Bibliothek des Vatikans entwendet wurde, dann wäre es Jenkes innerhalb kürzester Zeit zu Ohren gekommen. Sozusagen.«

Sidney grinst, doch sein Gesicht wird rasch wieder ernst. »Heißt das also, dass er in Plymouth ist?«

Ich zucke die Achseln. »Es klingt, als wäre jemand hier hinter diesem Manuskript her, und Robert Dunne war irgendwie in die Sache verstrickt. Die zwei Männer, mit denen Dunne gesehen wurde: Jenkes könnte einer davon sein. Glaubst du, sie haben ihn benutzt, um das Manuskript zu stehlen?«

»Dein Mann in Schwarz letzte Nacht. War das Jenkes?«

»Möglich. Ich war mir sicher, ihn schon einmal gesehen zu haben. Wir werden die Augen offen halten müssen; wenn er es ist, wird er sich wegen Oxford damals rächen wollen.«

Sidney runzelt die Stirn. »Auf jeden Fall kann das nichts mit Dunnes Tod zu tun haben. Drake sagt, kein Fremder hätte sich an Bord des Schiffes schleichen können, ohne dass die Wachposten die Offiziere alarmiert hätten. Er kann nur von jemandem auf der *Elizabeth* getötet worden sein – vielleicht jemandem, der mit Jenkes zusammenarbeitet?«

»Aber wenn Dunne für Jenkes gearbeitet hat …«

Wir werden durch einen Ruf Drakes unterbrochen; er und Thomas sitzen bereits in dem Ruderboot, ihre bewaffnete Eskorte balanciert am Bug und überwacht das Wasser.

»Ich werde Euch später am Nachmittag ein Boot schicken«, ruft Drake. »In der Zwischenzeit werden die Ladys für Eure Gesellschaft dankbar sein.«

Ich hebe halb winkend, halb salutierend eine Hand, obwohl ich den Blick nicht von dem Lederranzen abwenden kann, den er an seine Brust drückt. So bezaubernd sie auch sind, ich würde die Ladys mit Freuden am Hafen sich selbst überlassen, um ein paar Stunden allein mit dem Manuskript zu verbringen. Nur eine einzige Frau hatte je über die Macht verfügt, mich von einem so wichtigen Buch wie dem abzulenken, das ich in der glitzernden Ferne verschwinden sehe, als das Ruderboot langsam auf die Hafenmauer zuhält, und diese Frau ist schon lange fort.

»Ihr wärt lieber mit den Männern draußen auf See, glaube ich?« Lady Ardens Stimme reißt mich in die Gegenwart zurück. Als ich mich umdrehe, steht sie beunruhigend dicht bei mir. Ein durchtriebenes Lächeln spielt um ihre Lippen.

»Ganz und gar nicht«, versuche ich das Lächeln zurückzugeben. Sie lacht, ein helles, ungezwungenes Geräusch, und beginnt den Kai hinter sich zu lassen. Ich halte mich an ihrer Seite.

»Ihr braucht nicht zu lügen, um meine Gefühle nicht zu verletzen, wisst Ihr. Eine Frau zu sein ist eine leidige Angelegenheit: Ihr Männer zieht die Gesellschaft Eures eigenen Geschlechts der unseren immer vor, weil Ihr glaubt, wir hätten in Bezug auf Politik oder Nautik oder Krieg oder irgendein anderes Thema, das Ihr schätzt, keine Meinung, die sich anzuhören lohnt. Erst wenn der Abend verstreicht und Ihr ein paar Gläser Wein im Bauch habt, dann stellt Ihr fest, dass Ihr unsere Gegenwart ertragen könnt.«

»Und habt Ihr welche?«

»Ob ich was habe?« Sie legt den Kopf schief, um mich anzusehen.

»Hörenswerte Ansichten über Politik und Krieg?«

»Oh, Hunderte. Und ich werde Euch unterwegs daran teilhaben lassen, bevor Ihr mich als ein weiteres flatterhaftes Mädchen abtun könnt.« Sie schiebt ihre Hand durch meinen angewinkelten Arm.

»Ich freue mich schon darauf, sie zu hören, Mylady«, erwidere ich, dabei bin ich mir des leichten Drucks ihrer Finger auf meinem Ärmel bewusst. »Ich denke, jeder Mann, der versucht, Euch als oberflächlich abzutun, würde das auf eigene Gefahr tun.«

»Ihr lernt schnell.« Wieder lacht sie und drückt meinen Arm fester. »So, habt Ihr das Buch gelesen?«

»Welches Buch?« Ich weiß nicht, wie viel Drake seiner Frau über das Manuskript erzählt hat, und ich möchte nicht derjenige sein, der sie ängstigt.

Lady Arden blickt mich an wie eine Kinderfrau ihren Zögling. »Oh, kommt schon. Das Buch, von dem Sir Francis glaubt, dass es ihm jemand stehlen will. Lizzie meint, er muss vorhaben, es zu verkaufen, weil er mehr Geld für die Reise braucht. Wir vermuten, dass Sir Philip es kaufen will und Ihr dafür sorgen sollt, dass er einen guten Preis dafür bekommt.«

»Findet Ihr, dass ich wie ein Buchhändler aussehe?«

»Nein, wie ein Gelehrter.« Sie hält inne und mustert mich von Kopf bis Fuß. »Oder zumindest habt Ihr heute Morgen so gewirkt. Bevor Ihr ins Wasser gefallen seid. Jetzt seht Ihr eher aus wie …« Sie betrachtet Sidneys Kleider an meinem Körper.

»Ein aufgeputztes Äffchen?«

»Wie Sir Philip, wollte ich sagen.« Sie kichert. »Obwohl der Unterschied vielleicht nicht allzu groß ist.«

»Ich werde das als Kompliment werten. Und im Übrigen bin ich nicht hineingefallen. Ich bin gesprungen, mit Absicht. Nur damit das klar ist.«

Sie lächelt erneut. »Natürlich.«

Wie um meine Worte zu bestätigen, ertönt hinter uns ein Chor schriller Stimmen. Ich drehe mich um und sehe den kleinen Jungen, den ich an diesem Morgen aus dem Hafenbecken gezogen habe, barfuß auf mich zurennen. Er hält etwas, was wie ein Blätterbüschel aussieht, zwischen seinen gewölbten

Händen. Der größere Junge, sein Bruder, hält mit einer Gruppe ungefähr gleichaltriger Kinder verlegen etwas Abstand. Als der Kleine näher kommt, sehe ich, dass er mir einige Erdbeeren anbietet.

»Für Euch, Master.« Er hält mir die Früchte mit hoffnungsvollem Gesicht hin. Ein dünner Rotzfaden rinnt aus seinem Nasenloch zu seiner Lippe, und da er ihn mit vollen Händen nicht abwischen kann, versucht er ihn mit der Zunge abzulecken. Ich sehe ihn an und muss unwillkürlich daran denken, dass dieses Kind diesen Nachmittag beinahe nicht mehr erlebt hätte. Sein Haar ist immer noch steif vom Salz.

»Danke.« Ich kauere mich vor ihn hin, sodass wir auf einer Augenhöhe sind, und forme mit den Händen einen Korb für die Früchte. »Wie heißt du denn?«

»Sam.« Er wirft sich in die Brust und blickt erwartungsvoll von mir zu den Erdbeeren.

Ich spüre, dass von mir erwartet wird, das Geschenk zu probieren, also reibe ich den Schmutz von einer ab und stecke sie in den Mund. Sie ist knochenhart und noch nicht süß, aber ich tue so, als würde sie köstlich schmecken.

»Sam, ich glaube, das sind die besten Erdbeeren, die ich in England je gegessen habe.«

Der Junge strahlt entzückt. Er wischt sich mit dem Ärmel die Nase ab und hustet, dann hüpft er über das Pflaster zu seinen Freunden zurück, die sich schnatternd und mit den Fingern zeigend um ihn scharen.

»Da habt Ihr Euch einen Freund fürs Leben gemacht«, stellt Lady Arden fest.

»Eine Erdbeere gefällig?« Ich strecke die Hände aus. Sie betrachtet sie mit einem leichten Kräuseln der Lippe.

»Nicht, wenn er sie mit derselben Hand gepflückt hat, die er benutzt, um sich die Nase abzuwischen.«

Ich lächele. »Man schmeckt es kaum. Ihr mögt keine Kinder?«

Sie blickt sich zu der Jungenschar um.

»Es ist eher so, dass sie mir gleichgültig sind. Meine Schwester hat vier, und ich verwöhne sie ganz gern für eine kurze Zeit. Aber es wurde als schwerwiegendes Versagen meinerseits betrachtet, nicht selbst welche produziert zu haben, bevor mein Mann so unvorsichtig war zu sterben. Immer wenn ich Kinder sehe, besonders gesunde, kräftige Jungen wie diese dort, fühle ich mich indirekt getadelt.«

Da ich nicht weiß, was ich darauf antworten soll, sage ich nichts. Sowie ich sicher bin, dass die Kinder außer Sichtweite sind, lasse ich die Erdbeeren am Straßenrand fallen, und Lady Arden nimmt wieder meinen Arm. Wir gehen eine Weile stumm weiter. Sidney und Lady Drake schlendern vor uns den Pfad entlang, der zur Burg führt. Sie hakt sich nicht bei ihm ein, stattdessen gehen sie in respektvollem Abstand nebeneinanderher und neigen sich die Köpfe zu, um einander verstehen zu können. Natürlich sind sie beide verheiratet. Mir ist bewusst, dass derartige Beschränkungen zwischen mir und Lady Arden nicht existieren. Schickt es sich für sie, so mit mir spazieren zu gehen? Ihr scheint das nichts auszumachen; ich bin es, der so verlegen ist, als würden wir uns über eine Benimmregel hinwegsetzen.

»Mein verstorbener Mann hat einen Vetter, der momentan der einzige Erbe seines Landsitzes und seines Titels ist. Er war ritterlich genug, mir die Ehe anzubieten.« Sie saugt die Wange ein und blickt über das Meer hinaus, als sie das sagt.

»Ihr seid von der Aussicht nicht sonderlich angetan, fürchte ich.«

Sie schneidet eine Grimasse.

»Mein Mann ist erst letztes Jahr gestorben. Er war auf seine

Art ein anständiger Mensch, aber es war keine Liebesheirat. Er war fast dreißig Jahre älter als ich. Solche Arrangements verlaufen selten erfolgreich.« Sie blickt ein wenig schuldbewusst zu Lady Drake. »Ich war sieben Jahre lang seine Frau und gab ihm keinen Anlass zur Klage. Aber als Witwe gehört sein Besitz mir, solange ich lebe, und ich bin meine eigene Herrin. Diesen Zustand möchte ich noch eine Weile auskosten, bevor ich meine Freiheit einem anderen Mann opfere. Außerdem …«, sie verzieht die Lippen, »… sieht der Vetter meines Mannes aus wie ein Eber. Ihr glaubt, ich meine das im übertragenen Sinne, aber Ihr irrt Euch. Er sieht wirklich aus wie ein Eber. Samt Borsten und allem. Jedes Mal, wenn er den Mund aufmacht, um etwas zu sagen, möchte ich einen Apfel hineinstopfen.«

Ich lache laut auf, und sie stimmt mit ein und lehnt sich gegen mich. Lady Drake und Sidney bleiben stehen und drehen sich amüsiert um, obwohl ich bemerke, dass Lady Drake pikiert wirkt.

»Was ist so lustig, Nell?«, ruft sie. »Verrat es uns, wir wollen mitlachen.«

»Ich habe Doktor Bruno gerade von Vetter Edgar dem Eber erzählt«, ruft Lady Arden zurück und lässt eine meisterhafte Imitation eines grunzenden Schweines folgen.

Sidney starrt sie an. Wahrscheinlich hat er noch nie eine Dame von Stand einen Eber nachahmen sehen.

Elizabeth Drake schüttelt lachend den Kopf. »O Gott, *er*«, erwidert sie. »Nein, wir denken alle, du könntest einen Besseren finden.« Ihr Blick wandert flüchtig zu mir und der Art, wie sich Lady Arden auf meinen Arm stützt. Gehe ich als »besser« durch als ein einem Eber ähnelnder Vetter mit einem Titel oder nicht? Ihre Miene gibt mir keinen Hinweis darauf.

»Lady Drake hat mir ein wenig über Robert Dunne erzählt«, sagt Sidney mit einem bedeutungsschwangeren Blick zu mir, als wir zu ihnen aufschließen.

»Kanntet Ihr ihn gut?«, frage ich sie.

»Nicht so gut«, entgegnet sie. »Aber alle Familien aus Devonshire kennen sich bis zu einem gewissen Grad. Robert Dunne war der typische jüngere Sohn. In Gelddingen unzuverlässig. Ging zur See, um sein Glück zu machen. Nachdem er von der Reise mit Sir Francis zurückkam, wurde er eine Weile als Held gefeiert, heiratete sogar eine Erbin. Aber dann verspielte er alles, was er mit nach Hause gebracht hatte. Trotzdem ist es sehr traurig, dass er sich das Leben genommen hat.« Sie sagt es in demselben Ton, in dem sie bedauern würde, dass der Dorfjahrmarkt wegen Regens abgesagt wurde. »Es wäre furchtbar, wenn deswegen die ganze Reise scheitert. Sir Francis wäre am Boden zerstört.«

Und du?, frage ich mich, während ich sie beobachte. Freust du dich auf ein gutes Jahr relativer Freiheit in der Abwesenheit deines Mannes? Mein Blick schweift von ihr zu Lady Arden. Vielleicht ist das alles, was Frauen wirklich wollen: die Freiheit, Herrinnen ihres eigenen Schicksals zu sein, so, wie es ihrer Ansicht nach bei Männern der Fall ist. Aber in dieser Welt von Abhängigkeit und Gönnerschaft ist niemand wirklich sein eigener Herr. Man musste sich nur Sidney ansehen.

Ich fange seinen Blick auf. Drake hat ganz eindeutig seine Frau nicht mit der Wahrheit über Dunnes Tod beunruhigen wollen.

»Ich nehme an, mein Mann behauptet, sein Tod wäre auf den Fluch von John Doughty zurückzuführen, der wieder am Werk ist?«, meint Lady Drake, als hätte sie meine Gedanken gelesen.

»John Doughty? Ich dachte, sein Name wäre Thomas?«, gebe ich verwirrt zurück.

»Thomas war der, den Sir Francis wegen Meuterei umgebracht hat«, klärt mich Lady Drake auf. *»Hingerichtet«*, berichtigt sie automatisch. »John ist sein Bruder. Er überlebte die Reise, und sowie er wieder in London war, versuchte er, meinen Mann wegen gesetzwidriger Tötung vor Gericht zu bringen. Es war damals ein großer Skandal.«

»Ich erinnere mich daran«, nickt Sidney. »John Doughty und seine Anhänger behaupteten, Sir Francis hätte nie schlüssig beweisen können, dass er die Erlaubnis der Königin hatte, auf See ein Todesurteil auszusprechen und zu vollstrecken. Es war ein gefährlicher Präzedenzfall, sagten manche, weil die Doughtys Gentlemen waren und Sir Francis – nichts für ungut, Mylady – damals noch nicht. Obwohl wir ihn jetzt natürlich alle als einen solchen betrachten«, fügt er hastig hinzu. Ich werfe ihm einen verstohlenen Blick zu.

»John Doughty brachte die Sache vor Gericht.« Lady Drake ignoriert die Bemerkung. »Aber der Prozess platzte wegen eines Formfehlers. Doughty glaubte, die Königin selbst hätte eingegriffen, um seine Klage abweisen zu lassen, damit seine Anschuldigungen keinen Schatten über die ruhmreiche Leistung meines Mannes werfen.«

»Und hat sie das getan?«, frage ich.

»Kaum jemand zweifelt daran«, versetzt Sidney. »Sie hat Drake öffentlich gegen Piraterie- und Mordbeschuldigungen durch die Spanier verteidigt – sie konnte dieselben Anklagen seitens eines seiner Landsmänner da erst recht nicht dulden.« Er schüttelt den Kopf. »Man konnte fast Mitleid mit John Doughty empfinden; er hatte nicht nur mit seiner Klage keinen Erfolg, sondern wurde kurz darauf auch beschuldigt, Geld von Philip von Spaniens Agenten angenommen zu haben, um Sir Francis zu entführen oder zu töten. Er wurde in das Marshalsea-Gefängnis geworfen. Soweit ich weiß, ist er immer noch dort.«

»Das ist er aber nicht«, widerspricht Lady Drake. »Er wurde dieses Frühjahr entlassen. Jemand muss ihn freigekauft haben.«

»Stimmt es, dass er spanisches Geld angenommen hat?«, frage ich.

»Wer weiß?«, erwidert sie. »Spanien hat einen hohen Preis auf den Kopf meines Mannes ausgesetzt, so viel steht fest. Es gibt viele, die ihm für diese Summe ein Messer ins Herz stoßen würden und die weniger Grund dazu haben als John Doughty. Wir wissen nur, dass Doughty, als er aus dem Gefängnis kam, geschworen hat, sich an Sir Francis und allen Geschworenen zu rächen, die seinen Bruder zum Tod verurteilt hatten. Er schickte meinem Mann eine mit Blut unterzeichnete Botschaft, dass er einen Fluch auf ihn und jedes Schiff herabbeschworen habe, auf dem er segelt, und dass er nicht ruhen werde, bis für das vergossene Blut seines Bruders das meines Mannes geflossen sei. Sir Francis fürchtete, die Zeit im Gefängnis habe ihm den Verstand geraubt.«

»Er hat einen Hang zum Dramatischen, dieser John Doughty«, stelle ich fest. »Man könnte diese Geschichte auf die Bühne bringen, und die Menge würde nach mehr brüllen.«

»Das sage ich meinem Mann auch.« Lady Drake wirkt zufrieden. »Aber John Doughty behauptet, Hexerei zu praktizieren. Einige, die gegen ihn ausgesagt haben, berichteten, er hätte während der Reise Zaubersprüche gemurmelt, um den Teufel herbeizurufen. Sir Francis gibt vor, für solche Dinge nur Hohn und Spott übrigzuhaben, aber insgeheim ist er so abergläubisch wie alle Seeleute. Vor allem seit dem Tod der anderen.«

»Welcher anderen?«

»Zwei Mitglieder dieser Geschworenenjury sind in den letzten paar Monaten weit vor ihrer Zeit gestorben. Einer, der sich scheinbar bester Gesundheit erfreute, bekam plötzlich Magenschmerzen und war am nächsten Morgen tot. Der andere, ein erfahrener Reiter, wurde während einer Jagd abgeworfen und brach sich den Hals.« Sie zuckt die Achseln, zeigt dabei ihre Handflächen und bedeutet damit, dass die Todesursache ungeklärt ist.

»Aber das klingt nach Unfällen. So etwas könnte jedem passieren.«

»Das sage ich Sir Francis ja auch. Aber beides geschah nach John Doughtys Freilassung. Und jetzt ist da Robert Dunne.«

»Er gehörte auch zu den Geschworenen?«, fragt Sidney.

Lady Drake nickt. »Mein Mann sagt, Dunne wäre wegen seiner Spielschulden zutiefst verzweifelt gewesen. Aber in seinen Augen lese ich, dass er nicht daran glaubt. Warum sollte ein Mann sich am Vorabend einer Reise, die seine Probleme zu lösen verheißt, das Leben nehmen? Ich bin sicher, er vermutet, dass Dunne ermordet wurde, und das hat seine Ängste noch geschürt.«

»Vielleicht unterschätzt Ihr seinen Mut, Mylady.« Ich versuche, beschwichtigend zu klingen. Sie dreht sich zu mir um und sieht mich scharf an.

»Warum verzögert er dann das Ablegen der Flotte?«

Ich schüttele den Kopf. »Ich maße mir nicht an, seine Gründe zu kennen.« Was ich denke, aber nicht laut aussprechen kann, ist, dass John Doughtys Fluch nichts Übernatürliches anhaftet. Bei den Toden dieser anderen Geschworenen handelt es sich vielleicht um Unfälle, vielleicht auch nicht. Ein auf Rache sinnender Mann könnte sicher eine Möglichkeit finden, jemanden zu vergiften oder ein Pferd zu erschrecken. Und jetzt Robert Dunne, in seiner eigenen Kabine erhängt. Wenn John Doughty nacheinander sein eigenes Todesurteil an den Leuten vollstreckt, die er für die Hinrichtung seines Bruders verantwortlich macht, dann ist er mit Dunne dem eigentlichen

Ziel seiner Rache erschreckend nah gekommen, nämlich Drake selbst. Kein Wunder, dass der Generalkapitän Angst hat. Aber was hat diese Geschichte, wenn überhaupt, mit dem Judasbuch zu tun?

Ein kalter Wind peitscht vom Meer herüber; Lady Arden fröstelt und zieht ihren Schal fester um ihre Schultern. Links von uns ragt die Burg auf, die vier gedrungenen Türme werfen ihre Schatten über die Stadt im Norden und den Sund im Süden. Draußen auf dem Wasser schaukelt die *Elizabeth Bonaventure* auf den Wellen; an Bord befindet sich ein Manuskript, das den christlichen Glauben in seinen Grundfesten erschüttern kann, denke ich, und eine seltsame Vorahnung ergreift von mir Besitz, irgendetwas zwischen Erregung und Furcht.

Sidney lässt sich zurückfallen, um neben mir herzugehen, und die Frauen gehen Arm in Arm vorneweg, stecken die Köpfe zusammen und tuscheln vertraulich miteinander. Sidney beobachtet sie mit zusammengekniffenen Augen.

»Ich wette, du hast sie im Bett, bevor wir Plymouth verlassen«, sagt er endlich.

Ich lache. »Ich wünschte, du würdest ganz offen mit mir reden, Philip.«

»Warum sollte ich ein Blatt vor den Mund nehmen? Sie macht aus ihrer Vorliebe für dich ja keinen Hehl. Ich glaube nicht, dass du lange um sie werben musst.« Er schlingt die Arme um die Brust, ohne den Blick von den Frauen abzuwenden. »Witwen«, sagt er. In dem Wort schwingen all die Begierde, die Verachtung und die Furcht mit, die Männer Frauen gegenüber verspüren, die sie einschüchtern. »Die gefährlichste Sorte Frau überhaupt, Bruno.«

»Warum?«

Er zögert. »Weil sie uns nicht brauchen.«

Ich lache laut auf, aber er meint es todernst, und ich werde erneut an den Unterschied zwischen uns erinnert. Da ich keinen Titel und kein Land an einen Erben weiterzugeben habe, habe ich nie zu den Männern gehört, die von Frauen für eine vorteilhafte Heirat in Betracht gezogen werden. In den Jahren, seit ich den geistlichen Stand aufgegeben habe, hat es einige gegeben, denen mein Gesicht gefallen hat, aber Frauen von edler Geburt wie Lady Arden kann ich nichts als eine flüchtige Affäre bieten, eine Ablenkung, während sie auf eine bessere Partie warten. Sidney beneidet mich darum und fragt sich, warum ich diesen Umstand nicht stärker ausnutze.

»Man erwartet von ihr, dass sie wieder heiratet«, sage ich. »Irgendeinen Vetter ihres Mannes.«

»Dann solltest du dir das zunutze machen, bevor sie in den Besitz eines anderen übergeht«, meint er.

Ich lächele nur und schüttele den Kopf. Das ist eine seltsame Haltung gegenüber Frauen, aber vielleicht sehe ich das nur so, weil ich elf Jahre als Mönch gelebt und daher keine Erfahrung mit Ehearrangements habe. Oder vielleicht liegt es daran, dass die einzige Frau, bei der ich je an Heirat gedacht habe, lieber sterben würde, denn als Eigentum eines Mannes betrachtet zu werden.

»Ich würde sagen, die gefährlichste Frau ist die Ehefrau eines anderen«, bemerke ich mit einem vielsagenden Blick nach vorne.

Sidney schielt aus dem Augenwinkel zu mir hinüber.

»Sie erwarten von dir, dass du mit ihnen flirtest«, erwidert er. »Ihnen Komplimente machst. Ihrer Eitelkeit schmeichelst. Das gehört alles zum Spiel. Sie versteht das.«

»Ihr Mann auch?«

»Beherrscht Drake den Tanz höfischer Manieren? Was meinst du?«

Wir passieren die Burg und folgen dem Pfad entlang der Biegung der Landzunge, während die Wolken landeinwärts zu ziehen beginnen. Nach einigen Yards wollen die Frauen umkehren. Sidney lässt mich allein, um sich wieder an Lady Drakes Seite zu begeben. Er wahrt noch immer einen schicklichen Abstand; der Wind weht die Klänge ihrer Unterhaltung zu uns hinüber, nicht aber die Worte.

»Ihr seid geistesabwesend«, stellt Lady Arden neben mir fest. Sie muss alle paar Schritte einen kleinen Satz machen, um mit mir mitzuhalten; ohne es zu merken, habe ich das Tempo beschleunigt, während wir hügelabwärts zur Stadt zurückgehen, weil ich es eilig habe, unsere Schutzbefohlenen im Gasthaus abzuliefern, damit Sidney und ich zum Schiff zurückkehren können.

»Verzeihung.« Ich drehe mich zu ihr und zwinge mich, meine Aufmerksamkeit von dem graugrünen Wasser hinter der Burg, von Judas und seinem Evangelium loszureißen. Wenn es denn sein Evangelium *ist*. Ihr in ein enges Mieder gezwängter Busen hebt und senkt sich vor Anstrengung, so schnell zu gehen. »Ich bin zu sehr an die Gesellschaft meiner eigenen Gedanken gewöhnt. Die höfischen Manieren meines Freundes gehen mir ab, fürchte ich.«

Sie wischt die Bemerkung beiseite und hakt sich wieder bei mir ein. »Was Ihr als höfische Manieren bezeichnet, ist nichts als in feste Formen gepresste Unaufrichtigkeit. Ritterlichkeit seitens eines Höflings hat nichts zu bedeuten, sie ist nur ein Buch, dessen Text man ihm von klein auf eingebläut hat. Ich spreche lieber mit jemandem, der nachdenkt, bevor er den Mund aufmacht, und meint, was er sagt. Woran denkt Ihr zum Beispiel jetzt gerade?«

»An die Vergangenheit«, erwidere ich, dabei schaue ich auf das Meer hinaus.

Sie nickt, und wir gehen ein paar Schritte weiter, bevor sie sich wieder zu mir wendet.

»Ihr wart ein Mönch, sagt Sir Francis?«

»Das ist viele Jahre her.«

»Warum habt Ihr das Klosterleben aufgegeben?«

»Ich fand es … einschränkend.«

Sie lässt ein wissendes Lachen hören und errötet auf ansprechende Weise. Die Leute finden diese Antwort immer erheiternd, als würde die Priesterweihe einen Mann nur in dieser einen Hinsicht einschränken.

»Ich habe zu viele Fragen gestellt«, füge ich hinzu.

»Und tut Ihr das immer noch?«, erkundigt sie sich mit einem spielerischen Lächeln.

»Nicht so viele wie Ihr, Mylady.« Es sollte ein Scherz sein, aber ihr Lächeln verblasst, und sie zieht kurz gekränkt die Hand zurück. Sie gewinnt ihre Fassung rasch zurück, aber sie fragt mich nichts mehr. Ich gehe schweigend neben ihr auf den Kai zu, dabei ärgere ich mich über mich selbst; es gibt etwas Unerklärliches in mir, das mich dazu treibt, jede Frau vor den Kopf zu stoßen, die Interesse an mir zeigt, doch ob das eine Folge meiner Gelübde oder meiner gescheiterten Versuche in Sachen Liebe ist, kann ich nicht sagen.

Als wir die gepflasterte Straße erreichen, die entlang der Hafenfront verläuft, dreht sie sich zu mir.

»Verzeiht meine Zudringlichkeit, Doktor Bruno«, sagt sie. »Aber ich finde so selten einen Mann, mit dem ich mich gerne unterhalte, deshalb vergesse ich, dass einige von Euch nicht so viel Gefallen an solchem Geplauder finden wie Frauen. Aber ich habe noch eine letzte Frage an Euch, wenn Ihr gestattet.«

»Bitte.« Ich spreize die Hände weit, wappne mich aber schon innerlich dafür, lügen zu müssen.

»Werdet Ihr und Sir Philip heute Abend im *Star* ein Glas

Wein mit uns trinken? Sir Francis hat es so eingerichtet, dass Elizabeth und ich mit dem Bürgermeister und seiner Frau speisen – das ist ihre gesellschaftliche Pflicht, der sie sich nicht entziehen kann –, aber ich hoffe, dass es uns gelingt, uns früh zu verabschieden, bevor wir vor Langeweile in Ohnmacht fallen.« Hier blickt sie sich um, als könnten der Bürgermeister und seine Frau uns von einer Gasse aus belauschen. »Sagt ja. Das würde uns wenigstens anspornen, den Abend durchzustehen, wenn wir merken, dass sich unsere Stimmung dem Nullpunkt zuneigt.«

Ich lächele. Meine beschränkten Erfahrungen mit Provinzwürdenträgern gestatten mir, etwas Mitgefühl aufzubringen. »Es wäre uns ein Vergnügen. Aber ich weiß nicht, wann wir vom Schiff zurück sein werden.«

»Natürlich nicht, Eure Zeit wird von wichtigeren Verpflichtungen in Anspruch genommen.« Ihr Ton ist schroff, und ich verwünsche mich erneut – würde es mich denn so viel kosten, etwas galanter zu sein?

»Mylady, habt Ihr denn keine Angst, dass die Leute das für unschicklich halten würden?«

Sie schnaubt verächtlich durch die Nase. »Welche Leute? Die Bewohner von Plymouth, meint Ihr? Händler und Fischweiber und fette, von ihrer eigenen Wichtigkeit durchdrungene Ratsherren – soll ich auf deren müßiges Geschwätz etwas geben?« Sie hebt das Gesicht zu dem Regen verheißenden Himmel und lacht. »Außerdem seid Ihr doch absolut achtbar, oder nicht?« Das spitzbübische Grinsen ist wieder da; sie sieht mich an, als wären wir Komplizen.

»Ich dachte weniger an Euch«, versetze ich leise, als Sidney und Lady Drake neben uns auftauchen.

»Wir sollten uns beeilen, ich fürchte, es wird regnen.« Lady Drake blinzelt zu den sich über uns zusammenballenden Wolken hoch. »Doktor Bruno, Ihr seid heute schon einmal nass bis auf die Haut geworden. Ich bin sicher, dass Ihr nicht noch eine Garnitur Kleider ruinieren wollt.«

»Schon gar nicht eine von meinen«, fügt Sidney hinzu.

»Dann bis heute Abend«, sagt Lady Arden zu mir, als wir den Gasthof erreichen. Ich glaube, Sidney war noch nie so beeindruckt von mir. Die Frauen wechseln einen Blick. Ich überlasse es Sidney, sich zu verabschieden, während ich im Schankraum verschwinde.

Die Wirtin, eine stämmige, breithüftige Frau um die fünfzig mit dem wettergegerbten Gesicht der Menschen, die am Meer leben, ist damit beschäftigt, eines der Dienstmädchen wegen seiner Schludrigkeit auszuschelten. Bei meinem Anblick hält sie mit offenem Mund in ihrer Tirade inne, und ihre Miene wird weicher.

»Ja, Sir, was kann ich für Euch tun?« Sie wischt sich die Hände an der Schürze ab.

»Ich frage mich, ob ich kurz mit Euch unter vier Augen sprechen könnte.« Ich bedenke sie mit meinem strahlendsten Lächeln, das mir bei älteren Frauen immer gute Dienste geleistet hat.

Sie streicht ihren Rock glatt und lächelt affektiert. »Ja, natürlich. Und du mach dich wieder an die Arbeit, Schlampe«, fügt sie, an das Mädchen gewandt, hinzu. »Und lass mich dich nicht noch einmal dabei ertappen, dass du deine Pflichten vernachlässigst! Es gibt hier genug Mädchen, die sich um deine Stellung reißen würden, wenn du sie verlierst.«

Das Mädchen murmelt etwas, knickst flüchtig und eilt davon. Die Wirtin dreht sich mit in die Hüften gestemmten Händen zu mir um. »Diese Mädchen, sie glauben, sie tun einem einen Gefallen, wenn sie überhaupt zur Arbeit erscheinen. Nun, was gibt es, Sir?«

»Mistress, ich war vorhin mit Sir Francis Drake zusammen, und er hat sich besorgt über eine kleine Angelegenheit geäußert.«

Augenblicklich versteinert ihr Gesicht, und sie faltet die Hände wie zum Gebet.

»War es das Dinner? Wenn etwas damit nicht in Ordnung war, versichert ihm bitte …«

»Nein, nein, am Dinner gab es nichts auszusetzen. Es wäre Ihrer Majestät würdig gewesen, wie Sir Philip Sidney sagte.«

Sie entspannt sich, und ein Lächeln tritt auf ihr Gesicht.

»Nein, er hat vor ein paar Tagen einen Brief bekommen. Er wurde hier für ihn hinterlegt. Sir Francis würde gern wissen, woher er kam.«

Sie runzelt die Stirn.

»Leute geben manchmal Briefe für ihn ab. Sein Sekretär kommt vorbei, um sie abzuholen, aber ich kann mich nicht mehr an jeden erinnern.«

»Das war vor zwei Tagen. Sonntags bringen doch sicher nicht viele Leute Briefe hier vorbei, oder?«

»Ihr würdet Euch wundern. Wenn sich eine Flotte wie diese zum Ablegen bereitmacht, gibt es so etwas wie Ruhetage nicht. Ich weiß es wirklich nicht mehr. Ihr könntet das Mädchen fragen, sie überbringt manchmal Botschaften.« Sie deutet zur Tür.

Im Gang draußen treffe ich das mürrische Dienstmädchen an, das mit schmollend verzogenem Gesicht die Bodenplatten fegt. Sie blickt auf, als ich vorübergehe, und ich schneide eine Grimasse und nicke in Richtung des Schankraums, um zu verdeutlichen, dass ich ihre Herrin meine. Das Mädchen lächelt breit.

»Erinnerst du dich an jemanden, der am Sonntag hier einen Brief für Sir Francis Drake abgegeben hat?«, frage ich.

Sie stützt sich auf ihren Besen. »Wer will das wissen?«

»Ich, wie es aussieht.«

Sie mustert mich von Kopf bis Fuß, dann bleibt ihr Blick an dem Geldbeutel an meinem Gürtel hängen. Ihr Auftreten ist kess, aber als sie mir in die Augen sieht, liegt ein raffinierter Ausdruck auf ihrem Gesicht.

»Seid Ihr der Italiener?« Sie sagt das so, als hätte sie jemanden von mir sprechen hören, ein Gedanke, der mir Unbehagen einflößt.

»Wer will das wissen?«

Sie lacht kurz auf. »Gut gekontert. Nein, ich erinnere mich nicht daran, dass Sonntag irgendwelche Briefe hier hinterlegt wurden.« Wieder beäugt sie meinen Geldbeutel. »Jetzt müsst Ihr auch meine Frage beantworten«, sagt sie, als klar wird, dass der Beutel geschlossen bleibt.

»Wie du willst. Ja, ich bin Italiener.«

»Und Ihr reist mit Sir Philip Sidney?«

»Du bist gut informiert. Woher weißt du das?«

Sie nickt in Richtung der Tür. »Mistress Judith hat das gesagt. Sie da drin.« Sie weicht meinem Blick aus, als sie das sagt. Mir missfällt der Gedanke, dass die Leute schon über uns klatschen, aber vermutlich hätte ich bei alldem Interesse an Drakes Expedition damit rechnen müssen. Dieses Mädchen ist verschlagen, daran besteht kein Zweifel, aber Dienstbotenwissen kann wertvoll sein; sie huschen unbemerkt in Privaträume hinein und wieder heraus und haben für gewöhnlich scharfe Augen und Ohren.

»Du musst doch jeden sehen, der hier kommt und geht«, sage ich beiläufig, als sie weiterzufegen beginnt.

Ihr Kopf fährt mit einem Ruck hoch, und ihre Augen werden schmal.

»Die meisten«, entgegnet sie. »Warum?«

»Ich habe mich gefragt, ob dir ein schwarz gekleideter Mann aufgefallen ist, der auch im Haus den Hut tief ins Gesicht gezogen trägt. Ich habe ihn gestern Abend in der Schankstube gesehen.«

Sie zuckt die Achseln und schürzt die Lippen, als würde sie nachdenken. »Kann ich nicht wirklich sagen. Viele Männer kommen hierhin und gehen wieder.« Ihre Augen funkeln herausfordernd, als sie auf meinen nächsten Schritt wartet.

Widerstrebend ziehe ich ein Silberstück hervor und halte es in die Höhe. »Vielleicht versuchst du etwas angestrengter, dich zu erinnern.«

Sie fasst die Münze ins Auge. »Ich kenne den Mann, den Ihr meint. Pockennarben. Hellblaue Augen. Ist er das?«

Ich nicke langsam. Ein kalter Schauer läuft mir über den Rücken. Sie beschreibt Rowland Jenkes. »Sind dir seine Ohren aufgefallen?«

»Was ist mit ihnen?«

»Er hat keine. Deswegen trägt er den Hut.«

»Na, dann hätte mir ja auch nichts auffallen können, oder?« Sie streckt die Hand nach ihrer Bezahlung aus. Ich ziehe meine leicht zurück.

»Ist er ein Stammgast?«

Sie zuckt erneut die Achseln. »Er war ein paar Mal hier. Hab ihn vor vierzehn Tagen zum ersten Mal gesehen.«

»Hör zu, wie heißt du?«

»Hetty«, antwortet sie und fügt nach kurzer Pause ein sarkastisch klingendes »Sir« hinzu.

»Wenn du diesen Mann noch einmal siehst, Hetty, oder wenn du irgendetwas über ihn in Erfahrung bringen oder herausfinden kannst, wo er untergekommen ist, lass es mich wissen, dann könnten noch mehr davon für dich herausspringen.« Ich reiche ihr die Münze, die in einer Falte ihrer schmutzigen Röcke verschwindet. »Du findest mich hier im Gasthof, ich habe eine Kammer gemietet.«

»Ich weiß.« Sie fixiert mich mit demselben kühlen Blick wie zuvor. Ich wünsche ihr einen guten Tag, aber ich spüre, wie sich ihre Augen in meinen Rücken bohren, als ich davongehe.

7

Das Erklimmen der Leiter der *Elizabeth Bonaventure* kommt mir diesmal leichter vor; das plötzliche Schlingern und die Zusammenstöße mit dem muschelbewachsenen Holz des Schiffes überrumpeln mich nicht mehr so oft, und meine Hände sind allmählich für die rauen Fasern des Seils unempfindlich. Ich stelle fest, dass ich schneller klettern kann als vorher, und obwohl mich wieder ein leichter Schwindel überkommt, als ich oben ankomme und von der Schiffsreling in die Tiefe blicke, laufe ich nicht mehr Gefahr abzurutschen. Thomas Drake erwartet uns und heißt uns mit seinem üblichen Mangel an Wärme willkommen.

»Mein Bruder spricht momentan noch mit Kapitän Carleill. Ich bringe Euch zu ihm, wenn ihre Unterredung beendet ist.«

»In der Zwischenzeit könnten wir uns vielleicht die Kabine anschauen, in der Robert Dunne starb?«, erwidert Sidney mit einem freundlichen Lächeln. »Sir Francis hielt es für sinnvoll, seine Habseligkeiten auf einen Hinweis darauf zu überprüfen, wer ihm Böses gewollt haben könnte.«

»Dämpft Eure Stimme.« Thomas blickt sich rasch um. Er scheint nicht geneigt zu sein, der Bitte stattzugeben. »Seine Besitztümer müssen verpackt werden, damit seine Angehörigen sie mitnehmen können. Aber ich bin sicher, dass es uns nicht entgangen wäre, wenn es dort etwas zu finden gäbe. Er hatte nur sehr wenige persönliche Dinge bei sich.«

»Vielleicht doch.« Sidney strahlt immer noch. Er scheint zu dem Schluss gekommen zu sein, dass aggressiver Charme ein wirkungsvoller Weg ist, Thomas Drake zu verärgern. Bislang hat er damit Erfolg. »Die aufschlussreichsten Gegenstände sind oft so klein, dass sie übersehen werden. Und Euer Bruder war natürlich mehr mit dem Toten beschäftigt als damit, seine Besitztümer zu untersuchen. Zum Glück verfügt Doktor Bruno hier über genau den scharfen Blick, den diese Aufgabe erfordert. Ich erinnere mich verschwommen daran, dass Sir Francis gesagt hat, es wäre eine gute Idee, wenn Bruno sich Dunnes Kabine ansehen würde.«

Thomas Drake zögert, überlegt, ob er stur bleiben soll, scheint dann aber einzulenken. »Ich werde den Schlüssel holen. Wartet hier.« Er macht abrupt kehrt und steigt die Leiter hoch, die zur Kapitänskabine führt.

»Dir macht es Spaß, ihn zu reizen«, bemerke ich, lehne mich auf die Reling und blicke über das Meer hinweg.

»Er fordert es geradezu heraus. Er lässt mich seine Abneigung so deutlich spüren, dass ich gar nicht anders kann. Er genießt es, dass er hier ein bisschen Autorität ausübt; es ist der einzige Ort, wo er mit einem Mann meines Ranges so sprechen kann, wie er es tut. Ein emporgekommener kleiner Bauernsohn, der auf dem Ruhm seines Bruders mitsegelt.«

»Er ist selber Kapitän, Philip«, seufze ich.

»Ja, und warum ist er dann nie auf seinem eigenen Schiff? Er scheint sich einzubilden, sich um sämtliche Angelegenheiten seines Bruders kümmern zu müssen, als würde ohne ihn alles zusammenbrechen. Ich wundere mich, dass Sir Francis das duldet.«

»Mir gefällt sein Benehmen auch nicht, aber wenn du ihn weiterhin ständig vor den Kopf stößt, wird er sein Bestes tun, um dafür zu sorgen, dass du an dieser Reise nicht teilnimmst. Und was glaubst du, auf wessen Seite sich Sir Francis schlagen wird?«

»Hast du bemerkt, wie sehr es ihm gegen den Strich geht, uns Dunnes Tod untersuchen zu lassen?« Sidney geht über meine Frage hinweg. »Jedes Mal, wenn das Thema zur Sprache kommt, erhebt er Einwände, obwohl Sir Francis ganz wild darauf ist.«

»›Ganz wild‹ ist etwas übertrieben …«

»Aber Thomas versucht aktiv, uns daran zu hindern«, beharrt Sidney. »Glaubst du, er hat etwas zu verbergen?«

»Um der Liebe Gottes willen!« Ich drehe mich wieder zu ihm. »Du kannst doch nicht ernsthaft denken, Drakes eigener Bruder würde …«

Sidney versetzt mir einen festen Rippenstoß, und ich sehe den fraglichen Mann auf uns zukommen.

»Dann folgt mir.« Er blickt mit zusammengekniffenen Augen von einem von uns zum anderen, bevor er uns zu den Offiziersunterkünften führt. Er steigt eine Leiter zu dem Deck unterhalb der Kapitänskabine hoch, bleibt vor einer niedrigen Tür stehen und schließt sie mit einem Schlüssel auf, den er aus seinem Wams zieht. Eine Hand auf den Riegel gelegt, dreht er sich zu uns um.

»Seht zu, dass Ihr alles mit Respekt behandelt«, schnarrt er, dabei hebt er warnend einen Finger. »Sir Francis wird Dunnes Familie Rede und Antwort stehen müssen, wenn seine Besitztümer beschädigt werden oder etwas fehlt.«

Ich spüre, wie Sidney neben mir angesichts der Unterstellung vor Wut aufbrausen will.

»Ich versichere Euch, dass wir alles so belassen, wie wir es vorfinden«, sage ich beschwichtigend und lege Sidney warnend eine Hand auf den Arm.

Thomas betrachtet uns einen Moment lang, dann nickt er und öffnet die Tür, hinter der eine kleine Kabine ähnlich der liegt, die Sidney und ich uns an Bord der *Leicester* geteilt haben. Sidney drängt sich unsanft an Thomas vorbei in den Raum, ich murmele eine Entschuldigung, als ich mich ebenfalls hineinquetsche. Der Geruch trifft uns wie ein Faustschlag.

»Jesus Christus!« Sidney presst seinen Ärmel gegen Mund und Nase. Der Raum ist von dem Gestank nach Urin und Erbrochenem erfüllt, der durch die Feuchtigkeit noch verstärkt wird.

»Ich wünsche Euch viel Spaß bei Eurer Arbeit«, sagt Thomas durch seinen Ärmel hindurch. Er steht in der Tür und blockiert das Licht. Die Deckenbalken sind so niedrig, dass Sidney gezwungen ist, sich zu bücken. Ich kann stehen, aber gerade noch eben. Wenn ich durch den Mund atme, ist die Luft fast erträglich.

»Hier ist nicht genug Platz für einen Mann, um sich zu erhängen«, fasse ich das Offensichtliche in Worte. Selbst wenn Robert Dunne nur so groß war wie ich, hätte er kaum an einem der Balken baumeln können, ohne mit den Füßen über den Boden zu schleifen. »Wo war das Seil befestigt?«

»Dort.« Thomas Drake deutet auf einen in der Decke befestigten Eisenhaken zum Aufhängen einer Laterne. Ich greife mit beiden Händen danach und ziehe mich daran hoch.

»Er würde das Gewicht eines Mannes aushalten, aber der Körper kann nicht in die Tiefe fallen, dazu fehlt der Platz.« Ich deute auf den Abstand zwischen Boden und Decke. »Bestenfalls würde er langsam erdrosselt werden, während sich die Schlinge durch sein Gewicht zuzieht.«

»Ganz genau. Und der Leichnam wies keine Strangulationsmerkmale auf, wie mein Bruder bereits sagte.«

»War er ein schwerer Mann?«, frage ich.

Thomas Drake legt den Kopf schief und mustert mich. »So groß wie Ihr, würde ich sagen, aber viel stämmiger. Er hatte breite Schultern und einen ziemlichen Wanst.«

»Demnach wäre er kräftig und untersetzt gewesen. Nicht leicht anzuheben.« Erneut blicke ich zu dem Haken hoch.

»Wenn der Mörder es so hat aussehen lassen wollen, als hätte Dunne sich das Leben genommen, dann kommt mir Erhängen wie eine komplizierte Scharade vor«, meint Sidney. »Warum hat er nicht eine raffiniertere Methode gewählt, so wie Gift?«

Ich drehe mich langsam um und sehe ihn mit großen Augen an.

Er hält sich mit einem fragenden Blick wieder den Ärmel vor die Nase, aber ich bin mir plötzlich der Gegenwart von Thomas Drake bewusst und antworte mit einem kaum merklichen Kopfschütteln.

Thomas ist nicht dumm, er spürt, dass wir ihm etwas durch eine stumme Zwiesprache vorenthalten, was sein Misstrauen noch steigert. Er tritt einen Schritt in den kleinen Raum hinein und verschränkt die Arme vor der Brust.

»Dann macht Euch an die Arbeit.«

»Ich kann in dieser Finsternis nicht die Hand vor Augen sehen. Wollt Ihr die ganze Zeit in der Tür stehen bleiben und das bisschen Licht, das wir haben, aussperren?« Sidney richtet sich auf, um Thomas ins Gesicht sehen zu können, denkt nicht an den eingeschränkten Platz in der Kabine und stößt sich den Kopf an der Decke. »*Hölle und Teufel!* Sind die Räume für Zwerge gebaut worden?«

»Nein, für Seeleute, die wissen, wie man sich an die Enge

auf einem Schiff anpasst«, erwidert Thomas trocken. Er lockert die Arme, scheint dann nicht zu wissen, was er mit ihnen anfangen soll, und verschränkt sie wieder. »Bildet Ihr Euch ein, ich würde Euch beide hier allein lassen, damit Ihr unüberwacht die Habseligkeiten des Mannes durchwühlen könnt?«

Selbst im schwachen Licht der Kabine sehe ich, wie sich Sidneys Gesicht vor Wut verzerrt. Der Willenskampf, der hier ausgefochten wird, ist in der darauffolgenden Stille förmlich zu hören. Thomas scheint zu merken, dass er sich im Ton vergriffen hat, seine Augen flackern unsicher, und er öffnet den Mund, wie um etwas zu sagen, aber Sidney durchquert die Kabine mit einem langen Schritt und bleibt so dicht vor Thomas stehen, dass sich ihre Gesichter fast berühren. Als er spricht, klingt seine Stimme sehr ruhig und beherrscht.

»Lasst mich Euch daran erinnern, Thomas Drake, dass ich ein Ritter des Reiches und königlicher Geschützmeister bin. Ihr werdet mir verzeihen …«, er lässt ein leises, charmantes Lachen hören, »… aber ich dachte doch tatsächlich, Ihr wolltet andeuten, dass Ihr mir zutraut, die Habseligkeiten eines Toten zu stehlen? Habt Ihr eine so niedrige Meinung von mir, mein Freund?«

Thomas weicht nicht zurück, aber seine Selbstsicherheit gerät ins Wanken.

»Das habe ich natürlich nicht gemeint, Sir Philip.« Er senkt den Blick. »Ihr müsst schon entschuldigen, aber ich bin lange genug zur See gefahren, um zu wissen, dass auch die anständigsten Männer von einem kleinen Wertgegenstand in Versuchung geführt werden können, den man in einem Ärmel oder in einer Jacke verschwinden lassen kann. Es ist unsere Pflicht, Dunnes Besitztümer für seine Familie zu beschützen«, fügt er hinzu.

»Zu schade, dass Ihr Euch nicht mehr Mühe gegeben habt, seine Person zu beschützen, während er noch am Leben war.«

Sidney tritt einen Schritt zurück. »Nun, Thomas, ich gehöre nicht zu den Männern, die sich von Tand zum Diebstahl verleiten lassen, und mein Freund Bruno auch nicht. Euer Bruder sagte, es wäre ihm recht, wenn wir Dunnes Kabine durchsuchen, weil wir dadurch vielleicht etwas Licht in das Rätsel seines Todes bringen. Was uns unmöglich ist, wenn Ihr den ganzen Türrahmen ausfüllt.«

Thomas wägt anscheinend seine Möglichkeiten ab und geht schließlich rückwärts aus der Kabine heraus.

»Es ist immer noch verdammt dunkel hier drinnen«, protestiert Sidney. »Könntet Ihr eine Laterne besorgen?«

»Ich bin nicht Euer Kammerdiener, Sir Philip.« Thomas' Stimme klingt gepresst, aber nach einem Moment fügt er hinzu: »Ich will sehen, ob ich eine auftreiben kann.« Er zögert, beobachtet uns, dann wendet er sich ab und gibt die Tür frei. Sidney schließt sie augenblicklich hinter ihm.

»Jetzt kann ich gar nichts mehr sehen«, beschwere ich mich, als ich mit dem Schienbein gegen etwas stoße, das ich für eine Holztruhe auf dem Boden halte.

»Wir sollen diskret vorgehen«, entgegnet Sidney. »Drake will nicht, dass das ganze Schiff mitbekommt, dass wir die Kabine des Toten durchsuchen. Wie würden sie das auslegen? Obwohl Thomas schon mehr Aufmerksamkeit erregt als nötig … all dieses Theater gerade jetzt. Und was hältst du nun von ihm?« Er deutet mit dem Daumen zur Tür. »Ich sage dir, Bruno, er will nicht, dass wir uns mit dieser Sache befassen. Warum wohl, was meinst du? Komm schon, du bist doch der Philosoph.«

»Ich denke, er nimmt an der Art Anstoß, wie du mit ihm sprichst«, gebe ich zurück. »Und er betrachtet uns als Außenseiter. Das ist meiner Meinung nach kein Beweis dafür, dass er etwas mit der Sache zu tun hat.«

»Wie soll ich denn mit ihm sprechen?« Sidney hebt indigniert die Stimme an. »Wenn er mir nicht den gebührenden Respekt erweist und mich behandelt, als wäre ich ein vor seinen Füßen herumkriechendes verwöhntes Kind?«

Ich wahre eine unbeteiligte Miene. »Die Frage des Respekts ist auf See ziemlich heikel, nicht wahr? An Bord eines Schiffes zählen die Klassenunterschiede weniger als die Grade der Autorität, wie es aussieht. Meiner Ansicht nach war das auch das Problem der Doughty-Brüder. Thomas Drake denkt offenbar, hier einen höheren Rang zu bekleiden als du, und wenn du willst, dass sein Bruder dich in die Neue Welt mitnimmt, wirst du das erst einmal schlucken müssen. Aber du kannst doch nicht wirklich glauben, dass er die Reise seines Bruders durch den Mord an einem Offizierskameraden gefährden würde? Welchen Grund sollte er dazu haben?«

»Vielleicht hat er einen Groll gegen Dunne gehegt. Oder vielleicht wusste er etwas über ihn …« Seine Spekulationen werden von einem zaghaften Klopfen an der Tür unterbrochen. Sidney stößt sie auf und steht Drakes jungem Sekretär Gilbert gegenüber, der eine Laterne und eine Zunderbüchse in der Hand hat.

»Kapitän Drake hat mich gebeten, Euch dies zu bringen.« Er hält uns beides hin. »Kapitän *Thomas* Drake, sollte ich wohl sagen.« Sidney nickt, nimmt Laterne und Büchse mit einem knappen Dank entgegen und will die Tür gerade wieder schließen, als Gilbert vortritt und sich räuspert. »Verzeihung«, beginnt er, dann faltet er die Hände und zögert. »Dürfte ich fragen, was Ihr sucht?«

»Nein.« Sidney legt eine Hand auf den Riegel. Ich bedeute ihm, still zu sein, und komme aus dem Schatten hervor, um Gilbert besser sehen zu können. Ohne seine Augengläser muss er blinzeln, was aussieht, als würde er ständig die Stirn runzeln.

Er hat die fahle Haut eines Mannes, der sein Leben über Bücher gebeugt statt auf dem windgepeitschten Deck eines Schiffes verbringt. Wieder wundere ich mich über seine Anwesenheit hier.

»Ich kannte Robert Dunne vom Hof her gut«, lenkt Sidney ein. »Sir Francis bat mich, seine Sachen für seine Witwe zusammenzupacken, die jeden Tag eintreffen muss. Wenn es Euch also nichts ausmacht …«

»Ja, natürlich«, sagt Gilbert, rührt sich indes aber nicht von der Stelle. Seine schmalen Augen wandern über die Wände der Kabine. »Arme Frau. Eine furchtbare Tragödie, die sie ertragen muss, dass ihr Mann durch die Sünde des Selbstmords stirbt. Obwohl …« Er zögert, lässt den Köder in der Luft hängen.

Ich höre, wie Sidney neben mir ungeduldig mit der Zunge schnalzt. Ich lege ihm eine Hand auf den Arm. Gilbert Crosse will uns offensichtlich an seinen Gedanken teilhaben lassen.

»Obwohl was?«, hake ich mit einem ermutigenden Lächeln nach.

Er blickt sich zum Deck um, bevor er einen Schritt näher kommt.

»Ich kann mir nicht helfen, aber ich frage mich, ob Sir Francis nicht in diesem Punkt gewisse Zweifel hegt«, raunt er in einem vertraulichen Tonfall.

»Wirklich?« Ich verziehe keine Miene. »Hat er das gesagt?«

»Nicht zu mir.« Gilbert schüttelt den Kopf. »Aber er wirkt beunruhigt. Er hat unterschwellige Fragen gestellt, wer in dieser Nacht Wache hatte, wer als Letzter mit Dunne gesprochen hat, solche Sachen eben.«

»Vermutlich wollte er herausfinden, in welchem Geisteszustand er sich befand«, mutmaße ich.

»Möglich. Oder vielleicht glaubt er, mit Dunnes Tod verhält

es sich nicht so, wie es den Anschein hat.« Er zupft an seinem Ärmel. »Und ich wünschte, ich könnte mir in diesem Punkt sicher sein, denn seht Ihr …« Er beißt sich auf die Lippen und späht über seine Schulter.

»Worauf wollt Ihr hinaus, Gilbert?«, dränge ich ihn sacht. Anscheinend will er sich etwas von der Seele reden, hat aber Angst, zu viel zu sagen. »Denn was?«

»Ich weiß, dass jemand nicht die Wahrheit sagt. Was Kapitän Drakes Fragen betrifft.«

»Wirklich?« Plötzlich interessiert, kommt Sidney näher. »Wer denn?«

Eine spannungsgeladene Pause entsteht, während Gilbert seine Hände knetet und mit sich ringt, ob er uns noch mehr enthüllen soll.

»Ich war in dieser Nacht an Deck, bevor Robert Dunne starb«, sagt er. »Ich habe Dunne und den Padre vom Landgang zurückkommen sehen.«

»Was habt Ihr denn an Deck gemacht?«, fragt Sidney so barsch, dass Gilbert zusammenzuckt, als hätte ihn etwas gestochen.

»Ich habe … Messungen durchgeführt«, nuschelt er. Sidney schaut zu mir. Ich sehe ihm an, dass er eine Abneigung gegen Gilbert hat, aber ich bin geneigt, ihn anzuhören; jemand, der so erpicht darauf ist, Fremden seinen Verdacht anzuvertrauen, kann etwas Nützliches mitzuteilen haben. Wenn nicht, sagt schon allein seine Bereitwilligkeit etwas aus.

»Ich dachte, es hätte in der Nacht geregnet?«, meint Sidney.

Gilbert errötet; er wirkt nervös. »Später. Vor Mitternacht war es noch ziemlich klar. Ich übe mich gern im Umgang mit meinem Astrolabium. Es lässt sich viel schwieriger benutzen, wenn das Schiff in Bewegung und der Wind stark ist, und ich habe keine Erfahrung auf See, daher möchte ich vorbereitet sein.«

»Ihr besitzt ein Seefahrerastrolabium?« Ich blicke ihn mit neu erwachter Bewunderung an. Diese zur Bestimmung der Breitengrade auf See anhand der Sterne entworfenen Instrumente sind selten und kostspielig. Unwillkürlich frage ich mich, was für eine Art Sekretär dieser junge Mann ist. »Also kopiert Ihr nicht nur Kapitän Drakes Briefe, sondern navigiert auch?«

Er windet sich und betrachtet seine Schuhe. »Oh, ich helfe nur bei den Berechnungen, das ist alles.«

»Fahrt mit Eurer Geschichte fort, falls sie sich zu hören lohnt«, faucht Sidney ungeduldig.

Gilbert stammelt eine Entschuldigung und nimmt den Faden wieder auf. »Padre Pettifer, der Kaplan, hat Dunne zum Schiff zurückgebracht. Selbst im Dunkeln konnte ich sehen, dass Dunne sturzbetrunken war, er konnte kaum stehen, der Priester stützte ihn, damit er nicht umfiel. Thomas Drake half Pettifer, Dunne in seine Kabine zu schleifen. Padre Pettifer blieb eine Weile bei ihm, und nachdem er gegangen war, sah ich, dass der Spanier Jonas an die Tür klopfte und hineinging. Er hatte einen von seinen Tränken dabei.«

»Was für Tränke?«, wirft Sidney ein.

»Es heißt, dass Jonas sich gut mit Kräutern auskennt.« Gilbert blickt ängstlich zwischen uns beiden hin und her. »Er kann Mittel zubereiten, die gegen Seekrankheit oder die Nachwirkungen von zu viel Ale helfen. Ich habe sie selbst noch nicht ausprobiert. Für meinen Geschmack riecht das alles ein bisschen zu sehr nach Dorfhexe, und ich bin ein Mann der Wissenschaft.«

Er strafft sich.

Sidney schnaubt.

»Jonas hat Dunne in dieser Nacht also irgendeinen Trank gebracht?«, frage ich mit einem scharfen Blick zu Sidney.

»Das muss er offensichtlich getan haben«, erwidert Gilbert.

»Es ist wohl so, dass Jonas am Morgen vergeblich versucht hat, Dunne seine Medikamente zu geben. Aber der springende Punkt ist, dass ich gehört habe, wie Jonas zu Kapitän Drake gesagt hat, er hätte schon am Abend bei Dunne hereingeschaut, aber nur kurz, weil er gesehen hat, dass dieser nicht bei Bewusstsein war, und wäre deshalb samt seiner Arznei wieder gegangen.« Er senkt die Stimme zu einem eindringlichen Flüstern. »Aber das entspricht nicht der Wahrheit.«

»Ihr meint, Jonas wäre länger dortgeblieben?«

Gilbert beißt sich auf die Lippe und nickt. »Ich bin mindestens noch eine halbe Stunde länger an Deck geblieben, bis es angefangen hat zu regnen, und ich habe den Spanier nicht herauskommen sehen, bevor ich in mein Quartier zurückgegangen bin. Erst am nächsten Tag, als es hieß, Dunne hätte sich erhängt, fiel es mir wieder ein …« Seine Stimme verhallt, und er starrt wieder seine Füße an.

»Ihr wollt also sagen …?«, bohre ich nach.

Er schüttelt rasch den Kopf. »Nichts. Ich meinte nur, dass Jonas etwas über Dunnes geistige Verfassung in dieser Nacht wissen könnte. Vielleicht haben sie miteinander gesprochen.«

»Habt Ihr Sir Francis mitgeteilt, dass Ihr glaubt, Jonas hätte gelogen?«

Er sieht mich erschrocken an. »O nein, ich kann mich ja geirrt haben. Und ich würde in Kapitän Drake keine Zweifel wecken wollen, wenn er keine hegt.« Er knabbert an seinem Finger. »Ich habe mich nur gefragt, ob er Euch gegenüber irgendwelche Zweifel geäußert hat.«

Jetzt kommen wir zum Kern des Ganzen. Unter all seiner linkischen Nervosität ist der junge Mann gerissener, als er aussieht; er ist auf Klatsch aus. Aber warum?

»Uns gegenüber? Nein, wir sind gerade erst angekommen«, entgegne ich.

»Es ist unwahrscheinlich, dass er uns solche Bedenken anvertraut, wenn er schon seiner eigenen Besatzung nichts gesagt hat«, stimmt Sidney zu.

Gilbert wirkt zerknirscht. »Natürlich. Ich habe es nicht böse gemeint.«

»Warum sprecht Ihr überhaupt von Zweifeln?«, frage ich in einem etwas leichteren Ton. »Hättet Ihr es einem Mann wie Robert Dunne nicht zugetraut, sich selbst das Leben zu nehmen?«

Er schürzt die Lippen. »Ich kannte ihn nicht sehr gut, wisst Ihr. Wir verkehrten nicht unbedingt in denselben Kreisen. Aber im Nachhinein würde ich sagen, er kam mir nicht wie ein Selbstmörder vor.«

»Er hatte hohe Spielschulden«, bemerkt Sidney. »So etwas kann einen Mann in tiefste Verzweiflung stürzen.«

»Ja, das war allgemein bekannt«, sagt Gilbert mit missbilligender Miene. »Aber bei den wenigen Gelegenheiten, bei denen ich mit ihm gesprochen habe, schien er bezüglich der Reise äußerst optimistisch zu sein. Dies wäre seine letzte Expedition, sagte er. Er wäre dann lange genug weg gewesen, um seinen Gläubigern zu entkommen, und wenn er zurückkäme, hätte er sein Glück gemacht und könnte endlich sein Leben in Ordnung bringen.«

»Er hätte sein Glück gemacht? Er meinte wohl die Schätze, die er zurückzubringen gedachte?«, fragt Sidney.

Gilbert zuckt die Achseln. »Ich weiß es nicht. Aber ich nehme es an.«

»Hatte er Freunde an Bord der *Elizabeth*?«, erkundige ich mich. »Menschen, die ihm nahestanden?«

Er blinzelt mich an. »Ich habe ihn oft mit dem Spanier Jonas sprechen sehen. Sie kannten sich von der Weltumsegelung 77. Was er getan hat, wenn er an Land war, weiß ich nicht. Ihr müsstet die Männer fragen. Ich gebe mich nicht viel mit ihnen ab.« Er schlägt die Augen nieder, als er das sagt, und mir wird klar, dass er an Bord der *Elizabeth* einsam ist; er gehört weder zu den abgehärteten Seeleuten noch zu den Offizieren. Für ihn wird die Reise in die Neue Welt lang werden, denke ich, wenn er nur sein Astrolabium als Gesellschaft hat.

»Aber wenn irgendjemand wissen könnte, ob Dunne sich das Leben hätte nehmen wollen, dann wäre das meiner Meinung nach der Kaplan, Padre Pettifer«, fügt Gilbert hinzu. »Einige Männer scheinen sich ihm anzuvertrauen.« Die Art, wie er die Lippe kräuselt, als er das sagt, deutet darauf hin, dass er das nicht nachvollziehen kann.

»Aber Ihr nicht?«

»Nein«, erwidert er fest. »Ich würde meine Sünden lieber Gott direkt beichten, wenn es nötig sein sollte.«

Ich nicke und wende mich ab, um ein Lächeln zu verbergen. Die Stille wird von einem Knistern und dem Aufzüngeln einer Flamme hinter mir zerrissen. Ich drehe mich um und sehe, dass Sidney die Laterne entzündet. Ich spüre seine wachsende Ungeduld; er ist zu dem Schluss gekommen, dass dieser überernste junge Mann nichts weiter ist als ein Klatschweib, das auf jedes Detail lauert, das es aufschnappen kann. Doch ich werde das Gefühl nicht los, dass Gilbert uns nicht alles gesagt hat. Ich lege die Hand auf den Riegel, wie um die Tür zu schließen, doch er scheint nicht gehen zu wollen.

»Wie ich hörte, habt Ihr Bücher über Kosmologie geschrieben, Doktor Bruno, und Ihr behauptet, dass das Universum unendlich ist?« Er scharrt beim Sprechen mit den Füßen und errötet, als würde er ein Mädchen zum Tanzen auffordern. Ich neige bestätigend den Kopf. »Es heißt, Eure Theorien hätten zu etlichen Kontroversen geführt.«

»Das hat Mercators Projektion des Globus auch, als er sie

zuerst veröffentlicht hat«, erwidere ich. »Es ist schwer, Leute davon zu überzeugen, dass die Welt anders aussehen könnte als so, wie sie sie bisher wahrgenommen haben.«

Er nickt nachdrücklich, mit strahlendem Gesicht. »Ja, allerdings. Ich würde diese Ideen so gern in allen Einzelheiten mit Euch erörtern, Doktor Bruno. Ihr könnt Euch sicher vorstellen, wie sehr man unter Männern wie diesen nach einer intellektuellen Diskussion zu hungern beginnt. Ich hoffe, dass wir die Gelegenheit dazu bekommen, während Ihr in Plymouth seid.«

Ich antworte mit einem unverbindlichen Murmeln und halte ihm die Tür auf.

»Nun, dann werde ich Euch Eurer traurigen Aufgabe überlassen«, sagt er nach einer Pause, dreht sich um und wirft noch einen Blick in die Kabine. »Vielleicht findet Ihr hier drinnen etwas von Interesse.« Er lächelt, dabei versucht er immer noch, über meine Schulter zu spähen. Ich erwidere das Lächeln und mache ihm die Tür vor der Nase zu.

»Was für Sünden könnte ein Milchgesicht wie er schon zu beichten haben – dass er das Astrolabium seines Nachbarn begehrt?« Sidney verdreht die Augen. »Weißt du, was wir in Oxford mit Burschen wie ihm gemacht haben?«

»Ich möchte lieber nicht darüber nachdenken.«

Er grinst. »So, für dich ist auf der Reise gesorgt, Bruno. Ihr zwei könnt euch mit euren Berechnungen und Instrumenten eine lustige Zeit machen. Hungert nach einer intellektuellen Diskussion! Für einen einfachen Sekretär ist er sehr von sich eingenommen.«

»Ach, lass ihn in Ruhe«, versetze ich. »Hilf mir lieber, die Truhe auf die Pritsche zu heben.«

»Oh, ich verstehe, nur weil er von deinen Büchern gehört hat.« Sidney verschränkt die Arme und nickt. »Plötzlich ist er dein bester Freund. Nun, *ich* finde ihn seltsam.«

»Da widerspreche ich dir ja gar nicht. Aber lass uns jetzt auf das hier konzentrieren.«

Wir packen die Enden der hölzernen Truhe und hieven sie auf das Bett. Sie ist leichter, als ich gedacht habe, und wir hätten im Überschwang beinahe das Gleichgewicht verloren.

»Er brannte förmlich darauf, uns von seinen Zweifeln zu erzählen«, bemerke ich und sehe zu, wie Sidney Schichten von Kleidungsstücken aus der Truhe nimmt.

»Wahrscheinlich war er nur froh, jemanden zu haben, der ihm zuhört«, meint Sidney, ohne aufzublicken. »Ich kann mir nicht vorstellen, dass sich der Rest der Besatzung viel aus einem käsebleichen Rumkrakler wie ihm macht.«

»Aber er wirkte aufrichtig, findest du nicht?« Ich lehne mich gegen die Wand und lasse mir das, was Gilbert mir unaufgefordert anvertraut hat, noch einmal durch den Kopf gehen. »Wenn er wirklich den Verdacht hegt, dass Dunne sich nicht umgebracht hat, muss es eine Erleichterung sein, seine Befürchtungen mit jemandem zu teilen. Ich schätze, Drake hat alle derartigen Spekulationen im Keim erstickt.«

»Er wollte aber, dass wir das von dem Spanier erfahren. Glaubst du, da steckt etwas dahinter?«

»Du hast vorhin Gift als die einfachste Art genannt, einen Mann zu töten, ohne Verdacht zu erregen. Ich frage mich, warum wir nicht schon früher daran gedacht haben. Und jetzt haben wir einen Kräuterkundigen vor Ort, der Dunne in der Nacht seines Todes einen Trank gebracht hat.«

»Aber sie waren anscheinend Freunde«, gibt er zu bedenken.

»Gilbert sagte, er hätte sie miteinander sprechen sehen. Das ist nicht unbedingt dasselbe.« Ich sauge die Wangen ein. »Ich weiß nicht, wie wir diesem Jonas Fragen stellen sollen, ohne sein Misstrauen zu wecken. Vor allem, wenn er etwas zu verbergen hat.«

»Du hast ein Talent für solche Dinge«, sagt Sidney. »Deswegen schätzt Walsingham dich auch so.«

»Wie es aussieht, bin ich nicht der Einzige auf dem Schiff, den Walsingham schätzt.«

»Ja.« Er nickt zur Tür hinüber. »Wir müssen ein Auge auf diesen Sekretär haben. Er wird Walsingham Bericht erstatten. Er darf von unserem Plan, mit der Flotte zu segeln, erst erfahren, wenn wir schon unterwegs sind ich will nicht, dass er das Walsingham weitertratscht. So, was haben wir denn hier?«

Er nimmt die letzten Kleider aus der Truhe und wirft sie mit einem missmutigen Grunzen auf das Bett. »Nichts außer Hemden, und noch nicht einmal besonders gute.«

»Da muss noch etwas sein.« Ich drehe mich langsam um die eigene Achse und inspiziere die kahle Kabine. Das gelbe Licht wirft fahle Schatten an die Wände, als die Laterne im Rhythmus der Bewegungen des Schiffs an ihrem Haken schwingt. Jetzt, wo wir an Bord sind, macht mir mein Gleichgewichtssinn schon wieder zu schaffen; ich habe erneut das Gefühl, als wäre alles Sichere und Solide unter mir weggezogen worden. Ich strecke eine Hand aus und lege die Handfläche gegen die raue Holzwand der Kabine, um mich abzustützen. Es gibt so wenig persönliche Besitztümer hier, so wenig, was uns etwas über den Mann verrät, der wie eine Rinderhälfte an einem Deckenbalken baumelnd sein Leben ausgehaucht hat. Ich erschauere. »Für jemanden, der ein Jahr unterwegs sein wollte, ist er mit leichtem Gepäck gereist.«

Sidney stopft die Kleider in die Truhe zurück, ohne sich die Mühe zu machen, sie zusammenzulegen, und hebt die Truhe vom Bett. Das Schiff schlingert plötzlich vor und zurück wie von einer Welle getroffen, und Sidney schwankt unter dem Gewicht der Truhe und lässt sie zu Boden fallen, wobei sie nur knapp seinen Fuß verfehlt. Die Bewegung lässt den Lichtkegel der Laterne wild hin und her tanzen, sodass die dunklen Nischen der Kabine kurz ausgeleuchtet werden.

»*Dio mio*, was ist das?« Ich nehme die Laterne vom Haken, stürze zu der Koje und reiße die zerknüllten Decken weg. Ein dunkelroter Fleck prangt auf dem weißen Leinen.

»Was hast du gefunden?« Sidney drängt sich neugierig neben mich. Sein Schatten fällt über das Bett.

»Tritt zurück, ich kann nichts sehen. Hier, halte die mal.« Ich reiche ihm die Laterne und hebe die Decke zu meinem Gesicht. Der Fleck ist trocken, der Stoff steif. Ich beuge mich vor und schnuppere daran.

»Wein.« Ich lasse die Decke wieder auf das Bett fallen. »Einen Moment dachte ich, es wäre Blut.« Ich ziehe die oberste Decke weg. Eine leere dunkelgrüne Glasflasche und zwei irdene Becher kommen zum Vorschein. In beiden befinden sich getrocknete Weinreste. Ich stecke die Nase in einen und schnuppere.

Sidney grinst. »Du bist besser als ein Jagdhund, Bruno, das habe ich ja schon zu Drake gesagt.«

»Das riecht merkwürdig.« Ich reiche ihm den Becher. »Süßlich. Kommt mir bekannt vor, aber …«

Sidney schiebt seine Nase über den Becher und atmet ein. »Weihnachten, danach riecht es. Der Wein muss gewürzt gewesen sein. Das passt ins Bild, denke ich. Alle sagen, Dunne wäre in dieser Nacht betrunken gewesen. Er muss diesen Wein in seiner Kabine hinuntergekippt haben, noch bevor er an Land ging.«

»Aber hier sind zwei Becher. Es sieht aus, als hätte er mit jemandem getrunken.« Ich schnüffele erneut an dem Becher. Er hat recht, der süßliche Geruch erinnert an Wintergewürze. »Ob jemand ihm etwas in den Wein getan hat? Etwas, was sein wüstes Benehmen erklären würde?«

»Um ihn töten zu können, während er nicht im Vollbesitz seiner geistigen Kräfte war, meinst du?« Sidney kratzt sich den Nacken. »Das halte ich für durchaus möglich. Was meinst du … wieder der Spanier und seine Kräuter?«

Ich runzele die Stirn. »Wer weiß? Ich würde gern mit diesem Jonas reden, bevor wir ihn als Hauptverdächtigen betrachten. Aber wie es aussieht, hätte er die Mittel dazu. Warte, was ist das denn hier unten?«

Unter der in die Wand eingebauten Koje befindet sich ein kleiner Schrank. Ich öffne eine der Türen, aber der Hohlraum scheint leer zu sein. »Gib mir das Licht, ja?«

Sidney kauert sich neben mich und leuchtet mit der Laterne in die Ecken. Ich lege mich auf den Bauch, zwänge Kopf und Schultern in das Loch und taste mit den Händen die Bretter auf dem Boden und an der Seite ab.

»Wonach suchst du?«, fragt Sidney, als er mir das Licht hinterherschiebt.

»Ich weiß es nicht. Aber wo würdest du etwas Wertvolles verstecken, wenn nicht in der Truhe? Irgendetwas muss hier drin sein.« Meine Stimme klingt in dem engen Raum wie erstickt. »Er wollte ein Jahr oder länger zur See fahren, da sollte man doch meinen, er hätte ein paar persönliche Besitztümer mitgebracht. Irgendeine Erinnerung an zu Hause. Dieser Raum ist so spartanisch, das kommt mir seltsam vor.«

»Vielleicht wollte er nicht an zu Hause erinnert werden«, meint Sidney. »Vielleicht hat er die Reise als Chance betrachtet, alldem zu entkommen.«

Ich erwidere nichts darauf. Ich habe das Gefühl, dass er sich nicht auf Dunne bezieht. Gerade als ich kurz davor bin, meine Niederlage einzugestehen, bemerke ich einige Kratzer auf einer der Holzplanken im hinteren Teil des Hohlraums. Ich stelle das Licht neben mich, greife unbeholfen zu dem Messer an meinem Gürtel und schiebe die Klinge unter das Brett, um es anzuheben. Es lässt sich leicht lösen und gibt eine kleine Nische frei. Ich schiebe die Hand hinein und ziehe ein dickes, ledergebundenes Buch mit einer kunstvoll mit Juwelen besetzten Schließe heraus.

»Was hast du da?«, fragt Sidney ungeduldig.

»Ein englisches Neues Testament, wie es aussieht. Hier, nimm das.«

Ich winde mich rückwärts aus dem Loch, reiche Sidney die Laterne und klopfe mir den Staub ab. Wir setzen uns beide auf die Pritsche und beugen die Köpfe dicht über das Buch. Er löst die Schließe, klappt den steifen Einband zurück und starrt auf die erste Seite.

»Da hol mich doch der Teufel«, flüstert er.

In die Seiten des Buches ist bis zum hinteren Einband fein säuberlich ein gleichmäßiges Loch geschnitten worden. Darin liegt ein samtener Geldbeutel mit einer Zugschnur. Ich nehme ihn heraus und prüfe sein Gewicht.

»Lass uns einmal sehen.« Sidney streckt eine Hand aus. Ich drehe den Geldbeutel um, und fünf glänzende Münzen rollen klirrend in seine Handfläche. Sidney pfeift durch die Zähne.

»Fünf goldene Engelstaler! Bei den Gebeinen Christi! Angeblich hat Robert Dunne sein letztes Silberstück verspielt. Wo sollte er eine solche Summe herhaben?«

»Vielleicht hat er sie gewonnen?«

»Nach allem, was wir gehört haben, ziemlich unwahrscheinlich. Wir sollten das zu Drake bringen. Es ist ein alter Trick, weißt du.« Er steckt seinen Finger in die Lücke des Buches. »So schmuggeln die Katholiken oft Phiolen mit Chrisam und Weihwasser durch die Häfen. Die Zollbeamten denken nicht daran, die Bücher zu kontrollieren. Mal sehen, ob da unten noch etwas ist.« Sidney lässt sich auf ein Knie sinken und beugt sich mit der Laterne vor, um den Hohlraum unter den Brettern abzutasten. »Ha! Was haben wir denn da?«

Er reicht mir ein zusammengefaltetes Papier, greift erneut hinein und bringt eine angelaufene Metallmünze zum Vorschein.

»Sieh dir das an.« Er hält sie mir auf der flachen Hand hin. Bei näherer Betrachtung sehe ich, dass sie ungefähr so groß ist wie ein Sovereign, aber aus billigem Metall, und es ist nicht das Bild der Königin eingestanzt, sondern das Abzeichen einer Flamme über einer flachen Schale. »Was hältst du davon? So eine Münze habe ich noch nie gesehen. Ausländisch, meinst du nicht?«

Ich schüttele den Kopf. »Ich glaube, es handelt sich gar nicht um eine Münze. Eher eine Art Marke, vielleicht eine private Währung? Allerdings kenne ich das Symbol nicht.«

Sidney untersucht sie und zuckt die Achseln. »Dann wollen wir uns das Papier ansehen.«

Der Brief war mit karminrotem Wachs versiegelt gewesen, und das Siegel ist säuberlich in zwei Hälften zerbrochen. Ich falte ihn auseinander und halte ihn so, dass Sidney mitlesen kann.

Will Bryte
Edward Morgan
Abe Fletcher
Robert Dunne
Francis Knollys
Thomas Drake
Francis Drake

Die ersten drei Namen auf der Liste sind durchgestrichen. Sidney blickt zu mir hoch. Seine Augen glitzern vor Aufregung.

»Was schließt du daraus?«

Ich überfliege die Liste. »Ich wüsste gern, ob es sich bei zweien von den ersten drei – Bryte, Morgan oder Fletcher – um die beiden Männer handeln könnte, die Lady Drake erwähnt hat. Die Geschworenen von Thomas Doughtys Prozess, die dieses Jahr gestorben sind.«

»Ich kenne die Namen zwar nicht, aber das war auch mein erster Gedanke. Ich wette, dass du recht hast. Ob die Liste in Dunnes eigener Handschrift verfasst wurde?«

Ich schlage das Buch erneut auf. In der rechten oberen Ecke des Innenblatts steht der mit Tinte geschriebene Name *Robert Dunne* und darunter *Plymouth, 1577*. Die Schnörkel des R und des D unterscheiden sich von der Schrift auf der Namensliste.

»Wenn Dunne seinen Namen in sein Buch geschrieben hat, dann würde ich sagen, nein. Dreh das Papier um.«

Sidney hält die Rückseite des Bogens hoch, wo das Papier gefaltet und versiegelt war. In derselben Handschrift steht »Master Robert Dunne« darauf.

Sidney beugt sich tiefer darüber, um das Wachs zu untersuchen. »Kein Siegelwappen. Wer immer das geschickt hat, wusste, dass es Dunne auch so etwas sagen würde. Aber warum schickt man ihm eine Namensliste, auf der sein eigener Name steht?«

»Vielleicht eine Drohung. Jemand will ihn wissen lassen, dass seine Zeit abläuft. Obgleich es eigenartig ist, einem Mann eine Warnung zukommen zu lassen, wenn man plant, ihn zu töten.«

»Und anzudeuten, dass man beabsichtigt, Drake und seinen Bruder gleichfalls auszuschalten.« Sidney reibt sich über das Kinn. »Warum hat Dunne nichts zu Drake gesagt?«

Ich sehe Sidney von der Seite an. »Vielleicht hatte er gute Gründe, das nicht zu tun.«

»Inwiefern?«

Ich setze mich auf den Rand der Koje, mit den Fingerspitzen fahre ich das Muster der Juwelen auf dem Einband des ausgehöhlten Buches nach. »Was wissen wir über Robert Dunne? Ein Gentleman, aber hoch verschuldet. Einer der Geschworenen, die Thomas Doughty vor sieben Jahren zum Tode verurteilt haben. Was ihn zu einer Zielscheibe für John Doughtys Rache macht.«

»Wenn diese Geschichte über John Doughty überhaupt wahr ist.« Sidney lehnt sich gegen die Tür. »Es könnten auch bloß Gerüchte und Zufälle sein.«

»Stimmt. Aber ich versuche nur, alle Möglichkeiten zu berücksichtigen. Wir wissen, dass Robert Dunne ein exzessiver Spieler war und dass er diese Reise nutzte, um seinen Gläubigern zu entkommen.«

»Wir wissen auch, dass er damit rechnete, in nicht allzu ferner Zukunft zu Geld zu kommen, wenn man deinem nervösen Freund, dem Kartografen, Glauben schenken darf.«

»Er ist nicht mein Freund. Aber ja. Dunne könnte sich auf seinen Beuteanteil von der Reise bezogen haben, aber was, wenn er etwas anderes gemeint hat? Und wir haben gehört, dass er mehr als einmal in der Gesellschaft von ein paar Fremden gesehen worden ist … Treffen, von denen seine Seemannskameraden eindeutig nichts erfahren sollten.«

»Dann ist da das Judasbuch und der Händler, den wir für Rowland Jenkes halten. Dunne war in diese Sache verstrickt, vergiss das nicht. Und jetzt dieser geheimnisvolle Geldbeutel. Vielleicht hat er ihn jemandem gestohlen, der ihn aus Rache getötet hat.«

»Oder vielleicht war es eine Art von Bezahlung?«

Sidney sieht mich erwartungsvoll an. Als ich nicht antworte, zuckt er die Achseln. »Es ist ein Wirrwarr.«

Ich verstaue den Brief in meinem Wams. »Wir sollten Drake wegen dieser Liste befragen. Wenn es sich bei den Namen um Mitglieder der Jury handelt, die Thomas Doughty verurteilt hat, könnte das Licht in die Angelegenheit bringen. Hast du nicht gesagt, John Doughty wäre ins Gefängnis gekommen, weil die Spanier ihn angeblich angeheuert hatten, um Drake zu ermorden?«

Sidneys Augen werden schmal. »So wurde es vor Gericht verkündet, aber …«

»Angenommen, es würde stimmen? Wenn du ein nach Rache lechzender John Doughty wärst, wie würdest du vorgehen? Drake hat, wo er geht und steht, Bewaffnete bei sich, und er würde dich aus einer Meile Entfernung erkennen, wie also willst du in seine Nähe gelangen? Würdest du, wenn du klug bist, nicht jemanden anwerben, der die Schmutzarbeit für dich erledigt? Jemanden, der an Drake herankommen könnte, ohne Verdacht zu erregen?«

Er starrt mich an. »Jemanden wie Robert Dunne, meinst du?«

»Es ist keine leichte Aufgabe, einen Mann dazu zu bringen, einem anderen das Leben zu nehmen. Besonders dann nicht, wenn der betreffende Mann als Held gilt. Man müsste jemanden finden, den man mit irgendetwas unter Druck setzen kann. Das hier könnte eine Anzahlung sein.« Ich tippe mit dem Zeigefinger auf den Geldbeutel.

»Philip von Spanien hat demjenigen, der ihn von *El Draco* befreit, zwanzigtausend Dukaten geboten. Für viele wäre das Anreiz genug. Du glaubst, John Doughty hätte darauf abgezielt, Dunne zu benutzen, um Drake zu ermorden, und ihm dafür einen Anteil von der Belohnung versprochen?« Er schüttelt den Kopf. »Das ist ja eine komplizierte Theorie, Bruno.«

»Ich weiß.« Ich lege den Geldbeutel in das Buch zurück und

klemme es mir seufzend unter den Arm. »Ich würde auch gern eine einfachere hören, wenn du eine zur Hand hast.«

Er presst die Lippen zusammen. »Noch nicht. Wir sollten das alles Drake zeigen und sehen, was er dazu sagt.«

»Es könnte sein, dass er uns für den Hinweis darauf, dass ihm der Mörder ebenfalls nach dem Leben trachtet, nicht unbedingt dankbar ist.«

»Ich bezweifle, dass ihn die Vorstellung schlechter schlafen lässt. Wenn Drake das Messer eines Attentäters fürchten würde, würde er keinen Fuß mehr vor die Tür setzen.« Sidney täuscht Gleichgültigkeit vor, ist aber ganz offensichtlich von Drakes Mut beeindruckt.

Ich halte die Laterne in die Höhe, schließe die Schranktür und blicke mich ein letztes Mal in der Kabine des Toten um. Angesichts der Kahlheit des Raums, des Gedankens, dass ein Leben so wenig Spuren hinterlassen kann, überkommt mich plötzlich ein Anflug von Melancholie. Es fällt schwer, daran zu denken, was ich hinterlassen würde, wenn mich jemand im Dunkel der Nacht ermorden würde. Keine Witwe, kein Kind, kein Land. Nichts als die Bücher, die ich geschrieben habe. Zumindest das ist ein Abdruck im Sand. Ich schicke mich gerade an, die Kabine zu verlassen, als etwas auf dem Boden aufblitzt; ein kurzes Flimmern, als ich die Laterne bewege.

»Warte, was war das?«

Ich bücke mich, klaube zwischen den Bodendielen einen kleinen Perlenknopf in Form einer Blume hervor und halte ihn Sidney auf der Handfläche zur Begutachtung hin.

»Stammt der von einem der Hemden oder Wämsern, die du aus der Truhe genommen hast?«

»Ich glaube nicht. Das Ding ist nicht billig. Dunnes Kleider waren größtenteils schäbig. Aber lass uns noch einmal nachsehen.«

Er klappt die Truhe auf und wirft einen Armvoll Kleider des Toten auf das Bett. Gemeinsam halten wir die kärgliche Sammlung von Hemden und Wämsern in die Höhe. Sie verströmen einen muffigen, feuchten Geruch.

»Die Hemden werden alle am Hals geschnürt«, stelle ich fest.

»Und die Knöpfe an den Wämsern sind mit Garn umwickelt«, sagt er, lässt sie in die Truhe zurückfallen und wischt sich die Hände ab. »Wenn der dort nicht zu den Kleidern gehört, in denen er starb, ist es nicht seiner.«

»Also können wir davon ausgehen, dass jemand anders den Knopf hier drinnen verloren hat. Vielleicht bei einem Handgemenge.«

»Oder ihn sich abgerissen hat, als er Dunne zur Decke hochgewuchtet hat?«, schlägt Sidney vor. »Das kann nicht ganz einfach gewesen sein.«

»Bewahr ihn auf«, sage ich. »Und schau dir von jetzt an die Knöpfe von jedem an Bord gut an. Der Besitzer hat vielleicht noch gar nicht gemerkt, dass ihm einer fehlt.«

Sidney lässt den Knopf zusammen mit der Münze in seine Geldbörse fallen, um beides sicher zu verwahren. Ich schiebe die Namensliste in mein Wams und klemme mir das Gebetbuch wieder unter den Arm.

Gerade als wir auf das Deck hinaustreten, wird die Tür der Nachbarkabine geöffnet, und Sir William Savile erscheint, dabei schließt er seinen kurzen grünen Umhang. Er wirkt überrascht, uns aus Dunnes Quartier kommen zu sehen, begrüßt uns aber mit seiner üblichen Herzlichkeit. Wieder nehme ich einen leisen Hauch von Ironie darin wahr, als wären wir alle übereingekommen, eine bestimmte Rolle zu spielen. Oder vielleicht neige ich zu sehr zu Argwohn.

»Gentlemen. Was tut Ihr denn dort drinnen … plündern?«

Er nickt grinsend zu dem Buch hinüber, und ich verwünsche mich, weil ich es versäumt habe, es zu verstecken.

»Wir sehen für Dunnes Witwe die Sachen ihres Mannes durch«, erwidert Sidney etwas hochmütig.

Savile hebt eine Braue.

»Ah. Wie ich sehe, scheut sich der Generalkapitän nicht, Euch niedrige Arbeiten zuzuteilen«, sagt er, doch sein Blick haftet immer noch an dem Buch. »Ich für meinen Teil habe ihm gesagt, ich übernehme ab und an die Wache, aber wenn es um das Reinigen der Latrinen geht, hört bei mir der Spaß auf. Gehörte das Buch Dunne? Ich habe ihn nie etwas anderes studieren sehen als das Blatt Karten, das er auf der Hand hatte.«

»Es ist ein Neues Testament«, erkläre ich. »Vielleicht zog er eine private Andacht vor.«

Savile neigt den Kopf. »Scheint ein schönes Stück zu sein. Kostbar. Für einen Mann, der behauptet hat, keinen Schilling zu besitzen. Und der gestorben ist, ohne seine Schulden bei mir und anderen zu begleichen, wie ich hinzufügen könnte. Darf ich einmal sehen?«

Er lächelt mich erwartungsvoll an, während er eine Hand ausstreckt. Ich mache keine Anstalten, ihm das Buch auszuhändigen.

»Ihr habt also Karten mit ihm gespielt?«

Savile lacht kurz auf. »Die Strafe für meine Sünden. Seine Begeisterung für den Kartentisch stand im umgekehrten Verhältnis zu seinem Geschick beim Spiel, der arme Teufel. Als wir den ersten Abend in Plymouth vor Anker gelegen haben, mietete Sir Francis einen privaten Raum im *Star*, und wir Gentlemen speisten zusammen. Nach dem Essen wurde gespielt. Dunne stieg früh aus und erwies sich als sehr schlechter Verlierer, muss ich sagen. Ich gehörte zu denen, denen er versprach, alles zurückzuzahlen. Er stürmte wutschnaubend davon. Kein Verhalten, das man von einem Offizier erwarten sollte, aber einige dieser Gentlemen vom Land sind etwas ungeschliffen, findet Ihr nicht?« Er richtet die Frage an Sidney, der sich weigert, das ölige Lächeln zu erwidern, obwohl er fast mit Sicherheit Saviles Ansicht teilt. Es ist nicht sonderlich angenehm, seinen eigenen Snobismus so unverhüllt in jemand anderem widergespiegelt zu sehen.

»Ging es um hohe Einsätze?«, frage ich.

Savile dreht sich um und mustert mich von Kopf bis Fuß, bevor sein Blick an meinem Gesicht haften bleibt. »So hoch, wie es dem gesellschaftlichen Status der Spieler entspricht. Aber die Etikette schreibt vor, dass man nicht in ein Spiel einsteigt, wenn man sich den Einsatz nicht leisten kann. Alles andere ist schlechter Stil.«

»Hat Dunne dem Rest der Gesellschaft viel Geld geschuldet, als er aus dem Spiel ausstieg?«

»Nicht genug, um sich deswegen umzubringen«, versetzt Savile. »Oder dass ihn ein anderer deswegen umbringt.« Einer seiner Mundwinkel krümmt sich zu einem Lächeln. Er ist offensichtlich raffinierter, als es zunächst den Anschein hat.

»Wieso, hat jemand angedeutet, dass das passiert sein könnte?«

Er zwinkert. »Ich dachte, *Ihr* würdet darauf anspielen. Aber bei solchen Sachen wird immer wild spekuliert, nicht wahr? Wie dem auch sei, Toten soll man nichts Schlechtes nachsagen«, fügt er unaufrichtig hinzu. »Wo wollt Ihr denn hin? Zum Generalkapitän?« Er sieht aus, als beabsichtige er, sich uns anzuschließen. Ich werfe Sidney einen Blick zu. Wenn Savile mitkäme, würden wir mit Drake überhaupt nichts besprechen können.

»Ich habe vor, heute Nachmittag in meiner Eigenschaft als Geschützmeister den Rest der Flotte zu besichtigen«, verkündet Sidney, dabei strafft er leicht die Schultern. »Doktor Bruno wird Sir Francis mit seinen Karten helfen.«

Savile sieht mich mit aufflackerndem Interesse an. »Seid Ihr ein Steuermann?«

»Ich verstehe etliches von Astronomie.«

»Hu. Ich dachte, dafür hätte er jemanden: den käsegesichtigen Burschen mit den Augengläsern. Nun, ich denke, ich werde Euch begleiten, Sir Philip. Wenn ich noch einen Nachmittag in meiner Kabine verbringen muss, dann nehme ich mir auch einen Strick, fürchte ich.« Er verstummt, als er unsere Gesichter sieht. »Tut mir leid. War gedankenlos von mir. Aber es bringt einen wirklich um den Verstand, wenn man den ganzen Tag hier eingesperrt ist. Und der Attraktionen von Plymouth wird man bald überdrüssig.«

»Ich weiß nicht, ob die Monate auf See Euch viele Unterhaltungsmöglichkeiten bieten werden«, wende ich ein.

»Ah, aber das ist etwas anderes. Zumindest sind wir dann unterwegs. Die Reise an sich ist das Abenteuer. Kommt, Sir Philip. Wo sollen wir beginnen?«

Sidney wirft mir einen hilflosen Blick zu, als Savile ihn am Arm nimmt.

»Ich kann Sir Francis den Schlüssel zurückbringen.« Ich verkneife mir ein Grinsen, als ich ihn Sidney aus der Hand nehme. »Ich möchte Euch nicht von Euren geschäftlichen Angelegenheiten abhalten.« Sidney schürzt die Lippen und funkelt mich finster an. Wenn er gehofft hat, bei seinem Rundgang auf den anderen Schiffen der Flotte diskrete Fragen über Dunne stellen zu können, wird Saviles Gegenwart ein unwillkommenes Hindernis sein, aber das ist sein Problem. Er wird sich da schon herauswinden. Meine Gedanken kreisen jetzt um das Buch in Drakes Kabine.

8

»Ah, Bruno. Kommt herein. Ich hoffe, die Frauen haben Euch heute Nachmittag mit ihrem Geplapper nicht den letzten Nerv geraubt.« Drake thront hinter seinem großen Tisch. Ein Stoß von Papieren ist vor ihm ausgebreitet. Gilbert Crosse sitzt mit einem Bleistift in der Hand und den Augengläsern auf der Nase vornübergebeugt neben ihm. Thomas Drake steht am Fenster und nimmt meine Gegenwart mit einem Nicken zur Kenntnis, ohne zu lächeln. Sidney hat recht, der Mann ist wahrlich seines Bruders Wächter. Gilbert blickt erschrocken von mir zu Drake und macht Anstalten, die Papiere zusammenzuschieben. Drake legt ihm eine Hand auf den Arm.

»Keine Angst, Gilbert«, sagt er. »Doktor Bruno ist nicht hier, um deine Karten auszuspionieren.«

Als ich näher trete, sehe ich, dass die Papiere detaillierte Zeichnungen eines Abschnitts der Küstenlinie enthalten, alle säuberlich mit Breitengraden und Meridianen versehen und sorgsam mit Ortsnamen beschriftet. Ich verrenke mir den Hals, um sie lesen zu können, und erkenne, dass ich auf die Küste Nordspaniens blicke, von Cabo de Finisterra bis zur Mündung des Flusses Vigo. Gilbert beobachtet mich beim Studieren der Karte und berührt seine Schläfen mit den Fingern, als würde die Sorge ihm Kopfschmerzen bereiten.

»Habt Ihr die gezeichnet?«, frage ich. Die Bewunderung in meiner Stimme kann ihm nicht entgangen sein, denn er errötet bis zu den Haarwurzeln und legt mit einer besitzanzeigenden Geste eine Hand auf den Rand eines der Papierbögen.

»Aber von welcher Karte ist sie kopiert?« Ich betrachte sie fasziniert. »Sie gleicht keiner der bereits existierenden Karten, die ich kenne.«

Gilbert holt mit einem Blick Drakes Erlaubnis zu einer Antwort ein.

»Das hoffe ich doch sehr«, sagt Drake lächelnd und legt dem Jungen eine Hand auf die Schulter. »Diese Zeichnungen sind Originale. Nicht von schon vorhandenen *mappa mundae* kopiert, sondern anhand der wahren Berechnungen und Peilungen realer Steuermänner und Lotsen angefertigt.«

»Ihr zeichnet die Karten neu?« Ich starre die beiden an. Es ist allgemein bekannt, dass die kunstvollen und meist üppig ausgeschmückten Karten der Kartografen, sogar der geschicktesten wie Gerhard Mercator, wenig Ähnlichkeit mit den wirklichen geografischen Gegebenheiten der Länder aufweisen, vor allem nicht mit ihren Küstenlinien, die von erfahrenen Seeleuten befahren worden sind. Meisterkartografen haben ihre Karten häufig von bereits existierenden abgezeichnet und so die Irrtümer wiederholt. Es war mir immer absurd erschienen, dass es beim Zeichnen neuer Karten keine Zusammenarbeit mit den Abenteurern und Kaufleuten verschiedener Nationen gegeben hat – eine solche Zusammenarbeit würde enorme Fortschritte bezüglich unseres Verständnisses der Welt und der Möglichkeiten, sie zu bereisen, bedeuten. Aber die Ortskenntnisse eines Navigators sind eine wertvolle Quelle, die streng geschützt wird; sie mit einer rivalisierenden Nation zu teilen würde heißen, militärische und kommerzielle Vorteile zu verschenken.

»Ein Krieg mit Spanien ist früher oder später unvermeidlich.« Drake blickt mich ernst an. »Wenn nicht dieses Jahr, dann nächstes oder übernächstes. Ich habe Master Staatssekretär Walsingham mitgeteilt, dass die Flotte Ihrer Majestät für diesen Fall ein gutes Stück zuversichtlicher wäre, wenn wir genaue Karten der wichtigsten spanischen Häfen und der Küstenlinie hätten, ganz zu schweigen von besseren Karten der Nordostküste Südamerikas und aller anderen bedeutenden Bollwerke. Daraufhin schickte er mir Gilbert.«

Der junge Mann versucht, ein bescheidenes Gesicht zu machen, aber ich sehe ihm an, dass er innerlich glüht.

»Ihr habt demnach Fähigkeiten auf diesem Gebiet?« Ich betrachte ihn plötzlich mit anderen Augen.

»Gilbert ist ein meisterhafter Zeichner«, sagt Drake so stolz, als hätte er den Jungen selbst ausgebildet. »Und er hat Mathematik und Kosmografie studiert. Das Einzige, was ihm fehlt, ist die Erfahrung, eine Küstenlinie aus der Nähe, also vom Deck eines Schiffes aus zu sehen. Diesen Missstand hoffen wir jetzt abzustellen.« Er klopft dem Jungen auf den Rücken.

»Ich habe bei einem Meisterkartografen in Antwerpen studiert, der seinerseits mit Abraham Ortelius gearbeitet hat«, erklärt Gilbert, dabei wirft er sich ein wenig in die Brust. »Aber auf dieser Reise bin ich nur Kapitän Drakes Sekretär«, fügt er rasch hinzu.

»Ja. Diese Karten gibt es offiziell nicht.« Drake tippt auf die Papiere auf dem Tisch und fixiert mich mit einem warnenden Blick.

Ich verneige mich zum Zeichen, dass ich verstanden habe, und erinnere mich daran, dass die Königin Drake verboten hat, eine Karte oder einen Bericht von seiner Reise um die Welt zu veröffentlichen, weil sie den Spaniern in die Hände fallen könnten. Wenn Gilberts Karten England einen Vorteil verschaffen sollen, darf Spanien von ihrer Anfertigung nichts erfahren. Sie sind sozusagen ein militärisches Geheimnis.

»Was habt Ihr denn da, Doktor Bruno?« Gilbert schielt über seine Augengläser und deutet auf das Buch unter meinem Arm. »Habt Ihr das in Robert Dunnes Kabine gefunden?« Er legt seinen Bleistift weg und betrachtet den Band interessiert.

Drake wirft erst mir, dann Gilbert einen scharfen Blick zu, schätzt die Situation ein, steht mit einer geübten Bewegung auf, rollt die Karten zusammen und fegt dabei Gilberts Bleistift zu Boden. Während der Kartograf unter seinem Stuhl danach sucht, schüttelt Drake blitzschnell den Kopf.

»Danke, Gilbert. Wir machen nach dem Essen mit dem Zugang zum Fluss Vigo weiter.«

Gilbert nimmt es hin, dass er entlassen ist, scheint sich aber innerlich zu winden und macht ein ängstliches Gesicht.

»Ich hatte vor, heute Abend an Land zu gehen, Sir.« Seine Stimme zittert leicht. »Zum Abendgottesdienst, wie immer. Aber wenn Ihr natürlich …«

Drake winkt ab. »Nein, entschuldige, das hatte ich vergessen. Es liegt mir fern, mich zwischen einen Mann und seine Gebete zu stellen. Ich wage zu behaupten, dass uns noch genug Zeit bleibt, darüber zu sprechen, bevor wir überhaupt in die Nähe der spanischen Küste kommen.« Er verzieht das Gesicht, als sähe er die Aussicht darauf in der Ferne verschwinden.

Gilbert schiebt sich hinter dem Tisch hervor. Er lächelt mir schüchtern zu, doch sein Blick wandert erneut zu dem Buch in meinen Händen. Wenn wir darauf abzielen, Spekulationen über Dunnes Tod zu vermeiden, dann machen wir unsere Sache nicht gerade gut, grübele ich; bald wird das ganze Schiff darüber tuscheln, dass Sidney und ich die Habseligkeiten des Toten durchwühlt haben, und über den Grund rätseln. Vermutlich brodelt die Gerüchteküche nach unserem Gespräch mit Gilbert und Savile schon heftig.

Nachdem die Tür fest hinter Gilbert geschlossen ist, fährt sich Drake abwesend mit beiden Händen durch das Haar und bedeutet mir, ihm gegenüber Platz zu nehmen.

»Wo ist Sir Philip?«, fragt er.

»Fortgegangen, um mit den anderen Kapitänen über Geschütze zu sprechen. Sir William hat sich erboten, ihn zu begleiten.«

Drake kichert. »Sollen sie sich gegenseitig auf die Nerven gehen. Was habt Ihr denn nun in Dunnes Kabine entdeckt?«

Ich händige ihm das Buch aus und erkläre, wo ich es gefunden habe. Er nickt, als er es aufschlägt und das hineingeschnittene Versteck und den Geldbeutel sieht. »Ja, so etwas habe ich schon gesehen. Eine gute Methode, Wertgegenstände zu verbergen, obwohl sich ein weniger auffallendes Buch besser eignen würde, sollte ich meinen. Ich frage mich, woher Dunne so viel Geld hatte.«

»Nicht beim Kartenspiel gewonnen«, entgegnet Thomas im Brustton der Überzeugung. Mir kommt der Gedanke, dass der Verstorbene ihm auch Geld geschuldet haben könnte.

»Wie auch immer es in seine Hände gelangt ist, es verrät uns, dass der Mörder an Wertgegenständen nicht interessiert war«, bemerke ich. »Es war kein besonders gutes Versteck, das Geld wäre relativ leicht zu finden gewesen. Unter den Brettern seiner Koje haben wir auch noch dies entdeckt.« Ich reiche ihm die Liste. Als er sie überfliegt, gerät seine Fassung ins Wanken, und er wird blass.

»Thomas, sieh dir das an.« Drake gibt ihm die Liste. Thomas liest sie und blickt zu seinem Bruder auf. Sein Gesicht spiegelt eine Mischung aus Wut und Schock wider. Sie wechseln einen langen Blick, bevor Sir Francis sich an mich wendet.

»Könnt Ihr Euch denken, was das ist?«

»Eine Liste der Geschworenen von Puerto San Julián?«, wage ich zu äußern. »Der Männer, die Thomas Doughty zum Tode verurteilt haben.«

»Wie könnt Ihr das wissen?« Thomas Drake hebt ruckartig den Kopf von dem Papier, zerknüllt es in der Faust und starrt mich finster an.

»Lady Drake erwähnte bei unserem heutigen Spaziergang etwas in der Art.«

»Hat sie das?« Drake hebt eine Braue und nickt, als wäre er nicht sonderlich überrascht. »Dann wisst Ihr wohl auch, dass John Doughty, der das Glück hatte, auf der Reise nicht dasselbe Schicksal zu erleiden wie sein Bruder, seit unserer Rückkehr nach England auf Rache sinnt. Sein Versuch, mich zu verklagen, schlug fehl, und da schwor er, das Gesetz in seine eigene Hand zu nehmen.« Er hält inne und seufzt so schwer, dass sich seine Schultern heben.

»Ich hörte, dass er im Gefängnis war?«

»Damit hat mein Bruder nichts zu tun«, wirft Thomas Drake so prompt und trotzig ein, dass er dadurch das Gegenteil so gut wie bestätigt. Sir Francis' warnender Blick lässt ihn verstummen.

»John Doughty wurde beschuldigt, mich gefangen nehmen oder umbringen zu wollen und dafür Geld von den Spaniern erhalten zu haben. Bis heute weiß ich nicht, ob da etwas Wahres dran war; einige sagten, die Anklage wäre frei erfunden, um ihn mundtot zu machen. Die Belohnung ist allerdings real genug: Zwanzigtausend Golddukaten hat Philip von Spanien auf meinen Kopf ausgesetzt.« Drakes Goldzahn blitzt auf, als er kurz stolz grinst, bevor sein Gesicht wieder ernst wird. »John Doughty wurde im Marshalsea eingekerkert. Der schlimmste Ort für ihn, ich glaube, er geriet dort unter katholische Rekusanten mit Sympathien für die Spanier, was dazu beigetragen hat, seinen Hass auf mich zu verdoppeln. Er wurde im Februar dieses Jahres entlassen. Da fing das mit den Briefen an.«

»Er hat Euch Drohbriefe geschickt?«

Drake presst die Lippen zusammen. »Immer desselben Inhalts: Ich hätte einen Mord auf dem Gewissen, Blut fordere Blut und so weiter. Ich würde ihnen keine Beachtung schenken, wenn er es nicht versäumen würde, jeweils ein Detail einfließen zu lassen, welches mir beweist, dass er weiß, was ich in der letzten Zeit getan habe.« Er verzieht das Gesicht. »Das lässt sich nur schwer ignorieren, vor allem dann nicht, wenn er auf meine Frau anspielt.«

»Er bedroht sie?«

»Nicht offen. Er erwähnt zum Beispiel, wie gut sie in dem gelben Kleid ausgesehen hat, das sie am Sonntag zum Kirchgang getragen hat … solche Sachen eben. Um klarzustellen, dass er sie genau beobachtet. Allein deswegen bin ich gezwungen, ihn ernst zu nehmen. Besonders, seit ich das von Will Bryte gehört habe.«

»Was ist mit ihm passiert?«

»Er wurde angeblich von seinem Pferd abgeworfen. Selbst da hätte ich mir noch keine Gedanken gemacht, wenn ich nicht erfahren hätte, dass Edward Morgan kaum einen Monat später gestorben ist. In seinem Fall war es eine Magenkrankheit. Das erzählte man sich jedenfalls.« Er verstummt, streicht die Liste auf dem Tisch glatt und starrt sie an.

»Er löscht uns einen nach dem anderen aus«, sagt Thomas Drake mit tonloser Stimme.

Drake blickt zu seinem Bruder und dann auf mich.

»Elizabeth sagt, ich wäre ein Narr und würde zu viel aus Unfällen und Zufällen herauslesen. Aber als ich von Morgans Tod hörte, fühlte ich den kalten Atem der Angst im Nacken.

Und jetzt die Sache mit Robert Dunne …« Er spreizt die Hände, um seine Hilflosigkeit zu verdeutlichen. »Ich sagte zu meinem Bruder, John Doughty steckt irgendwie hinter alldem, denk an meine Worte.«

»Und Ihr glaubt, er ist jetzt in Plymouth?«

»Ich sagte, es könnte nicht sein«, wirft Thomas ein und tritt einen Schritt näher. »Dass er sich an Bord dieses Schiffes geschlichen hat, ist unmöglich; unter der Besatzung gibt es zu viele, die sein Gesicht kennen. Ich habe mich geweigert, das zu glauben. Aber dies hier …« Er beugt sich vor und deutet mit dem Zeigefinger auf die Liste.

»Fletcher auch, Thomas.« Drake schüttelt den Kopf. »Ich habe mich immer gefragt …« Er bemerkt meinen Gesichtsausdruck. »Abe Fletcher hat während des Prozesses gegen Thomas Doughty ausgesagt. Er wurde während eines Sturms in der Magellanstraße über Bord gespült, obwohl wir sonst keinen Mann verloren haben. Er segelte auf demselben Schiff wie John Doughty.«

»Er war also der Erste«, stellt Thomas fest. Er wahrt die Fassung, wirft aber einen raschen Blick zur Kabinentür, und seine Finger sind so fest ineinander verschlungen, dass die Knöchel weiß hervortreten.

Die Atmosphäre im Raum ist umgeschlagen, Furcht hat sich eingeschlichen, und wir können alle spüren, wie sie über uns hängt. Wir sehen uns an. Niemand scheint zu wissen, was er als Nächstes sagen soll.

»Ist die Handschrift dieselbe wie in Euren Briefen?«, frage ich, um das Schweigen zu brechen.

Drake betrachtet das Papier mit zusammengekniffenen Augen. »Die Briefe, die ich bekommen habe, waren in einer krakeligen Schrift verfasst, voller Schmierereien und seltsamer Symbole. Die Schrift eines Irrsinnigen, könnte man meinen …

allerdings könnte das auch eine bewusste Täuschung sein. Ich habe sie natürlich verbrannt, ich wollte nicht, dass sich Elizabeth darüber aufregt.«

»Aber warum befand sich diese Liste in Dunnes Besitz? Sie war vermutlich als Drohung gemeint«, beantwortet Thomas seine eigene Frage, dabei blickt er seinen Bruder bestätigungsheischend an. »Und warum hat Dunne nichts gesagt? Wenn er Grund gehabt hätte, um sein Leben und das anderer zu fürchten, warum hat er sich nicht dem Generalkapitän anvertraut? Wir hätten doch mehr tun können, um ihn zu schützen.«

»Aus Stolz vielleicht«, meint Drake. Seine Stimmung hat sich deutlich verdüstert.

Ich zögere. »Vielleicht gibt es aber auch einen anderen Grund.« Beide Brüder schauen mich an. »Was, wenn die Liste keine Warnung war, sondern eine Instruktion?«

Drake versteht als Erster, worauf ich hinauswill. Verwunderung spiegelt sich in seinen Augen wider. »Ihr wollt sagen, dass Dunne …« Er runzelt die Stirn, wirft Thomas einen Blick zu. »Nein, nicht Robert. Das ist nicht möglich. Er war ein loyaler Schiffskamerad.«

Ich strecke die Hände vor und kehre die Handflächen nach außen. »Es ist nur eine Theorie. Aber John Doughty muss klar geworden sein, dass er kaum eine Chance hatte, in die Nähe von Euch oder Eurem Bruder zu gelangen. Was, wenn er Dunne unter Druck gesetzt und ihm versprochen hat, ihn selbst zu verschonen? Dunne wäre während vieler Monate auf See Euer enger Gefährte gewesen. Er hätte eine Vielzahl von Möglichkeiten gehabt, und Ihr hättet keinen Verdacht geschöpft.«

Drake blickt seinen Bruder an und erschauert.

»Aber Robert Dunnes eigener Name steht auf dieser Liste.« Thomas Drake schüttelt den Kopf. »Und selbst wenn wir annehmen, dass er geplant hätte, Sir Francis umzubringen ... jetzt ist er selbst tot, und Eure extravagante Theorie bringt uns der Antwort auf die Frage, wer ihn getötet hat und warum, keinen Schritt näher.«

»Aber wir müssen davon ausgehen, dass es jemand an Bord dieses Schiffes war«, murmelt Drake. Wir drehen uns alle zur Tür um.

»Gilbert erwähnte, dass der Spanier, Jonas, in dieser Nacht, nachdem Dunne betrunken zurückgekommen war, zu Dunnes Kabine ging. Ich frage mich, ob er etwas wissen könnte.« Ich formuliere die Frage sehr vorsichtig, ich möchte nicht so klingen, als würde ich Gilberts Verdacht teilen.

»Ja, ich habe Jonas zu ihm geschickt.« Thomas Drake klingt herausfordernd. »Der Spanier versteht einiges von Kräutern, er kann Tränke brauen, die gegen die Folgen übermäßigen Trinkens helfen. Ich bat ihn, für Dunne ein solches Mittel zuzubereiten.«

»Hat er gesagt, welchen Eindruck Dunne auf ihn gemacht hat, als er wieder gegangen ist? Dieser Jonas könnte der Letzte sein, der Dunne lebend gesehen hat. Abgesehen von seinem Mörder.« Ich brauche nicht hinzuzufügen, dass beide ein und dieselbe Person sein könnten.

Thomas schüttelt den Kopf. »Er sagte nur, Dunne hätte geschlafen und wäre nicht ansprechbar gewesen, deshalb wäre er gleich wieder gegangen.«

»Ihr könnt selbst mit ihm sprechen, wenn Ihr wollt«, bietet Drake mir an.

»Das ist eine schlimme Geschichte, Francis.« Thomas misst seinen Bruder mit einem harten Blick. »Wenn die Männer begonnen haben, öffentlich an der Geschichte zu zweifeln, die du verbreitet hast ...«

»Das alles zusammen ist eine böse Geschichte!« Drake

schiebt seinen Stuhl weg und steht auf. Sein Ausbruch hat ihm das Blut ins Gesicht getrieben. Er holt tief Atem und dämpft dann seine Stimme. »Das war sie von dem Moment an, wo wir ihn gefunden haben. Aber wir können weder vor noch zurück, bis wir die Wahrheit über seinen Tod herausgefunden haben.« Er stößt langsam den Atem aus. »Und jetzt, Bruno …«, er dreht sich zu mir um und ringt sich ein Lächeln ab, »das Judasbuch. Vielleicht stoßt Ihr darin auf etwas, das Licht in das Dunkel bringt.«

Er geht zu einer Ecke der Kabine, schließt einen in die Holztäfelung eingelassenen Schrank auf und entnimmt ihm das Päckchen, das wir zuvor im *Star* gesehen haben. Ich spüre, wie meine Fingerspitzen ob der Aussicht, diese brüchigen Seiten umzublättern, vor Vorfreude zu kribbeln beginnen. Er legt das Buch vor mich auf den Tisch.

»Thomas, wir wollen Doktor Bruno seiner wissenschaftlichen Arbeit überlassen. Ich werde einen Rundgang über mein Schiff machen und mit den Männern sprechen. Du könntest dasselbe auf deinem eigenen Schiff tun. Versichere ihnen, dass alles in Ordnung ist.«

Ich bilde mir ein, einen leisen Tadel gegenüber seinem Bruder aus dem letzten Satz herauszuhören, und lächele in mich hinein.

»Du willst ihn mit dem Buch alleine lassen?« Thomas deutet sichtlich in Rage auf mich.

Drake wendet sich zu seinem Bruder um. »Was glaubst du denn, was er tun wird – aus dem Fenster springen? Vor der Tür steht ein bewaffneter Wachposten, er würde also nicht weit kommen. Und wenn jemand versuchen sollte, es zu stehlen … nun, Sir Philip versicherte mir, dass kein vernünftiger Mann sich auf einen Kampf mit Bruno einlassen würde. Stimmt es nicht, Bruno?«

»Ich kann mich verteidigen, wenn es sein muss, Sir Francis«, erwidere ich, dabei hoffe ich, dies nicht unter Beweis stellen zu müssen.

Thomas Drake geht widerwillig mit einem letzten Blick über die Schulter, der anscheinend dazu bestimmt ist, mich wissen zu lassen, dass er mich durchschaut, zur Tür. Drake nickt einmal und schließt die Tür hinter ihnen.

Der Nachmittag geht in den frühen Abend über. Ab und zu bricht die Sonne durch die Wolken, und gebrochenes Licht flackert in fließenden Mustern über die Holztäfelung der Kapitänskabine und den großen Tisch. Ich bemerke das leichte Schwanken des Schiffs, das Knarren von Holz und die hundert anderen Geräusche, die zum Meer gehören, kaum noch. Jegliches Zeitgefühl kommt mir abhanden, während ich mich Satz für Satz weiterkämpfe, in die Worte versunken, die meine Hand auf einen frischen Papierbogen kopiert und dabei die Schnörkel und Spiralen der koptischen Buchstaben in bodenständiges Latein umwandelt. Gelegentlich muss ich innehalten, tief Atem holen und mich sammeln. Diese Worte könnten mehr Sprengkraft enthalten als alles Schießpulver und die ganze Munition in den Laderäumen sämtlicher Schiffe der Flotte.

Ein Klopfen an der Tür reißt mich aus meinen Gedanken. Ich blicke erschrocken auf, es muss sich um einen Besucher für Drake handeln. Ich war so in das Buch vertieft, dass ich nicht weiß, ob die Wächter noch draußen stehen. Mit verspannten Schultern drehe ich das Papier um, packe den Griff meines Messers und rufe: »Herein?«

Die Tür öffnet sich einen Spalt, und ein Mann kommt zum Vorschein, der einer meiner Landsmänner sein könnte. Sein schwarzes Haar fällt in Locken bis zu den Schultern, sein Gesicht ist tief gebräunt, und seine Augen sind so dunkel, dass sich schwer sagen lässt, wo die Pupille anfängt. Er trägt in jedem Ohr einen goldenen Ring, und sein Bart ist ungleichmäßig gestutzt. Zwischen den gewölbten Händen hält er einen Zinnhumpen mit Deckel. Dampfschwaden drücken sich darunter hervor. Als er mich sieht, tritt ein misstrauischer Ausdruck auf sein Gesicht, der sich beim Anblick meiner Hand am Messergriff noch verstärkt. Ich rühre mich nicht von der Stelle, sondern beobachte ihn nur.

»Kapitän Drake sagt mir, ich soll Euch das bringen«, erklärt er gleichmütig, auf den Humpen deutend. Er spricht Englisch mit einem schweren Akzent. Das kann nur Jonas sein, der ehemalige, jetzt zum Dolmetscher beförderte Gefangene.

»¿Qué es?« Ich zeige ebenfalls auf den Humpen.

»¿Usted habla español?« Seine Züge entspannen sich ein wenig, und er tritt vor, hält den Blick aber immer noch auf das Messer geheftet. Ich lasse es los und bedeute ihm hereinzukommen. Er schließt die Tür, hält den Humpen in die Höhe und erklärt auf Spanisch, dass er einen Trank zubereitet hat, der den Magen beruhigt. *»Para el mareo«*, fügt er mit einem ermutigenden Nicken hinzu. Ich will gerade erwidern, dass ich nicht seekrank bin, als mir einfällt, dass dies eine List von Drake sein muss, um mir die Chance zu geben, unter vier Augen mit dem Spanier zu sprechen.

»Versteht Ihr etwas von Medizin?«, frage ich auf Spanisch.

Er zuckt die Achseln. »Meine Mutter war Zigeunerin. Sie hat mich gelehrt, Kräuter zu Heilzwecken einzusetzen. Ich kann Breiumschläge und Tränke herstellen. Es reicht aus, um Männer auf See zu kurieren.«

Er lächelt zaghaft und klappt den Deckel des Humpens hoch. Dampf steigt auf und bringt einen starken Geruch nach Fenchel und noch etwas anderem mit sich, etwas unangenehm Süßlichem, das ich nicht einordnen kann. Ich denke an die beiden Becher in Robert Dunnes Kabine, den Duft nach Gewürzen, die Berichte über seine seltsame wilde Trunkenheit, und meine Hand, die nach dem Humpen greift, erstarrt mitten in der Bewegung. Dieser Mann war in der Nacht von Dunnes Tod in dessen Kabine, war vermutlich der letzte Mensch, der ihn lebend gesehen hat, und er könnte bereits wissen, dass Sidney und ich die Habseligkeiten des Toten durchsucht haben. Und er ist in der Kräuterkunde bewandert. Ich mustere sein wollenes Wams. Die Knöpfe sind alle aus Holz und vollständig vorhanden. Trotzdem ist es vielleicht ratsam, den Inhalt dieses Humpens nicht anzurühren.

Dennoch lächele ich, nehme ihn ihm aus der ausgestreckten Hand und atme den Dampf ein.

»Das tut gut«, sagt er, als er sieht, dass ich zögere. »Jeder bittet mich darum, wenn wir auf See sind, das könnt Ihr mir glauben. Ich bin Jonas«, fügt er mit einer kleinen Verbeugung hinzu.

»Giordano Bruno aus Nola.«

»Ich weiß.« Sein Blick wandert über meine Schulter zu dem Tisch hinter mir, wo das Manuskript und meine Notizen gut sichtbar ausgebreitet sind. »Ihr fertigt eine Übersetzung des Manuskripts an?«

Ich folge der Richtung seines Blicks. »Ja. Wo kommt Ihr her?«

»Ursprünglich aus Cadiz. Aber ich bin seit meiner Kindheit auf See.« Er hält inne. Wieder erscheint dieses leise Lächeln. »Ich habe mich an Land noch nirgendwo daheim gefühlt.«

»Aber auf einem englischen Schiff fühlt Ihr Euch daheim?«

Der skeptische Ton entgeht ihm nicht, und augenblicklich verschließt sich sein Gesicht. Ich habe seine Loyalität gegenüber seinem Land oder Drake oder beides in Zweifel gezogen, und er ist gekränkt. »Tut *Ihr* das?«

»Ich würde nicht behaupten, mich auf irgendeinem Schiff zu Hause zu fühlen. Aber im Moment habe ich keine andere Wahl.«

»Ich auch nicht«, erwidert er bedeutungsvoll, seufzt und verschränkt die Arme vor der Brust. »Ah, ich weiß, was Ihr denkt. Sie denken alle dasselbe. El Draco: Er hat mein Schiff gekapert, mein Vaterland beleidigt, alles gestohlen. Warum sollte ich bei ihm bleiben, wenn ich ein echter Spanier bin, außer um ihn zu verraten? Ich merke, wie sie mich ansehen. Sie glauben, ich spioniere für mein Land, für König Philip. Ihr glaubt das auch. Aber eines sage ich Euch, Italiener.« Er blickt zum Fenster, als wäre ihm das, was als Nächstes kommt, egal. »Wenn ein Spion auf diesem Schiff ist … ich bin es nicht.«

Die merkwürdige Formulierung der Bemerkung fällt mir sofort auf.

»In dieser Flotte gibt es genug Männer, die von Kapitän Drakes Plänen bezüglich der Karibik wissen.« Er deutet durch das Fenster auf die Stadt. »Plymouth wimmelt von Kaufleuten und Händlern aus Europa, der Hafen ist voll von ihren Schiffen. Aber wenn Briefe in spanische Hände fallen, zeigen gleich alle Finger auf mich.« Er hält den Blick unverwandt auf das Fenster geheftet, als er leise weiterspricht. »Als Ausländer unter Engländern ist man immer der Schuldige. Das Verbrechen an sich zählt nicht. Ihr versteht das vielleicht.«

Ich nicke mitfühlend, weil ich mich daran erinnere, wie ich letztes Jahr in die Mühlen der englischen Justiz geraten bin. »In London vergeht kaum ein Tag, an dem ich nicht als dreckiger Spanier bezeichnet werde.«

Er lacht. »Betrachtet es als Kompliment, für einen Spanier gehalten zu werden, mein Freund.«

»Warum bleibt Ihr denn dann bei ihm?«, frage ich. Ich spüre, dass sein Argwohn etwas nachgelassen hat.

»Während der Reise, bei der er die *Santa Maria* gekapert hat, behielt er mich bei sich, weil ich die Gewässer der Karibik kenne und weil ich übersetzen kann. Er braucht mich, um mit den Spaniern zu verhandeln.«

»Ich hörte, dass er eher mit dem Schwert verhandelt.«

Er wischt diesen Einwand beiseite. »Das sind von den Spaniern verbreitete Geschichten. Wir übertreiben gern. Meiner Erfahrung nach genau wie ihr Italiener.«

Ich gestehe das mit einem Lächeln ein.

»El Draco ist ritterlich, obwohl meine Landsleute etwas anderes zu behaupten belieben. Als er mein Schiff gekapert hat, setzte er die Besatzung in eine Pinasse und schickte sie heil und unversehrt nach Hause.«

»Bis auf den Priester.« Ich denke an die Doughty-Brüder, die den verängstigten jungen Mann mit einem Schwert durchbohrt haben.

»Das geschah nicht auf Kapitän Drakes Befehl hin«, sagt Jonas ziemlich hitzig. »Die Spanier behaupten, er würde den Gefangenen die Hände abschlagen. Ich habe nie etwas Derartiges gesehen. Er hat mich auf der einen Reise besser behandelt als irgendein spanischer Kapitän in all meinen Jahren auf See. Bedenkt doch, ich war ein Gefangener, aber am Ende der Reise bezahlte er mich wie ein Besatzungsmitglied. So …«, er zuckt die Achseln, »… blieb ich in England. In Spanien hielt mich nichts mehr.«

Und Drake hat dich mit von spanischen Schiffen gestohlenem Gold dafür bezahlt, dass du die Seiten wechselst, denke ich. Kein Wunder, dass du nicht zurückkonntest. Aber ich kann nicht umhin, mich zu fragen, wie tief diese neue Loyalität geht. Jonas hat irgendetwas an sich, das mir bekannt vorkommt; ich erkenne mich selbst in ihm wieder, und das nicht nur, weil wir uns ähnlich sehen. Nein, in seinen Augen lese ich dieselbe Ruhelosigkeit, den gehetzten Blick des Verbannten, der weiß, dass es für ihn nirgendwo eine wirkliche Heimat gibt. Im Moment hat er sich anscheinend auf Gedeih und Verderb mit Drake zusammengetan, aber ich weiß nur zu gut, wie leicht es ist, andere zu täuschen. Ich suche gerade fieberhaft nach einem Weg, das Thema Robert Dunne anzuschneiden, ohne sein Misstrauen zu wecken, als er die Arme sinken lässt und auf den Humpen zeigt.

»Ihr müsst es trinken, solange es heiß ist. Ansonsten hilft es nicht so gut.«

»Ich warte lieber, bis es sich ein bisschen abgekühlt hat.«

Er beobachtet mich schweigend, dann lacht er plötzlich auf. »Ihr traut mir nicht, eh? Sogar Ihr. Ihr denkt, was hat er mir da zusammengebraut, dieser Spanier? Vielleicht will er uns im Namen von König Philip alle nacheinander vergiften?« Noch immer lachend, schüttelt er den Kopf, aber in dem Lachen schwingt ein bitterer Unterton mit. »Wenn ich für Spanien irgendjemanden vergiften wollte, würde ich dann nicht mit El Draco anfangen? Auf ihn sind zwanzigtausend Dukaten Kopfgeld ausgesetzt, nicht auf Euch.«

Jonas nimmt mir den Humpen aus der Hand und trinkt einen großen Schluck von dem dampfenden Gebräu, bevor er ihn mir ruhig zurückgibt. Er wischt sich mit dem Ärmel den Mund ab und fixiert mich mit einem herausfordernden Blick. Als ich sehe, dass er die Flüssigkeit geschluckt hat, spüre ich, dass mir nichts anderes übrig bleibt, als seinem Beispiel zu folgen. Das Getränk schmeckt holzig und hat einen eigenartigen süßen Nachgeschmack, der mich zusammenzucken lässt.

»Seht Ihr? Niemand ist gestorben.« Er grinst. »Noch nicht.«

»Entschuldigt bitte. Ich habe es nicht böse gemeint. Ein weiterer Todesfall an Bord dieses Schiffes würde mit Sicherheit als schlechtes Omen betrachtet werden.«

Er wirft mir einen scharfen Blick zu. »Ein schlechtes Omen? Ja, so reden sie schon davon. Armer Robert. Möge seine Seele in Frieden ruhen.«

»Ihr wart Freunde?«

Wieder trifft mich dieser Seitenblick, als wüsste der Mann, dass ich tiefere Beweggründe habe. »Als wir um die Welt gesegelt sind, waren wir fast drei Jahre Schiffskameraden. Er war ein guter Mann. Man rechnet doch nicht mit …« Er wirft mit einer plötzlichen, wilden Bewegung die Hände in die Luft. Ich sehe, dass in ihm ein Gefühlsaufruhr tobt, den er nach Kräften zu verbergen versucht, nur fehlt ihm in dieser Hinsicht die Übung der Engländer.

»Habt Ihr vor seinem Tod mit ihm gesprochen?«

»Warum wollt Ihr das wissen?« Seine Augen verengen sich zu dunklen Schlitzen. Im Gegensatz zu Gilbert Crosse, der es gar nicht abwarten konnte, seine Verdächtigungen zu verbreiten, reagiert dieser Mann ungewöhnlich empfindlich auf aufdringliche Fragen.

»Weil alle Leute seit unserer Ankunft von nichts anderem als dieser Sache sprechen.« Ich versuche, möglichst beiläufig zu klingen.

»Und was sagen sie?«

»Dass sein Selbstmord für jeden unerwartet kam.«

»Ja. Es war wirklich überraschend.« Wieder schleicht sich dieser bittere Unterton in seine Stimme, aber vielleicht ist es auch Sarkasmus.

»Weil er nicht den Anschein eines Mannes machte, der sich selbst das Leben nehmen würde?«

»Ich hätte es ihm nicht zugetraut. Aber wer weiß schon, was in einem anderen Menschen vorgeht. Ihr solltet austrinken.« Er deutet auf den Humpen. »Es heißt, der Wind wird heute Abend auffrischen, also wird die Dünung stärker. Für die

Überfahrt an Land werdet Ihr mir dankbar sein. Obwohl uns der Wind nichts nützt, wenn wir nicht segeln können.«

Widerstrebend trinke ich unter seinen wachsamen Augen einen weiteren Schluck und unternehme einen neuerlichen Vorstoß.

»Wie ich hörte, war Robert Dunne in der Nacht, in der er starb, stark betrunken. In diesem Zustand wird man manchmal von Melancholie überwältigt. Vielleicht hat er einfach …« Ich deute eine zupackende Geste an.

Er tritt einen Schritt vor. Seine Augen blitzen, aber er spricht ganz ruhig. »Ihr habt keine Ahnung. Verurteilt nicht einen Mann, den Ihr nie gekannt habt, nur weil ein paar Leute auf diesem Schiff sich die Zeit damit vertreiben, wie die Waschweiber zu klatschen.«

»Es tut mir leid. Ich meinte nur …«

Er stößt vernehmlich den Atem aus, und sein Zorn verfliegt. Es ist schwer zu sagen, ob ihn meine Fragen ärgern, weil sie impertinent sind oder weil er über das Thema nicht sprechen will. »Ja, ich habe ihn in dieser Nacht gesehen. Thomas Drake hat mich aufgesucht und mich gebeten, ein Mittel für Robert zuzubereiten. Er sagte, er hätte übermäßig getrunken und sei nicht mehr Herr seiner Sinne. Ich brachte einen Tee, ein Abführmittel, zu seiner Kabine, bekam aber keine Antwort.«

»War er …?«

»Nein. Da noch nicht. Die Tür war nicht verschlossen, also ging ich hinein. Er lag mit dem Gesicht zuunterst auf dem Bett, war völlig weggetreten. Ich wollte ihn nicht wecken, deswegen habe ich den Becher wieder mitgenommen. Aber ich hätte ihn nicht allein lassen sollen.« Jonas presst die Lippen zusammen und blickt zu Boden.

Der Spanier erweckt den glaubhaften Eindruck eines Mannes, dem der plötzliche Tod eines Schiffskameraden auf der

Seele liegt, aber ich werde das Gefühl nicht los, dass er mir etwas verschweigt. Verständlich, schließlich haben wir uns eben erst kennengelernt, und die Tatsache, dass ich mich in seiner Muttersprache mit ihm unterhalten kann, ist noch lange kein Grund, mir zu trauen. Dennoch stimmt Jonas' Geschichte nicht mit der von Gilbert überein; es hätte nur einen Moment gedauert festzustellen, dass Dunne bewusstlos auf dem Bett lag, und die Kabine wieder zu verlassen. Aber laut Gilbert war der Spanier eine Zeitlang dortgeblieben. Einer von den beiden lügt.

»Wie hättet Ihr ahnen sollen, was passiert?« Ich bemühe mich, mitfühlend zu klingen. »Er muss in der Nacht aufgewacht sein und aus einem Impuls heraus gehandelt haben.«

»Jedenfalls hilft es jetzt nichts mehr, darüber nachzugrübeln«, sagt er schroff. »Er ist tot, und wir müssen uns auf das konzentrieren, was vor uns liegt.« Ein Schatten huscht über sein Gesicht. »Es wird Krieg geben. Nur ein Narr könnte die Anzeichen ignorieren. Was immer wir auf dieser Reise tun, wird von König Philip als kriegerischer Akt betrachtet werden. Also sollten wir besser dafür sorgen, dass wir Erfolg haben.« Er ballt die Fäuste, und seine Kiefermuskeln spannen sich an. *Wir*, denke ich.

»Werdet Ihr auf Seiten der Engländer kämpfen, wenn es zum Krieg kommt?«

Er schiebt das Kinn vor und misst mich mit einem langen Blick. »Fällt es Euch schwer, das zu glauben? Ich möchte Euch etwas fragen: Warum seid *Ihr* nicht daheim in Eurem eigenen Land, Giordano Bruno?«

»Ich bin dort zurzeit nicht willkommen.«

»Seht Ihr? Dann solltet Ihr verstehen, dass die Loyalitätsfrage manchmal ziemlich kompliziert ist. Betrachtet Ihr Euch jetzt als Engländer? Wenn Ihr wählen müsstet, für wen würdet

Ihr Euch entscheiden, für die englische Königin oder für Eure Landsleute?«

»England liegt nicht mit Italien im Krieg.«

»Die Königin befindet sich im Krieg mit dem Papst.«

»Ich schätze, ich würde sagen, dass der Feind meines Feindes mein Freund wird.«

Er nickt. »Ganz genau. Ein Mann kann ein Land lieben lernen, das nicht sein eigenes ist, wenn sein eigenes ihn verstößt.«

Ich würde ihn gerne fragen, warum Spanien ihn verstoßen hat, aber ich fürchte, dass er sich wie eine Auster verschließt, wenn ich zu sehr in ihn dringe. »Trotz des Wetters«, sage ich stattdessen und blicke zu der grauen Wolkenbank hinter dem Fenster hinüber.

Er lächelt, ein unerwartetes Aufblitzen von Weiß in dem gebräunten Gesicht. Im Gegensatz zu den meisten Seeleuten hat er immer noch die meisten seiner Zähne. »Stimmt. Ich werde nie lernen, den englischen Regen zu lieben. Aber so Gott will, spüren wir bald spanische Sonne auf unseren Rücken.« Er deutet zum Tisch. »So ... was steht denn nun darin?«

»Worin?«

»In dem Manuskript natürlich. Das ist das Buch, das von der *Santa Maria* mitgenommen wurde, als ich auf ihr segelte, nicht? Das Buch, das Padre Bartolomeo beschützen wollte und dafür mit dem Leben bezahlte.« Der Ton, in dem er von dem toten Priester spricht, ist respektvoll, aber in seinen Augen brennt auch Neugier.

»Hat er Euch irgendetwas darüber erzählt?«

Jonas schüttelt den Kopf. »Wir wussten überhaupt nicht, dass er es an Bord gebracht hatte, bis er starb. Aber er war ein seltsamer Kauz. Ein Priester, der sich verhalten hat, als wären die Höllenhunde hinter ihm her.«

»Kapitän Drake sagte, dass man ihn, als das Schiff gekapert

wurde, Gott um Verzeihung anflehen gehört hat.« Ich achte darauf, vorsichtig vorzugehen.

»Tut das nicht jeder, wenn er meint, gleich sterben zu müssen?«

»Drake betonte besonders, dass er um Verzeihung dafür gebeten hat, den Zorn Gottes auf das Schiff herabbeschworen zu haben«, beharre ich. »Meinte er damit das Buch?«

Jonas gibt keine Antwort, sondern sieht mich nur an, als versuche er, in meinem Gesicht zu lesen, bis sich sein Mund zu einem verschlagenen Lächeln krümmt. »Das müsst Ihr mir sagen. Bislang war niemand in der Lage, es zu lesen.« Als ich nichts erwidere, verblasst das Lächeln. »Es ist wertvoll, nicht wahr?«

»Ich weiß es nicht.« Ich achte darauf, dass meine Stimme ausdruckslos klingt. »Kapitän Drake erzählte mir, Robert Dunne hätte ihn zu überreden versucht, es zu verkaufen. Ein Freund von ihm, ein Buchhändler, wollte es unbedingt erwerben.«

Etwas jagt über das Gesicht des Spaniers, aber er beherrscht sich sofort wieder und zuckt die Achseln. »Ich weiß nicht, worüber sie privat gesprochen haben. Ich wusste noch nicht einmal, dass Kapitän Drake es bei sich an Bord hatte.« Sein Blick wandert mit neu erwachtem Interesse zu dem Manuskript. Ich verspüre den Drang, es schützend mit den Armen zu bedecken, obwohl ich weiß, dass er es nicht lesen kann.

»Ich sollte mich wieder an die Arbeit machen«, sage ich. »Danke hierfür.« Ich reiche ihm den Humpen zurück. Er wirkt enttäuscht, als er sieht, wie wenig ich getrunken habe.

»Ihr solltet Kapitän Drake danken«, erwidert er. »Es war seine Idee. Ich tue nur, was er mir aufträgt.«

»Wo bewahrt Ihr Eure Kräuter auf?«, frage ich, da mir ein Gedanke kommt.

Er runzelt die Stirn. »In meiner Unterkunft. Warum fragt Ihr?«

»Sind sie weggeschlossen?«

»Warum, wollt Ihr welche stehlen?« Er lacht, aber das Geräusch verklingt, als er mein Gesicht sieht. »Ja, sie sind in einem Kasten mit Schloss unter meiner Koje. Ich denke, da sind sie ziemlich sicher. Bündel getrockneter Kräuter sind nur dann von Nutzen, wenn man weiß, um welche es sich handelt und wie man sie einsetzt. Ich frage Euch noch einmal: Warum wollt Ihr das wissen?«

Und weiß jemand auf diesem Schiff, wie man Kräuter bestimmt und nutzt? Robert Dunne hat in der Nacht seines Todes mit einem Gefährten in seiner Kabine getrunken. Gerüchten zufolge war er später schwer betrunken, hatte sogar Halluzinationen. Hat diese Person ihm etwas in den Wein getan, bevor sie das Schiff verließen, irgendeine Substanz, die dafür gesorgt hat, dass er nicht in der Verfassung war, seinen Mörder abzuwehren? Ich sage nichts davon laut, weil der nächstliegende Verdacht auf Jonas selbst fällt.

»Ich habe mich nur gefragt, ob welche dabei sind, die gefährlich sein könnten? Wenn man die falsche Menge nimmt, meine ich?«

»Jede Medizin kann in der falschen Dosis gefährlich sein. Deswegen hat auch nicht jeder die Fähigkeit, damit umzugehen. Aber wenn Ihr mich fragt, ob sich ein Mann mit meinen Kräutern vergiften könnte, würde die Antwort vermutlich Ja lauten. Eine merkwürdige Frage, Giordano Bruno. Sie bringt mich auf den Gedanken, dass Ihr immer noch glaubt, ich beabsichtige jemanden zu vergiften.« Er sagt es mit einem leisen Lächeln, beobachtet mich aber mit scharfen Augen.

»Es war eher die Frage, ob jemand Eure Kräuter benutzen könnte, um anderen Schaden zuzufügen«, entgegne ich ruhig.

»Wie ich schon sagte … nur jemand, der weiß, was er tut«, gibt er ebenso höflich zurück. »Aber wie kommt Ihr denn darauf?«

»Ich war nur neugierig.« Ich zucke die Achseln und setze ein unschuldiges Lächeln auf. Wir umkreisen einander, jeder wartet darauf, dass der andere den ersten Schritt tut. Aber ich habe keine handfesten Beweise gegen ihn, und mir fehlt die Autorität, weitere bohrende Fragen zu stellen, das würde seine abwehrende Haltung nur noch verstärken, und Drake hat uns davor gewarnt, zu viel Misstrauen unter den Männern zu schüren. Jonas ist schon reizbar, vor jeder Anspielung auf der Hut, so überempfindlich, dass man fast denken könnte, er hätte etwas zu verbergen.

Die Tür knarrt, und Jonas zuckt zusammen, als wäre er bei etwas Verbotenem ertappt worden. Drake steht breit und derb auf der Schwelle und reibt sich wie in Erwartung eines Schauspiels die großen Hände.

»Ah, Jonas, guter Junge«, sagt er. »Du hast Doktor Bruno also etwas gegen die Seekrankheit gegeben?« Über Jonas' Kopf hinweg kreuzen sich unsere Blicke, und mich durchströmt eine Welle der Erleichterung: Was ich eben getrunken habe, wurde wenigstens auf Drakes Anweisung für mich zubereitet.

»Jetzt wird er jedem Sturm trotzen«, erwidert der Spanier mit einer Verbeugung.

»Gut, gut. Wir wollen hoffen, dass es heute Nacht nicht so weit kommt. Jetzt lass uns allein. Vielleicht brauche ich dich nach dem Essen noch einmal.«

Jonas verbeugt sich erneut und weicht zurück, dabei wirft er einen letzten Blick auf das Buch auf dem Tisch.

»Hilfreich?«, fragt Drake und nickt in Richtung der Tür, die sich hinter dem Spanier schließt.

»Der Trank oder die Unterhaltung?«

»Beides. Ich habe gehört, dass die Männer bei rauer See auf seine Mittel schwören. Hatte er irgendetwas über Dunne zu sagen?«

»Er sagt, Dunne wäre volltrunken und bewusstlos gewesen, als er in der Nacht seines Todes in seine Kabine ging, also hat er ihm nie irgendeine Arznei verabreicht. Beunruhigt es Euch nicht, dass er all diese Kräuter und Heilmittel an Bord des Schiffes aufbewahrt?«, frage ich. »Er erzählte mir, einige könnten tödlich sein, wenn man weiß, wie man sie einsetzen muss. Und in Anbetracht dessen, wie viel Ihr …« Der Satz verhallt, während ich nach einer diplomatischen Formulierung suche.

»In Anbetracht dessen, wie viel ich tot wert bin?« Er wirkt belustigt. »Mit dieser Sorge steht Ihr nicht alleine da, Bruno. Als wir Jonas von der *Santa Maria* holten, wollte mein Bruder ihn für den Verlauf der gesamten Reise in Fesseln legen und ihm nur Gefangenenrationen zuteilen, und andere stimmten ihm zu. Ich gab zu bedenken, dass man einen Mann so nicht für seine Sache gewinnen kann. Diesmal kommt Jonas freiwillig mit uns, als bezahltes Besatzungsmitglied, aber es gibt mehr als einen guten Seemann, der sich weigert, mit einem Spanier auf dem Schiff zu segeln; sie fürchten wohl, er könnte uns im Alleingang angreifen.« Er reibt sich den Nacken.

»Das müsste er gar nicht«, erwidere ich ruhig. »Wenn er einen Weg finden würde, Euch zu beseitigen, Sir Francis, würde er so die ganze Reise untergraben. Mit seinen Kenntnissen würde es ihm nicht schwerfallen, Gift in Euer Essen oder Eure Getränke zu mischen.«

Drake sieht mich stirnrunzelnd an, dann bricht er in Gelächter aus und klopft mir auf die Schulter. »Himmel hilf, Bruno, ich habe schon eine Frau, die sich dauernd um mich sorgt, von Thomas ganz zu schweigen. Ich dachte, Ihr wärt zu dem Schluss gekommen, dass Dunne mich aus dem Weg räumen wollte, und jetzt schießt Ihr Euch auf Jonas ein. Welcher ist es denn nun?«

»Für zwanzigtausend Dukaten könnte es jeder sein.«

Wieder lacht er, aber es schwingt Anspannung darin mit. »Ich lasse mein Essen vor jeder Mahlzeit vorkosten. Ich esse nur aus der gemeinsamen Schüssel. Ich schlafe nur mit bewaffneten Wachposten vor der Tür. Ich treffe alle Sicherheitsvorkehrungen, die ein Mann, der tot zwanzigtausend Dukaten wert ist, treffen kann, Bruno. Jonas Solon hat sich als zuverlässiger Schiffskamerad erwiesen, und wie einen solchen werde ich ihn auch behandeln. Sicher ist er nicht mehr oder weniger vertrauenswürdig als jeder andere Mann hier, nur weil er Spanier ist. Gerade Ihr müsstet das doch verstehen.«

Ich nicke, erwidere aber nichts darauf. Drake scheint derselben Ansicht zu sein wie Jonas selbst: dass ich nicht schlecht von dem Spanier denken sollte, weil er und ich beide Außenseiter sind, Brüder im Exil. Offenbar hält er den Umstand, dass ich ihn verdächtige, für mangelnde Solidarität.

»So, und jetzt möchte ich hören, was Ihr über dieses Manuskript herausgefunden habt. Kommt, setzt Euch.« Er schließt einen Schrank auf und entnimmt ihm zwei Kristallkelche und eine Karaffe, aus der er großzügig Wein einschenkt.

Ich kann nicht anders, als ihn misstrauisch zu betrachten, bevor ich trinke; je mehr ich über die Gefahren erfahre, in denen Drake schwebt, desto mehr kommt mir alles auf diesem Schiff wie eine potenzielle Mordwaffe vor.

»Ihr könnt ihn ruhig trinken, mein Freund, ich halte ihn unter Verschluss. Es ist guter Rheinwein«, fügt er augenzwinkernd hinzu, als er sieht, wie ich an dem Wein schnuppere und zögere. Er zieht sich einen Stuhl heran und bedeutet mir, mich ihm gegenüber an den großen Tisch zu setzen, auf dem meine Notizen und meine Übersetzung ausgebreitet sind.

Obgleich er weder ein Theologe noch ein Gelehrter ist, lauscht der Generalkapitän aufmerksam, als ich ihm den Inhalt des Manuskripts erkläre, dabei stützt er das Kinn auf die geballte Faust und runzelt die Stirn, während ich die Zusammenhänge der Geschichte erläutere, die der Autor, ein Mann, der behauptet, Judas Iskariot zu sein, erzählt. Drake stellt intelligente Fragen, die ich ebenso zu beantworten versuche, und nickt nachdenklich, zupft an seinem Bart und reibt sich die Unterlippe, während er versucht, die komplizierten Verästelungen auf den Seiten, die eingerissen und vom Salz beschädigt, aber immer noch größtenteils lesbar zwischen uns liegen, zu verstehen.

Drake lässt den Rest seines Weins im Glas kreisen und späht hinein. »Was sagt er über die Auferstehung?«

»Hat nicht stattgefunden. Nicht Judas zufolge.« Ich tippe auf das Pergament. »Er hat sich auch selbst abgesichert; er sagt, Christus hätte ihm eine Vision geschickt, in der er, Judas, nach der Kreuzigung Christi von den anderen Aposteln zu Tode gehetzt wird – eine Warnung, damit er seine Botschaft nicht verbreitet. Er wusste, dass er dazu bestimmt war, der Sündenbock der Geschichte zu sein, akzeptierte aber sein Schicksal, weil nur er die Wahrheit kannte.«

»Ich dachte, er hätte sich nach der Kreuzigung erhängt? Wann hat er denn die Zeit gefunden, das hier zu schreiben?«

»Dieser Vers aus dem Matthäusevangelium, der in Eurem anonymen Brief erwähnt wird, ist die einzige Quelle, die behauptet, dass Judas sich erhängt hat«, gebe ich zurück. »Allerdings wurde sie als wahr anerkannt. In den anderen drei Evangelien wird sein Tod nicht erwähnt. Dieser Bericht hier besagt, dass er sich nach der Kreuzigung aus Furcht vor Vergeltungsmaßnahmen der anderen Jünger versteckt und im Verborgenen seine Version der Ereignisse aufgeschrieben hat.«

Drake schiebt seinen Stuhl zurück und geht zu dem Schrank hinüber, um die Karaffe zu holen. »Klingt für mich wie hanebüchener Unsinn.«

»Schon möglich. Das könnte man allerdings von allen Evangelien sagen.«

Er dreht sich um und starrt mich mit der Glasflasche in der Hand an. Sein Gesicht versteinert sich einen Moment vor Schreck, dann bricht er in bellendes Gelächter aus.

»Wie wahr, wie wahr. Sie muten uns wirklich einiges zu. Jungfrauen, die Kinder gebären, Blinde, die wieder sehen, und Tote, die wieder über die Erde wandeln. Unserem Verständnis nach alles unmöglich. Aber es hieß ja auch, es wäre nicht möglich, dass ein Mann einmal um die Erde segelt und das überlebt.« Er schenkt mir ein triumphierendes Lächeln und hebt sein Glas, wie um sich selbst zuzutrinken. »Nur, fünftausend Menschen mit fünf Brotlaiben und zwei Fischen satt zu bekommen, das ist schwer zu schlucken, wenn man das eine oder andere vom Einteilen der Rationen versteht.« Er lacht über seinen eigenen Scherz, schenkt sich Wein nach, schwenkt dann die Karaffe in meine Richtung und hebt fragend die Brauen. Ich nicke und halte ihm mein Glas hin. »Allerdings wären nur wenige Leute kühn genug, um das offen auszusprechen.« Sein Gesicht wird ernst, und er zeigt anklagend auf das Manuskript. »Was soll Eurer Meinung nach damit geschehen?«

»Man sollte es eingehender studieren. Aber …« Ich zögere, bin nicht sicher, wie mein Vorschlag aufgenommen werden wird. »Es wäre vielleicht das Beste, wenn wir es so bald wie möglich der Königin übergeben. Es könnte sich für die Verhandlungen mit dem Vatikan als nützlich erweisen. Dort wird man es zurückhaben wollen, darauf könnt Ihr Euch verlassen. Aber falls es auf See verloren gehen sollte …« Ich lasse den Satz in der Luft hängen.

Er denkt darüber nach. »Ja, daran habe ich auch schon gedacht. Es hat schon eine Reise um die Welt überstanden, vielleicht sollten wir das Schicksal nicht herausfordern. Aber wem könnte ich es anvertrauen, damit er es für mich nach London bringt? Es könnte auf der Straße ebenso leicht verloren gehen, vor allem, wenn dieser Buchhändler so skrupellos ist, wie Ihr sagt.«

»Ich könnte das für Euch übernehmen, Sir Francis. Sidney hat vier bewaffnete Männer nach Plymouth beordert, um Dom Antonio zur Königin zu eskortieren. Ich könnte mit ihnen zurückreisen.« Die Idee nimmt beim Sprechen in meinem Kopf Gestalt an; mit einem Empfehlungsschreiben von Drake könnte ich die Königin davon zu überzeugen versuchen, dass ich der richtige Mann bin, um das Manuskript zu studieren. Sie würde wollen, dass so ein brisantes Dokument untersucht und verstanden wird, und es gibt nur wenige Männer in England, die über das nötige Wissen und die Erfahrung verfügen, um seine Geheimnisse zu ergründen. Von den Schwachköpfen, die ich in Oxford kennengelernt habe, ist mit Sicherheit keiner dieser Aufgabe gewachsen. So hätte ich zumindest einen Grund, in London zu bleiben, und die Möglichkeit, der Königin zu beweisen, dass sie meine Fähigkeiten benötigt. Und es wäre ein legitimer Vorwand, Plymouth zu verlassen.

Drakes Augen werden schmal, aber ich sehe, dass er ein Lächeln unterdrückt. »Ich fürchte, mein Bruder wird das jetzt, wo er weiß, wie wertvoll es ist, nicht gutheißen. Er hält mich schon für einen Narren, weil ich Euch mit dem Buch allein lasse. Außerdem will Sir Philip eine Koje auf meinem Schiff, um in die Neue Welt zu reisen, und für Euch gleich auch eine. Er wird sehr enttäuscht sein, wenn Ihr ihn verlasst.«

»Er kann mir ja ein Andenken mitbringen.«

Drake lacht und leert sein zweites Glas. »Nicht, dass wir

aufbrechen, bis die Angelegenheit mit Dunne geklärt ist. Und seine Witwe trifft morgen in Plymouth ein«, fügt er mit einem Blick zum Fenster hinzu. »Sie hat vor, Einspruch gegen ein Urteil auf Selbstmord zu erheben, und der Coroner könnte sich verpflichtet fühlen, den Fall noch einmal zu überdenken.«

Wir werden durch ein Klopfen an der Tür unterbrochen. Drake greift rasch nach dem Manuskript, legt es in die hölzerne Truhe zurück und schließt sie mit einem Schlüssel an seinem Gürtel ab. Im nächsten Moment wird die Tür geöffnet, und Gilbert kommt herein. Ich verbeuge mich zur Begrüßung, er antwortet mit einem schüchternen Lächeln und wendet sich an Drake.

»Die Kapitäne sind zum Abendessen hier. Soll ich sie hereinführen?«

Drake nickt, dann deutet er auf meine noch immer auf dem Tisch verstreuten Notizen. »Räumt das weg, Bruno. Soll ich die Papiere hier wegschließen?«

Ich schiebe sie zu einem Stapel zusammen. »Ich bewahre sie besser in meiner Kammer auf, Sir Francis. Auf diese Weise haben wir zwei Kopien, falls mit einer etwas passiert.«

»Sind sie bei Euch sicher?« Er sieht mich zweifelnd an.

»Sicher genug. Außerdem weiß niemand außer uns, dass ich diese Kopie angefertigt habe.« Niemand außer Jonas, denke ich, als ich die Seiten in meiner Ledertasche verstaue.

9

Draußen hat der Wind aufgefrischt, und das Schiff schwankt stärker. Im Westen verblasst das Licht, schwere Wolken ballen sich am Himmel zusammen und verdecken die untergehende Sonne. An diesem Abend ist eine größere Gruppe von der *Elizabeth* auf dem Weg nach Plymouth: Sidney und Savile warten mit Gilbert Crosse, Jonas, Thomas Drake und Kaplan Pettifer an Deck.

»Plant Ihr eine ausschweifende Nacht an Land, Padre?«, fragt Savile augenzwinkernd.

Der Geistliche starrt ihn an, ohne zu lächeln.

»Ich gedenke zu beten, Sir William«, erwidert er. »Meine Seele lechzt angesichts unserer momentanen Schwierigkeiten nach Erquickung.«

»Kann Euch keinen Vorwurf machen, Sir, eine primitive Bande ist das.« Savile deutet mit dem Daumen in Richtung des Hauptdecks. »Wir könnten alle ein bisschen Erbauung brauchen.«

»Und wo werdet Ihr in Plymouth die Eure finden, Sir William?« Sidney klingt so charmant wie immer, aber in seiner Stimme schwingt ein schneidender Unterton mit. Ich folgere daraus, dass er und Savile keinen übermäßig harmonischen Nachmittag miteinander verbracht haben.

Savile hebt eine Braue. »In Plymouth gibt es nur einen Ort, der einem Gentleman gerecht wird, Sir Philip. Man muss die heilige Flamme suchen.«

Pettifer schnalzt vernehmlich mit der Zunge und wendet sich ab. Ich fange Sidneys Blick auf und beginne zu begreifen.

»Ihr meint das *Haus der Vesta*?«, sage ich zu Savile. »Ein Hurenhaus, nicht wahr? Ist die heilige Flamme sein Emblem?«

Savile blickt auf mich hinab und legt den Kopf schief. »Die Eingeweihten haben es nicht nötig, solche Fragen zu stellen, mein Freund.« Er bedenkt mich mit einem herablassenden Lächeln.

»Ein großer Gelehrter hat sicherlich hehrere Dinge im Kopf«, lacht Jonas. Ich spüre, dass er versucht, keine angespannte Atmosphäre aufkommen zu lassen.

»Dann kennt Ihr nicht viele Gelehrte«, erwidert Savile trocken. »Jeder, der mir begegnet ist, rennt wie ein Straßenköter dorthin. Übrigens auch jeder Priester«, ergänzt er und nickt Pettifer zu. Dieser funkelt ihn finster an und schnaubt, als würde seine Geduld auf eine harte Probe gestellt. »Stimmt das nicht, Gilbert?« Savile stößt den jungen Sekretär an. »All dieses Gerede von Abendgottesdienst ist doch nur ein Deckmantel, oder?«

Gilbert starrt ihn erschrocken an, seine Wangen lodern hochrot. »Ich weiß nicht, was Ihr meint, Sir William«, stammelt er.

»Kommt schon, Ihr sucht doch sicher hinterher ein Freudenhaus auf. Ein schmucker junger Bursche wie Ihr!«

Gilbert sieht aus, als würde ihn schon die bloße Vorstellung anwidern. Sidney klopft ihm auf die Schulter. »Er nimmt Euch nur auf den Arm, Master Crosse. Achtet nicht auf ihn. Ihm könnten ein paar Stunden in der Kirche selbst nicht schaden«, fügt er mit einem Blick zu Savile hinzu.

»Uns allen nicht, Sir Philip«, bemerkt Savile mit einem reumütigen Lächeln. »Nur werdet Ihr leider nicht die Zeit dazu haben, fürchte ich. Seid Ihr nicht dazu abgestellt, Lady Drake und ihre Base zu unterhalten, während Ihr hier seid?« Er stellt die Frage unschuldig genug, aber ich sehe, wie sich Sidneys Gesicht verhärtet.

»Das Boot ist unten, Gentlemen«, sagt Jonas ruhig und deutet auf die Strickleiter. Er schiebt ein Bein über die Kante und beginnt die Leiter hinunterzuklettern. Einer nach dem anderen folgen wir ihm.

Sogar im Sund ist das Meer unruhig; einer der Ruderer hält das Boot so dicht wie möglich am Rumpf der *Elizabeth*, während ich, gefolgt von Pettifer, hineinklettere, aber er muss sich an der Strickleiter festklammern, als die Wellen uns in die entgegengesetzte Richtung schleudern. Die Leiter schlingert, sodass ich mich halb drehen und in das Boot springen muss, das daraufhin wild zu schaukeln beginnt. Eine Welle lässt es hart gegen den Schiffsrumpf prallen, und Gischt spritzt uns ins Gesicht. Ich bin froh, dass wir nur eine kurze Überfahrt vor uns haben, obwohl wir am Ende alle vollkommen durchweicht sein werden; der Wind ist noch stärker geworden, und die Gesichter der Männer verzerren sich bei der Anstrengung, uns durch das von weißen Schaumkämmen gekrönte Wasser zu rudern.

»Ihr habt Robert Dunnes Besitztümer für seine Witwe zusammengepackt, Sir Philip?« Gilbert Crosse beugt sich zu Sidney und brüllt in die Gischt hinein. Sowohl Pettifer als auch Jonas schauen interessiert zu uns herüber.

»Das ist richtig«, gibt Sidney zurück. »Sie kommt morgen hier an, glaube ich. Arme Frau.«

»Habt Ihr etwas gefunden?«, beharrt Gilbert. »Ich meine, irgendetwas, was erklären könnte, warum er sich das Leben genommen hat?« Der verschwörerische Blick, den er mir zuwirft, ist so augenfällig, dass er ihn genauso gut auf der Bühne einsetzen könnte.

»Keinen Brief oder sonst eine Erklärung, falls Ihr das meint«, erwidere ich. »Etwas Derartiges wäre mit Sicherheit bereits früher entdeckt worden. Wir haben nur seine Sachen weggeräumt und darauf geachtet, dass nichts zurückbleibt. Diesen Dienst wollte Sir Philip einem alten Freund erweisen.« Ich sehe Sidney an, der gemessen nickt.

»Erzählt mir noch einmal, woher Ihr ihn kennt, Sir Philip«, wirft Savile obenhin ein, »denn ich habe ihn nie von Euch sprechen hören.«

»Familiäre Verbindungen«, winkt Sidney ab, als würde das alle Möglichkeiten abdecken. Savile verfolgt das Thema nicht weiter, sondern mustert ihn nur mit einem Ausdruck wissender Belustigung. Mir dämmert, dass Savile um einiges gerissener ist, als er sich in der Öffentlichkeit gibt, und dass wir gut daran täten, ein Auge auf ihn zu haben.

»Vielleicht erfahren wir nie, was einen Mann dazu getrieben hat, eine so furchtbare Sünde zu begehen«, bemerkt Pettifer und setzt eine rechtschaffene Miene auf. Jonas starrt ihn finster an, was der Kaplan nicht zu merken scheint.

»Wenn jemand über seine geistige Verfassung Bescheid wusste, dann müsstet Ihr das doch sein, Padre«, meint Savile.

Der Kaplan blinzelt ihn argwöhnisch an. »Wieso ich, Sir William?«

»Habt Ihr ihn nicht in der Nacht, in der er starb, noch ziemlich spät besucht? Ich fand keine Ruhe und dachte, ich gehe noch an Deck, um frische Luft zu schnappen, und ich bin sicher, dass ich Euch aus seiner Kabine kommen sah, das muss nach Mitternacht gewesen sein.«

»Nun, ja, ich war dort, das heißt, ich wollte nachsehen, wie es ihm geht. In Anbetracht des Zustands, in dem er früher am Abend war, wollte ich mich vergewissern, dass er sich langsam erholt.«

»Und tat er das?«, fragt Sidney.

»Es schien ihm etwas besser zu gehen. Also blieb ich, um mit ihm zu beten.«

»Beten?« Sidney wirkt skeptisch. »Demnach war er wach?«

»Ja, Sir Philip, ganz offensichtlich.« Wenn Pettifer anfangs von diesen Fragen überrumpelt wurde, gewinnt er seine Fassung jetzt rasch wieder zurück. »Er verspürte das Verlangen nach geistlichem Beistand. Wenn ein Mann in See sticht, wird er sich unweigerlich der Vergänglichkeit des Fleisches bewusst und erinnert sich daran, dass er sich voll und ganz Gottes Gnade ausliefern muss. Ich habe festgestellt, dass viele Seeleute ihr Gewissen erleichtern und ihren Frieden mit ihrem Schöpfer machen möchten, wenn die Reise beginnt.«

»Sein Gewissen erleichtern. Ihr meint, er hat bei Euch gebeichtet?«, frage ich etwas zu schnell.

»Ich nehme keine Beichte ab, Doktor Bruno, das ist ein Sakrament der katholischen Kirche.« Er schürzt die Lippen und misst mich mit einem tadelnden Blick.

»Natürlich«, bestätige ich lächelnd, dabei nehme ich mir vor, so bald wie möglich unter vier Augen mit ihm zu sprechen. Ein Mann, der einem Geistlichen gegenüber sein Gewissen entlasten möchte, weil er den Tod fürchtet, legt eine Beichte ab, auch wenn Pettifer noch so sehr um das Wort herumtanzt. Was mochte Robert Dunne zu beichten gehabt haben? Ich fange Sidneys Blick auf, als der Wind ihm das Haar aus dem Gesicht weht; er zieht die Brauen zusammen, und ich antworte mit einem unmerklichen Kopfschütteln. Ich habe keine Antwort; kann nur die zum Schutz vor dem Wind in dem Ruderboot zusammengekauerten Männer mustern und mich fragen, wer von ihnen lügt. Der Bug hebt sich, um eine Welle zu durchschneiden, sinkt wieder in die Tiefe, prallt dumpf auf dem Wasser auf und hebt sich erneut. Ein Gischtschwall trifft uns in die Gesichter, und Sidney und Savile fluchen laut, als sie ihre Satin- und Samtkleider auf Salzwasserflecken hin untersuchen.

»Jetzt seid Ihr mir dankbar«, sagt Jonas auf Spanisch zu mir. Er spricht laut, um den Lärm des Windes zu übertönen, und zeigt grinsend auf seinen Magen, als das Boot über eine weitere Welle gleitet. »Ist Euch übel?«

»Noch nicht«, räume ich widerwillig, aber mit einem Lächeln ein.

»Ich verspreche es Euch«, fährt Jonas sichtlich erfreut fort. »Trinkt jeden Tag ein wenig davon, und Ihr werdet Euch im Wasser so daheim fühlen wie eine Meerjungfrau.«

»Eine Meerjungfrau? O Gott, hat er Euch sein Mittel gegen Seekrankheit trinken lassen?«, erkundigt sich Savile, der die Worte gehört hat. Als ich nicke, tut er so, als würde er sich einen Finger in den Hals stecken. »Diesen Fehler macht Ihr nur einmal. In keinem Sturm kommt Euch das Abendessen schneller hoch als nach ein paar Schlucken von diesem Zeug. Der Himmel weiß, was er da hineintut, nicht wahr, Jonas?« Er zwinkert dem Spanier zu.

»Wartet, bis wir draußen auf dem Atlantik sind, Sir William«, versetzt Jonas jetzt auf Englisch, lehnt sich zurück und streckt die Beine aus. »Dann werdet Ihr mich um einen Becher davon anflehen.«

»Hundert Kronen, dass ich das nicht tun werde.«

Die Ruderer steuern uns durch die Hafeneinfahrt in den Sutton Pool, und alle Fahrgäste sacken erleichtert in sich zusammen, als wir in flaches Wasser gelangen. Sidney wirkt ein bisschen grün um die Nase und ist ungewöhnlich still, was mir ein diebisches Vergnügen verschafft; wenn er feststellt, dass er nicht seefest ist, ändert er vielleicht seine Meinung bezüglich dieser Eskapade. Doch als wir uns dem hölzernen Anlegesteg nähern, sehe ich, wie er darum ringt, sich zu beherrschen, tief durchatmet und zu seiner üblichen guten Laune zurückfindet, während er mit einer Hand auf Gilberts Schulter dasteht und den Blick mit einer so zufriedenen Miene über den Hafen schweifen lässt, als wäre er ein heimkehrender Held. Seufzend stelle ich fest, dass es mehr bedarf als eines Anflugs von Seekrankheit, um ihn von einem einmal gefassten Plan abzubringen. Von irgendwo hinter den Häusern her hallen Kirchenglocken im ersterbenden Licht trübselig zu uns hinüber.

Eine Holzleiter führt von der Anlegestelle in das Wasser. Ich stehe hinter Gilbert Crosse und warte darauf, aussteigen zu können, doch der Mann vor ihm stößt sich zu stark ab, als er auf die Leiter tritt, sodass das kleine Boot plötzlich schlingert und wir gegeneinanderprallen. Gilbert verliert den Halt und taumelt zurück; ich fasse ihn um die Rippen, um zu verhindern, dass er stürzt, und er macht sich fast reflexartig los, als hätte ich ihn an einer empfindlichen Stelle gepackt.

»Entschuldigung, ich wollte Euch nicht wehtun«, sage ich, als ich ihm helfe, das Gleichgewicht wiederzuerlangen.

Er weicht zurück und klopft sich ab.

»Nein, mir fehlt nichts, danke.« Er zupft seine Jacke zurecht und tritt rasch auf die Leiter. Ich beobachte, wie er auf dem Steg noch einmal stehen bleibt, um seine Kleider zu ordnen. Er scheint zu fürchten, dass bei unserer unfreiwilligen Umarmung sein Hemd verrutscht ist, das er jetzt umständlich in seine Hose stopft. Als er sich aufrichtet, kreuzen sich unsere Blicke, er ringt sich ein angespanntes, verlegenes Lächeln ab und eilt Richtung Dock davon.

Pettifer und ich steigen als Letzte aus dem Boot. Ich versuche, Sidney im Blick zu behalten, aber dann drehe ich mich um und sehe, dass Pettifer hinter den anderen zurückbleibt, als wolle er mit mir allein sprechen. Ich verstehe den Wink und verlangsame meine Schritte. Als er befindet, dass die anderen außer Hörweite sind, legt er mir eine Hand auf den Arm.

»Darf ich Euch etwas fragen, Doktor Bruno?« Er gibt sich Mühe, höflich zu klingen. Schon allein das weckt mein Interesse.

Ich bleibe stehen und drehe mich um. »Natürlich.«

Er zögert, als wüsste er nicht recht, wie er sich ausdrücken soll.

»An Bord der *Elizabeth* wird gemunkelt, Kapitän Drake hätte Euch geholt, um die Geheimnisse des Jesuitenbuchs zu entschlüsseln. Des Buches, das er von der *Santa Maria* mitgenommen hat.« Er legt besorgt die Stirn in Falten, während er auf die Bestätigung wartet.

»Sir Philip Sidney hat mich hergebracht, damit ich ihm Gesellschaft leiste. Ich habe Sir Francis erst gestern kennengelernt.« Ich sehe ihm fest in die Augen, um meinen Worten Nachdruck zu verleihen, dabei frage ich mich, wer dieses Gerücht in Umlauf gebracht haben könnte. Außer Drake und seinem Bruder kennt nur Jonas den Grund für meinen Besuch in der Kapitänskabine.

»Aber Ihr leugnet nicht, dass der Generalkapitän Euch ein Buch übersetzen lässt, das er in seiner Kabine unter Verschluss hält, Sir? Ein sehr altes Buch?«

»Über seine Bücher befragt Ihr Sir Francis am besten selbst.« Ich lächele, um meiner Antwort den Stachel zu nehmen. »Als sein Kaplan genießt Ihr sicher sein Vertrauen.«

»Er ist im Moment zu sehr mit anderen Dingen beschäftigt.« Pettifer legt die Finger aneinander und presst die Spitzen gegen seine Unterlippe. »Und wenn an Bord eines Schiffes erst einmal Gerüchte umgehen …« Seine Miene bittet um Mitgefühl. »Ihr versteht doch sicherlich, dass ich als Kaplan für die Seelen der Männer verantwortlich bin.«

Ich erwidere nichts darauf, sondern hebe nur eine Braue, während ich darauf warte, dass er mir erklärt, was ich bezüglich der Seelen der Männer unternehmen soll.

»Seeleute sind größtenteils einfach gestrickte Menschen«, fährt er, die Fingerspitzen noch immer gegen seine Lippe gelegt, fort. »Nicht gebildet wie Ihr und ich. Ich bezweifle nicht, dass sie, wenn sie zu Hause sind, den Gottesdienst besuchen, wie es das Gesetz vorschreibt, aber nichtsdestotrotz sind sie abergläubisch. Und draußen auf See, Tage oder Wochen von festem Land entfernt, wenden sich viele trostsuchend dem Glauben zu, den sie von ihren Großvätern übernommen haben. Wenn Wellen über das Schiff schlagen oder eine spanische Pinasse es unter Beschuss nimmt, wie wollt Ihr einem Mann dann klarmachen, dass er nicht Unsere Liebe Frau vom Meer oder Saint Brendan den Seefahrer um Beistand anflehen darf, weil wir Engländer sind und die Königin es verbietet?«

»Ihr wart vermutlich schon oft in einer derartigen Situation?«

»Ich spreche aus Erfahrung, ja.« Er nickt, um seine Aufrichtigkeit zu bekräftigen. »Ihr fragt, ob ich die Beichte abnehme. Die Wahrheit lautet, dass ich viele Beichten höre. Ich kann nicht die Absolution erteilen, aber das scheint oft gar nicht wichtig; ich habe häufig erlebt, dass ein Mann, der den nahenden Tod fürchtet, einfach nur seine Sünden bekennen möchte, ob er dies nun als Beichte bezeichnet oder nicht. Und deshalb balanciere ich auf einem schmalen Grat zwischen geistlicher Autorität und geistlichem Zuspruch, versteht Ihr?«

»Ich verstehe vollkommen. Aber warum erzählt Ihr mir das?«

Er seufzt, als würde ihn die Anstrengung, mir dies zu erläutern, ermüden.

»Die Männer glauben«, fährt er vorsichtig fort, »dass das Buch, das Kapitän Drake in seiner Kabine aufbewahrt, ein ketzerisches Werk ist. Einige sagen, es enthielte Beschwörungsformeln, um den Teufel herbeizurufen. Andere behaupten, es würde den Namen Christi verfluchen.«

Ich lache laut auf, aber der Wind reißt den Klang davon. »Demnach haben diese einfachen Seeleute das Buch gelesen? Sie beherrschen genug Koptisch, um den Inhalt zu erfassen?«

»Koptisch? Also *ist* es dasselbe Buch«, stellt er leise fest, und ich verfluche stumm meine eigene Dummheit.

»Es ist überzogener Aberglaube, wie Ihr selbst sagtet.«

»Ein Priester wurde um dieses Buches willen ermordet, Doktor Bruno, und schon allein dieser Umstand macht es zu einem schlechten Talisman für jeden Seemann.« Wieder fasst er mich am Ärmel. »Dann sagt mir wenigstens eines: Handelt es sich wirklich um Ketzerei? Der Himmel weiß, dass ich kein leichtgläubiger gemeiner Matrose bin – ich habe mein Studium in Cambridge abgeschlossen –, aber als Geistlicher muss ich mich doch fragen, was Kapitän Drake mit derartigen Dingen zu schaffen hat.«

»Vielleicht betrachtet er es als Kuriosität.« Ich hefte den Blick auf den Rest unserer Gruppe, die entlang der Hafenmauer auf die Stadt zusteuert. »Und außerdem – was ein Mann für Ketzerei hält, kann für einen anderen ein Evangelium sein.«

»Ein Evangelium.« Er flüstert das Wort, wie um es auszukosten, und nickt gedankenverloren. »Und Ihr, Doktor Bruno?«, fragt er dann. »Ihr habt einst selbst dem geistlichen Stand angehört. Fragt Ihr Euch nicht, ob Ihr das Richtige tut, indem Ihr einen ketzerischen Text ans Licht bringt? Ein Buch, das den Glauben der Menschheit an die Erlösung erschüttern könnte?«

»Wie kommt Ihr darauf, dass es etwas Derartiges enthalten könnte, wenn es doch noch niemand gelesen hat?«

»Wie könnt Ihr eine solche Arbeit mit Eurem Gewissen vereinbaren?«, schießt er zurück, als hätte ich nichts gesagt.

»Mein Gewissen orientiert sich vornehmlich am Fortschritt des Wissens.«

»Wissen.« Er presst die Lippen zusammen und nickt wieder, als hätte er mit einer solchen Antwort gerechnet. »Priestern wie Euch bin ich an den Universitäten schon begegnet, Doktor Bruno; Männern, die intellektuellen Ehrgeiz höher einschätzen als das demütige Befolgen von Gottes Geboten. Ihr würdet zweifellos argumentieren, dass dem menschlichen Wissen keine Grenzen gesetzt sein sollten – aber zu welchem Preis? Denkt Ihr darüber ab und an nach?« Seine Finger krallen sich in meinen Ärmel, und sein Ton ist so selbstgefällig, dass ich genötigt bin, mich umzudrehen und ihn anzusehen. Ich löse mich behutsam aus seinem Griff und beginne den anderen schnelleren Schrittes hinterherzugehen, sodass ihm nichts anderes übrig bleibt, als mitzuhalten.

»Darf ich Euch im Gegenzug eine Frage stellen?«, sage ich, ohne ihn anzuschauen, während er neben mir hereilt. Ein feiner Nieselregen hat eingesetzt und wird von gelegentlichen Windstößen zu unbändigen Mustern aufgepeitscht. Die Boote im Hafen prallen gegeneinander, das über das Wasser hallende Klirren ihrer Ketten lässt an einsame Geister denken.

»Wenn es mir gestattet ist, genauso ausweichend zu antworten wie Ihr«, gibt er mit einem kurz aufflackernden Lächeln zurück.

»Ich verdiene es wohl nicht besser.« In der Hoffnung, ihn milder zu stimmen, erwidere ich das Lächeln.

»Nun?«

»Als Robert Dunne Euch in der Nacht seines Todes sein Herz ausgeschüttet hat, habt Ihr da gespürt, dass er …« Ich lege eine Pause ein; überlege, welche Formulierung ich am besten wähle. »Dass er meinte, sein Tod würde unmittelbar bevorstehen?«

»Natürlich nicht.« Er bleibt wie angewurzelt stehen und zwinkert heftig. »Sonst hätte ich etwas unternommen. Glaubt Ihr, ich hätte einen Mann alleine gelassen, wenn ich gefürchtet hätte, dass er solche Absichten hegte?«

»Ich habe nicht angedeutet, dass Euch irgendeine Schuld trifft.« Ich hebe zum Zeichen, dass ich ihn nicht kränken wollte, eine Hand. Er ist in Abwehrstellung gegangen, so viel steht fest, doch welche Anschuldigungen fürchtet er? »Aber Ihr findet es nicht erstaunlich, dass er sich kurze Zeit später das Leben genommen hat? Ihr sagtet, er hätte beichten wollen …«

»Wieso, hat jemand etwas anderes behauptet?« Als ich nicht antworte, nickt er langsam, und seine Lippen krümmen sich wieder zu diesem leisen Lächeln. »Nun, jetzt stecke ich in einer Klemme, Sir. Wenn ich sage, ich würde nicht daran zweifeln, dass er sich das Leben genommen hat, gebe ich zu, dass ich ihn seiner Verzweiflung überlassen habe, da ich derjenige sein muss, der als Letzter mit ihm gesprochen hat. Und wenn ich sage, dass er mir nicht wie ein potenzieller Selbstmörder vorkam, dann wecke ich Zweifel an der Art seines Todes, und die gesamte Besatzung gerät unter Verdacht.« Er lässt dies in der Luft hängen, dann schüttelt er den Kopf. »Besser, ich sage gar nichts. Schon gar nicht zu einem Fremden«, fügt er hinzu.

»Weshalb war er verzweifelt?«, frage ich mit gedämpfter Stimme.

Er lacht geringschätzig. »Ich mag nicht die Absolution erteilen dürfen, Sir, aber die letzte Beichte eines Mannes ist mir heilig. Wenn man sie denn so nennen will.«

»Glaubt Ihr, er wusste, dass es seine letzte Beichte war?«

Pettifer schnalzt ungeduldig mit der Zunge, als ginge die Frage seiner Ansicht nach zu weit. »Dunne war bedrückt. Das sind viele Seeleute vor einer so langen Reise wie dieser. Sie wissen, dass sie ihr Leben in Gottes Hände legen, und natürlich führt das dazu, dass sie darüber nachgrübeln, wie sie vor Gott dastehen würden, wenn sie vor Sein Antlitz treten müssten. Ich hatte nicht den Eindruck, dass Robert kurz davorstand, eine so große Sünde zu begehen, aber ihm lag sicherlich etwas schwer auf der Seele …« Er zögert und zupft nervös an seinem Ohr. Ich spüre, dass das noch nicht die ganze Geschichte ist.

»Hat ihn in dieser Nacht etwas besonders belastet?«

Er antwortet mit einem Lächeln. »Ihr habt um eine Frage gebeten, Sir. Also habt Ihr Euer Budget bereits weit überzogen.«

Ich gebe zu, dass er da recht hat, und wir gehen weiter. Er hat wegen des Judasbuches eine Abneigung gegen mich gefasst; wie er allerdings so viel über den Inhalt wissen kann, ist mir ein Rätsel. Und er ist bezüglich der Sache mit Dunne überempfindlich; vielleicht fürchtet er, man könnte ihm vorwerfen, seine priesterliche Pflicht gegenüber Dunne nicht erfüllt zu haben. Oder vielleicht steckt auch mehr dahinter, denn wie es jetzt aussieht, war der Kaplan der Letzte, der Dunne lebendig gesehen hat.

»Eine Frage noch«, dränge ich. »Und als Gegenleistung werde ich Euch, wenn ich Kapitän Drakes Buch eingehender studiert habe, genauer sagen können, ob es eine Gefahr für irgendjemandes Seelenheil darstellt.«

Gier blitzt in seinen Augen auf, und er nickt. »Das ist nur gerecht. Was wollt Ihr wissen?«

»Stand er immer noch unter Alkoholeinfluss, als Ihr zu ihm zurückgegangen seid? Und kam Euch sein Benehmen wie das normale Verhalten eines Betrunkenen vor?«

»Das sind zwei Fragen, wenn ich richtig gezählt habe.« Er streicht sich seufzend über seinen zurückweichenden Haaransatz. »Als ich ihn auf der Straße traf, war er stockbetrunken. Natürlich sieht man das bei Seeleuten alle Tage, aber für Dunne war es ungewöhnlich, ich hatte ihn noch nie in einem solchen Zustand gesehen.« Er fährt sich mit der Zungenspitze über die Lippen. »Als ich klopfte, war er immer noch benommen, sprach aber relativ zusammenhängend. Vielleicht hatte er seinen schlimmsten Rausch da schon ausgeschlafen.« Pettifer legt den Kopf schief und misst mich mit einem langen Blick. »Aber ich habe das alles Sir Francis gesagt. Ich glaube nicht, dass Ihr Dunne kanntet.«

»Nein. Ich fürchte, ich bin mit unersättlicher Neugier geschlagen.« Ich spähe durch die Regenschwaden vor mir. Die anderen sind um eine Hausecke gebogen und in einer der gewundenen Straßen verschwunden, die zum Barbican hochführen.

»Nun, das ist immer ein Fluch«, erwidert er. »Ein ungezügelter Wissensdurst führte im Garten Eden zum Untergang unseres Urvaters.«

»Ganz recht«, stimme ich mit einem verkniffenen Lächeln zu.

Vor uns taucht Sidney mit verschränkten Armen aus der Seitenstraße auf. »Um der Liebe Gottes willen, Bruno, wo bleibst du denn? Auf uns wartet Gesellschaft.«

Pettifer dreht sich zu mir um. »Ich vermute, er hat vor, dieses Freudenhaus zu besuchen«, stellt er mit gedämpfter Stimme fest. Er hat uns eindeutig schon als Gäste solcher Etablissements eingestuft.

Ich durchbohre ihn mit einem Blick. »Sir Philip ist verheiratet.«

»Was die meisten nicht davon abhält«, schnaubt er verächtlich. »Es geht mich natürlich nichts an, aber Ihr solltet ihm raten, einen großen Bogen darum zu machen. Egal was Sir William sagt, es ist kein Ort für ehrbare Männer. Und gefährlich noch dazu, wie ich hörte.«

»In welcher Hinsicht?«

»Abgesehen von dem Üblichen?« Er rümpft die Nase. »Beutelschneider«, murmelt er, dabei klopft er auf seinen Gürtel.

Sidney ruft erneut nach mir, und ich wende mich zum Gehen.

»Nun, das war höchst interessant, Doktor Bruno«, bemerkt Pettifer. »Ich freue mich schon auf die nächste Unterhaltung mit Euch, wie wir es vereinbart haben.« Ich spähe über meine Schulter; der Blick, den er mir zuwirft, ist bedeutungsschwanger. Er klingt, als würde er sich einbilden, gewonnen zu haben.

»Worüber habt ihr euch denn so angeregt unterhalten?«, erkundigt sich Sidney, als wir um die Ecke gebogen und sicher sind.

»Über Robert Dunne, was sonst?«

»Du hast ihn nicht misstrauisch gemacht?«

»Es ist unmöglich, über den Mann zu sprechen, ohne dass jemand misstrauisch wird. Aber der Kaplan ist ohnehin schon auf der Hut. Er hat Dunne in der Nacht, in der er starb, die Beichte abgenommen. Sagt er jedenfalls.«

»Ich habe gehört, wie du im Boot die Beichte erwähnt hast, konnte aber seine Antwort nicht verstehen. Glaubst du, er lügt?«

Ich strecke die Hände aus. »Irgendjemand lügt. Jonas sagt, Dunne wäre völlig weggetreten und nicht zu wecken gewesen, als er zu seiner Kabine gegangen ist. Pettifer behauptet, keine Stunde später mit ihm gebetet zu haben.«

»Möglich wäre es. Vielleicht ist Dunne mit einem gewaltigen Katzenjammer aufgewacht und verlangte geistlichen Beistand.« Er hebt die Arme. »Obwohl ich sagen muss, dass ich mich an seiner Stelle nicht unbedingt an diesen faden Burschen gewandt hätte.«

»Hör zu, wer auch immer Dunne getötet hat, er muss es getan haben, während dieser bewusstlos war, um einen Kampf zu vermeiden. Pettifer sagt, Dunne hätte in dieser Nacht irgendetwas bedrückt. Das könnte er absichtlich erwähnt haben, um den Selbstmordgedanken plausibler erscheinen zu lassen.«

»Also könnte es Pettifer gewesen sein. Oder vielleicht hat Jonas ihm etwas in diesen Trank getan, was eine Weile brauchte, um Wirkung zu zeigen. Er könnte später, als Pettifer gegangen war, noch einmal zurückgekommen sein, er wusste ja, dass Dunne unter dem Einfluss seines Mittels stand.« Sidney seufzt. »Wir wissen immer noch nicht, aus welchem Grund einer von ihnen ihn hätte ermorden sollen.«

»Weil er etwas wusste. Etwas in seinem Besitz hatte, was sie haben wollten. Warum hatte er zum Beispiel so viel Geld in diesem Buch versteckt?« Ich fahre mir mit der Hand durch das Haar. »Jemand hätte danach suchen können.«

»Es befinden sich hundert Männer an Bord.« Er wirft die Hände in die Höhe.

»Aber wie viele von ihnen könnten Dunnes Kabine unbemerkt betreten? Und auf einem überfüllten Schiff sind immer Leute in der Nähe. Ein gewöhnlicher Seemann in der Nähe einer Offizierskabine wäre sicher aufgefallen.«

»Mitten in der Nacht vielleicht nicht. Und wenn er sinnlos betrunken war, hat er womöglich die Tür nicht verschlossen.

Es würde nur einen Moment dauern, unauffällig hineinzuhuschen.«

Ich schüttele den Kopf.

»Der Kaplan weiß mehr, als er zugeben will, so viel ist sicher. Und das gilt auch für den Spanier Jonas.«

»Nun gut.« Sidney legt mir eine Hand auf die Schulter. »Hör jetzt auf, darüber nachzugrübeln. Im *Star* warten zwei schöne Frauen auf dich. Von denen einer, wie ich zufällig weiß, sehr viel daran liegt, deine Gesellschaft zu genießen, während wir in Plymouth sind.«

»Ich fürchte, du wirst mich bei den Ladys entschuldigen müssen.« Ich verlangsame meine Schritte, und er bleibt mit hochgezogenen Brauen stehen.

»Wieso? Wohin willst du denn jetzt?«

»In die Kirche.«

»Wie bitte?«

Ich nehme den Weg den Hügel hoch in Angriff und drehe mich nur noch einmal um, um über meine Schulter zu blicken und mich an seinem Gesichtsausdruck zu weiden.

Der Regen lässt jetzt nach, orangefarbene Streifen tauchen zwischen den Wolken über der Bucht auf. Es kann nicht viel später als sieben Uhr sein, denn die Straßen sind noch belebt; Menschen mit Handkarren und Körben kommen vom Hafen her den Hügel hoch, und Neuankömmlinge, größtenteils Männer, strömen von der anderen Richtung her in die Stadt, sie kommen vom Meer oder den umliegenden Straßen und steuern in Gruppen die Schenken und Freudenhäuser an. Ihre rauen Stimmen wehen hinter ihnen her, sie sind mit Lust und Aggressionen vollgepumpt und singen und fluchen lautstark. Immer wieder reißt ihnen der Wind, der die schmalen Straßen zum Meer hinunterpfeift, Liedfetzen von den Lippen weg. Die nassen Pflastersteine sind glitschig; vor mir sehe ich, wie ein bereits stark angetrunkener Mann ausgleitet und sich vor Lachen grölend an seinem Kumpan festklammert. Die abendlichen Geräusche einer Hafenstadt, nichts Ungewöhnliches. Trotzdem bleibt meine Hand nah bei dem Messer an meinem Gürtel; ich spüre eine Anspannung in diesen Straßen, die mir heute Abend konzentrierter vorkommt, als würde sie sich zu irgendeiner Art Höhepunkt hochschaukeln. Vielleicht liegt es nur an der geballten Präsenz so vieler Männer, so vieler Seeleute und Soldaten, die eingepfercht und frustriert sind, die darauf brennen, von hier wegzukommen und diese wilde Energie beim Anluven, Deckschrubben und Spanierabstechen abzubauen – eine Energie, die sich stattdessen in Schenkenschlägereien und Straßenkämpfen zu entladen droht. Kein Wunder, dass die Bürger von Plymouth voller Groll auf die Gegenwart der Flotte reagieren, die Tag für Tag nutzlos vor Anker liegt und jeden Abend Bootsladungen dieser Männer mit den verschiedensten Gelüsten an Land schickt, die befriedigt werden müssen. Es ist ein Abend, an dem man besser im Haus bleibt und die Tür verriegelt, vor allem, wenn man wie ich wie eine Spielzeugpuppe in Seide und Spitze steckt. Ich beschleunige meine Schritte, achte auf jede verdächtige Bewegung in den Schatten der Seitenstraßen und Hauseingänge.

Über den Dächern im Westen ragt der quadratische zinnenbewehrte Turm einer Kirche auf, der größten in diesen engen, miteinander verbundenen Sträßchen rund um den Hafen. Das große Westportal ist geschlossen, und die Glocken sind verstummt.

Ich schlüpfe in den hinteren Teil der Kirche; die Tür knarrt in den Angeln, als sie hinter mir zufällt. Ein paar Leute drehen sich bei dem Geräusch um, aber ich ducke mich außer Sicht hinter einen dicken Steinpfeiler. Ein von Säulen und Spitzbögen gesäumter Gang verläuft entlang des breiten Kirchenschiffs zum Altar. Die Luft riecht modrig, nach kaltem Stein; ein Geruch, der, wenn kein Weihrauch brennt, englische Kirchen immer ungenutzt und verlassen wirken lässt. Für einen Moment erinnere ich mich klarer, als es mir lieb ist, an die Krypta der Kathedrale von Canterbury, und es kostet mich einige Anstrengung, die unwillkommenen Bilder zu verdrängen. Obwohl in beide Seiten hohe Fenster eingelassen sind, ist es zu dieser Zeit dämmrig in der Kirche, nur auf der Kanzel brennen einige Kerzen. Dies kommt mir gut zupass; von meinem Aussichtspunkt aus kann ich die Gemeinde überblicken. Meine Augen schweifen über Kappen und Hauben und unruhige Hinterköpfe. Pettifer ist nirgendwo zu sehen. Sicher, er hat nicht gesagt, wo er beten will, aber dies ist die größte Kirche in Plymouth, und Pettifer scheint mir nicht zu den Christen zu gehören, die einer kleinen, bescheidenen Kapelle den Vorzug gegenüber einem Ort geben würden, wo die halbe Stadt ihn bei seiner Andacht sehen und nach der Flotte fragen kann. Hat er etwa bezüglich der Art und Weise, wie er seinen Abend an Land zu verbringen gedenkt, gelogen? Irgendein Instinkt hat mich veranlasst, nach ihm Ausschau zu halten; etwas an seiner ostentativen Frömmigkeit ist mir aufgesetzt vorgekommen. Ich beschließe, Pettifer in Zukunft genau im Auge zu behalten.

Statt seiner sehe ich zu meiner Überraschung Gilbert Crosse rechts von mir in der hinteren Bank der Kirche sitzen. Er hat seinen Hut abgenommen, beugt sich vor und hat die Arme fest um seine Brust geschlossen, wie um sich möglichst unsichtbar zu machen. Lange Zeit rührt er sich nicht, sitzt nur mit gesenktem Kopf und regungslos mit um seine Oberarme greifenden Händen da. Ich frage mich, wofür er betet. Er ist ein eigenartiger junger Mann; offenbar sehr intelligent und von Walsingham wegen seiner Fähigkeiten geschätzt, aber ihm mangelt es sichtlich an Selbstbewusstsein. Dennoch entgeht mir der unter seiner Schüchternheit brennende Ehrgeiz nicht.

Ich trete so geräuschlos wie möglich von einem Fuß auf den anderen; es ist kühl in der Kirche, und über die dünnen Stimmen des Chores hinweg höre ich mit jeder Windbö Regen gegen die Fenster prasseln, es klingt, als würde eine Handvoll Schotter gegen das Glas geworfen. Wieder registriere ich, wie wenig mich die englische Kirche bewegt, obschon allgemein davon ausgegangen wird, dass ich als Feind der Inquisition logischerweise ein Protestant sein müsste. Trotz aller Scheinheiligkeit der Kirche Roms hat man dort zumindest ein Gespür für den Moment. Eine katholische Messe ist eine Theateraufführung, dieser Gottesdienst dagegen eine kalte und seelenlose Angelegenheit, und ich kann mich nicht von der Überzeugung freimachen, dass die, die daran teilnehmen, genauso denken.

Als sich die Gemeinde erhebt und nach vorne schlurft, um das Abendmahl zu empfangen, schiebt sich ein Mann am anderen Ende von Gilberts Bank aus dieser heraus und verschwindet im Schatten einer Seitentür. Ich beobachte ihn müßig; vermute, dass er dem Abendmahl entgehen will. Es gibt viele Engländer, die zwar, wie es das Gesetz vorschreibt, die Kirche besuchen, aber das englische Abendmahl insgeheim für blasphemisch halten und nach Vorwänden suchen, sich davor zu drücken. Gilbert selbst verharrt offenbar noch immer in seine Gebete vertieft auf seinem Platz. Ich versuche, mich hinter dem Pfeiler verborgen zu halten – ich möchte nicht, dass er denkt, ich würde ihm nachspionieren –, aber als er sich aufrichtet, blickt er zum Haupteingang und entdeckt mich. Er muss blinzeln, um sich sicher zu sein, aber für mich ist es zu spät, um etwas anderes zu tun, als grüßend die Hand zu heben.

Er rutscht aus seiner Bank und kommt überrascht, aber nicht unangenehm berührt, mich zu sehen, auf mich zu.

»Doktor Bruno. Ich wusste nicht, dass Ihr die englische Kirche besucht. Offen gestanden«, fügt er flüsternd hinzu, »war ich mir bezüglich Eurer religiösen Neigungen nicht ganz sicher.«

»Damit seid Ihr nicht allein«, erwidere ich lächelnd. Ich bin mir, was das angeht, oft selbst nicht sicher, kein Wunder, dass die Menschen in meinem Umfeld verwirrt sind. »Ich besuche den Gottesdienst, so wie es Ihre Majestät befiehlt«, füge ich hinzu. Es ist die Art von bedeutungsloser Phrase, die die Leute erwarten.

Er nickt. Sein Blick wandert zur Tür.

»Ihr empfangt das Abendmahl nicht?«, frage ich.

Er schaut zu der hinter ihm am Altar Schlange stehenden Gemeinde hinüber, und ein schuldbewusster Ausdruck huscht über sein Gesicht.

»Manchmal«, murmelt er, dabei senkt er den Blick. »Aber … darf ich Euch etwas Furchtbares gestehen?«

»Bitte tut Euch keinen Zwang an.« Ich beobachte ihn fasziniert.

»Allein der Gedanke daran … all diese Menschen, die aus demselben Becher trinken, ihr Speichel mischt sich mit dem Wein. Bei der Vorstellung dreht sich mir der Magen um. Ich sehe, wie er im Becher kreist, und ich kann mich nicht überwinden, ihn an die Lippen zu setzen. Ist das eine große Sünde?« Er sieht mich ängstlich an.

»Ich bin sicher, dass Gott das versteht. Ich persönlich habe nie begriffen, warum sich der protestantische Glaube mit dem Abendmahl abgibt. Wozu soll das gut sein, es ist ja kein Wunder im Spiel?«, erwidere ich fröhlich. Ich frage mich, wie lange er sich diese Zimperlichkeit bewahren kann, wenn er monatelang am Stück in der stinkenden Enge eines Schiffs eingepfercht ist.

Ein in unserer Nähe stehender Küster bedeutet uns, still zu sein. Gilbert nickt mit fragender Miene zur Tür, und ich folge ihm in den Kirchhof hinaus.

»Geht Ihr jeden Abend in die Kirche?«, frage ich, als wir den Pfad zum Friedhofstor hinuntergehen.

»Ich versuche es. Es hilft mir, meine Gedanken zu ordnen. Und es kann ja nicht schaden, für eine Reise wie diese so viele Gebete wie möglich zu sprechen, nicht wahr? Gegen die Spanier werden wir Gottes Hilfe brauchen.«

»Seid Ihr noch nie auf einem solchen Schiff gesegelt?«

»Ich habe nur an kurzen Reisen teilgenommen. An der Nordküste Frankreichs entlang und in die Niederlande. Auf Handelsschiffen um England herum. Dies hier wird ganz anders werden.« Er spricht mit unverhoffter Verwegenheit und hebt das Gesicht zum Nieselregen empor.

»Ihr setzt große Hoffnungen in Eure Karten«, stelle ich fest. Er dreht sich zu mir um. Seine Augen sprühen Funken.

»Sollte ein Mann nicht den Wunsch haben, mit seiner Arbeit Großes zu leisten, Doktor Bruno? Strebt Ihr nicht mit Euren Büchern nach Ruhm? Nun ja.« Er lächelt verlegen. »Ich weiß, dass Stolz eine Sünde ist. Aber ich trachte nicht danach, meinen persönlichen Ehrgeiz zu befriedigen – zumindest nicht nur. Die Welt exakt zu kartografieren: Denkt nur daran, was das für die Zukunft der Menschheit bedeuten würde! Das ist bislang noch keinem gelungen, nein, noch nicht einmal Mercator. Und für eine Nation, die sich rühmen kann, einige der besten Seefahrer und Schiffe ihr eigen zu nennen, weist England hinsichtlich der Navigationskunst beklagenswerte Mängel auf. Wir behelfen uns mit Aufzeichnungen aus zweiter Hand von den Franzosen und Spaniern, die in dieser Wissenschaft schon vor einem halben Jahrhundert Fortschritte gemacht haben.« Er schüttelt ob dieser Demütigung bekümmert den Kopf. »Bedenkt nur, Sir Francis Drake ist der erste Mann, der rund um den Globus gesegelt ist, und trotzdem gibt es keinen namhaften englischen Kartografen.«

»Und Ihr beabsichtigt, das zu ändern?«, lächele ich. Ich kann nicht anders, ich muss jeden bewundern, den es dazu treibt, die Grenzen des bisherigen Wissens zu überschreiten – just diese Art von Ehrgeiz, die Padre Pettifer vorhin angeprangert hat. Und ich weiß besser als die meisten anderen, wie viel Entschlossenheit man braucht, wenn man versuchen will, die Menschen dazu zu bringen, die Welt oder das Universum mit anderen Augen zu betrachten.

Gilbert errötet. »Ja, das tue ich. Kennt Ihr das *Theatrum Orbis Terrarum* von Abraham Ortelius?«, fragt er, als wir hügelabwärts in die Nutt Street einbiegen.

Ich nicke. »Mein Freund John Dee hatte eine Ausgabe in seiner Bibliothek. Es ist ein bemerkenswertes Werk, das teuerste Buch, das je erschienen ist, wie ich hörte.«

»Und die erste Sammlung von Karten, die alle von demselben Kartografen angefertigt wurden«, schwärmt Gilbert. »Nun, ich habe vor, meinen eigenen Band herauszubringen. Das erste englische Kartenbuch, das alle Kontinente beschreibt – ja, eines Tages auch Terra Australis. Es wird mein Lebenswerk werden. Ich beabsichtige, Sir Francis auf seinen Reisen zu folgen, mit seinen Lotsen und Steuermännern zusammenzuarbeiten und die schönste und fortschrittlichste Darstellung unserer Welt zu schaffen, die es je gegeben hat. Als ob man vom Himmel aus auf die Erde blickt.«

»Ich würde sofort eine Ausgabe davon kaufen«, sage ich, woraufhin ein dankbarer Ausdruck über sein Gesicht huscht. »Zu schade, dass Sir Francis keine Karten von seiner Weltumsegelung hat anfertigen lassen«, füge ich hinzu, als wir den Eingang des *Star* erreichen. Gilbert blickt mich von der Seite an und lächelt geheimnisvoll.

»Auf Befehl der Königin wurden keine Karten veröffentlicht«, flüstert er. »Das heißt aber nicht, dass keine gezeichnet worden sind.«

Ich stoße einen leisen Pfiff aus. »Die Spanier würden stolze Summen bezahlen, um einen Blick darauf zu werfen.«

Er grinst. »In der Tat. Aber sie werden keine Gelegenheit dazu bekommen.« Dann wirkt er auf einmal sichtlich erschrocken. »Erzählt niemandem etwas davon, ich bitte Euch. Auch nichts von den Karten, die ich für Walsingham zeichne. Es gibt Leute an Bord dieses Schiffes, denen man nicht trauen kann«, fügt er düster hinzu.

»Mir könnt Ihr vertrauen«, erwidere ich.

»Ich weiß.« Er misst mich mit einem ernsten Blick. »Kapitän Drake hat es mir gesagt. Und obwohl ich manchmal denke, er vertraut denen, die ihm am nächsten stehen, zu sehr, bin ich sicher, dass er in Bezug auf Euch recht hat.«

»Ich fühle mich geschmeichelt.« Ich will ihn fragen, wem er nicht traut, da er mit Sicherheit darauf wartet, dass ich nach dem Köder schnappe, aber in diesem Moment drängt sich eine Gruppe von Männern laut lachend an uns vorbei durch die Vordertür, und ich nehme überrascht zur Kenntnis, dass Gilbert ihnen folgt.

»Seid Ihr hier, um mit den anderen etwas zu trinken?«, frage ich, als ich in die Eingangshalle trete.

»O nein.« Die Vorstellung scheint ihn geradezu zu entsetzen. »Ich komme jeden Tag vorbei, um zu sehen, ob Korrespondenz für Sir Francis eingetroffen ist. Er lässt sich seine Briefe hierherschicken, während er vor Anker liegt. Dann suche ich mir für gewöhnlich eine billigere Schenke, um eine warme Mahlzeit einzunehmen, bevor ich zum Schiff zurückkehre.«

»Alleine?«

»Ja.« Er wirkt trotzig. »Ich bin gern allein, Doktor Bruno. Und dazu werde ich wenig Gelegenheit haben, wenn wir erst einmal alle an Bord zusammengepfercht sind. Wenn Ihr allerdings …« Er sieht mich hoffnungsvoll an. »Ich meine, ich würde mich über ein Gespräch mit einem anderen Gelehrten freuen, wenn Ihr noch nicht gegessen habt …«

Ich zögere, denke über die Einladung nach, bevor ich sie höflich mit der Entschuldigung, bereits verabredet zu sein, ablehne. Ich habe das Gefühl, dass aus Gilbert noch mehr interessante Informationen herauszuholen sind und dass ich ihn nicht groß ermuntern muss, sie preiszugeben, aber ich bin müde, und die Aussicht darauf, einen Abend mit diesem ernsten, blinzelnden Jungen über Längenkreise und die Berechnung von Loxadromen zu diskutieren, beflügelt meine Lebensgeister nicht unbedingt. Wenn ich die Wahl hätte, würde ich heute Abend lieber Lady Arden über den Rand eines Glases hinweg anblicken. Trotzdem grübele ich, als ich die Treppe zu unserer Kammer hochsteige, über Gilberts Worte nach. Er sagte, Drake würde denen, die ihm am nächsten stehen, zu sehr vertrauen. Er hat bereits klargestellt, dass er Jonas misstrauisch gegenübersteht, aber seine Wortwahl wirft die Frage auf, ob er meine Aufmerksamkeit in eine andere Richtung lenken will. Denn wer in dieser Flotte steht Sir Francis Drake näher als sein eigener Bruder?

10

Als ich die Tür zu unserer Kammer aufschließe, finde ich sie leer vor. Ich schnalle meinen Gürtel ab und werfe ihn zusammen mit dem Dolch auf das Bett. Sidney muss in Lady Drakes Kammer sein, wo er die Ladys zweifellos mit einem Sonett unterhält, obschon er das Feuer im Kamin auf kleiner Flamme hat brennen lassen. Daneben steht ein silbernes Tablett mit einer geöffneten Flasche Wein und einem Glas, eine ungewöhnlich aufmerksame Geste seinerseits. Meine Kleider hängen auf dem Kaminschirm; ich betaste sie mit Daumen und Zeigefinger. Sie sind steif vom Meerwasser, mit weißen Salzflecken gesprenkelt und immer noch ein wenig feucht, aber das wird sich geben, wenn ich sie trage, denke ich. Ich entledige mich Sidneys bestickten Wamses, nestele in meiner Eile dabei ungeschickt an den Knöpfen herum und schnüre gerade meine Hose auf, als ich hinter mir ein diskretes Hüsteln vernehme. Ich wirbele herum, wohl wissend, dass sich mein Messer außerhalb meiner Reichweite befindet, und erkenne eine Gestalt im Schatten und einen Lichtschimmer.

Unwillkürlich stoße ich einen italienischen Fluch aus, während mein Herzschlag dröhnt wie ein Schmiedehammer, bevor er sich wieder beruhigt. Lady Arden kommt mit einem Glas in der Hand von der anderen Seite des Raums auf mich zu. Sie lächelt und trinkt einen Schluck Wein.

»Verzeiht mir, ich wollte Euch nicht erschrecken. Sir Philip sagte, Ihr wärt bald wieder zurück, und ich hielt es für einen guten Scherz, Euch zu überraschen.«

»Ich könnte nicht lauter lachen.«

»Oje. Ihr seid böse auf mich. Das ist kein guter Anfang.«

»Kein guter Anfang wofür?« Ich höre selbst, wie schroff meine Stimme klingt, und hole tief Atem. Sie muss nicht von dem geheimnisvollen Mann in Schwarz erfahren. Ich ärgere mich mehr über meine eigene Nachlässigkeit: Wenn sie in meiner Kammer auf mich warten kann, wem sonst gelingt es noch, hier einzudringen?

Mein Ton scheint sie verletzt zu haben, aber sie streicht sich eine lose Haarsträhne aus dem Gesicht und hebt entschlossen das Kinn. Ihre Wangen sind gerötet. »Ich habe mir die Freiheit genommen, etwas Wein hochschicken zu lassen. Leider musste ich ohne Euch anfangen. Sir Philip sagte, Ihr wärt zur Kirche gegangen?« Sie hebt eine sorgfältig gezupfte Braue. »Ihr kommt mir aber nicht wie ein übermäßig frommer Mann vor.«

»Gelegentlich überkommt mich ein Anfall von Frömmigkeit. Wo ist Sidney?«

»Ich glaube, er spielt mit Lady Drake Karten.« Sie hebt das Glas an die Lippen und lässt dahinter ein kokettes Lächeln aufblitzen, wie um mich aufzufordern, mir meinen eigenen Reim darauf zu machen, dann schlägt sie die Augen nieder.

»Karten?« Wird Sidney denn nie dazulernen? Nicht genug, dass er seiner Jugendliebe Penelope Deveraux endlose Gedichte schreibt und zulässt, dass sie am Hof die Runde machen, sodass ihr Mann, Lord Rich, davon erfahren muss, jetzt macht er auch noch der Frau eines anderen mächtigen Mannes vor dessen Nase öffentlich den Hof – der Frau des Mannes, auf dessen Gunst er angewiesen ist. Wenn mein Schicksal nicht so mit dem Sidneys verknüpft wäre und wenn ich mich nicht als Freund um ihn sorgen würde, lachte ich über seine Unverfrorenheit. Doch so, wie die Dinge stehen, riskiert er ernsthafte Konsequenzen, nicht zuletzt, weil Lady Drakes Ehre und Ruf in einer Stadt, in der sie gut bekannt ist, Schaden nehmen könnten. Ich schnüre meine Hose wieder zu und gehe zur Tür.

»Wartet, Bruno.« Lady Arden tritt mit ausgestreckter Hand auf mich zu. »Seid Ihr Sir Philips Hüter?« Feuerschein tanzt über eine Seite ihres Gesichts und betont ihre zarten Knochen und die elfenbeinfarbene Haut. Sie ist ohne Frage eine schöne Frau.

»Wenn er einen hat, dann bin ich das.« Meine Hand ruht auf dem Türknauf.

Ihre Stimme wird weicher. »Aber braucht er denn einen? Immerhin ist er ein erwachsener Mann. Und Lady Drake ist auch durchaus imstande, ihre eigenen Entscheidungen zu treffen. Ihr seid nicht ihre Anstandsdame, Bruno, obwohl es rührend ist, dass Ihr diese Rolle übernehmen wollt.«

»Und wie wird sich Sir Francis dazu stellen, wenn er erfährt, dass halb Plymouth einen Mann allein in die Kammer seiner Frau hat gehen sehen? Ich frage mich, ob er ebenso tolerant ist wie Ihr.«

Sie lacht, ein sorgloser, glockenheller Ton, der mich indirekt tadelt. »Meiner Erfahrung nach sind das nur wenige Männer. Am Ende des Ganges gibt es neben unserer Kammer eine Hintertreppe. Niemand wird Sir Philip kommen und gehen sehen, wenn Euch das Sorgen bereitet. Außerdem seid Ihr es, der die Ehre Eures Freundes und die meiner Freundin verunglimpft. Was schadet es, wenn sie nur Karten spielen und sich unterhalten?«

»Der Schaden …«, ich halte inne und fahre mir mit der Hand durch das Haar, »der Schaden besteht in dem, was die Leute glauben. Ihr als Frau könnt das doch sicher verstehen.«

»Himmel, Bruno, Ihr klingt wie eine alte Vettel bei Hof. ›*Ihr als Frau*‹?« Wieder zieht sie die Brauen hoch, gießt etwas Wein in das zweite Glas, kommt auf mich zu und hält es mir hin, aber außerhalb meiner Reichweite, so wie man einen Hund mit einem Leckerbissen lockt. Wider besseres Wissen lasse ich den Türknauf los und trete einen Schritt vor.

»Ich würde meinen Freund nur sehr ungern am falschen Ende von Kapitän Drakes Entermesser sehen.« Ich nehme ihr das Glas ab. »Wenn sie nur Karten spielen, warum schließt Ihr Euch ihnen dann nicht an?«

»Ich wollte nicht, dass Ihr Euch einsam fühlt.« Diesmal hält sie meinem Blick stand und wendet sich nicht ab. Ich erinnere mich an Sidneys unverblümte Bemerkung, dass ich Lady Arden im Bett haben würde, bevor wir Plymouth verlassen. Ich hatte angenommen, sie hätte sich abgesetzt, um Sidney und Lady Drake einen Gefallen zu tun, aber vielleicht glauben die beiden, *uns* einen Gefallen zu erweisen.

»Macht Euch um mich keine Gedanken, Mylady, ich bin es gewöhnt, mich mit meiner eigenen Gesellschaft zu begnügen. Ich weiß mich immer zu beschäftigen.« Aber ich höre, wie meine Entschlossenheit ins Wanken gerät, und ihr entgeht dies ebenfalls nicht.

»Daran hege ich nicht den geringsten Zweifel.« Sie lächelt.

Eine lange Pause entsteht. Ich trinke einen Schluck Wein, ohne den Blick von ihr zu wenden. Eigentlich sollte ich gehen und Sidney vor den Folgen seiner eigenen Dummheit bewahren. Aber ich bin nicht sein Hüter, wie sie schon sagte. Soll er doch die Verantwortung für sein Verhalten übernehmen; mir soll es recht sein, wenn Drake sich weigert, ihn auf die Reise mitzunehmen. Etwas anderes wäre es, wenn Drake ihn bei einem Duell tötet, beharrt die Stimme der Vernunft. Aber Drake würde sich doch sicher nicht mit ihm schlagen, oder? Selbst wenn …

Lady Arden rückt näher an mich heran. Ich lasse das Glas sinken und verspüre eine verräterische Regung im Lendenbereich. Mein Herz mag fest – und sinnlos – an eine Frau gebunden sein, die längst gen Frankreich entschwunden ist, aber der Körper kann zum Verräter des Herzens werden. Eine solche Gelegenheit bietet sich selten, und einen Mann, der sie aus falsch verstandener Loyalität verstreichen lässt, findet man noch seltener. Noch dazu aus Loyalität gegenüber einem Menschen, der mich zum Dank dafür verraten hat. Bei der Erinnerung durchzuckt mich heiße Wut; das Blut steigt mir in die Wangen, und wie zur Reaktion darauf stelle ich das Glas auf einem Tisch ab und trete noch einen Schritt auf Lady Arden zu, die erwartungsvoll das Gesicht hebt. Und da höre ich es, das unverwechselbare Knarren einer Bodendiele draußen vor der Tür.

Lady Arden öffnet den Mund, um zu fragen, was los ist, aber ich gebiete ihr mit erhobener Hand Schweigen während ich dastehe und angestrengt lausche. Mit einer Handbewegung scheuche ich Lady Arden zur anderen Seite des Raums hinüber und stürze zum Bett, um nach meinem Messer zu greifen. Da ist es wieder, ein Knarren, ein leises Schlurfen. Durch den Spalt unter der Tür sehe ich einen Schatten. Ich ziehe das Messer aus der Scheide, schiebe den Riegel so geräuschlos wie möglich zurück und reiße mit einer raschen Bewegung die Tür auf. Das Dienstmädchen von heute Morgen steht mit zum Klopfen erhobener Faust vor mir. Sie stößt einen gellenden Schrei aus, und mir wird klar, dass sie das Messer bemerkt hat. Ich lege es behutsam auf den Boden und zeige ihr meine leeren Hände, um sie zu beruhigen. Nachdem der erste Schock abgeebbt ist, verstummt sie abrupt, steht da und starrt mich an. In ihren zitternden Händen raschelt ein Papierbogen.

»Es tut mir leid, Sir, ich habe nicht gelauscht, Ihr habt mich erschreckt«, nuschelt sie. »Und das Messer …«

»Hetty, nicht wahr? Ich wollte dir keine Angst einjagen, ich dachte, du wärst jemand anders. Was gibt es denn?«

Zweifelnd mustert sie das Messer auf dem Boden. »Ich wollte Euch nur das hier bringen, Sir.« Sie hält mir das Stück Papier hin, und ich erkenne ein rotes Wachssiegel. »Ich wusste nur nicht genau, ob jemand bei Euch ist, und ich wollte nicht stören …«

»Nein, ich bin allein.« Ich trete auf die Schwelle, als sie sich vorbeugt und ihr neugieriger Blick durch den Teil des Raumes schweift, den sie sehen kann. »Wer hat dir das gegeben?«

»Ein Gentleman hat es vorhin gebracht. Es ist nur, weil ich gedacht habe, Stimmen zu hören, seht Ihr …«

»Ich habe laut gelesen.« Ich halte das Papier hoch, um das Siegel in Augenschein zu nehmen. Es zeigt den Abdruck einer flachen Schale, über der eine Flamme aufzüngelt wie bei der unter Robert Dunnes Koje versteckten Marke. Mein Pulsschlag beschleunigt sich. Die heilige Flamme. »Wer war dieser Gentleman?«

»Er hat keinen Namen genannt. Vielleicht steht er auf dem Brief.« Sie hüstelt leise. »Weil Mistress Judith Gentlemen, die Begleitung mitbringen, nicht gern sieht, wenn Ihr wisst, was ich meine«, beharrt sie, dabei nickt sie nachdrücklich, um ihre Worte zu bekräftigen. »Sie sagt, der *Star* zählt nicht zu dieser Art von Häusern. Sie hat Gäste wegen so etwas schon auf die Straße gesetzt.«

»Kommst du aus Plymouth, Hetty?«

»Aus Stonehouse, Sir. Dem Nachbardorf auf der anderen Seite der Landzunge.«

»Hast du schon einmal von einem Ort gehört, den man das *Haus der Vesta* nennt?«

Sie sieht mich mit einem überlegenen Lächeln an. »Jeder hat davon gehört, Sir. Aber dort wollt Ihr nicht hingehen, nicht, wenn Euch Eure Börse lieb ist.« Sie reibt Daumen und Zeigefinger gegeneinander.

»Ist das so? Und was haben sie dort so Teures zu bieten?«

»Mädchen.« Sie sagt das so, als läge es auf der Hand.

»Aber die kann man in Plymouth doch sicher billiger finden, oder?«

Sie zuckt die Achseln. »Das *Haus der Vesta* ist für Männer, die Geld übrig haben. Die Mädchen dort sind jung. Sauber, wenn Ihr versteht, was ich meine. Es heißt, es wäre der einzige Ort in Plymouth, wo man sicher sein kann, dass einem nicht binnen einer Woche der Schwengel abfault. Verzeihung.« Sie schlägt eine Hand vor den Mund und kichert. »Deswegen gehen nur die wohlhabenden Gentlemen dorthin. Die, die bereit sind, einen hohen Preis für ihren Seelenfrieden zu zahlen. Der Rest muss es am Dock an einer Mauer treiben und das Risiko eingehen.« Sie zieht die Nase hoch.

»Gut zu wissen. Und wo finde ich es?« Ich konzentriere mich auf den Brief, während ich frage, und drehe ihn um, um das Siegel zu inspizieren, als wäre es das Interessanteste, was ich seit Monaten gesehen habe, aber meine vorgetäuschte Gleichgültigkeit entlockt ihr nur ein spöttisches Lachen.

»Nun, Sir, das weiß ich nicht genau. Ich glaube, die genaue Lage wird geheim gehalten.« Ihr zur Seite gelegter Kopf deutet an, dass dieses Geheimnis zahlungswilligen Käufern zugänglich ist.

»Warte hier.« Ich lasse die Tür einen Spalt offen stehen und nehme meinen Geldbeutel vom Bett. Lady Arden lächelt mir von der Ecke aus, in die sie sich zurückgezogen hat, verschwörerisch zu. Ich bedeute ihr, dort zu bleiben.

»Hier.« Ich ziehe eine Münze hervor und reiche sie dem Mädchen, das sie etwas enttäuscht betrachtet. »Mehr habe ich nicht.«

»Ich habe gehört, der Eingang wäre irgendwo abseits der Looe Street. Haltet nach dem Apothekenschild Ausschau.«

»Danke.« Ich mache Anstalten, die Tür zu schließen. »Gute Nacht.«

»Ihr könnt da nicht so einfach hereinschneien«, fährt Hetty fort, dabei verstaut sie die Münze irgendwo in den Falten ihrer Röcke. »Ihr braucht eine Einladung. Müsst jemanden kennen. Außerdem ist es zu dieser späten Stunde ein langer Weg.« Sie verstummt einen Moment. »Mistress Judith versteht das. Es gefällt ihr nicht, wenn Gentlemen sich abends einsam fühlen.«

Ich bleibe an der halb geschlossenen Tür stehen. »Mistress Judith ist eine wahre Christin.«

»Wenn Ihr also Gesellschaft wünscht, kann sie das arrangieren. Soll ich mit ihr sprechen?«

»Ah. Also legt sie keinen Wert auf Erhaltung der Moral, sondern eher auf zusätzliche Einkünfte.«

»Was?«

»Schon gut. Noch mal danke.«

Ich mache ihr sacht die Tür vor der Nase zu und warte, bis ihre Schritte im Gang verhallen. Lady Arden beobachtet mich über den Rand ihres Glases hinweg. Ihre Augen funkeln vor boshaftem Vergnügen.

»Jeder sorgt sich heute Abend darum, dass Ihr einsam sein könntet, Bruno.«

»Ja, ich bin gerührt.«

»Ist *sie* die Gesellschaft, was meint Ihr?« Sie nickt zur Tür hinüber. »Sie sieht aus, als würde sie es für ein Glas Portwein machen. Aber ich würde nicht darauf schwören, dass sie reinlich ist.«

Ich antworte mit einem kurzen, zerstreuten Lächeln; meine Aufmerksamkeit gilt dem Brief. *Fra Giordano Bruno* steht auf der Vorderseite. Seit ich das Kloster verlassen habe, bin ich nicht mehr als Frater angesprochen worden. Gänsehaut kribbelt auf meinen Armen, als ich zur Tür blicke. Es ist kein Geheimnis, dass ich einst ein Mönch war, aber wer hier in Plymouth könnte das wissen oder würde mich als solchen bezeichnen? Nur die Männer, die ich an Bord der *Elizabeth* kennengelernt habe. Ich drehe den Brief um und erbreche das schlichte rote Siegel. Er enthält nur eine einzige, in ordentlichen, eckigen Großbuchstaben verfasste Textzeile.

Ich lese sie zweimal, streiche mit der Hand über das Kinn, zwinkere heftig und überfliege sie noch einmal, um sicherzugehen, dass ich die Bedeutung verstanden habe, dann reiße ich mein eigenes schwarzwollenes Wams von dem Gestell vor dem Feuer, klopfe das Salz ab und öffne die Tür.

»Wartet, wo geht Ihr hin?«, ruft Lady Arden, als ich aus dem Raum stürme und in meiner Hast fast auf den kahlen Bodendielen ausgleite. »Schlechte Nachrichten?«

»Entschuldigt!«, rufe ich auf dem Weg zur Hintertreppe über meine Schulter hinweg. »Es ist dringend. Wartet nicht auf mich.«

Ein Stockwerk tiefer platze ich, ohne anzuklopfen, in Lady Drakes Kammer. Wie ich vermutet habe, ist Sidney groß in Fahrt: Rücken gekrümmt, Brust vorgeschoben und eine Hand wegen des dramatischen Effekts vorgestreckt. Lady Drake sitzt sittsam auf einem Stuhl am Feuer, hat die Hände im Schoß gefaltet und blickt mit einem Ausdruck irgendwo zwischen Bewunderung und Langeweile zu ihm auf, während er deklamiert. Er hält mitten im Sonett abrupt inne und wirft mir einen Blick zu, der besagt, dass er entschlossen ist, mich später umzubringen.

»Bruno! Was denkst du dir eigentlich, Mann, hast du nicht den Anstand anzuklopfen?«

»Ich muss mit dir reden. Jetzt! Komm mit. Verzeiht die Störung, Mylady.«

Elizabeth Drake nimmt meine derangierte Erscheinung gleichmütig zur Kenntnis. Ein belustigtes Lächeln spielt um ihre Lippen.

»Sir Philip hat gerade etwas von seiner Poesie rezitiert«, sagt sie, obwohl sich die Erklärung erübrigt. »Ich fürchte, er ist noch nicht ganz fertig.«

»Lady Drake war so freundlich, mich darum zu bitten«, verteidigt sich Sidney.

»Dieses Werk umfasst hundertacht Sonette, Mylady.« Ich drehe mich zu ihr. »Ich kann Euch die Mühe ersparen, sie anzuhören: Stella weist ihn zurück und bleibt bei ihrem Mann, Astrophel ist tieftraurig, Ende.«

Sie lacht. »Das ist alles? Niemand stirbt?«

»Das kann ja noch passieren«, knirscht Sidney mit zusammengebissenen Zähnen, dabei starrt er mich finster an. Aber er leistet keinen Widerstand, als ich ihn zur Tür ziehe, wo wir mit Lady Arden zusammenstoßen. Ich nicke, als ich mich an ihr vorbeischiebe; Sidney nimmt sich die Zeit, sich kurz zu verbeugen. Sie sagt nichts, sondern wirft mir nur einen verletzten Blick zu, als sie die Kammertür hinter sich schließt.

»Hoffentlich hast du einen guten Grund für dieses Verhalten, Bruno«, sagt Sidney, als er die nächste Treppenflucht zur Eingangshalle hinunterdonnert. »Sie wäre …«

»Was?« Ich bleibe auf der Treppenbiegung stehen und

drehe mich zu ihm. »Dir gleich in die Arme gesunken? Lag das in deiner Absicht? Wenn ja, gute Arbeit, Philip, Gedichte zu schreiben, in denen du von deiner unerwiderten Liebe zu der Frau des einen Mannes berichtest, und diese Gedichte dann zu benutzen, um die eines anderen zu verführen.«

»Nicht so laut! Gott, Bruno, deine Moralpredigten werden langweilig; jeder würde dich noch immer für einen Mönch halten.«

»Wenn ich noch ein Mönch wäre, hätte ich überhaupt keine moralischen Skrupel«, erwidere ich, aber er hört nicht zu.

»Verführen ist ein hässliches Wort«, fährt er mit vor Wut blitzenden Augen fort. »Du hast keine Ahnung von höfischen Manieren – wie solltest du auch? Einer schönen Frau keusch den Hof zu machen hat mit Verführung nichts zu tun, es ist eine ehrenwerte Tradition, die bis in die Zeit von König Artus zurückreicht …«

»… o ja. Aber wir haben 1585, und du bist nicht Sir Galahad. Wir müssen uns mit wichtigeren Dingen befassen. Schau her, das hat mir das Dienstmädchen gerade gebracht.«

Ich halte ihm das Papier hin. Er schaut auf beide Seiten und sieht mich an. Unter uns drängen sich Leute auf dem Weg zur Schankstube in die Eingangshalle. Ich halte in der wogenden Menge nach einem Mann mit einer schwarzen Kappe Ausschau, kann ihn aber nicht entdecken.

»Das verstehe ich nicht.« Sidney dreht das Stück Papier noch zweimal um, als würde das helfen.

»Es ist Latein.«

Er verdreht die Augen. »Ja, die Worte kann ich lesen, wie du siehst. Aber die Bedeutung entzieht sich mir. Wer sollte dir das schicken? Und warum?«

»Schau dir das Siegel an.«

Er schiebt die zerbrochenen Hälften zusammen und runzelt die Stirn. »Dasselbe Bild wie auf der Marke, die wir in Dunnes Kabine gefunden haben. Was ist das für ein Symbol?«

»Erinnerst du dich, was Savile im Boot gesagt hat, als du ihn gefragt hast, wo man in Plymouth hingehen kann? Er machte eine Anspielung auf die heilige Flamme, damit meinte er das *Haus der Vesta*. Ich würde meinen Kopf darauf verwetten, dass das hier das geheime Symbol ist. Du sagtest, du hättest gehört, Dunne wäre dort Stammkunde?«

»Das heilige Feuer der Göttin.« Er nickt und fährt mit dem Finger über das Siegel. »Aber das erklärt die Botschaft immer noch nicht.«

Ich gehe seufzend weiter die Treppe hinunter. »Komm. Ich erkläre es dir unterwegs.«

»Du willst da jetzt hingehen?« Er bleibt erneut stehen und stößt ein kurzes, bellendes Lachen aus. »Du bist einmalig, Bruno. Machst mir Vorwürfe, nur weil ich einer Frau von Stand in ihrer Kammer Gedichte vorlese, und zerrst mich dann frohen Mutes in ein Hurenhaus?«

»Leise, willst du, dass der ganze Gasthof weiß, wohin wir gehen?«

Er knurrt gereizt und folgt mir nach unten. Die Seide seiner Kniehosen raschelt beim Gehen wie die Seufzer von Poeten. »Jedenfalls ist das eine eigenartige Wendung der Ereignisse. Was glaubst du, wer den Brief geschickt hat?«

»Ich weiß es nicht. Aber ganz offensichtlich besteht eine Verbindung zu Robert Dunne, auf die uns jemand aufmerksam machen will. Hast du diese Marke noch bei dir?«

»In meiner Geldbörse.« Er tippt auf die Wölbung, die sich unter seinem Rock an seiner Hüfte abzeichnet. »Dir ist klar, dass es sich vermutlich um eine Falle handelt?«

»Höchstwahrscheinlich. Aber wenn dem so ist, müssen sich Antworten finden lassen. Wir müssen eben vorsichtig sein.«

Er stößt verdrossen den Atem aus, als wir durch den Vordereingang in die Nachtluft hinaustreten. Ich drehe mich um und überprüfe die Straße in beide Richtungen, sehe aber nur die üblichen Bummler, die sich gegenseitig die Arme um die Schultern gelegt haben und Seemannslieder grölen. Aber wir werden aus dem Schatten heraus beobachtet, da bin ich mir ganz sicher.

Noch immer weht ein starker Wind, ein dünner Nieselregennebel wabert über uns hinweg und legt sich wie ein silberner Schleier auf unser Haar und unsere Kleider. Über uns jagen die Wolken über den Himmel und auf das Meer hinaus. Im schwächer werdenden Licht gleichen sie bleigrauen Pinselstrichen.

»Der Brief«, sagt Sidney, als wir zwischen weiß getünchten Häusern hügelaufwärts gehen. »Was ist die Verbindung zu Dunne?«

»Du erkennst das Zitat?«

»›*Vexilla regis prodeunt inferni.*‹« Er spricht die eine Zeile des anonymen Briefes laut aus und betont jede Silbe, als könnte er dadurch erfassen, was der Schreiber gemeint hat. »›Die Banner des Königs der Hölle rücken näher.‹« Er überlegt einen Moment und verzieht das Gesicht, während er sein umfangreiches Gedächtnis durchforstet.

»Komm schon, Philip, du bist doch auf dem Gebiet der Literatur so beschlagen. Einer der wenigen Engländer, die behaupten, die Poesie meines Landes zu kennen.«

Er dreht sich zu mir. Ihm scheint ein Licht aufzugehen. »Dante! Stimmt es?«

»Genau. Aber erinnerst du dich, woraus es stammt?«

Er schüttelt den Kopf. »Aus dem *Inferno*, aber den Gesang kann ich dir nicht nennen.«

»Es ist die Eröffnungszeile des vierunddreißigsten Gesanges«, erwidere ich, als wir eine Straßengabelung erreichen. »Wir suchen die Looe Street. Wo entlang?«

»Keine Ahnung.« Er grüßt eine Gruppe Männer, alle ziemlich betrunken, die im perfekten schlurfenden Gleichschritt auf uns zuwanken. »Verzeihung, Gentlemen, wo geht es zur Looe Street?«

Die Frage wird mit einem Chor schallenden Gelächters und rüden Gesten beantwortet. »Gentlemen!«, kräht einer, und sein Kamerad vollführt eine kurze Imitation von etwas, bei dem es sich vermutlich um einen Geschlechtsakt handeln soll. Aber der Erste erklärt uns halbwegs verständlich den Weg, während der Zweite Sidney in seinen teuren Kleidern abschätzend mustert, was mir nicht gefällt; fast mit Sicherheit überschlägt er in seinem benebelten Hirn, wie viel ein so eleganter Gentleman in seiner Börse haben mag. Sidney spürt dies offenbar auch, denn seine Hand wandert zu dem Griff seines Schwertes, woraufhin der Mann zurücktaumelt. Wir biegen in die Straße zu unserer Linken ein und blicken uns dabei mehrfach um. »Viel Glück, Kumpel«, brüllt einer der Männer, als wir schon fast außer Sichtweite sind. »Ihr werdet es brauchen.«

»Ich kann nicht sagen, dass mir diese Sache gefällt, Bruno«, sagt Sidney leise, als die Schatten zwischen den Häusern dichter werden. »Was hat der Kerl damit gemeint?«

»Gar nichts, er wollte uns nur Angst einjagen.« Entschlossen, mich nicht von meinem Vorhaben abbringen zu lassen, marschiere ich weiter.

In dieser Seitenstraße sind weniger Leute unterwegs; nach einer Rechtskurve wirkt sie völlig verlassen, obschon Stimmen und Hundegebell durch die feuchte Luft hallen. Wir gehen in der Mitte der Straße, für den Fall, dass jemand im Schatten der Hauseingänge oder den Lücken zwischen den Gebäuden lauert. Sidney hält die Hand an seinem Schwert. Schmutzwasser rieselt die Rinnen zu beiden Seiten hinunter. Der salzige Wind vermag den Gestank nach Unrat und verrottendem Gemüse nicht zu vertreiben.

»Der vierunddreißigste Gesang von Dantes *Inferno* ist der, in dem er die unterste Höllentiefe erreicht. Den Kreis der Erzverräter, der den schlimmsten Sündern der Geschichte vorbehalten ist. Und auf wen trifft er dort?«

»Judas Iskariot«, flüstert Sidney. Seine Augen weiten sich bei der Erkenntnis. »Aber warum …?«

»Ich weiß es nicht. Wer auch immer diese Briefe schickt, verhöhnt uns, erst Drake, dann mich, wegen des Judasbuches. Es muss sich um ein und dieselbe Person handeln.«

»Aber wer würde sich die Mühe machen, dich zu verhöhnen? Es sei denn, es ist jemand, der dich kennt und vermutet, dass du etwas mit dem Buch zu tun hast.«

»Was uns wieder zu Rowland Jenkes bringt. Er schickt mir ein Zitat von einem italienischen Dichter, nur um zu zeigen, dass er mich kennt. Er ist hier und beobachtet uns, so viel steht fest. Zur Hölle mit ihm!«

Sidney legt mir warnend eine Hand auf den Arm; ich habe meine Stimme erhoben, ohne es zu merken. Ich blicke mich um, aber es ist niemand in der Nähe.

»Noch steht gar nichts fest, außer dass du mich aus einem warmen Raum und angenehmer Gesellschaft weggeschleppt hast.« Er rückt seinen Hut gerade und späht noch einmal über seine Schulter. »Was schlägst du also vor? Dass wir dort hereinmarschieren und fragen, wer anonyme Briefe verschickt?«

»Ich schlage vor, dass wir nicht gleich mit der Tür ins Haus fallen. Die Mädchen könnten etwas wissen. Wenn Dunne ein Stammkunde war, hatte er vielleicht eine Favoritin. Männer flüstern manchmal ihre Geheimnisse in die Kissen, wenn sie nicht auf der Hut sind.«

Sidney betrachtet mich mit einem leisen Lächeln. »Was weißt du denn davon? Ich glaube nicht, dass du einmal unvorsichtig warst, Bruno, noch nicht einmal, wenn es zur Sache ging.«

Er irrt sich, aber das behalte ich für mich.

»Dir ist schon klar, dass wir bezahlen werden müssen?«, beschwert er sich, dabei tastet er mit der Hand nach seiner Börse. »Du kannst von einer Hure nicht erwarten, dass sie ihre Zeit ohne Entlohnung opfert, um Fragen zu beantworten, noch nicht einmal dann, wenn du sie mit deinen großen melancholischen Augen anschmachtest wie ein herrenloser Hund.«

»Ein herrenloser Hund?«, wiederhole ich, doch er deutet auf ein windschiefes Fachwerkhaus vor uns, dessen vier Stockwerke jeweils über das darunter hinausragen, als würden sie durch ihr eigenes Gewicht nach unten kippen. Über der Eingangstür hängt ein Schild an zwei quietschenden Ketten, auf dem der Äskulapstab prangt, das von Apothekern verwendete Zeichen. Der Laden im Erdgeschoss ist für die Nacht mit dicken Fensterläden verschlossen. Ich verrenke mir den Hals, um die oberen Stockwerke sehen zu können. Lichtstrahlen fallen durch die Ritzen der mit Vorhängen geschützten Fenster. Neben der Tür des Apothekers führt ein Torbogen zu einem dunklen Gang. Sidney tritt näher und inspiziert die Pfosten zu beiden Seiten des Eingangs. »Schau hier! Das muss es sein«, raunt er mir zu, dabei deutet er auf ein kleines, in das Holz geschnitztes Bild. Es zeigt eine Fackel mit einer aufzüngelnden Flamme, die mit dem Siegel identisch ist.

Ich folge ihm den Gang entlang. Selbst ich muss mich bücken; es ist ein altes Haus, in einer Zeit erbaut, als die Menschen kleiner oder buckelig waren. Sidney muss sich förmlich zusammenfalten und flucht jedes Mal, wenn er sich den Kopf an einem niedrigen Balken stößt. Wir erreichen einen kleinen

Hof, der im Schatten der hohen Gebäude liegt, die ihn säumen, und richten uns wieder auf. Irgendwo über unseren Köpfen erklingt plötzlich ein abgehacktes Lachen.

Wir steigen drei ausgetretene Stufen hoch und stehen vor einer Tür, in die auf Kopfhöhe ein Gitter mit einem Schieber davor eingelassen ist. Über dem Knauf befindet sich ein eiserner Türklopfer. Sidney greift danach.

»Warte.« Ich begebe mich außer Sichtweite des Gitters und löse meinen Gürtel.

»Beherrsch dich, Bruno, warte wenigstens so lange, bis wir drinnen sind.«

Ich schenke ihm keine Beachtung, ziehe mein Messer aus der Scheide und schiebe es in meinen Stiefel, bevor ich den Gürtel wieder umschnalle. Dann deute ich auf seinen Dolch. »Versteck den, wenn du kannst. Sie werden dir an der Tür dein Schwert abnehmen, aber sie erwarten uns. Wir sollten vorbereitet sein.«

»Es war ihre Idee, zu dir zu gehen«, bemerkt er, als er meinem Beispiel folgt, seinen kurzen Dolch in seinem Stiefel verstaut und das Schwert lässt, wo es ist. »Nell Arden, meine ich. Sie hat vorgeschlagen, in deiner Kammer auf dich zu warten. Ich hatte nichts damit zu tun.«

»Und es ist dir nicht in den Sinn gekommen, sie darauf hinzuweisen, wie das aussehen muss? In den Augen anderer, meine ich?«

»Ich dachte, du wärst vielleicht dankbar für die Gelegenheit. Schließlich ist es ja schon eine Weile her.« Er hebt den Eisenring an der Tür an, klopft dreimal und dreht sich dabei feixend zu mir um.

»Woher willst du das wissen? Bilde dir nicht ein, über alle Einzelheiten meines Lebens Bescheid zu wissen.« Ich fahre mir mit der Hand durch das Haar.

»Schon gut, fall nicht gleich über mich her. Aber stimmt es nicht? Soweit ich das sehe, hast du keine andere Frau umworben, seit *sie* verschwunden ist, und du sagst, du gehst nicht zu Huren, deshalb kann ich mir nicht vorstellen, wo …«

»Vielleicht hast du keine Ahnung. Vielleicht betrachte *ich* manche Dinge als privat.« Ich höre selbst, wie bockig meine Stimme klingt. Ich reagiere empfindlich, weil er recht hat, aber das werde ich nicht zugeben. Allerdings signalisiert sein Grinsen, dass ihm das schon klar ist.

Er verbeißt sich eine Antwort, als der Schieber hinter dem Gitter zurückgeschoben wird und das Gesicht einer Frau in der Öffnung erscheint.

»Kann ich Euch behilflich sein, Gentlemen?« Ihre Stimme klingt überraschend kultiviert. Sidney schwenkt prompt den Hut und verbeugt sich professionell.

»Guten Abend, Mistress. Wir hofften auf etwas zu trinken und angenehme Gesellschaft.«

Die Frau verzieht keine Miene. »Vielleicht verwechselt Ihr dieses Haus mit einer Art Gasthof, Sir. Ich betreibe hier ein Heim für Waisenmädchen.«

Sidney lacht. »Ach ja? Aber ich glaube nicht, dass ich mich irre. Seid Ihr vielleicht die Vestalium Maxima? Die Hohepriesterin der Vestalinnen?« Er schenkt ihr erneut ein charmantes Lächeln, und sie bestätigt die Anspielung, indem sie das Lächeln flüchtig erwidert.

»Kenne ich Euch, Sir?«

»Noch nicht.« Er strahlt sie an, nimmt die silberne Marke aus seinem Geldbeutel und hält sie ins Licht. Sie wirft einen Blick darauf und nickt.

»Wo habt Ihr die her?«

»Von einem Freund. Er sagte, wir sollten …«

»Welcher Freund?« Ihre scharfen Augen huschen von

Sidney zu mir und zurück; schätzen unsere Kleider, unsere Gesichter und den möglichen Umfang unserer Börsen ab.

»Robert Dunne«, entgegne ich, bevor Sidney antworten kann.

Ihr Gesichtsausdruck verändert sich, obwohl ich nicht sagen kann, ob meine List funktioniert hat.

»Verstehe.« Sie presst die roten Lippen zusammen. Die Stäbe des Gitters verdecken abwechselnd die Hälfte ihres Gesichts; es ist schwer, sich ein Gesamtbild zu machen. »Wie lauten doch gleich Eure Namen?«

»Mein Name ist Giordano Bruno.« Ich betone ihn bewusst, warte auf ein Zeichen des Erkennens von ihr. Sie mustert mich ausdruckslos, bevor der Schieber mit einem harschen Kratzen von Holz auf Holz geschlossen wird.

Sidney flucht durch die Zähne, aber nach einer kurzen Pause hören wir, wie an dem Riegel herumgenestelt wird. Die Tür öffnet sich, und eine hochgewachsene Frau erscheint. Sie ist in ein elegantes Gewand aus grünem Satin gekleidet, das schon bessere Tage gesehen hat, aber ebenso wie die Trägerin selbst einst einen fesselnden Anblick geboten haben muss. Sie betastet eine Perlenschnur, die um ihren Hals liegt.

»Also gut. Ihr kommt besser herein. Ich möchte Euch bitten, Eure Waffen abzulegen und hierzulassen. Sie sind hier sicher.«

»Wir auch?«, versucht Sidney zu scherzen. Sie bringt ihn mit einem eisigen Blick zum Schweigen, und er schnallt widerspruchslos sein Schwert ab. Ich strecke die Hände vor und deute auf meinen leeren Gürtel, sehe aber, wie ihr erfahrener Blick über meinen Körper wandert und an meinen Beinen hängen bleibt. Einen Moment lang fürchte ich, dass sie von mir verlangt, mich durchsuchen zu lassen, aber nach einem weiteren langen Blick nickt sie mir knapp zu.

»Ihr könnt mir die Marke geben. Und bei uns wird im Voraus bezahlt.« Mit einem Lächeln, das ihre Augen nicht erreicht, hält sie uns eine manikürte Hand hin. »Einen Goldsovereign, wenn ich bitten darf.«

»Einen *Gold*sovereign?« Sidney starrt sie mit offenem Mund an; wartet darauf, dass sie lacht und ihm den wahren Preis nennt. Sie streckt weiter mit diesem festgefrorenen Lächeln die Hand aus.

»Zwanzig *Schillinge*?«, wiederholt Sidney, noch immer in der Hoffnung, sich verhört zu haben.

Sie sieht mich an. »Für jeden.«

»Christus und alle Heiligen! Was bekomme ich dafür?«

»Einen kleinen Vorgeschmack vom Himmelreich.«

»Einen kleinen Vorgeschmack? Für einen Sovereign erwarte ich ein fünfgängiges Festmahl.«

»Mit allem Respekt, Sir.« Derselbe glatte, höfliche Ton. »Wie so oft im Leben bekommt Ihr die Qualität, für die Ihr bezahlt. Wenn Euch unsere Preise nicht zusagen, gibt es zahlreiche Orte, wo Ihr weit weniger zahlt. Hier wisst Ihr, was Ihr kauft.« Ihre Lippen krümmen sich erneut zu diesem geisterhaften Lächeln. Wir könnten über jeden beliebigen Handel sprechen, so sorgfältig benutzt sie die Geschäftssprache.

»Ich habe es nicht böse gemeint«, sagt Sidney plötzlich wieder charmant wie immer. Er nimmt ein paar Münzen aus seinem Beutel, dabei funkelt er mich finster an. Wenn wir hier nichts Brauchbares finden, wird er mich den Verlust von zwei Sovereigns so schnell nicht vergessen lassen. Sie wirft einen Blick auf das Geld und betrachtet uns mit undurchdringlicher Miene, bevor das reservierte Lächeln wieder erscheint und sie in Richtung der Tür nickt.

»Dann folgt mir.«

Ich beobachte sie neugierig, als sie uns in einen kleinen,

überheizten, stark nach guten Wachskerzen duftenden Salon führt. Sie strahlt eine gewisse Würde aus, als wäre sie eine Dame von Stand. Vielleicht war sie das einst auch. Ich schätze sie eher auf vierzig als auf dreißig, obgleich ihre Figur die einer viel jüngeren Frau ist und sie ihre blasse Haut ganz eindeutig stets vor Sonne und Wind geschützt hat. Ich wüsste zu gern, wie eine offensichtlich gut erzogene Frau zu diesem Gewerbe gekommen ist, aber ihr Verhalten lädt nicht zu Fragen ein. Sidney lässt sich in einen Sessel mit speckigen Samtkissen fallen und streckt die Beine auf einem ausgeblichenen türkischen Teppich aus. Ich stelle mich an den Kamin, in dem ein vernachlässigtes Feuer zischt und qualmt.

»Also, welche Vorlieben hegt Ihr, Gentlemen?« Sie legt den Kopf schief und mustert uns forschend. »Sagt mir, was nach Eurem Geschmack ist, und ich werde sehen, ob wir Eure Wünsche erfüllen können.« Bei ihr klingt das, als würde sie fragen, wie unser Essen zubereitet werden soll.

»Robert Dunne empfahl mir, nach seiner Favoritin zu fragen«, sage ich, bevor Sidney antworten kann. Er wirft mir einen Blick zu.

»So, hat er das?« Ihre nachgezogenen Augenbrauen schnellen in die Höhe; sie wirkt fast interessiert. »Und was hat er Euch über seine Favoritin erzählt?«

Ich versuche, ein unbeteiligtes Gesicht zu wahren. »Nur, dass ich nicht enttäuscht sein würde.«

Sie neigt den Kopf. »Gut. Ich werde sehen, was ich tun kann. Wartet hier.« Sie verlässt den Salon durch eine Seitentür, und wir hören Schritte auf der Treppe über uns. Sowie sie fort ist, spüre ich, wie sich mein Magen vor Furcht zusammenzieht.

»Sie weiß, dass ich lüge«, zische ich, als ich sicher bin, dass sie außer Hörweite ist.

»Nicht unbedingt.« Sidney dreht seinen Hut in den Händen

und untersucht die Feder. »Glaubst du, sie weiß von dem Brief?«

Ich zucke die Achseln. »Ich bezweifle es. Der Abdruck in dem Siegelwachs stammte von einer dieser silbernen Marken. Jeder ihrer elitären Kunden hätte sie benutzen können. Aber wer auch immer es war, er wollte uns hierherlotsen, das steht außer Frage. Alles, was wir jetzt tun können, ist, vorsichtig zu Werke zu gehen und zu hoffen, dass wir den Grund dafür herausfinden.«

»Und hoffen, dass es nicht zu dem Zweck geschehen ist, dir ein Schwert durch den Leib zu bohren.« Sidney schlägt die Beine übereinander und beschäftigt sich mit einer losen Perle an seinem Ärmel. »Was für Vorlieben Dunne wohl gehabt hat? Was, wenn er zu denen gehörte, die sich gern hart herannehmen lassen? Fesseln und Auspeitschen und so etwas in der Art. Dann gibt es da welche, die mögen heißes Kerzenwachs …«

»Mit einer Kerze kommt sie mir nirgendwo zu nah, keine Sorge.« Das Feuer spuckt ein dickes Stück Glut auf den Teppich. Ich strecke einen Fuß vor und trete es aus. »Das Mädchen wird wahrscheinlich so erleichtert sein, wenn sie feststellt, dass ich nur reden will, dass sie mir nur zu gerne behilflich ist.«

»Hoffentlich«, meint er. »Und was soll ich tun, während du dieser vestalischen Jungfrau Dunnes Geheimnisse abschmeichelst?«

»Vielleicht könntest du auch jemanden zum Reden finden. Ein paar Fragen stellen.«

»Wenn mir das nicht gelingt, habe ich böse draufgezahlt.« Er lächelt schief. Das Vergnügen ist wenigstens eine kleine Entschädigung dafür, von Lady Drake weggezerrt worden zu sein. »Sie fasziniert mich«, sagt er *sotto voce*, dabei deutet er zur Decke, von wo das Knarren von Holz und Schritte zu hören sind. »*Haus der Vesta*, man höre und staune. Ich frage mich, ob sie den Namen selbst ausgewählt hat. Wenn ja, muss sie gebildet sein. Und sie spricht wie eine Edelfrau.«

»Die vestalischen Jungfrauen«, grübele ich, mir meine Kenntnisse in römischer Geschichte ins Gedächtnis rufend. »Mädchen adeliger Abstammung aus Rom, auf das Zölibat in den Diensten der Göttin eingeschworen. Eine von ihnen zu schänden wurde mit dem Tod bestraft, nicht wahr? Man muss ihren Sinn für Ironie bewundern.«

»Wie kommt Ihr darauf, dass es ironisch gemeint ist?«

Wir zucken beide zusammen; die Hurenwirtin ist geräuschlos wie eine Katze auf der anderen Türschwelle aufgetaucht. Ihre Augen funkeln. »Keine Angst, ich scherze nur. Ihr«, sie deutet auf mich, »kommt mit mir. Euch werde ich gleich holen, Sir«, fügt sie an Sidney gewandt hinzu. »In der Zwischenzeit werde ich Euch Wein bringen lassen.«

»Hör zu, geh nicht ohne mich.« Ich drehe mich zu ihm. »Warte hier auf mich, nachdem du …« Ich lasse den Satz mit einem Achselzucken verhallen. Irgendetwas an der Art, wie die Frau uns ansieht, flößt mir Unbehagen ein, aber das kann ich mir in meiner Nervosität auch einbilden.

»Ich werde warten. Geh und sieh zu, dass du etwas für dein Geld bekommst.« Er stellt pantomimisch dar, wie einem Mann völlig überraschend heißes Wachs auf seine intimsten Körperteile tropft. Ich funkele ihn böse an und drehe mich wieder zu der Wirtin um, die mit einem öligen Lächeln auf die zweite Tür deutet.

Sie rafft ihre Röcke und schwenkt absichtlich die schmalen Hüften, als sie mich die Treppe hoch zu einem Absatz führt. Hinter einer Tür sind tiefe Stimmen und Gelächter zu hören, dem Klang nach zu urteilen, handelt es sich um zwei oder drei Männer. Dann erklingen wüstes Fluchen und Jubel, als wäre dort ein Kartenspiel im Gange. Ich blicke mich um und krümme die Finger meiner rechten Hand, bereit, nach meinem Messer zu greifen, wenn es nötig sein sollte. Ich habe noch keine bewaffneten Aufpasser gesehen, aber sie werden irgendwo sein, im Schatten lauern, nahe genug, um auf ihr Zeichen hin jeden derb zu verprügeln, der Schwierigkeiten zu machen droht. Diese Männer gibt es in jedem Bordell. Allmählich frage ich mich, ob es klug war hierherzukommen.

»Ihr kennt Euch also in der Geschichte Roms aus, Sir«, bemerkt die Frau über ihre Schulter hinweg mit ihrer korrekten Aussprache, als sie mich an der Tür vorbei und eine weitere Treppe hochführt. In dem Raum, an dem wir gerade vorbeigekommen sind, brandet eine weitere Lachsalve auf. »Vielleicht seid Ihr ein Gelehrter?« Die Feststellung ist harmlos genug, aber ich habe nicht die Absicht, irgendetwas preiszugeben.

»Ich habe schon viel getan«, gebe ich zurück.

»Daran hege ich keinen Zweifel. Aber ein Seemann seid Ihr nicht, da bin ich mir ziemlich sicher.«

»Woher wollt Ihr das wissen?«

»Ihr seid zu höflich. Euch geht die Grobheit ab, die sogar Gentlemen nach Monaten in der Gesellschaft von Männern entwickeln.«

Ich neige mit einem, wie ich hoffe, rätselhaften Lächeln den Kopf.

Sie lacht. »Was führt Euch also nach Plymouth?«

»Geschäfte.«

»Und Ihr habt Robert Dunne hier gesehen?« Sie stellt die Frage in einem leichten Ton. Ich sehe sie fest an und wende dann den Blick ab. Keiner von uns hat Dunnes Tod erwähnt; ich frage mich, ob sie darauf wartet, dass ich das Thema zur Sprache bringe.

»Ja.« Mehr sage ich nicht dazu. Sie senkt den Kopf und nickt.

»Armer Robert«, sagt sie. »Wir haben die traurige Nachricht natürlich gehört.«

»Ihr kanntet ihn gut?«

»So gut, wie ich unsere Besucher eben kenne«, erwidert sie glatt und schielt aus den Augenwinkeln zu mir herüber. Eine wahre Politikerantwort; ich habe sie unterschätzt. Wenn ich denke, ich kann sie durch List dazu bringen, mir etwas zu verraten, habe ich mich geirrt. Eine Bordellbetreiberin – vor allem eine, die offenbar einflussreiche Männer zu ihren Kunden zählt – muss in der Kunst der Diskretion so geübt sein wie jeder Diplomat oder Spion. Unten in Southwark stehen ein paar Hurenwirtinnen in Walsinghams Diensten; es ist erstaunlich, was ein Mann alles von sich gibt, wenn er seine Hosen und seine Wachsamkeit abgelegt hat.

»Wart Ihr enge Freunde?«, fragt sie, als wir einen zweiten Treppenabsatz erreichen.

»Es geht.« Genau wie sie würde ich es vorziehen, Fragen über Dunne auszuweichen.

Sie berührt die Perlen an ihrem Hals, dreht sich zu mir um und misst mich mit einem ruhigen Blick. »Trotzdem hat er Euch sein Erkennungszeichen gegeben. Die Leute kommen für gewöhnlich auf eine persönliche Einladung hin zu uns, wisst Ihr. Wir sind stolz auf eine gewisse …«, sie gibt vor, nach dem Wort zu suchen, »… Exklusivität.«

Ich lächele traurig, ohne die Augen von ihr abzuwenden. »Er gab es meinem Freund. Vielleicht hatte er andere Dinge im Kopf. Aber Ihr werdet feststellen, dass unser Geld so gut ist wie das eines jeden anderen, Mistress …« Ich hebe fragend die Brauen.

»Grace.« Sie deutet einen Knicks an, ich kann allerdings

nicht sagen, ob sie sich über mich lustig macht. »Man nennt mich Mistress Grace. Nun, ich hoffe, Ihr werdet zufrieden sein, Doktor Bruno. Ich schicke Euch Wein hinauf.«

Auf diesem Absatz befinden sich drei Türen. Sie geht zu der hintersten, dreht den Knauf, tritt zur Seite und mustert mich einen Moment länger, als würde sie mit sich ringen, ob sie noch mehr sagen soll, nickt mir dann aber kurz zu und wendet sich zur Treppe. Ich hole tief Atem und stoße die Tür auf. Das Unbehagen, das in meinem Magen kribbelt, ist stärker geworden, aber ich kann den Grund dafür nicht genau bestimmen.

Der Raum ist klein und dämmrig; er scheint von einem größeren Raum abgeteilt worden zu sein, und durch die dünne Wand dringen von nebenan ein unverkennbares Stöhnen und das Knarren von Holz. Zwei Kerzen brennen in einem Wandhalter und eine auf einem kleinen Tisch. Außer dem Bett und einem Nachttisch daneben, auf dem ein irdener Krug und eine Waschschüssel stehen, gibt es keine Möbel. Eine schmächtige Gestalt hockt zusammengekauert auf dem Bett. Sie trägt ein Baumwollhemd, hat die Hände im Schoß gefaltet und den Kopf gesenkt, sodass ihr strähniges Haar ihr Gesicht verdeckt. Mir kommt der Gedanke, dass ich, wenn ich ein echter Kunde wäre, etwas mehr Einsatz als diese Armesünderhaltung erwartet hätte.

»Hallo«, sage ich so sanft ich kann.

Sie hebt den Kopf, und es versetzt mir einen Schock, als ich alles verstehe. Die Gestalt vor mir ist ein Junge, vielleicht dreizehn oder vierzehn Jahre alt. Seine Gesichtshaut ist noch weich, aber der tote Ausdruck in seinen Augen gehört einem Menschen, der schon zu lange gelebt hat.

»Ah«, mache ich, dabei versuche ich, meine Reaktion hinter einer unbeteiligten Miene zu verbergen. Ich trete rückwärts zur Tür und suche den Raum nach Verstecken für etwaige

Attentäter ab. Entweder ist das eine Falle, oder Robert Dunne hatte noch mehr Geheimnisse als die, die wir bislang entdeckt haben.

»Wollt Ihr mich als Jungen oder als Mädchen, Sir?« Der Stimme des Kindes fehlt jegliche Emotion. Als ich keine Antwort gebe, schlägt er die Beine übereinander, und das Hemd rutscht zu seinen knochigen Schenkeln hoch. Ein blauer Bluterguss hebt sich von der weißen Haut ab. »Ich habe Frauenkleider, die ich anziehen kann, wenn Ihr eine Vorliebe dafür habt. Ganz wie Ihr wollt.« Er zuckt die Achseln, um zu zeigen, dass er mir in jeder Hinsicht zu Willen ist.

»Gut.« Ich würde mich gern setzen, aber es gibt keinen Stuhl; stattdessen lehne ich mich gegen die Tür und lasse mich daran gelehnt zu Boden sinken. »Ich denke, ich würde gern etwas trinken. Wie ist dein Name?«

Der Junge legt den Kopf in den Nacken, mustert mich unter seinem Haar hervor und schätzt mich ab. »Welchen wollt Ihr denn hören?«

»Den richtigen.«

Über sein Gesicht huscht ein Ausdruck, den ich erst nicht zu deuten vermag; er scheint zusammenzuschrumpfen und blickt zur Tür, als würde er auf irgendeine Art von Unterstützung hoffen. Dann erkenne ich, dass er Angst hat. Und das aus gutem Grund; Sodomie ist dem englischen Gesetz zufolge ein Verbrechen, das mit dem Galgen bestraft wird, und das gilt auch für den, der sich für Geld anbietet oder sich als Kuppler betätigt. Kein Wunder, dass er seine Identität nicht preisgeben will.

»Dann sag mir einfach irgendeinen Namen«, lenke ich ein, weil ich Angst habe, sein Misstrauen geweckt zu haben.

Er entspannt sich ein wenig. »Ihr könnt mich Toby nennen.«

»Also schön, Toby …« Ich überlege, wo ich anfangen soll, als es an der Tür klopft. Ich springe hoch und reiße sie auf; bereit, nach meinem Messer zu greifen, aber vor mir steht nur ein blasses Mädchen mit tief ausgeschnittenem Mieder, das mir zwei große Zinnbecher reicht, ohne auch nur einmal den Kopf zu heben und mir in die Augen zu sehen. Sie ist hübsch und sehr jung, vielleicht genauso alt wie er. Sowie ich die Becher entgegengenommen habe, macht sie auf dem Absatz kehrt und stakst geräuschlos davon. Ich schließe die Tür. Toby sitzt noch immer teilnahmslos auf dem Bett.

»Wein?«

Der Junge nickt, dabei beobachtet er mich stumm. Er zieht unter dem Hemd die Knie an und schlingt die Arme darum, eine seltsam anrührende Geste, die ihn noch kindlicher wirken lässt. Vielleicht weiß er etwas; meine Schwierigkeit besteht darin, sein Vertrauen zu gewinnen, ohne ihm Angst einzujagen.

Ich halte die Becher vor mich und gehe so langsam auf ihn zu, wie man sich einem nervösen Tier nähern würde. Er streckt die Hand aus und greift nach einem, dabei heftet er die großen braunen Augen ohne irgendeine erkennbare Regung auf mich. Ich setze mich neben ihn auf das Bett, halte aber genug Abstand, um nicht bedrohlich zu erscheinen. Meine Nerven sind zum Zerreißen gespannt, meine Sinne empfänglich für jedes Anzeichen dafür, dass sich vor der Kammer etwas regt.

Der Junge dreht sich um und sieht mich erwartungsvoll an.

»Sollen wir beginnen, Sir?« Seine kleinen Finger zupfen am Kragen des Hemdes. »Sagt mir, was Ihr wünscht, und ich …«

»Toby.« Ich setze mich bequemer hin, ziehe ein Bein unter mich und trinke einen Schluck Wein, allerdings nur einen kleinen, ich muss einen klaren Kopf behalten. Ich habe mich im Lauf der Jahre in einigen seltsamen Situationen befunden, aber in keiner, die sich mit dieser vergleichen lässt. Als ich mich bewege, spüre ich, wie sich etwas in meinen Schenkel bohrt. Ich hebe die Bettdecke an und ziehe ein in Kalbsleder gebundenes Buch hervor, ganz neu und offenbar kostspielig. Der Junge schnellt vor, um es mir zu entreißen, aber ich bin zu schnell für ihn, ich springe auf und halte es außerhalb seiner Reichweite in die Höhe, bis er wieder auf das Bett sinkt und mich finster anblickt. Ich klappe das Buch auf und entnehme der Titelseite, dass es sich um eine Ausgabe von Ovids *Fabeln* handelt. Das Druckerzeichen fällt mir auf. Das Buch wurde erst letztes Jahr gedruckt. Das vordere Vorsatzblatt ist herausgerissen.

»Gehört das dir?«

Der Junge wirkt erschrocken. »Ich habe es geschenkt bekommen. Von einem Gentleman. Ich habe es nicht gestohlen.« Er streckt halbherzig die Hand danach aus.

»Ein großzügiges Geschenk.« Ich blättere die Seiten um. »Ein so neues Buch wie dieses ist einen hübschen Batzen Geld wert. Zu schade, dass aus diesem eine Seite herausgerissen wurde, das könnte den Wert mindern.«

Sein Blick wandert kurz schuldbewusst zu mir. Ich beschließe, einen anderen Kurs einzuschlagen.

»Gefallen dir die Geschichten?«

Sein Gesicht hellt sich auf. »O ja. Ich mag Perseus und das Seeungeheuer am liebsten, und Narziss, der sich in sich selbst verliebt.«

»Kannst du sie *lesen*?«

Er senkt den Blick. »Nicht wirklich. Er liest sie mir manchmal vor. Er hat mir versprochen, mir das Lesen beizubringen, wenn ich brav bin.«

»Wenn du brav bist und tust, was er von dir verlangt?«

Er antwortet nicht, sondern beißt sich nur fest auf die Unterlippe. Als er aufblickt, gleicht sein Gesichtsausdruck dem eines Kindes, das sich gezwungen sieht zuzugeben, dass es etwas aus der Speisekammer stibitzt hat. »Ihr werdet es Mistress Grace nicht sagen, ja? Sie würde es mir wegnehmen. Und wäre böse auf mich.«

»Ich werde ihr nichts verraten.« Ich gebe ihm das Buch zurück, er stopft es augenblicklich unter die Matratze und setzt sich darauf. »Wie wäre es, Toby«, ich lehne mich zurück, »wenn wir uns ein bisschen unterhalten würden?«

»Unterhalten?« Er zieht die Brauen zusammen und blickt zur Tür, als suche er nach Zustimmung für diesen außergewöhnlichen Vorschlag. »Warum?«

Ich hebe die Schultern und trinke noch einen Schluck. Der Wein ist warm und aromatisch und lässt mich an Weihnachten denken; ich spüre, wie er durch meine Adern strömt und meine Nerven beruhigt. »Ich bin fremd hier, und mir fehlt jemand, mit dem ich reden kann. Mein Freund Robert Dunne sagte immer, du wärst ein guter Zuhörer.«

Es ist ein gewagtes Spiel, das weiß ich schon, bevor ich den Namen fallen lasse. Kein Mann mit einer Vorliebe für illegale Perversionen verbreitet diese Information großzügig.

Der Junge runzelt verwirrt die Stirn und schielt wieder zur Tür.

»Robert Dunne?«

»Genau der. Er hat in den höchsten Tönen von dir gesprochen.«

Der Junge schaut nur auf seine auf seinem Schoß ineinander verkrallten Hände hinunter und murmelt etwas Unverständliches.

Vielleicht war das der falsche Ansatz; es kann gut möglich sein, dass Robert Dunne ein gewalttätiger Perverser war und der Junge eine Heidenangst vor ihm hatte und froh ist, dass es ihn nicht mehr gibt. Vielleicht hat er Robert Dunne in seinem ganzen Leben noch nie gesehen. Ich versuche es anders.

»Ich nehme an, du hast gehört, was ihm zugestoßen ist?«

Sein Kopf fährt mit einem Ruck hoch, und seine Augen bohren sich kurz in meine. Ich lese Furcht darin.

»Was denn?«, flüstert er.

»Er ist tot. Wusstest du das nicht?«

Verwirrung huscht über sein Gesicht. »Ich …« Er kratzt sich den Nacken, dann streckt er eine Hand aus und legt sie auf meinen Oberschenkel. »Sir, wollt Ihr Euch ausziehen?«

»Nein!«, wehre ich erschrockener als beabsichtigt ab, springe auf und trete für den Fall, dass er noch einmal versucht, mich zu berühren, zum Fenster. Der Wind schlägt die Läden gegen das Glas. »Noch nicht. Lass uns erst noch etwas reden.«

»Soll ich mich dann ausziehen? Ihr seid doch sicher nicht zum Reden hergekommen.« Wieder zupft er an den halb aufgeschnürten Bändern seines Hemdes. Das Gespräch flößt ihm mehr Unbehagen ein als die Aussicht auf das, weswegen ich seiner Meinung nach gekommen bin.

»Nein, wirklich nicht, bleiben wir so, wie wir sind. Entschuldige, Toby, ich bin heute Abend in einer seltsamen Gemütsverfassung. Ich schätze, ich trauere um meinen Freund Robert. Das verstehst du doch?«

Er vollführt eine Kopfbewegung.

»Trauerst du auch um ihn?«

Er zuckt die Achseln und weicht meinem Blick aus.

»Hat er dich oft besucht?«

»Warum stellt Ihr mir so viele Fragen über ihn?«

»Wenn jemand, der dir nahgestanden hat, stirbt, kann man ihn in gewisser Hinsicht zurückbringen, indem man über ihn redet. Dann kommt es einem so vor, als wäre er noch da. Findest du das nicht? Hast du noch nie jemanden verloren, an dem du gehangen hast?«

»Meine Eltern.« Er hebt den Kopf nicht.

»Bist du so hierhergekommen?«, frage ich sanft. Er blickt auf und schaut mich an, als sähe er mich zum ersten Mal. Als er spricht, flüstert er so leise, dass ich ihn kaum verstehen kann.

»Mistress Grace hat mich hergebracht, um in der Küche zu arbeiten, als ich klein war. Jetzt bin ich Lehrling des Apothekers unten, aber sie überlässt mir immer noch eine Kammer im Haus.«

»Und sie lässt dich dieselbe Tätigkeit verrichten wie die Mädchen?«

Wieder reagiert er mit störrischem Schweigen und fest zusammengepressten Lippen. Das Kerzenlicht scheint zu flackern und zu tanzen, daher denke ich anfangs an einen Luftzug im Raum, aber als ich die Flammen beobachte, stelle ich fest, dass die Wand selbst wogt, als würden sich kleine Wellen auf der Oberfläche ausbreiten. Toby starrt mich noch immer an, und ich bemerke, dass sich sein unglückliches Gesicht verdoppelt hat: zwei blasse Scheiben nebeneinander, und dort, wo sie sich überschneiden, verschwimmt jede. Ich trete einen Schritt auf ihn zu. Meine Beine fühlen sich irgendwie an, als würden sie nicht zu mir gehören; ich muss mich mit einer Hand an der Wand abstützen. Zu spät begreife ich, was geschehen ist, und verwünsche meine eigene Unvorsichtigkeit: Mir hätte auffallen müssen, dass der Junge seinen Wein nicht angerührt hat. Mit einer schwankenden Bewegung ziehe ich die Schüssel vom Nachttisch, zwänge mir die Finger in den Rachen und würge, als mir Galle in die Kehle steigt. Ich habe das Gefühl, mich an Bord eines Schiffes zu befinden; die Wände scheinen im selben Rhythmus wie mein Kopf zu pulsieren, aber ich gebe nicht auf und krümme mich, als der scharfe Salzgeschmack von Speichel meinen Mund erfüllt und mein Magen sich ein-, zweimal hebt, bevor ich erneut heftig würge und der Inhalt sich in die Schüssel ergießt und auf die kahlen Bodendielen spritzt.

Keuchend wische ich mir mit dem Ärmel den Mund ab und lehne mich gegen die Wand. Toby beobachtet mich, ohne sich von der Stelle zu rühren, aber in seinen Augen flackert Furcht.

»Was tun sie hinein?«, frage ich.

Seine Stimme ist kaum zu hören. »Muskat.«

»Warum?«

»Das tut sie manchmal. Es heißt, dass sie Euch nicht traut. Deswegen hat sie Euch hergebracht.«

Ich reibe mir die Stirn. Mir ist immer noch schwindelig, und ich bin nicht sicher auf den Beinen; ich kann spüren, wie das Zeug heiß in meinem Organismus tobt, obschon ich glaube, früh genug gehandelt zu haben, um den größten Schaden abzuwenden. Ich frage mich, ob sie mit Sidney dasselbe gemacht haben und ob sie vorhaben, uns zu berauben. Padre Pettifer hat mich gewarnt, ich hätte auf ihn hören sollen. Dann leuchtet in meinen benommenen Gedanken eine Nadelspitze Klarheit auf: Mistress Grace hat mich mit »Doktor Bruno« angesprochen. An der Tür habe ich ihr meinen Titel jedoch nicht genannt, deswegen *muss sie wissen, wer ich bin.* Sie hat auf mich gewartet. Hat sie diesen Brief geschickt? Aber woher kann sie mich kennen, und wieso sollte sie mich herlocken?

»Hat Robert Dunne …« Ich spreche langsam und bedächtig, höre meine Stimme, als würde sie von anderswo herkommen. »Ist er als Kunde zu dir gekommen? Warst du sein Liebling?«

Er schüttelt den Kopf. Seine Umrisse sind immer noch nur verschwommen zu erkennen, aber ich sehe, wie er erneut einen nervösen Blick Richtung Tür wirft.

»Warum hat sie mich dann zu dir gebracht? Ist das eine Falle? Was haben sie vor?«

Als er keine Antwort gibt, trete ich mit ausgestreckter Hand einen Schritt vor. Er stößt einen kleinen Schrei aus, als rechne er damit, geschlagen zu werden. Ich packe den Krug, kippe den Inhalt über mein nach oben gerichtetes Gesicht und schüttele dann wie ein Hund den Kopf, sodass die Tropfen fliegen.

»Ich weiß es nicht, Sir«, wimmert er. »Ich tue nur, wie mir geheißen.«

»Wer hat den Brief geschickt?« Ich wische mir das Wasser aus den Augen, trete noch einen Schritt vor und baue mich vor ihm auf, woraufhin er mit einem Jammerlaut zurückweicht.

»Ich weiß nichts von irgendeinem Brief, Sir. Ich habe nie mit Robert Dunne gesprochen. Er ist nicht meinetwegen hierhergekommen.« Er presst sich gegen die Wand; versucht sich kleiner zu machen. »Ihr müsst mit Eve reden. Ihr hat er immer den Vorzug gegeben. Ich weiß gar nichts.«

»Und wo ist Eve?«

»Sie ist fort.«

»Wohin? Wo kann ich sie finden?« Ich knie mich auf das Bett und fasse ihn am Arm. »Sag es mir! Oder soll ich Mistress Grace von deinem Buch erzählen?«

»Nein!« Er beißt sich auf die Lippen. »Sie schickt sie weg, wenn sie in Hoffnung kommen. Weil sie danach keine Verwendung mehr für sie hat.«

»Aber *wohin*?«

»Ich weiß es nicht!« Seine Stimme klingt schrill vor Panik, sein Blick schweift wieder zur Tür. Just in diesem Moment wird sie aufgestoßen, und die Gestalt eines Mannes in Schwarz füllt den Rahmen aus.

Für die Dauer eines Herzschlags erstarre ich; Toby nutzt meine Verwirrung aus, um sich meinem Griff zu entwinden und auf die offene Tür zuzustürmen, vorbei an dem Mann, der ihm eine Kopfnuss verpasst, als er sich unter ihm wegduckt.

Die Tür fällt hinter ihm ins Schloss. Mein Sehvermögen ist immer noch beeinträchtigt; ich erkenne nur, dass er hochgewachsen ist, einen Bart trägt und etwas hinter dem Rücken verborgen hält.

Ich weiche zurück, sehe den Mann an und blinzele, um das Flirren vor meinen Augen zu vertreiben. Dann spüre ich, wie mein Kopf allmählich klarer wird, obwohl mein Herz gegen meine Rippen hämmert.

»Ihr seid also der berühmte Giordano Bruno?«, stellt er fest, dabei blickt er sich im Raum um. Er hat eine kultivierte Stimme, die der von Sidney ähnelt, aber sie ist mit einem merkwürdigen Lispeln behaftet. »Ihr wisst, dass es gegen die Gesetze dieses Landes verstößt, Jungen zu kaufen? Genau wie gegen die Gesetze Gottes, wie ich wohl kaum hinzufügen muss.«

»Wer seid Ihr?« Einen panischen Moment fürchte ich, dass er ein Vertreter der Behörden ist, der mich hier mit dem Jungen ertappen soll. Aber das würde keinen Sinn ergeben; die Hurenwirtin und ihr gesamtes Geschäft würden zusammen mit mir untergehen.

Sein Gesicht verzieht sich zu einem wissenden Lächeln, und ich kann mich klar genug darauf konzentrieren, um festzustellen, dass er die meisten seiner Zähne verloren hat.

»Ihr kennt mich nicht, doch ich wage zu behaupten, dass Ihr mit meinem Namen vertraut seid. Ich habe allerdings einen Freund, der darauf brennt, Eure Bekanntschaft zu machen. Oder sie aufzufrischen, sollte ich besser sagen.«

Meine Kehle schnürt sich zu. »Habt Ihr den Brief geschickt?«

»Das hat mein Freund übernommen. Mit dem Schreiben ist es bei mir nicht mehr weit her. Nicht nach dem, was sie mir angetan haben.« Er hält seine rechte Hand hoch, die verdreht in einem unnatürlichen Winkel vom Gelenk absteht. Die Sehnen sind zweifellos irreparabel geschädigt. Ich habe so etwas schon gesehen: bei einem Mann, der während eines inoffiziellen Verhörs stundenlang an den Handgelenken aufgehängt worden ist. Es ist im Tower eine der bevorzugtesten Techniken des Kronrats. Eine eisige Erkenntnis keimt in mir auf.

»Ihr seid John Doughty.« Meine Stimme gleicht einem heiseren Krächzen.

Er legt den Kopf schief und lächelt, wie um anzudeuten, dass dies eine interessante Vermutung ist. Zugleich zieht er die linke Hand hinter dem Rücken hervor und bringt ein Messer zum Vorschein. Ich zwinge mich, mich nicht zu rühren. Er hält mich für unbewaffnet, ich habe nur eine Chance, ihn zu überrumpeln, während er sich im Vorteil wähnt, und ich muss den Zeitraum genau berechnen.

»Was wollt Ihr dann von mir?« Ich versuche, meiner Stimme einen beherzten Klang zu verleihen, merke aber, dass ich immer noch nuschele.

»Warum erkundigt Ihr Euch nach Robert Dunne?«

Ich starre ihn an. »Was denkt Ihr denn?«

Das Lächeln verfliegt. »Ich kann nur vermuten, dass Drake nicht an seinen Selbstmord glaubt. Hat er recht?«

»Sagt Ihr es mir.«

»Ah.« Er nickt mit zusammengepressten Lippen. »Interessant. Nun, wie es aussieht, suchen wir alle nach Antworten. Jetzt möchte ich erst einmal, dass Ihr mit mir kommt. Mein Freund wünscht Euch zu sehen. Er hat ebenfalls ein paar Fragen an Euch.«

»Und wenn ich mich weigere?«

Er hält das Messer in die Höhe, sodass sich das Kerzenlicht auf der Klinge widerspiegelt. »Das wäre sehr töricht von Euch.«

Ich bleibe stumm. Meine Gliedmaßen fühlen sich noch immer schwer an, doch ich kann klarer denken. Ich warte. Als er sieht, dass ich nicht zu antworten gedenke, neigt er den Kopf, wie um zu sagen: »So sei es«, und tritt mit der auf mich gerichteten Klinge auf mich zu. In einer fließenden Bewegung ducke ich mich, reiße das Messer aus meinem Stiefel, stürze mich auf ihn und treffe seinen Oberarm. Er schreit auf und lässt seine Waffe fallen, als er versucht, mein Wams zu fassen zu bekommen. Ich versetze ihm einen harten Stoß gegen die Brust, stürme halb rutschend, halb fallend die Treppe hinunter und brülle nach Sidney, als ich auf dem ersten Absatz stolpere, mich wieder aufrappele und um die Ecke auf die nächste Treppenflucht zujage. Von oben folgen mir Schritte, ein paar Türen öffnen sich einen Spalt breit, und ich spüre, dass mich Augen aus dem Schatten heraus beobachten, obwohl niemand Anstalten macht einzugreifen. Flüche erschallen über mir auf den Stufen; die Schritte, die mir folgen, werden schneller, doch ich erreiche ungehindert das Erdgeschoss und finde mich in einem Gang mit etlichen geschlossenen Türen wieder. Mein Herz rast, und ich beginne zu rennen, doch meine Beine fühlen sich an, als würden sie durch Wasser waten. Ich werfe einen raschen Blick über meine Schulter. Doughty erreicht den Fuß der Treppe; er ruft irgendetwas, das ich nicht verstehe. Ich stoße die erste Tür auf, die ich sehe, und stampfe durch eine Schlafkammer, in der ein weißhäutiges Mädchen in aufgewühlten Laken auf einem Mann sitzt und ihn in einem gleichmäßigen Rhythmus reitet. Ihre Gesichter kann ich nicht erkennen, ich höre nur ihre Proteste und entschuldige mich auf Italienisch für die Störung. Auf der anderen Seite des Raums ist ein unverschlossener Fensterflügel; ich stoße den Fensterladen zurück, öffne das Fenster und zwänge mich just in dem Moment, in dem Doughty in der Tür erscheint, hindurch.

Als mir die kalte Abendluft ins Gesicht schlägt, bleibt mir kaum die Zeit zu registrieren, dass ich mich nicht im Erdgeschoss befunden habe, wie ich gedacht hatte, sondern im ersten Stock, und dass ich falle, was in meinem halb betäubten Zustand kein unangenehmes Gefühl ist.

11

Meine Rippen treffen auf eine harte Kante, und ich rutsche und falle erneut, bis ich mit einem Ruck in etwas Weichem lande. Ich strecke eine Hand aus. Sie sackt mit einem schmatzenden Geräusch ein, und ein fauliger Geruch umhüllt mich. Als ich aufblicke, kann ich ein vorspringendes Dach vor einem Raum im Erdgeschoss ausmachen, das ich während meines Sturzes gestreift haben muss, und darüber ein offenes Fenster, aus dem der Kopf eines Mannes hastig zurückgezogen wird. Wie es aussieht, bin ich auf dem Misthaufen im Hinterhof des Hauses der Vesta gelandet, was zwar widerlich ist, mich aber vielleicht vor den Knochenbrüchen bewahrt hat, die ich bei einem solchen Sturz hätte davontragen müssen. Ringsum hallen Rufe wider, mein Verfolger wird jede Minute hier draußen sein. Ich wuchte mich aus der Masse verrottenden Gemüses und Gott weiß was noch hoch und taumele auf die Mauer zu, die an den Hof angrenzt. Noch verspüre ich weder in meiner Seite noch in den Beinen Schmerzen, aber ich bin außer Atem, von einer wilden Panik erfüllt, und mein Herz rast immer noch. Vor mir ist ein Tor in die Wand eingelassen, aber es ist fest verriegelt. Meine Atemzüge kommen rasch und abgehackt, als ich mich zu der entgegengesetzten Ecke des Hofes hinüberschleppe, wo ein knorriger Baum steht. Einige Äste ragen auf die andere Seite hinüber, wie um mir den Weg zu weisen. Meine Beine fühlen sich an, als wollten sie unter mir nachgeben, und ich muss mich zu jedem Schritt zwingen. Als ich mich zum Haus umblicke, sehe ich eine Gestalt in dem länglichen Lichtschein der offenen Tür. Ich ziehe mich zu den unteren Ästen des Baumes hoch und klettere höher; als ich mich über die Mauer schwinge, höre ich einen lauten Schrei. Erst als das Geräusch abrupt abbricht, weil ich erneut auf dem Boden aufschlage, wird mir bewusst, dass es sich um meine eigene Stimme gehandelt hat.

Ich stützte mich auf einen Ellbogen und blicke mich um. Anscheinend bin ich in einer Gasse hinter einer Häuserreihe gelandet. Das Licht am Himmel über mir ist fast vollständig erloschen, und die Rückseiten der Gebäude zu beiden Seiten tauchen die schmale Straße in ein tiefes Dämmerlicht. Das Geräusch eiliger Füße dringt an mein Ohr. Ein Stück vor mir kauert ein untersetzter Mann in einem Umhang mit steif ausgestreckten Armen in der Gasse. Ich unterdrücke einen erschrockenen Schrei und weiche vor ihm zurück, bis ich erkenne, dass er keinen Muskel rührt. Ich blinzele argwöhnisch durch die Dunkelheit zu ihm hinüber und rücke vorsichtig näher, bis er sich als ein mit Sackleinwand bedeckter Handkarren eines Gemüsehändlers entpuppt. Die Schritte kommen näher. Ich spähe die Gasse hinunter, sehe aber nur dahingleitende, mich verhöhnende Schatten aus dem Dunkel herauswachsen. Hastig klettere ich in den Karren und bedecke mich mit den Säcken. Zu einem kleinen Ball zusammengerollt, passe ich gerade eben hinein. Das Holz stinkt nach Mist. Ich kauere mich flach darauf und stelle mit aufkeimender Furcht fest, dass sich etwas bei mir im Karren befindet; ich kann es rau und rasselnd ganz dicht an meinem Ohr atmen hören. Erst als ich kurz davorstehe herauszuspringen, begreife ich, dass das

Atmen von mir stammt und die laute Kriegstrommel, die ich höre, das Geräusch meines eigenen in meinen Ohren dröhnenden Blutes ist.

Draußen nähern sich hastige Schritte, sie machen irgendwo ein Stück die Gasse hinunter halt. Stimmen hallen durch das Dunkel.

»Weit kann er in diesem Zustand nicht gekommen sein.«

»Ich dachte, du hättest gesagt, er hätte alles wieder hochgebracht.«

»Der Junge sagt, er hätte ein halbes Glas getrunken, bevor er sich den Finger in den Hals gesteckt hat. Es muss Wirkung gezeigt haben.«

Der zweite Mann flucht. »Warum ließ er sich dann nicht leichter überwältigen? Du hattest ihn schon fast am Kragen, der Teufel soll dich holen! Habe ich dich nicht vor ihm gewarnt?«

»Er hatte ein Messer. Sie hat gesagt, sie hätte ihm die Waffen abgenommen.«

»Da hast du es. Ich habe dir geraten, ihn nicht zu unterschätzen, er ist ein gerissener Hund. Was hast du sonst noch gehört?«

»Er hat nach Robert Dunne gefragt. Über etwas anderes wollte er nicht reden.«

Unter der Sackleinwand in dem Karren zusammengerollt, kann ich die darauffolgende, gemurmelte Diskussion nicht verstehen. Meine rechte Hand wandert zu meinem Gürtel, und voller Erleichterung stelle ich fest, dass ich das Messer in die Scheide geschoben haben muss, bevor ich aus dem Fenster gesprungen bin, obwohl ich mich nicht daran erinnere. Wenigstens habe ich eine kleine Waffe zu meiner Verteidigung, falls sie mich entdecken sollten. Von der Straße wehen ein Husten und das Stampfen von Füßen herüber; ich klammere mich an den Seiten des Karrens fest und konzentriere mich darauf, ruhig und gleichmäßig zu atmen. Meine eine Gesichtshälfte fühlt sich nass an.

»Es wäre besser für uns, ihn zu beobachten und abzuwarten«, sagt die erste Stimme.

Ich könnte schwören, dass ich sie kenne, doch ich wage nicht hinauszuspähen, um meinen Verdacht zu bestätigen. Eine dunkle, anziehende Stimme, wenn man das dazugehörige Gesicht nicht sieht. Es ist eine Stimme, die ich nicht mehr gehört habe, seit ich vor zwei Jahren in Oxford war.

»Wir wissen, wo wir ihn finden.«

»Aber wenn er herausfindet …«

»Ruhig, John! Wir werden einen anderen Weg finden. Ich habe da eine Idee.«

Doughty erhebt weitere Einwände, aber nur kurz, und die Schritte verhallen. Ich bleibe unter den Säcken liegen, da ich nicht sicher bin, ob die beiden Männer wirklich fort sind. Rufe und Fragmente trunkener Lieder wogen von der Straße hinter den Häusern herüber, aber die beiden Sprecher scheinen wirklich verschwunden zu sein. Ich warte noch ein paar Minuten länger, bis ich es wage, aus dem Karren zu spähen.

Die Gasse ist noch tiefer im Schatten versunken, scheint aber leer zu sein. Mit einiger Mühe schwinge ich ein steifes Bein über die Seitenwand des Karrens, falle ungelenk zu Boden und rappele mich auf, um den entstandenen Schaden zu begutachten. Meine rechte Seite brennt beim Atmen wie Feuer; vermutlich habe ich mir bei dem Sturz die Rippen geprellt. Meine Beine schmerzen ebenfalls, aber ich muss dankbar sein, dass der Misthaufen mir Knochenbrüche erspart hat. Mein Kopf pocht, und mein Puls rast noch immer, aber mein Sehvermögen ist wieder normal, und die von dem Muskat ausgelösten seltsamen Empfindungen lassen nach. Die Nachtluft fühlt sich kühl auf meinem Gesicht an. Während ich dastehe und flach atme, um meinen Brustkorb nicht zu belasten, erinnere ich mich an einen jungen Novizen in San Domenico, der behauptete, wundervolle und grauenhafte Visionen von Engeln und Dämonen zu haben, nach denen er oft in eine tiefe Ohnmacht fiel. Die anderen Jugendlichen waren von seinen Geschichten begeistert, und gelehrtere Mönche als ich erklärten, dass er von Gottes Hand berührt worden war, und widmeten sich der Aufgabe, seine Visionen zu deuten, bis der Novizenmeister, ein Mann von begrenzter Fantasie, aber mit einem äußerst gesunden Menschenverstand gesegnet, herausfand, dass der Junge Muskatnüsse aus der Küche gestohlen und gemahlen in größeren Mengen zu sich genommen hatte. Mir entfährt ein leiser Aufschrei, ich schlage mir mit dem Handballen gegen die Stirn und wundere mich, dass mir dieser Gedanke nicht schon eher gekommen ist: Der nach Gewürzen riechende Wein in Dunnes Kabine muss eine ziemliche Dosis Muskat enthalten haben. Das würde die eigenartige Form seiner Trunkenheit und die Halluzinationen erklären. Wer immer es ihm verabreicht hat, wollte, dass es im Lauf des Abends seine Wirkung entfaltet und ihn verwirrt und orientierungslos werden lässt, unfähig, sich gegen einen Angreifer zur Wehr zu setzen, so wie es die Hurenwirtin im *Haus der Vesta* mit mir vorgehabt hat. Auch das ist ein merkwürdiger Zufall – hatte Dunnes Trinkkumpan im *Haus der Vesta* von diesem Trick erfahren? Wenn dem so ist, müssen wir nur in Erfahrung bringen, wer von der Schiffsbesatzung gleichfalls regelmäßig dieses Bordell aufsuchte. Meine Gedanken wandern sofort zu Savile und seinem überlegenen Lächeln, als er von der heiligen Flamme sprach.

Ich trete aus der Gasse auf eine gepflasterte Straße hinaus. Sie ist von hohen Häusern gesäumt, deren obere Stockwerke sich zueinanderneigen. Es ist jetzt völlig dunkel, nur ab und an brennt eine Kerze in einem Fenster, und gelegentlich lugt ein fahler Mond aus einer Lücke zwischen den Wolken hervor und spendet so viel Licht, dass ich die Biegung der hügelabwärts führenden Straße erkennen kann. Wenn ich ihr folge, sage ich mir, muss sie mich am Ende in das Hafengebiet und von dort zum *Star* bringen. Ich halte inne, um mich umzublicken, und frage mich, was ich wegen Sidney unternehmen soll. Ich kann schwerlich das Risiko eingehen, zum *Haus der Vesta* zurückzukehren, um ihn zu suchen; ich bin jetzt nicht mehr in der Verfassung zu kämpfen, selbst wenn ich es nur mit Doughty allein zu tun bekäme, und Mistress Grace hat mit Sicherheit noch mehr bewaffnete Wächter zu ihrer Verfügung.

Ich fluche erneut und humpele die Straße entlang, halte mich dicht bei den Gebäuden zu meiner Linken, ohne zu sehen oder darauf zu achten, dass ich durch den Rinnstein stolpere. Ich darf es nicht wagen, unbewaffnet zurückzugehen, um nach Sidney zu suchen. Die Furcht vor dem, was ihm zugestoßen sein könnte, schnürt mir die Kehle zu; wenn er ebenfalls unter Drogen gesetzt und angegriffen worden ist, ist das allein meine Schuld, weil ich mir eingebildet habe, mich mit List aus etwas herauswinden zu können, was so eindeutig eine Falle war. Dieses Abenteuer hat mir nichts eingebracht außer ein paar Prellungen und der Bestätigung, dass sich John Doughty in Plymouth aufhält und Fragen bezüglich Dunnes Tod stellt. Und die fast absolute Gewissheit, dass der Mann, mit dem er gesprochen hat, als ich mich in der Gasse versteckt habe, der »Freund«, der so dringend seine Bekanntschaft mit mir wieder auffrischen will, kein anderer sein kann als der Buchhändler Rowland Jenkes.

Beim *Star* angekommen, durchquere ich, mich im Schatten haltend, den Hof. Die drei Seiten des Gebäudes ragen im Dunkeln auf; von den Ställen wehen das leise Scharren und Schnauben schlafender Pferde herüber. Ich taste mich an der Wand entlang bis zu der Tür des Schankraums, die ich verschlossen vorfinde. Ich zögere kurz, bevor ich entscheide, dass ich bereit bin, um meines Bettes und eines Bades willen den Preis dafür zu zahlen, den Dienstboten Umstände zu bereiten. Ich hämmere gegen die Tür und rufe laut. Da ich nicht sofort eine Antwort erhalte, brülle ich erneut nach jemandem, und irgendwo über mir wird ein Fenster geöffnet, und eine Stimme herrscht mich an, mit dem verdammten Lärm aufzuhören, es gäbe Leute, die schlafen wollten. Ich schlage noch einmal gegen die Tür, trete einen Schritt zurück und überlege, ob ich es wagen soll, ein Fenster einzuschlagen. Als ich erneut die Stimme erhebe, erschreckt mich ein lautes Platschen hinter mir, und als mir der Gestank in die Nase steigt, begreife ich, dass der Inhalt eines Nachttopfes aus dem Fenster über mir ausgekippt worden ist. Ich kann von Glück sagen, dass derjenige, der ihn ausgeleert hat, nicht genug sehen konnte, um genau zu zielen; er hat mich um ein paar Fuß verfehlt. Nächstes Mal könnte es für mich nicht so glimpflich ausgehen. Ich lehne mich gegen die Tür; versuche, die Willenskraft aufzubringen, mir eine Vorratskammer oder einen leeren Stall zu suchen, wo ich schlafen kann, bis die Dienstboten erwachen, dann höre ich, wie jemand sich auf der anderen Seite am Schloss zu schaffen macht und die Tür sich knarrend öffnet. Die Dienstmagd Hetty steht in einem formlosen Nachthemd vor mir, eine Kerzenflamme wirft Schatten auf ihr blasses Gesicht. Sie zögert, registriert meine Blutergüsse und mein Hinken mit einem wissenden Blick und feixt ganz offen.

»Oh, Ihr seid es. Habt einen vergnügten Abend im *Haus der Vesta* gehabt, Sir?«

»Etwas zu anregend für meinen Geschmack.« Ich bin nicht

in der Stimmung für ihre Provokationen, erkenne aber, dass ich gut daran täte, mich hier in Bescheidenheit zu üben, da ich im Unrecht bin. »Es tut mir leid, dass ich dich geweckt habe.«

Sie wartet, bis ich fast über die Schwelle getreten bin. »Sieht aus, als wüssten sie ihre Fäuste zu gebrauchen, diese Jungfrauen.«

Diese Bemerkung kommt genau im richtigen Moment, ich kann nicht anders, als zu lachen. »Wofür ich wirklich dankbar wäre, Hetty …«, ich drehe mich um, »… ist etwas heißes Wasser. So viel, wie du entbehren kannst. Lässt sich das machen?«

»Da müsst Ihr bis zum Morgen warten«, erwidert sie. »Und es kostet extra. Wenn Euch überhaupt noch Geld geblieben ist.«

»Setz es auf unsere Rechnung«, sage ich. Armer Sidney. Er wird einen ganzen Laderaum voll spanischer Schätze benötigen, um die Kosten zu decken, die sich hier anhäufen. Ich schäme mich sogleich für diesen Gedanken. Hauptsache, er kann dem *Haus der Vesta* gesund entkommen, da spielt das Geld nur noch eine untergeordnete Rolle.

Sie betrachtet meine Augen und reicht mir ihren Kerzenstummel. »Versucht, die anderen Gäste nicht zu wecken, ja? Ich bringe das Wasser gleich als Erstes. Passt auf, dass kein Blut an die Decken kommt. Mistress Judith trifft sonst der Schlag.«

»Ich werde mir größte Mühe geben. Danke für dein Mitgefühl.« Ich berühre die Wunde über meinem Auge vorsichtig mit dem Finger. Sie scheint im Moment nicht mehr zu bluten. Hetty rümpft die Nase; sie ist ganz klar der Ansicht, dass ich mir all das selbst zuzuschreiben habe. Wahrscheinlich hat sie recht. »Brauchst du das Licht nicht, um in dein Bett zurückzufinden?«

»Keine Sorge, Sir, ich finde mich hier nachts besser zurecht als die Mäuse«, behauptet sie, und wie um mir das zu beweisen, verschwindet sie im Schatten und lässt mich allein am Fuß der Treppe zurück. Irgendwie flößt mir die Vorstellung, dass sie geräuschlos durch dunkle Gänge huscht, Unbehagen ein.

Ich biege zwei Mal falsch ab, bevor ich den Korridor wiedererkenne, der zu unserer Kammer führt. Jedes Knarren der Bodendielen scheint im ganzen Haus widerzuhallen. Leise trete ich in den Raum. Die Fenstervorhänge sind zugezogen, die Kammer liegt im Dämmerlicht da. Ich streife meine Stiefel und meine stinkenden Kleider ab, lasse sie dort liegen, wo sie zu Boden gefallen sind, und sinke auf das Bett und in gnädiges Vergessen.

Ich werde aus einem tiefen, traumlosen Schlaf geweckt, als jemand den Raum betritt. Hastig versuche ich, mich aufzurichten, aber meine Gliedmaßen fühlen sich schwer und träge an und wollen mir nicht gehorchen. Es dauert ein paar Sekunden, bis ich wieder weiß, wo ich bin. Erinnerungen an die Ereignisse der letzten Nacht kreisen in meinem schlafvernebelten Kopf herum, während die Verkrampfungen und Schmerzen in meinem Körper stärker werden. Jemand geht leise im Raum umher. Mein Herz hämmert; ich bin hier völlig wehrlos, nackt, unfähig, mich zu bewegen. Die Schritte kommen näher, eine kleine Pause tritt ein, bevor die Bettvorhänge zurückgezogen werden. Ich schreie auf, und dem Eindringling entfährt gleichfalls ein überraschter Laut.

»Bei Gott, Bruno, versuchst du, mich zu Tode zu erschrecken?« Sidney reißt den Vorhang ganz zurück und wendet sich ebenso rasch wieder ab. »Und kannst du kein Hemd anziehen, ich möchte gar nicht sehen, was du zu bieten hast.«

Ich greife mit einiger Mühe nach einer Decke und ziehe sie

über meinen Unterkörper. Dann lasse ich erleichtert den Kopf in die Kissen sinken.

»Gott sei Dank! Ich habe mir Sorgen um dich gemacht«, krächze ich.

»Um mich? Dafür ist es ein bisschen spät, ich habe die halbe verdammte Nacht auf *dich* gewartet. Endlich kam ein Mädchen mit der Botschaft, ich sollte ohne dich nach Hause gehen, was du mir auch schon früher hättest mitteilen lassen können, finde ich.« Er wirft seinen Rock über einen der Stühle und tritt zum Fenster.

»Ich habe dir keine Botschaft ausrichten lassen«, beginne ich, als er die Läden weit aufstößt und die Umrisse der Möbel im schwachen Licht der Morgendämmerung sichtbar werden.

Sidney dreht sich um und stößt den nächsten Schreckensruf aus.

»Was ist denn mit dir passiert?« Er deutet auf meinen Oberkörper. Ich blicke an mir hinunter und betrachte das farbenfrohe Muster aus Schnittwunden und Blutergüssen.

»Ich musste aus einem Fenster springen. Ich dachte, es wäre das Erdgeschoss, aber ich habe mich geirrt.«

Er schlägt eine Hand vor den Mund. »Entschuldige. Ich lache nicht. Wirklich nicht.« Er richtet sich auf, gähnt, reckt die langen Arme über den Kopf, baut sich vor mir auf und inspiziert meine Verletzungen, dabei umfasst er, einen Arzt imitierend, sein Kinn. »Wenigstens kannst du noch laufen. Also war es tatsächlich eine Falle. Haben sie dich ausgeraubt? Erzähl mir, was passiert ist.«

Ich stütze mich auf den Ellbogen und zucke angesichts der Vielzahl von Stichen und brennenden Schmerzen zusammen, die die Bewegung nach sich zieht. Er hockt sich auf das Fußende des Bettes, während ich die Ereignisse der letzten Nacht zusammenfasse. Bei der Erwähnung von Toby kichert er, aber als ich auf den Wein zu sprechen komme, versetzt er mir einen Schlag auf das Bein, den Körperteil, an den er am besten herankommt, um seinem Ärger Luft zu machen.

»In einem Hurenhaus rührt man *niemals* Wein an, Bruno, und schon gar nicht beim ersten Besuch dort und in einer fremden Stadt. Bist du wirklich so grün hinter den Ohren? Es ist der älteste Trick, den sie kennen. Du kannst dich verdammt glücklich schätzen, dass sie dir nicht deine Geldbörse abgenommen haben.«

»Das ist mir jetzt auch klar«, gebe ich verstimmt zurück. »Musst du mir unbedingt noch einen Tiefschlag versetzen? Aber in den Wein war Muskat gemischt. Und ich wette, dass Dunne in der Nacht seines Todes ebenfalls mit Muskat versetzter Wein verabreicht wurde. Die Symptome waren dieselben: wilde Trunkenheit, Halluzinationen, Todesangst.«

Sidney kratzt sich das Kinn. »Ich wusste gar nicht, dass Muskatnuss so etwas anrichten kann. Ist das allgemein bekannt?«

»Das weiß jeder, der sich mit der Wirkung von Kräutern auskennt, würde ich sagen.«

Wir verstummen, denken beide an Jonas.

»Aber hör zu«, fahre ich fort. »Das ist noch nicht die wichtigste Neuigkeit.«

Seine Augen werden groß, als ich ihm von John Doughty erzähle.

»Merkwürdig. Drake sagte, Doughty würde es nicht wagen, sich auch nur in der Nähe von Plymouth blicken zu lassen. Was beweist, dass Drake nicht immer recht hat.« Der Gedanke scheint ihm einige Befriedigung zu verschaffen. »Aber warum war Doughty im *Haus der Vesta*?«

»Er war Seemann. Man muss ihn dort kennen. Die Hurenwirtin hat ihm offensichtlich geholfen; sie brachte mich zu dem Jungen und schickte den gewürzten Wein hoch …«

»Wieso der Junge?« Sidney runzelt die Stirn. »Um dich auf die Probe zu stellen? Herauszufinden, ob du Dunne wirklich kennst?«

»Mag sein. Vielleicht hat sie auch vermutet, dass ich nur gekommen bin, um unliebsame Fragen zu stellen, und sie wollte in Erfahrung bringen, wie diese Fragen lauten.«

»Wie dem auch sei, es scheint kein Zweifel daran zu bestehen, dass dieser Ort irgendwie mit Dunnes Tod zu tun hat. Warum hat man dich sonst absichtlich dorthin gelockt?«

»Doughty dachte, er könnte mich mit einer Messerspitze im Rücken zwingen, ihn zu seinem mysteriösen Freund zu begleiten.«

»Bei dem es sich deiner Meinung nach um Rowland Jenkes handelt.«

»Glaubst du, ich liege da falsch?«

Er reibt sich mit der Hand über seine Bartstoppeln, steht auf und streckt sich. »Ich sage nur, seit du diesen Mann in Schwarz gesehen und dir eingeredet hast, dass er dich beobachtet, zählst du zwei und zwei zusammen und kommst auf fünf.«

»Er war es.« Ich setze mich mühsam höher auf. »Wir wissen, dass sich ein Buchhändler ohne Ohren mit Dunne als Mittelsmann seit Monaten für Drakes Judasbuch interessiert. Auf wen sonst würde diese Beschreibung zutreffen, und wer sonst kennt meinen Namen? Außerdem habe ich seine Stimme gehört.«

»Du hast ihn vor zwei Jahren zuletzt gesehen, und du standest unter dem Einfluss eines Mittels, das Halluzinationen hervorruft.« Er sieht mein Gesicht und seufzt. »Wahrscheinlich hast du recht. Ich kann mir nur nicht zusammenreimen, was er mit John Doughty zu schaffen hat.«

»Ich mir auch nicht.«

Er geht quer durch den Raum zu dem anderen Fenster und

öffnet die Läden. Licht fällt über den Boden. »Du hast auch in dieser Kammer eine ganz schöne Unordnung angerichtet. Ich hoffe, du räumst hinter dir auf.«

Ich lasse mich in die Horizontale sinken. »Tut mir leid wegen der Kleider, die ich einfach auf den Boden geworfen habe.«

»Ich rede nicht von den Kleidern, sondern von deiner Reisetasche. Der Inhalt liegt überall verstreut.«

»Was?« Ich fahre hoch, ohne auf den sengenden Schmerz zu achten, der durch meine rechte Seite schießt. Sidney deutet in die hintere Ecke des Raums, wo meine Tasche offen auf dem Boden liegt; meine wenigen sauberen Hemden sind allesamt herausgezerrt worden. Ich hieve mich von dem Bett hoch, schlinge mir die Decke um die Taille und kauere mich auf den Boden.

»Ich habe das nicht so hinterlassen. Jemand hat meine Sachen durchsucht.«

»Was haben sie mitgenommen?«

Ich hebe die verstreuten Sachen auf und wühle in der Tasche herum. Meine Bücher sind noch da, aber ein Bündel Notizen, die ich dabeihabe, um daran zu arbeiten, scheint zu fehlen. Nichts Verfängliches, wenn ich mich recht erinnere, nur ein paar Berechnungen und hingekritzelte Ideen für ein Buch … Plötzlich kommt mir ein Gedanke, der mir eine Gänsehaut über die Arme jagt. Ich gehe zum Bett und schaue nach der darunter versteckten Ledertasche, die ich letzte Nacht von der *Elizabeth* mitgebracht habe. Als ich sie hervorziehe, stelle ich fest, dass sie leer ist.

»Meine Übersetzung des Judasbuches. Sie ist weg.«

Sidney wirft die Hände in die Luft und stößt einen Fluch aus. »Du hast den Raum gestern Abend nicht abgeschlossen. Ich hatte den Schlüssel. Verdammt.« Er blickt sich zu seinem eigenen Schrankkoffer um, der noch immer mit einem Vorhängeschloss gesichert ist. »Zum Glück haben sie nichts Wertvolleres gestohlen.«

»Du hältst ein verschwundenes Evangelium nicht für wertvoll?« Ich schüttele den Kopf. »Drake wird außer sich sein. Ich habe ihm versichert, dass ich darauf achtgebe.«

»Dann hättest du dich nicht Hals über Kopf auf den Weg zu diesem vermaledeiten Freudenhaus machen sollen, ohne die Kammer abzuschließen«, faucht er.

»Das ist mir jetzt auch klar.« Wir starren uns finster an, bis ich mir mit der rechten Faust in die linke Handfläche schlage. »Zur Hölle! Der Brief war eindeutig ein Trick, um uns wegzulocken, sodass jemand in Ruhe nach diesen Aufzeichnungen suchen konnte.«

»Aber wer könnte gewusst haben, dass du sie hier aufbewahrst?« Er sieht mich an. »Nein, sag nichts … Rowland Jenkes.«

»Hast du eine bessere Erklärung?«

Er öffnet den Mund, um etwas zu erwidern, bricht aber ab, als jemand heftig an die Tür klopft. Sidney reißt sie auf und sieht sich Hetty gegenüber. Ihr Gesicht ist von der Anstrengung gerötet, zwei Eimer mit heißem Wasser zu tragen, von dem sie anscheinend das meiste auf dem Weg hierher verschüttet hat, denn sie zieht eine nasse Spur hinter sich her. Er nimmt ihr einen ab, und sie stellt den anderen auf den Boden, wischt sich die Hände an ihrer Schürze ab, gibt Sidney das Leinentuch, das sie sich über die Schulter geworfen hat, baut sich in der Tür auf und blickt von einem von uns zum anderen. Ich mache Sidney mit einer Geste darauf aufmerksam, dass ich nur mit einer Decke bekleidet bin. Ihr Blick wandert mit einem Ausdruck, der besagt, sie hätte mich gewarnt, über die Blutergüsse auf meiner Brust. Sidney greift widerstrebend nach seiner Geldbörse.

»Du kannst die Wäsche mit nach unten nehmen, wenn du schon einmal hier bist.« Er reicht ihr eine Münze und deutet auf den Haufen schmutziger Kleider. Sie mustert sie angeekelt, bevor sie sie aufhebt, dabei verzieht sie das Gesicht, als ihr der Misthaufengestank in die Nase steigt. Ich rechne mit einer anzüglichen Bemerkung darüber, wo ich die Nacht verbracht habe, aber Sidneys Gegenwart scheint ihr einen widerwilligen Respekt einzuflößen.

»Hetty, du hältst hier die Augen und Ohren offen, nicht wahr?«, frage ich, als sie sich zum Gehen wendet.

»Wenn es sich für mich lohnt«, versetzt sie.

»Ja, das verstehe ich. Hast du gestern irgendjemanden diesen Raum betreten oder verlassen sehen, nachdem du mir den Brief gebracht hast?«

»Abgesehen von dieser Frau?«, kontert sie prompt. Ihr Mund krümmt sich zu einem wissenden Lächeln. Sie ist sichtlich erfreut, einen wunden Punkt getroffen zu haben, aber mir bereitet nur der Gedanke Sorgen, dass sich Lady Arden allein in diesem Raum aufgehalten hat, als ich mich auf die Suche nach Sidney begeben hatte. Sie wusste ebenfalls, dass ich an Drakes rätselhaftem Buch arbeite. Was für eine Verwendung könnte sie für eine halb fertige Übersetzung haben? Ich rede mir ein, dass die bloße Vorstellung absurd ist, balle aber unwillkürlich die Fäuste; ich bin in dieser Hinsicht ein gebranntes Kind, mich hat schon einmal eine Frau bestohlen, weil ich zu vertrauensselig war.

»Niemand sonst?«, fragt Sidney, um das betretene Schweigen zu brechen.

»Nun ja, ich bin nicht die ganze Nacht über den Flur patrouilliert.« Hetty rümpft die Nase und lädt sich das Wäschebündel von einer Hüfte auf die andere.

»Trotzdem.« Sidney ringt sich ein Lächeln ab. »Wenn du

dich erinnern würdest, jemanden in der Nähe dieser Kammer gesehen zu haben, wäre das ungemein hilfreich.« Seine Hand wandert lässig zu seinem Geldbeutel. Hettys Blick folgt ihr wie der einer Katze, die einen Vogel beobachtet. »Einen Mann in Schwarz zum Beispiel?«

Sie gibt vor, darüber nachzudenken. »Kann nicht sagen, ob ich ihn gesehen habe. Wahrscheinlich achtet Ihr in Zukunft besser darauf, dass Eure Tür verschlossen ist.« Sie nickt ihm nachdrücklich zu, als wäre dies ihr letztes Wort, und stampft plattfüßig den Gang hinunter.

»Die Verkörperung weiblichen Charmes«, bemerkt Sidney, als er die Tür schließt. »*Sie* würde dich keine zwanzig Schilling kosten, so viel steht fest.«

»Ich hoffe, du hast den Gegenwert für dein Geld erhalten?«, erkundige ich mich vergrätzt. Der indirekte Tadel ist mir nicht entgangen.

»Ich?« Er wirft mir das Leinentuch zu und schlendert zum Fenster, als ich mich hinknie, um mir den Schmutz des Misthaufens von der Haut zu waschen. »Die letzte Nacht war dein Abenteuer, Bruno. Ich habe nur gewartet, bis du fertig warst.«

»Da hast du aber lange gewartet. Die Sonne ist schon fast aufgegangen.«

Der Abglanz eines Lächelns spielt um seine Lippen. »Da siehst du, wie viel Einsatz ich zeige.«

Ich nehme die ausweichende Antwort mit einem Nicken zur Kenntnis. Wenn er letzte Nacht die Gastfreundschaft des *Hauses der Vesta* genossen hat, wird er mit mir nicht darüber sprechen, und ich sollte es besser wissen, als ihn auszufragen.

»Ich hätte mir den Hals brechen können.« Ich klinge wie ein bockiges Kind. Dann verrenke ich mich, um zu versuchen, die Kratzer auf meinem Rücken zu säubern, und jaule auf, als ein weißglühender Schmerz durch meinen Brustkorb schießt.

»Idiot«, knurrt er, aber voller Zuneigung. »Komm, gib mir das.« Er kommt zu mir herüber, nimmt mir das Tuch aus der Hand und betupft damit die wunden Stellen zwischen meinen Schulterblättern so behutsam wie eine Krankenpflegerin.

12

Ich lasse Sidney, der sich ausruhen will, in der Kammer zurück und begebe mich auf der Suche nach etwas Essbarem in die Schankstube. Während ich mich über Brot, kalte Eier und Dünnbier hermache und den Blicken der wenigen anderen früh aufgestandenen Gäste ausweiche, kommt Mistress Judith sichtlich durcheinander mit einem Krug in jeder Hand auf mich zu.

»Ich bin froh, dass ich Euch gefunden habe. Sir Francis Drake ist gerade eingetroffen und sucht Euch, Sir. Im vorderen Salon.«

Ohne weitere Erklärung eilt sie in Richtung der Eingangshalle davon. Ich folge ihr, und mein Blick fällt auf bewaffnete Männer, die vor einer Tür gegenüber der Treppe Posten bezogen haben. Ich erkenne Drakes Wächter vom Schiff; sie treten zur Seite, um mich durchzulassen. Drinnen bietet sich mir ein seltsames Bild. In der Mitte des Raumes sitzt eine Frau um die dreißig auf einem hochlehnigen Stuhl neben dem kalten Kamin. Sie ist in Trauer, ein Schleier bedeckt ihr Haar. Eine auffällige Schönheit ist sie nicht, aber man kann sie auch nicht als unattraktiv bezeichnen; müsste man den Ausdruck ihres schmalen Gesichts beschreiben, könnte man ihn resolut nennen. Sie trägt die Miene eines Menschen, der gelernt hat, sich nicht auf erste Eindrücke zu verlassen. Ihre hellen Augen schätzen mich ab, als ich eintrete, aber ihre kontrollierten Züge verraten nicht, ob das Urteil zu meinen Gunsten ausfällt. Hinter ihr steht eine ältere Frau in einem schlichten grauen Kleid, die die weiße Haube einer Dienerin trägt und eine Hand besitzergreifend auf die Rückenlehne des Stuhls gelegt hat. Neben ihr hält sich Kaplan Pettifer wie ein diensteifriger Haushofmeister zur Verfügung, er beugt sich betont besorgt über die sitzende Frau. Drake steht mit über seinem Gürtel gefalteten Händen vor ihr, als wäre sie eine Herrscherin, der er Achtung zollen muss.

Er dreht sich um, als ich den Raum betrete. Auf seine sichtliche Erleichterung folgen augenblicklich ein Stirnrunzeln und ein kurzes Heben der Augenbrauen, als er meine lädierte Erscheinung zur Kenntnis nimmt, aber er ist zu höflich, um eine Bemerkung darüber zu machen. Eine kurz zuvor erfolgte Begutachtung in dem altersblinden Spiegel über dem Kaminsims in unserer Kammer hat ergeben, dass der Schaden, nachdem ich mir das getrocknete Blut vom Gesicht gewaschen habe, nicht so arg ist wie befürchtet; ich habe einen bunt schillernden Bluterguss auf der Stirn und eine Platzwunde, die schlimmer aussieht, als sie ist, über der rechten Braue, aber meine Gesichtszüge sind mehr oder weniger intakt. Trotzdem erwecke ich den Eindruck eines Schenkenraufbolds.

Thomas Drake, der unvermeidbare Schatten seines Bruders, lehnt mit verschränkten Armen am Fensterrahmen. Er registriert meine Verletzungen mit angewiderter Miene. Auf einer niedrigen Liege gegenüber dem Fenster sitzen Lady Drake und Lady Arden nebeneinander und wirken sichtlich überflüssig. Lady Drake hält eine Katze auf dem Schoß. Lady Arden hält meinem Blick einen Moment lang mit kalten Augen stand, bevor sie sich betont langsam abwendet. Gerade als das

Schweigen unerträglich zu werden droht, räuspert sich Drake und wendet sich an die Frau auf dem Stuhl.

»Mistress Dunne, darf ich Euch Doktor Giordano Bruno aus Nola vorstellen? Er ist der Mann, von dem ich gesprochen habe.« Drake deutet auf mich, woraufhin ich mich mechanisch in Richtung ihres Stuhls verbeuge und zusammenzucke, weil die Bewegung meine Rippen zusammendrückt.

Sie mustert mich ohne erkennbare Regung, als ich mich aufrichte und mir ein Lächeln abringe.

»Will er die Wahrheit aus ihnen *herausprügeln*?«

»Doktor Bruno hat gestern einen kleinen Jungen aus dem Hafenbecken gerettet«, wirft Lady Arden sachlich ein. »Das Kind wäre sonst ertrunken. Aber er wurde … gegen die Hafenmauer geschwemmt, als er aus dem Wasser klettern wollte.«

Ihre Stimme klingt in der Stille unnatürlich laut. Alle drehen sich zu ihr um, dann heften sich ihre Blicke wieder auf mich. Ich meine, dass Mistress Dunnes Miene weicher wird.

»Mein Beileid, Madam«, sage ich, die Augen niederschlagend. »Und wie geht es Eurem Vater?«

Ihre Brauen ziehen sich verwirrt oder vielleicht auch verärgert zusammen.

»Verzeiht mir, Sir, aber ich glaube nicht, dass Ihr mit meinem Vater bekannt seid.« Sie strafft sich ein wenig, als sie das sagt, was zu ihrem hochmütigen Ton passt. Wahrscheinlich habe ich gegen irgendwelche geheiligten englischen Anstandsregeln verstoßen, aber das stört mich nicht weiter. Ich will nur ihre Antwort hören.

»Nein, ich hatte diese Ehre leider nicht, aber ich hörte, er sei krank.«

Die Dienstmagd hinter ihr zieht mit unüberhörbarer Missbilligung den Atem ein. Mistress Dunne betrachtet mich mit schmalen Augen und blickt dann Drake an, als würde sie sich fragen, ob sie zu einer Antwort verpflichtet ist.

»Dann entsprechen diese Gerüchte dieses eine Mal der Wahrheit, seine Gesundheit ist stark angeschlagen.« Ihre Stimme zittert nicht. »Seine Ärzte fürchten seinen baldigen Tod.«

Bei dieser Enthüllung erhebt sich leises, mitfühlendes Gemurmel im Raum. Ich beobachte Mistress Dunne, die eine sehr schickliche Miene aufsetzt, wenn man bedenkt, dass sie neben bereits bestehendem noch zusätzlichen Kummer erwartet.

»Das zu hören tut mir unendlich leid.«

Sie akzeptiert diese hohle Höflichkeitsfloskel mit einem leichten Neigen des Kopfes, doch ihre Augen ruhen weiterhin misstrauisch auf mir.

Drake, der zur Sache kommen will, hüstelt erneut. »Dies ist selbstverständlich eine schwierige Zeit für Mistress Dunne und ihre Familie«, beginnt er, dabei faltet er seine großen Hände. »Sie hat *Bedenken* geäußert.« Er hält inne, als wäre er nicht sicher, wie er das, was er zu sagen hat, formulieren soll. Mir fällt auf, dass Drake, seit ich ihn kenne, zum ersten Mal nicht Herr der Lage zu sein scheint, und das passt nicht zu ihm. Eine Pause entsteht, als würde er hoffen, dass der Satz sich selbst vervollständigt. Ich blicke in Erwartung näherer Erklärungen von einem zum anderen.

»Mein verstorbener Mann war vieles, Doktor Bruno …« Mistress Dunne bricht ab und mustert mich mit schief gelegtem Kopf. »Seid Ihr ein Arzt?«

»Ich bin Doktor der Theologie.«

»Ich verstehe.« Sie schnaubt verächtlich durch die Nase.

Drake tritt vor. »Doktor Bruno verfügt, wie ich schon sagte, über großes Geschick in solchen Angelegenheiten«, erklärt er rasch, als hätte jemand versucht, das Gegenteil zu behaupten.

Ich sage nichts dazu; ich habe eine leise Ahnung, wohin dies führen wird, und es gefällt mir nicht.

»Mein verstorbener Mann hatte viele Fehler«, beginnt Mistress Dunne an mich gewandt in demselben gleichmütigen Ton, »aber ich glaube nicht, dass Selbstmord dazu zählt.«

Ich schiele zu Drake, er drängt mich mit den Augen zu irgendetwas, aber ich habe keine Ahnung, was das sein könnte.

»Habt Ihr einen bestimmten Grund für diese Aussage, Madam?«

»Weil er ein Feigling war.« Sie fixiert mich mit einem Blick, der mich herausfordert, ihr zu widersprechen.

Pettifer öffnet den Mund, um etwas zu sagen, zögert und schließt ihn wieder.

»Ich fürchte, ich kann Euch nicht ganz folgen.«

»Seinem Leben selbst ein Ende zu setzen, wenn man meint, dass es zu einer unerträglichen Bürde für sich selbst und andere geworden ist, das erfordert ein gewisses Maß an Mut, meint Ihr nicht?«, fragt sie mit demselben direkten Blick.

»Man könnte auch umgekehrt argumentieren«, widerspreche ich. »Seine Last zu schultern, die Verantwortung für sein Scheitern zu übernehmen, dazu braucht es doch wohl Mut.«

Pettifer kann nicht länger an sich halten. »Selbstmord ist eine schwere Sünde, Mistress Dunne, ein Verstoß gegen das sechste Gebot. Daran lässt die Kirche keinen Zweifel. Der Mensch ist das *imago die*. Sein eigenes Ende herbeizuführen heißt, das Vorrecht Gottes an sich zu reißen, der allein die Anzahl unserer Tage kennt.« Er schüttelt den Kopf, wie um sich von einer so ketzerischen Vorstellung zu befreien. »Denkt an Judas Iskariot, der sich aufgrund von Schuld und Reue das Leben nahm, nachdem er unseren Herrn verraten und dem Tode ausgeliefert hat. Ihr würdet ihn doch wohl schwerlich als Vorbild in Sachen Mut bezeichnen, oder?«

Mistress Dunne dreht sich zu ihm. Ihr Lächeln verblasst. »Vielleicht definiert jeder von uns Mut anders, Padre. Aber ich hoffe, Ihr stellt keinen Vergleich zwischen den beiden an.«

Der aus der Fassung gebrachte Pettifer scheint zu merken, dass er sich in einer Schlinge gefangen hat; sein rundes Gesicht rötet sich bei dem Versuch, sich die bewusste Kränkung nicht anmerken zu lassen. Ich beobachte ihn, dabei frage ich mich, was ihn bewogen hat, gerade dieses Beispiel zu wählen.

»Mistress Dunne zweifelt an meinem Urteil bezüglich der Umstände des Todes ihres Mannes«, schneidet Drake Pettifers lahme Entschuldigungen ab.

»Ich bin sicher, dass Kapitän Drake in einer mit Sicherheit sehr heiklen Situation sein Bestes getan hat«, sagt sie an mich gewandt. Das höfliche Lächeln ist zurückgekehrt. »Aber ich fürchte, dass er in Unkenntnis gewisser Fakten vielleicht zu einer voreiligen Schlussfolgerung gelangt ist.«

Angespanntes Schweigen tritt ein. Ich schaue von ihr zu Drake und wieder zu ihr.

»Es tut mir leid, ich verstehe nicht ganz …«

»Selbstmord ist, wie Padre Pettifer sagt, ein schrecklicher Makel für die Seele«, fährt Mistress Dunne fort. Ihre Stimme klingt fest, aber mir fällt auf, dass ihre Finger eifrig am Stoff ihrer Röcke zupfen, ein Zeichen dafür, dass Emotionen unter der Oberfläche brodeln. »Ganz zu schweigen von den Folgen für den Ruf eines Mannes und das Schicksal seiner Familie. Ich kann nicht akzeptieren, dass mein Mann von eigener Hand gestorben ist. Daher beabsichtige ich, den Coroner dazu zu bringen, die Ursache seines Todes zu meiner Zufriedenheit zu untersuchen, damit ich meinem Mann wenigstens ein christliches Begräbnis zuteilwerden lassen kann.«

Bei dem letzten Satz lässt ihre Fassung sie im Stich, und sie presst eine Hand vor den Mund. Die Dienerin reicht ihr ein besticktes Taschentuch, doch sie winkt ab, während sie darum kämpft, ihrer Gefühle Herr zu werden. So sieht es zumindest aus. Sich gegen die Autorität von Sir Francis Drake zu behaupten, wäre eine Herausforderung für jede Frau, aber etwas an ihrem Verhalten lässt kaum Raum für auch nur einen Hauch von Zweifel. Es stimmt, dass die Engländer gern ihre Gefühle so tief in sich vergraben, dass es verzeihlich ist, wenn ein Italiener denkt, sie wären zu keiner größeren Leidenschaft fähig als mildem Ärger über das Wetter, aber ich kann mich des Eindrucks nicht erwehren, dass Mistress Dunne hier eine Rolle spielt, und dies mit völliger Überzeugung. Das leichte Beben, das just in ihrer Stimme mitschwingt, die gegen die Lippen gepresste Hand … es wirkt, als hätte sie die Ausdrucksformen von Trauer aus einem Buch gelernt. Aber vielleicht tue ich ihr auch unrecht; die Erziehung einer Lady aus gutem Haus lässt vielleicht keine starken Gefühlsregungen zu.

Mein Blick huscht von ihr zu Drake und wieder zurück. Ich würde kein Geld darauf setzen, wer von beiden zuerst einknickt.

»In Anbetracht der Sachlage«, fährt Drake fort, faltet die Hände hinter dem Rücken und schreitet im Raum auf und ab, als würde er ein Schnellverfahren vor Gericht einleiten, »habe ich Mistress Dunne davon überzeugt, einem einstweiligen Kompromiss zuzustimmen. Wir werden uns vor der gerichtlichen Untersuchung eingehender mit den Umständen des Todes ihres Mannes befassen, und zwar mit aller Diskretion, die eine solche Angelegenheit erfordert. Wenn wir nichts herausfinden, das uns weiterhilft, wird sie bei der Untersuchung am Donnerstag formell Einspruch gegen das auf Selbstmord lautende Urteil einlegen und den Coroner bitten, der Sache weiter nachzugehen.«

Er blickt bestätigungsheischend zu Mistress Dunne, die knapp nickt.

»Ich habe ihr gesagt, dass Ihr der richtige Mann für weitere Nachforschungen seid«, fährt Drake jetzt mit entschlossenerer Stimme fort, »und sie hat eingewilligt, dass Ihr und ich alles in unserer Macht Stehende tun werden, um herauszufinden, wie Robert vor seiner Zeit zu Tode kam.«

Jedes Augenpaar im Raum ist auf mich geheftet, nur das von Lady Arden nicht, deren Aufmerksamkeit, wie ich feststelle, als ich aufblicke, noch immer einzig und allein der Katze auf Lady Drakes Schoß gilt. Mir wird klar, dass man von mir erwartet, das Wort zu ergreifen.

»Aber die Untersuchung ist morgen.« Ich lasse es halb wie eine Frage klingen; hoffe, dass jemand widerspricht, was nicht der Fall ist.

»Dann müsst Ihr etwas rascher zu Werke gehen«, erwidert Mistress Dunne mit einem frostigen Lächeln, das kurz ihre Zähne zeigt.

Ich hole tief Atem. »Ihr glaubt also wirklich, Madam, dass Euer Mann ermordet wurde?«

»Wenn er sich nicht selbst das Leben genommen hat, und ich habe Euch ja bereits erklärt, warum dies unmöglich ist, dann lautet die logische Schlussfolgerung, dass es jemand anders gewesen sein muss.« Das Zittern in ihrer Stimme weicht unverhohlener Ungeduld.

»Verzeiht mir«, beginne ich mit einem nervösen Lachen, um den Schlag abzumildern, »aber wollt Ihr andeuten, dass jemand an Bord von Sir Francis' Schiff Euren Mann getötet hat?« Ich schiele zu Drake; Drake wölbt eine Hand über den Mund, um seine Reaktion zu verbergen.

»Das sollt Ihr ja eben herausfinden, Doktor Bruno.« Sie seufzt, als würden die Details sie erschöpfen. »Ihr kanntet Robert nicht, aber er hatte ein besonderes Talent dafür, sich Feinde zu machen. Man könnte sagen, dass angesichts dessen, was er trieb, mit einem unnatürlichen Tod zu rechnen war. Ich bin sicher, dass Ihr mittlerweile von seinem Ruf gehört habt.« Sie erhebt sich, klopft ihre Röcke ab und bedenkt die Anwesenden zum Beweis, dass sie sich für den Klatsch, der sich um ihren Mann rankt, nicht schämt, mit einem gepressten Lächeln. Die Dienerin tritt mit ausgestreckter Hand einen Schritt vor. Mistress Dunne weicht ihr geschickt aus und scheucht die Hand mit einer Geste weg. Wieder habe ich das Gefühl, dass sie ausgezeichnet ohne fremde Hilfe zurechtkommt.

»Aber Ihr habt Grund zu der Annahme, dass diese Feinde unter den Mitgliedern von Kapitän Drakes Besatzung zu finden sind?«, beharre ich.

»Nein!«, widerspricht sie sofort und errötet; offenbar schockiert sie die Unterstellung. »Ich behaupte nichts Derartiges. Ich wollte nur …«

Sie durchquert den Raum und bleibt direkt vor mir stehen. Sie ist eine recht hochgewachsene Frau, wir sind fast gleich groß.

»Ihr habt Euch Plymouth angeschaut, wie ich annehme?« Sie schwenkt den Arm in Richtung des Fensters. »Es wimmelt hier von Söldnern: Soldaten, Seeleuten, Ausländern – nichts für ungut. Viele davon sind nur allzu gern bereit, einen Mann für eine Münze aus dem Weg zu räumen. Wenn die Feinde meines Mannes ihn tot sehen wollten, hätte es ihnen nicht an willigen Helfern gemangelt. Und sie hätten genau gewusst, wo sie diese finden.«

»Ich versichere Euch noch einmal, Mistress, dass kein Attentäter an diesem oder einem anderen Abend an Bord meines Schiffes hätte gelangen können«, beteuert Drake. Das Gespräch scheint sein diplomatisches Geschick auf eine harte Probe zu stellen. »Ich habe Gründe genug, dort streng auf

Sicherheit zu achten. Niemand hätte sich an meinen Wachposten vorbeischleichen können.«

»Sir Francis, wenn Ihr von Anfang an der festen Überzeugung seid, dass kein Mörder überführt werden kann, dann wäre unsere Abmachung überflüssig.« Ihr Lächeln deutet an, dass sie nur halb im Ernst spricht, aber ihre Augen sagen etwas anderes. Ich meine, Drakes Argumentation zu verstehen: Indem er jemanden außerhalb seines Kreises beauftragt, um Mistress Dunnes Gier nach einer gerichtlichen Untersuchung zu befriedigen, kann er sich von mir distanzieren, falls ich versage. Andererseits bin ich fremd in dieser Stadt; ich kann mich möglicherweise unter die Menge mischen, Fragen stellen und unauffällig Orte besuchen, an denen der berühmte Sir Francis nicht darauf hoffen darf, unbemerkt zu bleiben.

Drake senkt den Kopf. »Ihr habt recht, Madam. Ich werde mein Bestes tun, um nach allen Seiten offen zu bleiben.«

»Das hoffe ich doch sehr, Sir Francis. Für uns beide steht viel auf dem Spiel. Ich möchte nur dafür sorgen, dass die Wahrheit ans Licht kommt.« Sie hebt das Kinn und richtet den Blick einen Moment auf ihn, um ihm zu verstehen zu geben, dass er sich nicht einbilden soll, sie überlisten zu können. »Komm, Agnes.« Sie schnippt mit den Fingern, und die Dienerin beeilt sich, ihr zu folgen. Als sie an mir vorbeimuss, bleibt Mistress Dunne stehen. »Ich werde jetzt frühstücken, Doktor Bruno, und dann möchte ich den Leichnam meines Mannes sehen. Vielleicht würdet Ihr mich begleiten?«

»Ist das klug?«, wirft Drake ein.

»Wenn er den Tod meines Mannes untersuchen soll, macht es dann nicht Sinn, dass er den Leichnam in Augenschein nimmt? Vielleicht hilft ihm seine theologische Ausbildung, irgendein Symptom ausfindig zu machen, das Euch entgangen ist«, fügt sie spitz hinzu.

»Ich meine, ob es klug ist, dass Ihr zu ihm geht.« Drake zupft an der Spitze seines Bartes. »Robert ist seit drei Tagen tot, Madam, und er war schon kein Anblick für Ladys, als er noch frisch war.«

Ich bemerke, wie Lady Drake ob der Wortwahl ihres Mannes leicht zusammenzuckt. Ruhm und Reichtum haben ihn nicht gelehrt, sich etwas taktvoller auszudrücken. Kein Wunder, dass sie für das eine oder andere Sonett empfänglich ist. Ich versuche, Lady Ardens Blick aufzufangen, aber sie hält den Kopf zum Fenster gerichtet.

»Ich bin auf dem Land aufgewachsen, Sir Francis«, gibt Mistress Dunne zurück, dabei streckt sie eine Hand vor und kehrt die Handfläche nach oben. Ihr Dienstmädchen legt ein Paar Ziegenlederhandschuhe quer darüber. »Ich habe meine beiden Brüder und meine Schwester in ihren Särgen gesehen; einem meiner Brüder hatte ein Pferd den Schädel eingetreten – kein schönes Erlebnis, das könnt Ihr mir glauben. Ich werde beim Anblick eines Leichnams nicht in Ohnmacht fallen; ich halte es für angemessen, ihn noch einmal zu sehen, bevor er begraben wird – wo auch immer das sein mag.« Sie streift die Handschuhe sorgfältig über ihre schlanken Finger.

»Also seid Ihr abgesehen von Eurem Vater die letzte Überlebende Eurer Familie?«, frage ich.

Sie wirft mir einen scharfen Blick zu. »Ja. Warum wollt Ihr das wissen?«

Ich schüttele den Kopf. »Ich dachte nur, wie hart es für Euch sein muss, so viele Verluste zu beklagen zu haben.« Dabei setze ich eine mitleidige Miene auf.

Ihre Augen werden schmal.

»Trotzdem.« Drake reibt sich immer noch den Bart. »Ich fürchte, der Anblick könnte Euch peinigen.«

»Was mich *peinigt*, Sir Francis«, sie formt ihre Worte klar und präzise, »ist der Gedanke, dass mein Mann zu Unrecht zum Selbstmörder erklärt wird, während sein Mörder seiner gerechten Strafe entgeht.« Mit diesen Worten strafft sie die Schultern und rauscht mit ihrer Dienerin im Schlepptau aus dem Raum. An der Tür dreht sie sich zu mir um. »Trefft mich in einer halben Stunde in der Eingangshalle.«

Pettifer macht Anstalten, ihr zu folgen. »Möchtet Ihr, dass ich mit Euch bete, bevor Ihr Euch dieser traurigen Aufgabe widmet, Madam?« Er faltet demütig die Finger. Seine runden Wangen glühen. Priester demonstrieren nie stärker ihre eigene Wichtigkeit als an Sterbebetten und im Umgang mit Hinterbliebenen, das ist mir schon öfter aufgefallen.

Ein Hauch von Ärger zuckt über Mistress Dunnes Gesicht, aber sie beherrscht sich.

»Danke, Padre, das ist sehr freundlich. Vielleicht bedarf ich später des Trostes, wenn ich zurückkomme.«

»Wie Ihr wünscht, Madam. Schickt einfach nach mir, ich stehe zu Eurer Verfügung.« Er senkt den Kopf und folgt ihr nach draußen.

Drake schließt die Tür hinter ihnen und atmet vernehmlich aus. »Elizabeth, ich habe Mistress Dunne gesagt, dass du und Lady Arden heute mit ihr zu Abend speist. Wir müssen ihr christliches Mitgefühl entgegenbringen, und sie freut sich vielleicht über weibliche Gesellschaft.« Er fährt sich mit beiden Händen durch das Haar und geht zum Fenster.

»Sie machte nicht den Anschein, als wäre sie überhaupt an Gesellschaft interessiert.« Lady Drake drückt die protestierende Katze, die sich anscheinend von ihr losmachen will, fester an sich. »Sie verhielt sich geradezu unhöflich, als du ihr mich und meine Base vorgestellt hast, sie hat uns kaum zur Kenntnis genommen.«

»Nun, du musst ihr zugutehalten, dass sie den Schock noch

nicht überwunden hat, meine Liebe.« Drake schaut noch immer auf die Straße hinaus. »Wahrscheinlich ist sie außer sich vor Kummer und nicht ganz sie selbst.«

»Ich hätte mich vielleicht auch aufgehängt, wenn ich mit ihr verheiratet gewesen wäre«, bemerkt Lady Arden an niemand Bestimmten gerichtet. Drake und sein Bruder drehen sich um und starren sie verdutzt an. Ich fange ihren Blick auf und grinse; sie gestattet sich ein kurzes Lächeln, das sie hinter ihrer Hand verbirgt. Vielleicht hat sie mir ja doch verziehen.

Die Ladys stehen auf und recken sich taktvoll; die Katze nutzt die Gelegenheit und schießt unter die Liege. Als sie den Raum verlassen, blickt sich Lady Arden kurz über die Schulter zu mir um, ist aber bereits fort, bevor ich ihr mit den Augen etwas übermitteln kann.

»Bruno, auf ein Wort.« Drake winkt mich zum Fenster. Wir schauen durch die kleinen Glasscheiben, die durch ihre Krümmungen und Blasen die Straße draußen verzerrt wiedergeben. Er legt mir eine Hand auf die Schulter. »Es tut mir leid, dass ich Euch diese Sache aufgebürdet habe. Vor allem, da …«, er deutet auf meine Verletzungen, »was ist Euch zugestoßen?«

Ich zögere. »Ich habe letzte Nacht dem *Haus der Vesta* einen Besuch abgestattet.«

»Ah.« Eine flüchtige Furche erscheint auf seiner Stirn. »Jemand hätte Euch vor diesem Ort warnen sollen. Sie heißen unangemeldet auftauchende Fremde dort nicht unbedingt herzlich willkommen.«

»Das ist der komplizierte Teil. Ich bin nicht unangekündigt gekommen, ich wurde durch einen anonymen Brief, der sich auf das Judasevangelium bezog, dorthin gelockt. Ich glaube, er kam von Rowland Jenkes – dem Buchhändler ohne Ohren, zu dem Dunne Euch gebracht hat.«

Drake wirkt noch eine Spur verwirrter. »Was hat er mit dem *Haus der Vesta* zu tun?«

»Ich weiß es nicht. Aber Dunne war dort Stammgast. Ich dachte, jemand könnte sich an etwas erinnern, aber als ich anfing, Fragen über ihn zu stellen, wurde ich in die Enge getrieben und beinahe von einem Mann angegriffen, von dem ich sicher bin, dass es sich um John Doughty handelte.«

»Doughty? Großer Gott.« Drake reibt sich mit der flachen Hand die Schläfe, während er das verarbeitet. »Demnach ist er tatsächlich in Plymouth. Aber was wollte er von Euch?«

Ich schüttele den Kopf. »Ich bin nicht geblieben, um das herauszufinden.« Ich deute auf die Wunde in meinem Gesicht. »Ich bin aus einem Fenster gesprungen. Leider war es im ersten Stock.«

Drake lächelt unwillkürlich.

»Was ich weiß, ist, dass sie auf mich gewartet haben. Die Hurenwirtin war daran beteiligt, sie hat mich in eine Falle geführt, direkt in Doughtys Arme. Daher sollte sie vielleicht verhört werden, wenn Ihr ihn finden wollt.«

Drake nickt langsam mit grimmigem Gesicht. »Ich werde ein paar unauffällige Nachforschungen anstellen. Das Problem mit dem *Haus der Vesta* besteht darin, Bruno, dass es sich nicht um ein gewöhnliches Freudenhaus handelt. Es setzt auf Diskretion und Exklusivität. Kunden müssen zunächst der Wirtin vorgestellt werden. Sie nimmt nur ganz junge Mädchen, um ihren Kunden garantieren zu können, dass sie sauber sind. Manche sind erst elf, und Ihr findet dort keine über fünfzehn. Es heißt, es wäre der einzige Ort in Plymouth, wo man sicher sein kann, sich nicht die Syphilis zu holen, und für diese Sicherheit sind viele bereit, ihre Preise zu zahlen.«

»Also zieht sie die reichsten Männer der Stadt an.«

»Es ist zu einer Art Treffpunkt für einflussreiche Männer in der Stadt geworden«, erwidert er. »Sie gehen dorthin, um zu essen, zu rauchen, Karten zu spielen und geschäftliche Gespräche zu führen – nicht nur wegen der Mädchen. Jeder Mann mit einem Funken Ehrgeiz möchte in diesen Kreis aufgenommen werden, und die Vorteile wiegen weit schwerer als moralische Bedenken. Was es jedem Gesetzesvertreter erschwert, dort zu ermitteln oder das Etablissement zu schließen – was ich in meiner Zeit als Bürgermeister am eigenen Leib erfahren habe.« Bei der Erinnerung spannt sich sein Kiefer an.

»Und deswegen denkt diese Frau, Mistress Grace, sie stehe über dem Gesetz?«, beende ich den Gedankengang für ihn. »Sie hat die mächtigsten Männer der Stadt an den Eiern.«

»Man sagt, man kann im *Haus der Vesta* alles bekommen, was das Herz begehrt, ohne dass Fragen gestellt werden, solange man bereit ist, dafür zu zahlen.« Drake nickt bedeutungsvoll. Ich erwäge, ihm von Toby zu erzählen, entscheide mich dann aber dagegen; wenn Drake die Behörden dazu bringt, Ermittlungen anzustellen, würde der Junge für seine Sünden bestraft, nicht die Leute, die ihn dazu gezwungen haben.

»Trotzdem kann man einen gewissen Druck ausüben«, sagt Drake jetzt etwas schroffer. »Wenn sie John Doughty versteckt, will ich das wissen.«

Ich wende mich zum Gehen, aber er legt mir eine Hand auf den Ärmel. »Eines noch, Bruno. Habt Ihr gestern Abend bei Euren nächtlichen Wanderungen Jonas irgendwo gesehen?«

»Gestern Abend? Nein, nachdem wir an Land gegangen sind, nicht mehr.«

»Hm.« Er holt tief Atem. Unter seinen Augen liegen Schatten, es sieht aus, als hätte er nicht geschlafen. »Jonas ist die ganze Nacht nicht zum Schiff zurückgekommen. Niemand hat ihn gesehen. Plymouth ist voll von Schlägern, die auf einen

Mann eindreschen würden, nur weil ihnen sein Äußeres nicht gefällt, und sich dabei auch noch einbilden, England einen Gefallen zu tun.« Er verzieht das Gesicht. »Ich hoffe nur, dass Jonas nicht ausgerechnet solchem Gesindel in die Hände gefallen ist.«

Er nimmt die Hand von meiner Schulter und starrt weiter aus dem Fenster, als würde er dort die Antwort finden, wenn er nur lange genug wartet.

»Hoffentlich nicht«, sage ich, obwohl mir eine andere Erklärung in den Sinn kommt. »Ich bin sicher, er taucht wieder auf. Vielleicht hat er zu viel getrunken und die Nacht in den Armen einer hübschen Jungfrau aus Plymouth verbracht.«

»Es dürfte ihm schwerfallen, in Plymouth noch eine Jungfrau zu finden, selbst im *Haus der Vesta*.« Drake versucht sich ein Lächeln abzuringen. »Ich wage zu behaupten, dass sich Jonas bei Landgängen die Zeit auf dieselbe Weise vertreibt wie jeder andere Seemann auch, aber er hat nie seine Pflicht vernachlässigt. Er hatte gestern Nacht die mittlere Wache, nach Mitternacht. Das hätte er nie vergessen. Ich hoffe bei Gott, dass er wenigstens morgen zurück ist – er dürfte bei der Untersuchung der wichtigste Zeuge sein. Er hat mit mir den erhängten Dunne gefunden.«

Vielleicht hatte Jonas gute Gründe, sich vor der Untersuchung aus dem Staub zu machen, denke ich. Oder vielleicht gibt es da jemanden, der nicht will, dass er aussagt.

»Warum habt Ihr Mistress Dunne nach ihrem Vater gefragt?«, wechselt Drake abrupt das Thema.

»Weil Lady Drake mir gegenüber erwähnt hat, dass Mistress Dunne eine Erbin ist. Robert hat Gilbert erzählt, er würde damit rechnen, bald zu Geld zu kommen. Ich fragte mich, ob er das Erbe seiner Frau gemeint haben könnte.«

Er nickt verstehend. »Ein guter Gedanke. Und sie würde

mit Sicherheit auch nicht wollen, dass ein spielsüchtiger Ehemann das Vermögen ihres Vaters in die Hände bekommt.«

»Tatsache ist«, wirft Thomas ein, der die ganze Zeit nur stumm dabeigestanden und uns misstrauisch beäugt hat, »dass man sich kaum jemanden vorstellen kann, der schwerwiegendere Gründe hat, seinen Tod herbeizuwünschen, als seine Frau.«

Stille tritt ein, während wir über diese Worte nachdenken.

»Trotzdem ist es mir schleierhaft, warum sie es so hätte arrangieren sollen«, sage ich schließlich. »Wenn sie ihn wirklich hätte ermorden wollen, hätte sie doch besser zu Hause sein Essen vergiftet oder jemanden angeheuert, der ihn auf der Straße überfällt. Ein Tod, der wie Selbstmord aussieht, bringt ihr keine Vorteile, eher das Gegenteil.«

»Sie gibt sich auch einige Mühe, das klarzustellen«, meint Drake. »Wir müssen diesen Mörder unbedingt vor der gerichtlichen Untersuchung finden. Ich werde natürlich dafür sorgen, dass Ihr reich belohnt werdet«, fügt er hinzu, als er mein Gesicht sieht. »Das steht außer Zweifel.«

»Das ist großzügig von Euch, Sir Francis, aber …«

Seine Stirn umwölkt sich. »Aber was?«

»Ich frage mich nur: warum ich?«

»Ah.« Er rückt näher an mich heran und dämpft seine Stimme. »Sir Philip hat mir etwas mehr über Eure Arbeit erzählt.«

Ich sehe ihn verdutzt an; denke, er meint meine Bücher.

»Für Walsingham«, stellt Drake flüsternd klar. »Jeder Mann, der das Vertrauen und den Respekt des Masters Staatssekretär errungen hat, genießt auch das meine. Mein Bruder und ich waren höchst beeindruckt, nicht wahr, Thomas?«

Thomas Drake gibt einen Laut von sich, der alles bedeuten kann, und verschränkt die Arme vor der Brust. Ich habe selten jemanden gesehen, der weniger beeindruckt gewirkt hätte.

Ich hüstele leise und versuche, eine bescheidene Miene

aufzusetzen. »Ich könnte Geldmittel brauchen, Sir Francis. Informationen sind in dieser Stadt nicht billig. Die Leute halten die Augen und Ohren offen, aber sie brauchen manchmal einen Anreiz.«

Drake nickt zustimmend. »Wenn Ihr von Eurem Ausflug mit Mistress Dunne zurückkehrt, wird eine Börse auf Euch warten.« Bei der Tür bleibt er stehen. Seine Hand ruht immer noch auf meiner Schulter. »Beobachtet die Frau scharf, Bruno. Sie ist entschlossen, Schwierigkeiten zu machen. Sie könnte mich ruinieren.«

Es ist verlockend, ihn darauf hinzuweisen, dass es sie ruinieren könnte, wenn das Urteil zu seiner Zufriedenheit ausfällt, aber da ich jetzt auf Drakes Lohnliste zu stehen scheine, sage ich nichts.

»Was ist mit dem Buch?«, frage ich, bevor ich gehe.

»Ich schätze, das muss erst einmal warten.« Er reibt sich den Bart und schaut düster drein. »Ich werde Euch auch für Eure diesbezügliche Arbeit bezahlen, keine Sorge.«

»Wo ist es?«

»Sicher in meiner Kabine an Bord der *Elizabeth* eingeschlossen.« Er blickt sich im Raum um, als hätte er es unbewacht irgendwo liegen lassen.

Ich überlege, ob ich die aus meiner Kammer gestohlenen Seiten erwähnen soll, komme dann aber zu dem Schluss, dass es mir nicht helfen würde, sein neu erworbenes Vertrauen in mich zu erschüttern. Noch kann ich den Dieb finden, ohne dass Drake von meiner Dummheit erfahren muss. »Ich an Eurer Stelle würde es immer bei mir tragen.«

»Warum? Das Schiff ist doch sicher genug, oder?« Er zieht die Brauen zusammen und blickt zu Thomas hinüber.

Das hatte Robert Dunne auch gedacht. Aber ich ziehe es vor, das für mich zu behalten.

In der Eingangshalle finde ich Sir William Savile vor. Eine lederne Reisetasche steht zu seinen Füßen.

»Ah, Bruno!«, sagt er unerwartet lebhaft. »Habt Ihr von diesem Eid gehört? Eine verdammte Unverschämtheit, wenn Ihr mich fragt. Bin auch nicht sicher, ob es mir gefällt, dass hier ein Präzedenzfall geschaffen wird. Mein Instinkt sagt mir, dass das gegen die natürliche Ordnung der Dinge verstößt. Was sagt Sir Philip dazu? Vermutlich hat er bereitwillig geschworen, so wild wie er auf eine Koje an Bord ist.«

Ich warte, bis er innehält, um Atem zu schöpfen. »Was für ein Eid?«

»Oh, Pettifer, der Kaplan, wisst Ihr, stolziert heute Morgen überall wie ein aufgeblasener Gockel herum und verkündet, dass jeder Mann, der mit der Flotte segeln will, der Königin und Kapitän Drake als Oberkommandanten dieses Unternehmens den Treueeid schwören muss, bevor wir die Segel setzen.«

»Ist das ein Problem?« Ich frage mich, was dazu geführt hat; wittert Drake drohende Unruhen, oder ist dies eine Präventivmaßnahme, um den Mörder aus seinem Versteck zu locken?

»Theoretisch nicht, aber …«, er blickt sich um, dann beugt er sich vor, »… es segnet im Vorab doch schon jede Aktion ab, die ihm in den Sinn kommt, findet Ihr nicht? Es beraubt einen jeder Möglichkeit, sich auf See gegen ihn zu stellen; er braucht nur zu sagen: ›Ihr habt geschworen, Masters, und Euren Eid zu brechen ist so gut wie Verrat.‹ Ich meine, für die Besatzung ist es ja schön und gut, aber für einen Gentleman …« Er mustert mich über seine Nase hinweg. »Deswegen habe ich mich gefragt, ob Sir Philip schwören will.«

»Das müsst Ihr ihn selbst fragen, ich habe ihn nichts Derartiges erwähnen hören«, entgegne ich. Jedes Mal, wenn ich mit Savile spreche, wird er mir unsympathischer. Ich betrachte die Knöpfe an seinem grünen Seidenwams; zu meiner Enttäuschung sind sie flach, silbern und vollständig vorhanden. »Wollt Ihr irgenwohin, Sir William?« Ich deute auf seine Tasche.

»Habe beschlossen, mir hier eine Kammer zu nehmen, bis wir segeln.« Er tippt mit dem Finger gegen die Tasche. »Dachte mir, nach unserer Abreise verbringe ich noch genug Zeit in dieser winzigen Kabine, und da im Moment noch niemand Tag und Stunde zu kennen scheint … warum soll ich nicht in einem Federbett schlafen, solange ich noch kann?«

»Fällt Euch an Bord schon die Decke auf den Kopf?«, erkundige ich mich. Seine Augen werden schmal. Bevor er antworten kann, hören wir Geräusche hinter uns, und eine leise, kultivierte Frauenstimme schneidet ihm das Wort ab.

»Da seid Ihr ja, Doktor Bruno. Sollen wir es hinter uns bringen?«

Ich drehe mich um und sehe Mistress Dunne, die ein Paar Handschuhe überstreift. Die granitgesichtige Dienerin steht neben ihr. Aber Dunnes Witwe sieht nicht mich an; ihr Blick ist mit einem Ausdruck, der mehr als allem anderen Gereiztheit gleicht, über meine Schulter hinweg auf Savile geheftet. Zwar löst Savile bei vielen Menschen genau diese Reaktion aus, aber sie überrascht mich trotzdem, weil ich keine Ahnung hatte, dass sie sich kennen.

Savile durchquert die Halle mit zwei Schritten, schwenkt seinen Hut und verneigt sich tief.

»Sir William Savile, Mistress Dunne. Ihr werdet Euch nicht mehr an mich erinnern, aber wir sind uns einmal begegnet, ich glaube, es war bei Hof. Bitte nehmt mein aufrichtiges Beileid zum Tod Eures Gatten entgegen.« Er hebt den Kopf; zeigt angemessenes Mitgefühl. Zumindest hat er den Anstand, das Geld nicht zu erwähnen, das Dunne ihm schuldet, denke ich. Noch nicht.

»Bei Hof. Ja, das halte ich für möglich.« Mistress Dunne klingt unbestimmt; sie konzentriert sich auf ihre Handschuhe. »Ich danke Euch. Und jetzt entschuldigt uns bitte. Ich möchte den Leichnam meines Mannes sehen.« Sie misst ihn bei diesen Worten mit einem scharfen Blick, und Savile scheint zusammenzuzucken.

»Eine bedrückende Aufgabe, Madam. Gott mit Euch«, fügt er zögernd hinzu, als wäre er sich bezüglich des Protokolls nicht ganz sicher.

»Nun, ich habe ja Doktor Bruno an meiner Seite, das ist beruhigend«, erwidert sie brüsk. »Man weiß nie, wann man einen Theologen benötigen könnte. Es hat mich gefreut, Euch wiederzusehen, Sir William.«

Savile murmelt immer noch etwas von traurigen Umständen, als sie schon halb zur Tür hinaus ist, aber ich bemerke, wie sie ihm noch einen letzten Blick zuwirft, bevor sie geht, und dieser Blick ist alles andere als freundlich. Man muss kein Genie sein, um zu erkennnen, dass dieser Wortwechsel nicht das ist, was er zu sein scheint; Mistress Dunnes Feindseligkeit ihm gegenüber lässt sich nicht ausschließlich mit Saviles Persönlichkeit erklären.

»Ich bin genau genommen kein Theologe, Madam«, sage ich, als wir die schmale Straße entlang Richtung Stadtmitte gehen, da sie nicht die Absicht zu haben scheint, eine Unterhaltung zu beginnen. Heute ist der Himmel heller, die Sonne dunstig hinter einem fadenscheinigen weißen Wolkenschleier zu erkennen, in dem stellenweise blaue Flecken, blass und zerbrechlich wie Eierschalen, aufleuchten. Aber die Luft ist immer noch kühl, ein schneidender Wind weht vom Meer hinüber und lässt die Platzwunde in meinem Gesicht brennen. Der Regen der letzten Nacht hat zwischen den Pflastersteinen kleine Pfützen gebildet.

»Das interessiert mich genau genommen nicht.« Sie blickt beim Gehen unverwandt nach vorne. Für eine Frau hat sie einen weit ausgreifenden Gang, und meine mit Prellungen übersäten Beine und Rippen schmerzen, als ich mühsam mit ihr mitzuhalten versuche. »Wir wissen beide, dass dies nur eine Geste ist, um mich zu beschwichtigen. Aber wir werden das Spiel bis zur Untersuchung mitspielen. Drake bezahlt Euch zweifellos gut, damit Ihr zu dem Schluss kommt, der seinen Zwecken am dienlichsten ist.«

Ich verfalle in Schweigen. Nach ein paar weiteren Metern dreht sie sich mit einem ungeduldigen Seufzer zu mir. »Nun, was seid Ihr denn dann?«

»Ich bin …« Ich zaudere. Was genau bin ich an diesem Punkt meines Lebens? An diesem Augustmorgen des Jahres 1585, im Alter von siebenunddreißig Jahren, wie soll ich mein Dasein mir oder ihr oder irgendjemandem sonst erklären? Ich bin vieles: ein Ketzer, ein ehemaliger Dominikaner, ein Philosoph, ein Spion, eine Art Poet, ein Lehrer, ein Verbannter. Ein Liebhaber – einst vielleicht, aber das scheint in weiter Ferne zu liegen. Ein Schwarzkünstler, wenn man meinen Gegnern in Paris Glauben schenkt. Ein Verräter, wenn man Baron de Châteauneuf fragt. Ein Mörderjäger, würde Walsingham sagen. Je nach Notwendigkeit verändere ich mich so oft, dass ich Gefahr laufe, mich selbst darüber zu verlieren.

»Ich bin Philosoph, könnte man wohl sagen. Ich schreibe Bücher.«

Sie späht unter ihrem Schleier hervor, um mich zu begutachten. »Wie es aussieht, ist die Philosophie ein gefährlicher Zeitvertreib.«

»Das liegt nur an der Art, wie ich sie praktiziere.«

Wir gehen schweigend weiter, durch schmale Straßen, die ich allmählich wiedererkenne. Direkt hinter meiner Schulter kann ich das stete Schnaufen von Mistress Dunnes Dienerin hören, es klingt so gequält wie ein Blasebalg.

»Ihr seid also mit Sir William Savile bekannt, Madam?«, bemerke ich nach einer Weile. Die Unterbrechung scheint sie zu verstimmen.

»Bekannt kann man das nicht nennen. Ich glaube, mein Mann und ich haben ihn am Hof getroffen. Ich kann mich kaum an ihn erinnern, aber man möchte ja nicht unhöflich sein. Man lernt so viele Leute kennen.« Sie bricht zerstreut ab.

»Seid Ihr oft am Hof?« Ich schlage einen leichten Konversationston an, aber ich spüre, dass sie vor meinen Fragen auf der Hut ist.

»Jetzt nicht mehr, nein.« Sie presst die Lippen zusammen. Ihr Gesicht hat sich hinter dem Schleier verschlossen. »Wir waren früher öfter dort«, sagt sie mit etwas weicherer Stimme, gerade als ich denke, dass sie das Thema nicht weiterverfolgen wird. »Als Sir Francis von seiner Weltumsegelung zurückkehrte, wurden er und seine Männer viel gefeiert. Das war zu der Zeit, als ich Robert geheiratet habe. Er kam als reicher Mann heim, und eine Zeitlang gefiel es Ihrer Majestät, galante Seefahrer um sich zu scharen. Aber …« Sie schüttelt leicht den Kopf und reibt sich durch den Schleier mit dem Daumen die Stirn. »Alles ändert sich. So ist nun einmal das Leben, nicht? Und unsere Aufgabe besteht darin, Gelegenheiten zu nutzen, wenn wir nicht an Gleichgültigkeit erkranken wollen.« Sie klingt, als hätte sie für Letzteres nur Verachtung übrig.

»Was hat sich geändert?«, frage ich behutsam.

»Oh, Ihr habt zweifellos schon davon gehört.« Ihre Stimme wird wieder schroff, passend dazu beschleunigt sie ihre Schritte. »Robert wurde rastlos. Er sagte, er würde die Abenteuer vermissen.« Sie lacht kurz und bitter auf. »Wie seltsam Ihr Männer doch seid. Für eine Frau gibt es schon im Alltagsleben genug Risiken; allein Kinder zu gebären ist ein Würfelspiel mit dem Schicksal. Aber nein, Ihr Männer müsst es suchen, indem Ihr in einer Holzwanne die Erde umrundet. Oder alles, was Ihr besitzt, am Kartentisch verschleudert.« Ihr Ton ist messerscharf; ich höre die nackte Wut auf ihren Mann heraus. »Nach einer Weile begann er, den Hof zu meiden. Zu viele Gläubiger. Wir kamen nach Devonshire zurück und mieteten ein Herrenhaus in der Nähe von Dartington, aber selbst da war er kaum zu Hause. Er verbrachte den größten Teil seiner Zeit in Plymouth, wo er immer noch aus seinem Ruf als Mitglied von Drakes berühmter Besatzung Kapital schlagen konnte. Aber Männer spendieren Euch nicht ewig ein Getränk oder übernehmen als Gegenleistung für eine Geschichte über die Magellanstraße Eure Schulden. Diese Schulden begannen sich erneut zu häufen, und der verdammte Narr glaubte immer noch, er könnte alles mit einer glücklichen Nacht am Kartentisch wieder in Ordnung bringen. Aber für Männer wie Robert gibt es nie eine glückliche Nacht.« Sie bleibt so abrupt stehen und dreht sich um, dass die Dienerin gegen ihren Rücken prallt. »Ihr haltet mich ohne Zweifel für eine widernatürliche Ehefrau, Doktor Bruno, weil ich so schlecht von einem Mann spreche, der erst vor drei Tagen eines grausamen Todes gestorben ist.«

»Ich finde nichts natürlicher, als wütend zu werden, wenn jemand, an dem einem etwas liegt, nicht aufhört, willentlich und entgegen aller Ratschläge sich selbst und andere zu zerstören«, erwidere ich.

»Ganz genau!«, ruft sie, als hätte ich einen Test bestanden. »Robert war kein schlechter Mann, aber er war unglücklich. Seit er von dieser ersten Reise mit Drake zurückkam, quälte ihn irgendetwas. Es hat nach und nach die gute Seite seines Charakters ausgelöscht. Wenn Kinder da gewesen wären, wäre es vielleicht anders gekommen. Aber …« Sie wendet sich ab und rückt ihren Schleier zurecht.

Ich lasse die Bemerkung in den Geräuschen der Straße verhallen, wo die lärmenden Hausfrauen und die Möwen einander zu übertönen versuchen. Sie hatten also keine Kinder; seine Schuld oder ihre, frage ich mich. Wenn ihr ein beträchtliches Erbe von ihrem Vater winkt, würde sie das zu einer attraktiven Partie für neue Bewerber machen, die ihr die Kinder schenken könnten, die ihr mit Robert verwehrt geblieben sind. Sidneys Worte über reiche Witwen kommen mir in den Sinn.

Wir haben den Marktplatz erreicht, auf dem zu dieser Stunde lebhaftes Treiben herrscht. Händler und Standbesitzer stehen rund um das Marktkreuz unter bunten Markisen, die in der Brise flattern wie Segel, und preisen lautstark ihre Waren an. Grobgesichtige Frauen, die riesige Körbe vor sich balancieren, bieten Brot, Fisch, Erdbeeren, frisch geschnittene Binsen und Pasteten feil; andere in billigen bunten Kleidern schlängeln sich durch die Menge und bieten sich selbst feil. Für solche Geschäfte ist es anscheinend nie zu früh. Zerlumpte Kinder scheuchen sich gegenseitig durch das Gewühl, lachen und weichen Faustschlägen und Tritten aus, während sie den Boden mit scharfen Augen nach heruntergefallenem Essbaren absuchen, das sie retten können, bevor die Hunde es schnappen. Mistress Dunne rafft ihre Röcke, um frischen Pferdeäpfeln auszuweichen, und drängt sich mit zu einer entschlossenen Linie zusammengepressten Lippen zu dem alten Rathaus durch, das den Platz überblickt und sich dabei auf seinen hölzernen Säulenreihen vorbeugt wie ein auf seinen Stock gestützter Großvater.

»Diese Gläubiger, die Robert wie einen Kometenschweif hinter sich herzog …« Ich beeile mich, mit ihr Schritt zu halten. »Sind das die Feinde, von denen Ihr gesprochen habt?«

Sie schürzt die Lippen. »Sie waren ganz sicher nicht seine Freunde, um es einmal so zu sagen, obwohl einige es früher einmal waren. Aber sie habe ich nicht gemeint, das waren gewöhnliche, alltägliche Feinde. Sie haben ihm keine Angst gemacht.«

»Wer dann?«

Sie blickt sich um und dämpft die Stimme. »Mein Mann war in etwas verstrickt, ich mag es kaum …«

»Sir!« Eine Hand zupft an meinem Ärmel, und als ich nach unten schaue, sehe ich den Jungen Sam von einem Fuß auf den anderen hüpfen. Seine Augen leuchten vor Freude darüber, mich wiedergefunden zu haben.

»Guten Tag, Sam.« Ich vollführe eine kleine Verbeugung, und sein ganzes Gesicht verzieht sich vor Lachen. »Was tust du denn hier?«

»Ich suche etwas zu essen.« Er wischt sich mit der Hand über die Nase.

»Hast du etwas gefunden?«

Er schüttelt den Kopf und schiebt die Unterlippe vor. »Ich habe ein Stück Brot vom Boden aufgehoben, aber mein Bruder hat es mir weggenommen.«

Er ist spindeldürr; ich frage mich, ob er zu Hause nichts zu essen bekommt.

»Na dann.« Ich greife in meinen Geldbeutel, fördere einen Penny zutage und zeige auf ein Mädchen, das mit einem Tablett voll frischer Pasteten ganz in der Nähe steht. »Kauf dir eine Pastete, und achte darauf, dass dein Bruder sie nicht sieht.«

Seine ernsten Augen werden groß, und er betrachtet die Münze, als wäre er gerade Zeuge eines Wunders geworden.

»Ich werde jemanden aus dem Büro des Coroners suchen, Doktor Bruno«, verkündet Mistress Dunne mit einem abweisenden Blick zu dem Jungen. »Ihr könnt hier warten.« Sie bedeutet der Dienerin, ihr zu folgen, strafft die Schultern und verschwindet durch den Haupteingang des Rathauses. Sam steht direkt neben mir und dreht seinen Penny wieder und wieder in der Hand, als hätte er Angst, er könne sich in Luft auflösen. Als ich auf seinen Scheitel hinunterschaue, kommt mir eine Idee.

»Sam, du und deine Freunde, ihr kennt doch vermutlich jeden in Plymouth, oder?« Ich kauere mich vor ihn, um ihm in die Augen zu sehen.

Zwischen dem Wunsch, ehrlich zu sein, und der Furcht, mich zu enttäuschen, hin- und hergerissen, beißt er sich auf die Lippe. »Nicht jeden, der von den Schiffen kommt. Aber die Leute aus der Stadt kenne ich fast alle.«

»Gut. Ich muss jemanden finden. Ein Mädchen. Ich weiß nur, dass sie Eve heißt, und sie arbeitet wahrscheinlich …« Ich zögere, als ich seine ernste Miene sehe. Wie viel verstehen Kinder seines Alters? »Sie könnte zu den Mädchen gehören, die im Hafengebiet arbeiten. Zu den Frauen, die sich bunt anmalen.«

»Eine Hure?«, erwidert er fröhlich. Wie alt mag er sein – sechs Jahre, sieben? Ich frage mich, ob er irgendeine Vorstellung davon hat, was eine Hure ist. Da er bei den Docks aufwächst, ist ihr Anblick wahrscheinlich für ihn so alltäglich wie der von Fischern und Möwen.

»Ich denke schon. Sie hat bis vor Kurzem an einem Ort gearbeitet, den man das *Haus der Vesta* nennt. Ich muss herausfinden, wo sie von da aus hingegangen ist. Es ist wichtig«, füge ich leise hinzu und klopfe auf mein Wams, in dem, wie er weiß, meine Geldbörse steckt. »Vielleicht könntest du dich umhören. Du kannst gleich anfangen, wenn du willst.«

Er blickt mich zweifelnd an. »Kann ich erst meine Pastete haben?«

Ich lache. »Natürlich.«

»Kann ich sie mit meinem Hund teilen?«

Ich blicke mich um. Die einzigen Hunde, die hier herumlaufen, sind knochige Straßenköter. »Du kannst sie teilen, mit wem du willst. Lass sie dir nur von niemandem wegnehmen.«

Er grinst und huscht leichtfüßig davon, bis er hinter Karren und wirbelnden Röcken verschwunden ist. Ich drehe mich um und sehe Mistress Dunne mit einem hageren jungen Mann im Gewand eines Kirchendieners auf mich zukommen.

Wir biegen um eine Ecke und finden uns am Friedhofstor der Kirche wieder, die ich am Abend zuvor besucht habe. Die Sonne schiebt sich hinter eine Wolke. Ein plumper Küster in schwarzer Soutane und violetter Simarre kommt aus der Kirchentür, wechselt ein paar private Worte mit dem Kirchendiener und begrüßt anschließend Mistress Dunne mit gemurmelten Beileidsfloskeln, obwohl sich die Abscheu vor seiner Aufgabe deutlich in seinem Gesicht mit den Hängebacken widerspiegelt. Er hat eine nicht entzündete Laterne bei sich.

»Der Coroner hat uns gebeten, den Leichnam in der Krypta zu behalten, bis die …«, er zögert, wählt seine Worte sehr sorgfältig, »… die Art der Bestattung festgelegt ist. Es ist der kühlste Ort, seht Ihr. Wir haben Glück, dass das Wetter für August bisher ungewöhnlich kalt war, sonst wäre der Körper noch stärker zersetzt …« Er legt die Finger gegeneinander und kann nicht ganz verbergen, dass er die Nase rümpft. Es ist klar, dass er es vorziehen würde, seine Kirche nicht mit dem Leichnam eines Selbstmörders zu verpesten. Er vermittelt den Eindruck, dass er den Toten frohen Herzens eigenhändig zu einer Wegkreuzung schleifen und ihm einen Pfahl durch das Herz rammen würde, wenn man ihm die Gelegenheit dazu gäbe.

Mistress Dunne strafft sich, hebt den Schleier und sieht ihm fest in die Augen.

»Mein Mann wird ein christliches Begräbnis erhalten, sowie die morgige Untersuchung vorüber ist«, verkündet sie in einem Ton, der keinen Widerspruch duldet. »Agnes!« Sie schnippt mit den Fingern in Richtung der Dienerin. »Sieh zu, dass dieser Gentleman für die Umstände, die er hatte, angemessen entschädigt wird.«

Agnes wühlt gehorsam in ihren Röcken und zieht eine Geldbörse hervor. Ich bin von Mistress Dunnes Haltung und der Art, wie sie die Missbilligung der Kirche von sich weist, ehrlich beeindruckt; wie auch immer sie zu ihrem verstorbenen Mann stand, sie scheint entschlossen zu sein, seinen Namen im Tod zu verteidigen, so lange sie kann.

Der Küster entdeckt augenblicklich seine christliche Nächstenliebe wieder. »Das ist äußerst großzügig, Madam. Wenn Ihr mir bitte folgen würdet …« Er wirft mir mit seinen kleinen Augen im Vorbeigehen einen neugierigen Blick zu und versucht, meine Verbindung zu der Witwe einzuschätzen. Er führt uns einen schmalen Pfad entlang, der um das nördliche Querschiff der Kirche herum verläuft, bis wir eine niedrige Tür erreichen, die er mit einem Schlüssel an seinem Gürtel aufschließt. Während er sie öffnet, dreht er sich zu uns um.

»Seid Ihr sicher, Madam, dass Ihr weitergehen wollt? Der Anblick, wisst Ihr, für eine Lady …« Er formt mit den Lippen einen kleinen Schmollmund.

»Natürlich möchte ich weitergehen, ich bin eigens deswegen aus Dartington hergeritten. Ich erwarte nicht, dass es angenehm wird, aber es ist meine Pflicht.« Mistress Dunne strafft sich erneut, und der Küster schrumpft unter ihrem Blick zusammen. Er hält die Tür auf.

»Ihr werdet verzeihen, dass ich hierbleibe, wir verbrennen

Weihrauch, aber …« Er muss nicht näher darauf eingehen. Mistress Dunne zieht ein Taschentuch aus ihrem Ärmel und presst es über Nase und Mund. Ich bedecke den unteren Teil meines Gesichts mit meinem Ärmel. Der Küster holt eine Zunderbüchse aus der Tasche, entzündet die Laterne, reicht sie dem Kirchendiener und murmelt ein paar Worte. Der Kirchendiener nickt, hält das Licht in die Höhe, betritt ein kleines Vestibül und biegt fast im selben Moment rechts ab, um eine Treppe hinunterzugehen. Am Fuß der Treppe stößt er eine weitere Tür auf, woraufhin uns dick wie Nebel Fäulnisgeruch entgegenweht. Ich höre den Kirchendiener würgen, aber der kleine Lichtkreis tanzt weiter vorwärts.

Die Krypta hat eine niedrige, von schlichten Steinsäulen getragene Decke. Es trifft zu, dass die Luft hier unten kalt und feucht ist, was aber ganz offensichtlich nicht ausgereicht hat, um Robert Dunne vor der Verwesung zu bewahren, obwohl in den Mauernischen Weihrauch brennt. Mein Magen krampft sich zusammen, und mein Herz rast: Der Grabgestank bringt mich wieder in den vorigen Sommer nach Canterbury und der grausigen Entdeckung zurück, die ich dort in einem unterirdischen Grab gemacht habe. Meine alte Angst vor engen geschlossenen Räumen flammt wieder auf; ich versuche, durch den Mund zu atmen, aber die Luft schmeckt metallisch und widerlich süß. Ich muss stehen bleiben und mich gegen einen Pfeiler lehnen, bis ich sicher sein kann, dass ich nicht ohnmächtig werde. Mistress Dunne geht weiter. Sie trägt noch immer eine eiserne Entschlossenheit zur Schau; wenn sie einen Anflug von Schwäche verspürt, lässt sie es sich nicht anmerken. In dem flackernden Licht der Laterne sehe ich, dass sich der Kirchendiener grünlich verfärbt hat.

Am anderen Ende der Krypta ist aus hölzernen Stützböcken und Brettern eine provisorische Totenbahre errichtet worden, auf der ein in ein Leichentuch gewickelter formloser Haufen liegt. Als wir näher kommen, wird der Geruch verrottenden Fleisches stärker. Der Kirchendiener hält das Licht in die Höhe und zeigt mit in der Armbeuge vergrabenem Gesicht auf den Leichnam. Mistress Dunne schaut mich an. Da anscheinend niemand sonst dazu bereit ist, trete ich vor, um das Tuch wegzuziehen, und zwinge mich, genauer hinzusehen.

Mistress Dunne stößt einen leisen, von ihrem Taschentuch gedämpften Schrei aus und umklammert den Arm ihrer Dienerin, um sich abzustützen. Ich kann es ihr nicht verdenken, man hat sich keinerlei Mühe gegeben, den Leichnam wenigstens mit einem Mindestmaß an Würde aufzubahren. Die Augen in dem schwarz angelaufenen Gesicht starren in namenlosem Entsetzen zur Decke, ein Bild, das allen Toten vorbehalten ist; der Kiefer ist nicht hochgebunden, sondern hängt in einer grässlichen Grimasse schlaff herab, die Zähne sind gefletscht, die Zunge ragt aus dem Mund. Irgendeine unaussprechliche Flüssigkeit sickert als glänzendes Rinnsal aus den Nasenlöchern und Augenwinkeln.

Der Kirchendiener ist jetzt nicht mehr grün, sondern grau im Gesicht und schwankt leicht, der Lichtkegel der Laterne gleitet an der Wand hoch und hinunter.

»Um der Liebe Gottes willen, Mann, hättet Ihr ihn nicht besser aufbahren können, wo Ihr doch wusstet, dass seine Witwe kommt? Zumindest den Unterkiefer binden und ihm die Augen schließen?« Ich ärgere mich nicht nur, dass Mistress Dunne ihren Mann so sehen muss, sondern auch über den Mangel an Mitgefühl oder Respekt für einen Mitmenschen.

Sie blickt überrascht zu mir auf.

»Der Coroner hat gesagt, niemand darf sich an dem Leichnam zu schaffen machen«, verteidigt sich der Kirchendiener, fast ohne die Lippen zu öffnen.

»Hätte es etwas geschadet, ihn für das Begräbnis anständig aufzubahren?«

Der Mund des jungen Mannes verzieht sich zu einem höhnischen Lächeln. »Für das Begräbnis, das er bekommt …«

»Über die Art der Bestattung meines Mannes muss noch entschieden werden«, schneidet ihm Mistress Dunne unter Aufbietung all ihrer Würde das Wort ab. »Seid so gut und lasst uns allein. Ich möchte ihm die letzte Ehre erweisen.«

»Ich darf den Leichnam nicht aus den Augen lassen.« Der Kirchendiener versucht, durch den Mund zu atmen.

»Wieso, glaubt Ihr, die Ladys werden ihn sich unter den Arm klemmen und mit ihm hinausmarschieren?« Sein Benehmen beginnt mich ernsthaft zu verdrießen.

»Scherzt nur, Sir, aber es wäre nicht das erste Mal, dass ein Leichnam gestohlen wird«, erwidert er wichtigtuerisch.

»Nun, dann habt Ihr doch nichts dagegen, wenn ich ihn mir genauer ansehe? Kommt mit dem Licht näher, ja?«

Der Kirchendiener zögert, tritt dann aber einen kaum merklichen Schritt vor und hebt die Laterne. Ich wappne mich, wickele mir das Ende des Leichentuchs um die Finger und drehe das schlaffe Kinn des Leichnams. Eine fahle, fette Made fällt aus seinem Mund. Mistress Dunne schreit auf. Der Kirchendiener würgt heftig, lässt die Laterne fallen und stürzt zur Tür. Agnes packt sie geistesgegenwärtig; zum Glück hat das Glas nur einen Sprung bekommen, ist aber nicht zerbrochen, und die Flamme brennt noch. Von draußen erklingen ausgiebige Würgegeräusche.

Mistress Dunne hat sich abgewandt, aber sie wahrt eine bewundernswerte Selbstbeherrschung. Zur Hölle mit dem Coroner, denke ich, packe das Leichentuch fester, reiße einen langen Streifen ab und binde ihn um den Kopf des Leichnams, sodass der Mund nicht mehr so grässlich herabhängt. Mein

Magen hebt sich wie auf einem aufgewühlten Meer, als ich das feine Haar berühre, doch als das Band verknotet ist, wirkt der arme Mann ein wenig vorzeigbarer. Ich erwäge, die schrecklichen starrenden Augen zu schließen, aber der Gedanke an das, was aus den Augäpfeln sickert, veranlasst mich, mich dagegen zu entscheiden, ich bin zu zimperlich, um ihm diesen letzten Dienst zu erweisen. Ich blicke im Kerzenschein auf ihn hinunter. Robert Dunne war ein Mann mit einem breiten Gesicht, schwerer Stirn und einem kantigen Kinn. Sein Haar, das er bisher immer lang getragen hat, fing an, schütter zu werden. Sein Gesicht ist zwar fleckig und aufgedunsen, aber ich habe jetzt einen Eindruck davon, wie er zu Lebzeiten ausgesehen hat. Nun ist er für mich ein Mensch wie jeder andere, nicht mehr nur eine Last.

»Wenn es nach ihnen geht«, sagt Mistress Dunne mit von dem Taschentuch gedämpfter Stimme, »dann wird er in diesem Tuch und nichts anderem begraben, nämlich mit einem durch das Herz gestoßenen Pflock an einer Kreuzung außerhalb der Stadt in ein nicht gekennzeichnetes Grab geworfen.«

»Ich finde es grausam, einen Mann, der sich selbst zu der höchsten Strafe verurteilt hat, noch darüber hinaus zu bestrafen«, murmele ich. Ich habe Schwierigkeiten damit, Selbstmord als Sünde gleicher Größenordnung wie Mord zu betrachten; oft frage ich mich, ob es sich überhaupt um eine Sünde handelt. Wenn ein Mensch aufgrund seines Temperaments zu Melancholie neigt, kann man ihm dann wirklich einen Vorwurf daraus machen, wenn diese Melancholie ihn überwältigt? Es hat, vor allem, seit ich im Exil lebe, Zeiten in meinem Leben gegeben, wo ich die schwarzen Tiefen der Verzweiflung kennengelernt und den Reiz des endgültigen Vergessens, der Verheißung des Endes des permanenten Lebenskampfes nur zu gut verstanden habe. Natürlich lehrt uns die

Heilige Schrift, dass es gar kein Ende gibt, nur einen neuen Anfang, aber dazu habe ich meine eigenen Ansichten. Manchmal hat nur meine feste Überzeugung, der Welt noch nicht alles gegeben zu haben, was ich ihr geben kann, meiner Hand Einhalt geboten. Dies mag eine Art von Arroganz sein, aber sie erfüllt ihren Zweck.

»Mein Mann hat sich nicht umgebracht, Doktor Bruno«, verkündet sie durch ihr Taschentuch hindurch mit Nachdruck.

»Lasst uns das im Hinterkopf behalten. Allerdings bin ich im Prinzip Eurer Meinung. Und es ist noch grausamer, die Angehörigen, die er hinterlässt, gleich mit zu bestrafen.« Sie nickt zu dem Leichnam hinüber. »Verrät Euch der Anblick schon etwas?«

Ich mustere sie. Sie ist ohne Zweifel eine intelligente Frau; das Mindeste, was ich tun kann, ist, sie nicht wie ein Kind zu behandeln.

»Wenn ein Mann durch langsame Erdrosselung stirbt, zum Beispiel durch Erhängen …«, ich deute auf Dunnes Gesicht, »… bewirkt der Druck, dass die Adern in seinem Gesicht und seinen Augen platzen, sodass man dunkelrote Flecken auf der Haut sieht. Und die Augen würden stärker aus den Höhlen quellen und die Zunge weiter aus dem Mund ragen.«

Sie nickt nachdenklich. »Ja, ich habe einmal gesehen, wie eine der Hexerei bezichtigte Frau aufgeknüpft wurde, die es sich nicht leisten konnte, jemanden dafür zu bezahlen, ihre Beine zu halten. Und wenn er auf eine andere Art gestorben ist – könnt Ihr die Umstände näher bestimmen?«

»Das wäre vielleicht möglich gewesen, kurz nachdem er gefunden wurde. Aber wenn ein Leichnam zwei oder drei Tage gelegen hat, fließt das Blut in die unteren Extremitäten, und das Fleisch wird dunkel. Euer Mann hat die Leichenstarre bereits hinter sich, und nun setzt das Gegenteil ein: Das

Gesicht beginnt seine Konturen zu verlieren.« Ich schüttele den Kopf. »Es ist unmöglich, etwas Genaueres zu sagen. Ein Arzt könnte ihn aufschneiden und auf Anzeichen für Gift untersuchen, obschon auch das in dieser Phase schwierig werden dürfte.«

Sie hält den Blick auf den Leichnam gerichtet, ohne etwas zu sagen. Das immer noch vor Mund und Nase gepresste Taschentuch verbirgt ihren Gesichtsausdruck.

»Man sagt, dass man bei einem Mordopfer das Bild des Mörders in den Augen eingebrannt sehen kann«, meldet sich die Dienerin Agnes so unverhofft zu Wort, dass wir beide zusammenschrecken. »Ich bin mir aber nicht sicher, ob das auch bei Selbstmördern zutrifft.«

Mistress Dunne dreht sich zu ihr um und sieht sie mit unverhohlener Verachtung an.

»In diesem Fall darfst du gerne genauer hinschauen, Agnes. Es wäre für uns alle eine große Hilfe, wenn du uns sagen könntest, wessen Bild du siehst.«

Agnes weicht zurück, wünscht wahrscheinlich, sie hätte dieses Wissen für sich behalten. Eine Stille tritt ein, die nur vom schläfrigen Summen der Fliegen unterbrochen wird. Ich versuche, nicht darüber nachzudenken, woher sie kommen.

»Soll ich Euch allein lassen, damit Ihr ihm die letzte Ehre erweisen könnt?«, frage ich, als ich es nicht länger ertragen kann. Robert Dunnes Leichnam verrät mir nichts, und ich brauche dringend frische Luft.

Mistress Dunne scheint aus tiefer Versunkenheit zu erwachen, sie schüttelt sich leicht und wendet sich zu mir.

»Nein. Lasst uns gehen.« Sie wirft ihrem Mann einen letzten Blick zu. »Armer Robert.« Ihre Stimme enthält einen Anflug von Mitleid. »Ich finde mich zwar nicht damit ab, dass er Selbstmord begangen haben soll, Doktor Bruno, aber ich bezweifle nicht, dass er mit seinem Leben gespielt hat. So oder so, er hat seinen Tod selbst verschuldet.«

Wir treten in den Kirchhof hinaus, und ich bin für die Salzluft so dankbar, dass ich sie in tiefen Zügen einsauge, bis mir schwindelig wird und ich mich an der Wand abstützen muss. Der Kirchendiener drückt sich verschämt an der Tür herum, seine Schuhe sind mit Erbrochenem bespritzt. Bei dem Geruch spüre ich, wie mir selbst wieder der Mageninhalt in die Kehle steigt. Erst als wir dem Mann die Laterne zurückgegeben und es ihm überlassen haben, hinter uns abzuschließen, zieht Mistress Dunne das Taschentuch vom Gesicht und holt zaghaft Atem, als würde sie der Luft nicht trauen. Ihr Gesicht ist aschfahl, und nach ein paar unsicheren Schritten stolpert sie. Ich fasse sie am Arm und führe sie zu einem flachen Steingrab, auf das sie sich dankbar niedersinken lässt.

»Er hat mit seinem Leben gespielt?«, frage ich, sowie ihre Wangen wieder Farbe aufweisen. »Ich muss wissen, in was er verstrickt war, wenn ich Euch helfen soll.«

Sie misst mich mit einem langen Blick und beginnt dann an ihrem Schleier herumzunesteln.

»Ich vermute, Ihr kennt die Geschichte von Thomas Doughty?«

»Mir sind die Fakten bekannt.«

Sie kneift die Augen zusammen.

»Ihr meint, Ihr kennt Sir Francis Drakes Version. Er hat Robert der Jury zugeteilt, die Thomas Doughty wegen Verrat verurteilt hat. Robert wurde wegen seiner Rolle in diesem Spiel von Schuldgefühlen geplagt.« Sie senkt die Stimme. »Er sagte, außer Drakes glühendsten Anhängern hätte kaum ein Mann von der Besatzung wirklich geglaubt, Drake besäße die Autorität, einen Gentleman wie Doughty zu exekutieren. Viele, sogar die Geschworenen, fanden, sein Tod würde Mord gleichkommen, aber sie hatten Angst, sich dort am Ende der Welt gegen Drake zu stellen. Doughtys Bruder John hat wegen dieser Sache fast den Verstand verloren, sagte Robert, und die Reise und jeden Mann verflucht, den er für den Tod seines Bruders verantwortlich machte.«

»Aber Euer Mann kehrte sicher nach England zurück, was eigentlich gegen die Macht von John Doughtys Flüchen spricht«, gebe ich zu bedenken.

Sie schürzt die Lippen. »Erzählt das einem Seemann. Andere Schiffe sanken. Nachdem wir geheiratet hatten und nach Dartington gezogen waren, begann John Doughty meinem Mann zu schreiben. Damals war Doughty im Gefängnis. Ich weiß nicht, was in den Briefen stand, aber Robert war deswegen zutiefst beunruhigt.«

»Drohungen, meint Ihr?«

»Er wollte es mir nicht sagen, aber ich nehme es an. Robert war ein abergläubischer Mensch. Er ließ das Haus von einem Priester segnen, aber er schickte auch Agnes zu einer Wahrsagerin und hängte überall Amulette zum Schutz vor Hexerei auf.«

»John Doughty behauptete, Hexerei auszuüben?«

Sie nickt. »O ja, ich weiß. In diesem Jahr erhielt mein Mann die Nachricht, dass zwei seiner Mitgeschworenen vor ihrer Zeit verstorben sind. Dann erfuhr er, dass dies geschah, nachdem John Doughty aus dem Gefängnis freigekommen war. Die Vorstellung, Doughty hätte sie durch Magie getötet, wurde bei ihm zur Besessenheit. Im April dieses Jahres wurden wir an den Hof eingeladen und verbrachten ein paar Wochen in London. Dort tauchten zwei Männer unangekündigt bei unserer Unterkunft auf. Robert ging mit ihnen zum Essen, aber gegen seinen Willen, das sah ich ihm an. Einer der beiden war John Doughty.«

»Und der andere, lasst mich raten, ein Mann ohne Ohren?«
Ihre Augen werden groß. »Ihr kennt ihn?«
»Pockennarben und sehr blaue Augen?«
Sie nickt, immer noch sichtlich überrascht.
»Ich denke schon. Sein Name ist Rowland Jenkes.«
»Er hat Robert anscheinend einen französischen Namen genannt, aber nicht wie ein Franzose gesprochen. Mein Mann erzählte mir nie, um was es bei dem Treffen gegangen war, aber am nächsten Tag traf ich ihn dabei an, wie er seine Sachen packte. Er sagte, er müsse geschäftlich nach Plymouth. Danach bekam ich ihn kaum noch zu Gesicht.« Sie hält inne und starrt auf ihre im Schoß gefalteten behandschuhten Hände hinab. Die Dienerin Agnes hüstelt leise. »Was ich sagen will …« Mistress Dunne hebt, plötzlich aus der Fassung gebracht, ruckartig den Kopf. »Er kam von Zeit zu Zeit heim, zu Besuch, wisst Ihr. Das letzte Mal war er ungefähr vor drei Monaten da.« Sie sagt das mit einer besonderen Betonung, als wäre sie bei einer Lüge ertappt worden. Ich versuche, mir nicht anmerken zu lassen, dass es mir aufgefallen ist.
»Also hat er fast ständig in Plymouth gewohnt?«
»Er hat sich hier etwas gemietet. Er schrieb, um mir mitzuteilen, dass er einen Weg gefunden hat, seine Schulden zu begleichen, und dass er Sir Francis auf eine weitere Reise in die Neue Welt begleiten würde, weil er glaubte, so wieder an ein Vermögen zu kommen.«
»Kein Wort von Doughty oder dem Franzosen ohne Ohren?«
»Er hat sie nie wieder erwähnt. Aber er klang wieder optimistischer als die Zeit zuvor. Ich dachte, die Reise würde ihm guttun. Ein Mann wie Robert war draußen auf See mehr zu Hause.«
»Ihr habt nicht um sein Leben gebangt, als er sich erneut

auf eine solche Reise begeben wollte? Oder vielleicht befürchtet, dass Ihr ihn vermissen würdet?«

Ihre Züge verhärten sich. »Ich vertraute darauf, dass Gott meinen Mann sicher wieder nach Hause bringt, wenn das Sein Wille ist, so wie Er es schon einmal getan hat. Und was das Vermissen angeht …« Sie bricht ab, überlegt sich ihre Antwort gut. »Ihr seid ein kluger Mann, Doktor Bruno, daher ist es Euch zweifellos nicht entgangen, dass ich nicht außer mir vor Kummer bin. Ich habe Robert überstürzt geheiratet, und Gott hat mir seither viel Zeit zugebilligt, um dies zu bereuen. Ich hatte keine Einwände gegen eine längere Abwesenheit seinerseits, schon gar nicht, wenn als Folge davon die Schulden meines Mannes beglichen worden wären.«

Ich mustere ihr ernstes Profil und das unter ihrer verschleierten Haube streng gescheitelte Haar und kann mir nur schwer vorstellen, dass sie zu irgendeiner leichtfertigen oder impulsiven Geste fähig ist.

»Ihr könnt nicht erahnen, wie das ist, zusehen zu müssen, wie sein Besitz und meine Mitgift ihm nach und nach wie Wasser durch die Finger rinnen. Die Dienstboten zu entlassen, einen nach dem anderen, bis ich nur noch Agnes habe, die aus Treue bleibt, nicht weil ich ihr zahlen kann, was sie verdienen würde. Einladungen unter dem Vorwand abzulehnen, ich wäre krank, weil ich mir kein dem Anlass entsprechendes Kleid leisten kann.« Ihre Stimme klingt gepresst; so nah war sie den Tränen noch nie. »Und das alles, weil mein Mann …«, sie speit die Wörter förmlich aus, »… alles beim Würfeln verprasst hat. Aber das heißt nicht«, sie hält meinem Blick so ernst und unverwandt stand, als stünde sie im Zeugenstand, »dass ich froh bin, dass er tot ist. Schon gar nicht so.« Sie verstummt, schiebt den Schleier ganz beiseite und presst das zusammengeknüllte Taschentuch wieder an die Lippen.

Schon gar nicht so? Dass er auf eine Art gestorben ist, die ihr so ungelegen kommt, meint sie?

Ich zögere, bevor ich weiterspreche; ich bin nicht sicher, ob es klug ist, ihr zu sagen, was ich weiß. Dann beschließe ich, dass es das Beste ist, offen zu ihr zu sein und zu hoffen, dass dies auch umgekehrt der Fall ist.

»Ich glaube, dass John Doughty hier in Plymouth ist.«

Sie dreht sich langsam um, starrt mich an und lässt das Taschentuch sinken.

»Wenn das stimmt, dann kann ja kein Zweifel mehr daran bestehen, dass mein Mann ermordet wurde.«

»Sir Francis sagt, es wäre ihm nicht möglich gewesen, unbemerkt an Bord des Schiffes zu gelangen.«

Sie schnaubt abfällig durch die Nase. »Sir Francis wird das sagen, was seinen Zwecken dient. Doughty könnte einen Verbündeten an Bord haben. Ich schlage vor, Ihr ermittelt einmal in diese Richtung.« Sie zieht den Schleier wieder vor das Gesicht. »Ich denke, ich habe mich genug erholt. Sollen wir zurückgehen?«

Ich biete ihr meinen Arm, doch sie ignoriert die Geste. Wir gehen schweigend, in unsere eigenen Gedanken versunken, mit Agnes als missbilligender Begleiterin, zum Marktkreuz zurück. Als wir uns hügelabwärts in das Labyrinth von Straßen begeben, wende ich mich an Mistress Dunne.

»Die Unterkunft, in der sich Euer Mann in Plymouth eingemietet hat, wo befindet sie sich?«

»Ich weiß es nicht, ich war nie da. Irgendwo, wo es billig ist, würde ich sagen. Extravaganzen konnte er sich schwerlich leisten. Warum, glaubt Ihr, dort wäre etwas zu finden?«

»Ich habe keine Ahnung. Er hatte nur sehr wenige Besitztümer bei sich an Bord des Schiffes. Vielleicht hat er in seiner Unterkunft irgendeinen Hinweis zurückgelassen.«

»Sir Francis hat mir das, was in seiner Kabine gefunden wurde, ausgehändigt. Einige seltsame Dinge …« Sie zupft an dem Ziegenleder an ihren Fingerspitzen. »Ein reich verziertes Gebetbuch zum Beispiel.«

»Ich habe es gesehen. Ein schönes Stück Handwerkskunst.«

»Es gehörte Robert nicht. Und die darin verborgene Börse wahrscheinlich auch nicht.«

»Wie könnt Ihr da sicher sein?«

»Wenn mein Mann ein so wertvolles Buch besessen hätte, hätte er es schon längst verkauft, um Geld zur Verfügung zu haben, oder es als Einsatz beim Spiel benutzt.« Der Wind droht ihren Schleier anzuheben; sie greift danach, um ihn zurechtzurücken. »Und was die fünf goldenen Engelstaler betrifft, eine solche Summe hatte Robert nie länger als einen Tag in der Hand.«

»Könnte er sie gewonnen haben?«

Sie lacht zynisch auf. »Eher friert die Hölle zu.«

»Vielleicht eine Bezahlung für irgendetwas?«

Sie scheint über diese Möglichkeit nachzudenken. »Ich weiß es nicht. Aber ich fürchte, mein Mann hat sich zu irgendwelchen Geschäften mit John Doughty und dem Burschen ohne Ohren drängen lassen, zu irgendetwas Ungesetzlichem. Bei den wenigen Malen, die ich ihn nach seiner Abreise nach Plymouth gesehen habe, wirkte er gehetzt und gequält.«

»Aber nicht verzweifelt genug, um seinem Leben ein Ende zu setzen. Da seid Ihr Euch sicher.«

Sie wirft mir aus dem Augenwinkel heraus einen Blick zu. »Ja. So verzweifelt war er nicht.«

»Es wird allgemein angenommen, dass John Doughty vorhat, Drake zu ermorden und vom König von Spanien eine Belohnung dafür zu erhalten. Ihr könnt Euch nicht vorstellen …?« Ich überlasse es ihr, den Satz zu beenden. Sie bleibt stehen und hebt den Schleier, um mich anzusehen.

»Robert? Ihr glaubt, er wäre daran beteiligt?« Sie schüttelt den Kopf, als könne die nachdrückliche Bewegung diese Wahrheit ins Gegenteil verkehren. »Nein. Das kann nicht sein. Er hat Sir Francis angebetet. Er wäre lieber gestorben, als ihm auch nur ein Haar zu krümmen.«

»Vielleicht hat er genau das getan.«

Als wir uns der Vordertür des *Star* nähern, löst sich eine kleine Gestalt von der Mauer und kommt lauthals rufend die Straße entlang auf uns zugeschossen. Schlitternd kommt Sam neben mir zum Stehen. Sein Gesicht leuchtet vor Triumph. »Sir! Ich habe die Hure gefunden, die Ihr wolltet!«

»Äh, danke, Sam. Das ging ja schnell.« Ich drehe mich zu Mistress Dunne um, die mich mit hochgezogenen Brauen und einem Anflug von Belustigung beobachtet. Flüchtig erwäge ich, mich zu rechtfertigen, aber das geht nicht, ohne ihr zu enthüllen, dass ihr Mann regelmäßig ein Freudenhaus besucht hat. Vielleicht weiß sie es schon, vielleicht auch nicht, es würde jedenfalls von einem beklagenswerten Mangel an Mitgefühl zeugen, sie wenige Minuten, nachdem sie seinem Leichnam die letzte Ehre erwiesen hat, damit zu konfrontieren. Also zucke ich nur die Achseln und setze ein hilfloses Lächeln auf.

»Ich kann Euch jetzt hinbringen, wenn wir uns beeilen.« Sam krallt seine Hand um mein Handgelenk und konzentriert sich darauf, mich mit sich zu ziehen. Für einen kleinen Jungen verfügt er über eine beträchtliche Kraft.

»Lasst Euch von uns nicht aufhalten«, sagt Mistress Dunne freundlich. Hinter mir schnalzt Agnes empört mit der Zunge.

»Es ist nicht so, wie …«, beginne ich, aber sie winkt nur ab. »Ich hege nicht den Wunsch, mich in Eure Angelegenheiten einzumischen, Doktor Bruno. Danke, dass Ihr mir heute Morgen Gesellschaft geleistet habt. Ich denke, wir sehen uns beim Essen.« Sie kann ein leises Grinsen nicht unterdrücken, als ich mich vor ihr verbeuge.

»Der Zeitpunkt hätte nicht besser passen können, Sam«, murmele ich, während ich mich von ihm hinter sich herzerren lasse und die Frauen die Tür zum *Star* öffnen.

Er blinzelt zu mir hoch.

»War das Eure Frau, Sir?«

»Meine *Frau*? Lieber Gott, nein!«, erwidere ich heftiger als beabsichtigt.

»Das ist gut. Sie sieht aus wie eine, die nur lächelt und Euch dann – bamm! – aus heiterem Himmel eine Ohrfeige verpasst«, sagt er mit einem bekräftigenden Nicken, als spräche er aus Erfahrung.

»Da könntest du recht haben. Aber wir sollten nett sein, Sam, die Lady hat gerade ihren Mann verloren. Sie trauert um ihn.«

»So sieht sie aber nicht aus«, widerspricht Sam mit einem vernehmlichen Schniefen. Das Kind ist nicht auf den Kopf gefallen.

13

Auf der anderen Seite des Sutton Pool, am äußersten Rand des Hafenviertels, stinken die Straßen nach Armut und Verwahrlosung. Häuser, die aussehen, als könnte man sie nicht mehr reparieren, drängen sich in dunklen, schmalen Gassen zusammen und lehnen sich krumm und schief wie verrottende Zähne gegeneinander. Statt Glas ist Sackleinwand vor die Fenster genagelt, die in einem melancholischen Rhythmus im Wind flattert. Sam hüpft geschickt über den unebenen Untergrund; mehr als einmal muss ich ihn ermahnen, langsamer zu gehen, weil ich Haken um die Pfützen schlagen muss, die das aus den Rinnsteinen fließende Wasser bildet. Ich bin mir bewusst, dass mich überall ringsum aus den Hauseingängen, den Gassenmündungen und den Schatten der verfallenen Gebäude heraus Augen beobachten; wilde, hohle Augen in ausgezehrten Gesichtern, die jedem meiner Schritte folgen, als könnten sie sich durch mein Wams brennen und die dort verborgene Börse erkennen. In Italien würden Männer dieses Schlages einem für einen halben Laib Brot ein Messer durch den Leib rammen, erst recht für eine Börse, mit deren Inhalt sie ihre Familie einen Monat lang ernähren oder sich selbst genauso lange Alkohol verschaffen könnten. Ich löse die Hand nicht vom Griff meines Messers. Aber zu meiner Überraschung lässt sich niemand blicken, keine Waffe blitzt im Dämmerlicht auf. Sie rühren sich kaum, wenn ich vorbeikomme, nur ihre Augen glitzern wachsam. Vielleicht fehlt ihnen die Willenskraft, die Anstrengung auf sich zu nehmen, mich zu überwältigen. Sogar die Möwen hier klingen, als hätten sie aufgegeben.

»Allein wollt Ihr hier nicht herkommen«, ruft mir Sam gut unterrichtet über die Schulter hinweg zu. Vielleicht ist es seine Gegenwart, die mich schützt.

»Das ist ein guter Rat.« Ich trete um einen frischen, dampfenden Haufen herum, der vielleicht von einem der ausgemergelten Hunde stammt, die durch die Straßen streifen. Vielleicht auch nicht.

»Viele der Huren leben hier unten«, erklärt er fröhlich. »Zu denen kann man nicht gehen, sagt mein Onkel. Hier kommen die Seeleute hin, um ihre letzten Groschen loszuwerden, bevor sie auf ihre Schiffe zurückkehren. Nehmen mehr mit nach Hause, als sie sich hatten einhandeln wollen, sagt mein Onkel. Jetzt ist es nicht mehr weit, Sir.«

Er bleibt vor einer niedrigen Tür stehen und stößt sie auf. Dahinter liegt ein kleiner, schäbiger Raum, der nach Urin und Ale stinkt. Die Wände sehen aus, als hätten sie die Skrofulose, die Tünche wirft fleckenweise Blasen oder blättert ab, sodass das Rosshaar und der Schutt sichtbar werden, die in die Lücken der Hauswände gestopft wurden. Einige Männer hängen auf Stühlen um einen Tisch herum und schlafen ihren Rausch aus, während Frauen in schmutzigen Kleidern und mit umwölkten Augen und aus den Miedern hängenden Brüsten sich über ihre Schultern lehnen. Eine dieser Kreaturen erhebt sich, als wir hereinkommen, und unternimmt einen kläglichen Versuch, ihre Röcke glattzustreichen.

»Bist du das, Sam? Was hast du mir denn da gebracht, Schätzchen?«

Ich gebe mir größte Mühe, mir meine Reaktion auf diese Frau nicht anmerken zu lassen, aber ihr Anblick würde in jedem, der sich noch ein Körnchen menschliche Empfindungen bewahrt hat, Entsetzen und Mitleid wecken. Sie ist knochendürr, und ihr Gesicht und ihre Brust weisen die roten Schwielen auf, die der Welt verkünden, dass sie sich im Frühstadium der Syphilis befindet. Ihr Haar ist strähnig und dort, wo es ihr ausgerissen wurde oder ausgefallen ist, mit kahlen Stellen durchsetzt. Ist das wirklich die Hure, die Robert Dunne in der letzten Zeit bevorzugt hat? Das erscheint mir unmöglich. Ich werfe Sam einen scharfen Blick zu; vielleicht hat er mich überlistet und auf Gedeih und Verderb diesen verzweifelten Menschen ausgeliefert, weil er weiß, dass ich Geld übrig habe.

»Eve?«, frage ich zaghaft.

»Wenn du willst«, gibt sie zurück. Sie sieht mich kaum an, antwortet nur reflexartig. »Von wo bist du denn hergesegelt, Süßer?«, fragt sie, dabei legt sie sich über den Tisch. Ihre Brüste sind verschrumpelt und schlaff, weil sie kein Fleisch auf den Rippen hat. »Keine Sorge, ich nehme jede Münze, die du hast. Willst du es hier oder auf der Straße?«

Wieder sehe ich Sam an, diesmal drängender. Er grinst.

»Das ist der Gentleman, der etwas über Eve wissen will.« Er hält sich an meinem Ärmel fest.

Die Augen des Mädchens öffnen sich etwas mehr, und sie scheint mich zum ersten Mal bewusst wahrzunehmen.

»Was willst du denn von Eve?« Sie schiebt sich eine Haarsträhne hinter das Ohr, eine Geste, in der immer noch ein Rest Koketterie liegt. »Ich verspreche dir, dass sie dir nichts bieten kann, was du nicht auch von mir bekommen kannst, Süßer.« Sie lacht krächzend auf. »Stimmt's nicht? Na.« Sie gibt dem ihr am nächsten sitzenden Mann einen Tritt gegen den Knöchel;

er hebt den Kopf ein kleines Stück vom Tisch und nuschelt etwas, bevor er wieder in sich zusammensackt.

Ich zweifele nicht daran, dass sie recht hat; diese Frau sieht aus, als könnte sie alles Mögliche unter der Sonne weitergeben, denke ich, dabei versuche ich, die Syphilisflecken in ihrem Gesicht nicht anzustarren.

»Ich will Informationen«, sage ich. Sie zwinkert, setzt sich auf und runzelt konzentriert die Stirn. »Wo könnte ich Eve finden?«

»Eve … Sie wurde höchstwahrscheinlich zu Mistress Mullen geschickt«, erwidert sie mit überraschender Klarheit. »Da schickt sie sie hin, wenn sie dumm genug sind, sich einen dicken Bauch machen zu lassen. So kann sie immer noch ein paar Pennys aus ihnen herausquetschen.« Sie hebt eine Hand und reibt Daumen und Zeigefinger gegeneinander, das Universalzeichen für Geldgier.

»Sie? Du meinst Mistress Grace?«

Wieder erklingt das schmutzige Gekicher und schlägt in einen bellenden Husten um. »Mistress Grace. Wie eine Mutter zu uns allen, das ist sie.« Sie spuckt einen Schleimbatzen auf den Boden. »Nicht, dass ich mich daran erinnern kann, je eine Mutter gekannt zu haben. Also kann's keine bessere gegeben haben.«

»Warst du eine von …« Von den vestalischen Jungfrauen, hatte ich sagen wollen. Es erscheint mir fast wie eine Beleidigung. Ich kann das Alter des Mädchens beim besten Willen nicht schätzen, es könnte zwischen sechzehn und vierzig liegen, aber ich vermute, sie kann sich auch kaum noch an ihre Jungfräulichkeit erinnern.

»Eines ihrer Mädchen, ihrer vestalischen Jungfrauen? Oh, das war ich, Sir. Und schaut mich jetzt an, bin ich nicht die Verkörperung der Keuschheit?« Sie hebt die Enden ihrer

Haare, dreht sie in der Parodie des Kokettierens um ihre Finger und lässt die Hand dann schlaff herabfallen.

»Was ist dir passiert?«, frage ich etwas sanfter. »Hattest du ein Kind?«

»Nein, Sir. Ich hatte die andere Art von Pech, die, für die es keine Belohnung gibt.« Sie zeigt auf ihr Gesicht. *»Das* hier bekam ich von einem großzügigen Gentleman. Und das bringt ihr nichts ein, was sie verkaufen kann.« Sie zuckt die Achseln. »Wenn man sich seinen Lebensunterhalt nicht verdienen kann, hat man dort nichts mehr verloren. Wie Ihr seht, musste ich ein neues Zuhause finden.« Sie deutet durch den Raum.

»Was meinst du mit ›verkaufen‹?« Ich versuche, die Informationsfetzen zusammenzusetzen.

Sie verdreht die Augen. »Was ich gesagt habe. Wenn eines der Mädchen schwanger wird, schickt sie es zu Mistress Mullen, sowie sich der Bauch zu runden beginnt. Sie ist eine Amme und hält den Mund, wenn man sie gut dafür bezahlt. Sie warten die Niederkunft ab, und wenn das Kind gesund ist, findet Mistress Grace ein Heim für es. Aber nicht aus reiner Herzensgüte, das könnt Ihr mir glauben.« Sie macht wieder das Zeichen für Geld.

»Sie *verkauft* die Babys?«

»Ihr würdet Euch wundern, wie viele Menschen Verwendung für ein gesundes Kind haben, Sir.« Das Mädchen beugt sich vor, wie um mir ein Geheimnis anzuvertrauen. »Edelfrauen zum Beispiel, die keine eigenen bekommen können. Sie schließt das Geschäft im Voraus ab, sodass die Lady ihre Kleider mit Kissen ausstopfen und vorgeben kann, sich in das Wochenbett zu legen, wenn sie das Kind als ihr eigenes ausgeben will. Natürlich verlangen sie meistens Jungen.«

»Und wenn es ein Mädchen ist?«

»Mistress Grace hat ihre Leute, die sie für sie großziehen,

bis sie alt genug sind, um sich nützlich zu machen. Und ihr Geld einbringen, versteht sich.«

»Bis sie in dem Freudenhaus anschaffen können, meinst du?« Ich schüttele den Kopf. Ich hatte gedacht, bereits in die tiefsten Abgründe menschlicher Verderbtheit geblickt zu haben, aber das hier ist eine neue Dimension. »Sie züchtet sich ihre eigenen Pferdchen. *Dio porco*. Sie muss dieses Gewerbe schon eine Weile betreiben. Ab welchem Alter setzt sie sie ein?«

Das Mädchen zuckt die Achseln. »Sobald die körperliche Reife einsetzt. Elf, zwölf. Viele Kunden hätten sie auch gern jünger, aber Mistress Grace sagt, das laugt sie zu schnell aus.«

»Sie ist die Güte in Person.« Ich stelle mir unfruchtbare Edelfrauen vor, die ihre Mieder mit Kissen ausstopfen, während sie darauf warten, den Bastard einer Hure zu erwerben. Dieser Gedanke führt mich zu Mistress Dunne und dem Kummer in ihrer Stimme, als sie erwähnte, dass ihre Ehe kinderlos geblieben war. »Und Eve? Ist das auch ihr widerfahren?«

»Ah, Eve, sie war entzückend.« Die Augen des Mädchens werden glasig, sie sackt nach vorne und stützt sich auf ihre Ellbogen. Gerade als ich zu dem Schluss gekommen bin, dass sie mich vergessen hat und in einen Tagtraum versunken ist, grinst sie mich plötzlich an. Die meisten ihrer Zähne fehlen. »Sie hatte das, was man als angeborene Sittsamkeit bezeichnen könnte. Die errötende Jungfrau hat man ihr ohne Weiteres abgenommen. Ich hätte es selbst fast geglaubt, und ich wusste, was sie jede Nacht getrieben hat. Die Herren liebten die kleine Eve.« Sie lacht erneut und spuckt aus, was sich in der Zwischenzeit gelöst hat. »Aber ich schätze, sogar sie hat das Glück dann verlassen«, fügt sie, wieder ernst, hinzu.

»Wo finde ich das Haus von Mistress Mullen?«, frage ich sie.

Sie richtet sich auf und heftet den Blick mit beunruhigender Plötzlichkeit auf mich.

»Sie wird Euch nicht einlassen. Sie hält die Mädchen versteckt. Was sie tut, ist nicht ganz legal, aber die Behörden drücken beide Augen zu. Was springt für mich dabei heraus?« Sie streckt eine schmutzige Hand aus. Ihre Handfläche ist mit Syphilisflecken übersät. Ihre schlaffen Brüste liegen auf der Tischplatte.

Ich greife in meine Börse und werfe einen Penny auf den Tisch. Noch ehe ich zwinkern kann, hat sie die Faust darum geschlossen und ihn irgendwo in ihren Lumpen verschwinden lassen.

»Draußen in Stonehouse. Am Wasser, das weiße Haus am Ende. Wie ich schon sagte, wartet, bis sie fortgegangen ist. Ein Diener bewacht die Vordertür. Manche der Mädchen versuchen wegzulaufen, wisst Ihr. Aber sie hat einen Garten hinter dem Haus, wo sie Luft schnappen können. Vielleicht seht Ihr Eve dort.«

Ich danke ihr und mache Sam, der während dieses Gesprächs geduldig an der Wand gestanden und die ohnmächtigen Männer mit derselben Faszination betrachtet hat, die ein seltenes Tier in einer Menagerie erzeugt, ein Zeichen.

»Willst du sonst nichts von mir, wenn du schon einmal hier bist, Süßer?«, sagt das Mädchen ohne Begeisterung, schiebt eine Hüfte vor und legt eine Hand darauf, wie um die Figur zu betonen, die sie einst vielleicht gehabt hat. »Ich meine, du hast ja schließlich bezahlt.« Sie lacht hohl auf; sie weiß sehr gut, wie sie aussieht. Ich mustere die halb über dem Tisch liegenden Betrunkenen. Bezahlen die Männer sie wirklich noch für ihre Dienste? Vielleicht kann sie im Dunkeln verbergen, was allmählich aus ihr wird, das arme Geschöpf.

Ich lächele. »Nein, nimm dir den Tag frei.«

»Danke, Sir, ich werde ihn im Gebet verbringen.« Sie grinst und deutet einen Knicks an.

Ich fische in meinem Wams nach einer weiteren Münze. »Und kauf dir eine warme Mahlzeit. Wie ist eigentlich dein Name?«

»Der tut nichts zur Sache, oder? Ist ja nicht so, dass jemand einen Grabstein für mich aufstellen würde.« Sie schlurft näher, und ich weiche vor ihrem Atem zurück. »Ich mag dich, Süßer. Ich hätte es auch umsonst gemacht, nur wegen deines hübschen Lächelns. Ich war nicht immer so wie jetzt«, fügt sie unerwartet hitzig hinzu. »Wenn du mich gesehen hättest, als ich den Kerlen noch etwas wert war …« Sie blickt auf die Münze in ihrer Hand; ihre Schultern sacken nach unten.

»Eine letzte Frage noch«, sage ich an der Tür. »Hast du im *Haus der Vesta* je einen Mann namens Robert Dunne getroffen? Oder einen gewissen John Doughty?«

»Oh, wahrscheinlich schon.« Sie lacht, bis der Husten sie zu überwältigen droht. »Vermutlich beide gleichzeitig. Sie geben niemals ihre richtigen Namen preis, es sei denn, sie sind Narren und bilden sich ein, verliebt zu sein.«

»Verstehe.« Ich merke, dass ich genug von dieser Sache habe. Selbst wenn ich diese Eve finde, wie kann ich dann sicher sein, dass sie mir etwas über Robert Dunne erzählt? Vielleicht kennt sie ihn nicht unter diesem Namen, und ich kann ihn kaum beschreiben; ich habe den Mann erst gesehen, als er schon drei Tage tot war.

Als ich gehen will, sagt sie: »Wünscht Eve von mir alles Gute, ja?«

Ich drehe mich um. »Ich weiß immer noch nicht, wie du heißt.«

Sie zögert, blickt nach unten. »Sara. Unter diesem Namen kennt sie mich.«

»Das tue ich, Sara.« Ich nicke. »Das bedeutet ›Prinzessin‹, weißt du?«

»Tatsächlich?« Sie denkt darüber nach. »Das trifft es verdammt genau, nicht?« Mit einem zahnlosen Lächeln hebt sie die Röcke, knickst leicht und wirft mir eine Kusshand zu. Wenigstens kann sie noch lachen. Ich habe schon andere Syphiliskranke gesehen; das Beste, worauf sie hoffen kann, ist, dass der Irrsinn rasch einsetzt.

Ich war selten so erleichtert, in Luft hinauszutreten, die man atmen kann. Sogar die Gassen rings um die verfallenen Häuser sind besser als der faulige Mief in diesem Loch. Der Gestank hat mir die Nase so stark verklebt, dass ich fast meine, mich angesteckt zu haben, ohne das Mädchen auch nur berührt zu haben. Sam und ich stehen am Hafen, spüren den Wind auf unseren Gesichtern und lassen ihn jeden üblen Geruch wegwehen. Meine Prellungen schmerzen und pochen, und meine Lider sind schwer; ich würde nichts lieber tun, als zum *Star* zurückzukehren und in mein Bett zu fallen. Ich würde auch gerne wissen, ob Jonas aufgetaucht ist; sein Verschwinden beunruhigt mich. Aber die Sonne steht hoch am Himmel, wenn auch gelegentlich Wolken darüber hinwegziehen, es wird bald Mittag, und ich bin meinem Ziel, Antworten zu finden, kaum einen Schritt näher gekommen. Wenn ich vor dem morgigen Tag etwas Nützliches in Erfahrung bringen will, muss ich jede noch so kleine Spur verfolgen. Wie ein Schwein auf Trüffelsuche, wie Sidney es ausdrückt. Ich erwäge, ihn zu bitten mitzukommen, um das Haus von Mistress Mullen zu suchen, die sich schwangere junge Mädchen wie Zuchtstuten hält, entscheide mich dann aber dafür, lieber allein zu gehen. Das ist einfacher, da ich mir heimlich Zugang verschaffen muss.

»Wollen wir denn jetzt nach Stonehouse?«, fragt Sam, als hätte er meine Gedanken gelesen.

»Wartet deine Mutter nicht auf dich?«

Er schüttelt den Kopf. »Sie wird gar nicht da sein.«

»Wer macht dir denn dann das Essen?«

Er runzelt die Stirn, als würde er die Frage nicht verstehen. »Wir schauen einfach, was von den Ständen fällt.«

Ich lächele. »Fällt da viel herunter?«

»Ja, wenn Leute dagegenstoßen. Wenn man es versehentlich hinunterstößt, ist es kein Stehlen«, fügt er hitzig hinzu. »Außerdem kennt Ihr den Weg nach Stonehouse nicht. Ich weiß, welches Haus sie gemeint hat. Ihr braucht mich, damit ich es Euch zeige.« Er schiebt seine kleine Hand unter meinen Arm, als wäre die Sache abgemacht. Mir wird klar, dass ich für Sam eine Art vom Himmel gefallener Schutzengel mit unerschöpflichen finanziellen Mitteln bin. Aber darüber hinaus gebe ich ihm das Gefühl, für mich nützlich zu sein, was wiederum bewirkt, dass er sich wichtig vorkommt. Es ist eine Gönnerbeziehung im Kleinformat, denke ich, als ich einen Arm um seine Schulter lege; ein Abbild meines momentanen Verhältnisses zu Francis Drake.

»Dann komm«, sage ich. »Zeig mir den Weg nach Stonehouse. Aber vorher machen wir bei einer anständigen Schenke halt und genehmigen uns eine warme Mahlzeit.«

Seine Augen leuchten auf. »Mit Fleisch?«

»Mit Fleisch. Und während wir dort sind, stoßen wir nichts versehentlich von Tischen herunter, nicht wahr?«

Er strahlt; man könnte denken, ich hätte ihm Feuerwerk und ein Zuckerschloss versprochen. »Nein, Sir.« Er legt feierlich eine Hand auf sein Herz. »Noch nicht einmal, wenn es *ganz* am Rand liegt.«

14

Eine Wolkenbank ist plötzlich von der Bucht herübergezogen und verdeckt die Sonne, als wir auf Stonehouse zuhumpeln, ein kleines, aus niedrigen Häusern bestehendes Dorf auf einem Vorsprung auf der anderen Seite der Landzunge. Während des größten Teils des Marsches hat sich Sam wie ein Äffchen an meinen Rücken geklammert und seine mageren Arme um meinen Hals geschlungen; er hat sich zwar nie beklagt, aber ich habe ihm angesehen, dass seine nur in Lumpen gebundenen Füße zu schmerzen begonnen haben, und mich erboten, ihn über den steinigen Weg zu tragen. Als ich ihn nach Schuhen gefragt habe, behauptete er, nie welche besessen zu haben, und sah mich an, als hätte ich ihn gefragt, ob er eine Kutsche sein Eigen nennen würde. Er wiegt nicht mehr als meine Reisetasche, doch bei jedem Schritt stoßen seine Knie gegen meine geprellten Rippen. Nach einer halben Meile bedauere ich, diesen Ausflug angetreten zu haben.

Ein kalter Wind pfeift über die Klippen; die Wolken haben die Landschaft grau, grün und braun verfärbt. »Soll das ein Sommer sein?«, sage ich zu Sam. »Wo ich herkomme, ist es mitten im Winter wärmer als hier.« Um unsere Lebensgeister zu heben, erzähle ich ihm von italienischen Sommern, dem Farbenmeer rund um den Golf von Neapel, dem grellen Blau von Himmel und Meer, dem hellen Sonnenlicht, den kleinen weißen Häusern und Kirchen mit den roten und violetten Bougainvilleen, den Sonnenuntergängen, die so feurig und wild sind, dass man fürchtet, das Meer würde wie beim Weltuntergang in Flammen stehen. Den dicken Zitronen, die an den Bäumen hängen, den dunkel schimmernden Trauben, die man direkt von den Reben pflücken und essen kann. Dann lasse ich mich hinreißen und erzähle ihm Plinius des Jüngeren Geschichte von dem Jungen, der sich mit einem Delfin anfreundet und auf seinem Rücken durch die Bucht reitet, und als er fragt, ob ich das auch schon einmal gemacht habe, erkläre ich ihm, dass alle neapolitanischen Jungen auf Delfinen zur Schule reiten und die Meerjungfrauen ihnen zuwinken, während sie ihr goldenes Haar flechten.

»Oh, die haben wir auch«, sagt er unbeeindruckt.

»Was, Meerjungfrauen?«

»Ja. Wenn die Sonne scheint, liegen sie auf den Felsen. Unsere haben aber kein goldenes Haar. Sondern Schnurrbärte. Sie sehen eher wie Hunde aus.«

»Das sind *Seehunde*«, versetze ich. »Italienische Meerjungfrauen sind die schönsten der Welt. Sie können in englischen Gewässern nicht leben, weil es zu verdammt kalt ist.«

»Warum seid Ihr dann hergekommen?« Er winkt mit der Hand zu der trüben Flussmündung hinüber.

»Einige Menschen wollen mich töten.« Es hat keinen Zweck, ein Kind zu belügen.

»Oh.« Er denkt darüber nach. »Warum denn?«

»Weil ich die Leute provoziere. Manchmal mit Absicht. Manchmal merke ich aber selbst gar nicht, dass ich das tue. Es muss an meinem Gesicht liegen.«

Er nickt bedächtig. »Mein Onkel gibt mir auch manchmal einfach so eine Ohrfeige. Nur weil ich da bin.«

»Dann verstehst du das ja.«

»Wenn ich erwachsen bin«, verkündet er, »werde ich ein Schiff haben wie Sir Francis Drake und gegen die Spanier kämpfen und Schätze mit nach Hause bringen, und mein Onkel wird nie wieder wagen, mich zu verprügeln, und mein Bruder stößt mich nicht mehr ins Wasser oder schießt mit seiner Schleuder mit Steinen auf mich.«

»Sehr richtig«, bestätige ich. »Alle werden dich Kapitän nennen müssen. So, und jetzt lass uns dieses Haus suchen.«

Er lacht und schlingt die Arme fester um meinen Hals. Wir gehen ein Stück weiter. Am Rand des Dorfes setze ich ihn schwungvoll wieder auf dem Boden ab, wobei mir der Schmerz in meiner Seite ein leises Keuchen entlockt.

Ich erkenne das Gebäude anhand von Saras Beschreibung: ein weiß getünchtes, etwas abseits der anderen am Ende der Straße liegendes Haus, das auf die Flussmündung hinausgeht. Eine verschlammte Sandfläche erstreckt sich von der anderen Seite der Straße bis hinunter zu dem trübbraunen Wasser. Möwen patrouillieren den Strand entlang und stehen auf den umgedrehten Rümpfen von Fischerbooten Wache. Ich blinzele zu dem Haus hoch. Alle Fensterläden sind geschlossen.

»Am besten warten wir, bis die Frau das Haus verlässt.« Ich halte nach einem Platz Ausschau, wo wir Posten beziehen können. Ganz in der Nähe liegt ein kleines Boot auf dem Sand, das seinen Zweck erfüllen wird.

»Sie könnte schon ausgegangen sein«, bemerkt Sam.

»Du bist heute gescheiter als ich«, erwidere ich. »Wie sollen wir das herausfinden?«

Er denkt über das Problem nach. »Ich könnte an die Tür klopfen und nach ihr fragen.«

»Was, wenn sie öffnet?«

»Dann sage ich einfach, ich hätte eine Nachricht für Jem.

Und dann sagen sie mir, hier gibt es keinen Jem, mach, dass du weiterkommst, und dann gehen wir hintenherum.«

»Gute Arbeit«, lobe ich. »Du verdienst dir heute dein Essen, Sam. Warte, bis ich mich in diesem Boot versteckt habe. Und wenn sie da ist, geh wieder weg, damit sie keinen Verdacht schöpft.«

Er trollt sich, und ich kauere mich in das Boot und behalte die Tür im Auge. Nach einiger Zeit wird sie von einer untersetzten, breit gebauten Frau geöffnet, die sich eine Schürze umgebunden und ihr zurückgekämmtes Haar unter einer weißen Haube verborgen hat. Sie schüttelt den Kopf und zeigt die Straße hoch, dann schlägt sie Sam die Tür vor der Nase zu. Er schlendert in Richtung der Landspitze davon, dann hüpft er die niedrige Deichmauer hinunter und setzt sich in den Sand, um zu warten. Ich vertreibe mir die Zeit mit dem Versuch, die Fakten bezüglich Dunnes Tod anhand des Gedächtnissystems, das ich für König Henri in Paris entwickelt habe, in meinem Kopf zu ordnen, aber sie weigern sich, säuberliche konzentrische Kreise zu bilden; stattdessen flattern sie auf und durcheinander wie ein Starenschwarm. Etwas platscht gegen die Planken des Bootes, als eine Möwe nur Zentimeter von meiner Schulter entfernt etwas fallen lässt; ich zucke zurück, und die Bewegung schickt prompt Schmerzwellen durch meine Rippen. Meine Lider werden schwer; ich lasse sie zufallen und stelle mir den blausilbernen Golf von Neapel, schimmernde Delfinschwanzflossen und über die Wasseroberfläche schwebende Meerjungfrauen vor.

Einen Moment später schlage ich die Augen mit einem Ruck wieder auf; Sam beugt sich über mich und piekt mich in die Schulter.

»Ihr habt geschlafen«, stellt er mit mildem Tadel fest.

»Habe ich nicht. Ich habe nachgedacht. Was ist passiert?«

Er deutet auf die Straße vor uns. Die stämmige Frau, die sich jetzt einen Schal um die Schultern gelegt hat, watschelt mit einem großen Flechtkorb am Arm in Richtung des Dorfes davon. Als sie um eine Ecke gebogen und außer Sichtweite ist, eilen wir über den feuchten Sand auf das Haus zu.

Ein Pfad verläuft um das Gebäude herum, entlang einer mehr als mannshohen Mauer, die einen Garten umschließt. Ganz hinten ist eine Tür darin eingelassen, die aber fest verschlossen ist. Hinter der Mauer sind gedämpfte Frauenstimmen zu vernehmen. Am Rand des Gartens stehen Bäume, deren Äste über die Mauer ragen.

»Klettere hinauf, und schau, ob du irgendjemanden sehen kannst«, sage ich zu Sam, dabei deute ich auf einen Apfelbaum. »Wenn ein Mann da ist, der auf die Mädchen aufpasst, springst du sofort wieder hinunter. Wenn nicht, versuch, ihre Aufmerksamkeit zu erregen. Wir suchen nach einer, die Eve heißt.«

Ich hebe ihn auf meine Schultern, und er packt den untersten Ast, zieht sich behände wie eine Katze daran hoch und tastet sich weiter, bis er in einer Astgabel mitten im Garten sitzt und die kurzen Beine baumeln lässt. Unten ertönt eine helle Mädchenstimme.

»Um dich an den Äpfeln zu bedienen, bist du zu früh dran, kleiner Master«, sagt sie.

»Ich stehle nicht«, gibt Sam empört zurück. »Ich suche ein Mädchen.«

Zotiges Lachen erklingt. »Komm in zehn Jahren wieder, Herzchen, wenn du Geld in der Tasche hast«, sagt eine von ihnen.

»Mein Herr hat Geld.« Sam schwingt lässig die Beine vor und zurück. »Er sucht ein Mädchen namens Eve. Er muss mit ihr sprechen.«

Mein Herr, denke ich. Der Bezeichnung haftet etwas seltsam Anrührendes an.

»Dein Herr?«, fragt ein anderes Mädchen eifrig. »Ist er ein Seemann?«

»Er kommt von Kapitän Drakes Schiff«, antwortet Sam.

Darauf folgt eine Diskussion zwischen den Frauen, die ich nicht verstehen kann; die Worte klingen aufgeregt und abgehackt. »Ich heiße Eve«, sagt dieselbe Stimme. »Wann kann ich ihn sehen?«, fragt sie dann atemlos. Mir ist jetzt schon klar, dass ihr eine Enttäuschung bevorsteht.

»Jetzt.« Sam zeigt nach unten. »Er ist hier.«

»Sag ihm, ich bin eingeschlossen. Wir können hier nicht weg. Er muss zu dir hochklettern.«

Ich fluche innerlich. Sam krabbelt gehorsam den Ast entlang, hockt sich auf die Mauer und bedeutet mir, mich zu ihm zu gesellen. Ich packe die Mauer mit beiden Händen und ziehe mich in die Höhe. Weißglühende Nadelstiche durchbohren meine Seite. Als ich oben auftauche und mich an den Ästen abstütze, höre ich das Mädchen voller Hoffnung rufen: »Robert?«

Unter mir sehe ich einen gepflegten Garten. Der untere Teil ist einem Obstgarten vorbehalten, der in der Nähe des Hauses mit Hecken und Kräuterbeeten bepflanzt. Er ist groß genug, dass man hier, am wilderen Ende, vom Haus aus nicht belauscht werden kann. Eine junge Frau, fast noch ein Mädchen, mit einem hübschen, runden Gesicht, blickt stirnrunzelnd zu mir hoch. Eine weiße Haube verdeckt ihr Haar, und sie trägt einen grauen Kittel, der formlos von den dünnen Schultern herabhängt. Obwohl keine Sonne scheint, hebt sie eine Hand, um ihre Augen zu schützen, und blinzelt mich an. Wie ich geahnt habe, spiegelt sich abgrundtiefe Enttäuschung auf ihrem Gesicht wider.

»Wer seid Ihr?«

»Mein Name ist Giordano.«

»Wie?«

»Schon gut. Bist du Eve?«

Sie nickt, dann blickt sie sich nervös zum Haus um. Leere Fenster starren über den Garten hinweg. Ein anderes Mädchen, etwas älter, aber genauso gekleidet, hält sich dicht hinter ihr.

»Bewacht euch jemand?«

Sie deutet mit dem Daumen zum Haus. »Er schläft drinnen hinter der Hintertür. Aber er könnte aufwachen. In der Küche gibt es auch eine Magd, aber sie ist auf unserer Seite. Nur wenn die Mistress herausfindet, dass wir mit Euch gesprochen haben, werden wir alle bestraft.«

»Wie bestraft sie euch denn?«

»Sie sperrt uns in unsere Kammern ein«, erwidert sie achselzuckend. »Mehr können sie nicht tun. Sie darf uns nicht anrühren, das könnte dem Baby schaden.« Ihre Finger streichen beschützend über ihren Bauch. Sie ist selbst kaum mehr als ein Kind.

»Fällt es heraus, wenn sie dich schlägt?«, fragt Sam genüsslich und tritt mit den Fersen gegen die Ziegelmauer, als wäre er Zuschauer eines Vorprogramms.

»Sam, du musst für mich vorne Wache halten. Sag uns, wenn die Frau zurückkommt. Rasch jetzt.«

Er nickt eifrig; bestrebt, seine Befehle auszuführen, dann springt er zu Boden und huscht den Pfad zur Straße entlang. Eve wendet sich ab und flüstert ihrer Freundin etwas zu, woraufhin das andere Mädchen auf das Haus zuhüpft, vermutlich, um dort Posten zu beziehen.

»Kommt Ihr von Robert?«, fragt Eve mit demselben freudigen Lächeln, als die beiden außer Hörweite sind. »Kann er nicht selbst kommen? Ich warte jetzt seit Tagen, ohne etwas von ihm gehört zu haben.«

Ich mustere sie forschend; überlege, welche Antwort meinen Zwecken am dienlichsten ist.

»Du wartest darauf, dass Robert zu dir kommt?«

Sie schnalzt ungeduldig mit der Zunge. »Natürlich. Sobald er alles geregelt hat, sagte er.« Ihr Gesicht umwölkt sich misstrauisch. »Warum, was ist denn?«

»Wusstest du, dass er vorhatte, in den nächsten Tagen mit Sir Francis Drake nach Spanien zu segeln?«

Sie zieht verwirrt die Brauen zusammen. »Aber das war vorher. Er sagte …«

»Vor was?«

Sie zieht den Stoff ihres Kittels straff, sodass sich ein leicht angeschwollener Bauch abzeichnet, über den sie ehrfürchtig mit der Hand streicht. »Davor.«

»Eve«, sage ich, und mein Ton bewirkt, dass ihr das Blut aus dem Gesicht weicht. »Robert wird nicht mehr zu dir kommen.«

Sie schüttelt den Kopf und tritt einen Schritt zurück, wie um sich von der Neuigkeit zu distanzieren. Ich sehe, dass ihre Augen in Tränen schwimmen. »Ihr lügt«, zischt sie, aber ich lese Furcht in ihrem Gesicht.

»Hör mir zu, Eve …« Ich rutsche an dem Ast entlang bis zu der Gabel, in der Sam gesessen hat. Jetzt bin ich näher bei ihr; ich wage nicht, in den Garten hinunterzuspringen, falls dieser Wächter auftaucht, aber ich möchte die Nachricht, die ich von hier oben verkünden muss wie ein Götterbote in einer Schmierenkomödie, nicht laut hinausbrüllen.

Sie weicht noch weiter zurück.

»Wenn Ihr hier herunterkommt, schreie ich, und dann kommt dieser Grobian mit seiner Armbrust«, warnt sie.

Ich blicke alarmiert zum Haus hinüber, ich weiß nicht, ob sie blufft.

»Warum sollte ich Euch glauben? Was wisst Ihr schon?« Ohne auf eine Antwort zu warten, schlingt sie ihre dünnen Arme um ihre Brust und schmollt. »Robert kommt mich holen. Ich weiß, dass er das tun wird.«

»Eve, du musst mir vertrauen. Ich muss mit dir reden, ohne Drohungen, dass du schreist oder Armbrustschützen auf mich hetzt, und es muss schnell gehen, bevor die Frau zurückkommt.« Bei der Erwähnung ihrer Hüterin verzieht Eve das Gesicht. »Oh, fast hätte ich es vergessen«, füge ich hinzu. »Sara schickt dir ihre besten Wünsche.«

»Sara? Wo ist sie?« Sie lässt den Blick über die Mauer schweifen, als könnte ich das Mädchen mitgebracht haben. »Kennt Ihr sie?«

»Ich habe sie erst heute Morgen gesehen. Sie war es, die mir gesagt hat, wo ich dich finde.«

»Oh. Und wie geht es ihr?« Sie blickt zu Boden, als sie das fragt, und dreht den Stoff ihres Gewandes zwischen den Fingern. Ganz offensichtlich fürchtet sie meine Antwort.

»Wie es zu erwarten war«, erwidere ich. Ich kann ihr genauso gut in jedem Punkt die Wahrheit sagen.

Sie nickt. »Sie wird sterben, nicht wahr?«

»Letztendlich. Aber die Krankheit ist unberechenbar, sie kann schnell oder langsam verlaufen.«

»Ich würde sie gerne wiedersehen.« Sie stößt einen tiefen Seufzer aus, der ihren ganzen Körper erzittern lässt. Ihre Hand wandert geistesabwesend zu ihrem Bauch. Nach langem Schweigen rückt sie näher an den Baum heran. »Sagt Ihr ihr das, wenn Ihr sie noch einmal seht? Sie war immer sehr nett. Arme Sara.«

»Ja, das tue ich.« Ich warte.

Sie reibt sich mit dem Handballen die Augen. Endlich blickt sie auf.

»Dann sagt mir jetzt, wo Robert ist.«

Ich versuche, das Bild des kalt in seinem Leichentuch liegenden Robert Dunne, dessen verrottendes Fleisch die Krypta mit seinem Gestank erfüllt, aus meinen Gedanken zu verdrängen.

»Robert Dunne ist tot, Eve. Es tut mir sehr leid.«

»Nein!« Sie schreit auf, schlägt eine Hand vor den Mund und sinkt zu Boden. Das andere Mädchen, das in der Nähe der Hecken Wache hält, hebt den Kopf und macht Anstalten, zu uns herüberzukommen. Ich hebe warnend eine Hand und springe auf das weiche Gras hinunter. Die Höhe beträgt weniger als sechs Fuß, doch der Aufprall jagt sengende Schmerzen durch meinen geschundenen Körper, und ich muss an mich halten, damit mir nicht selbst ein Schrei entfährt. Ich knie mich neben Eve und halte ihr ein Taschentuch hin. Sie knüllt es in der Faust zusammen und presst es gegen den Mund. »Wer hat ihn getötet?«, krächzt sie nahezu unhörbar.

»Wie kommst du darauf, dass er getötet worden ist?«

Sie blinzelt mich an.

»Weil er Angst hatte.«

»Vor wem? Hat jemand ihn tot sehen wollen?«

Ein machtvolles Schluchzen scheint aus ihrem Innersten emporzuquellen und explodiert geräuschlos, als sie das Gesicht in den Händen birgt und am ganzen Leib zu zittern beginnt. Ich lege ihr tröstend eine Hand auf die Schulter und warte, bis die Kummerwellen abebben, kann mich aber einer gewissen Ungeduld nicht erwehren.

»Mistress Grace.« Sie zieht die Hände weg und enthüllt rote, nasse Augen. »Oder vielleicht seine Frau, obwohl sie nicht wissen dürfte, dass wir vorhatten fortzulaufen. Er hat sie seit Monaten nicht mehr gesehen; nicht mehr, seit er im Frühjahr nach Plymouth gekommen ist. Auf jeden Fall ist sie krank und wird bald sterben, sagt er, daher bezweifle ich, dass sie es war.«

Nicht, als ich sie zuletzt gesehen habe, denke ich. Robert Dunne wusste seine junge Mätresse offenbar bei Laune zu halten. »Erzähl mir von eurem Plan«, dränge ich sanft. »Es könnte helfen.«

»Er hatte nie die Absicht, Kapitän Drake zu begleiten«, flüstert sie zwischen abgehackten Schluchzern. »Er sagte, er hätte hier noch ein Geschäft mit der Flotte zu erledigen, dann würde er zu Geld kommen und mich mitnehmen, und wir würden das Kind als Familie großziehen. Irgendwo weit weg von Plymouth«, fügt sie hitzig hinzu. »Und sowie seine Frau im Grab liegt, würden wir heiraten, wie es sich schickt.«

Ich beobachte sie; die geballten Fäuste, die geröteten Wangen, die Entschlossenheit. Hat sie wirklich geglaubt, es würde so kommen?

»Wusste Mistress Grace von diesem Plan?«

»Nein, aber …« Sie kratzt sich mit den Knöcheln die feuchten Wangen. »Ich habe es jemandem dort erzählt. Im *Haus der Vesta*, meine ich. Sie könnte denjenigen gezwungen haben, es zu verraten. Sie ist dazu imstande.«

»Meinst du den Jungen Toby?«

Sie sieht mich überrascht an. »Ihr kennt ihn?« Ihre Augen verengen sich. »Ich habe Euch nie dort gesehen. Hat sie Euch Toby nehmen lassen? Ich dachte, es wäre nur …« Sie beißt sich auf die Zunge.

»Nein«, wehre ich rasch ab. »Ich habe nur einmal mit ihm gesprochen. Du glaubst also, Mistress Grace könnte euren Plan aufgedeckt und versucht haben, die Ausführung zu verhindern?«

»Sie hätte alles getan, um uns aufzuhalten, wenn sie es gewusst hätte.« Das Mädchen dämpft seine Stimme noch mehr. »Sie will das Baby haben, seht Ihr. Alle unsere Babys. Sie glaubt, wir wissen nichts, aber die Mädchen reden.« Sie deutet zum Haus. »Robert hat gesagt, er würde das nicht zulassen.« Sie verstummt, schluckt hart, und eine neuerliche Welle von Schluchzern erschüttert sie. »Was soll ich denn jetzt machen?«

»Eve, hör mir zu.« Mein ernster Ton bewirkt, dass sie aufhört zu weinen und sich aufsetzt. »Vielleicht kann etwas für dich getan werden, aber du musst mir helfen herauszufinden, was Robert zugestoßen ist. Verstehst du?«

Sie nickt stumm. Ihr Gesicht ist vor Jammer verquollen.

»Gutes Mädchen. Robert starb in seiner Kabine auf Kapitän Drakes Schiff, der *Elizabeth Bonaventure*. Also mussten Mistress Grace oder seine Frau, selbst wenn sie einen Grund gehabt hätten, seinen Tod zu wünschen, einen Helfer an Bord gehabt haben. Hat er jemals erzählt, dass einer seiner Schiffskameraden ihm Böses wollte?«

Sie hält die Tränen zurück und überlegt. »Er mochte Kapitän Drakes Bruder nicht. Sagte, er würde sich zu sehr aufspielen; man könnte denken, er wäre der Generalkapitän selbst. Robert hat Kapitän Drake respektiert, aber sein Bruder bildet sich ein, er könnte mit Gentlemen sprechen, als wäre er etwas Besseres als sie, und das, wo er nur der Sohn eines Bauern ist.«

Ich unterdrücke ein Lächeln; diese Bemerkung habe ich schon öfter gehört. »Aber du weißt nichts von irgendeinem speziellen Streit?«

Sie schüttelt den Kopf. »Da war ein anderer Mann, Sorrell, Sewell, irgendetwas in der Art? Robert schuldete ihm Geld. Er sagte, er hätte Angst, dieser Mann würde jemanden schicken, um es einzukassieren, bevor er die Chance gehabt hätte, sein Geschäft hier in Plymouth zu beenden.«

»Savile vielleicht?«

»Könnte es gewesen sein. Er beklagte sich immer über irgendwen. Robert war der Ansicht, das Leben hätte ihm nicht das gegeben, was ihm zusteht. Das hat er jedenfalls zu mir gesagt. Er meinte, er hätte sonst niemanden, mit dem er reden könnte. Seine Frau würde ihm nicht zuhören.«

Das tun sie nie, diese Ehefrauen.

»Hat er jemals einen Mann namens John Doughty erwähnt?«

Sie wirft mir einen fragenden Blick zu. »Nein, er nicht. Aber es gibt da einen Master Doughty, der in den letzten paar Monaten in das *Haus der Vesta* gekommen ist. Ich hörte, wie Mistress Grace ihn so ansprach, als sie ihn in ihre Privatgemächer bat. Er kam sogar gelegentlich zu mir«, fügt sie mit einem Anflug von Bedauern hinzu.

Stille tritt ein, die nur vom Kreischen der Möwen ausgefüllt wird. »Eve«, sage ich endlich, »angesichts der Tatsache, dass du …« Ich lege eine Pause ein, überlege, wie ich mich taktvoll ausdrücken soll. »Angesichts der Tatsache, dass du im *Haus der Vesta* eine ganze Reihe von Männern zu Gast hattest, wie kannst du da so sicher sein, dass das Kind von Robert Dunne ist?«

Sie blickt mich an, als wäre ich begriffsstutzig. »Weil Robert der Einzige war, den ich geliebt habe«, erwidert sie bestimmt. »Und es braucht Liebe, um ein Kind zu empfangen.« Sie glaubt so fest daran, dass Widerspruch zwecklos ist. Ich frage mich, wer ihr solche Fantasievorstellungen in den Kopf gesetzt hat und wie sie trotz aller Gegenbeweise, die das Leben in einem Hurenhaus ihr geliefert haben muss, so hartnäckig daran festhalten konnte. Dann beschließe ich, es anders zu versuchen.

»Hat Robert dir je erklärt, was für eine Art von Geschäft er in Plymouth zu Ende bringen musste?«

»Nein. Nur …« Sie zögert, verstummt und knetet das Taschentuch zwischen den Fingern.

»Bitte, Eve. Alles, was Robert dir erzählt hat, könnte dazu beitragen herauszufinden, wer ihn auf dem Gewissen hat.« Ich dämpfe meine Stimme. »Wenn wir das nicht herausbekommen, wird er wohl als Selbstmörder in einen Straßengraben geworfen, und all seine Besitztümer werden beschlagnahmt. Wenn das geschieht, werden wir nie erfahren, ob er in seinem Letzten Willen für das Kind vorgesorgt hat.«

Hoffnung flackert in ihren Augen auf. »Glaubt Ihr, er hat daran gedacht?«

»Ich halte es für möglich. Wenn er die Absicht hatte, für dich zu sorgen.« Ich fühle mich schäbig, weil ich sie so bedenkenlos täusche, obschon es nichts anderes ist als das, was Dunne selbst getan hat. »Aber es nützt ihm nichts, wenn du seine Geheimnisse für dich behältst, so er dir denn welche anvertraut hat.« Ich nicke ermutigend; sie schüttelt das Taschentuch aus und streicht es auf ihrem Schoß glatt, während sie über meine Worte nachdenkt.

»Er hat sich in den letzten Wochen zunehmend Sorgen gemacht«, sagt sie endlich. »Ich bin erst vor zwei Wochen hierhergebracht worden, als Mistress Grace das mit dem Kind herausgefunden hat. Ich habe die letzten zwei Mal meine unreinen Tage mit Schweineblut aus der Küche vorgetäuscht, aber sie hat mich dabei ertappt.«

»Sehr erfinderisch von dir.«

»Das ist ein uralter Trick«, erwidert sie mit leiser Verachtung. »Aber davor kam Robert immer noch in das *Haus der Vesta*, sooft er konnte. Er hat über Gott und die Welt geredet. Mich zum Beispiel gefragt, ob ich es unter gewissen Umständen für richtig halten würde, ein Leben auszulöschen.«

»Tatsächlich? Und was hast du geantwortet?« Ich schlage

meinen sanftesten Tonfall an, denn ich spüre, dass ich auf etwas Wichtiges zusteuere und so vorsichtig vorgehen muss, als würde ich mich auf der Jagd an einen Hirsch heranpirschen.

»Ich sagte, ich wäre sicher, dass, wenn Krieg wäre oder jemand sonst wie versuchen würde, einen zu töten, Gott keinen Menschen bestrafen würde, der tötet, um sich oder die seinen zu schützen.«

»Und was meinte Robert dazu?«

»Er schien sich zu freuen. Ich glaube, genau das wollte er hören.«

Ich nicke bedächtig und warte. Da muss noch mehr kommen.

»Ein andermal«, fährt sie nachdenklich fort, »fragte er, ob einem Menschen der Verrat an einem Freund verziehen werden könnte, wenn dadurch ein Leben gerettet würde. Ich sagte, ich wüsste nicht, wie eine solche Situation eintreten sollte, und er meinte, ich hätte wahrscheinlich recht.«

»Er ist nicht weiter darauf eingegangen?«

»Nein.« Sie reibt sich mit dem Taschentuch über die Nase. »Aber er fragte mich oft, wie es meiner Meinung nach in der Hölle wäre. Ob dort Flammen lodern würden oder ob es so kalt wie in einem Eissee wäre. Weil manche das eine behaupten und andere das Gegenteil. Ich riet ihm dann immer, nicht über diese Dinge nachzugrübeln, und er antwortete, er hätte Angst, dass seine Seele schon verdammt wäre.« Sie erschauert. »Ich hasste es, wenn er so daherredete. Ich versuchte, das Thema zu wechseln und ihn dazu zu bringen, über das Heim zu sprechen, das wir mit dem Baby haben würden, wenn wir verheiratet wären, und er sagte, es müsse weit weg von England sein.«

Ich hätte noch mehr Fragen an sie, aber wir werden von einem Scharren auf der anderen Seite der Mauer unterbrochen, und Sams Haarschopf taucht über der Kante auf. »Die alte Frau kommt zurück«, trompetet er so eindringlich, als würde er verkünden, dass die spanische Flotte vor der Küste gesichtet worden ist. »Sie ist eben in die Straße eingebogen.«

Ich ziehe mich mühsam auf die Füße und klopfe mir Gras von der Hose. »Eines noch, Eve. Robert hatte eine Unterkunft in der Stadt. Weißt du, wo?«

Sie schürzt die Lippen. »In der Rag Street, hat er gesagt. Bei dem Schild des Bären. Ich war nie dort.« Sie hält mir das Taschentuch hin.

»Behalte es.«

Sie schüttelt den Kopf. »Das kann ich nicht, Sir. Sie würde sofort erkennen, dass es nicht meins ist.«

»Dann nimm stattdessen das hier.« Ich fische einen Penny aus der Börse in meinem Wams. Alles, was ich von nun an auslege, wird Drake mir erstatten müssen. Ich gehe zu dem Baum hinüber.

»Da ist noch etwas, Sir, es ist mir gerade eingefallen.«

»Ja?« Ich lehne die Hand gegen den Baum und warte.

»In der letzten Woche, als ich ihn gesehen habe, bevor ich hierherkam, war er über irgendetwas hocherfreut. Es hatte mit dem Schiff zu tun, der *Elizabeth*.« Sie steht auf und schüttelt ihre Röcke aus. »Er sagte, er hätte etwas über jemanden an Bord herausgefunden, jemanden, mit dem er segeln sollte.«

»Und …?« Ich versuche, meine Ungeduld zu zügeln.

»Er sagte, er hätte herausbekommen, dass jemand auf diesem Schiff ein übles Geheimnis hütet, eines, das ihn teuer zu stehen kommen würde. Und dann hat er sich die Hände gerieben.« Sie führt es mir vor, dabei sieht sie aus wie die Figur der Habgier in einem Moralitäten-Schauspiel.

Ich denke an die prall mit fünf goldenen Engelstalern gefüllte Börse in dem Gebetbuch. Hat Dunne einen seiner Kameraden erpresst?

»Hat er dir einen Namen genannt?«, frage ich. Die Haare

auf meinem Handrücken und meinen Armen kribbeln vor Erregung. »Oder irgendwelche Einzelheiten?«

Sie runzelt die Stirn. »Ich versuche ja, mich zu erinnern.«

Plötzlich stößt das Mädchen, das bei dem Haus Wache hält, einen Schrei aus. Ich fahre herum und sehe, dass sich die Hintertür öffnet und eine massige Gestalt den Rahmen ausfüllt.

»Schnell!«, zische ich, packe den untersten Ast des Baumes und ziehe mich daran hoch.

Von der anderen Seite des Gartens her ertönt ein lauter Ruf; irgendein rüder englischer Fluch. Eve schreit auf, ich höre ein scharfes Pfeifen und einen dumpfen Einschlag, als sich der Bolzen einer Armbrust dort in den Baumstamm bohrt, wo einen Moment zuvor mein Bein war. Ich krabbele an dem Ast entlang bis zur Mauer; ein rascher Blick verrät mir, dass der Mann über das Gras auf uns zukommt und dabei seine Waffe nachlädt. Ich rufe Sam zu, von der Mauer zu springen. Gerade als ich mich auf die andere Seite hinunterschwinge, höre ich das Kratzen von Eisen auf Ziegel, als mich ein zweiter Bolzen nur haarscharf verfehlt, die Mauer trifft und uns mit Mörtelsplittern übersät.

Sam will schon auf die Straße rennen; ich rufe ihn zurück und ziehe ihn den Damm hinter den Häusern hoch und in ein Gehölz verkümmerter Bäume. »Er wird uns auf die Straße hinausjagen, wenn wir diesen Weg nehmen, es gibt keine Deckung«, erkläre ich. Ohne Widerrede schiebt Sam seine Hand in meine und lässt sich von mir durch ungepflegte Gärten und unbekannte Straßen führen. Bei jeder Biegung spähen wir über die Schulter, bis ich sicher bin, dass der Mann mit der Armbrust aufgegeben hat.

»Kannst du uns von hier aus zurückbringen?«, frage ich Sam, als wir endlich an einer Tränke haltmachen, wo sich drei Straßen kreuzen. Hier ist das Gelände höher, und ich habe einen Ausblick über den Sund und die Flussmündung unter uns. Die großen Schiffe thronen majestätisch wie Schlösser in der Ferne auf dem Wasser. Er nickt, und wir trotten mit schmerzenden Füßen und müde zurück nach Plymouth. Beim Laufen blicke ich auf ihn hinunter und überlege, wie es wohl sein mag, einen Sohn zu haben; anstrengend, lautet meine Schlussfolgerung. So zärtlich das Gefühl auch ist, seine kleine Hand in der meinen zu spüren, das enorme Vertrauen eines Kindes, seinen Glauben daran, dass es in deiner Macht liegt, die Welt in Ordnung zu bringen, empfinde ich als beängstigend. Seit ich aus San Domenico geflüchtet bin, und sogar schon davor, hatte ich genug damit zu tun, mich selbst aus Schwierigkeiten herauszuhalten; die Aussicht, auch noch die Verantwortung für das Wohl eines anderen Menschen zu übernehmen, übersteigt meine Fähigkeiten. Aber vielleicht denkt jeder Mann so, bevor er Vater wird. Nicht, dass dies ein unmittelbar bevorstehendes Problem wäre, ich habe weder die Mittel, um ein Kind großzuziehen, noch eine Frau, die es zur Welt bringt. Noch nicht.

In diese Gedanken versunken, achte ich nicht auf Sams Geschnatter. Wir haben den Pfad entlang der Landzunge eingeschlagen, und er deutet auf das Meer hinaus, tollt um meine Füße herum wie ein kleiner Hund und erzählt irgendetwas über Tunnel.

»Was für Tunnel?«

»In den Klippen.« Er zeigt immer noch darauf. Ich folge der Richtung seines Fingers über das glatte graue Wasser zu der kleinen felsigen Insel, die wie ein Wachposten in der Mitte des Sunds sitzt. »Die Leute nennen sie jetzt Drake's Island«, verkündet er stolz. »Quer durch die Klippen verlaufen alte Tunnel, die vor Jahren als Verstecke angelegt worden sind, sagt mein Onkel.«

»Schmuggler, nehme ich an.« Ich blinzele zu der Insel hinüber. Sie sieht wie eine ideale Zwischenstation aus, um illegale Ladungen von größeren Schiffen zu löschen und alle Arten von Gütern, die man am Zoll vorbeischaffen will, in den Tunneln zu verstecken und im Schutz der Dunkelheit zum Festland zu bringen. »Ist die Festung zurzeit bemannt?«

Sam weiß es nicht. Ich spähe angestrengt hinüber, aber aus dieser Entfernung lässt sich unmöglich erkennen, ob dort Menschen tätig sind. Was für ein Wunder es doch wäre, habe ich oft gedacht, wenn jemand eine Linse von der Art entwickeln würde, die alte Männer benutzen, um Kleingedrucktes zu lesen, die es einem ermöglichen würde, ferne Objekte deutlich zu sehen. Mein Freund John Dee hat mit solchen Geräten experimentiert, hat konvexe und konkave Linsen in verschiedenen Anordnungen kombiniert, aber ohne großen Erfolg. Ich bin sicher, dass die Araber etwas Derartiges erfunden haben müssen; vielleicht hätte es Aufzeichnungen darüber gegeben, wenn sich das Christentum nicht voller Arroganz blind für die Wissenschaft gezeigt und so viel ihres einzigartigen Wissens vernichtet hätte. Hat die christliche Kirche während ihrer gesamten Geschichte nicht entweder denen, die ihr anhängen oder denen, die sie ablehnen, etwas anderes als Hader und Blutvergießen gebracht, frage ich mich. Der Gedanke führt mich zu dem alten Manuskript zurück, das in Drakes Kabine weggeschlossen ist.

»Gehen wir heute noch mehr Huren besuchen?«, fragt Sam munter und lenkt meine Aufmerksamkeit auf prosaischere Angelegenheiten, als wir das Ende der Castle Street erreichen.

»Nein, Sam, ich denke, für heute bin ich fertig.«

»Wo gehen wir denn dann hin, Sir?«, beharrt er, dabei versucht er tapfer, sich seine eigene Erschöpfung nicht anmerken zu lassen.

»Ich gehe in den *Star*, um mich auszuruhen. Und du solltest nach Hause zu deiner Mutter gehen. Hier. Du warst mir heute eine große Hilfe.« Ich bin zu müde, um wie versprochen mit ihm essen zu gehen, und ziehe einen Penny hervor. Sam wirkt enttäuscht darüber, weggeschickt zu werden, und hält sich an meiner Seite, bis wir beim Eingang des Gasthauses sind.

»Ich könnte Euch noch mehr helfen, Sir.« Er strahlt zu mir hoch. »Ich kenne mich überall in Plymouth aus.«

»Das glaube ich dir aufs Wort. Aber ich brauche heute keine Hilfe mehr.«

»Dann morgen?« Hartnäckig ist er, das muss ich ihm lassen.

»Vielleicht. Es gibt aber noch etwas, was du für mich tun kannst, Sam.«

»Ja, Sir?«

»Halte Ausschau nach einem Mann, der sich ganz in Schwarz kleidet. Er hat keine Ohren, Pockennarben im Gesicht und auffallend blaue Augen. Wahrscheinlich trägt er einen Hut, um zu verbergen, dass ihm die Ohren fehlen, aber du bist gescheit genug, um ihn zu erkennen.«

»Werdet Ihr ihn umbringen?«, erkundigt sich Sam interessiert.

»Natürlich nicht.« Es sei denn, er versucht, mich umzubringen. »Ich will nur wissen, wo er untergekommen ist.« Mir fällt ein, was Eve mir bezüglich der Fragen erzählt hat, die Robert Dunne geplagt haben: Kann ein Mann der Verdammnis anheimfallen, wenn er einen anderen tötet, um sein eigenes Leben zu retten? Ich muss um meines eigenen Seelenheils willen hoffen, dass die Antwort Nein lautet. Obgleich, wie Sidney gerne behauptet, schon genug Sünden auf meiner Seele lasten; ein Mord mehr würde da schwerlich ins Gewicht fallen.

Die Eingangshalle des *Star* wimmelt wie immer von Menschen; Gäste in teuren Kleidern schlendern umher und wollen beachtet werden, während Gepäckträger Schrankkoffer und Taschen die Dienstbotengänge entlangschleppen und Mistress Judith wie ein mächtiges Flaggschiff durch die Menge segelt, zahlende Gäste zuckersüß begrüßt und die Dienerschaft wie eine Hexe ankeift, und das oft in einem Atemzug. Am Fuß der großen Treppe steht eine kleine Gruppe von Frauen, die ich nicht umgehen kann: Lady Drake, Lady Arden und Mistress Dunne. Auch Kaplan Pettifer, rotgesichtig und sorgenvoll, ist anwesend. Lady Arden wirft einen langen, kühlen Blick in meine Richtung, aber ihr Gesicht verrät nichts. Ein Anflug von Belustigung hellt Mistress Dunnes ernste Miene auf.

»Hattet Ihr einen lohnenden Tag, Sir?« Sie wendet sich an die anderen Ladys. »Doktor Bruno hat nach dem Dinner Huren aufgesucht.«

»Wie ich hörte, ist das einer seiner bevorzugten Zeitvertreibe«, wirft Lady Arden trocken ein. »Wenn ich ihn mir so ansehe, kann ich nicht glauben, dass das seiner Gesundheit zuträglich ist. Euer Ärmel ist zerrissen, Doktor Bruno.«

Deswegen verhält sie sich mir gegenüber heute so frostig; sie muss von unserer nächtlichen Expedition erfahren haben. Aber wie? Ein Dienstmädchen eilt mit einem großen Krug Wasser an uns vorbei. Augenblicklich denke ich an Hetty. In diesem Gasthaus bleibt nichts privat. Dann mustere ich meinen Ärmel mit einem leisen Fluch. In dem Saum klafft ein fast einen Fuß langer Riss.

»Vielleicht sollte ich es mir abgewöhnen, in meinem Alter auf Apfelbäume zu klettern.« Ich schiebe einen Finger durch den Stoff. Lady Arden schüttelt den Kopf und wendet sich ab, um ein Lächeln zu verbergen.

»Sir Philip wird sich freuen, Euch zu sehen«, sagt Lady Drake. Ich entdecke bereits eine gewisse Wärme in ihrer Stimme, wenn sie ihn erwähnt. Je eher ich Sidney dieser Versuchung entziehen kann, desto sicherer ist es für ihn. »Er ist die ganze letzte Stunde hier auf und ab gestampft und hat nach Euch Ausschau gehalten. Ich glaube, er ist in den Schankraum gegangen, um da zu warten.«

»Dann sollte ich besser zu ihm gehen.« Ich verbeuge mich und steuere auf den Schankraum zu.

»Wir sind alle ganz aufgeregt«, fährt Lady Drake fort, dann besinnt sie sich und wirft Mistress Dunne einen ängstlichen Blick zu. »Euch natürlich ausgenommen, Mistress. Sir Francis hat eine Botschaft erhalten. Dom Antonio reist mit einem französischen Kaufmann, der am Sund anlegen wird, und wird noch vor Sonnenuntergang bei uns sein. Mein Mann veranstaltet heute Abend hier ein Festmahl, um ihn willkommen zu heißen.«

Mistress Dunne schnaubt verächtlich. Lady Drake dreht sich zu ihr. Ihre Wangen färben sich rot. »Wir alle bedauern Euren Verlust sehr, Madam.« Sie klingt, als wäre eher das Gegenteil der Fall. »Dennoch ist Dom Antonio von Portugal ein königlicher Besucher, auf den wir seit Wochen warten, und Ihre Majestät erwartet von uns, dass wir ihm einen angemessenen Empfang bereiten.«

Mistress Dunne blickt mit zusammengepressten Lippen zur Seite. »Ich frage Euch, wie Ihr es aufnehmen würdet, Mylady, wenn Euer Mann ermordet worden wäre und seine Offizierskameraden Feste feiern, während er, ohne begraben worden zu sein, tot daliegt.«

»Soll mein Mann seine Pflichten vernachlässigen, weil Eurer sich selbst einen Strick um den Hals gelegt hat? Glaubt Ihr nicht, dass sein Tod meinem Mann schon genug Scherereien bereitet hat?«

Lady Drake hat die Stimme stärker erhoben als beabsichtigt; andere Gäste sind stehen geblieben, um zu lauschen. Lady

Arden legt ihr eine Hand auf den Arm, um sie zu beschwichtigen. Mistress Dunne erbleicht, ihr Mund gleicht einem weißen Strich. Einen Moment fürchte ich, sie würde Lady Drake ohrfeigen, aber im nächsten Augenblick geben ihre Beine unter ihr nach, und sie wedelt mit einer Hand nach Hilfe. Die Dienerin Agnes löst sich schweigend aus dem Schatten und führt sie zu einer Bank an der Wand. Die Umstehenden weichen zurück. In die erschrockene Stille platzt Savile herein, er kommt gerade aus der Schankstube und pfeift ein fröhliches Lied.

»Was ist denn hier los?« Er blickt die versammelte Menge mit einem herzlichen Grinsen an. Niemand antwortet. Dann sieht er Mistress Dunne schlaff wie eine Flickenpuppe auf der Bank sitzen, während Agnes sich um sie kümmert. Mit einem Schritt durchquert er die Halle.

»Was fehlt Euch, Madam? Braucht Ihr etwas zu trinken? Einen Arzt?«

Mistress Dunne scheucht ihn weg; scheint sich über seine Aufmerksamkeit zu ärgern. »Mir geht es bestens, Sir, danke.« Sie stützt sich auf Agnes und zieht sich mit einiger Anstrengung auf die Füße. »Ich bin nur etwas erschöpft, das ist alles. Es war ein schwerer Tag, und ich habe mich von der Reise noch nicht ganz erholt. Vielleicht habe ich schlechte Laune.« Ein wütender Blick trifft Lady Drake. »Ich denke, ich werde mich in meine Kammer zurückziehen, wenn Ihr mich entschuldigt.« Noch immer auf Agnes' Arm gestützt, geht sie unsicher auf die Treppe zu.

Savile sieht aus, als wolle er ihnen folgen, doch dann besinnt er sich, schaut den Frauen nach, als sie die Treppe hochsteigen, und wendet sich dann verstimmt an mich.

»Frauen … also wirklich! Will man ihnen gefällig sein, erteilen sie einem eine Abfuhr. Bietet man ihnen aber keine

Hilfe an, beklagen sie sich, dass es keine wahren Kavaliere mehr gibt. Man kann nur verlieren. Glaubt Ihr, sie kommt wieder in Ordnung?« Er nickt zu der Treppe hinüber, wo Mistress Dunne um die Ecke verschwunden ist. Seine Besorgnis scheint echt zu sein.

»Ich denke, sie wird nur müde sein, wie sie gesagt hat.« Ich schaue mich um und fange Lady Ardens Blick auf. Sie lenkt ein und schenkt mir ein leises Lächeln. Ich frage mich, ob ich die Chance nutzen soll, ihr die Ereignisse von letzter Nacht zu erklären, aber Lady Drake hat ihr Ausbruch aus der Fassung gebracht; sie flüstert etwas, und Lady Arden nickt, hakt sich bei ihrer Base ein und führt sie zum Salon, hält aber kurz inne, um sich über ihre Schulter zu mir umzublicken.

Savile räuspert sich gewichtig, stapft zur Vordertür hinaus und schlägt sie hinter sich zu.

»Doktor Bruno, kann ich Euch kurz sprechen?« Pettifer steht vor mir, verknotet seine Finger und legt sein rosiges Gesicht in besorgte Falten. »Mistress Dunne sagte mir, Ihr hättet sie heute Morgen begleitet, um den Leichnam ihres Mannes zu besichtigen. Ich habe heute Nachmittag mit ihr gebetet.«

»Ich bin sicher, dass ihr das ein großer Trost ist.«

Er kneift die Augen zusammen, ist nicht sicher, ob ich im Ernst spreche. »Nun, es gehört zu den Pflichten meines Amtes, denen Trost zu spenden, die trauern.« Er wirkt beklommen. »Was unter diesen Umständen allerdings schwierig ist. Ich kann der armen Frau nicht versprechen, dass die Seele ihres Mannes bei Gott ist, da wir das nicht mit Sicherheit wissen.«

»Wir werden warten müssen, bis der Coroner morgen entscheidet, wohin seine Seele entschwunden ist.«

»Ich sehe, Ihr seid entschlossen, Euch respektlos zu zeigen, Doktor Bruno. Vermutlich muss man das von jemandem, der sich von der Religion abgewandt hat, erwarten.« Er klingt eher enttäuscht als anklagend. »Ich wollte nur fragen, ob Euch an dem Leichnam etwas aufgefallen ist, das sich bei der Untersuchung als nützlich erweisen könnte.«

»Um die Art seines Todes zu bestimmen, meint Ihr?« Ich wünschte, er würde mit seinem endlosen Gezappel aufhören. Wäre er ein Priester meines Landes, hätte er wenigstens einen Rosenkranz, um daran herumzuspielen. »Aber Ihr habt ihn kurz nach seinem Tod gesehen, Vater. Ihr habt für ihn gebetet, nicht?« Er bestätigt das mit einem Nicken. »Wenn Ihr und die anderen nichts bemerkt haben, ist es unwahrscheinlich, dass ich mir nach drei Tagen ein klareres Bild machen kann.«

»Gewiss, gewiss. Ich hatte mich das nur gefragt. Vermutlich gehofft, dass Euch ein Einblick gewährt wurde, der uns anderen verwehrt blieb. Es heißt, Ihr seid in diesen Dingen sehr beschlagen – eine eigenartige Sachkenntnis für einen Theologen, das muss ich schon sagen.« Er hebt eine Braue, um mir zu verstehen zu geben, dass er mir nicht ganz traut.

»Ich versuche, mein Wissen nach Kräften zu erweitern. Man weiß nie, wann es sich einmal als nützlich erweist. Wo wir gerade von Theologie sprechen, Padre, dürfte ich Euch etwas fragen?«

Er setzt eine fromme Miene auf, aber in seinen kleinen Augen flackert Argwohn auf. »Natürlich.«

»Hat Robert Dunne mit Euch je über die Hölle gesprochen? Oder das göttliche Strafgericht? Hattet Ihr das Gefühl, dass irgendetwas in der Art sein Gewissen belastet?«

»Sein Gewissen?« Der Kaplan runzelt die Stirn. »Er wirkte bedrückt, wie ich schon sagte, und bezeichnete sich als Sünder, aber sind wir das nicht alle? Etwas Genaueres hat er nicht gesagt, daran würde ich mich erinnern.«

Aber ich spüre ein Zögern in seiner Antwort, als gefiele ihm die Wende nicht, die unser Gespräch nimmt. Ich streiche mit dem Finger über die Bartstoppeln auf meinem Kinn. »Nichts zum Beispiel darüber, ob ein Mann immer verdammt ist, wenn er einem anderen das Leben nimmt, auch wenn es nur geschieht, um sein eigenes zu retten?«

»Nein!« Entsetzen zeigt sich auf seinem Gesicht. »Nein, wirklich nicht. Er hat mir nie eine derartige Frage gestellt. Wie um alles in der Welt seid Ihr nur auf diesen Gedanken gekommen?« Er leckt sich nervös mit der Zunge über die trockenen Lippen.

»Durch etwas, was seine Witwe erwähnt hat. Ich bin sicher, dass es nicht weiter wichtig ist. Wenn er spirituelle Zweifel gehegt hätte, hätte er sich doch zuallererst an Euch gewandt, oder nicht?«

»Das hätte ich zumindest gehofft.« Er lächelt, aber es wirkt angestrengt. »Nun, seine Seele ist jetzt in Gottes Händen und sein Körper in denen des Coroners. Werden wir bei dem Festmahl für Dom Antonio heute Abend mit Eurer Anwesenheit rechnen dürfen?«

»Ich bin noch nicht offiziell eingeladen worden. Aber Sir Philip wird sicher dort sein.«

»In der Tat.« Er verneigt sich leicht und wendet sich zum Gehen. »Dom Antonio. Ehemaliger Prior von Crato, wisst Ihr. Noch einer, der die Religion gegen die Politik eingetauscht hat – und was ihm das gebracht hat, sieht man ja.«

»Es muss für den Allmächtigen doch eine große Erleichterung darstellen, sich auf so treue Diener wie Euch verlassen zu können. Männer, die sich nicht von weltlichen Dingen ablenken lassen.« Ich lächele freundlich. »Sagtet Ihr nicht, Ihr wärt in Cambridge gewesen, Padre?«

Er macht auf halbem Weg zur Tür halt. »Ja. Warum fragt Ihr?«

»Nur aus Neugier. Diese Universität würde ich gerne einmal besichtigen.«

Er zwinkert heftig. Jetzt ist klar ersichtlich, dass meine Fragen ihn beunruhigen, auch wenn die Höflichkeit es ihm gebietet, sich dies nicht anmerken zu lassen. Ein Gedanke beginnt in meinem Hinterkopf Gestalt anzunehmen. Doch ich erwidere Pettifers Verbeugung und wende mich ab. Er starrt mir hinterher, dabei verflicht er immer noch seine Finger ineinander, als müsste die innere Erregung, in die seine Gedanken ihn versetzen, ein Ventil finden.

15

Sidney ist nicht im Schankraum. Stattdessen finde ich ihn in unserer Kammer, wo er einen Brief an seine Frau schreibt.

»Wo zum Teufel hast du gesteckt?«, ruft er, dabei fährt er vom Tisch hoch. »Deine kleine Klette war hier und wollte zu dir.«

»Sam?«

»Wer ist Sam?« Er hält nach seiner Pfeife Ausschau. »Der Fischerjunge? Nein, ich meine das pummelige Dienstmädchen, das sich so gerne in die Angelegenheiten anderer Leute mischt. Sie schien sehr erpicht darauf zu sein, dich zu sehen. Ich fürchte, ich war ihr gegenüber ziemlich kurz angebunden.« Er stopft Tabakblätter in den Pfeifenkopf und drückt sie zusammen. »Lady Drake gab sich mir gegenüber heute ziemlich kühl. Ich wette mit dir, um was du willst, dass dieses Mädchen ihr erzählt hat, wohin wir letzte Nacht gegangen sind. Frauen nehmen einem so etwas sehr übel, weißt du, die Vorstellung, dass ein Gentleman die Gesellschaft einer Hure der ihren vorzieht. Ihnen missfällt es generell, dass es Huren gibt. Um des Anstands willen sollen wir alle so tun, als würde dieses Gewerbe nicht existieren.«

»Ich weiß gar nicht, worüber sie sich so aufregen. Auf die eine oder andere Art verkaufen wir uns alle.«

Er seufzt und greift zu seiner Zunderbüchse, um die Pfeife anzuzünden. »Das ist nur allzu wahr. Also schön, erzähl mir, ob du heute ein Stück weitergekommen bist.«

Also berichte ich ihm, während er sich in seinem Stuhl zurücklehnt, seine langen Beine ausstreckt und kleine blaue Rauchwolken in die Luft bläst, von meiner ersten Begegnung mit Robert Dunne und dem, was ich von Sara und Eve erfahren habe.

»Sie *verkauft* Babys?«, wiederholt Sidney entgeistert.

Ich zucke die Achseln. »Solche Geschäfte sind nicht neu. Kinder sind eine Handelsware wie alles andere auch, solange die einen zu viele und die anderen zu wenige haben. Der springende Punkt ist, dass Mistress Grace, wenn sie wirklich geglaubt hat, Dunne wolle mit dem Mädchen fortgehen, einen Grund gehabt hätte, ihn loszuwerden. Und zwischen ihr und John Doughty besteht eindeutig eine Verbindung.«

Sidney nimmt die Pfeife aus dem Mund und betrachtet deren Kopf, während er nachdenkt. »Welcher Mann wäre denn so naiv, einer Hure zu glauben, die ihm erzählt, dass sie ein Kind von ihm erwartet? Er kann nicht ernsthaft geplant haben, mit ihr durchzubrennen. Nicht jetzt, wo seine Frau kurz davorsteht, ihr Erbe anzutreten.«

»Er hat das wahrscheinlich gesagt, um das Mädchen bei der Stange zu halten. Aber sie hat es offenbar für bare Münze genommen, vielleicht fest genug daran geglaubt, um Mistress Grace zu überzeugen, dass ihr Gefahr droht.«

»Also wären wir wieder bei der Frage, wer ihn nun tatsächlich aufgeknüpft hat.«

Ich gehe zum Fenster, stütze beide Ellbogen auf das Fensterbrett und fahre mir mit den Händen durch das Haar. »Ich denke, ich sollte mit den Wachposten auf der *Elizabeth* sprechen. Ich weiß, dass sie Drake geschworen haben, dass niemand in dieser Nacht an Bord gekommen ist, aber das würden sie natürlich auch behaupten, wenn sie bestochen worden sind.« Unter mir im Hof sehe ich einen Stallburschen Satteltaschen auf ein Pferd laden. Der Himmel ist immer noch wolkenverhangen, aber hier und da mit goldenen Lichtstreifen durchsetzt. »Alles deutet wieder darauf hin, dass John Doughty einen Komplizen an Bord hat.«

Sidney erhebt sich und klopft seine Pfeife im Kamin aus. »Ja, aber *wen*?«

Ich hebe die Hände. »Tja, wenn ich das wüsste.« Mein Blick fällt auf sein Gesicht. »Heraus damit, wie lautet die Lösung?«

»Du weißt schon, dass der Spanier immer noch nicht zurückgekommen ist?«

»Du wertest sein Verschwinden als Geständnis?«

»Du nicht? Es ergibt einen Sinn. Er weiß, dass er in dieser Nacht in Dunnes Kabine gesehen wurde. Er kennt sich mit Heilkräutern aus, er könnte Dunne den Muskat verabreicht haben. Vielleicht hatte er Angst, bei der gerichtlichen Untersuchung belastet zu werden, und hat beschlossen, sich aus dem Staub zu machen.«

»Aber warum? Was für ein Motiv könnte er haben?«

»Liegt das nicht auf der Hand?«

»Für mich nicht«, erwidere ich, aber ich weiß bereits, was er sagen wird, und spüre, wie sich mein Kiefer verspannt.

»Der Mann ist Spanier«, erklärt er schlicht. »Quasi von Geburt an unser Feind. Es ist widernatürlich, dass er Drake die Treue geschworen hat, zumal der Zweck dieser Reise darin besteht, spanische Häfen zu plündern. Komm schon, Bruno, sieh doch, wie groß die Wahrscheinlichkeit ist, dass er seinen Landsleuten Informationen geliefert hat. Ich würde wetten, dass Dunne das herausgefunden und vorgehabt hat, Drake davon zu erzählen.«

»Also ist jeder, der kein gebürtiger Engländer ist, automatisch verdächtig? Man kann ihm nicht trauen?« Ich drehe mich zum Raum um und lehne mich mit verschränkten Armen gegen das Fensterbrett. Die Anspielung ärgert mich, obwohl ich mich daran erinnere, dass das Mädchen Eve gesagt hat, Dunne habe entdeckt, dass jemand an Bord ein Geheimnis hütet, das ihn teuer zu stehen kommen würde. Könnte er herausbekommen haben, dass Jonas Informationen weitergibt?

»Das sage ich ja gar nicht. Aber denk doch darüber nach: Drakes Mission von innen heraus zu sabotieren, ihn mit einem seiner Tränke zu vergiften, das wäre Jonas' Rückfahrkarte nach Hause. Gibt es einen besseren Weg, sich die Dankbarkeit seines Herrschers und seiner Landsleute zu sichern, von einer großzügigen Belohnung ganz zu schweigen?«

»Eine glatte, einleuchtende Theorie.« Ich kann nicht verhindern, dass meine Stimme kalt klingt. »Aber ich hätte noch eine andere; vielleicht ist er verschwunden, weil er wusste, wer Dunne getötet hat?«

»Du meinst, er wurde auch ermordet?«

Ich zucke die Achseln. »Wenn sich Dunnes Mörder noch in Plymouth aufhält, warum nicht?«

Sidney denkt darüber nach. »Möglich ist es. Aber bis er tot oder lebendig wiederauftaucht, bringt es nichts, Spekulationen anzustellen. Wir konzentrieren uns besser auf das, was wir in der Hand haben.«

»Und was wäre das?« Entmutigt von mir selbst, Sidney, Robert Dunne und seinem Mörder, wer auch immer er sein mag, trete ich mit der Ferse gegen die Täfelung. »Ein Haufen nutzloser Hypothesen und keine Beweise außer der Aussage einer verängstigten Hure. Und dazu eine Reihe von Prellungen und eine wesentlich leichtere Geldbörse.«

Er lacht. »Armer Bruno. Was du alles für mich tust. Aber wir haben noch einen Trumpf im Ärmel, den du vergessen hast.«

»Als da wäre?« Ich löse mich aus seinem Griff und reibe mir die Rippen.

»Die Adresse von Dunnes Unterkunft. Dein schwangeres Hurenmädchen hat sie dir doch verraten. Wir sollten dorthin gehen, bevor wir zu diesem Essen erwartet werden.« Er verzieht das Gesicht. »Drake ist heute Nachmittag zu dem Schiff übergesetzt, um Dom Antonio zu treffen. Er wollte, dass ich mitkomme, aber ich habe mich entschuldigt … sagte, ich müsste einen Bericht für Walsingham schreiben. Da wurde er nervös und bat mich, unsere momentanen Probleme für mich zu behalten.«

»Versuchst du, Dom Antonio aus dem Weg zu gehen?«

»Bis ich weiß, was aus der Reise wird, muss ich den Anschein erwecken, dass wir mit ihm nach London zurückkehren. Er kann seine Reise nicht fortsetzen, bevor meine Bewaffneten eintreffen, und Drake fühlt sich auch noch für ihn verantwortlich, wenn hier ein Mörder sein Unwesen treibt. Du weißt ja, dass Philip von Spanien auch für seinen Tod eine Belohnung ausgesetzt hat.«

»Dom Antonios Tod? Ich komme mir übergangen vor.«

»Keine Angst, ich bin sicher, Papst Gregor würde dich gern tot sehen, wenn er an dich herankäme. Es ist ja schon eine Auszeichnung, wenn ein Staatsoberhaupt dich aus dem Weg räumen lassen will. Die Einzige, die *mir* an den Kragen will, ist meine Frau – meistens zumindest.«

»Und die Königin, wenn sie erfährt, dass du ohne ihre Erlaubnis in die Neue Welt aufgebrochen bist.«

»Ah ja. Und sie. Weißt du …« Er fährt mit leuchtenden Augen zu mir herum. »Drake hat doch tatsächlich vorgeschlagen, dass ich mit Dom Antonio und den Frauen für ein paar Tage nach Buckland Abbey zurückkehren soll. Sie außerhalb der Schusslinie bringen, wie er es ausdrückt. Für was in Gottes Namen hält er mich?«

»Oh, ich weiß nicht, vielleicht für Dom Antonios offizielle Eskorte?«

Er funkelt mich an. »Ich werde mich nicht noch einmal von Drake herabsetzen lassen. Komm. Wir können nicht die Einzigen sein, die wissen, wo Dunne hier gewohnt hat. Wenn er irgendetwas Nützliches zurückgelassen hat, sollten wir dafür sorgen, dass niemand es vor uns findet.«

Die Rag Street ist eine steile, gepflasterte Straße, die vom Hafen hügelaufwärts führt. Schon von halber Strecke aus kann man das Schild mit dem Zeichen des Bären an einem dreistöckigen Haus schwingen sehen. Außer der niedrigen, zur Schenke führenden Tür gibt es keinen Eingang, also stoße ich sie auf, und Sidney folgt mir, dabei duckt er sich, um nicht mit dem Kopf gegen die Balken zu stoßen. Dieser Teil der Stadt sieht aus, als hätte er einst bessere Tage gesehen; die Häuser sind zwar groß, aber es ist eindeutig ein Viertel, wo man billig eine Kammer und eine Mahlzeit bekommen kann, ohne dass zu viele Fragen gestellt werden.

Ein paar Trinkergruppen, dem Äußeren nach zu urteilen Seemänner, sitzen mit ledernen Humpen zwischen sich auf Bänken in der Nähe des Feuers. Ich spüre, wie ihre Blicke über mich und Sidney hinweggleiten, aber sie nehmen bald ihre Unterhaltung wieder auf. Wir gehen schnurstracks auf die verhärmt wirkende Frau zu, die hinter der Durchreiche hervorkommt, sich die Hände an ihrer Schürze abwischt und sich das Haar, das sich unter ihrer Haube gelöst hat, aus dem Gesicht streicht. Sie starrt Sidney mit unverhohlenem Staunen an; wie es scheint, ist sie so viel Staat bei einem Mann nicht gewöhnt. Er schwenkt seinen Hut und verbeugt sich.

»Mistress«, beginnt er forsch, beugt sich dann vor und dämpft die Stimme. »Wir suchen nach der Unterkunft eines gewissen Robert Dunne. Wir glauben, dass er hier gewohnt hat.«

Augenblicklich verhärtet sich ihr Gesicht. »Seid Ihr Freunde von ihm?«

»In gewisser Hinsicht.«

»Nun, ich habe ihn einige Tage nicht gesehen. Dachte schon, er hätte sich davongemacht, ohne mir das Geld zu geben, das mir zusteht. Er schuldet mir mehr als eine Monatsmiete.« Sie ballt die Fäuste, stemmt sie in die Hüften und sieht erst mich und dann Sidney so finster an, als würde sie erwarten, dass einer von uns für ihn geradesteht.

»Ich fürchte, Robert Dunne ist tot, gute Frau.« Sidney setzt eine bekümmerte Miene auf.

Die Frau bläst die Wangen auf und stößt die Luft vernehmlich durch die gespitzten Lippen aus. »Nun, das erklärt alles. Ich habe tagelang an diese Tür geklopft und keine Antwort erhalten. Jemand sagte, es würde schlecht riechen. Wie soll ich denn jetzt an mein Geld kommen?«

»Er ist nicht in seiner Kammer.« Sidney wirft mir einen fragenden Blick zu. »Morgen findet eine gerichtliche Untersuchung bezüglich seines Todes statt. Ich bin sicher, seine Schulden werden beglichen werden, sowie die Frage, was mit seinem Besitz geschieht, geklärt ist. Wir kommen auf Wunsch seiner Witwe, um seine persönliche Habe zu untersuchen.«

»Witwe?« Sie hebt die Brauen. »Schau mal einer an. Ich dachte immer, er wäre Junggeselle. Hat mir gegenüber nie eine Frau erwähnt.«

»Er ist nicht nach Hause gereist, um sie zu besuchen?«, frage ich.

»Nicht, solange er hier gewohnt hat, und er kam kurz nach dem ersten Mai. Die letzte Woche ist die längste Zeit, die er je weg war, deswegen dachte ich, es könnte etwas passiert sein. Zwei Männer waren ein paar Mal hier und haben ihn gesucht; sie sind auch nicht wiedergekommen. Ich habe mich gefragt, ob er in Schwierigkeiten steckt.«

»Wie waren diese beiden Männer?«, hake ich nach.

Sie zuckt die Achseln. »Höflich, alle beide. Nicht so fein aufgeputzt wie Euer Freund hier, aber sie hatten das Aussehen und Auftreten von Gentlemen. Zumindest der mit dem Bart, auch wenn ihm viele Zähne fehlten. Der andere drückte sich sehr gewählt aus, war aber ein Halunke, hatte keine Ohren mehr, obwohl er das unter seinem Hut zu verbergen suchte. Augen so blau wie Kornblumen. In dem hässlichen Gesicht eine Verschwendung. Nicht, dass ich viel mit ihm geredet hätte. Sie kamen nicht auf ein Schwätzchen vorbei.«

Sidney und ich wechseln einen Blick.

»Können wir seine Kammer sehen?«, frage ich.

»Wenn Ihr durch ein Schlüsselloch kriechen könnt. Oder unter der Tür hindurch. Der Hurensohn hat abgeschlossen und den Schlüssel mitgenommen. Den will ich zurückhaben, bevor er begraben wird. Gott schenke ihm Frieden«, fügt sie vorsichtshalber hinzu.

»Habt Ihr keinen Zweitschlüssel?« Sidney runzelt die Stirn.

»Ich wage zu behaupten, dass irgendwo einer ist, aber der Teufel soll mich holen, wenn ich weiß, wo. Mein Mann hat sich um all das gekümmert. Seit er weg ist, komme ich nicht mehr klar.«

»Es tut mir leid, dass Ihr einen so schweren Verlust erlitten habt«, sagt Sidney mit frommer Miene.

»Nicht so leid, wie es dem Bastard tun wird, wenn er genug

von seiner Hure hat und nach Hause kommen will.« Sie presst die Lippen zusammen.

Sidney ist einmal in seinem Leben um eine Antwort verlegen.

»Ich kann durch ein Schlüsselloch kriechen«, sage ich.

Sie stiert mich an.

»Dann kommt mit.«

Sie führt uns durch eine Tür im hinteren Teil der Schenke in einen kleinen, schmutzigen Hof, der riecht, als würden alle Hausbewohner ihre Nachttöpfe dort leeren. Hinten ist ein Bogengang, in dem eine Tür abgeht, und eine weitere am anderen Ende.

»Das ist der Straßeneingang.« Sie deutet darauf, dann stößt sie die erste in die Wand eingelassene Tür auf. »Zweiter Stock, der Raum ganz vorne, der nach innen geht. Wenn Ihr die Tür beim Aufbrechen beschädigt, müsst Ihr den Schaden ersetzen.«

Zu meiner Erleichterung erbietet sie sich nicht, uns zu begleiten. Im Treppenschacht ist es so still, dass man fast hört, wie der Staub aufwirbelt. Hinter einer Tür im ersten Stock ertönt ein schwaches Stöhnen.

»Nette Behausung«, bemerkt Sidney. »Dass ein Gentleman so tief sinken kann.«

»Was lehrt uns das? Uns vom Kartentisch fernzuhalten.«

»Einige von uns haben mehr Glück als andere.«

»Das hat Robert Dunne vermutlich auch einmal geglaubt. Fortuna ist wankelmütiger als eine Hure.«

Der Pissegestank wird auf der Treppe immer stärker, aber dazu gesellt sich etwas anderes, ein Hauch von Fäulnis, der intensiver wird, je höher wir kommen. Das Licht wird durch Ritzen in den Schlagläden gefiltert; wir tasten uns weiter, und die Bodendielen fühlen sich unter unseren Füßen morsch und brüchig an. Als wir den Treppenabsatz des zweiten Stocks erreichen, scheuchen wir eine Katze aus ihrem Schlummer an einem Fensterplatz auf; sie faucht und schießt zwischen unseren Beinen hindurch, woraufhin wir beide zusammenzucken, einen leisen Schrei ausstoßen und dann erleichtert auflachen. Der Gestank ist hier noch schlimmer.

Sidney packt den Türknauf und rüttelt leicht daran, um ganz sicherzugehen. »Großer Gott, sie hat recht. Es riecht, als wäre da drin jemand gestorben.«

»Nun, wir wissen, dass es nicht Robert Dunne war.« Ich schiebe Sidney zur Seite, knie mich hin und führe die Klinge meines Messers in das Schlüsselloch ein. Nachdem ich mich ein paar Minuten lang daran zu schaffen gemacht habe, rutscht das Messer ab und ritzt mir die Fingerkuppe auf. Fluchend lecke ich das Blut ab und mache mich erneut ans Werk.

Sidney lehnt mit vor der Brust verschränkten Armen an der Mauer und beobachtet mich.

»Ein faszinierender Trick. Wird der allen Dominikanern beigebracht?«

»Ja. Wir lernen ihn schon als Novizen, zusammen mit Aquinas' Werken. So können wir uns mit einem Minimum an Aufwand Zutritt zu den Schlafkammern der Nonnen verschaffen. Gib mir deine Hutnadel.«

»Bitte?«

»Die, mit der deine Feder befestigt ist.« Ich blicke auf. »Für die Erfüllung seiner Pflichten muss man immer Opfer bringen, Philip.«

Er seufzt und reicht mir die Nadel. Ich biege sie zurecht und schiebe sie dann neben der Messerklinge in das Schloss. Nach einer kurzen Anstrengung spüre ich das Klicken mehr, als dass ich es höre; den perfekten Moment der Übereinstimmung, wenn alles passt, die Spitze sich dreht und der Bolzen zurückschnappt.

»Ich bringe es dir eines Tages bei.« Ich gebe ihm die Nadel zurück.

»Eine Kunst, die sich für den Bruder der Gräfin von Pembroke wohl kaum schickt.«

»Aber dem Schwiegersohn von Sir Francis Walsingham könnte sie umso nützlicher sein. Na dann.« Ich schiebe die Tür einen Spalt breit auf und spüre, wie sich mein Magen wegen des immer schlimmer werdenden Gestanks zusammenzieht. »Schauen wir einmal, welche Geheimnisse Dunne hier zurückgelassen hat.«

Der Raum ist finster wie eine Krypta und riecht genauso widerlich. Die Fensterläden sind fest geschlossen, nur durch die Ritzen fallen Lichtstrahlen in das Dunkel. Ich hole tief Atem und gehe zum Fenster, wobei ich spüre, dass etwas unter meinem Stiefel knirscht. Ich hebe den hölzernen Riegel an, der die Läden sichert, und stoße sie auf. Fahles Licht fällt durch das gesprungene Glas.

»Christus und alle Heiligen! Sieh dir das an!« Sidney springt zurück, als wäre er auf heiße Kohlen getreten, und deutet auf die Dielen. Der Boden von Dunnes Kammer wimmelt von weißen Maden, es müssen Hunderte sein, die einem lebenden Teppich gleichen. »Wo kommen die denn her?«

»Von da.« Ich zeige auf eine zerschlissene Decke in einer Ecke des Raums, wo fette, übersättigte Fliegen träge um das herumsurren, was darunter versteckt ist. Sidney weicht würgend zur Tür zurück. Ich selbst bin nach dem Morgen in der Kirche fast unempfindlich gegen den Geruch des Todes geworden, obschon ich mich vor dem fürchte, was wir vielleicht unter der Decke finden. Bevor ich die Kraft aufbringe, sie anzuheben, kämpfe ich mit dem Fenstergriff. Er klemmt, aber ich rüttele heftiger daran, bis etwas knackt, der Fensterflügel sich öffnen lässt und etwas frische Luft in den stinkenden

Raum weht. Eine oder zwei Fliegen ergreifen die Flucht. Ich stoße hustend den Atem aus und ziehe einen Schwall sauberer Luft ein.

»Dein Schwert!«, befehle ich, dabei strecke ich Sidney die Hand hin.

Widerwillig zieht er es aus der Scheide, tritt einen Schritt in den Raum und hält es mir mit dem Heft zuerst hin. »Versuch, es nicht schmutzig zu machen«, sagt er, als ich danach greife. »Es ist hauptsächlich zur Zierde da.« Ich werfe ihm nur einen kurzen Blick zu und gehe zu dem Lumpenhaufen zurück. Vorsichtig spieße ich eine Deckenecke mit der Schwertspitze auf, wappne mich, bedecke mit meiner linken Hand meinen Mund und ziehe die Decke weg. Weitere aufgescheuchte Fliegen schwirren ärgerlich hoch, während ich das anstarre, was darunterliegt.

Hinter mir höre ich Sidney lachen. Es klingt leicht hysterisch.

»Armer Bursche«, krächzt er mit gepresster Stimme. »Armer alter Junge. Was haben sie denn mit dir gemacht?«

Der Kadaver eines Hundes liegt zusammengesackt in der Ecke. Er wimmelt dermaßen von Fliegen und Maden, dass es fast den Anschein hat, er würde sich bewegen. Es muss eine Art Terrier gewesen sein, ein Rattenfängerhund. Braune und weiße Fellbüschel ragen in dem verwesenden Fleisch auf.

»Der muss Dunne gehört haben.« Sidney betrachtet ihn aus sicherer Entfernung. »Vermutlich ist er verhungert, nachdem sein Herrchen nicht mehr zurückgekommen ist.«

»In drei Tagen?« Ich schüttele den Kopf. »Dieser Hund ist schon länger tot. Aber schau dir das an.« Ich schwenke die Hand durch den Raum. Ich weiß nicht genau, was ich in Dunnes Kammer zu finden gehofft habe, aber mit einer kleinen Apotheke habe ich nicht gerechnet.

Der Raum ist L-förmig, der kürzere Arm zweigt links von der Tür ab, wo eine Pritsche mit einer Strohmatratze an der Wand lehnt. Das einzige andere Möbelstück ist ein mit getrockneten Blättern, Blüten und Papieren übersäter Tisch, auf dem eine Metallschüssel, ein Dreifuß, ein Mörser nebst Stößel und einige mit Korken verschlossene Glasflaschen stehen. Daneben liegt ein Paar Lederhandschuhe.

»Komm herein, Philip, um Himmels willen, und mach die Tür zu. Das sind nur Maden, die beißen nicht. Weißt du, was das ist?«

Er schiebt sein Schwert in die Scheide und zieht die Tür hinter sich zu, wobei er erneut zu würgen beginnt. Dann schlängelt er sich zwischen den Maden hindurch, um das zu betrachten, worauf ich zeige. Als er die Hand ausstreckt, um eines der dunkelgrünen Blätter aufzuheben, packe ich sein Handgelenk. »Fass das nicht an. Das Gift ist so tödlich, dass es durch die Haut aufgenommen werden kann. Erst wird dein Arm gelähmt, dann hört das Herz auf zu schlagen.«

»Eisenhut?«, fragt er.

»Ohne jeden Zweifel.« Ich streife einen Handschuh über meine rechte Hand und greife nach einer länglichen blauen Blüte. »Eines der tödlichsten Gifte, die der Mensch kennt. Oder das Tier«, füge ich mit einem Nicken in Richtung des Hundes hinzu. »Wie es aussieht, hatte Robert Dunne sich hier sein eigenes kleines Giftlaboratorium eingerichtet.« Am hinteren Ende des Tisches steht eine kleine Phiole aus dunkelgrünem Glas mit einem silbernen Stopfen. Ich hebe sie an. Sie ist zu drei Vierteln mit einer klaren Flüssigkeit gefüllt.

»Glaubst du, das war für Drake bestimmt?« Sidney schaut genauer hin.

»Er hat es sicherlich jemandem zugedacht; man stellt eine solche Tinktur nicht her, um Magenschmerzen zu lindern. Es bedarf nur einer kleinen Dosis, und die könnte leicht an Bord geschmuggelt und in ein Glas gekippt werden. Die Wirkung ist fatal und tritt fast augenblicklich ein. Wie unser vierbeiniger Freund am eigenen Leib erfahren musste, fürchte ich.«

Die auf und unter dem Tisch aufgeschichteten Papiere zeugen von einem gestörten Verstand. Dunne scheint wie im Wahn darauf herumgekritzelt und die Seiten dann um sich herum verstreut zu haben. Einige sehen wie Rezepte aus, listen Mengen von Blättern, Samen, Wurzeln und reinem Alkohol auf. Immer wieder ist etwas durchgestrichen, und Dämonenfratzen prangen auf den unbeschriebenen Flächen. Bei anderen handelt es sich um begonnene Briefe, die nie abgeschickt wurden; diese sind interessanter. Ich schüttele eine Made von einem der Bögen auf den Boden und beginne laut zu lesen.

Teuerste Martha,

ich bitte dich, zu bedenken, dass es Gott in Seiner Weisheit manchmal gefällt, unsere Gebete auf Umwegen, nach und nach und in unerwarteter Form zu erhören. Gott der Herr weiß, wie lange wir um ein Kind gebetet haben, und hier bietet sich die Antwort, wenn sie vielleicht auch nicht von der Art ist, die du dir erhofft hast. Doch dieses Kind können wir als das unsere großziehen und das Mädchen, das es austrägt, als Kindermädchen behalten, und niemand wird etwas erfahren. Ich flehe dich an, den Vorschlag nicht gleich zurückzuweisen, denn früher, als du glaubst, werde ich ein reicher Mann sein, so Gott will, und wir werden ein neues Leben beginnen, so wie du es dir schon lange gewünscht hast. Ich werde nicht mehr der Mann sein, der ich einst war.

Hier verblasst die Tinte, und der Brief endet ohne Unterschrift. Ich pfeife leise durch die Zähne. Sidney schüttelt ungläubig den Kopf.

»Hast du so etwas schon einmal gehört? Vielleicht war diese Hure nicht so dumm, wie es den Anschein hatte, es war Dunne selbst, der nicht Herr seiner Sinne war. Hat er wirklich geglaubt, seine Frau überreden zu können, das Kind seiner Hure aufzunehmen? Und das Mädchen auch noch unter ihrem Dach zu dulden?«

»Es sind schon eigenartigere Dinge passiert.«

»Du bist doch Martha Dunne begegnet. Ich würde schon schlottern, wenn ich ihr beim Essen ein Gericht servieren müsste, das sie nicht mag, geschweige denn, wenn ich sie mit einer solchen Zumutung konfrontieren müsste. Wie es aussieht, hat sich der falsche Optimismus des Mannes nicht auf den Kartentisch beschränkt.«

»Offenbar, mit Ausnahme von allem, was seine unsterbliche Seele betraf.« Ich streiche ein weiteres zerknülltes Blatt, das unter dem Tisch lag, glatt. Es enthält nichts von Bedeutung, genauso wenig wie das nächste. Dann glätte ich ein drittes, und mein Puls beschleunigt sich, als ich es überfliege. »Hör dir das an, Philip.«

Bildest du dir wirklich ein, deine Taten würden nicht ans Licht kommen? Du kannst sicher sein, dass du dich vor Gott und vor menschlichen Richtern dafür verantworten musst. Was Gottes Urteil betrifft, überlasse ich dich deinem Gewissen, aber wenn du der Strafe deiner Kameraden und vor allem der des Kapitäns, von dessen Wohlwollen unser aller Glück abhängt, entgehen willst, kennst du meinen Preis. Weitere fünf werden meine Lippen für immer versiegeln.

»Erpressung?« Sidney sieht mich mit großen Augen an. »An wen ist der Brief gerichtet?«

Ich drehe den Papierbogen mehrmals um. »Kein Name. Verdammt. Also stimmt es, das Mädchen Eve sagte, Dunne hätte ein verhängnisvolles Geheimnis eines seiner Schiffskameraden herausgefunden, eines, von dem er meinte, es würde den Mann teuer zu stehen kommen, aber sie konnte mir auch keinen Namen nennen. Dunne hat offenbar gedroht, Drake zu informieren.«

»Das erklärt die fünf goldenen Engelstaler.« Sidney tritt zum Fenster, schiebt den Kopf hinaus und atmet tief durch.

»Es sieht aus, als hätte der Bursche gezahlt. Dunne muss von seinem Erfolg so berauscht gewesen sein, dass er gedacht hat, er könnte es einfach noch einmal versuchen.«

»Aber seine Lippen *wurden* für immer versiegelt«, erwidert Sidney grimmig.

»Wir wissen nicht, ob das hier Entwürfe für Briefe sind, die er später abgeschickt hat, oder nur müßiges Gekritzel«, gebe ich zu bedenken. »Ich frage mich, ob seine Frau wusste, dass er diesen Plan mit dem Mädchen ausgeheckt hat.«

»Ein weiterer Grund für sie, ihn loswerden zu wollen«, bemerkt Sidney.

»Aber trotzdem stolpern wir jedes Mal über die Tatsache, dass sie einen Tagesritt entfernt in Dartington war. Wenn sie dahintersteckt, wer hat dann die Arbeit für sie erledigt?«

Sidney schlendert zum Tisch zurück. Das Knirschen der Maden unter den Sohlen seiner Stiefel bewirkt, dass sich meine Nackenhaare aufstellen.

»Ich kann in dieser verpesteten Luft nicht klar denken«, sagt er. »Lass uns diese Papiere mitnehmen und irgendwo anders lesen. Ich glaube, hier halte ich es keine Minute mehr aus. Du kannst dir von den Toten Krankheiten holen, oder?«

»Wenn du zu nah herangehst«, gebe ich zurück. »Ich will mich nur noch vergewissern, dass wir nichts übersehen haben.«

Ich stehe in der Mitte des Raums und lasse den Blick langsam in alle Ecken schweifen, dabei hebe ich ab und an eine Hand, um die Fliegen wegzuscheuchen.

»Glaubst du …«, beginnt Sidney, doch ich bringe ihn mit einer Geste zum Schweigen, während ich erstarre, weil ich eine plötzliche Unruhe in der Luft wahrnehme. Ich drehe mich langsam um und spitze die Ohren. Die Tür, die Sidney schließen sollte, ist nur angelehnt, steht ungefähr einen Fuß offen, und jetzt höre ich es, ein unverkennbares Knarren der Bodendielen draußen.

»Wer ist da?«

Ich erhalte keine Antwort, es herrscht nur eine angespannte Stille wie beim Atemanhalten. Ich gebe Sidney ein Zeichen. Dessen Hand wandert zu seinem Schwert, als ein Geräusch ertönt, ein leises Pfeifen, ein Luftzug, schneller als ein Herzschlag; dann trifft eine Klinge die rissige Tünche hinter mir. Sidney jault auf, eine verspätete Reaktion, und ich bleibe regungslos stehen, bin nicht sicher, in welche Richtung ich mich wenden soll. Nach einer Zeit, die mir wie eine Ewigkeit vorkommt, aber kaum mehr als eine Sekunde gewesen sein kann, wirbele ich herum, weil ich fürchte, Sidney könnte getroffen worden sein, aber er ist unverletzt, nur vor Schreck totenbleich geworden, und starrt das Messer an, das sich in die Wand gebohrt hat.

Im nächsten Moment erwache ich zum Leben und stürme durch die Tür auf den Treppenabsatz hinaus. Sidney hält sich dicht hinter mir. Schritte, inzwischen zwei Stockwerke unter uns, klappern auf der Treppe. Wir nehmen augenblicklich die Verfolgung auf, wobei ich auf den ausgetretenen Stufen fast ausrutsche, doch als wir den Hof erreichen, ist er leer, nur das

Geräusch der hinter unserem geheimnisvollen Attentäter zufallenden Tür zerreißt die Luft. Mit einem Schwall saftiger Flüche reiße ich sie auf und sehe eine Gestalt um die Ecke flüchten. Ich mache Anstalten, dem Mann hinterherzurennen, aber die Schmerzen in meinen Rippen werden unerträglich, und ich muss nach Atem ringend mein Tempo verlangsamen; als ich mich zusammengekrümmt gegen eine Wand lehne, sehe ich, wie Sidney mich leichtfüßig überholt, dabei umklammert er mit der rechten Hand das Heft seines Schwertes. Als ich wieder zu Atem gekommen bin, setze ich die Verfolgung fort, biege um die Ecke in die nächste Straße ein, wo Sidney zu dem Unbekannten aufschließt und sich schließlich in einem beeindruckenden Sprint gegen seinen Rücken wirft und ihn zu Fall bringt. Ich hole die beiden gerade rechtzeitig ein, um zu sehen, wie der zu Boden gestürzte Mann sich hochrappelt und auf Händen und Knien gestützt verharrt, während Sidney mit gezücktem Schwert über ihm steht. Der Mann hebt den Kopf und wischt ein Blutrinnsal weg, das aus seiner Nase tropft.

»Großer Gott!«, entfährt es Sidney, als hätte er unverhofft einen alten Bekannten getroffen. »Thomas Drake!«

16

Thomas wirkt gleichermaßen überrascht, uns zu sehen; er erhebt sich langsam, klopft sich den Straßenschmutz von seinen Kleidern und blickt von Sidney zu mir. Jegliche Farbe ist aus seinem Gesicht gewichen.

»Ich dachte …«, beginnt er, doch dann arbeitet nur noch sein Mund, seine Lippen formen stumme Worte.

Ich weiß, dass ich genauso einfältig aussehen muss, als ich ihn anstarre, aber mir fällt beim besten Willen keine vernünftige Antwort ein.

Sidney erholt sich schneller, das Blut fließt in seine Wangen zurück, und als würden Wut und Schock aufwallen und sich in einer Bewegung entladen, packt er Thomas' Wams bei den Knöpfen, krallt die Finger in den Stoff und stößt den Mann gegen eine Hauswand.

»Christus im Himmel, Ihr habt versucht, uns zu töten!«, stottert er, kann seine Fassungslosigkeit kaum in Worte fassen. »Dafür werdet Ihr geradestehen, Thomas Drake. Wer hat Euch geschickt?«

Drakes Bruder schüttelt wie ein aufgeregter Hund den Kopf. Seine stets zur Schau gestellte Furchtlosigkeit hat Risse bekommen; sein Gesicht ist so weiß wie Milch, und er wirkt verängstigt.

»Niemand. Das heißt, ich bin aus eigenem Antrieb gekommen. Ich wusste nicht, dass Ihr diejenigen dort drinnen wart.«

»Wirklich nicht?« Sidneys Stimme trieft vor Hohn, aber er lässt Thomas' Kleider los, woraufhin dieser gegen die Wand sackt. »Dann war es nur ein Zufall, dass Ihr genau zu der Zeit, als wir Dunnes Kammer durchsuchen, mit einem Messer dort auftaucht? Wolltet Ihr, dass wir etwas Bestimmtes nicht finden? Etwas, das Euch belasten könnte?« Mit dem Handrücken wischt Sidney sich Speichelflecken ab; er ist so wütend, dass er zittert. Seine andere Hand liegt auf dem Griff seines Schwertes. »Hat Dunne *Euch* erpresst?«

»Was?« Thomas Drake zieht sein Hemd und sein Wams zurecht und richtet sich ein bisschen auf. Jetzt, wo die unmittelbare Gefahr vorüber ist, zeigt sich die alte Feindseligkeit auf seinem Gesicht. »Wovon redet Ihr? Woher sollte ich wissen, dass Ihr hier seid? Ich habe erst heute Nachmittag erfahren, dass Dunne in diesem Haus gewohnt hat. Ich dachte …« Er bricht ab und starrt Sidney mit vor Zorn lodernden Augen an. »Was für eine Erpressung? Habt Ihr mich gerade des Mordes beschuldigt, Sir Philip?«

Sidney antwortet nicht sofort; ich sehe einen Muskel in seiner Wange zucken, während er um Beherrschung ringt. »Nein, Thomas Drake«, erwidert er endlich. »Ich habe Euch gefragt, ob Robert Dunne Euch erpresst hat.«

»Und Ihr habt mir dadurch zu verstehen gegeben, dass ich einen Grund gehabt haben könnte, ihn zu töten. Verdammt!« Er fährt sich mit der Hand durch das Haar und blickt sich um, als würde er erwägen zu fliehen. Stattdessen holt er tief Atem und wendet sich an mich, vermutlich um Sidney zu kränken. »Ich bin vom Erfolg meines Bruders abhängig, was leider jedermann klar sein dürfte. Ohne ihn bin ich nichts. Also werdet Ihr verstehen, dass ich der Letzte sein dürfte, der diese

Reise sabotieren will, denn ich weiß, wie viel er zu verlieren hat. Meint Ihr nicht …«, hier wendet er sich an Sidney und hebt die Stimme, »… dass ich, wenn ich Robert Dunne hätte loswerden wollen, gewartet hätte, bis wir auf See sind, und dann einen besseren Weg gefunden hätte, um sein Ende herbeizuführen?«

»Wie ihn wegen Meuterei hinzurichten, meint Ihr?« Sidney hebt eine Braue. »Das hat sich als effektive Methode für Männer wie Euch erwiesen, sich unliebsamer Gentlemen zu entledigen, glaube ich.«

»Seid vorsichtig, Philip Sidney«, sagt Thomas mit einer Stimme, mit der man Glas schneiden könnte, und lehnt sich wieder gegen die Wand. »Ihr redet von Dingen, von denen Ihr nichts wisst. Diese Geschichte mit Thomas Doughty ist längst begraben.«

Sidney öffnet den Mund, um etwas zu erwidern, und schließt ihn wieder, aber ich sehe, dass die Knöchel der Hand, die den Schwertgriff umfasst, weiß hervortreten.

»Aber nicht sehr tief begraben, nicht wahr?«, werfe ich ein. »Ihr glaubt das ja selbst nicht. Der Fluch des John Doughty lebt weiter.«

»Da steckt kein Fluch dahinter«, erwidert er. »John Doughty ist entschlossen, meinen Bruder zu vernichten oder bei dem Versuch zu sterben.« Wieder blickt er über die Straße hinweg und dämpft seine Stimme. »Als ich heute die Treppe hochkam und Stimmen in Dunnes Kammer hörte, dachte ich, das müsste er sein. Deswegen habe ich das Messer gezogen.«

Sidney wirft mir einen Seitenblick zu, um zu sehen, ob ich der Erklärung Glauben schenke.

»Warum habt Ihr angenommen, dass es Doughty sein könnte?« Ich versuche, die Frage in einem leichten Ton zu stellen, aber es klingt trotzdem wie eine Anklage.

Thomas Drake zögert, als fragte er sich, ob er verpflichtet sei, mir Rede und Antwort zu stehen, dann scheint er einzulenken.

»Vor zwei Wochen erzählte mir der Spanier Jonas, er hätte Dunne hier in Plymouth mit einem Mann gesehen, den er für John Doughty hielt.« Er verstummt und hält nach Passanten Ausschau. Ein Stück weiter straßenaufwärts ist nur eine alte Frau zu sehen, die die Stufen vor ihrem Haus fegt. »Ich habe Dunne unter vier Augen zur Rede gestellt. Er hat alles auf das Heftigste abgestritten, sagte, er hätte Doughty seit Jahren nicht mehr gesehen. Er regte sich über die Anschuldigung ziemlich auf, aber das hätte jeder getan, das würde ich nicht als Beweis werten.«

»Ihr habt Sir Francis nichts davon gesagt?«

Thomas verzieht das Gesicht. »Mein Bruder ist von John Doughty ohnehin schon geradezu besessen, wie Ihr ja selbst gesehen habt.«

»Aus gutem Grund«, murmele ich.

»Ich wollte seine Ängste nicht noch schüren, während er mit den Vorbereitungen für ein so komplexes Unternehmen beschäftigt ist«, fährt Thomas mit einem bösen Blick in meine Richtung fort. »Und ich muss zugeben, dass es mir widerstrebt hat, die Worte des Spaniers für bare Münze zu nehmen. Er versucht ständig, sich bei meinem Bruder einzuschmeicheln, vielleicht, weil er weiß, dass seine Kameraden ihm nicht trauen. Ich dachte, das wäre wieder so eine Masche. Seit Jahren hatte keiner von uns John Doughty mehr zu Gesicht bekommen, und Jonas hat zugegeben, den Mann nicht aus der Nähe gesehen zu haben. Offen gestanden, bin ich davon ausgegangen, dass er die Geschichte erfunden hat, um sich wichtigzumachen oder um irgendeine Rechnung mit Dunne zu begleichen. Erst als Ihr gesagt habt, John Doughty hätte Euch im *Haus der*

Vesta angegriffen, wurde mir klar, dass er die Wahrheit gesagt haben könnte.«

»Und jetzt ist Jonas verschwunden«, bemerkt Sidney.

»Ich traue ihm nicht weiter, als ein Schwein scheißt«, fährt Sidney fort, nachdem Thomas Drake uns allein gelassen hat. Es widerstrebt ihm sichtlich, ihn so einfach davonkommen zu lassen.

»Das weiß ich. Aber er wirkte völlig überrumpelt, als du die Erpressung erwähnt hast. Ich glaube nicht, dass er derjenige ist, der ein Geheimnis hütet. Ich könnte schwören, dass er uns nichts vorgespielt hat.«

»Sie spielen alle Theater«, knurrt Sidney grimmig, als wir hügelaufwärts zum Hafen gehen. »Auf die eine oder andere Art.«

Nachdem wir noch mal in Dunnes Kammer gegangen sind, um seine Papiere mitzunehmen, schlendern wir, jeder in seine eigenen Gedanken versunken, die Straße entlang. »Was, wenn Jonas Robert Dunne getötet hat?«, sagt Sidney, als wir die Tür des *Star* erreichen. »Nein, lass mich ausreden, was, wenn er ihn aus Loyalität gegenüber Drake ermordet hat?«

»Das wäre tatsächlich eine ganz neue Wende in der Angelegenheit. Welche Erklärung hast du dafür?«

»Denk daran, wie Dunne aufgefunden wurde«, beharrt er. »Am Hals aufgehängt. Dann der Vers aus dem Matthäusevangelium, den Drake erhalten hat. Angenommen, *Jonas* hätte ihn geschickt? Um darauf hinzuweisen, dass Dunne wie Judas Iskariot gestorben ist, der Inbegriff eines Verräters. Was, wenn der Spanier es getan hat, um Drake das Leben zu retten, weil er gesehen hat, wie Dunne mit John Doughty ein Komplott schmiedete, und fürchtete, Dunne hätte die Absicht, dem Generalkapitän zu schaden. Und nach Thomas Drakes Antwort wusste er, dass seine vorgesetzten Offiziere nicht auf ihn hören würden?«

»Wo ist Jonas dann jetzt?« Ich bleibe in der Eingangshalle stehen, um Sidney anzusehen. »Warum ist er nicht geblieben und hat sich von Drake zum Dank dafür, ihm das Leben gerettet zu haben, auf die Schulter klopfen lassen? Warum hat er einen Selbstmord vorgetäuscht und dann einen Hinweis geschickt, dass es gar keiner war?«

Sidney wirft mir einen geringschätzigen Blick zu. »Er konnte nicht damit rechnen, dass Drake ihn dafür belohnt, einen Gentleman auf einen bloßen Verdacht hin getötet zu haben. Meiner Ansicht nach ist er wie ein getreuer Diener davongelaufen, um Drake jeglichen Skandal zu ersparen.«

»Heute Morgen warst du noch überzeugt, dass Jonas ein Verräter ist.«

»Nun, ich habe eingehender über die Sache nachgedacht«, erwidert er mit einem Anflug von Hochmut. »Und jetzt bin ich sicher, dass das die einzige plausible Erklärung ist. Darauf würde ich hundert Pfund verwetten.«

»Das Wetten sollten wir lieber unterlassen«, sage ich an der Treppenbiegung. »Schau dir an, wohin das Robert Dunne geführt hat.«

Mir fehlt die Energie, weiter mit ihm zu diskutieren, aber seine Theorie überzeugt mich nicht. Eher das Gegenteil: Jedes Mal, wenn ich an Jonas und sein unerklärliches Verschwinden denke, überkommt mich eine böse Vorahnung, bei der sich mein Magen zusammenzieht. »Wenn wir nur wüssten, wen Dunne erpresst hat. Allmählich komme ich zu dem Schluss, dass die Antwort dort zu suchen ist. Fünf goldene Engelstaler sind viel Geld; wie viele Männer an Bord der *Elizabeth* könnten es sich leisten, diese Summe zu bezahlen?«

»Thomas Drake zum Beispiel«, gibt Sidney prompt zurück und betrachtet bekümmert seine Hose. Sein Sturz bei der Verfolgung hat Spuren hinterlassen. »Sieh dir das an. Alles voller

Pferdescheiße. Ich werde mich vor dem Essen umziehen müssen.«

Wir biegen um die Ecke in unseren Korridor ein. Hetty lungert vor unserer Tür herum und tut so, als würde sie fegen.

»Dein Liebchen ist wieder da«, murmelt Sidney, als er den Schlüssel hervorholt. Hetty stützt sich auf ihren Besen und starrt uns durchdringend an, als wir näher kommen. Ich frage mich, wie lange sie schon wartet.

»Wollt Ihr wissen, was ich weiß?«, beginnt sie ohne Einleitung.

»Wie kann ich das wissen, bis du es mir sagst?«, erwidere ich, bin aber sorgfältig darauf bedacht, nicht zu ungeduldig zu klingen. Hettys Augen und Ohren dringen in Ecken in diesem Gasthaus vor, die mir verwehrt bleiben.

Sie schmollt. »Bringt mir nichts, es Euch zu erzählen, wenn die Information Euch nichts wert ist.« Sie nimmt ihr halbherziges Fegen wieder auf.

Sidney schließt die Tür auf, zwinkert mir zu, schließt sie hinter sich und lässt mich mit Hetty allein.

»Wie wäre es, wenn du mir sagst, was es ist, und wenn ich die Information für wertvoll halte, entschädige ich dich dementsprechend?«, schlage ich vor.

Sie schaut mich verwirrt an.

»Ihr drückt Euch so ulkig aus.« Sie zieht die Nase hoch. »Na schön. Diese Witwe, mit der Ihr heute Morgen ausgegangen seid …«

»Mistress Dunne?«

»Ja, die. Ich habe ihre Dienerin eine Nachricht überbringen sehen. Wollt Ihr wissen, wem?«

»Natürlich.«

Sie sonnt sich im Triumph ihres Wissens; sie sieht aus, als würde sie jeden Moment platzen. »Dem Gentleman, der heute

Morgen gekommen ist. Hat sich oben für ein paar Tage eine Kammer genommen.«

Ich runzele die Stirn, während ich zu ergründen versuche, wen sie meint. Sie stößt einen ungeduldigen Laut aus.

»Ihr kennt ihn. Er gehört zu Kapitän Drake. Kahl. Teure Kleider. Feder am Hut. Spricht mit allen Leuten, als würde er seinem Hund befehlen, nicht in die Halle zu kacken.«

»Du meinst Sir William Savile?« Ich starre sie an.

»Ist das sein Name?« Die Feinheiten scheinen sie nicht zu interessieren. »Von dem spreche ich jedenfalls. Ihr habt Euch heute Morgen hier unten mit ihm unterhalten, als der Kapitän da war«, fügt sie zwecks Klarstellung hinzu.

»Ja, das ist er«, nicke ich. »Und Mistress Dunnes Dienerin hat ihm eine Botschaft überbracht? Bist du sicher?«

»'türlich bin ich sicher. Sie ging zu seiner Kammer und schob sie unter der Tür durch, das habe ich gesehen. Und ungefähr eine halbe Stunde später brachte er eine Antwort. Wollt Ihr wissen, wie sie lautete?«

»Woher willst du das wissen?«, frage ich, obwohl ich es mir schon denken kann.

Zur Antwort greift sie in ihre Schürzentasche und zieht ein zusammengefaltetes Stück Papier hervor.

Ich muss unwillkürlich lachen; sie grinst von einem Ohr zum anderen und hält mir eine schmutzige Hand hin. Ich gestehe meine Niederlage ein und greife nach meiner Börse.

»Und *das* ist wenigstens einen Penny wert«, betont sie für den Fall, dass ich erwäge, sie zu übervorteilen.

»Du kannst ein Silberstück haben. Aber wie bist du dazu gekommen?« Ich suche nach einer Münze.

»Er wusste nicht, dass die beiden Ladys ausgegangen waren, er hat das Papier unter der Tür durchgeschoben. Aber nicht weit genug.« Sie nimmt die Münze zwischen Daumen und

Zeigefinger und betrachtet sie mit einiger Befriedigung. Wer auch immer sonst noch von Robert Dunnes Tod profitiert haben mag, für Hetty erweist er sich als Goldgrube.

»Danke, Hetty.« Ich öffne die Tür zu meiner Kammer. »Du hast dich selbst übertroffen.«

»Ihr könnt das nicht behalten, Sir.« Sie sieht mich an, als wäre ich schwachsinnig. »Sonst merken sie etwas. Ihr müsst es schnell lesen, dann bringe ich es zurück, bevor jemandem auffällt, dass es fehlt. Das Lesen dauert nicht lang, es sind nur ein paar Worte.«

Ich falte das Papier auseinander. Darauf steht schlicht:

Hier. Während des Essens.

Ich blicke zu Hetty auf. »Was meint er denn damit? Wo?«

Sie senkt den Kopf und dreht den Besen zwischen ihren Füßen. »Fragt mich nicht, Sir. Ich kann nicht lesen. Hab es nie gelernt.« Sie wirkt seltsam verletzlich, als sie das sagt, und kann mir nicht in die Augen sehen.

Ich lese die Botschaft laut vor.

Sie zuckt erneut die Achseln. »Sie vereinbaren ein Treffen, denke ich. ›Hier‹ muss heißen, in ihrer Kammer.« Sie schnüffelt. »Zeit verliert sie nicht, eh? Der Ehemann noch nicht einmal kalt, und schon hat sie den Nächsten an der Angel, der ihr das Bett wärmt.«

»Und welche Kammer ist ihre?«

Sie mustert mich mit hochgezogenen Brauen kühl. »Ich bin nicht sicher, ob ich mich richtig erinnere.«

»Oh, um der Liebe Gottes willen.« Ich greife in meine Börse und fördere eine weitere Münze zutage. »Meinst du, die hilft deinem Gedächtnis auf die Sprünge?«

»Möglich.« Die Münze verschwindet in ihrer Schürze.

»Zweiter Stock, Ende des Korridors. Kammer geht zum Hof hinaus.«

»Erzähl niemandem etwas davon, Hetty«, ermahne ich sie, als ich ihr das Stück Papier zurückgebe. »Halt den Mund geschlossen und Augen und Ohren offen, dann könnte sich da, wo das herkam, noch mehr finden lassen.« Ich klopfe auf meine Börse. Ein träges, gieriges Lächeln erhellt ihr Gesicht. Dennoch traue ich ihr zu, den Klatsch sofort zu verbreiten, sowie sie außer Sicht ist.

»Ich werde Euch vermissen, wenn Ihr abreisen müsst, Sir«, bemerkt sie, als sie ihren Besen zur Hand nimmt. »Seit im Juni die Schaustellertruppe da war, hatten wir hier nicht mehr so viel Wirbel.«

»Es freut mich, dass wir zu deiner Unterhaltung beitragen«, versetze ich mit einem angespannten Lächeln.

»Übrigens«, fügt sie hinzu, als sie sich auf der Treppe noch einmal umdreht. »Diese andere Lady hat vorhin nach Euch gesucht.«

»Welche andere Lady?«

Sie legt eine effektheischende Pause ein. »*Ihr* kennt sie. Die, die gestern Abend in Eurer Kammer war.«

Bevor ich etwas erwidern kann, grinst sie lasziv, rafft ihre Röcke und eilt die Treppe hinunter, ihrer nächsten Intrige entgegen.

17

Drakes bewaffnete Wächter sind überall, so auch in der Eingangshalle und vor der Tür des privaten Speiseraums postiert. Sie sorgen für eine Atmosphäre des Unbehagens; Waffen glitzern in ihren Händen, Licht spiegelt sich in stählernen Klingen. Den Gästen gefällt ihre Anwesenheit nicht, das merkt man, die Stimmung ist gedrückt, die Trinker auf dem Weg zum Schankraum halten die Köpfe gesenkt und vermeiden jegliche Unterhaltung. Es ist fast so, als befänden wir uns bereits im Krieg. Drake steht, konzentriert im Gespräch mit einem der Soldaten, an der Tür des Speisezimmers. Als er Sidney und mich die Treppe hinunterkommen sieht, beordert er uns mit einem Nicken zu sich, lächelt aber nicht.

»Auf ein Wort, Gentlemen, bevor wir essen.« Er dirigiert uns zu einer Fensterlaibung. »Habt Ihr heute irgendwelche Fortschritte gemacht?«

Ich beobachte ihn eindringlich. Während ich sein breites, gebräuntes Gesicht mustere, denke ich daran, was dieser Mann alles gesehen und überlebt hat: Er hat Tag für Tag dem Tod ins Auge geschaut, Stürmen, kirchenhohen Wellen und dem Zorn der Elemente getrotzt und dabei gelernt, eine gleichmütige Miene zu wahren, seine wichtigste Aufgabe als Kapitän, um Panik zu drosseln. Auf einem Schiff voller schreiender oder sinnlos vor sich hinplappernder Männer in Todesangst ist er der eine, der keine Furcht zeigen darf, sonst ist alles verloren. Es ist diese bewusste Gelassenheit, die er auch jetzt an den Tag legt, aber ich kann die Anspannung in seinen Augen lesen. Auf See steht man den geballten gegnerischen Kräften wenigstens direkt gegenüber. Hier kann der Feind überall sein, unter anderem auch heute Abend an seiner Tafel.

Ich fasse das Ergebnis meiner Nachforschungen kurz zusammen und beende meinen Bericht mit unserer Entdeckung in Robert Dunnes Kammer. Thomas Drake und sein Messer lasse ich aus. Als Drake von dem Eisenhut und dem toten Hund erfährt, legt er eine Hand auf seinen Mund und nickt stumm.

»Es stimmt also«, sagt er endlich, als ich gerade denke, dass er sich nicht dazu äußern will. »Oder zumindest zum Teil.«

»Es scheint kein Zweifel daran zu bestehen, dass Robert Dunne mit Gift experimentiert hat. Und man kann sich schwer vorstellen, zu welchem Zweck, außer dass es Euch zugedacht war, Sir Francis.«

Drake reibt sich den Bart, und sein Blick wandert zum Fenster.

»Ihr müsst etwas für mich lesen«, sagt er nach einer langen Pause, dabei zieht er einen Brief aus seinem Wams. Sidney streckt eine Hand aus, aber Drake reicht das Papier mir. »Vertraulich«, fügt er hinzu. Seine Lippen sind zu einem schmalen Strich zusammengepresst, seine Kiefermuskeln angespannt.

Ich falte den Papierbogen auseinander. Sidney späht über meine Schulter, um mitzulesen.

»Muy estimado Señor Capitán«, beginnt das Schreiben. Der gesamte Text ist in kastilischer Sprache verfasst, in einer sauberen, leicht schrägen Handschrift, aber am linken Rand ist die Tinte verschmiert.

»Euren Händen, mein Kapitän und Freund, vertraue ich

mein schriftliches Geständnis an und schwöre vor Gott dem Allmächtigen, dass es die reine Wahrheit ist …«

Der Brief ist mit Jonas Solon unterzeichnet und schildert, wie Jonas Dunne verdächtigte, ein Komplott gegen Drake zu schmieden, und dem Verräter deshalb, um seinen Kapitän zu schützen, einen tödlichen Trank verabreichte und ihn an einem Balken aufknüpfte, um einen Selbstmord vorzutäuschen. Zu spät erkannte er dabei, wie er schreibt, dass sein Handeln nur noch mehr Unheil über die Expedition brachte. Um seinem geliebten Kapitän weitere Schwierigkeiten zu ersparen, sei er mit unbekanntem Ziel verschwunden; seine Schuldgefühle und seine Furcht, überführt zu werden, seien letztendlich größer als sein Mut gewesen. Er hoffe demütigst, Drake und Gott (in dieser Reihenfolge) würden ihm verzeihen. Wenn Ihr dies lest, schließt er, werde ich weit weg sein. Es tue ihm leid, dass er keine Gelegenheit hatte, sich zu verabschieden. Alles, was er getan habe, habe er aus Liebe zu seinem Kapitän getan. Er überantworte die Reise Gottes Gnade etc. etc.

»Du schuldest mir hundert Pfund«, raunt Sidney mir zu.

Ich blicke von dem Papierbogen auf und begegne Drakes erwartungsvollem Blick. Es ist unklar, ob er den Inhalt bereits verstanden hat oder nicht.

»Ihr lest Spanisch?«, frage ich.

»Ich erkenne einige Worte. Aber ich muss ganz genau wissen, was in dem Brief steht. Ich wollte Gilbert bitten, ihn zu übersetzen, aber nach einigem Nachdenken hielt ich es für das Beste, wenn so wenige Leute wie möglich davon wissen. Lest ihn mir vor, ja?«

Mit leiser Stimme übersetze ich Drake Jonas' Text so wortgetreu wie möglich. Sein Gesicht bleibt angespannt, aber unbewegt. Als ich fertig bin, streicht er mit dem Zeigefinger über den Rand seines Bartes und nickt.

»Also hat sich Jonas entschlossen, ein Geständnis abzulegen«, meint er nach einer langen Pause.

»Und Ihr glaubt es nicht.«

Er mustert mich forschend.

»Interessant. Wie kommt Ihr darauf?«

Ich tippe gegen das Papier. »Weil ich ebenfalls nicht glaube, dass Jonas das geschrieben hat. Das Spanisch ist nicht ganz – wie würdet Ihr das sagen? Es klingt nicht richtig. Es ist sehr gut, daran besteht kein Zweifel, aber gelegentlich tauchen Formulierungen und Satzstellungen auf, denen eine falsche Note anhaftet. Ein Muttersprachler würde sich nicht so ausdrücken.«

Drake nickt erneut. »Ich bin sicher, dass Ihr recht habt. Aber ich werde Euch einen hieb- und stichfesten Beweis dafür liefern, dass es sich um eine Fälschung handelt.« Er hält inne, sein Blick huscht kurz von rechts nach links, und er senkt die Stimme. »Jonas Solon ist Analphabet. Er konnte noch nicht einmal seinen eigenen Namen schreiben.«

»Ah.« Beredtes Schweigen tritt ein, in dessen Verlauf ich Sidney mitleidig ansehe. »Pech für denjenigen, der das geschrieben hat, dass er nicht daran gedacht hat, vorher diesen Umstand zu überprüfen.«

»Ja«, stimmt Drake zu. »Aber das ist nicht allgemein bekannt. Jonas schämt sich dafür. Er gibt sich alle Mühe, es niemanden merken zu lassen. Ich war, abgesehen von meinem Bruder, wahrscheinlich der einzige Mann an Bord, der Bescheid wusste. Also …« Seine Augen wandern vielsagend zu dem Brief in meiner Hand zurück.

»Also hat jemand ihn geschrieben, um Jonas zu belasten«, spricht Sidney das auf der Hand Liegende aus.

»Aber es wäre niemand da, um seiner Aussage zu widersprechen«, beende ich Drakes Gedankengang, »wenn sie morgen vor Gericht verlesen würde.«

Drake nickt mir anerkennend zu. »Ihr durchschaut die Situation einmal mehr glasklar, Bruno. Einerseits könnte dies mein momentanes Problem lösen. Wir haben ein unterzeichnetes Mordgeständnis. Es besteht kein Anlass für ein auf Selbstmord lautendes Urteil oder eine langwierige Untersuchung.«

»Andererseits wirft es die Frage auf, was Jonas zugestoßen ist«, wirft Sidney ein. »Sie werden eine große Verfolgungsjagd einläuten, wenn sie glauben, dass er sich eines Mordes schuldig gemacht hat.«

»Es sieht so aus«, sage ich langsam, »als wäre der Verfasser dieses Briefes, wer immer er auch sein mag, ziemlich zuversichtlich, dass Jonas nicht auftauchen und alles widerlegen wird.«

»Ich befürchte wirklich das Schlimmste.« Drake seufzt, wobei sein ganzer Körper leicht erzittert. »Ich habe vier diskrete Männer als Suchtrupp ausgeschickt. Fast wünschte ich, ich könnte das hier glauben«, sagt er, als er den Brief wieder entgegennimmt. »Es wäre der Alternative vorzuziehen.«

»Nur Mut, Sir Francis, er kann noch immer lebend und unversehrt gefunden werden«, meint Sidney, klingt aber selbst nicht überzeugt.

»Und wenn das geschieht, wird er wegen Mordes angeklagt werden.« Drake starrt aus dem Fenster. Sein Gesicht liegt im Dunkeln.

»Dann würde sein Analphabetentum zu seinen Gunsten sprechen«, gebe ich zu bedenken. »Und außerdem werden wir den wahren Mörder dann gefunden haben.«

»Ich wünschte, ich hätte Eure Zuversicht, Bruno«, entgegnet Drake.

Und ich wünschte, sie wäre nicht nur vorgetäuscht.

»Wer weiß noch von diesem Brief?«

»Nur mein Bruder. Und meine Frau, sie kennt indes den

Inhalt nicht, der Brief wurde, an mich adressiert, heute Nachmittag unter der Tür ihrer Kammer hindurchgeschoben. Ich habe natürlich die Diener befragt, aber niemand hat etwas gesehen.«

Ich würde Sidneys hundert Pfund darauf verwetten, dass ich jemanden finden kann, *der* etwas gesehen hat.

»Wer spricht auf Eurem Schiff sonst noch Spanisch?«

»Ein paar meiner Männer können sich verständlich machen, das weiß ich, aber nicht gut genug, um so einen Brief zu verfassen.« Er schüttelt den Kopf. »Nur die Gebildeten, und selbst das könnte ich nicht beschwören; ich habe keinen von ihnen je Spanisch schreiben sehen.«

Er verstaut den Brief in seinem Wams, holt tief Atem und zieht seine Schultern nach hinten. »Lasst uns hineingehen. Sagt den anderen nichts von diesem Geständnis, sondern haltet die Augen und Ohren offen. Dom Antonio erwartet heute Abend angenehme Gesellschaft und eine gelöste Stimmung. Ich tue mein Bestes, um diese Probleme von ihm fernzuhalten. Aber je eher er Plymouth verlässt, desto erleichterter werde ich mich fühlen.« Ich bemerke, dass er Sidney nicht ansieht, als er das sagt. »Wie dem auch sei«, fährt er fort, »meine Frau ist verängstigt. Ich denke, sie wäre in Buckland sicherer.«

»Selbstverständlich«, bestätigt Sidney.

»Daher habe ich beschlossen, heute Nacht an Land zu bleiben. Um sie zu beruhigen, versteht Ihr?« Diesmal heftet er den Blick auf Sidney, der mit keiner Wimper zuckt.

»Eine sehr vernünftige Idee, Sir Francis«, erwidert er in einem Ton, der die Gedanken, die ihm durch den Kopf gehen müssen, Lügen straft. Ich denke unwillkürlich an Lady Arden. Wo ist in diesem neuen Arrangement Platz für sie? Auf einer Matratze am Fuß ihres Bettes? Oder wird sie eine eigene Kammer beziehen, und wenn ja, wer wird sie heute Nacht beruhigen? Dann fällt mir ein, dass Lady Arden immer noch denkt, ich hätte sie letzte Nacht zugunsten des Besuches eines Hurenhauses versetzt; bevor ich dieses Missverständnis nicht aus der Welt geschafft habe, wird sie aus dieser Ecke keinen Trost wünschen.

Rund um den Tisch in dem holzgetäfelten Speisesaal sind die höchstgeschätzten Kapitäne Drakes versammelt, die Männer, die er am engsten um sich schart. Knollys ist da und Walsinghams Stiefsohn Carleill; Kapitän Fenner und andere, die an jenem ersten Abend mit Drake gespeist haben. Sidney flüstert die Namen derer, die er erkennt. Auch der Kaplan Pettifer ist anwesend, ebenso Sir William Savile, der sich, wie mir auffällt, in die Nähe der Tür gesetzt hat.

Zu meiner Überraschung sind auch Lady Drake und ihre Base da. Lady Arden beschäftigt sich ostentativ mit einem Stück Brot, hebt aber endlich den Kopf, sieht mich an und hält meinem Blick stand. Ihr Gesichtsausdruck ist weder feindselig noch übermäßig einladend. Dann, als sie immer noch sicher ist, dass ich sie beobachte, wendet sie ihre Aufmerksamkeit von mir ab und konzentriert sich auf Savile, dem sie ein warmes Lächeln schenkt. Allerdings verdirbt sie die Wirkung dieses Manövers, indem sie sich flüchtig umblickt, um sich zu vergewissern, dass ich es bemerkt habe.

An dem Ehrenplatz am Kopf der Tafel sitzt der Mann, bei dem es sich um Dom Antonio handeln muss, Prior von Crato und einstiger und zukünftiger König von Portugal. Vielleicht. Er ist ein kleiner, nervöser Mann mit großen, kummervollen Augen und einem geschwungenen Schnurrbart, der früher fesch gewesen sein mag, jetzt aber fehl am Platz und genauso trübsinnig wirkt wie sein Besitzer. Er erweckt nicht den Eindruck eines Königs, sondern sieht eher aus wie ein Hund, der mit einem Tritt rechnet. Vermutlich bleibt das nicht aus, wenn man von Philip von Spanien vom Thron gejagt worden ist, denke ich. Dennoch trägt er den Beinamen »Der Entschlossene«, und er muss sich tief in seinem Inneren noch irgendeine unerschrockene Flamme der Hoffnung oder der falschen Zuversicht bewahrt haben. Warum sonst wäre er jetzt wieder in England und würde Königin Elizabeth anflehen, eine weitere Armee zu seiner Unterstützung aufzustellen und sein Exil zu beenden?

Dom Antonio erhebt sich, als wir eintreten. Drake stellt Sidney vor, und der Portugiese verneigt sich formvollendet.

»Ich finde kaum die Worte, um Ihrer Majestät meine Dankbarkeit dafür auszudrücken, dass sie mir die Ehre erweist, einen so bekannten Höfling wie Euch, Sir, dazu abzustellen, mich zu ihr zu geleiten«, sagt er, dabei faltet er die Hände vor der Brust.

Zumindest hat er die Kunst perfektioniert, denen zu schmeicheln, auf deren Hilfe er angewiesen ist, denke ich, während ich ihn beobachte; ein Kniff, den ich trotz all meiner Jahre im Exil noch nicht beherrsche. Ich könnte von diesem Mann lernen.

»Die Ehre ist ganz meinerseits, Sir.« Sidney erwidert die Verbeugung, und ich bin einmal mehr von seinem diplomatischen Geschick beeindruckt. Sein glattes Lächeln enthält nicht den geringsten Hinweis darauf, dass er beabsichtigt, Dom Antonio der Obhut von vier raubeinigen Soldaten zu überlassen, während er selbst sich quer über einen Ozean davonmacht.

Drake nimmt seinen Platz an Dom Antonios rechter Seite ein und bedeutet Sidney, sich neben ihn zu setzen. Ich nehme den Stuhl neben Pettifer, der mich mit zurückhaltender Höflichkeit begrüßt und mich fragt, wie mein Tag verlaufen ist. Ich habe gerade zu einer Kurzfassung der Ereignisse angesetzt, als die Tür erneut aufgestoßen wird und Gilbert Crosse erscheint, atemlos und heftig zwinkernd. Seine Augengläser rutschen zu seiner Nasenspitze hinunter, während er sich so ernsthaft für seine Verspätung entschuldigt, dass er über sämtliche Worte stolpert, was ihn nur noch unbeholfener wirken lässt. Drake tut seine Entschuldigungen mit einem Lachen ab und stellt ihn Dom Antonio vor. Der Portugiese ist offenbar der Meinung, dass der Status des Neuankömmlings es ihm erspart, sich erneut von seinem Platz zu erheben, aber dann beugt er sich vor, stützt beide Hände auf den Tisch und runzelt die Stirn.

»Ich habe Euch schon einmal gesehen, nicht wahr, Sir?«

»Mich schon einmal gesehen?« Die Frage scheint Gilbert aus der Fassung zu bringen; seine Miene wird noch angespannter und ängstlicher, als er in die Runde der anderen Gäste blickt, als ob einer von uns die korrekte Antwort wüsste. »Nein, das glaube ich nicht, Mylord. Bitte um Verzeihung«, fügt er mit einem schwachen Nicken hinzu. Er macht Anstalten, sich neben mich zu setzen, hält dann aber inne. Vielleicht fürchtet er, dass es sich für ihn nicht schickt, in Gegenwart von Würdenträgern ohne deren ausdrückliche Erlaubnis Platz zu nehmen. Über derartige Kleinigkeiten habe ich mir auch den Kopf zerbrochen, als ich zum französischen Hof gekommen bin.

»Aber ich bin ganz sicher, oh, wenn mein Gedächtnis nur nicht so schlecht wäre!«, klagt Dom Antonio mit einer lakonischen Geste, die Gilbert als Aufforderung interpretiert, sich zu setzen. »So viele Länder habe ich in den letzten paar Jahren bereist, so viele Häuser besucht, so viele gute Christenmenschen haben mich bereitwillig aufgenommen. Andere waren weniger gut; sie hätten mich für eine Handvoll Silber verkauft. Zu viele Gesichter, sie beginnen alle zu … wie sagt man? Zu verschwimmen.«

»Wart Ihr in Antwerpen, Mylord?«, fragt Gilbert.

»Nicht in der letzten Zeit.« Dom Antonio überlegt. »Nein, ich glaube nicht, dass ich in Antwerpen war.«

»Dann habt Ihr mich, fürchte ich, mit jemandem verwechselt«, stammelt Gilbert und errötet vom Hals bis zu den Ohrenspitzen, weil er einem Prinzen gesagt hat, dass er sich irren muss.

»Vielleicht«, räumt Dom Antonio widerstrebend ein, lehnt sich in seinem Stuhl zurück und fixiert Gilbert mit seinen melancholischen Augen. »Vielleicht fällt es mir wieder ein.«

Gilbert lässt ein höfliches kleines Lachen hören und senkt den Kopf; hofft ganz eindeutig, nicht noch mehr Aufmerksamkeit auf sich zu lenken. »Ich befürchte, all die Jahre, während derer er sich verstecken musste, haben seinen Geist verwirrt«, raunt er mir zu. »Ich habe diesen Mann in meinem ganzen Leben noch nie gesehen.«

Der erste Gang verläuft ohne Zwischenfälle. Trotz der Anwesenheit der Ladys dreht sich das Gespräch der Männer rings um mich nur um Waffen, Strategien, Feuerkraft und die Ladekapazität von Schiffen. Als hätten sie sich zuvor abgesprochen, erwähnt niemand Dunnes Tod oder das Verschwinden von Jonas. Vielleicht hat Drake diese Männer davon überzeugt, dass die ganze Sache morgen ausgestanden ist. Ich versuche, bei den Gesprächen über Nautik mitzuhalten, verstehe aber viele Begriffe nicht und beginne bald, meinen eigenen Gedanken nachzuhängen, filtere die Enthüllungen des Tages und hoffe, dass sich ein Sinn ergibt. Gilbert neben mir lauscht ernst, nickt und versucht ab und an, sich an einer Unterhaltung zu beteiligen, indem er Einblick in seine Berechnungen gewährt. Ich bemerke, dass die Kapitäne ihn größtenteils ignorieren. Vielleicht nehmen sie ihn nicht ernst; ein Navigator, dessen Wissen auf mathematischen Theorien beruht, ist in den Augen dieser hartgesottenen Weltumsegler nicht von Bedeutung.

Während wir essen, lasse ich Sir William Savile nicht aus den Augen. Der Riss in seiner Lippe heilt, wie mir auffällt.

Drake sagte, er habe am Abend des Todes von Robert Dunne mit diesem eine Auseinandersetzung gehabt, eine Schenkenrauferei, über die Savile nicht sprechen will, weil das seiner Ansicht nach unter der Würde eines Gentlemans ist. Dunne wäre grundlos auf ihn losgegangen, behauptete er. Was vor dem Hintergrund der Botschaft, die Hetty mir gezeigt hat, allmählich anders auszusehen beginnt. Während ich Savile betrachte, erinnere ich mich plötzlich an das Gespräch, das ich letzte Nacht in dem Ruderboot mit Jonas geführt habe, kurz bevor dieser verschwand. Wir hatten Spanisch gesprochen, und Savile hatte sich eingemischt. Obwohl er uns auf Englisch angesprochen hat, hat er den Wortwechsel ganz klar verfolgt. Demnach beherrscht er das Spanische ebenfalls. Savile blickt auf, ertappt mich dabei, dass ich ihn beobachte, und hebt mit einem fröhlichen Lächeln sein Glas. Ich gebe das Lächeln zurück und erhebe mein eigenes Glas. Ich kann mich genauso lässig und ungezwungen geben wie er; soll er doch in dem Glauben, niemand achte auf ihn, zu seinem Rendezvous gehen. In der Zwischenzeit ermahne ich mich, mir mein Interesse nicht so deutlich anmerken zu lassen.

Lange muss ich nicht warten. Als die Aufwärterjungen zurückkommen, um die Reste abzuräumen, erhebt sich Savile, reckt sich und verkündet mit unnötiger Lautstärke, dass er eine Verabredung mit dem Abtritt habe.

Pettifer neben mir schnalzt zimperlich mit der Zunge.

»Mir ist, wie Euch sicher auch, schon des Öfteren aufgefallen«, raunt er mir aus dem Mundwinkel heraus zu, »dass die Männer mit Erziehung den Beweis dafür in ihrem Benehmen oftmals vermissen lassen. Männer, die nicht das Glück hatten, in den Adelsstand hineingeboren zu werden, sondern ihre Bildung aus eigener Kraft erworben haben, legen oft wesentlich bessere Manieren an den Tag, da sie sich bewusst sind, dass sie stärker der Kritik ausgesetzt sind. Männer wie Ihr und ich«, fügt er hinzu, nur um da keine Missverständnisse aufkommen zu lassen.

»Mm«, mache ich, die Tür im Auge behaltend, durch die Savile hinaushuscht. »Würdet Ihr mich einen Moment entschuldigen? Ich fürchte, ich muss auch … Ihr wisst schon.«

»Nun, natürlich.« Er wirkt beleidigt; er hat sich herabgelassen, eine Parallele zwischen uns zu ziehen, und ich habe ihn abblitzen lassen. Aber Pettifer gekränkt zu haben, ist im Moment meine geringste Sorge. Ich bitte um Verzeihung, während ich mich an den sitzenden Gästen und den Aufwärtern vorbeiquetsche. Sidney wirft mir einen fragenden Blick zu, woraufhin ich mit den Augen zu Saviles leerem Stuhl deute.

In der Eingangshalle ist es jetzt ruhiger; vielleicht nehmen alle in der Schankstube ihr Abendessen ein. Ich steige die Treppe zum zweiten Stock empor, folge Hettys Wegbeschreibung zu Mistress Dunnes Kammer und schleiche so geräuschlos wie möglich den knarrenden Korridor entlang. Schwaches Mondlicht fällt in schrägen Strahlen über die kahlen Dielen. Alle Türen entlang des Flurs sind geschlossen, aber hinter einer am Ende auf der zum Hof gelegenen Seite höre ich gedämpftes Stimmengemurmel. Ich verlangsame meine Schritte und halte mich nah an der Wand, wo die Bretter unter meinem Gewicht nicht so laut knarren.

»Aber wie konntest du das zulassen?« Eine vor Wut gepresst klingende Frauenstimme.

»Wenn du es mich dir erklären lassen würdest …« Saviles Stimme, beschwichtigend, einschmeichelnd. »Das Schicksal war gegen mich …«

»Das Schicksal! Beruf dich nicht auf das Schicksal, William, du hast alles verdorben, du ganz alleine!«

»Wie oft muss ich es denn noch sagen, ich konnte nichts tun, der Priester war bei ihm.« Saviles Stimme wird lauter, herausfordernder. »Außerdem ist es jetzt doch vollbracht. Es ist so ausgegangen, wie du es wolltest, so oder so.«

»Du glaubst, *das* war es, was ich wollte?« Sie schnaubt entnervt. »Der Himmel bewahre mich vor törichten Männern. Wie nutzt das hier einem von uns?«

»Martha, du weißt, dass ich nicht die Absicht hatte …«

Hier begehe ich nun einen Fehler. Ich bin zu begierig zu sehen, wie Savile und Mistress Dunne miteinander umgehen, und die subtilen Hinweise zu deuten, die Gesten und Berührungen mir geben und die die Beziehung von zwei Menschen oft besser entschlüsseln als Worte. Ich will den Grad der Intimität zwischen diesen beiden Menschen ergründen, die behaupten, sich kaum zu kennen. Als ich näher an die Tür heranrücke und mich hinkauere, um das Auge an das Schlüsselloch zu pressen, verrät mich der Boden mit einem lauten Knarzen, und Savile bricht ab, ohne den Satz zu beenden. Ich kann die Anspannung in der Luft förmlich knistern hören, während er angestrengt lauscht. Im Raum erhebt sich heftiges Geflüster.

Savile zischt: »*Du* gehst zuerst. Man darf mich nicht aus deiner Kammer kommen sehen.«

Ich höre Bewegungen; wenn sie mich hier finden, ist jeder Vorteil, den ich vielleicht habe, verspielt. Ich versuche es mit der nächsten Tür im Gang, zu meiner Überraschung lässt sie sich öffnen, und ich finde mich in einer leeren Schlafkammer wieder. Vorsichtshalber schiebe ich den Dorn in den Riegel.

Eine Tür wird geöffnet, Dielen knarren im Korridor, Schlurfen ertönt und nervöses Flüstern, dann fällt die Tür mit einem Klicken wieder zu, und Schritte entfernen sich draußen in

Richtung der Treppe. Aus Mistress Dunnes Kammer kommt ein Laut, der wie ein unterdrücktes Schluchzen klingt, aber genauso gut ein Lachen sein könnte.

Als ich sicher bin, dass sich draußen nichts mehr rührt, verlasse ich den fremden Raum so leise wie möglich und steuere auf die Treppe zu. Als ich um die Ecke biege, stoße ich mit Hetty zusammen, die einen Lederkrug in der Hand hält. Flüssigkeit schwappt über den Rand und spritzt auf uns beide, sie flucht wortreich, obwohl ich erleichtert feststelle, dass es sich nur um Wasser handelt.

»Ihr seid in Eile, Sir«, bemerkt sie, als sie sich mit einem verschlagenen Lächeln abtrocknet. »Sucht Ihr etwas?«

»Der Gentleman, mit dem du früher am Tag gesprochen hast, der Kahle, der die Botschaft gebracht hat, hast du ihn gesehen?«

»Der hat sich gerade eben an mir vorbeigedrängt. Ist zum Speisesaal hinuntergegangen.«

»Danke.« Ich zögere. »Wo würde ich denn seine Kammer finden, wenn ich ihm eine Nachricht hinterlassen wollte?«

»Warum solltet Ihr das tun, Sir? Ihr speist mit ihm, wenn ich mich richtig erinnere.«

Sie setzt eine verständnislose Miene auf.

Ich mustere sie streng.

»Ich habe meine Geldbörse nicht dabei. Antworte mir einfach, ja?«

Sie misst mich mit einem mitleidigen Blick, als wäre diese Ausrede so fadenscheinig, dass sie mich nicht darauf hinweisen muss.

»Es tut mir leid, aber ich erinnere mich nicht daran, welche Kammer er hat, Sir.«

Ich sauge die Wangen ein, greife aber trotzdem in mein Wams und zücke meine Börse.

»Bei Gott, Hetty, du solltest eine Wucherin werden, du würdest einen Mann innerhalb kürzester Zeit schröpfen.«

»Gott hilft denen, die sich selbst helfen, sagt Mistress Judith.«

»Das glaube ich gern, dass sie das sagt. Eine Münze, mehr nicht. Mehr kann ich nicht entbehren. Und da du ja alles weißt, verrate mir noch etwas: Hast du heute Nachmittag jemanden eine Botschaft unter Lady Drakes Kammertür hindurchschieben sehen?«

»Lady Drake? Warum, hat sie auch einen heimlichen Liebsten?«

»Nein«, erwidere ich fest, bevor sie Gerüchte verbreiten kann. »Jemand hat einen Brief für Sir Francis dagelassen. Er will unbedingt herausfinden, wer das war.«

Sie streicht das Geld mit einem heiteren Lächeln ein. »Ich habe heute Nachmittag den Fußboden im Schankraum gescheuert. Bin gar nicht in die Nähe von Lady Drakes Kammer gekommen. Tut mir leid.«

»Und dir ist niemand aufgefallen, der sich merkwürdig verhalten hat? Niemand hat sich da herumgetrieben, wo er nichts verloren hatte?«

Sie schnaubt verächtlich durch die Nase. »Hier verhält sich jeder merkwürdig, Sir. Wie soll mir da ein Unterschied auffallen?« Sie klemmt sich den Krug in die Armbeuge. »Erster Stock, wenn es beliebt, nach der Treppe rechts, die dritte Tür. Die Kammer geht zum Hof hinaus.«

»Danke. Und es ist eine private Nachricht, also …« Ich lege zum Zeichen des Schweigens einen Finger auf meine Lippen. Sie hebt nur die Brauen und geht ihrer Wege. Ich bezweifle nicht, dass sie mich bedenkenlos anlügen würde, aber solange sie eine offene Börse wittert, hat sie anscheinend beschlossen, sich meine Gunst nicht verscherzen zu wollen.

Ich habe das Glück auf meiner Seite, der Korridor im ersten

Stock ist menschenleer. Jetzt könnte ich Sidneys Hutnadel gebrauchen, aber er ist nicht da, also muss ich mit der dünnen Klinge meines Messers mein Bestes versuchen. Obwohl ich mir dabei einige Male den Finger ritze, gibt das Schloss endlich nach, und ich öffne die Tür zu Saviles Kammer.

Dort sehe ich nur einen kurzen Umhang auf dem Bett liegen und seine Ledertasche. Ich hebe deren Klappe an und beginne den Inhalt zu durchsuchen. Nichts ist von besonderem Interesse; nur ein paar hastig eingepackte Kleider, was mir entgegenkommt, weil so weniger auffällt, dass ich seine Habseligkeiten durchwühlt habe. Wie Sidney legt auch Savile Wert auf elegante Kleidung und scheint nicht bedacht zu haben, wie wenig ihm diese Seiden- und Brokatwämser mitten auf dem Atlantik nutzen werden. Ich fluche leise und schlage mir mit der Hand auf das Knie. Hier gibt es nichts Aufschlussreiches, keinen Hinweis darauf, was Saviles kryptisches Gespräch mit Mistress Dunne zu bedeuten hatte. Wenn ich mich nur ruhig verhalten und weiter zugehört hätte! Was hat er mit »so ausgegangen, wie du wolltest« gemeint? Er hat sich doch sicherlich auf den Tod ihres Mannes bezogen.

Ganz unten in der Tasche finde ich ein Ärmelpaar aus rehfarbener Seide. Ich werfe einen flüchtigen Blick darauf und will sie gerade zusammenfalten und wieder zurücklegen, als mir auffällt, dass die Manschetten mit kleinen Perlmuttknöpfen in Form einer Blüte verziert sind, jeweils vier in einer Reihe. Allerdings sind es an einem Ärmel nur drei. Ich halte ihn in die Höhe, um ihn genauer zu inspizieren. Neben dem Spitzenbesatz entdecke ich einen bräunlichen Fleck; ich reibe mit dem Daumen darüber, woraufhin eine pulverige Substanz an meiner Haut kleben bleibt. Um ganz sicher zu sein, schnuppere ich daran, aber ich weiß bereits, worauf ich hier gestoßen bin. Der Ärmel mit dem fehlenden Knopf riecht nach Muskat.

18

Vor dem Speisesaal bleibe ich stehen, um mich gegen die Wand zu lehnen, langsam durchzuatmen und mich zu sammeln. Savile darf nicht misstrauisch werden, bevor ich Gelegenheit hatte, mit Drake zu sprechen und ihm die Entscheidung zu überlassen, wie wir weiter vorgehen sollen. Savile ist allerdings scharfsinnig genug, um meinen leeren Platz am Tisch zu bemerken und ihn vielleicht mit den Geräuschen in Verbindung zu bringen, die er oben gehört hat. In jedem Fall wird ihm bewusst, dass etwas nicht stimmt, wenn er feststellt, dass seine Kammer nicht mehr abgeschlossen ist. Es ist eine Sache, ein Schloss zu knacken, aber eine ganz andere, es wieder zu verschließen, und ich habe nach mehreren Versuchen aus Angst, den Mechanismus zu beschädigen, aufgegeben. Nach einigem Nachdenken habe ich den Ärmel in der Tasche gelassen; zwar hätte ich ihn Drake gern als Beweismittel gezeigt, aber dann bin ich zu dem Schluss gekommen, dass Savile nicht merken darf, dass er einen Knopf verloren hat oder dass dieser Umstand ihn belasten könnte.

Ich warte, bis ich sicher bin, den Raum mit unbeteiligter Miene betreten zu können. Diese Fähigkeit, mir auch meine turbulentesten Gedanken nicht vom Gesicht ablesen zu lassen, ist eine Gabe. Sie hätte mir in der Politik des religiösen Lebens gute Dienste geleistet, erweist sich aber auch in dieser seltsamen Existenz, in der ich stattdessen geendet bin, als überaus nützlich. Savile dreht kurz den Kopf, als ich meinen Platz einnehme, und blickt mich mit milder Neugier an, wendet sich dann aber sofort wieder seinem Publikum zu; er unterhält Dom Antonio und Drake mit einer Geschichte, die überschwängliche Armbewegungen erforderlich macht. Der Portugiese lacht höflich, Drake trägt ein festgefrorenes Lächeln zur Schau, aber er blickt an Savile vorbei zu der Holztäfelung hinüber; ist mit seinen Gedanken offenbar ganz woanders.

Ich spieße ein Stück Schweinefleisch auf mein Messer, und als ich den Kopf wieder hebe, ist Savile beim Höhepunkt seiner Geschichte angelangt; die Männer ringsum lachen, wenn auch keiner so von Herzen wie der Erzähler selbst. Ich lege das Messer weg und blicke in die Runde. Das Stimmengewirr scheint wie aus weiter Ferne an mein Ohr zu dringen, wie ein Bienenschwarm auf der anderen Seite des Fensters. Wie von außen zuschauend, sehe ich die Münder der anderen sich bewegen – reden, kauen, lachen –, als hätte die Zeit ihren Lauf verlangsamt. Die ganze Atmosphäre scheint von Misstrauen, Bluffs und Gegenbluffs, Falschheit und Furcht vergiftet zu sein, als wären wir alle an einem großen Kartenspiel beteiligt, dessen Einsatz aus Menschenleben besteht und bei dem derjenige gewinnt, der über das größte Geschick im Lügen verfügt. Und die Männer, die die Karten geben, sind nicht zu sehen, sie verbergen sich irgendwo im Schatten.

Gilbert spricht während des Rests der Mahlzeit nicht mehr viel, macht nur noch Bemerkungen über den Appetit der anderen; aber ich sehe, wie sein Blick von einem Sprecher zum anderen wandert, während er den Gesprächen ringsum aufmerksam lauscht. Eine Welle der Erschöpfung schlägt über mir zusammen. Ich merke, dass ich mich danach sehne, mich aus dieser Runde zu verabschieden, auf mein Bett zu fallen, die Augen zu schließen und Vergessen zu suchen. Das ist allerdings nur ein frommer Wunsch; meine Gedanken würden zu sehr um die Enthüllungen des heutigen Tages kreisen, als dass ich Schlaf finden könnte. Also kann ich die Zeit genauso gut zum Arbeiten nutzen.

Als der Tisch abgeräumt ist, verkünden die Ladys, dass sie sich zurückziehen werden; wir erheben uns alle, als sie sich zum Gehen wenden, und wünschen ihnen eine gute Nacht. Lady Arden blickt sich über die Schulter zu mir um, als sie die Tür erreicht, und lächelt kurz. Nachdem die Damen sich verabschiedet haben, gerät die Gesellschaft in Bewegung; einige gehen in den Hof der Schenke, um sich zu erleichtern, andere nutzen die Gelegenheit, um sich zu recken und um den Tisch herumzuschlendern, wieder andere ziehen Tonpfeifen und Tabakbeutel hervor. Ich entschuldige mich bei meinen Tischgefährten und schlängele mich zu Drake durch, der sich erhebt, um mich zu begrüßen.

»Sir Francis, dürfte ich das Buch heute Nacht mitnehmen?«, frage ich flüsternd. Er runzelt die Stirn und schaut zu seinem Bruder hinüber.

»Warum?«

»Um meine Arbeit fortzusetzen. Ich könnte die Übersetzung bis zum Morgen fertig haben, wenn ich mich ganz darauf konzentriere.« Wenn ich mich jetzt an die Arbeit mache, könnte ich die aus meinem Raum entwendeten Seiten neu schreiben und müsste Drake den Diebstahl nicht beichten.

Als er lächelt, legen sich Fältchen um seine Augenwinkel. »Ich denke, Euch könnte ein bisschen Schlaf nicht schaden, Bruno. Schaut Euch doch an.«

»Ich würde besser schlafen, wenn es eine vollständige Kopie von diesem Buch gäbe, Sir. Um sie sicher zu verwahren.«

»Ihr glaubt wirklich, dass jemand versuchen wird, es zu stehlen?«

»Ich denke, dass dieser Buchhändler, den Ihr getroffen habt, es unbedingt in die Finger bekommen will. Er ist ein rücksichtsloser Mann ohne jegliche Skrupel.«

Er überlegt, dann blickt er sich zu seinem Bruder um. »Nun … Thomas wird das nicht gefallen. Er ist ohnehin schon überzeugt, dass Ihr aus der Kopie Euren eigenen Profit schlagen wollt. Er wird strikt dagegen sein, Euch das Original zu überlassen. Padre Pettifer hat mich eindringlich davor gewarnt, eine Übersetzung anfertigen zu lassen. Er sagt, aus der Verbreitung von Ketzerei kann nichts Gutes erwachsen, und ich würde Gottes Zorn auf diese Reise herabbeschwören.« Er schüttelt den Kopf. »Allmählich beginne ich zu befürchten, dass ich das schon getan habe.«

»Sagt doch so etwas nicht, Sir. Ihr seid für nichts von alldem verantwortlich, und es ist auch kein Zeichen göttlicher Missbilligung. Wir stehen kurz davor, den Mann zu finden, der für Dunnes Tod verantwortlich ist, da bin ich mir ganz sicher.«

»Ich wünschte, ich könnte Eure Zuversicht teilen. Ich kann Euch gar nicht sagen, wie schwer mir das Herz wird, wenn ich an Jonas denke. Jeden Moment rechne ich damit, dass ein Bote eintrifft, um mir mitzuteilen, dass sie ihn gefunden haben.« Er seufzt schwer und legt mir eine Hand auf die Schulter. »Dann nehmt das Buch heute Abend mit. Ich habe es mittlerweile in die Kammer meiner Frau gebracht. Dort erscheint es mir sicherer als auf dem Schiff, wenn ich selbst nicht da bin. Ich würde Euch ja einen Bewaffneten mitgeben, aber ich habe sie alle Dom Antonio versprochen. Außerdem …«, er mustert mich von Kopf bis Fuß, »… würde ich wetten, dass Ihr auf Euch aufpassen könnt, falls jemand an

Eure Tür klopft. Kommt jetzt und holt es Euch, ich habe vor, mich früh zurückzuziehen.«

»Sehr richtig, Sir Francis, wenn ich eine schöne Frau in der Stadt hätte, würde ich dasselbe tun.« Savile taucht hinter mir auf und legt mir in derselben lockeren Art wie Sidney einen Arm um die Schultern. Ich bemühe mich, nicht zu erstarren; frage mich, wie viel er gehört hat. »In der Zwischenzeit müssen wir einsamen Junggesellen Trost bei der Flasche und am Kartentisch suchen. Wollt Ihr Euch uns anschließen, Bruno? Ihr seht aus wie ein Mann mit einem Gesicht für das Glücksspiel.«

»Meint Ihr?«, erwidere ich mit absolut ausdrucksloser Miene.

»Da, was habe ich Euch gesagt, Ihr beweist es ja jetzt!« Er klopft mir auf den Rücken, als hätte ich einen Trick vorgeführt. »Ihr verfügt über großes Geschick in der Kunst, Euer wahres Selbst zu verbergen. Das ist am Kartentisch eine Fähigkeit von unschätzbarem Wert. Eine, die dem armen Robert Dunne völlig abging, fürchte ich.«

»Ersteres lässt sich von den meisten von uns sagen, findet Ihr nicht, Sir William?«, entgegne ich mit einem freundlichen Lächeln. »Aber ich muss leider ablehnen. Ich habe keine Vorliebe dafür, Risiken einzugehen.«

»Ihr überrascht mich«, gibt er zurück, und in seiner Stimme schwingt eine gewisse Schärfe mit, aber vielleicht bilde ich mir das auch ein.

Es kostet Drake einige Zeit, sich zu verabschieden, besonders von Dom Antonio, den all der Wein rührselig gemacht hat; er umarmt Drake mehrmals, wischt sich Tränen aus den Augenwinkeln, und seine Sprache wird verschwommener und unzusammenhängender. Sidney teilt mir mit, dass er vorhat, sich an dem Kartenspiel zu beteiligen. Ich wünsche ihm Glück und trage ihm auf, ein Auge auf Savile zu haben und darauf zu achten, ob er irgendetwas Ungewöhnliches sagt oder tut. Sidney sieht mich fragend an, aber Drake bedeutet mir, ihm zu folgen, und ich habe keine Gelegenheit mehr, näher darauf einzugehen.

Einer der bewaffneten Wächter begleitet uns die Treppe zum ersten Stock hoch. Ein anderer hat bereits vor der Tür von Lady Drakes Kammer Posten bezogen. Drake nickt ihm zu und hält mit der Hand am Türknauf kurz inne, als würde er seine Gedanken sammeln, bevor er zu seiner Frau hineingeht. Ich hätte fast das Wort ergriffen, um ihm zu sagen, was ich über Savile herausgefunden habe. Ein Instinkt hält mich aber davon ab; Savile wird heute Nacht nirgendwohin verschwinden. Er ist arrogant genug, sich einzubilden, er wäre über jeden Verdacht erhaben, und ich brauche handfestere Beweise, bevor ich ihn offen beschuldige.

In Lady Drakes Kammer brennt ein kleines Feuer, die Luft ist warm und riecht nach Rauch. Lady Drake sitzt am Kamin, ihre Dienstmagd kauert auf dem Sitz am Fenster und näht. Lady Arden steht mit einer kleinen Tasche neben sich am Feuer.

»Ladys.« Drake rauscht durch den Raum und öffnet eine neben dem Bett stehende Holztruhe. »Ich hoffe, dieser Abend hat Euch nicht allzu sehr angestrengt.« Dann entnimmt er der Truhe die Ledertasche mit dem Buch.

»Ganz und gar nicht, Francis«, sagt Lady Drake. »Dom Antonio ist ein begnadeter Erzähler, nicht wahr? So viele Geschichten über Flucht, Listen und Ränke, man könnte ihm die ganze Nacht zuhören. Und ich komme mir so vor, als hätte ich genau das getan.«

»Ich komme mir vor, als hätte ich jede Minute seiner Abenteuer mit ihm durchlebt«, meint Lady Arden mit einem boshaften Grinsen.

»Aber, aber, meine Damen, ein bisschen netter bitte. Dom

Antonio ist ein guter Mann, der sehr unter den Spaniern gelitten hat. Außerdem ist er unser Verbündeter.«

»Aber keiner von der nützlichen Sorte.« Lady Arden schnaubt. »In seinem eigenen Land fehlt ihm die Unterstützung für einen erfolgreichen Aufstand. Königin Elizabeth mag Dom Antonio ihre Gastfreundschaft anbieten, weil er ihr leidtut, aber sie ist zu vernünftig, um gutes Geld in eine hoffnungslose Sache zu stecken.«

Drake sieht sie an, als hätte er gerade einen Hund sprechen hören.

»Ihr seid bemerkenswert gut informiert, Mylady«, stelle ich beeindruckt fest.

»Sagte ich Euch nicht, dass ich zu den meisten Dingen eine Ansicht habe?«, erwidert sie mit einem koboldhaften Lächeln.

»Hier.« Drake drückt mir die Tasche in die Hände, lässt sie aber nicht los. »Seid Ihr sicher, dass Ihr darauf aufpassen könnt?« Er sieht aus, als würde er in seiner Entscheidung schwanken; vielleicht malt er sich die Reaktion seines Bruders aus, falls Thomas erfährt, dass ich ohne Bewachung an dem Buch gearbeitet habe.

»Ich werde es mit meinem Leben beschützen, Sir Francis.« Es könnte dazu kommen, denke ich. Wenn er wüsste, dass ich mir die Kopie habe stehlen lassen, würde er mich damit nicht weggehen lassen. Ich bemerke, dass Lady Ardens Augen voller Interesse auf der Tasche ruhen.

Drake nickt und gibt sie langsam frei.

»Gebt es mir gleich morgen früh zurück«, sagt er. »Schließt Eure Kammer heute Nacht ab. Und wenn diese Untersuchung vorüber ist, haben wir vielleicht die Muße, um zu besprechen, was damit geschehen soll, wenn wir erst einmal den Inhalt kennen.«

Ich nicke und wende mich zum Gehen.

»Lady Arden«, sagt Drake. »Ich werde einen Diener rufen, damit er Euch die Tasche nach oben trägt.«

»Oh, macht Euch keine Umstände, Sir Francis«, wehrt sie rasch ab. »Ich dachte, Doktor Bruno könnte sie vielleicht für mich tragen.«

Ich sehe sie an. Sie erwidert meinen Blick mit unschuldigen Augen.

»Doktor Bruno ist doch kein Gepäckträger«, mahnt Drake peinlich berührt.

»Aber es liegt auf seinem Weg, ich bin sicher, es macht keine Mühe«, beharrt sie. »Meine Dienerin wartet in meiner neuen Kammer auf mich.«

»Ich helfe gerne aus«, versichere ich, möchte aber nicht übereifrig klingen.

»Schön, wenn es Euch nichts ausmacht …« Drake wirkt skeptisch, öffnet mir aber die Tür. Ich greife nach Lady Ardens Tasche, bedeute ihr vorauszugehen und verneige mich vor Lady Drake.

»Ich bin in einen eigenen Raum verbannt worden, während Sir Francis an Land ist, wisst Ihr«, erklärt Lady Arden, nachdem sich die Tür hinter uns geschlossen hat.

»Habt Ihr keine Angst, alleine zu bleiben?« Ich folge ihr zur Treppe.

Sie lacht. »Wovor sollte ich denn Angst haben?«

»Diese momentane Angelegenheit. Der Brief, der unter Lady Drakes Tür durchgeschoben wurde. Sir Francis sagte, seine Frau wäre beunruhigt gewesen.«

»*Er* war beunruhigt, meint Ihr. Aber ich bin nicht sicher, ob ihm mysteriöse Briefeschreiber solche Sorgen bereiten. Ich denke, er möchte eher etwaige Besucher fernhalten.«

»Aha. Also gibt es heute Abend keine Sonette für Lady Drake.«

»Leider nein. Und beabsichtigt Ihr und Sir Philip, heute Nacht wieder die Unterhaltungsmöglichkeiten von Plymouth zu erkunden?«, fragt sie süß, als wir den zweiten Stock erreichen.

»Mylady, ich habe nicht … Mein Ziel letzte Nacht war es, Informationen zu sammeln, die Sir Francis helfen könnten.«

Sie dreht sich zu mir um und hebt eine Braue.

»Das heißt, bezüglich dieses Todesfalls. Nichts sonst.« Ich spreche ungewöhnlich unzusammenhängend.

Sie lacht hell auf. »Ihr müsst Euch nicht vor mir rechtfertigen, Doktor Bruno. Es steht Euch frei, so viele Huren aufzusuchen, wie Ihr wollt. Hier, dies ist meine Kammer für diese Nacht.« Sie bleibt vor einer Tür stehen, und ich stelle fest, dass es die Kammer neben der von Mistress Dunne ist, in der ich mich früher am Abend versteckt habe. Ich stelle ihre Tasche ab und lausche auf Geräusche aus dem Nebenraum. Nur das leise Murmeln von Frauenstimmen ist zu hören.

»Trotzdem. Ich möchte, dass Ihr wisst, dass es nicht zu meinen Gewohnheiten gehört, Hurenhäuser zu besuchen.«

Sie blickt zu mir auf. Ein vielsagendes Lächeln spielt um ihre Lippen; ich vermute, sie macht sich über mich lustig.

»Im Gegensatz zu meiner Base steht es mir frei, mir heute Abend Sonette anzuhören. Sir Philip erwähnte, dass Ihr eine Art Dichter seid.« Sie sieht mich jetzt direkt an; es wäre schwer misszudeuten, was sie meint. Die Ledertasche mit dem Judasbuch hängt über meiner Schulter; wie es aussieht, habe ich eine schwierige Entscheidung zu treffen.

»Meine Gedichte sind alle in italienischer Sprache verfasst«, gebe ich leise zurück.

»Umso besser.« Sie lächelt. »Dann bleibt mir die Peinlichkeit erspart, bewerten zu müssen, ob sie gut sind oder nicht.«

Sie legt mir eine Hand auf den Arm, als sie die Tür aufstößt, doch selbst jetzt zögere ich noch; spüre das Gewicht des Buches auf meiner Schulter. Mein Zaudern entgeht ihr nicht. »Außerdem«, bemerkt sie, »weiß ich etwas, was in *dieser momentanen Angelegenheit*, wie Ihr es nennt, von Interesse sein könnte. Und ich wette, niemandem sonst ist es aufgefallen.«

»Wirklich? Und was ist das?«

Sie setzt ein kokettes Lächeln auf. »Ich verrate es Euch als Gegenleistung für ein Gedicht.«

Jeder schachert hier, wie es aussieht. Ich blicke den Gang entlang zur Treppe hinüber. Einen Moment meine ich, eine Bewegung im Schatten zu sehen, den Umriss einer Gestalt, doch als ich wieder hinschaue, ist da nichts.

»Eure Dienerin«, flüstere ich, zur Tür deutend.

»Ich habe ihr den Abend freigegeben. Ich wage zu behaupten, dass sie sich irgendwo amüsiert, klatscht oder mit Seeleuten anbändelt. Ihr könnt mir wenigstens meine Tasche hereinbringen.«

Was würde Sidney sagen, wenn er mich sehen könnte, frage ich mich, als ich ihr über die Schwelle folge und höre, wie die Tür hinter mir zufällt. Er würde mir sagen, ich müsste ein bisschen leben, den Reiz des Buches gegen den Trost eines warmen, willigen Körpers eintauschen. Er würde mir ganz offen vorhalten, dass es sinnlos ist, der Erinnerung an eine Frau treu zu bleiben, die längst fort ist, auf der anderen Seite des Meeres; er würde sagen, ich wäre ein Narr, mir Vergnügen oder gar die Chance auf Liebe wegen jemandem zu versagen, der mich ohne Skrupel verlassen hat. Aber vielleicht würde er die Melancholie nicht verstehen, die mich jedes Mal überkommt, wenn ich die Möglichkeit in Betracht ziehe, meine Zuneigung einer anderen Frau zu geben. Natürlich würde er kontern, dass man für eine Frau keine Zuneigung empfinden muss, um mit ihr das Bett zu teilen, aber je älter ich werde, desto stärker spüre ich, dass dies ohne Gefühle ein leerer Trost ist.

»Hier brennt kein Feuer«, stellt sie fest. »Ich kann eines anzünden lassen, wenn Euch das lieber ist.«

»Danke, mir ist warm genug.«

»Ja, Ihr wirkt etwas erhitzt.« Sie lächelt. »Mache ich Euch Angst, Doktor Bruno?« Ich schüttele den Kopf, was sie zu enttäuschen scheint. »Ich dachte, Ihr würdet mich vielleicht etwas zu keck finden.«

Ich erzähle ihr nicht, dass mir am Hof von König Henri in Paris zahlreiche kecke Frauen begegnet sind; junge Ehefrauen, die sich mit ihren alternden, impotenten Männern gelangweilt haben und nur allzu gern bereit waren, sich um einer flüchtigen Affäre willen jedem beliebigen Mann am Hof an den Hals zu werfen, vor allem, wenn er exotisch aussah und sich eines gefährlichen Rufes erfreute. Ich war für sie ein Objekt der Faszination, weil ich gegen ihre Reize immun zu sein schien. In Wirklichkeit hatten in ihren Köpfen nur Hofklatsch und ihre eigene äußere Erscheinung Platz, sodass ich mich in ihrer Gesellschaft schon zu langweilen begann, bevor sie überhaupt »Bonjour« gesagt hatten. Außerdem muss ein Mann von niederer Geburt, der über seinen Stand hinausbefördert worden ist, darauf achten, wo er sich Feinde macht. Aber hier muss ich mich nicht von solchen Abwägungen leiten lassen. Ich betrachte Lady Arden. Ihre Kammer geht nach Westen, das Abendlicht fällt auf ihr Gesicht und vergoldet die weiche Haut ihrer Wangen und die darüberfallenden dunklen Haarlocken. Ohne den Blick von mir abzuwenden, löst sie die Nadeln ihrer Haube.

»Ich finde es erfrischend, dass Euch verschämtes Geziere fremd ist«, erwidere ich nach einer langen Pause.

Sie lacht erneut und schüttelt den Kopf, sodass eine schimmernde Haarflut über ihren Rücken fällt. »Das ist die diplomatischste Antwort, die ich je gehört habe. Nun dann, tragt mir ein Sonett vor, und im Gegenzug verrate ich Euch ein Geheimnis, das ich eigentlich für mich behalten sollte.«

Also rezitiere ich aus dem Gedächtnis heraus ein Sonett, das ich Jahre zuvor geschrieben habe. Ich schließe die Augen, während ich spreche, und die Worte versetzen mich in eine andere Zeit zurück, zu schneebedeckten Gipfeln, die sich vom tiefblauen Berghimmel abheben; zu schmalen Pässen, eiskalten Nächten, Hunger und Erschöpfung und der Furcht vor dem Weitergehen, die mit dem Wissen wetteifert, dass es kein Zurück gibt. Als ich geendet habe, stößt Lady Arden den Atem so langsam aus, als hätte sie ihn angehalten.

»Das klang schön. Worum geht es?«

»Es …« Ich gerate ins Stocken, weiß nicht, wie ich Worte, die in meiner eigenen Sprache so leicht fließen, erklären soll; fürchte, dass das Gedicht auf Englisch albern und unnatürlich klingt. »Es ist an einen einsamen Spatz gerichtet, es rät dem Vogel, davonzufliegen und wiedergeboren zu werden, um eine bessere Bestimmung im Leben zu finden. Es ist ein Gleichnis«, füge ich unbeholfen hinzu.

»Was für eines?«

Ich zucke die Achseln. »Es bezieht sich auf die Seele. Und darauf, das loszulassen, was man liebt.«

»Sagt die letzte Zeile noch einmal.«

»E non tornar a me, se non sei mio.«

Sie nickt langsam. »Habt Ihr es für eine Frau geschrieben?«

»Nein. Ich habe es vor acht Jahren verfasst, als ich die Alpen von Genf nach Frankreich überquert und klar begriffen habe, dass ich meine Heimat und meine Familie nie wiedersehen werde.« Aber Gedichte verändern ihre Bedeutung, selbst die, die man selbst geschrieben hat; sie passen sich im Lauf der

Zeit der Interpretation des eigenen Lebens an. Wenn ich die letzte Zeile jetzt zitiere, denke ich an eine Frau, und es kommt mir vor, als hätte ich sie für sie geschrieben, obwohl das ursprünglich nicht der Fall war.

Lady Arden durchquert den Raum und bleibt vor mir stehen.

»Seid Ihr einsam?«

»Manchmal«, erwidere ich. Meine Stimme droht mir in der Kehle stecken zu bleiben. »Oft.«

»Genau wie ich.« Sie legt mir sacht die Hände auf die Schultern, woraufhin die meinen instinktiv zu ihrer Taille wandern. So stehen wir, wie es uns vorkommt, eine lange Zeit da und lauschen der Stille und dem leisen Rhythmus unserer Atemzüge.

»Du hast mir ein Geheimnis versprochen«, flüstere ich, die Lippen gegen ihre Stirn gelegt.

»Später«, sagt sie. Ihre Hand gleitet über meine Brust zum Kragen meines Hemdes und dann ins Hemd hinein. Ihre Finger fühlen sich kühl auf meiner Haut an. Sie rückt näher an mich heran, und ihre Lippen öffnen sich leicht, als sie ihre Hüften gegen meine presst und meine Erregung spürt. Ihr Mund schwebt so dicht über meinem, dass ich ihren Atem schmecken kann, während sie fortfährt, mein Hemd aufzuschnüren. Ihre Finger erreichen meinen Bauch, und sie zupft an dem Lederriemen der Tasche, die ich immer noch über der Schulter trage. »Die müsstest du abstellen«, murmelt sie.

»Schließ die Tür ab«, erwidere ich, als ich die Tasche über meinen Kopf hebe, und sie gehorcht, dann nimmt sie mich bei der Hand und führt mich zu dem schmalen Bett, dabei öffnet sie ihr Korsett. Sie entkleidet sich mit einer gewissen Dringlichkeit, wobei sie die ganze Zeit ihre hellen Augen auf mich gerichtet hält und meine Reaktion beobachtet; sie geht mit einer Effizienz zu Werke, die den sonst erforderlichen Verführungstanz, das Drängen meinerseits und den vorgetäuschten Widerstand ihrerseits überflüssig macht. Lady Arden, folgere ich, als sie mich rücklings auf das Bett schiebt und mit einer geübten Bewegung umfasst, ist daran gewöhnt, das zu bekommen, was sie will, wenn sie es sich einmal in den Kopf gesetzt hat. Mir fällt wieder ein, was Sidney über Witwen gesagt hat: Sie sind gefährlich, weil sie uns nicht brauchen. Doch hierfür brauchen sie uns immer noch, denke ich, die Augen schließend.

Sie küsst mich hungrig, als sie aus ihren Röcken schlüpft, sich rittlings auf mich setzt und mich zwingt, mich ihrem Rhythmus anzupassen. Und wenn mir der Gedanke durch den Kopf schießt, dass sie vielleicht jeden genommen hätte, dessen Gesicht und Manieren ihr gefallen, und dass ich gerade nur zur Stelle war, ist er nicht von Belang. Dies ist nicht mehr als ein flüchtiges Vergnügen, es gibt für beide Seiten keinen Grund, etwas anderes vorzutäuschen; niemand wird hier verletzt und betrogen, und diesem Umstand haftet etwas Befreiendes an. Wir sind zwei Fremde, die sich zueinander hingezogen fühlen, und werden uns nach diesem kurzen Zwischenspiel wohl nicht wiedersehen; wir erwarten nichts voneinander. Sidney hat recht: Reines Vergnügen ist etwas, was ich mir viel zu selten gestatte. Und so lasse ich mich fallen: Ich umfasse ihre schmale Taille und hebe die Hüften, um tiefer in sie einzudringen, und als sie zwischen abgehackten Atemzügen leise aufschreit, ihre Augen glänzen und ihre Lippen sich öffnen, rolle ich sie behutsam auf den Rücken, und sie schlingt die Beine um meine Seiten und quetscht dabei meine geprellten Rippen so hart, dass auch mir ein Schrei entfährt. Sie presst mir kichernd eine Hand auf den Mund, als ich langsam auf meinen eigenen Höhepunkt zusteuere, doch als ich die Augen schließe und Erfüllung finde, ist sie nicht diejenige, an die ich dabei denke.

Danach liegt sie, den Kopf auf meine Schulter gelegt, da, ihr Haar fließt über das Kissen, und sie malt mit der linken Hand abstrakte Muster auf meine Brust. Dann stützt sie sich auf einen Ellbogen. Ein provozierendes Lächeln zuckt um ihre Mundwinkel.

»Wie schneidet das im Vergleich zu letzter Nacht ab?«

Ich lächele.

»Nun, wenn man bedenkt, dass ich letzte Nacht betäubt und angegriffen wurde und aus einem Fenster im ersten Stock springen musste, würde ich sagen, recht gut.«

Sie schlägt mir leicht auf den Arm. »Ich meinte das Mädchen, das du letzte Nacht hattest.«

»Ich hatte letzte Nacht kein Mädchen, das sagte ich doch schon. Ich hatte schon sehr lange kein Mädchen mehr.« Ich wende das Gesicht ab, als ich das sage. »Jetzt verrate mir das Geheimnis, das du versprochen hast.«

Ich spüre, wie sie erstarrt, und ihre Hand hält mitten in der Bewegung inne. Mir ist klar, dass ich besser gewartet hätte; nun habe ich angedeutet, dass das, was eben geschehen ist, nur das Vorspiel für das eigentliche Objekt meines Interesses war.

»Mistress Martha Dunne erwartet ein Kind«, sagt sie träge, dabei blickt sie zur Decke hoch.

»Was?« Ich setze mich auf und stiere auf sie hinab. Sie dreht eine Haarsträhne um den Finger und bedenkt mich mit einem trägen Lächeln. »Wie kannst du da sicher sein?«

»Ich sagte dir doch, dass meine Schwester vier Kinder hat. Mistress Dunnes Schwangerschaft ist noch im Frühstadium, aber wenn man die Anzeichen kennt, entdeckt man sie leicht. Kein Wunder, dass sie so erpicht darauf ist, ein auf Selbstmord lautendes Urteil anzufechten; sie wird den Besitz ihres Mannes nicht verlieren wollen, wenn sie ein Kind großziehen muss.« Sie streckt die Arme zu mir und fährt mit einem Finger an meinem Rückgrat hinunter, aber ich bin zu sehr damit beschäftigt, diese neue Enthüllung in das Gesamtbild einzufügen, um groß darauf zu achten.

»Sie hat dir das aber nicht direkt gesagt?«

»O nein. Sie hatte schwerlich die Absicht, uns irgendetwas anzuvertrauen. Ich glaube, es war ihr zuwider, überhaupt mit meiner Base und mir sprechen zu müssen, aber Sir Francis schien davon überzeugt zu sein, dass sie die Gesellschaft von Frauen benötigt. Ich dachte, das könnte dich interessieren, weil sie sich anscheinend alle Mühe gibt, diese Tatsache geheim zu halten.«

»Man kann das Benehmen von Menschen, die trauern, nicht begründen.« Ich schlinge mir die Decke um und ziehe sie an die Brust. Meine Gedanken überschlagen sich immer noch.

Sie schnaubt leise.

»Ich habe nie eine weniger gramgebeugte Witwe gesehen«, sagt sie. »Außer mir selbst vielleicht.«

Sie lacht. Ihre Finger tanzen erneut über meinen Rücken.

Mich fröstelt, als ich die Beine über die Bettkante schwinge.

»Wohin gehst du?«, fragt sie. Ein gekränkter Unterton hat sich in ihre Stimme geschlichen.

»Es tut mir leid, aber ich habe zu arbeiten.« Ich lächele, um meinem überstürzten Aufbruch den Stachel zu nehmen.

»Aber doch nicht schon so bald.« Sie schmollt, rollt sich auf den Bauch und greift nach meiner Hand. »Du kannst doch sicher auch später noch arbeiten?«

»Die Nacht ist kurz, und ich muss dies bis morgen zu Ende bringen. Außerdem wird Eure Dienerin ihr Bett benötigen,

Mylady, und ich darf nicht dabei gesehen werden, wie ich frühmorgens aus Eurer Kammer komme. Ich kann nicht riskieren, dass Euer Ruf Schaden nimmt.«

Sie stützt das Kinn auf die Hände und betrachtet mich mit schief gelegtem Kopf.

»Immer noch ›Mylady‹?« Sie lacht, es klingt resigniert. »Du hast bessere Manieren als viele Edelmänner, die ich kenne, Bruno.«

Ich trete einen Schritt zurück, sodass ich außerhalb ihrer Reichweite bin, und suche nach meinem Hemd. »Macht das meinen Reiz aus?«

Sie wirkt verletzt. »Ist es das, was du glaubst? Dass ich neugierig war; jemanden ausprobieren wollte, der nicht von edlem Blut ist … weshalb, zur Abwechslung? Zum Vergleich?« Sie misst mich mit einem langen Blick. »Dein Reiz, Bruno, besteht darin, wer du bist. Alles zusammengenommen. Ich hege keine Vorliebe für Männer niederen Standes, wenn du das vermutest. Und dies hier gehört auch nicht zu meinen Gewohnheiten.« Sie klingt – verständlicherweise – beleidigt.

»Ich bitte um Entschuldigung, Mylady.« Ich ziehe mir das Hemd über den Kopf.

»Vielleicht kannst du das ›Mylady‹ in Zukunft an der Schlafkammertür zurücklassen?«

In Zukunft? »Du weißt, dass ich dir nichts zu bieten habe«, erwidere ich schlicht und halte meine leeren Hände hoch.

Sie senkt die Wimpern und lächelt durchtrieben. »Nun, das würde ich eigentlich nicht sagen.« Sie setzt sich auf. »Hör zu, Bruno, ich brauche keinen Mann, der mir Land und Titel einbringt. Das alles habe ich bereits. Ich bin in der glücklichen Lage, mir die Freiheit nehmen zu können, jemanden zu wählen, der allein aufgrund seiner Qualitäten mein Interesse fesselt.«

»Dann fühle ich mich geschmeichelt.« Vielleicht sollte ich noch mehr sagen, aber ich bin mit der Etikette, die derartige Begegnungen erfordern, nicht vertraut. Rasch kleide ich mich zu Ende an und greife nach der Tasche mit dem Manuskript. An der Tür ruft sie mich zurück.

»Ich glaube, du hast etwas vergessen.«

Ich blicke an mir hinunter; ich bin ziemlich sicher, dass ich alle meine Kleider trage, wenn sie auch etwas in Unordnung geraten sind. Wichtiger noch, ich habe das Buch. Sie kniet auf dem Bett und hält die Decke locker um sich geschlungen, sodass sie kaum ihre kleinen, festen Brüste bedeckt. Dann hebt sie erwartungsvoll das Kinn, und ich ärgere mich einmal mehr über meinen Mangel an Galanterie. Ich durchquere den Raum, ziehe Nell in einer dramatischen Geste zu mir hoch und presse meine Lippen auf die ihren. Sie versucht mich ins Bett zurückzuziehen, aber ich mache mich los und werfe ihr von der Tür aus noch eine Kusshand zu.

Als sich die Tür hinter mir schließt, bleibe ich in dem dämmrigen Gang stehen, um Atem zu schöpfen. Ich fühle mich unerwartet beschwingt, obwohl es auch eine Erleichterung darstellt, in meinen eigenen Raum zurückkehren zu können. Ich lächele immer noch in mich hinein, als ich um die Ecke bei der Treppe biege und William Savile direkt in die Arme laufe.

»Doktor Bruno!«, ruft er, als würde er sich über nichts mehr freuen als über das Zusammentreffen mit mir. Ich muss ihn dafür bewundern, dass es ihm gelingt, völlig ungerührt zu wirken. »Aber Eure Kammer ist nicht auf diesem Stockwerk, oder?«

»Eure auch nicht«, gebe ich zurück. Sein Lächeln verblasst. Er beobachtet mich einen Moment, dann lacht er herzhaft und schlägt mir auf die Schulter.

»Ich glaube fast, Ihr habt recht. Wo sind wir hier – zweiter

Stock? Bei Gott, ein paar Gläser Rheinwein zu viel, und ich finde nicht mehr in meine Kammer zurück. Was bin ich nur für ein Narr! Ihr auch, nicht wahr?« Das Lächeln bleibt, aber seine Augen werden schmal.

»Ich auch.« Ich schiebe mich an ihm vorbei und sehe, wie sein Blick zu der Tasche wandert. »Ich wünsche Euch eine gute Nacht, Sir.«

»Ich Euch auch.« Er zögert, dann zieht er sich – sehr langsam – zurück.

»Du riechst nach Möse«, sagt Sidney, als ich unsere Kammer betrete. Er liegt vollständig angekleidet auf dem Bett und hat die Hände hinter dem Kopf gefaltet.

»Ich staune, dass du durch all den Weindunst um dich herum überhaupt noch etwas riechen kannst.« Ich schließe die Tür und setze mich mit der Tasche auf dem Schoß auf ein Kissen beim Kamin.

»Dann hat ja wenigstens einer von uns heute Nacht Grund zur Zufriedenheit«, grollt er. »Ich habe fünf Schillinge an diesen aufgeblasenen Dummkopf Savile verloren.«

»Dann kann er ja so dumm nicht sein. Der Mann versteht es, andere zu täuschen, das muss ich ihm lassen. Und jetzt hör zu.«

Sidney sitzt mit untergeschlagenen Beinen auf dem Bett und lauscht, während ich ihm berichte, was ich heute alles über Savile und Mistress Dunne erfahren habe. Sidneys Augen werden groß, und er pfeift leise, als ich zu der Durchsuchung von Saviles Raum, dem fehlenden Knopf und den Muskatbröseln komme.

»Das wirft allerdings ein ganz anderes Licht auf die Sache.« Er steht auf und streckt die Arme aus.

»Wir haben die ganze Zeit in die falsche Richtung gedacht«,

sage ich. »Wir sind davon ausgegangen, dass Dunnes Tod mit seiner Verbindung zu John Doughty und Rowland Jenkes zusammenhängt, und wir haben die Möglichkeit, dass er aus einem ganz anderen Grund getötet wurde, gar nicht in Betracht gezogen.«

»Haben wir nicht gesagt, seine Frau hätte durch den Mord an ihm am meisten zu gewinnen, aber nicht die Mittel zur Ausführung gehabt? Aber wenn sie und Savile darin verstrickt sind, könnten sie es gemeinsam geplant haben.« Sein Gesicht leuchtet vor Erregung.

»Warte, bis du das Interessanteste überhaupt hörst. Lady Arden ist überzeugt, dass Mistress Dunne ein Kind erwartet.«

Er runzelt die Stirn. »Ist das so ungewöhnlich?«

»Allerdings, nämlich dann, wenn sie ihren Mann seit Monaten nicht mehr gesehen hat.«

»Na so was. Aber was meinte sie, als sie sagte, Savile habe alles verdorben? Was verdorben, möchte ich wissen.«

»Wahrscheinlich war es kein Teil des Plans, den Mord wie Selbstmord aussehen zu lassen – das bringt ihr nichts, wie wir sehen. Aber vielleicht mussten sie das Ganze vorantreiben, als sie merkte, dass sie schwanger ist.« Ich gehe zum Fenster, öffne einen Flügel und halte das Gesicht in die kühle Abendluft. »Weder das Mädchen Eve noch Dunnes Wirtin schienen zu glauben, dass er Plymouth seit seiner Ankunft jemals verlassen hat. Aber Mistress Dunne hat Wert darauf gelegt, mir gegenüber zu erwähnen, dass er sie vor ungefähr drei Monaten besucht hat. Vermutlich wollte sie für den Fall, dass ihr Zustand bekannt wird, jeden Verdacht zerstreuen. Allerdings frage ich mich, ob Eves Kind wirklich von Dunne ist. Wenn Mistress Dunne schwanger werden kann, beruht ihre bisherige Kinderlosigkeit wohl nicht auf ihrem Unvermögen.« Ich drehe mich um und sehe Sidney an. »Vielleicht sah Mistress Dunnes und

Saviles ursprünglicher Plan vor, dass Savile Dunne im Verlauf der Reise unauffällig tötet. Dann wäre Martha Dunne in den Genuss ihres Erbes gekommen, eine wohlhabende Witwe ohne einen rückgratlosen Gatten, der alles verspielt. Und Savile hätte zurückkommen und ihr einen Heiratsantrag machen können.«

»Aber die Schwangerschaft muss diesen Plan vereitelt haben, deshalb mussten sie Dunne früher loswerden, denn er wäre sich sicher gewesen, nicht der Vater sein zu können – ob er nun zeugungsunfähig war oder nicht, in jedem Fall war er schon lange nicht mehr bei seiner Frau.« Sidney schlägt sich mit der Faust in die Handfläche. »Bei Gott, ich glaube, wir haben die Lösung! Und Dunne hatte Verdacht geschöpft, deswegen muss er sich in dieser Nacht mit Savile geprügelt haben.« Er springt auf. »Worauf warten wir noch? Wir sollten Drake augenblicklich Bericht erstatten, und er kann mit seinen Bewaffneten direkt zu Saviles Kammer gehen und ihn zur Rede stellen.«

»Ich glaube nicht, dass Savile in seiner Kammer ist. Ich habe ihn dabei ertappt, wie er im zweiten Stock herumschlich – auf dem Weg zu ihr, denke ich. Er tat so, als hätte er sich verlaufen. Genau wie ich.«

Sidney grinst. »Bin ich der Einzige, der nicht mit einer Beule in der Hose durch die Korridore dieses Gasthofs streift? Umso besser, wenn er bei ihr ist: Wir überraschen sie in flagranti. Dann können sie schlecht alles ableugnen. Wir sollten uns gleich auf die Suche nach Drake machen, bevor der galante Sir William sich wieder in seine eigene Kammer zurückzieht.« Sidney steuert auf die Tür zu.

Ich versperre ihm mit erhobener Hand den Weg.

»Drake wird jetzt mit seiner Frau im Bett liegen. Stör du sie nur, wenn du willst, denn ich werde nichts dergleichen tun.

Savile geht heute Nacht nirgendwohin, und ich muss diese Übersetzung fertigmachen. Ich werde gleich morgen früh mit Drake sprechen.«

Sidneys Miene verdüstert sich. »Arme Elizabeth. Ich darf gar nicht daran denken, wie eine frische junge Frau wie sie von so alten, knorrigen Händen betatscht wird.«

»Dann denk auch nicht daran. Und wenn du mich jetzt entschuldigst, ich habe zu arbeiten.«

Ich nehme das Buch aus der Tasche und wickele es so behutsam aus dem Öltuch, in dem es aufbewahrt wird, als hielte ich ein neugeborenes Kind in den Händen. Dann stelle ich mir auf dem Schreibtisch in der Ecke mein Tintenfass, eine Schreibfeder, ein kleines Messer, einen Topf Sand zum Ablöschen und ein paar Kerzen zurecht.

Die koptische Schrift ist verblasst und teilweise kaum zu entziffern, dennoch hämmert mein Herz rascher gegen meine Rippen, als ich zum Anfang des Textes zurückkehre und mit schmerzhafter Langsamkeit die Bedeutung der Worte noch einmal entschlüssele. Während ich jeden Satz aus dem Dunkel seiner antiken biblischen Sprache befreie, in die Klarheit des Lateinischen übertrage und beobachte, wie die Absätze Formen annehmen, frage ich mich, ob ich die wahren Worte des größten Verräters der Geschichte übersetze. Ich bin so in meine Tätigkeit versunken, dass ich nur verschwommen wahrnehme, wie Sidney im Hintergrund rumort: sich entkleidet, sein Nachthemd überstreift, durch den Raum schlendert, das Fenster schließt und über meine Schulter späht.

»Glaubst du, er hat den Spanier ebenfalls getötet?«, reißt er mich aus meinen Gedanken.

Ich drehe mich gereizt um. »Was?«

»Savile. Vielleicht hat der Spanier ihn durchschaut, und Savile musste ihn zum Schweigen bringen. Und dann könnte er das falsche Geständnis geschrieben haben, um ihn zu belasten. Allerdings«, fährt er fort, als würde er eine Diskussion mit sich selbst führen, »ergibt sich da ein Problem. Wenn Jonas genug gewusst hat, um Savile zu beschuldigen, warum hat er sich dann nicht sofort an Drake gewandt?«

»Philip.« Ich richte meine Aufmerksamkeit wieder auf das Manuskript. »Ich stelle morgen früh mit dir Theorien auf. Jetzt geh schlafen, oder ich werde hier nie fertig.«

Er wirkt pikiert. »Bruno, der Mörder ist zum Greifen nah. Wenn wir ihn überführen und Drake ausliefern, kann die Flotte ablegen, und uns sind Plätze an Bord sicher. Wenn wir zu lange zögern, könnten wir unsere Chance verpassen.«

Ich gebe ihm keine Antwort. Meine Gedanken sind bereits zu Drakes möglichen Reaktionen vorausgeeilt. Einen Mann von Saviles Rang aufgrund so kärglicher Beweise verhaften und wegen Mordes anklagen zu lassen, wäre keine Kleinigkeit. Wie sollte man jetzt beweisen, dass Mistress Dunnes Kind nicht von ihrem Mann stammt, wo besagter Mann nicht hier ist, um es abzustreiten, wenn nicht dadurch, seine Geburt abzuwarten, um zu sehen, wem es ähnlich sieht? Savile würde Anwälte aus London hinzuziehen, einflussreiche Freunde würden intervenieren, und die Anklage würde innerhalb kürzester Zeit fallen gelassen werden. Ich kenne Drake zwar nicht gut, denke aber, dass er sich nicht in einen Gerichtsprozess verwickeln lassen will, der Monate dauern könnte. Würde er da nicht eher mit Savile an Bord die Segel setzen und das Gesetz in die eigene Hand nehmen, sowie sie die englische Küste weit hinter sich gelassen haben? Ich tauche meine Feder in das Tintenfass und widme mich wieder der Seite vor mir. Was Drake morgen mit der Information anfängt, ist seine Sache, mahne ich mich, obschon der Gedanke mir nicht behagt.

Als Sidney endlich begreift, dass ich ihm heute Abend keine

Aufmerksamkeit mehr schenken werde, legt er sich hin und zieht die Decke bis zum Kinn hoch. Kurz darauf höre ich ihn leise schnarchen. Ich zünde eine weitere Kerze an und zwinge mich, mich wieder auf meine Arbeit zu konzentrieren.

Die Morgendämmerung erhellt bereits den Horizont und taucht die Dächer hinter dem Fenster in einen schwachen goldenen Schein, als ich meine Schreibfeder beiseitelege und die Handballen gegen die Lider presse. Judas Iskariot – wenn er denn wirklich der Verfasser ist – beschließt sein Evangelium mit einem Augenzeugenbericht darüber, wie die Freunde und Jünger Christi seinen Leichnam im Schutz der Nacht aus seiner Grabstätte geholt und heimlich in einem nicht gekennzeichneten Grab bestattet haben, weil sie fürchteten, seine letzte Ruhestätte könnte von seinen Feinden entweiht werden. Dieser Grabraub führte zu dem Mythos, dass Christus den Tod besiegt und sein Grab verlassen habe, einem Mythos, den seine Anhänger nur allzu bereitwillig mit Behauptungen, den Toten getroffen, gesehen und mit ihm gesprochen zu haben, noch untermauerten. Einem Mythos, der sich, durch Hunderttausende unterstützt, über die Jahrhunderte gehalten hat. Ich stütze die Ellbogen auf den Tisch, fahre mir mit den Händen durch das Haar und blinzele das, was ich gerade geschrieben habe, mit brennenden Augen an. Siebenundsechzig Seiten, die die christliche Kirche zerstören könnten. Dieses Buch widerlegt die Doktrin der Erlösung. Sechzehnhundert Jahre Theologie: Es ist, als wäre jedes Buch, das seit den Evangelien geschrieben wurde, mit einem Streich ausgelöscht worden. Ich schließe die Augen, kann es fast bildlich vor mir sehen: All die mit Tinte verfassten Zeilen auf allen Seiten aller Bücher verschwinden, lösen sich auf, fließen in die Federn zurück, die sie zu Papier gebracht haben, zurück in die Tintenfässer, bis die

Seiten wieder jungfräulich weiß und bereit für eine neue Theologie sind. Ich lege die Fingerspitzen ehrfürchtig auf die Seiten des Judasmanuskripts. Aber das muss eine Fälschung sein, sagt die Stimme der Vernunft in meinem Kopf; es kann nicht anders sein. Aber warum hielt die Bibliothek des Vatikans es dann unter Verschluss? Warum hat der junge Jesuit es gestohlen und versucht, damit auf die andere Seite der Welt zu fliehen, wenn er es nicht für potenziell hochgefährlich hielt? Und es wäre nur dann so gefährlich, wenn es echt wäre.

Ich streue feinen Sand über die Seiten, um die Tinte zu trocknen, und wickele das Originalbuch behutsam in seine schützenden Hüllen. Sidney liegt halb in die Decken gewickelt auf dem Bett. Er hat eine Hand locker um den Mund geschlossen, und sein Gesicht ist im Schlaf gerötet wie das eines Kindes. Ich betrachte ihn einen Moment mit fast väterlicher Zuneigung, obwohl er nur sieben Jahre jünger ist als ich. Die Königin hatte recht, ihn nicht in den Krieg ziehen zu lassen, so sauer ihm das auch aufstößt. Er ist nicht für den Kampf bestimmt, er ist ein Dichter und Gelehrter, den es zu Büchern hinzieht, nicht zu dem Blut und dem Staub eines Schlachtfeldes. Aber ich habe Angst um ihn; diese felsenfeste Entschlossenheit, sich im Kampf zu beweisen, wird ihm Schaden zufügen.

Ich schiebe meine Seiten zusammen und beschwere den Stapel auf dem Tisch, um die Ränder zu glätten. Ich muss diese Kopie um jeden Preis beschützen. Wenn es Rowland Jenkes irgendwie geschafft hat, meine ersten übersetzten Seiten zu stehlen, kann das seine Gier nach dem Rest nur geschürt haben. Meine Lider fallen zu, und ich scheine sein Gesicht direkt vor mir zu sehen: seine seltsamen aquamarinblauen Augen, sein überhebliches, wissendes Lächeln. Das Bild ragt vor mir auf, wächst und schrumpft flackernd wie eine Kerzenflamme, und ich meine, ihn lachen zu hören. Ein Knoten eisiger Furcht zieht sich langsam unter meinen Rippen zusammen, und ich erinnere mich daran, wie er in Oxford versprochen hat, zurückzukommen und mich zu töten.

19

Ich erwache mit einem Ruck und schreie auf, als ich die Augen aufschlage und Sidneys Gesicht ganz dicht vor mir sehe.

Er rüttelt meine Schulter.

»Beruhige dich«, sagt er, als er sich aufrichtet. »Kapitän Drake ist hier.«

Ich zwinkere und hebe den Kopf langsam von meinen Armen. Der Raum ist von hellem Licht erfüllt, und mein Hals fühlt sich steif an. Ich bin am Tisch eingeschlafen, mit schützend über meine Seiten gebreiteten Händen. Ich drehe mich um, reibe mir Nacken und Schultern und sehe Drake auf der Schwelle stehen. Er schließt die Tür hinter sich und setzt sich auf das Fußende des Bettes. Sidney ist bereits angekleidet, wie ich sehe. Ich habe keine Ahnung, wie spät es ist.

»Seid Ihr fertig?«, fragt Drake. »Ich möchte das Buch wegschließen, bevor wir zu der Untersuchung gehen. Thomas würde es mir nie verzeihen, wenn er wüsste, dass ich es aus der Hand gegeben habe.«

Ich reiche ihm die Tasche mit dem Manuskript. »Die Übersetzung ist vollständig.«

»Irgendetwas Interessantes?«

Ich zögere. Wo soll ich anfangen? Wäre ich in der Magellanstraße in einen Sturm geraten, würde ich niemanden lieber am

Ruder sehen als ihn; aber Drake ist nicht der Mann, den ich ein verloren geglaubtes gnostisches Evangelium analysieren lassen würde, schon gar nicht ein so explosives wie dieses. »Interessant, ja. Vielleicht können wir darüber sprechen, wenn Ihr nicht mehr so sehr mit Dunne beschäftigt seid.«

»Wenn dieser Tag je kommt«, erwidert Drake. Seine Stimme verrät abgrundtiefe Erschöpfung. »Ich bin seit jeher mit wenig Schlaf ausgekommen, ich war berühmt dafür. Aber die letzten paar Tage …« Er schüttelt den Kopf. »Langsam habe ich das Gefühl, dass sich der Schlaf nie wieder einstellen wird. Sir Philip sagt, Ihr habt mir etwas zu erzählen, das die Angelegenheit Dunne betrifft?«

Ich berichte Drake, was sich Savile und Mistress Dunne betreffend am Vortag alles ereignet hat, einschließlich des Ärmels mit dem fehlenden Knopf, der Muskatnussspuren und meiner Schlussfolgerung, dass man Dunne in der Nacht seines Todes dieses Gewürz in den Wein getan haben musste. Ich ende mit Lady Ardens Bemerkung über Martha Dunnes Schwangerschaft. Drake unterbricht mich nicht, aber die Furche zwischen seinen Brauen wird tiefer, während ich spreche.

»Savile?«, sagt er endlich. Er sieht aus, als hätte man ihn geohrfeigt. »Aber er hat einen großen Teil seines eigenen Geldes in dieses Unternehmen gesteckt. Und ich habe von Männern, denen ich vertraue, nur Gutes über ihn gehört. Er hat als junger Mann in Irland gekämpft, glaube ich.« Er legt eine Hand über Mund und Kinn. »Es kann stimmen, dass er mit Martha Dunne angebändelt hat, sie dürften sich bei Hof kennengelernt haben. Es mag sogar stimmen, dass sie sein Kind trägt. Aber Eure Theorie hat einen Haken: Wenn Savile Dunne getötet hat, damit Martha frei ist, um ihn zu heiraten, warum will sie dann unbedingt beweisen, dass es Mord und kein Selbstmord war? Ihr muss doch klar sein, dass intensivere

Nachforschungen ein schlechtes Licht auf sie werfen könnten.« Er schiebt die Lippe vor und schüttelt erneut den Kopf. »Das ergibt keinen Sinn.«

»Das dachte ich auch«, stimme ich zu. »Aber ich kann daraus nur folgern, dass sie versucht, von sich und Savile abzulenken.«

»Aber warum sollte er dann überhaupt erst einen Selbstmord vortäuschen?«, fragt Drake. »Wenn er sich die Mühe gemacht hat, ihn mit Muskat zu betäuben, warum hat er ihm nicht gleich etwas Tödliches verabreicht?«

»Vielleicht meinte er, es würde zu offensichtlich wirken, wenn Dunne an Bord des Schiffes durch Gift stirbt. Er wollte vielleicht nur dafür sorgen, dass Dunne nicht ganz bei sich ist, und den Rest später erledigen. Der Plan muss irgendwie schiefgegangen sein.« Mein Blick wandert zum Fenster. Mir ist klar, dass ich Drake nicht überzeugt habe. »Savile sagte, der Priester sei bei ihm gewesen. Entweder meinte er, er war in Dunnes Kabine, oder er bezog sich auf den Rückweg zum Hafen in jener Nacht, als Padre Pettifer Dunne betrunken in den Straßen aufgelesen und zum Schiff zurückgebracht hat. Vielleicht hatte Savile vor, ihn in der Stadt anzugreifen, sah sich dann aber gezwungen, den Mord auf eine andere Weise auszuführen, und versuchte ihn als letzten Ausweg als Selbstmord zu tarnen«, schließe ich mit einem entschuldigenden Achselzucken. »Ich habe leider auch nicht alle Antworten.«

»Da liegt das Problem«, erwidert Drake mit noch immer gerunzelter Stirn. »Nichts ist klar und eindeutig genug für mich, um mich vorzuwagen und einen Mann wie Sir William des Mordes zu bezichtigen.«

»Es ist klar, dass er an diesem Abend mit Dunne in dessen Kabine getrunken hat«, springt Sidney mir rasch bei. »Wir haben seinen Perlenknopf als Beweis.«

»Das ist aber kein Beweis dafür, dass er Dunne ermordet hat«, widerspricht Drake. »Das Verabreichen des Muskats könnte er leicht abstreiten. Hört zu.« Er seufzt. »Ich muss einen Mann nicht mögen oder bewundern, um ihn als Investor zu schätzen. Ich müsste Blut an seinen Händen sehen, bevor ich eine solche Anklage riskiere. In dieser Phase des Unternehmens könnte ich weder ihn noch sein Geld ersetzen.«

»Ihr könnt ihn fragen, wo Jonas ist«, sage ich. Drakes Gesichtsausdruck verändert sich, und ich weiß, dass ich einen Nerv getroffen habe. »Meine Vermutung geht dahin, dass Jonas einen Verdacht hatte, wer der Mörder ist – sagen wir einmal, es ist Savile. Vielleicht hat der Spanier ihn zur Rede gestellt. Also musste er zum Schweigen gebracht werden, und der Mörder beschloss, die ganze Sache mit dem falschen Geständnis säuberlich abzurunden, da er wusste, dass der Selbstmord bereits angezweifelt wurde und er eine gerichtliche Untersuchung fürchtet. Wer auch immer Dunne getötet hat, er weiß, was mit Jonas passiert ist, da bin ich mir ganz sicher. Es besteht sogar eine Chance, dass er noch am Leben ist. Und Savile spricht Spanisch«, füge ich hinzu.

Drake saugt die Wangen ein und sieht mich lange an. »Also schön. Ich werde nach der Untersuchung mit Savile sprechen. Er muss dort als Zeuge aussagen. Aber wenn wir dies weiterverfolgen wollen, müsst Ihr mir bessere Beweise bringen. Redet noch einmal mit Dunnes Witwe, schaut, ob Eure honigsüße italienische Zunge sie dazu bringt, etwas zu verraten. Ich weiß, dass Ihr über die Gabe verfügt, die Ladys zu bezaubern.« Er lächelt fast, und in seinen Augen funkelt es.

Ich spüre, wie mir das Blut ins Gesicht steigt, bemühe mich aber, eine unbeteiligte Miene zu wahren.

»Wie es aussieht, ist Mistress Dunne bereits erfolgreich betört worden«, bemerkt Sidney.

Drake nimmt die Tasche mit dem Manuskript und geht zur Tür. »Die Untersuchung beginnt um neun. Ich werde frühstücken und die Männer zusammenrufen, die ich brauche. Es könnte sich als nützlich erweisen, wenn Ihr beide dabei wärt, um die von den Zeugen vorgebrachten verschiedenen Versionen der Ereignisse zu hören. Vielleicht wäre es klug, zumindest jetzt noch für alles offen zu sein.«

»Er will Savile nicht mit den Verdachtsmomenten konfrontieren.« Ich warte, bis sich die Tür hinter Drake geschlossen hat, bevor ich das auf der Hand Liegende in Worte fasse.

»Verständlich«, meint Sidney. »Mord ist eine schwerwiegende Anklage. Drake will nicht riskieren, dass Savile so beleidigt ist, dass er sein Geld aus der Expedition herauszieht.«

»Ich könnte es auch verstehen, wenn Jonas nicht verschwunden wäre.« Ich stehe von dem Schreibtisch auf und strecke mich, um meinen Rücken zu entlasten. »Drake behauptet, den Spanier ins Herz geschlossen zu haben. Man sollte doch meinen, er würde die Gelegenheit nutzen, jemanden zu befragen, der vielleicht für sein Schicksal verantwortlich ist.«

»Vielleicht hat er vor, das gefälschte Geständnis doch noch dem Untersuchungsausschuss zu präsentieren«, sagt Sidney. »Es würde ihm das Leben leichter machen. Und wenn wir dann westlich der Azoren sind, schlägt er William Savile einfach den Kopf ab«, fügt er fröhlich hinzu. »Ich gehe nach unten etwas essen. Du solltest dich ein bisschen frischmachen, Bruno.«

Ich wechsele das Hemd, wasche mir das Gesicht und versuche, etwas Ordnung in meine Haare zu bringen. Bevor ich den Raum verlasse, verstecke ich meine neue Übersetzung des Judasevangeliums unter der Matratze und achte darauf, dass die Kammer abgeschlossen ist.

Unten hole ich mir im Schankraum ein Stück Brot und gehe

in den Hof hinaus, weil ich frische Luft brauche. Der Morgen ist kühl, der Himmel kahl und grau, nur am Horizont ballen sich ein paar Wolkenreihen zusammen. Die Möwen klingen noch bekümmerter als sonst. Ich fröstele; der Sommer scheint England aufgegeben zu haben oder umgekehrt. Die Dienstmagd Hetty kommt mit zwei vollen Wassereimern um die Ecke und wirft mir einen wissenden Blick zu. Ich versuche, nicht zu viel hineinzulesen; sie trägt immer diese wissende Miene zur Schau, freilich kann ich nicht umhin, mich zu fragen, ob sie es war, die im Schatten herumgehuscht ist, als ich gestern Abend in Lady Ardens Kammer gegangen bin. Bei der Erinnerung an Lady Arden durchzuckt mich ein leises Schuldgefühl; ich habe kaum einen Gedanken an sie verschwendet, seitdem ich sie verlassen habe. Ich stelle sie mir schlafend vor, leicht durch die geöffneten Lippen atmend, mit dunklem Haar, das über das weiße Kissen fließt. Das Bild entlockt mir ein Lächeln, als ich hastig wieder hineingehe, bevor Hetty mich mit irgendwelchen anzüglichen Bemerkungen traktieren kann.

In der Eingangshalle steht Sidney und unterhält sich mit Pettifer. Der Kaplan trägt seine schwarze Robe und zupft ständig an dem Band, das die beiden Enden des Kragens zusammenhält, als würde es ihn beim Atmen behindern. Sidney erblickt mich und winkt mich zu sich herüber.

»Drake ist mit seinem Bruder schon vorgegangen, er hat uns gebeten, ihm zu folgen.«

»Zeit, mich zu verabschieden, Gentlemen.« Pettifer faltet die Hände. »Ich muss pünktlich im Rathaus sein.«

»Ihr seid auch ein Hauptzeuge, nicht wahr?«, frage ich.

Er runzelt die Stirn. »Vermutlich schon. Ich war ja einer der Letzten, die ihn gesehen haben.«

»Aber Ihr wollt dem Coroner nicht erzählen, weswegen Dunne in dieser letzten Nacht beten wollte?«

»Ihr wisst, dass ich das nicht kann.« Er richtet sich auf, seine Wangen glühen. »Das heißt, ich werde erwähnen, dass ihn etwas zu quälen schien, aber nicht so sehr, dass man die Folgen hätte vorhersehen können.« Er schlägt die Augen nieder. »Es wird eine traurige Angelegenheit für uns alle werden, fürchte ich. Für diejenigen, die ihn kannten.«

»Vor allem für seine Frau«, wirft Sidney ein.

»Wenn das alles vorüber ist, wird sie ihn wenigstens begraben können«, bemerke ich.

»Ja, aber wo?«, erwidert Pettifer unheilvoll.

Sidney stößt mich an. Savile kommt so munter und herzlich wie immer die Treppe herunter. Er trägt seine übliche kostbare Kleidung: ein Wams aus graugrüner Seide mit passenden Kniehosen und weiche Lederschuhe, die sich besser für einen Tanz auf edlen türkischen Teppichen als für die gepflasterten Straßen von Plymouth mit ihren offenen Rinnsteinen eignen.

»Ich wünsche Euch einen guten Morgen, Gentlemen.« Er reibt sich die Hände, als freue er sich auf gute Unterhaltung. Dann wendet er sich mit einem spitzbübischen Lächeln an mich. »Habt Ihr Eure Kammer am Ende noch gefunden, Doktor Bruno?«

»Ja, danke. Und Ihr?«

»Ich auch. Aber das eine sage ich Euch, ich fürchte in diesem Gasthof um meine Sicherheit. Ich bin ziemlich sicher, dass gestern jemand in meine Kammer eingebrochen ist, kann allerdings nicht sagen, wann. Jemand hat sich am Türschloss zu schaffen gemacht. Euch ist nichts Verdächtiges aufgefallen?«

»Das klingt nicht gut.« Sidneys Gesicht ist die Verkörperung von Besorgnis. »Wurde etwas gestohlen?«

»Soweit ich sehen konnte, nichts. Aber ich glaube, jemand hat meine Tasche durchsucht. Zum Glück für mich war nichts

Wertvolles darin.« Er schaut mich an, als er das sagt, und ich gebe den Blick zurück, ohne mit der Wimper zu zucken, bis er sich abwendet. »Ich denke, ich ziehe heute Abend auf das Schiff zurück, ich fühle mich dort sicherer, trotz des ganzen Geschwätzes der Seeleute, dass man Dunnes ruhelose Seele auf den Decks wehklagen hören kann. Mehr jammern, als er es zu Lebzeiten getan hat, kann sie auch nicht.«

Pettifer quittiert diesen Mangel an Respekt mit einem leisen Zungenschnalzen.

Ich wechsele einen Blick mit Sidney.

»Jedenfalls«, fährt Savile in einem lebhafteren Ton fort, »kann die Flotte segeln, wenn wir diese Sache aus der Welt geschafft haben.«

»Ich werde froh sein, wenn wir den Anker lichten«, bemerkt Pettifer mit einem ernsten Nicken. »Ich denke, wir möchten diese unglückliche Tragödie alle gern hinter uns lassen und hoffnungsvoll auf unsere Mission blicken.«

Wir pflichten ihm alle murmelnd bei, dabei spüre ich, dass Saviles Augen auf mir ruhen. Hegt er einen Verdacht? Auf jeden Fall ist er jetzt auf der Hut; es wird schwieriger sein, ihn zu überführen.

Sidney versetzt mir einen Rippenstoß, als wir aus der Vordertür des *Star* auf die Straße hinaustreten. Ich blicke auf und sehe den Jungen Sam an der Wand des gegenüberliegenden Hauses lehnen. Sein schmutzverschmiertes Gesicht leuchtet bei meinem Anblick auf. Er wischt sich mit der Hand die Nase ab, hüpft über die Straße, wobei er geschickt einem Haufen Pferdeäpfel ausweicht, und klammert sich an meinen Ärmel.

»Was machen wir heute, Sir?«

Ich lächele auf ihn hinunter und zerzause sein Haar, dabei kommt mir der Gedanke, dass er höchstwahrscheinlich Läuse hat. »Nun, was du vorhast, Sam, weiß ich nicht, aber ich gehe zu einer gerichtlichen Untersuchung im Rathaus. Das wird sehr langweilig werden, und ich fürchte, ich werde keinen Gehilfen benötigen.«

Sein Gesicht wird lang, aber nur für einen Augenblick. »Ich hab den Mann gesehen, von dem Ihr gesprochen habt. Den ohne Ohren.«

Ich bleibe wie angewurzelt stehen. »Wo? Wann?«

Er zeigt die Straße hinunter. »Heute früh. Am Ende der Hoe Lane. Er hat mit einem Mädchen geredet.«

»Mit was für einem Mädchen? Wie sah sie aus? Kanntest du sie?«

Er nickt nachdrücklich und deutet auf den *Star*. »Sie ist von da. Hat braune Haare und kleine Augen. Die Fette.«

Mein Magen krampft sich zusammen. Hetty. *Dio porco*. »Was haben sie gemacht? Hast du irgendetwas von dem gehört, was sie gesagt haben?« Ich packe ihn bei der Schulter.

»Er hat ihr Geld gegeben. Und einen Brief.«

»Und was dann? Hast du gesehen, wohin er gegangen ist?«

»Ich bin ihm bis zum Marktplatz gefolgt, aber dann kam mein Bruder angerannt, um mir von der Leiche zu erzählen, deshalb bin ich mit ihm gegangen, um sie mir anzusehen.« Er wird merklich lebhafter. »Mein Bruder sagt, ertrunkene Männer kommen nachts aus dem Meer und stehlen Kinder aus ihren Betten, aber er ist ein Lügner.«

»Was für eine Leiche? Philip, warte!« Sidney ist schon vorausgegangen, er dreht sich um und runzelt fragend die Stirn.

»Sie haben ihn heute Morgen im Sund gefunden.« Sam ist sichtlich stolz, der Überbringer so bedeutsamer Neuigkeiten zu sein. »Die Fischer haben ihn entdeckt. Ist auf die Felsen beim Hoe gespült worden. Mein Onkel half, ihn ins Boot zu ziehen, und sie ruderten ihn zum Kai. Sein Kopf war ganz zertrümmert.« Diese Einzelheit scheint ihn zu begeistern.

»Wo ist der Leichnam jetzt?« Ich kauere mich vor ihn hin, um ihm ins Gesicht sehen zu können.

»Sie haben ihn in einen Schuppen gelegt. Er war ganz aufgebläht und stank schlimmer wie'n toter Seehund«, erwidert Sam genüsslich.

»Hat der Coroner ihn schon untersucht?«

»Wer?«

»Schon gut. Sam, du musst mich dort hinbringen. Ich muss diesen Leichnam sehen.«

»Welchen Leichnam?« Sidney kommt ungeduldig auf mich zu. »Mach schon, Bruno, sonst kommen wir zu spät zu der Untersuchung.«

»Heute Morgen ist ein Leichnam ans Ufer geschwemmt worden. Ich will sehen, ob es … du weißt schon. Geh du zum Rathaus. Hör dir die Zeugenaussagen an und achte auf Widersprüche oder die Zeugen, die sich bezüglich ihrer Geschichte nicht ganz sicher zu sein scheinen. Oder auf die, die allzu sicher wirken.«

Ein Muskel an seinem Kiefer zuckt. »Ich bin nicht dein Sekretär, Bruno.«

»Ich dachte, du wolltest Drake helfen?«

Er verdreht die Augen. »Ich halte dir einen Platz frei. Komm nach, so schnell du kannst.«

Ich nicke und gestatte Sam, mich bei der Hand zu nehmen und zum Hafen zu führen.

Eine Reihe hölzerner Hütten zieht sich am nordöstlichen Kai den Sutton Pool entlang. Bei vielen hängen die Türen kaum noch in den Angeln. Aus einer offen stehenden Tür wurden Fischernetze, alte, rissig gewordene Eichenfässer, eiserne Eimer, aufgerollte Seile und rostige Ketten auf den Kai hinausgebracht. Davor sehe ich Sams Onkel Amos mit einer Gruppe anderer Männer zusammenstehen. Sie tuscheln mit gedämpften Stimmen miteinander. Einer hat ein Schwert umgeschnallt und spricht lauter als die anderen.

Amos begrüßt mich mit einem kurzen Nicken.

»Ist der Leichnam dort drinnen?«, erkundige ich mich, obwohl sich die Frage erübrigt; man kann ihn schon auf der anderen Seite des Pool riechen, wenn man im Wind steht.

»Was geht Euch das an?« Der laute Mann fährt zu mir herum und mustert mich. »Wer seid Ihr?«

Ich halte ihn für einen Bezirksconstable; solche Leute sind mir schon früher begegnet. »Mein Name ist Giordano Bruno aus Nola.«

»Ich hoffe, Ihr erwartet nicht, dass ich das wiederhole«, erwidert er, dabei blickt er sich zu den Fischern um, die mit grölendem Gelächter antworten. »Was habt Ihr mit dieser Angelegenheit zu schaffen? Woher wisst Ihr überhaupt davon?«

»Der Junge hat es mir erzählt.« Ich deute auf Sam. »Ich gehöre zu Kapitän Drakes Leuten. Ein Mann ist vorletzte Nacht von seinem Flaggschiff verschwunden. Ich bin hierhergeschickt worden, um diese Leiche zu untersuchen.«

Ein Anflug von Misstrauen huscht über das Gesicht des Mannes, aber er tritt einen Schritt zurück, und als er wieder das Wort ergreift, ist sein Ton merklich weniger aggressiv.

»Ihr könnt ihn Euch ansehen, wenn Ihr wollt, aber ich bezweifle, dass er zu Drakes Besatzung gehört. Er sieht ausländisch aus. So wie Ihr.«

»Spanisch?«

»Woher soll ich das wissen? Viel gesagt hat er nicht.« Die Fischer kichern erneut hämisch. Ich bedenke den Constable mit einem sardonischen Lächeln.

»Das ist mein Schuppen«, sagt Amos, als ich auf der Schwelle stehen bleibe. »Wenn das einer Eurer Männer ist, könnt Ihr dann Kapitän Drake bitten, ihn abholen zu lassen? Ich musste meine ganze Ausrüstung nach draußen schaffen, und es sieht nach Regen aus. Und dann dieser Gestank!«

»Das werde ich tun. Wenn ihr ein Stück zurücktreten könntet, viel Licht ist hier nicht.«

Amos gehorcht und scheucht seine Kameraden weg. Ich zwänge mich in die enge Hütte und blicke schon wieder auf einen aufgeblähten Leichnam hinab. Der Mann ist auf einem Stück Segeltuch aufgebahrt worden, das vermutlich dazu benutzt wurde, ihn an Land zu bringen. Wirres schwarzes Haar fällt ihm über das Gesicht. Ich schiebe es behutsam zurück und enthülle die angeschwollenen Züge von Jonas Solon. Seine Augen starren groß und glasig zu mir hoch. Die Zunge ragt leicht aus dem Mund. Gesicht und Kopf weisen zahlreiche Verletzungen auf, und die Kleider sind stellenweise zerrissen. Es lässt sich unmöglich feststellen, ob das von dem Umstand herrührt, dass die Flut ihn gegen die Felsen geschmettert hat, oder ob er angegriffen wurde, bevor er im Wasser landete.

Ich kauere mich vor den Toten und betrachte ihn. Wenn ein Mann bei vollem Bewusstsein ertrunken ist, sind die Hände oft in der Nähe des Mundes zu Fäusten geballt, als hätte er versucht, das Eindringen des Wassers zu verhindern. Jonas' Gliedmaßen sind nicht verkrampft, was darauf hindeutet, dass er nicht gegen das Ertrinken angekämpft hat. Weil er berauscht oder bewusstlos war? Vielleicht hat Savile ihm Muskatnuss verabreicht. Aber Jonas war ein erfahrener Kräuterkundiger; er wäre zu vorsichtig gewesen, um darauf hereinzufallen.

»Habt Ihr seinen Kopf gesehen?«, reißt mich Amos aus meinen Gedanken.

»Nein.« Ich blicke fragend zu ihm auf, und er bedeutet mir, den Leichnam umzudrehen. Mit einem tiefen Atemzug lege ich eine Hand auf das kalte Fleisch und rolle den Toten zu mir. An einer Seite seines Schädels klafft eine blutleere Wunde; er ist mit einem schweren Gegenstand geschlagen worden oder hart auf den Kopf gefallen. Ich überwinde meinen Ekel, teile das Haar in der Nähe der Wunde und stelle fest, dass die Prellung immer noch unter der Haut sichtbar ist. Ich presse die Fingerspitzen auf die Wunde; der Knochen ist unversehrt. Dieser Schlag hat ihn nicht getötet, konnte aber dafür gesorgt haben, dass er das Bewusstsein verliert und danach mit ziemlicher Sicherheit ertrinkt.

»Hast du ihn gefunden?«, frage ich Amos.

»Das war Christopher hier.« Er deutet mit dem Daumen auf die draußen wartende Gruppe von Männern. »Sah ihn im Wasser treiben. Rief mich zu Hilfe, und gemeinsam haben wir ihn ins Boot gezogen.«

»Unten am Hoe, sagte Sam?«

»Am Fuß der Klippen dort. Da gibt es einen Pfad, der zu einer Anlegestelle hinunterführt. Zieht sich ziemlich steil um die Westseite herum. Ich schätze, er ist von oben hinuntergestürzt und auf den Felsen gelandet, bevor er ins Wasser geriet, der arme Hund. Muss getrunken haben.«

Bei dem Sturz hat jemand nachgeholfen, denke ich, als ich aufstehe und zusammenzucke, weil meine Knie knacken. »Dieser Mann ist ein Freund von Kapitän Drake.« Ich hebe meine Stimme, damit die Männer draußen mich verstehen können, und lege so viel Autorität hinein, wie ich aufbringen kann. »Der Leichnam darf nicht angerührt werden, bis der Coroner jemanden schickt, der ihn abholt. Sein Tod muss untersucht werden. Jeder, der sich an dem Toten zu schaffen macht, kann als Komplize belangt werden.«

»Und das ist dann meine Arbeit, vielen Dank!« Der Mann mit dem Schwert tritt ganz nah an mich heran. »Ich bin ein

Constable dieser Gemeinde. Also könnt Ihr jetzt aufhören, Befehle zu erteilen, als würde Euch diese Gegend gehören.«

Ich deute mit der Spitze eines Zeigefingers auf die Mitte seiner Brust und trete auf ihn zu, was ihn so überrascht, dass er gegen seinen Willen zurückweicht. »Keine Befehle. Nur ein gut gemeinter Rat«, sage ich mit einem knappen Lächeln. Ich werfe noch einen Blick auf Jonas' auf dem Segeltuch ausgebreiteten geschundenen Körper und erweise ihm stumm die letzte Ehre.

Als ich am Kai entlang davongehe, spüre ich die Blicke der Männer und höre, was sie murmeln, wenn ich auch den genauen Wortlaut nicht verstehe. Verfluchte Ausländer, machen mehr Scherereien, als sie wert sind, ist der Tenor des Ganzen. Als ich in eine der kleinen gepflasterten Straßen einbiege, die zum Marktplatz führen, kommt Sam wie ein gehorsamer junger Hund hinterhergetrottet.

»Lass den Gentleman in Ruhe, Sam«, ruft Amos. »Er hat sicher noch zu tun.« Sam sieht geknickt aus, lässt sich aber von seinem Onkel wegführen.

Vor dem Rathaus haben sich viele Menschen versammelt; hauptsächlich, weil sie darauf hoffen, einen Blick auf Drake zu erhaschen, das entnehme ich jedenfalls den Gesprächsfetzen, die ich aufschnappe, als ich mich durch die Masse hindurchdränge und dadurch wütende Proteste auslöse. Bewaffnete Wächter in der Livree der Stadtbehörde von Plymouth flankieren die Tür und versperren sie mit ihren Hellebarden. Ich trage mein Anliegen vor. Es kostet mich einige Überredungskunst, aber schließlich treten sie zur Seite und lassen mich passieren. Ich gelange in einen großen Raum mit hoher Decke und einem sauberen, mit Steinplatten gefliesten Boden, auf dem zu beiden Seiten Bänke stehen. Am anderen Ende befindet sich ein großer Tisch auf einem Podest, an dem drei Männer in schwarzen Roben hocken wie drei Krähen, mit ihren Papieren rascheln und sich gegenseitig etwas zuraunen. Mistress Dunne sitzt mit einem gegen die Lippen gepressten Taschentuch zu ihrer Rechten; die Verkörperung würdevoller Trauer. Auf den Bänken erkenne ich eine Anzahl Seeleute von der *Elizabeth*, darunter Gilbert Crosse, Thomas Drake, Padre Pettifer und William Savile, der ruhig und gelassen nach vorne blickt. Er späht nicht ein einziges Mal zu Martha Dunne hinüber. Ich denke an den zerschundenen Körper, den ich eben am Kai gesehen habe, und kalte Wut zieht sich in meinem Magen zusammen, als ich beobachte, wie sich Savile zu Gilbert lehnt und eine abfällige Bemerkung über die Anwälte macht, die beide Männer zum Lachen reizt. Soll er jetzt noch lachen; dieses Lachen wird ihm bald vergehen. Sir Francis Drake sitzt, den Mund zu einer harten Linie zusammengepresst, gegenüber von Mistress Dunne. Sidney steht mit anderen Zuschauern weiter hinten und hebt kurz eine Hand zum Gruß, als er mich sieht.

Ich muss mich mit einer Hand am Türpfosten abstützen, weil mich die Szene so stark an meine letzte Erfahrung mit der englischen Justiz erinnert, in einem Gerichtssaal in Canterbury. Ich hatte gehofft, nicht so bald wieder einen Gerichtssaal betreten zu müssen.

»Nun denn, Kapitän Drake«, sagt der Anwalt in der Mitte, ein Mann mit ernstem Blick und drahtigen Augenbrauen, den ich für den Coroner halte. »Ihr sagt, Ihr habt keinen Anlass zu glauben, dass es sich bei Robert Dunnes Tod um etwas anderes handelt, als es den Anschein hat: einen klaren Fall von Selbstmord durch Erhängen.«

Drake neigt zustimmend den Kopf. Seine Miene bleibt undurchdringlich.

»Und doch«, fährt der Coroner fort, »haben wir die Aussage

von Master …«, er zieht seine Notizen zu Rate, »Master Gilbert Crosse gehört, der gesehen hat, wie der Spanier Jonas Solon in besagter Nacht mit irgendeinem Trank Dunnes Kabine betrat. Es ist bekannt, dass er ein erfahrener Kräuterkundiger ist. Besagter Jonas hat sich nun unerlaubt vom Schiff entfernt, was Mistress Dunnes Behauptung, ihr Mann wäre an Bord der *Elizabeth Bonaventure* von einem oder mehreren Unbekannten getötet worden, zu erhärten scheint.«

Hier entfährt Mistress Dunne ein unterdrücktes Schluchzen. Es ist perfekt gespielt.

»Wie dem auch sei …« Der Coroner blättert in seinen Papieren und lässt den Blick träge über die versammelte Menge schweifen. »Ich glaube nicht, dass wir von der bloßen Abwesenheit eines Mannes gleich auf seine Schuld schließen können. Gibt es irgendwelche weiteren Beweise, Sir Francis, irgendetwas, das mir weiterhelfen könnte? Irgendetwas, was Ihr mir über den Spanier noch sagen könnt?«

Drake erhebt sich, zieht sein Wams glatt und räuspert sich. Ich fixiere die Männer auf den Bänken: Wenn einer von ihnen Jonas' Geständnis gefälscht hat, erwartet er jetzt, dass Drake es dem Coroner vorlegt. Vor allem behalte ich Savile im Auge.

»Nichts mehr, Master Coroner«, sagt Drake. »Was auch immer der Grund für Jonas' Abwesenheit sein mag, ich bin sicher, dass er nicht mit Robert Dunnes Tod in Zusammenhang steht.«

Er nimmt wieder Platz. Mistress Dunnes Augen werden schmal. Saviles Blick wandert flüchtig zu ihr, bevor er ihn unverwandt auf seine vor ihm gefalteten Hände richtet. Gilbert blinzelt Drake an. Er wirkt irgendwie ernüchtert; vielleicht ist er enttäuscht, dass seiner Aussage offenbar wenig Bedeutung beigemessen wird. Pettifer scheint mehr daran interessiert zu sein, den Rest der Versammlung zu beobachten; sein Blick schweift durch den Raum und kreuzt sich mit meinem, woraufhin er rasch zur Seite schaut, als wäre er verlegen. Thomas Drake sitzt mit fest vor der Brust verschränkten Armen da und hat nur Augen für seinen Bruder. Ihn kann man ausschließen, denke ich, er wusste, dass Jonas Analphabet war. Keiner der anderen hat so reagiert, als würde er darauf hoffen, dass der Brief ins Spiel gebracht wird, aber derjenige müsste sich ja auch verstellen, um sich nicht zu verraten.

»Nun gut.« Der Coroner unterdrückt ein leises Seufzen. »Zu schade, dass wir diesen Jonas Solon nicht selbst hören können.«

»Das dürfte schwierig sein.« Ich trete vor und hebe die Stimme. Alle Augen richten sich auf mich. »Jonas Solon ist tot.«

20

Im Gerichtssaal erhebt sich ein Raunen. Ich sehe, wie Drake die Augen niederschlägt, als würde er alle seine Gefühle nach innen leiten. Die Neuigkeit kann für ihn nicht überraschend kommen, aber vielleicht hat er sich bis jetzt doch noch etwas Hoffnung bewahrt. Der Coroner legt seine Unterlagen weg und späht stirnrunzelnd über den Tischrand.

»Wer seid Ihr, Sir, dass Ihr meine Gerichtsverhandlung unterbrecht?«

»Doktor Giordano Bruno aus Nola«, gebe ich zurück.

»Dieser Mann reist mit Sir Philip Sidney«, fügt Drake hinzu, um meine Anwesenheit zu rechtfertigen.

Der Coroner mustert mich einen langen Moment, dann bedeutet er mir fortzufahren.

»Jonas Solon wurde heute Morgen aus dem Wasser gezogen«, sage ich laut genug, um im ganzen Raum gehört zu werden. »Wie es aussieht, ist er von den Klippen des Hoe gefallen und auf die Felsen gespült worden. Sein Leichnam liegt am Kai beim Sutton Pool und wartet darauf, dass Ihr Euch mit ihm befasst, Sir.«

Der Coroner nickt langsam, aber seine Miene deutet darauf hin, dass er eine Weile braucht, um diesen neuen Entwicklungen folgen zu können.

»Er muss sich aus Reue über seine Tat von der Klippe gestürzt haben«, wirft Mistress Dunne ein. Ihre Stimme übertönt die gemurmelten, eifrig ausgetauschten Mutmaßungen. Wenn sie und Savile nicht mehr damit rechnen, dass der Geständnisbrief präsentiert wird, versteht sie es, ihren Vorteil rasch zu nutzen.

»Es ist ebenso gut möglich, dass sein Tod ein schrecklicher Unfall war«, sagt Drake beherrscht.

Der Coroner holt tief Atem, nimmt seine Papiere in beide Hände und studiert sie schweigend, als würde er hoffen, die richtige Antwort dort irgendwo niedergeschrieben zu finden. Endlich blickt er auf, räuspert sich und wendet sich an die Menge im Saal.

»Wie es aussieht, ist diese Angelegenheit komplexer, als wir zunächst dachten. Ich schlage vor, wir vertagen die Untersuchung, bis die Umstände dieses neuen Todesfalls überprüft und berücksichtigt worden sind. Deshalb werde ich beide Parteien bitten …«

Bei diesen Worten springt Mistress Dunne auf, um zu protestieren. Ich warte nicht länger, sondern kämpfe mich durch die Menge zum Marktplatz zurück. Die Leute, die sich zur Tür drängen, um einen Blick auf den berühmtesten Bürger von Plymouth werfen zu können, schenken mir keinerlei Beachtung. Ich setze mich auf den Sockel des Marktkreuzes und berge, plötzlich von Mattigkeit und einem Gefühl der Niederlage überkommen, den Kopf in den Händen. Wie lässt sich irgendetwas von alldem beweisen? Wenn Savile Jonas in den Tod gestoßen hat, gibt es keine Beweise dafür, es sei denn, jemand hat ihn gesehen. Und wenn es nicht Savile war, wer dann? Und dann Mistress Dunne: Ihr Gesicht hat ihren Ärger über die Vertagung deutlich widergespiegelt. Für sie war die perfekte Lösung in Reichweite: ein Mörder, der sich anscheinend in einem

Anfall von Reue von einer Klippe gestürzt hat, noch dazu ein Ausländer, den jeder nur allzu bereitwillig für den Schuldigen halten würde. Das heißt, jeder außer Drake. Es hätte kein auf Selbstmord lautendes Urteil gegeben, keine sich lang hinziehende Untersuchung; sie wäre ihren Mann los gewesen, hätte seine Beschuldigungen bezüglich des Kindsvaters nicht fürchten müssen, und sie hätte das Vermögen ihres Vaters erben und nach einer angemessenen Zeitspanne mit dem Mann teilen können, den sie als nächsten Gatten gewählt hätte. Je mehr ich darüber nachdenke, desto sicherer erscheint es mir, dass Savile und Martha Dunne gemeinsam Dunnes Tod herbeigeführt haben. Die anderen verhalten sich zwar auch merkwürdig, was aber vielleicht der unter der Besatzung herrschenden Anspannung geschuldet ist. Aber ich weiß beim besten Willen nicht, wie ich beweisen soll, dass Savile Dunne getötet hat, außer mit einem erzwungenen Geständnis – und das überlasse ich Drakes Entscheidung. Ich schiebe den Kopf zwischen die Knie, schlage eine Faust in die Fläche meiner anderen Hand und fluche leise in meiner eigenen Sprache, bis ich merke, dass ein Schatten über mich fällt. Als ich aufblicke, hebt sich Sidney dunkel vom Himmel ab. Die Pfauenfeder tanzt auf seiner Kappe.

»Im Moment können wir nichts mehr tun. Komm mit mir zum *Star* zurück und iss etwas.«

Ich richte mich mühsam auf, und wir trotten, jeder in seine eigenen Gedanken versunken, quer über den Markt in Richtung des Gasthofes.

»Glaubst du denn nun, dass Savile Jonas getötet hat?«, fragt Sidney nach einer Weile.

»Er muss es gewesen sein. Wir wissen, dass er Spanisch spricht, er könnte den Brief geschrieben haben. Es käme ihm und Martha Dunne sehr zupass, wenn Jonas zum Sündenbock gemacht würde.«

»Drake wird Savile jetzt zur Rede stellen müssen«, versetzt Sidney. »Alles wird herauskommen. Das mit dem Kind und alles.«

Ich schüttele den Kopf. »Ich weiß nicht. Es gibt immer noch für nichts hieb- und stichfeste Beweise, abgesehen von einem Knopf und Muskatbröseln – nicht, solange nicht einer von ihnen zusammenbricht und gesteht. Und ich würde kein Geld darauf setzen, dass Mistress Dunne die Nerven verliert. Diese Frau könnte eine Armee in die Schlacht führen, ohne mit der Wimper zu zucken.«

»Wir hätten das tun sollen, was ich letzte Nacht vorgeschlagen habe«, murrt Sidney. »Sie in flagranti ertappen. Dann hätten sie wenigstens ihre Affäre nicht ableugnen können.«

»Ich war letzte Nacht beschäftigt.«

»Das könnte man so sagen.« Er schlägt mir auf den Rücken und grinst. »Besuchst du Lady Arden heute Nacht wieder? War sie mit deiner Leistung zufrieden genug, um Wert auf eine Zugabe zu legen?«

»*Vaffanculo*, mehr Respekt, Sir Philip«, murmele ich, kann aber ein Lächeln nicht unterdrücken. Wenn ich die Augen schließe, verdrängt das Bild von Lady Ardens erhitztem, erwartungsvollem Gesicht flüchtig den Gedanken an zerschundene Leichen.

Als wir den *Star* betreten, kommt Lady Drake in Begleitung ihrer Zofe und einem von Drakes bewaffneten Wächtern die Haupttreppe hinunter. Sidney begrüßt sie mit einer eleganten Verbeugung, aber sie nimmt ihn kaum zur Kenntnis; ihre Aufmerksamkeit gilt allein mir. Sie blickt mich fragend an.

»Wo ist sie?«, erkundigt sie sich leise, als sie näher kommt. »Wir sollen heute mit dem Bürgermeister und seiner Frau speisen. Ich hätte nicht gedacht, dass Ihr sie so lange aufhalten würdet.«

»Wen?«

Sie misst mich mit einem tadelnden Blick, und ich begreife, was sie meint.

»Ich weiß es nicht, Mylady.« Ich spüre, wie mir das Blut den Hals hochkriecht; ich, der ich stolz auf meine Fähigkeit bin, mir keine Gefühlsregung anmerken zu lassen, erröte wie ein Schuljunge. »Ich habe sie nicht gesehen, nicht heute Morgen.«

Lady Drake runzelt die Stirn. »Aber, Ihr wart doch eben noch mit ihr zusammen, oder nicht? Ihr seid auf dem Hoe spazieren gegangen.«

»Nein.« Ich sehe sie verwirrt an. »Ich war im Rathaus, bei der gerichtlichen Untersuchung. Und davor in einer anderen Angelegenheit unten am Kai. Ich habe Lady Arden nicht mehr gesehen, seit, äh …« Ich kratze mir den Nacken und starre auf den Boden. »Seit ich ihr gestern Abend mit ihrer Tasche geholfen habe.«

»Ihrer *Tasche*«, wiederholt Sidney mit einem bedeutungsvollen Nicken.

Lady Drake ignoriert ihn. Besorgnis flackert in ihren Augen auf. »Aber was sagt Ihr da, Doktor Bruno? Ihr wolltet sie doch heute Morgen beim Hoe treffen. Ihr habt ihr eine Botschaft geschickt.« Sie legt eine Hand auf meinen Arm und nickt, wie um mich zu ermuntern, ihr zuzustimmen. Langsam beginnt sich Kälte in meinem Magen auszubreiten. Wegen Jonas' Leichnam habe ich Sams Behauptung, er habe einen Mann ohne Ohren gesehen, wie er der Magd vom *Star* eine Nachricht überreicht hat, kaum Beachtung geschenkt. Ich blicke zur Galerie des ersten Stocks hoch; rechne halb damit, dass Hetty mit selbstzufriedener Miene nach unten späht.

»Ich habe keine Botschaft geschickt«, sage ich ruhig.

Lady Drake schlägt eine Hand vor den Mund.

»Ist sie allein ausgegangen?«

Sie nickt. »Zu der alten Burg.« Ihre Stimme bebt. »Ich habe sie gewarnt, aber sie ist so eigenwillig, sie bildet sich wirklich ein, sie kann sich genauso frei bewegen wie ein Mann. Ich sagte ihr, sie solle nicht alleine gehen, und sie hat nur die Augen verdreht. Sie meinte, in ihrem Alter brauchte sie keine Anstandsdame mehr.«

»Ich hätte sie nie gebeten, mich an einem so abgelegenen Ort zu treffen«, gebe ich bedrückt zurück. »Das hätte sie wissen müssen.«

»Sie hielt es für irgendein Spiel von Euch«, versetzt Lady Drake. »Bei der Aussicht darauf war sie ganz aufgeregt. Sie überschreitet gern die Grenzen der Schicklichkeit, und so etwas würde sie als verwegen betrachten.« Sie schaut mich an, als wäre das meine Schuld. »O Gott. Ist sie in Gefahr?«

»Ich weiß es nicht.« Ich versuche, beruhigend zu klingen, aber in meinem Magen breitet sich nackte Angst aus. »Ich denke nur, wir sollten sie so schnell wie möglich finden.«

»Aber wer sollte denn Lady Arden etwas zuleide tun wollen?« Lady Drake presst wieder eine Hand auf den Mund. Ihre Augen sind geweitet und schwimmen schon in Tränen.

Ich schiele zu Sidney. »Ich halte es für wahrscheinlicher, dass jemand versucht, an Euren Mann heranzukommen. Eine Frau, die alleine unterwegs ist, stellt ein leichtes Ziel dar, und Ihr seid für gewöhnlich von Leibwächtern umgeben, Mylady.«

Ihre Augen weiten sich noch mehr. »Ihr meint, jemand hat es auch auf mich abgesehen?« Sie zuckt zusammen und blickt sich so gehetzt um, als würde sie damit rechnen, dass ein Attentäter mit gezücktem Schwert auf sie losgeht.

»Ich denke, Mylady …«, Sidney tritt vor und nimmt sie sacht am Arm, »dass Ihr gut beraten wärt, auf direktem Weg zum Haus des Bürgermeisters zu gehen und dort zu bleiben, bis

Eure Base gefunden ist. Behaltet die Männer Eures Mannes in Eurer Nähe.«

»Aber ich kann nicht dort warten und höflich Konversation betreiben, wenn ich nicht weiß, was passiert ist«, ruft sie, dabei krallt sie die Finger in meinen Ärmel. »Ich warte lieber hier auf Sir Francis, er wird wissen, was zu tun ist.«

»Euer Mann wird mit alldem beschäftigt sein, was hier sonst noch geschieht«, gibt Sidney zu bedenken. »Es ist besser, er weiß Euch sicher beim Bürgermeister aufgehoben, während er Lady Arden sucht. Kommt, ich begleite Euch selbst dorthin.« Er bietet ihr seinen Arm, den sie nach kurzem Zögern ergreift.

Bei der Tür dreht sie sich um und durchbohrt mich mit einem glühenden Blick. »Findet sie, Bruno. Schließlich tragt Ihr eine Mitschuld.« Sie rauscht mit Sidney im Schlepptau davon. Er schneidet über ihren Kopf hinweg eine Grimasse in meine Richtung, als er den Raum verlässt.

Ich stoße die Tür zur Schankstube auf, wo Mistress Judith die Tische abwischt.

»Wo ist Hetty?«, belle ich. Sie blickt angesichts meines Tons erschrocken auf.

»Was hat die Schlampe jetzt wieder angestellt?« Sie richtet sich auf und stemmt die Hände in die Hüften. »Sie war bei ihrer Arbeit heute Morgen zu langsam, ich weiß, ein anderer Gast hat sich bereits beschwert, dass sein Nachttopf seit gestern Abend nicht mehr ausgeleert worden ist. Ich bitte um Entschuldigung, Sir, ich schicke sie hoch, sobald ich sie finde, die nutzlose Kreatur.«

»Nein, ich muss dringend mit ihr sprechen.«

Mistress Judith starrt mich einen Moment an, scheint es dann aber für klüger zu halten, nicht zu widersprechen, und deutet zum Hof. »Ich habe sie zur Pumpe geschickt, Wasser holen, das war vor einer guten halben Stunde. Ich wage zu behaupten, dass sie mit den Stalljungen schäkert, obwohl ich sie verwarnt habe. ›Hör zu, junges Fräulein‹, habe ich gesagt …«

Sie redet immer noch, als ich schon in den Hof hinausmarschiere. Ich bezweifle, dass sich Hetty groß für die Stalljungen interessiert, es sei denn, sie haben die Taschen voller Münzen, die sie ihr im Gegenzug dafür zustecken, dass sie die Gäste ausspioniert. Ich finde sie, als ich um die Ecke der Stallgebäude biege. Ein hölzerner Eimer steht zu ihren Füßen, und sie kichert mit einem bäurisch aussehenden Burschen in einem groben Wams. Sie blickt auf. Bei meinem Anblick erstirbt ihr das Lachen auf den Lippen.

»Weißt du, was man in meinem Land mit Spionen macht?«, brülle ich, dabei gehe ich, eine Hand an den Griff meines Messers gelegt, auf sie los. »Man sticht ihnen mit einer Dolchspitze die Augen aus, das passiert mit ihnen!«

Hetty jault auf, stolpert zurück und stößt dabei den Eimer um. Eine Wasserpfütze bildet sich rund um ihre Füße.

»Moment mal, Kumpel«, beginnt der Junge und tritt auf mich zu. »Du kannst die Leute nicht einfach so …«

»Wenn du deine Eier behalten willst, mein Freund, dann sieh zu, dass du Land gewinnst, bevor ich ernsthaft böse werde.« Ich fixiere ihn mit einem Blick, der Blei schmelzen könnte. Die Macht dieser Wut wirkt belebend, und sie ist nur zum Teil gespielt. Meine frühere Müdigkeit ist verflogen, in heißem Zorn aufgegangen; ich fühle mich lebendig und energiegeladen, jedes Nervenende vibriert. Der Junge zögert kurz, um seine Möglichkeiten abzuwägen, dann stürmt er so eilig um die Ecke, dass der Schotter unter seinen Stiefeln aufspritzt.

»Du wirst mir jetzt alles erzählen«, herrsche ich Hetty an, sowie er verschwunden ist, dabei gehe ich auf sie zu und dränge sie gegen die Stallwand. Meine Hand schwebt immer noch über meinem Messer, aber ich lasse es in der Scheide; niemand soll sagen können, dass ich eine junge Frau mit einer Waffe bedrohe. Aber wenigstens hat sein Anblick ihr dieses aufreizende Feixen aus dem Gesicht gewischt. »Du warst das gestern Nacht in dem Korridor, nicht wahr? Hast im Schatten gelauert und mir nachspioniert?«

»Ich erledige nur meine Arbeit. Putzen und so«, erwidert sie mit dem alten mürrischen Trotz. »Ist nicht meine Schuld, wenn Ihr Euch da herumtreibt, wo Ihr nichts verloren habt. Sir«, fügt sie mit einem Sarkasmus hinzu, der die Blätter an den Bäumen welken lassen würde.

»Der Mann, der dich beauftragt hat, mir nachzuspionieren …« Ich hole tief Atem, um nicht die Beherrschung zu verlieren und ihr eine schallende Ohrfeige zu versetzen. »Er hat dir heute Morgen einen Brief gegeben. Was stand da drin?«

Sie funkelt mich mit abgrundtiefem Abscheu an. »Ich kann nicht lesen. Das habe ich Euch doch schon gesagt.«

»Oh, komm schon. Erwartest du, dass ich das glaube? Wo du mich von Anfang an getäuscht hast?«

»Es ist wahr.« Sie setzt eine gekränkte Miene auf. »Ich weiß nur, dass er mir den Brief gegeben und gesagt hat, ich soll warten, bis Ihr ausgegangen seid, und ihn dann der Frau bringen, bei der Ihr gestern Nacht wart.«

»Hat er dich gut dafür bezahlt, dass du mir hinterherschnüffelst?«

»Besser als Ihr«, gibt sie zurück. Das höhnische Grinsen ist wieder da. Voll aufwallender Wut hebe ich eine Hand. Sie duckt sich, und ich lasse zitternd und über mich selbst schockiert die Hand wieder sinken. Ich habe in meinem ganzen Leben noch keine Frau geschlagen, und dafür bräuchte es bessere Gründe als diesen.

»Die Lady, der du den Brief überbracht hast«, zische ich durch die Zähne, »könnte deswegen sterben. Hoffentlich findest du, dass das die paar Pennys wert ist, die er dir zugesteckt hat.«

»Was?« Jegliche Farbe weicht aus ihrem Gesicht, ihr Mund klappt auf, und sie starrt mich entsetzt an. »Aber er ist ein achtbarer Gentleman. Jedenfalls spricht er wie einer.«

»Meinst du? Hast du dich nie gefragt, warum er keine Ohren mehr hat?«

»Er hat gesagt, Ihr hättet sie ihm in einem Duell abgetrennt. Und dass er seitdem nach Euch sucht, weil Ihr ihm Unrecht zugefügt habt.«

»*Dio porco*, Hetty, glaubst du alles, was man dir erzählt? Was für eine Art von Duell sollte das wohl sein?« Ich werfe die Hände in die Höhe. »Was hat er dir sonst noch weisgemacht?«

»Dass Ihr ein gefährlicher Mann seid und verschiedene Namen benutzt, weil Ihr in drei Ländern wegen Mordes gesucht werdet.« Sie klingt, als wäre sie von dieser Vorgeschichte ziemlich beeindruckt.

Wider Willen kann ich mir ein kurzes, ungläubiges Lachen nicht verkneifen. »Ich bin nur gefährlich, wenn man mir in die Quere kommt. So, du musst wissen, wo ich diesen Mann finden kann. Du bist lange genug seine Botin gewesen.«

»Ich weiß es nicht, Sir, das schwöre ich.« Ihre Keckheit ebbt rasch ab. »Ich treffe ihn immer nur an der Hintertür zum Hof. Früher ist er in den Schankraum gekommen, weil er wusste, dass er mich da findet. Aber das tut er nicht mehr.«

Nicht mehr, seit er Sidney und mich gesehen und geglaubt hat, wir hätten ihn erkannt, denke ich. Ich packe Hetty am Oberarm, was ihr ein ersticktes Quieken entlockt. »Hör mir gut zu. Wenn du noch mehr über diese Sache weißt, als du mir bis jetzt gesagt hast, wird es Zeit, damit herauszurücken. Die

Lady, der du den Brief unter der Tür durchgeschoben hast, ist eine Verwandte von Sir Francis Drake. Wenn ihr aufgrund dieses Briefes etwas zustößt, werde ich dafür sorgen, dass er und ganz Plymouth erfahren, welche Rolle du dabei gespielt hast. Verstanden?«

Ihr rundes Gesicht verzerrt sich, sie nickt stumm, und Tränen schießen ihr in die Augen. »Ich wollte niemandem etwas zuleide tun, Sir, das schwöre ich bei meinem Leben. Briefe zu überbringen ist keine Sünde, soweit ich weiß.«

Ich gebe sie mit einem Seufzer frei. »Nein. Aber lügen schon. Und einem Mörder zu helfen auch.«

Sie wirkt erschrocken, gibt aber nichts weiter preis. Entweder weiß sie wirklich nichts, wie sie behauptet, oder Jenkes jagt ihr mehr Angst ein als ich. Plötzlich schießt ihr Blick an mir vorbei, ihr Gesichtsausdruck ändert sich, und ihr Mund krümmt sich zu einem boshaften Lächeln. Ich fahre herum und sehe den Stallburschen mit einem stämmigen Mann aus der Küche zurückkommen.

»Alles in Ordnung, Herzchen?«, fragt er sie, dabei ballt er seine großen Pranken kampfbereit zu Fäusten. Ich durchbohre Hetty mit einem festen Blick; sehe, wie sie die beiden Risiken gegeneinander abwägt. Endlich nimmt sie ihren Eimer und nickt.

»Alles bestens, Harry. Ich hole nur das Wasser.« Sie wirft mir einen giftigen Blick zu.

»Entschuldigt mich, Gentlemen«, sage ich selbstbewusster, als ich mich fühle, und gehe ruhig zwischen ihnen hindurch auf die Tore des Hofs zu. Eine Hand behalte ich an meinem Messer, da ich halb damit rechne, dass sich die beiden Männer auf mich stürzen, sobald ich ihnen den Rücken zukehre, aber sie begnügen sich mit ein paar geknurrten Flüchen.

Ich schlage im Laufschritt den Weg zum Hoegate ein;

zwinge mich zu glauben, dass noch eine Chance besteht, Lady Arden einzuholen, bevor Jenkes sie findet. Es ist helllichter Tag, die Straßen liegen alles andere als verlassen da, die Burg dient als Garnison: Was können Jenkes und Doughty an einem so öffentlichen Platz schon ausrichten? Sie können Lady Arden schwerlich offen angreifen. Außerdem wird das nicht in ihrer Absicht liegen; Lady Arden ist ihnen nur als Druckmittel für Verhandlungen mit Drake nützlich. Zumindest muss ich hoffen, dass das stimmt.

Ich beschleunige meine Schritte, als ich das offene Gelände der Landzunge erreiche. Ein schneidender salziger Wind peitscht mir ins Gesicht. Regen liegt in der Luft. Vor mir ragt die Burg auf; die vier runden Türme gleichen Wachposten, die das Meer und die Hafenmündung im Auge behalten.

Ich laufe den Pfad entlang, der um die zur Seeseite gelegenen Burgmauern herum verläuft, aber nirgendwo ist eine allein gehende Frau zu sehen. Ein paar Leute sind unterwegs, doch die meisten streben, mit Packen und Körben beladen und mit Schals und Kappen vor dem Wind geschützt, eilig ein Ziel an. Ich marschiere zwischen verkümmerten Bäumen hindurch und suche beide Seiten ab, bis ich östlich der Burg herauskomme, wo ein Fußpfad zu einer Reihe von Häusern hinunterführt, die die Hafenmauer säumen. Direkt vor mir steht eine Art Torhaus mit einem Torbogen mit drei Ausgängen. Der zu meiner Rechten führt zu einem weiteren, parallel des Hoes verlaufenden Pfad, der schließlich bei den Klippen endet, von wo aus Jonas in den Tod gestoßen worden sein muss. Der Bogengang zur Linken führt zu der Straße um den Hafen, und der direkt vor mir öffnet sich zu einer steilen Steintreppe zum Wasserrand hinunter, wo Eisenringe zum Vertäuen von Booten in die Mauer eingelassen sind, allerdings befindet sich hier im Moment kein Boot. Ich steige die ersten Stufen hinunter und wende mich nach rechts, geradewegs zum Hoe hinüber. Dort mündet ein quadratischer Geschützplatz in den Hafen hinein, auf dem vier Kanonen aufgestellt sind. Ein gelangweilter junger Mann in der Livree der Stadt steht mit einer Pike bewaffnet an der Wand und lässt den Blick hin und wieder über das Meer schweifen. Zu seinen Füßen sitzt ein zottiger Hund.

»Habt Ihr jemanden hier vorbeikommen sehen?«, frage ich drängend.

»Habe ich jemanden gesehen?« Er verzieht das Gesicht und sieht mich an. »Wen denn zum Beispiel?«

»Ich suche eine Frau.«

»Tun wir alle.«

Ich gebe einen ungeduldigen Laut von mir. »Habt Ihr eine Frau hier vorbeikommen sehen? Allein? Gut gekleidet? Sie könnte einen oder auch zwei Männer getroffen haben. Irgendwo hier in der Nähe, bei der Burg.«

»Ich werde dafür bezahlt, hier Wache zu halten.« Er deutet auf die Bucht. »Habe keine Zeit, mir Gedanken zu machen, wer hinter mir wen trifft. Auf den Burgmauern sind Wächter postiert, fragt die.«

»Diese Frau könnte entführt worden sein.« Ich halte immer noch nach jeder Bewegung auf dem Pfad Ausschau. Bei dieser Neuigkeit huscht ein Anflug von Interesse über das Gesicht des Soldaten.

»Wirklich? Was, hier?«

»Ihr habt niemanden hier in ein Boot steigen sehen? Oder diesem Weg folgen, an der Klippe entlang?«

Er denkt über die Frage nach. »An den Stufen haben Boote angelegt und wieder abgelegt. Jetzt fällt es mir wieder ein, vor geraumer Zeit stieg eine Gruppe in ein kleines Boot. Einer der Leute könnte eine Frau gewesen sein, aber sie trugen Umhänge, daher konnte man es nicht genau sehen. Ich habe nur auf sie geachtet, weil sie sich totenstill verhielten, keiner wechselte ein Wort mit einem anderen. Zwei hielten sich eng beieinander, fast als wären sie aneinandergefesselt. Der Dritte wartete schon im Boot, er saß an den Rudern.« Der Wächter schüttelt den Kopf. »Ich habe sie nicht intensiv beobachtet. So ungewöhnlich war das Ganze nicht.«

»Aber habt Ihr gesehen, wohin sie gefahren sind?« Meine Gedanken überschlagen sich, ein Dutzend schrecklicher Möglichkeiten formt sich rasch nacheinander vor meinem geistigen Auge.

»Dort hinaus.« Er deutet vage auf die im Sund ankernden Schiffe. Ich folge der Richtung seines Fingers. Die majestätischen Schiffe von Drakes Flotte beherrschen den Horizont, Banner flattern im Wind. Dazwischen zeigen kleinere Handelsschiffe die Farben von Frankreich, den Niederlanden und den baltischen Staaten, und zwischen all diesen mächtigen Rümpfen tanzen die Ruderboote, bringen Männer und Güter in den Hafen und wieder hinaus, die Lebensader zwischen den großen Schiffen und der Stadt. Das Boot, das der Soldat gesehen hat, könnte jetzt überall sein – wenn die Gesuchten überhaupt darin waren.

»Haltet die Augen offen, ja? Falls Ihr diese Männer noch einmal seht oder Euch sonst etwas Ungewöhnliches auffällt. Einer hat keine Ohren, wenn Ihr ihn seht, nehmt ihn sofort fest.«

Der junge Mann wirkt belustigt. »Für wen haltet Ihr Euch, Spanier, für meinen Kommandanten?«

»Die Frau könnte in Lebensgefahr schweben. Eine wohlhabende Frau«, füge ich hinzu, was er interessiert registriert, sofort berechnet er mögliche Vorteile, die ihm aus seiner Hilfe erwachsen könnten. »Ihr könnt mir eine Nachricht in den *Star* in der Nutt Street schicken. Fragt nach dem *Italiener*«, sage ich über meine Schulter hinweg.

Ich werfe einen letzten Blick auf die Bucht unter dem rasch dahinziehenden Wolkenbaldachin. Die Möwen kreischen und kreisen unbekümmert um die Schiffe. Alleine und ohne die leiseste Idee, in welcher Richtung ich ihnen folgen soll, kann ich hier nichts Nützliches mehr tun. Das Beste, was ich jetzt machen kann, ist, in den *Star* zurückzukehren und Drake zu suchen; er verfügt über ganze Kompanien von Bewaffneten, da wird er sicher imstande sein, Suchtrupps zu organisieren. Aber sie werden sich beeilen müssen, denke ich, als ich zum Torhaus zurückgehe; wenn Jenkes und Doughty Lady Arden mit einem Boot weggeschafft haben, könnten sie inzwischen problemlos eines der Schiffe erreicht haben. Wer weiß, über welche Kontakte sie auf diesen Handelskoggen verfügen – sie könnten bei Einbruch der Abenddämmerung schon draußen auf dem Meer sein, und Drakes Name allein wäre nicht Legitimation genug, um an Bord ausländischer Schiffe zu gehen und sie zu durchsuchen.

Ich bleibe bei dem Bogen stehen, der zu der Wassertreppe hinunterführt, und spähe über den Hafen hinweg. Meine Brust zieht sich vor Schuldgefühlen wegen Lady Arden zusammen. Gerade als ich den Weg zur Burg zurück einschlagen will, bemerke ich etwas Weißes in der Ecke auf dem Boden. Ich bücke mich und stelle fest, dass es sich um ein Stück Papier handelt; es ist zusammengeknüllt, als wäre es von jemandem, der hier hereingegangen oder herausgekommen ist, weggeworfen worden. Ich kauere mich oben auf die Treppe und streiche es glatt. Während ich den in einer säuberlichen, leicht schrägen Handschrift verfassten Text überfliege, läuft mir ein eisiger Schauer über den Rücken. Die Unterschrift ist meine eigene.

Nur dass sie natürlich gefälscht ist: Der Brief ist mit meinem

Namen unterzeichnet und strotzt vor vollmundigen leidenschaftlichen Schwüren. Er beginnt mit *Carissima* und bittet die Empfängerin, mich beim Torhaus der Burg zu treffen, wo ich eine Überraschung für sie hätte. *Gesù Cristo*. Sie wird allerdings überrascht gewesen sein, wen vorzufinden? Rowland Jenkes mit einem Messer, male ich mir aus; es wäre ein Leichtes, ihr unter einem schützenden Umhang eine Klinge gegen die Rippen zu pressen, ohne dass es jemand merkt, sie dann, sich so dicht wie ein Liebhaber gegen sie drückend, immer noch mit vorgehaltener Waffe die kurze Strecke zur Flusstreppe hinunterzuschieben und sie zu zwingen, in ein Boot zu steigen. Warum hat sie nicht um Hilfe geschrien? Das begreife ich nicht, aber sie muss in der Hoffnung, jemand würde ihn finden und die richtige Verbindung herstellen, den Brief fallen gelassen haben, bevor sie zum Wasser hinuntergehen musste. *Carissima*. Großer Gott, und sie hat geglaubt, ich hätte das geschrieben. Lassen sich Frauen durch ein wenig Schmeichelei so leicht täuschen? Ich zerknülle den Brief in der Faust; mein Gesicht brennt vor Zorn. Ich fühle mich in die Sache mit hineingezogen, als würde mich tatsächlich ein Teil der Schuld treffen, wie Lady Drake behauptet hat. Wenn ich letzte Nacht nicht in Lady Ardens Kammer gegangen wäre, wenn ich nicht gesehen worden wäre, hätte ich ihnen nicht eine Schwachstelle geliefert, an der sie ansetzen konnten. Wenn dieses verwünschte Dienstmädchen nicht so nach ein paar Pennys gegiert hätte … Aber dieses *Wenn*-Spiel führt zu nichts.

Trotz meiner schmerzenden Rippen renne ich, den Brief fest umklammert haltend, den ganzen Weg bis zum *Star* zurück. Ich kann mich nur an die Hoffnung klammern, dass Lady Arden in Sicherheit ist, bis Doughty und Jenkes ihren Trumpf gegen Drake ausspielen. Es ist an ihnen, den nächsten Schritt zu tun.

Mistress Judith wartet in der Eingangshalle auf mich und stürzt sich auf mich, kaum, dass ich durch die Tür getreten bin. »Sir Francis wünscht Euch zu sprechen.« Sie zerrt an meinem Ärmel. »Er ist mit einigen seiner Männer in der Kammer seiner Frau. Ich habe das Gefühl, es ist etwas Schlimmes passiert, aber niemand will mir etwas sagen. Ich hoffe, es betrifft nicht das Gasthaus.«

»Nichts, worüber Ihr Euch Sorgen machen müsstet, Mistress«, erwidere ich, sehe ihr aber an, dass mein Verhalten und mein verhärmtes Gesicht nicht dazu beitragen, sie zu beruhigen.

Thomas Drake öffnet mir mit finsterer Miene die Tür und bedeutet mir wortlos einzutreten. Lady Drake sitzt zusammengekauert am Fenster und presst ein Taschentuch vor den Mund. Sie springt auf, als ich in den Raum komme, und sieht mich fragend an. Ich antworte mit einem angespannten Kopfschütteln, woraufhin ihr erneut die Tränen in die Augen steigen und über ihre Wangen laufen, während sie sich wieder auf ihren Sitz sinken lässt.

»Ihr habt vermutlich nichts gefunden?« Drake steht am Kamin. Sein Mund bildet eine verkniffene grimmige Linie. Zu seiner Linken sitzen Carleill und Sidney am Schreibtisch, als würden sie darauf warten, ein Diktat aufzunehmen.

Ich reiche Drake den zerknitterten Brief. »Das habe ich beim Torhaus an der Burgtreppe gefunden.«

Er überfliegt das Papier rasch und blickt dann anklagend zu mir auf.

»Ich habe das nicht geschrieben«, fühle ich mich bemüßigt, mich zu rechtfertigen.

Trotzdem starrt er mich unverwandt eindringlich an.

»Dann muss jemand gewusst haben, dass eine solche Botschaft den gewünschten Effekt erzielen würde«, sagt er endlich.

Ich schaue zu Boden. »Die Dienstmagd hier hat uns, uns allen, seit unserer Ankunft nachspioniert. Ich glaube, sie wird von dem Buchhändler Jenkes und John Doughty dafür bezahlt.«

Drakes Kiefer spannt sich an. »Holt sie her. Thomas, geh und suche sie.« Er wendet sich wieder an mich, während sein Bruder den Raum verlässt. »Die Burgtreppe, sagt Ihr? Ihr denkt also, sie haben ein Boot genommen?«

»Dahin geht meine Vermutung. Ein Soldat auf dem Geschützplatz meinte, er habe einen Mann und eine Frau in ein kleines Boot steigen sehen, das von einem zweiten Mann gerudert wurde. Sie muss den Brief in der Hoffnung weggeworfen haben, dass jemand ihn findet.«

»Oder es ist ein Trick von ihnen, um uns abzulenken.« Drake reibt sich den Bart. »Carleill, ich will trotzdem, dass die Männer an Land suchen. Eine Gruppe auf jeder Straße, die aus der Stadt herausführt. Und wenn sie über das Wasser geflohen sind, werden sie in einem kleinen Boot nicht weit kommen. Der Sund ist voll von meinen Schiffen, wir werden alle befragen, die auf ihnen und auf den ausländischen Handelsschiffen Wache hatten. Wenn sie an Bord eines Schiffes gegangen sind, muss jemand sie gesehen haben.« Er fährt herum, als Lady Drake erstickt aufschluchzt. »Reg dich nicht auf, Liebes. Wir werden sie lebend und unversehrt finden, das verspreche ich dir.«

Insgeheim halte ich dieses Versprechen für ein wenig voreilig, aber ich sage nichts. Die Tür wird geöffnet, und Thomas führt Hetty mit einem festen Griff um den Arm hinein. Sie macht sich mit einem bitterbösen Blick von ihm los, doch ihr Gesicht ist verquollen. Trotz der einschüchternden Versammlung im Raum bemüht sie sich nach Kräften, sich trotzig zu zeigen.

»Lasst mich gehen! Ich hab nichts getan!«, faucht sie Drake

an. »Ich weiß nich' mehr, als ich ihm erzählt habe.« Sie deutet auf mich.

Drake ist mit einem Schritt bei ihr, bleibt ganz dicht vor ihr stehen und starrt auf sie hinunter. Ich kann mir vorstellen, dass gestandene Männer unter diesem Blick erzittern, aber Hetty glotzt nur zurück.

»Diese Männer, für die du gearbeitet hast, wo sind sie?«, bellt er.

»Ich weiß es nicht. Er hat mir immer nur Briefe gegeben, die ich überbringen sollte. Er hat nie gesagt, wohin sie gehen.«

»Nun, wir werden gleich sehen, ob du die Wahrheit sagst oder nicht«, erwidert Drake, als wäre beides für ihn nicht von Belang. »Ich werde deine Kammer und deine Habseligkeiten durchsuchen lassen. Jede Münze, die du von ihnen bekommen hast, hast du dadurch verdient, dass du Entführern geholfen hast. Ich bin sicher, du weißt, welche Strafe auf ein solches Verbrechen steht, und ich werde persönlich dafür sorgen, dass du deswegen verhaftet wirst, wenn du uns etwas verschweigst, das helfen könnte, Lady Arden zu finden. Wenn du deine Haut retten willst, solltest du besser reden, Mädchen. Thomas, bitte Mistress Judith herzukommen, ja?«

»Nein!«

Thomas Drake hat bereits die Tür geöffnet, als Hettys erstickter Schrei ihn aufhält. Er schließt sie leise wieder. Alle schauen Hetty an. Ein Schluchzen steigt ihr in die Kehle, und sie greift langsam in ihre Schürze. Als sie einen weiteren zusammengefalteten und versiegelten Brief herauszieht, wird sichtbar, dass sie zittert.

»Der ist für Euch bestimmt, Sir.« Sie hält ihn Drake mit gesenktem Blick hin. Ihre Stimme ist kaum mehr als ein Flüstern. »Der Mann ohne Ohren, er hat gesagt, ich soll ihn Euch bei Sonnenuntergang geben. Nicht früher. Und wenn ich mein

Wort brechen würde, würde er jemanden schicken, der mich in meinem Bett umbringt. Die Art, wie er das gesagt hat, Sir, ich hatte keinen Zweifel daran, dass er es ernst meint. Er hat diese blauen Augen, die sich in Euch brennen, wie der Teufel, Sir, und wenn er spricht, meint Ihr, Euch würde Eiswasser über den Rücken rinnen.« Sie erschauert, und zwei dicke Tränen rollen über ihre Wangen. Trotz Hettys Verstellungskunst wirkt diese Angst echt. Sie hat eine treffende Beschreibung von Rowland Jenkes geliefert.

»Na schön.« Drake nimmt den Brief entgegen, erbricht das Siegel und liest ihn schweigend. Wir beobachten alle, wie sich sein Gesicht zunehmend verdunkelt. Ein Muskel zuckt an seiner Wange. Lange sagt er gar nichts. Dann sieht er Hetty wieder an. »Wartet er auf eine Antwort?«

Sie schüttelt den Kopf. »Nein, Sir. Er sagte, das wäre erst einmal der letzte. Deswegen wäre es so wichtig, dass Ihr ihn nicht zu früh bekommt.«

Er nickt. »Geh wieder an deine Arbeit. Ich werde Mistress Judith sagen, dass du auf Schritt und Tritt bewacht werden sollst. Wenn er sich wieder mit dir in Verbindung setzt, kommst du sofort zu mir. Verstanden?«

Hetty nickt. Als Drake sich abwendet, huscht sie zur Tür.

»Warte!«, ruft Drake, als sie sie gerade öffnen will, und sie zuckt zusammen, als wäre sie gestochen worden. »Der Brief, den du gestern Abend unter der Tür dieser Kammer hindurchgeschoben hast, woher kam der? Doch sicher von demselben Mann?«

Ein verwirrter Ausdruck huscht über ihr verquollenes Gesicht.

»Was für ein Brief?«

Drake tritt mit zusammengebissenen Zähnen einen Schritt auf sie zu, und sie duckt sich gegen die Tür.

»An mich adressiert. Komm schon, du tust dir keinen Gefallen. Wer hat den Brief von letzter Nacht geschickt?«

»Ich, ich weiß nicht, welchen Brief Ihr meint, Sir.« Sie wirkt vollkommen verängstigt. »Ich habe letzte Nacht keinen Brief zu dieser Kammer gebracht, ich schwöre es. Nur den heute Morgen.«

»Gott steh dir bei, wenn du lügst, Kind«, beginnt Drake, und sie schüttelt wie wild den Kopf.

»Ich lüge nicht, Sir, bei Gott, ich sage die reine Wahrheit. Wenn Ihr gestern Nacht einen Brief bekommen habt, habe ich ihn Euch nicht gebracht.«

Drake schnalzt mit der Zunge. »Hinaus. Was weißt du schon von der reinen Wahrheit?« Er vollführt eine ungeduldige Geste, als würde er einen Hund wegscheuchen. Im nächsten Moment ist Hetty verschwunden. Ich habe sie sich noch nie so schnell bewegen sehen.

»Dieses Mädchen sollte hinter Schloss und Riegel sitzen, Bruder«, knurrt Thomas zornig. »Selbst jetzt verschweigt sie uns noch etwas.«

»Und aus genau diesem Grund würde es nichts nützen, sie einzusperren«, erwidert Drake. »Diese Männer könnten sie noch einmal benutzen, um Kontakt aufzunehmen. Sie ist die ideale Verbindung zu mir. Wenn sie sich bei ihr melden, haben wir eine größere Chance, sie zu finden.«

Carleill hüstelt diskret. »Der Brief, Sir?«

Drake hält ihn auf Armeslänge von sich. »Hört Euch das an.«

WERTER KAPITÄN DRAKE,

EIN GERECHTER TAUSCHHANDEL IST KEIN DIEBSTAHL, WIE DIE LEUTE ZU SAGEN BELIE-

BEN. EIN WERTGEGENSTAND IM AUSTAUSCH FÜR EINEN ANDEREN. IHR HABT ETWAS, WAS FÜR MICH WERTVOLL IST, UND UMGEKEHRT. BRINGT ES NACH SONNENUNTERGANG ZU DER KAPELLE AUF ST. NICHOLAS ISLAND, UND WIR WERDEN EIN GESCHÄFT ABSCHLIESSEN, DAS SICH MEINER MEINUNG NACH FÜR BEIDE SEITEN ALS ZUFRIEDENSTELLEND ERWEISEN WIRD. LASST EUCH NICHT TÄUSCHEN, KAPITÄN DRAKE, ICH SPRECHE VON EINEM FAIREN HANDEL. IHR WERDET ALLEIN KOMMEN, OHNE EURE BEWAFFNETEN LEIBWÄCHTER, UND NUR DAS KOPTISCHE BUCH MITBRINGEN. MACHT EUER BOOT AN DER NÖRDLICHEN ANLEGESTELLE FEST UND NEHMT DEN PFAD, DER DIE KLIPPE HOCHFÜHRT. WENN IHR EUCH NICHT AN DIESE BEDINGUNGEN HALTET, WIRD ES, FÜRCHTE ICH, ZU SPÄT SEIN, UM NOCH EINEN AUSTAUSCH DURCHZUFÜHREN.

ICH FREUE MICH AUF UNSERE KLEINE TRANSAKTION.

Drake hält inne, saugt die Wangen ein und blickt sich im Raum um.

»Ist er unterschrieben?«, fragt Carleill.

»Nein. Aber es besteht kaum ein Zweifel daran, wer ihn verfasst hat. Dieser Buchhändler ohne Ohren. Möge der Teufel ihn holen!«

»Nun, du gehst jedenfalls nicht dahin«, verkündet Thomas, als bliebe die Entscheidung allein ihm überlassen. »Ein Blinder kann sehen, dass das eine Falle ist. Glaubt er wirklich, du wärst so dumm?« Er schnaubt angewidert. Drake fährt sich mit der Hand über die gerunzelte Stirn.

»Zu spät für einen Austausch heißt, dass er sie töten wird, wenn du nicht tust, was er sagt, nicht wahr?«, fragt Lady Drake vom Fenster her. Sie hat Mühe, mit fester Stimme zu sprechen.

»Nur leere Drohungen, Liebes«, erwidert ihr Mann. »Er wird ihr kein Haar krümmen, sie ist sein einziges Handelsgut.« Er klingt nicht, als würde er selbst das glauben.

»Wir sollten nicht vergessen, dass es zwei sind«, gebe ich zu bedenken. »Sie haben das zusammen ausgeheckt. Jenkes bekommt das Buch, das er unbedingt haben will, und John Doughty hat Euch alleine und unbewaffnet an einen Ort gelockt, von dem Ihr nicht entkommen könnt.«

»Nur, dass sie diejenigen sind, die sich nicht verteidigen können«, wirft Thomas erregt ein. »Uns steht eine ganze Flotte voll bewaffneter Soldaten zur Verfügung. Warum umzingeln wir nicht einfach die Insel und löschen diese Teufel aus? Wir wissen ja jetzt, wo sie stecken.«

»Weil sie dann Lady Arden töten würden, Ihr Narr«, faucht Lady Drake. »Entweder diese Männer, oder Eure Soldaten tun es. Francis würde nie ihr Leben aufs Spiel setzen.«

»Bei jedem Konflikt sind Verluste zu beklagen, Mylady«, erwidert Thomas, dabei dreht er sich zu ihr um.

»Verluste?« Lady Drake erhebt sich entrüstet. »Führt Ihr einen Krieg gegen einen Buchhändler und einen Mörder, der schon lange einen Groll gegen meinen Mann hegt, Thomas Drake? Ihr findet, das Leben einer Frau ist ein gerechter Preis für einen Sieg?«

»Mylady, John Doughty wird nicht ruhen, bis Euer Mann, mein Bruder, tot ist.« Thomas bemüht sich, einen respektvollen Ton zu wahren. »Wollt Ihr, dass sich Sir Francis freiwillig zu seiner Hinrichtung begibt? Denn eines muss Euch klar sein,

Mylady, sie werden Eure Base nicht freilassen, und ich fürchte, Ihr seid die Närrin, wenn Ihr glaubt, sie würden sich an eine solche Abmachung halten. Sie werden sie einfach beide töten. Besser, wir nehmen die Insel gewaltsam ein …«

Lady Drake unterdrückt ein Schluchzen.

»Ruhig, alle beide! Ich kann nicht nachdenken.« Drake gebietet ihnen mit erhobener Hand Schweigen. »Es gibt nur einen Landungssteg auf der Insel«, fährt er fort, während seine Frau und sein Bruder sich finster anfunkeln. »Und das ist der, der auf den Hoe blickt. Der Sund wimmelt von meinen Schiffen – was meinen sie, wie sie entkommen können, selbst wenn sie ihr Wort halten sollten? Sie müssen wissen, dass meine Kanonen das Feuer auf sie eröffnen würden, noch ehe sie abgelegt haben. Nein, sie werden einen anderen Plan haben.«

»Ihr Plan lautet, dich zu töten«, schnarrt Thomas.

»Ist die Insel befestigt?«, fragt Carleill und erhebt sich ebenfalls. Er strahlt etwas ungemein Beruhigendes aus; er gehört zu der Art von Männern, die man sich in der Hitze eines Gefechts als Kommandeur wünscht.

Drake schüttelt bedauernd den Kopf. »Vor fast vierzig Jahren, zu Zeiten König Edwards, wurde mit der Errichtung von Verteidigungsanlagen begonnen, aber sie wurden nie fertiggestellt. Vor zwei Jahren stellte die Stadtverwaltung bei der Regierung den Antrag, mich zum Militärgouverneur der Insel zu ernennen. Ich bot an, aus eigener Tasche hundert Pfund zum Bau einer Festung beizusteuern, aber der Kronrat fand, dass die Bedrohung die Kosten nicht rechtfertigen würde, also wurden die Mittel nie freigegeben. Die Stadtverwaltung hat zwei Kanoniere dort stationiert, um Schmuggler fernzuhalten, aber außer der unvollendeten Festung, der alten Kapelle und vier Kanonen auf der südöstlichen Seite gibt es dort draußen nichts.«

»Wie dem auch sei«, brummt Thomas, »wenn sie ihr Boot besteigen, wärst du schon tot, Bruder. Da wäre es ein schwacher Trost, auf sie zu feuern.«

»Ich werde gehen«, werfe ich ein. Eine lange Stille tritt ein, während sich alle zu mir umdrehen, um mich anzustarren.

»Aber sie werden schon aus einer Meile Entfernung erkennen, dass Ihr nicht mein Mann seid«, meint Elizabeth Drake. »Und dann werden sie Nell töten, noch ehe Ihr bei ihnen angelangt seid.«

»Da bin ich mir nicht so sicher.« Ich wende mich an sie. »Zum einen werden sie im abnehmenden Licht nicht genau sehen können, wer sich ihnen nähert, schon gar nicht, wenn der Betreffende einen Umhang mit Kapuze trägt. Und dann – ich kann nicht für John Doughty sprechen, aber ich schätze, Rowland Jenkes ist gerissen genug, eine doppelte Falle gestellt zu haben. Sie werden mit Sicherheit davon ausgehen, dass Sir Francis sich nicht einfach unbewaffnet bei ihnen einfindet; sie werden damit rechnen, dass jemand seinen Platz einnimmt. Und Jenkes wird damit rechnen, dass ich dieser Mann bin.«

»Warum Ihr?« Thomas' Augen werden schmal.

»Weil er weiß, dass mir sowohl an dem Buch als auch an Lady Arden etwas liegt.« Ich kann ihm nicht in die Augen sehen.

»An Lady Arden? Euch?« Thomas sieht mich ungläubig an. »Wieso sollte Euch etwas an Lady Arden liegen?« Aber ich sehe, wie sich die Erkenntnis langsam auf seinem Gesicht zeigt, noch bevor er die Frage beendet hat.

»Ach, seid still, Thomas«, sagt Elizabeth. »Ich denke, Bruno hat recht. Wenn mein Mann nicht dort ist, haben sie keinen Grund, jemanden zu töten. Schließlich will Jenkes ausschließlich das Buch. Vielleicht lassen sie Nell gehen, sobald er es hat.«

»Und was ist mit John Doughty?«, gibt Thomas erneut kampfeslustig zu bedenken. »Was bleibt für ihn, wenn Sir Francis nicht kommt? Wird er dann nicht Lady Arden als Druckmittel behalten wollen?«

»Außerdem will Rowland Jenkes Bruno schon seit zwei Jahren töten«, sagt Sidney mit gedämpfter Stimme. Er hat sich ungewöhnlich still verhalten, obwohl ich bemerkt habe, dass er von seinem Platz in der Ecke aus das Geschehen aufmerksam verfolgt hat.

»Einer der beiden wird auf jeden Fall seinen Rachedurst stillen können«, fährt Sidney fort. »Lasst *mich* das Buch zu ihnen bringen. Weder Jenkes noch Doughty haben ein persönliches Interesse daran, mich umzubringen. Schickt mir ein Boot voller Bewaffneter hinterher, die außer Sichtweite anlegen und sich verborgen halten. Ich werde das Buch übergeben und Lady Arden in Sicherheit bringen, und dann können sich die Männer zeigen. Wir können die Halunken aufhalten, bevor ihnen die Flucht gelingt.«

»Was für eine glatte Lösung, Sir Philip«, spottet Thomas. »Ich frage mich, wieso mein Bruder trotz all seiner Kampferfahrung nicht darauf gekommen ist.«

Drake wirft seinem Bruder einen verärgerten Blick zu. »Das ist eine noble Geste, Sir Philip, für die ich Euch dankbar bin. Aber wir täten gut daran, diese Männer nicht zu unterschätzen. Ich bezweifle nicht, dass sie auf solche Kriegslisten vorbereitet sind. Und ich glaube kaum, dass sie Euch Lady Arden freiwillig überlassen würden. Außerdem kann ich nicht zulassen, dass Ihr meinetwegen Euer Leben riskiert. Wie könnte ich es der Königin und Eurer Familie gegenüber verantworten, wenn Euch etwas zustoßen sollte?« Er sagt es mit einem entschuldigenden väterlichen Lächeln, aber Sidney verzieht das Gesicht und wendet sich ab. Schon wieder ist ihm eine Gelegenheit verwehrt worden, sich als Held zu erweisen, weil er als Schoßhund der Königin betrachtet wird. Als ich ihn beobachte, rührt es mich wider Willen, dass er sich erboten hat, an meiner Stelle zu gehen, um mich zu retten.

»Wenn nun überhaupt niemand heute Abend dorthin ginge«, schlägt Carleill vorsichtig vor. »Wenn wir uns einfach weigern würden, ihr Spiel mitzuspielen, was würden sie dann tun? Lady Arden werden sie gewiss nichts zuleide tun, denn dann hätten sie kein Druckmittel mehr.«

»Dieses Risiko können wir nicht eingehen«, erwidert Drake. »Sie werden sie nicht unverzüglich töten, aber sie werden sie in ihrer Gewalt behalten und denselben Trick noch einmal versuchen, da bin ich mir ganz sicher. Und wer weiß, was sie in der Zwischenzeit mit ihr anstellen?«

Elizabeth schreit leise auf und presst die Knöchel gegen den Mund.

»Rowland Jenkes ist ein frommer Katholik«, versuche ich sie zu beruhigen. »Er tötet im Namen seiner Religion, weil er es für Gottes Werk hält, aber ich glaube nicht, dass er eine Frau misshandeln würde.«

»Wohingegen ich mich für John Doughty in diesem Punkt nicht verbürgen würde«, wirft Thomas mit säuerlicher Miene ein. »Er würde alles tun, was in seiner Macht steht, um meinen Bruder zu verletzen, sogar auf dem Umweg über andere.«

Elizabeth beginnt erneut zu weinen. Drake legt ihr einen Arm um die Schultern und mustert seinen Bruder finster.

»Wir können noch stundenlang darüber diskutieren, aber nach Sonnenuntergang erwarten sie jemanden«, sage ich schließlich. »Und ich glaube, ich muss dieser Jemand sein.«

»Bruno hat recht«, bestätigt Carleill mit dieser ruhigen, befehlsgewohnten Stimme. »Aber Sir Philips Vorschlag sollten wir vielleicht gleichfalls berücksichtigen. Wir sollten bewaffnete

Kämpfer in kleinen Booten in Küstennähe bereithalten, um zu verhindern, dass die beiden Männer fliehen.«

»Ganz recht, Carleill, du und Thomas, ihr werdet zu den Schiffen zurückkehren, um die benötigten Männer auszusuchen. Die besten Schützen der Flotte. Meine Frau wird mit Leibwächtern hierbleiben.«

Elizabeth wirkt entsetzt. »Ich will nicht allein gelassen werden, Francis. Was, wenn ich ihr nächstes Ziel bin?«

»Niemand wird dir etwas Böses tun, Liebes.« Er tätschelt ihre Hand. »Sir Philip kann bei dir bleiben, wenn du Angst hast.«

Sidney nickt mit zusammengebissenen Zähnen. Nur ich weiß, wie wütend er ist und welche Mühe es ihn kostet, dies nicht zu zeigen.

»Bruno«, wendet sich Drake an mich, »Ihr und ich, wir werden unsere Strategie ausarbeiten. Wir müssen Euch ein Boot beschaffen, ein leichtes, das Ihr alleine handhaben könnt. Und eine Pistole. Zwei wären vielleicht noch besser.«

»Nein. Eine Pistole kann ich nicht am Körper verbergen. Wenn sie sehen, dass ich bewaffnet bin, werden sie mich und Lady Arden, ohne zu zögern, töten. Ich werde nur mein Messer mitnehmen, gut versteckt, versteht sich. Jenkes wird das Ganze in die Länge ziehen wollen«, erkläre ich, als ich die Zweifel in seinem Gesicht sehe. »Er wird keinen von uns sofort töten, wenn er es vermeiden kann. Das würde ihm keine Befriedigung verschaffen. Meine beste Chance, uns beide lebend da herauszubringen, besteht darin mitzuspielen.«

»Aber das ist kein Spiel, Bruno.« Drake legt mir eine Hand auf die Schulter. »Ich weiß, dass Ihr ein mutiger Mann seid, doch die Konsequenzen …« Er bricht ab und schüttelt den Kopf, als wollte er nicht näher darauf eingehen.

»Ich sehe dem Tod nicht zum ersten Mal ins Auge.« Ich

versuche, so zu klingen, als wäre ich vollkommen Herr der Lage. »Jemand muss gehen, sonst besteht für Lady Arden wenig Hoffnung. Und wir sind übereingekommen, dass Ihr nicht derjenige sein dürft, Sir. Wir haben keine andere Wahl. Das ist ein Teil ihres Plans.«

Er blickt mich lange stumm und abschätzend an. Was auch immer geschieht, die Verantwortung wird letztendlich er zu tragen haben.

Elizabeth macht sich plötzlich von ihm los und schlingt mir die Arme um den Hals.

»Bringt sie zurück, Bruno, und Ihr erhaltet jede Belohnung, die Ihr Euch wünscht.«

»Wenn wir beide mit dem Leben davonkommen, ist das Belohnung genug, Mylady.« Ich schiebe sie sacht weg, wobei mir bewusst ist, dass ihr Mann uns beobachtet. In seinem Gesicht lese ich nur Bedauern. Als ich zu Sidney hinüberschiele, wendet er den Blick ab. Ich weiß, was er denkt: Ich heimse den Ruhm ein, von dem er träumt. Aber Drake hat recht, es besteht keine Garantie, dass Lady Arden oder ich mit heiler Haut aus dieser Sache herauskommen. Trotzdem bleibt mir nichts anderes übrig, als es zu versuchen.

21

Die letzten Lichtstreifen erhellen den Horizont, als ich mit Drake und seinem Bruder auf einer Landungsplattform bei dem Artillerieturm auf der Landzunge bei Millbay stehe. Die Wolken heben sich violett und indigoblau von dem sich verdunkelnden Himmel ab; die Masten der Flotte draußen im Sund scheinen mit schwarzer Tinte gezeichnet zu sein. Direkt vor uns hebt sich dunkel St. Nicholas Island ab. Der vom Meer kommende schneidende Wind brennt in meinen Augen.

Drake legt mir eine Hand auf die Schulter. »Seid Ihr sicher, dass Ihr dieses Wagnis eingehen wollt, Bruno?«

Ich hole tief Atem und stoße ihn mit einem knappen Nicken wieder aus. Ich bin von Kopf bis Fuß in Schwarz gekleidet, und unter meinem Wams trage ich quer über die Brust geschnallt meinen Gürtel, an dem mein Messer in seiner Scheide befestigt ist. Darüber habe ich einen dunklen Reiseumhang mit Kapuze geworfen. Das fest in Öltuch gewickelte Manuskript steckt in dem Lederranzen, der an meiner Seite hängt.

»Ich sollte besser gehen«, erwidere ich ruhig. »Sie werden schon warten.«

»Zwischen der Flotte und der Insel sind mit Bewaffneten bemannte Ruderboote postiert, genau wie zwischen dem Nordufer und dem Hafen«, sagt Drake. »Falls es Euch gelingt,

Euch mit Lady Arden zum Boot zurückzuschlagen, gebt mit Eurer Laterne, die Ihr im Boot findet, ein Signal, damit meine Männer nicht versehentlich auf Euch schießen.«

»Das wäre verhängnisvoll.« Ich lache; es klingt schrill und angespannt. Mir ist nicht entgangen, dass er gesagt hat, »falls« ich zurückkomme. Es liegt auf der Hand, dass ich so oder so in eine Falle laufe. Wir wissen noch nicht einmal, ob Lady Arden überhaupt noch lebt. Ich darf nicht zulassen, dass sich dieser Gedanke auch nur einen Moment festsetzt, sonst gerät mein Herz ins Stolpern.

Sidney ist auf Lady Drakes Beharren hin bei ihr geblieben. Das Verschwinden ihrer Base hat ihre unbekümmerte Art, die Befürchtungen ihres Mannes zu ignorieren, ins Gegenteil verkehrt, und jetzt hat sie trotz der Leibwächter, die Drake ihr zur Seite gestellt hat, panische Angst, alleine gelassen zu werden; wenn ihr Mann nicht bei ihr sein kann, braucht sie den Schutz und den Trost eines anderen kompetenten Gentlemans. Welchen Trost Sidney Lady Drake bieten kann, ist im Moment wahrlich nicht meine größte Sorge. Ich habe mich im *Star* ziemlich verlegen von ihm verabschiedet. Wir beide wussten, was mir bevorsteht; ich konnte nicht sagen, ob er mich noch immer um diese Chance, ganz alleine Ruhm zu ernten, beneidet oder ob er jetzt schuldbewusste Erleichterung darüber empfindet, wieder dazu abgestellt worden zu sein, sich um die Frauen zu kümmern. Diesmal nur um eine Frau, um genau zu sein.

»Ich hätte dich nie hierherbringen sollen, Bruno«, hatte Sidney düster gesagt. »Ich werde das Gefühl nicht los, dass all das allein meine Schuld ist.« Zum ersten Mal hatte er unsicher gewirkt und konnte sich nicht zwischen einer Umarmung, einem Händedruck und einem Schulterklopfen entscheiden.

»Ich hätte mich in London nur in anders geartete Schwierigkeiten gebracht.« Ich versuchte, einen leichten Tonfall anzuschlagen. »Es ist meine Schuld, dass sie Lady Arden entführt haben, nicht deine.«

»Wie wahr«, erwiderte er bedrückt. »Wenigstens habe ich diese Wette gewonnen! Ich sagte, du würdest sie vor unserer Abreise im Bett haben. Heiliger Christus.« Er bemühte sich, leise zu lachen, verstummte aber sofort wieder.

»*Madonna porca*. Komm schon, sei nicht so englisch.« Ich packte ihn bei den Schultern und umarmte ihn fest. Nach der anfänglichen Überraschung schlang er die Arme um mich und klopfte mir die ganze Zeit auf den Rücken, als würde das die Umarmung männlicher wirken lassen. Manchmal frage ich mich, wie er die Reise durch Italien überlebt hat.

»Pass um Gottes willen auf dich auf, Bruno«, sagte er hitzig und wandte sich ab. »Ramm den Hurensöhnen als Gruß von mir eine Klinge in den Leib. Und sieh verdammt noch mal zu, dass du zurückkommst, hörst du?«

»Das weißt du doch.«

Ich hatte spöttisch salutiert. Und dann war Drake eingetroffen, und ich geriet in einen Strudel aus Anweisungen, zeitlichen Abstimmungen und Defensivstrategien. Als ich gegangen war, hatte ich mich über die Schulter zu Sidney umgedreht, aber er lehnte am Türrahmen, eine Hand gegen das Holz gepresst, und starrte auf seine Füße wie jemand, der nach einem langen, steilen Aufstieg versucht, wieder zu Atem zu kommen.

Daran muss ich jetzt denken, als Drake über das trübe Wasser späht.

»Ich sehe keine Lichter auf der Insel«, stellt er stirnrunzelnd fest. »Das macht mir Sorgen, die Kanoniere hätten zu dieser Stunde schon eine Lampe entzündet haben sollen.«

»Die Kanoniere sind höchstwahrscheinlich nicht mehr in

der Lage, Lampen zu entzünden, wenn Doughty und sein Freund sie in die Finger bekommen haben«, bemerkt Thomas mit grimmiger Miene.

Ich trete in das Boot, halte kurz inne, um mein Gleichgewicht zu finden, und presse die Tasche mit dem Buch fest gegen meine Brust. Drake lässt sich über Tiden, Strömungen und Abtriebe aus und erklärt, wie ich den Bug westlich des Anlegestegs ausrichten muss, um dem gegenzusteuern, aber viel bleibt bei mir nicht hängen. Mir ist kalt, und ich fühle mich seltsam betäubt.

»Ihr überlasst ihnen natürlich das Buch.« Drake hockt sich auf die unterste Stufe der zum Anlegeplatz führenden Treppe. Das Meer schwappt mit jeder Woge gegen seine Stiefel, und mein kleines Boot prallt gegen die Mauer. »Versucht nicht, mit ihnen darum zu kämpfen. Bringt Euch beide in Sicherheit, das ist alles, was zählt.«

Ich blicke in seine braunen Augen, in denen sich meine eigenen Gedanken widerspiegeln: dass meine Chancen, sicher mit Lady Arden zurückzukommen, bei null liegen. Nur ein hoffnungsloses Unschuldslamm würde von Männern wie Jenkes und John Doughty einen ehrenhaften Austausch erwarten. Drake und ich sind alles andere als naiv. Jenkes will das Buch, sicher, aber sowie er es hat, besteht für ihn kein Grund mehr, mich oder Lady Arden gehen zu lassen. Vor allem mich nicht. Und sie wird ein Opfer dieser Vendetta sein.

»Behaltet Savile im Auge«, rate ich. »Er könnte die Gelegenheit nutzen, sich aus dem Staub zu machen, während Ihr abgelenkt seid.«

»Überlasst ihn mir«, sagt Drake, als ich mich auf die schmale Bank setze und die Ruder ergreife. Er bückt sich, um die Leine loszumachen. »Ich werde Euren Mut nicht vergessen, mein Freund.«

»Gott mit Euch, Bruno«, kommt es unerwartet von Thomas.

Ich forsche in seinem Gesicht nach Spuren von Sarkasmus, finde aber keine, also nicke ich und lege ab.

Jedes Mal, wenn der Bug eine kleine Welle durchschneidet, spritzt Gischt auf, trifft mein Gesicht und brennt in den noch nicht verheilten Wunden. Der Wind hat das Wasser aufgepeitscht, weiße Schaumkronen schimmern im letzten Tageslicht, aber die Dünung ist nicht stark. Dennoch schmerzen meine Schultern bei jedem Ruderschlag, und die Insel scheint immer weiter in das Dunkel hinauszutreiben, als würde sie mit mir spielen.

Nach einiger Zeit finde ich beim Rudern meinen Rhythmus, und meine Gedanken fliegen voraus zu dem Stück Land am Horizont. Der Wind schlägt mir meine salzgetränkten Haarsträhnen in die Augen. Ich weiß, dass ich vielleicht meinem Tod entgegenrudere, mein Verstand weigert sich indes, diese Wahrheit zu akzeptieren. Mein Puls rast vor Anstrengung, aber ansonsten bleibe ich seltsam ruhig. Vor acht Jahren bin ich aus dem Fenster meines Klosters geklettert, um nicht von der Inquisition hingerichtet zu werden. Seither habe ich dem Tod oft ins Auge geblickt, und jedes Mal hat er den Kopf geschüttelt und mich bis zum nächsten Mal verschont. Heute Abend könnte er sich nicht so großzügig zeigen. Aber wenn ich jetzt einen Rückzieher mache, wenn ich zum Ufer umkehre, wozu es mich mit jeder Faser meines Körpers drängt, wird Lady Arden höchstwahrscheinlich ein grausames Ende erleiden. Ich liebe sie nicht, ich kenne sie kaum, aber ich fühle mich für sie verantwortlich. Schließlich bin ich in das verwickelt, was ihr widerfahren ist, und ich kann sie nicht diesen Männern ausliefern, nicht, solange ich ein Gewissen und meine Kraft habe.

Von den großen Schiffen der Flotte wehen Geräusche über das Wasser herüber, werden aber sofort wieder vom Wind weggerissen. Für mich existieren nur das Platschen der die Wellen durchschneidenden Ruder, die Schreie der Möwen über mir, das Vorangleiten des Bootes und die felsigen Klippen von St. Nicholas Island, die jetzt endlich vor mir aufragen. Als ich in die entsprechende Richtung blinzele, erhasche ich einen Blick auf eine Laterne auf der Klippenspitze. Sie scheint einen Moment in der Luft zu schweben, dann wird sie gelöscht. Irgendwo dort draußen, hinter der Insel, warten Carleills Männer in ihren Booten, bereit, auf Jenkes und Doughty zu feuern, wenn sie die Flucht ergreifen. Ich finde nicht, dass es mir zusteht, Drake oder seinem Militärkommandanten zu widersprechen, aber ich kann nicht glauben, dass die Entführer dies nicht vorhergesehen haben. Ich bin sicher, dass Jenkes und Doughty keine so ausgeklügelte Strategie entwerfen würden, nur um dann bei ihrem Rückzug direkt in den Weg von Drakes Flotte zu rudern. Sie müssen einen anderen Plan verfolgen. Wieder schlägt mir Gischt ins Gesicht, und mir fällt der Spaziergang mit Sam am Hoe entlang wieder ein. Er hatte von einem Netzwerk geheimer Tunnel gesprochen, die von den Schmugglern genutzt wurden. Aber wenn sie noch begehbar wären, hätte Drake sie doch gewiss erwähnt.

Das Wasser wirbelt schneller um den Fuß der Felsen, und ich muss kämpfen, um das Boot auf gleicher Höhe mit dem Anlegesteg zu halten, der von dem flachen Strand auf der Nordseite der Insel in das Meer ragt. Die Strömung zieht mich stark nach Westen, und der Wind treibt mich vom Ufer weg; ich habe das Gefühl, dass mir die Schultern aus den Gelenken gerissen werden, so anstrengend ist es, den Kurs zu halten. Nachdem ich lange genug mit den Elementen gerungen habe und fürchtete, es nie ans Ufer zu schaffen, spült eine glückliche Welle mein Boot gegen die hölzernen Pfähle des Stegs, und ich packe die vom Seetang glitschige Eisenleiter, die daran angebracht ist. Sowie das Boot sicher vertäut ist, überprüfe ich meine Ausrüstung: die Tasche mit dem Buch und eine nicht entzündete Laterne. Eine in meinem Wams verstaute Zunderbüchse. Mein Messer ist an seinem Platz. Als ich die Leiter hochklettere, zittern meine Arme vor Erschöpfung, und es ist ein Kampf, mein eigenes Gewicht zu stemmen. Eine weitere List von Jenkes und Doughty, um dafür zu sorgen, dass jeder, der sich ihrer Herausforderung stellt, schon von der Anreise ausgelaugt ist. Ich hätte jemanden bitten können, mich zu rudern, aber das Licht, das ich gesehen habe, lässt darauf schließen, dass sie meine Ankunft vom höchsten Punkt der Insel aus verfolgen. Wenn sie zwei Leute in dem Boot gesehen hätten, hätten sie das Geschäft vielleicht schon als geplatzt betrachtet.

Ich schlage die Kapuze meines Umhangs hoch und lasse die Laterne dunkel. Der Wind hat die Wolken in das Binnenland getrieben, klare Himmelsflecken breiten sich über dem Wasser aus, verblassen zu Violett, und der erste Sternenschein wird sichtbar. Ein heller Dreiviertelmond hängt über mir und wirft etwas Licht über den unebenen Pfad, der sich die Klippe hochschlängelt. Ich atme tief durch und beginne den Aufstieg; halte mich dicht beim Felsen, lausche auf jedes Geräusch, das einen Hinterhalt andeuten könnte. Aber außer den Möwen gibt es hier kein Anzeichen für Leben.

Vor Furcht sind meine Nerven bis zum Zerreißen gespannt. Die Haare auf meiner Haut sträuben sich. Jeden Moment rechne ich damit, das Schwirren eines Armbrustbolzens zu hören oder kalten Stahl in meinem Nacken zu spüren, doch ich erreiche über den Klippenpfad ungehindert das Gipfelplateau, was meine Angst nur noch verstärkt. Vor mir sehe ich eine Ansammlung verkümmerter Bäume. Das Herz schlägt mir bis zum Hals; sicher werden sie mich hier und jetzt, ungeschützt, wie ich bin, aus dem Schatten heraus angreifen. Doch alles, was ich höre, ist mein abgehackter Atem und das Stöhnen des Windes. Bei jedem Knarren eines Astes, jedem Knacken eines Zweiges fahre ich erschrocken herum. Als ich dem Pfad auf dem Gipfelplateau weiter folge, ertönen plötzlich lautes Flügelflattern und Blätterrascheln, weil ich einen Vogel von seinem Schlafplatz aufgescheucht habe. Ich unterdrücke den Drang aufzuschreien, doch als ich aus dem Wäldchen auf eine weitläufige Grasfläche trete, zittere ich am ganzen Leibe.

Im Mondschein kann ich die Umrisse einer kleinen Kapelle ausmachen und südlich und östlich davon die Konturen von Brustwehren: die halb fertiggestellte Festung, die Drake erwähnt hat. Hier herrscht völlige Stille, nichts rührt sich außer den Ästen der Bäume und den über mir dahinziehenden Wolken. Falls hier Soldaten stationiert waren, fürchte ich, dass Thomas Drake recht hat. Die Männer, die auf mich warten, werden dafür gesorgt haben, dass sie nicht eingreifen können.

Ich gehe langsam, vorsichtig, Schritt für Schritt auf die Kapelle zu. Als ich näher komme, kann ich die schmalen Fenster erkennen, schwarze Schlitze entlang der Seiten, und eine niedrige bogenförmige Tür an einem Ende. Die Kapelle hat keinen Turm, nur ein Giebeldach, das aussieht, als müsste es repariert werden. Nirgendwo gibt es Licht. Hier wollen sie mich haben, denke ich, als ich mich der Tür nähere. Hier werden sie lauern. Jenkes wird diese Kulisse zusagen; Jenkes, der treue Sohn Roms, der alle Ketzer mit einem heiligen Zorn hasst und den Mord an ihnen als Akt der Frömmigkeit ansieht. Wird er mein Blut an einem heiligen Ort vergießen? Die Kapelle ist hier zu allen Seiten ungeschützt, der Wind fegt über die Klippenspitze und zerrt an der Kapuze meines Umhangs. Ich ziehe ihn enger um mich und gehe so geräuschlos wie möglich auf die Tür zu.

Dort angekommen, stoße ich langsam den Atem aus, um meinen Pulsschlag zu beruhigen. Meine Handflächen kribbeln vor Schweiß. Hier wird er erfolgen, fürchte ich: der tödliche Schlag aus dem Dunkel hinter der Tür. Ich kann förmlich spüren, dass sie auf mich warten. Der Wind ebbt plötzlich ab, als würde er den Atem anhalten. Ich stelle meine unbenutzte Laterne ab, knöpfe mein Wams oben auf und lockere mein Messer in seiner Scheide, sodass ich es mit einer Bewegung zücken kann, wenn es sein muss. Ich lege eine Hand auf den Türknauf und drehe ihn. Die Tür öffnet sich knarrend einen Spalt breit.

Für den Fall, dass sich jemand hinter ihr versteckt, trete ich so fest dagegen, dass sie gegen die Wand prallt und in ihren Angeln erzittert. Drinnen rührt sich nichts. Ich spähe in den schwarzen Rachen der Kapelle. Nach einer langen Pause schreite ich auf die Schwelle.

Schwaches Licht fällt durch die Fenster über die ausgetretenen Bodenplatten. Alles andere ist in eine dichte, samtige Dunkelheit getaucht. Ich atme den mineralischen Geruch von altem Stein ein. Dann höre ich es oder spüre es eher; das Geräusch ist so unwirklich, aber es ist da: ein ersticktes flaches Atmen, hastig und panikerfüllt wie von einem in die Enge getriebenen Tier. Ich trete noch einen Schritt vor und ziehe dabei leise mein Messer. Das Geräusch wird lauter; ich habe mich nicht geirrt. Ich schlage meine Kapuze zurück, damit mein Sehvermögen nicht beeinträchtigt wird, rücke, das Messer gezückt haltend, weitere zwei Schritte vor und zucke zusammen, als ich die Kapellentür hinter mir knarrend zufallen höre. Ich hätte damit rechnen müssen: Jetzt sitze ich in der Falle. Schwarze Finsternis schließt sich um mich, von irgendwoher kommt ein kurzer, gedämpfter Schrei oder vielleicht auch ein Schluchzen. Ich wirbele im Dunkeln herum, stoße das Messer blindlings in die undurchdringliche Schwärze, aber es durchschneidet nur kühle Luft. Unbändige Furcht keimt in meiner Brust auf, die Art von Angst, die droht, mein rationales Denken auszuschalten. Unter Aufbietung all meiner Willenskraft kämpfe ich sie nieder und konzentriere mich darauf, angestrengt auf irgendwelche verräterischen Geräusche zu lauschen.

In der Stille dringt das Kratzen eines Feuersteins an mein Ohr, und am anderen Ende der Kapelle flammen die Funken einer Zunderbüchse auf. Ich rühre keinen Muskel. Demnach ist einer von ihnen direkt vor mir, was allerdings heißt, dass der Zweite sich von hinten anschleichen kann. Der Funke entzündet eine Kerzenflamme, die hell auflodert. Sie bewegt sich, aber nicht auf mich zu, sondern zur Seite, dann erweckt sie ein weiteres orangefarbenes Licht zum Leben, gefolgt von noch einem und noch einem, bis es so hell ist, dass ich eine Gestalt erkennen kann, die an der Seite der Kapelle entlanggeht und die Kerzenstummel in den Wandhaltern entzündet. Endlich dreht sich der Mann zu mir um und kommt einen Schritt näher. Links von ihm vernehme ich eine leise Bewegung, ich fahre herum und höre mich angesichts des Anblicks, der sich mir bietet, laut nach Luft schnappen. In dem schwachen, flackernden Licht sehe ich Lady Arden; ihre Hände sind gefesselt. Sie ist mit einem Tuch geknebelt, und eine Schlinge liegt um ihren Hals. Das daran hängende Seil ist um einen Deckenbalken geschlungen. Ihre Füße ruhen auf einer wackeligen Holzbank. Das Seil ist ziemlich straff gespannt; wenn sie das Gleichgewicht verliert oder die Bank unter ihr weggetreten wird, würde sie sich erhängen. Ihre Augen treten vor Entsetzen aus den Höhlen, und sie stößt einen durch den Knebel gedämpften wimmernden Laut aus.

Der Mann mit der Kerze kommt auf mich zu, bleibt aber ein paar Fuß außerhalb der Reichweite meiner Klinge stehen und fixiert mich mit einem wissenden Lächeln. Ich erkenne ihn sofort wieder. Rowland Jenkes muss als junger Mann schwer an den Pocken erkrankt sein. Sein Gesicht ist mit den Narben übersät, die diese Krankheit hinterlässt. Fahles Narbengewebe zieht sich auch um die Löcher, wo er sich selbst die Ohren abgeschnitten hat, nachdem er in Oxford an den Pranger genagelt worden war. Trotz aller dieser Makel muss Englands berüchtigtster Händler von verbotenen Büchern einst ein gut aussehender Mann gewesen sein; von den außergewöhnlichen Augen über den hohen, scharf geschnittenen Wangenknochen geht noch immer eine eigenartige Anziehungskraft aus. Warme, vor Leben tanzende Augen, die den Betrachter einladen, in ihnen zu versinken, und die einen so eigenartigen Gegensatz zu der verwüsteten Landschaft seines Gesichts bilden. Aber die Wärme täuscht, wie ich vor zwei Jahren erfahren musste.

Jenkes schüttelt immer noch lächelnd in gespieltem Unglauben den Kopf und mustert mich von Kopf bis Fuß, als wäre ich ein lange verschollener, für tot gehaltener Bruder. Er macht einen unbewaffneten Eindruck, aber auch dieser Schein kann trügen.

»Nun, Ihr seid nicht Sir Francis Drake, aber welch ein unerwartetes Vergnügen.« Sein spaßhafter Ton verrät mir, dass hier nichts unerwartet ist. Seine Stimme passt ebenso wenig wie seine Augen zu seinem bedrohlichen Äußeren; sie ist gebildet, kultiviert, ruhig. »Willkommen in der Kapelle des heiligen Michael, Giordano Bruno.« Er schwenkt eine Hand durch den Raum. »Ausgerechnet hier treffen wir uns wieder, wer hätte das gedacht? Die Wege des Herrn sind wirklich unergründlich, findet Ihr nicht? Ich erzählte gerade Lady Arden davon«, fährt er im Konversationston fort, ohne den Blick von mir abzuwenden, »welchen Weg wir gemeinsam gegangen sind, Ihr und ich. Manche mögen es als Zufall bezeichnen, aber ich nenne es das Werk der Vorsehung.« Sein Lächeln wird eine Spur blasser. »Nach Eurem Besuch war es mir nicht mehr möglich, nach Oxford zurückzukehren. Ich musste ein florierendes Geschäft zurücklassen. Das hat mich sehr verdrossen.«

»Bitte nehmt meine Entschuldigung dafür an«, sage ich mit eisiger Stimme.

»Sehr freundlich von Euch. Aber nichts für ungut. Ich bin es gewöhnt weiterzuziehen. So wie Ihr. Auch das ist uns gemeinsam: Keiner von uns ist seines Glaubens wegen in seiner Heimat willkommen. Ich verbrachte ein Jahr in Frankreich, machte mich dort nützlich, kaufte und verkaufte Bücher und hielt die Augen offen. Eines Tages hörte ich Gerüchte bezüglich eines ganz speziellen Werkes. Eines, von dem man mir gesagt hatte, es würde nicht existieren. Erinnert Ihr Euch, Bruno, wie Ihr in Oxford auf der Suche nach einem Buch, das angeblich auch nicht existierte, zu mir gekommen seid?« Das Lächeln kehrt zurück, seine Zähne glänzen im Licht. »Nun, hier geht es um ein anderes Buch. Einer der englischen Rekusanten war zusammen mit einem Seefahrer, einem Gentleman, im Marshalsea eingekerkert, einem Mann, der mit Sir Francis Drake rund um die Welt gesegelt war und zur Belohnung dafür wegen Verrat angeklagt wurde, obgleich er sich abgesehen davon, dass er Gerechtigkeit für seinen ermordeten Bruder wollte, nichts hatte zuschulden kommen lassen.« Übertrieben bekümmert, schüttelt er erneut den Kopf. »Im Gefängnis erzählte dieser verzweifelte Seemann Geschichten von seinen Reisen. In einer davon ging es um ein koptisches Manuskript und einen ermordeten Jesuiten.« Sein Blick huscht zu der Tasche unter meinem Arm; seine Zunge zuckt voller Vorfreude über seine dünnen Lippen. »Die meisten seiner Mitgefangenen dachten, er würde irrereden, aber einer, eben jener katholische Rekusant, glaubte ihm. Nach seiner Freilassung floh er zu den englischen Katholiken in Paris, denen er die Geschichte des Seemanns erzählte. Als mir das Gerücht zu Ohren kam – ja, ich finde das immer noch komisch –, kehrte ich nach London zurück, um besagten Seemann zu suchen. Aber ich vergaß, Ihr seid Euch ja bereits begegnet.« Ich sehe, wie sein Blick hinter meine Schulter wandert, wo das unverwechselbare Klicken von Metall auf Metall ertönt, dann ein weiterer erstickter Schrei von Lady Arden. Ich drehe mich um, sehe, wie sich eine Gestalt aus dem Schatten löst, und erkenne sofort den Mann, der mich im *Haus der Vesta* überrumpelt hat.

Doughty baut sich zwischen mir und der Kapellentür auf. Über dem Arm hält er eine kunstvoll gearbeitete Radschlosspistole, deren Lauf direkt auf mich zeigt. Kein Wunder, dass Jenkes von meinem Messer so wenig beeindruckt war.

»Es freut mich, Euch wiederzusehen, Doktor Bruno. Das letzte Mal seid Ihr gegangen, ohne Euch zu verabschieden. Ich wollte nur mit Euch reden.« Doughty setzt ein kaltes Lächeln auf, das seine Zahnlücken entblößt. »Schaut nur, welche Probleme Ihr uns hättet ersparen können, wenn Ihr nicht wie eine nervöse Hirschkuh davongelaufen wärt.« Er deutet auf Lady Arden.

Ich halte seinem Blick so unverwandt wie möglich stand, um ihm zu zeigen, dass ich mich diesmal nicht von ihm einschüchtern lasse, freilich fällt es mir schwer, die Pistole zu ignorieren. Sein Gesicht ist intelligent, aber er wirkt gehetzt, die Augen liegen tief in umschatteten Höhlen und zucken immer wieder von mir weg, als würde er mit einem Schlag aus einer unerwarteten Ecke rechnen.

»John und ich stellten fest, dass wir einer gemeinsamen

Sache dienen«, fährt Jenkes fort, dabei zieht er sich an den Rand meines Blickfeldes zurück.

»Ihr seid demnach Katholik?«, wende ich mich wieder an Doughty. Meine Stimme klingt nicht so fest, wie ich es gerne hätte.

Er schüttelt den Kopf. »Die Prälaten in Rom interessieren mich nicht. Ich habe mein Land nie verraten, egal was sie gesagt haben, es war vielmehr so, dass England mich verraten hat. Jetzt möchte ich nur noch Francis Drake so leiden sehen, wie meine Familie gelitten hat. Wenn das bedeutet, mich mit den Franzosen oder Spaniern zu verbünden, nun ja, dafür bin ich schon im Voraus bestraft worden.« Er lächelt und zieht die Lippen zurück, um zu zeigen, welchen Preis er bezahlt hat.

Ich habe genug davon, dass sie sich auf meine Kosten lustig machen. Ich schwinge die Tasche mit dem Buch nach vorne und hebe deren Klappe. »Sollen wir jetzt zu dem gerechten Austausch kommen, den Ihr vorgeschlagen habt, Jenkes? Dann können wir alle unserer Wege gehen.«

Er antwortet mit einem dünnen Lächeln. »Legt erst das Messer weg, Bruno, seid ein guter Junge. Ihr werdet noch jemandem die Augen ausstechen.« Als ich zögere, schlendert er lässig zu der Bank hinüber, auf der Lady Arden balanciert, stützt einen Fuß darauf und stupst die Bank leicht an, wie um ihre Festigkeit zu testen. Ich sehe, wie Lady Arden die Augen gen Himmel verdreht und ihr Tränen über die Wangen rollen. Ich lasse das Messer fallen; es landet klirrend auf dem Steinboden, woraufhin Jenkes den Fuß von der Bank wegzieht und mir beifällig zunickt. Er hebt das Messer auf und betrachtet den geschnitzten beinernen Griff. »Gute Arbeit. Eure Landsleute wissen, wie man Waffen herstellt.« Er streicht mit dem Zeigefinger anerkennend über die Klinge und legt die Fingerkuppe gegen die Spitze.

Eisige Kälte durchströmt mich. Jetzt kann ich mich nur noch mit meinem Verstand verteidigen, und ich weiß nicht, ob ich mich damit gegen ein Messer und eine Pistole behaupten kann.

»Ich mache mir Sorgen, wisst Ihr, Bruno.« Jenkes blickt wie ein Mann, der belanglose Konversation betreibt, zu mir auf. »Ich mache mir Sorgen, dass Francis Drake das Konzept eines gerechten Austauschs nicht begreift. Selbst jetzt fürchte ich noch, dass er die Insel von bewaffneten Soldaten hat umzingeln lassen, die darauf warten, auf uns zu feuern, sobald wir uns blicken lassen.«

Er beobachtet mich scharf; lauert auf eine Reaktion. Ich wahre eine unbeteiligte Miene.

»Sir Francis wird sich an Eure Bedingungen halten«, erwidere ich gleichmütig.

»Ganz offensichtlich wird er das nicht«, beklagt sich Doughty gekränkt. »Wir haben ganz klar gefordert, dass er persönlich kommt.«

»Ihr müsst gewusst haben, dass Drake nicht alleine hierherkommen würde.« Ich drehe mich zu ihm, bemüht, meine Stimme ruhig zu halten, und klopfe auf die Tasche. »Ich habe hier das, was Ihr wollt, Jenkes. Lasst uns den Handel abschließen.« Ich blicke zu dem Buchhändler hinüber; weiß, dass man mir meine Angst ansieht, und klammere mich trotzdem an die absurde Hoffnung, dass er vernünftigen Argumenten zugänglich ist. Er macht ein nachdenkliches Gesicht; gibt vor, meinen Vorschlag in Erwägung zu ziehen, während er zu Lady Arden zurückgeht. Meine Kehle schnürt sich zu.

»Ich fürchte, John hat recht, Bruno, wenn man es genau nimmt, hat Drake unser Vertrauen bereits enttäuscht.« Er hält inne, um mich bedauernd anzusehen, dann keilt er mit einer raschen Bewegung nach hinten aus und tritt die Bank unter ihr weg.

Das Seil spannt sich; ein grässlicher Würgelaut entringt sich Lady Ardens Kehle. Im nächsten Moment stürze ich zu ihr, packe sie direkt unterhalb der Knie und setze die ganze in meinen Armen verbliebene Kraft ein, um sie hochzuheben, damit das Seil wieder erschlafft. Ich mühe mich ab, bis sie ihre Knie auf meine Schultern stemmt und noch immer hustend mit den gefesselten Händen an der Schlinge zerrt. Ich schließe die Augen, rechne jeden Augenblick damit, den Knall zu hören und das Schießpulver zu riechen, kurz bevor die Kugel in mein Hirn dringt. Stattdessen vernehme ich nur Jenkes' Gelächter.

»Eine schnelle Reaktion, Bruno.« Er stellt die Bank wieder aufrecht hin und bedeutet mir, Lady Ardens Füße daraufzuschieben. »Beeindruckend. Nur ein kleiner Test für Euch.«

Ihr Gewicht sackt gegen mich, als ich sie stütze. Ich blicke auf; ihr Atem geht mühsam, und ihr Gesicht hat sich braunrot verfärbt, die Augen starren ins Leere. Ich befürchte, dass sie ohnmächtig wird, wenn ich sie loslasse, und ihre Füße erneut wegrutschen werden, denn sie dreht sich langsam am Ende des Seils.

»Ich erinnere mich an eine andere Frau, mit der Ihr Euch eingelassen habt, damals in Oxford«, sinniert Jenkes. »Habt auch Euer Leben riskiert, um sie zu retten, nicht wahr? Ihr könntet einem alten Minnelied entsprungen sein, Bruno. Die Vorstellung, dass Ihr so viele Jahre im Kloster verschwendet und der Frauenwelt diese Ritterlichkeit vorenthalten habt, bricht mir das Herz.« Er konzentriert sich darauf, mit der Spitze meines Messers seine Fingernägel zu reinigen. Aus dem Augenwinkel heraus sehe ich, wie John Doughty zu meiner rechten Seite hinübergeht. Die immer noch auf mich gerichtete Pistole schimmert kalt. Jenkes hebt plötzlich ruckartig den Kopf. »Gebt mir das Manuskript.« Er streckt eine Hand aus und schnippt ungeduldig mit den Fingern.

Vorsichtig lasse ich Lady Ardens Beine los. Sie schwankt bedrohlich, scheint sich aber genug erholt zu haben, um zumindest vorerst festen Halt zu finden. Ich greife in die Tasche und ziehe das eingewickelte Manuskript heraus. Jenkes' Augen glitzern, er leckt sich erneut über die Lippen und macht Anstalten, nach dem Buch zu greifen. Ich presse es gegen meine Brust; wenn möglich, will ich es ihm nicht aushändigen, bevor er Lady Arden losgeschnitten hat, sonst habe ich kein Handelsgut mehr.

»Gleich als ich Euch an diesem Abend im *Star* gesehen habe, wusste ich, dass Drake Euch hergeholt hat, um das hier zu begutachten. Er hat sich bezüglich eines Verkaufs als bemerkenswert stur erwiesen, obwohl ich ihm einen guten Preis geboten habe. Mir wurde klar, dass ich einen anderen Weg finden musste.« Er tritt näher, streckt die linke Hand noch immer aus und umklammert mit der rechten das Messer, das er jetzt aber sinken lässt. Seine Augen sind mit wölfischer Gier auf das Manuskript gerichtet. »Als diese hilfsbereite kleine Magd aus dem *Star* mir die Übersetzung brachte, an der Ihr gearbeitet habt, wusste ich sofort, dass es sich um das Original handelte: das verlorene Judasevangelium. Habt Ihr übrigens noch eine zweite Übersetzung angefertigt?«

Ich gebe keine Antwort.

»Nun, ich denke, das ist ohnehin unerheblich«, fährt er fort. »Ohne das Original als Beweis ist eine Übersetzung nichts wert. Obschon es dem Vatikan nicht gefallen würde, wenn eine nicht autorisierte Kopie im Umlauf wäre.«

»Das ist also Euer Kunde?«

Er blickt auf, um mir in die Augen zu sehen, und lacht. »Warum, wärt Ihr nicht gekommen, wenn Ihr das gewusst hättet? Hättet Ihr sie lieber baumeln lassen, als Eurem Erzfeind irgendein Zugeständnis zu machen? Hasst Ihr Rom immer noch so sehr?« Er wartet meine Antwort nicht ab. Stattdessen legt er den Kopf schief, tätschelt das Manuskript und mustert mich mit ehrlicher Neugier. »Dann verratet mir eines, von Gelehrtem zu Gelehrtem: Ist es echt?«

Ich zögere nur den Bruchteil einer Sekunde, bevor ich erwidere: »Fast mit Sicherheit nicht. Zweites Jahrhundert, die üblichen gnostischen Lehren. Nichts, was die Kirche nicht schon hundert Mal gesehen und verworfen hat. Es wurde nicht von Judas Iskariot verfasst, wenn Ihr das meint.«

Jenkes legt den Kopf in den Nacken und stößt erneut dieses überschnappende Lachen aus; es breitet sich im Raum aus wie Flammen auf trockenem Holz. »Ihr seid ein guter Lügner, Bruno, wie alle Dominikaner, aber nicht gut genug. Dass Ihr meint, lügen zu müssen, verrät mir alles, was ich wissen muss. Gebt es mir.«

Er tritt näher und nickt in Richtung des Päckchens, das ich noch immer an meine Brust gepresst halte. Die Hand, die das Messer hält, hängt locker an seiner Seite; seine Gier nach dem Buch hat ihn unachtsam werden lassen. Sekundenschnell berechne ich die Entfernung zu ihm; ich bin zwar verletzt, und mein ganzer Körper schmerzt, aber ich könnte ihn in die Leistengegend treten, ihn auf den Rücken werfen, ihn mit einem Fuß auf dem Hals dort festnageln und ihm das Messer abnehmen, bevor er reagieren kann. Es wäre machbar. Aber nicht, wenn John Doughty mit gezückter Pistole hinter mir steht; ich wäre im nächsten Moment tot, und Lady Arden würde abrutschen und langsam ersticken.

Ich nicke zu ihr hinüber. »Schneidet sie erst los.«

»Glaubt Ihr wirklich, Ihr wärt in der Position zu verhandeln, Bruno? Erst will ich mich überzeugen, dass Ihr mir keine Fälschung oder ein ganz anderes Buch gebracht habt. Was allerdings sehr töricht von Euch und Drake wäre, und was immer Ihr auch sein mögt, ich halte keinen von Euch beiden für einen Narren. Zeigt mir das Buch! John!« Er scheucht Doughty durch den Raum zu Lady Arden hinüber. Doughty stellt einen Fuß auf die Bank. Seine Waffe ist immer noch auf mich gerichtet.

»Tut, was von Euch verlangt wird, Bruno, und niemandem wird etwas geschehen.« Jenkes hebt das Messer in Richtung meines Kopfes und hält es gegen mein Ohr. »Obwohl es verlockend ist, Euch am eigenen Leib spüren zu lassen, was ich erduldet habe. Ein hübscher Bursche wie Ihr, wie würde es Euch gefallen, so wie ich auszusehen?« Er drückt ein bisschen fester zu. Ein warmes Rinnsal rieselt an meinem Hals hinunter. Ich beiße die Zähne zusammen und halte den Blick unverwandt auf Jenkes geheftet. »Dann würden Damen von Stand wie diese hier wohl nicht mehr so nach Eurer Gesellschaft lechzen, fürchte ich.«

Ich halte den Kopf so still, wie es mir möglich ist, als ich das Manuskript aus seinem schützenden Öltuch wickele und bei der ersten Seite aufschlage, wobei ich meine Finger zwinge, nicht zu zittern. Jenkes beugt sich, vor Gier fast sabbernd, darüber. Er lässt das Messer sinken, nimmt mir das Buch aus den Händen und blättert ein paar Seiten um. Sein Gesicht verrät, dass seine Aufmerksamkeit völlig davon gefesselt ist. Ich schaue zu Doughty hinüber. Er schiebt die Bank mit dem Fuß unmerklich zurück, um mir zu verstehen zu geben, dass ich noch nicht einmal daran denken soll, mich zu rühren. Ich presse meinen Ärmel gegen mein Ohr. Als ich ihn wegziehe, sehe ich Blut, obwohl der Schnitt nicht tief ist – ein kleiner Vorgeschmack von dem, was als Nächstes kommen könnte. Lady Arden und ich sind Jenkes und Doughty auf Gedeih und Verderb ausgeliefert; wenn es sie danach gelüstet, uns vor unserem Tod leiden zu lassen, liegt es nicht in unserer Macht, sie daran zu hindern. Ich versuche, den Gedanken zu verdrängen, aber die Furcht vor der Folter liegt mir wie ein Stein im Magen.

Jenkes blättert die nächste Seite um. Ein träges, triumphierendes Lächeln breitet sich auf seinem Gesicht aus.

»Es wird spät, Rowland«, mahnt Doughty ungeduldig. »Das Boot wird warten. Lass es uns hinter uns bringen.«

Ich werfe ihm einen verstohlenen Blick zu. Das sind gute Neuigkeiten; wenn sie es eilig haben, hier wegzukommen, nehmen sie sich vielleicht nicht die Zeit, noch lange genüsslich mit ihrer Beute zu spielen.

Jenkes hebt den Kopf, und einen Moment glüht sein Gesicht wie in Ekstase. »Das ist das Buch«, sagt er, sich in die Gegenwart zurückkatapultierend. »Schneide sie los.«

Ich starre ihn an. Meine Beine geben fast unter mir nach, und ich muss mich darauf konzentrieren, mich auf den Füßen zu halten; die über mir zusammenschlagende Welle der Erleichterung ist so groß, dass sie mich beinahe mit sich reißt. Hat er wirklich vor, sich an die Abmachung zu halten? Selbst John Doughty wirkt skeptisch, doch nach einem Blickwechsel mit Jenkes steigt er auf die Bank, zieht ein Messer aus dem Gürtel, klemmt sich die Pistole unter den Arm und beginnt das Seil über Lady Ardens Kopf durchzusägen. Sie sackt in seine Arme, sodass sie beide das Gleichgewicht verlieren. Doughty taumelt zurück und kann sie gerade noch auffangen, als sie von der Bank fällt. Sie vermag kaum zu stehen und kippt gegen ihn, woraufhin er sie zu Boden gleiten lässt. Ich trete einen Schritt auf sie zu und sehe mich der Spitze meines eigenen Messers gegenüber, die nur Zentimeter von meinem Auge entfernt ist.

»Bleibt, wo Ihr seid, Bruno.« Jenkes hält mir die Klinge vor das Gesicht, bis Doughty sich aufgerichtet hat und erneut mit der Pistole auf mich zielt. Als er sicher ist, dass ich es nicht wage, mich zu rühren, wickelt er das Manuskript wieder ein und bedeutet mir, ihm die Tasche zu überlassen, in der er es sicher verstaut. »Danke. Das ist nichts, was wir zurückgeben wollen, nicht wahr? Besser, wir bewahren es da auf, wo es keinen Schaden anrichten kann.«

Ich erwidere nichts darauf. Das Buch kümmert mich schon lange nicht mehr, ich will nur noch unbehelligt mit Lady Arden gehen dürfen. Jenkes wirft sich die Tasche über die Schulter und hält inne, um mich forschend zu betrachten.

»Diese Kapelle wurde im 12. Jahrhundert vollendet. Sie waren geniale Baumeister, diese Mönche. Hier drinnen sieht sie nach nichts aus, aber sie hält einige Überraschungen bereit, das garantiere ich Euch. An hoch gelegenen, einsamen Orten erbaute Kapellen sind oft dem heiligen Michael gewidmet, dem Schutzpatron derer, die leiden. Wie passend.« Er lächelt, bleckt die Zähne. »Vielleicht überlegt sogar Ihr es Euch, ob Ihr nicht zu ihm beten solltet, Bruno.« Er greift nach einer leeren Laterne und nimmt eine der brennenden Kerzen aus einem Wandhalter, um sie darin zu befestigen.

Jetzt wird mir mit einem dumpfen Gefühl der Unausweichlichkeit klar, dass mein kurzes Aufflackern von Hoffnung ein Irrlicht war. Wenn es nach Jenkes geht, werden wir hier sterben, und zwar auf grausame Weise.

Doughty hievt Lady Arden auf die Füße, hakt ihre schlaffen Arme um seinen Hals und schleift sie zu uns herüber.

»Nehmt Ihr sie lieber.« Er stößt sie grob auf mich zu. »Schließlich ist sie Eure Hure, nicht wahr?« Ich wappne mich dafür, ihr Gewicht zu tragen, und schlinge einen Arm um ihre Taille, um sie auf den Füßen zu halten. Ihre Augen sind so glasig, als wäre sie betäubt worden, vielleicht ist das die Folge davon, fast erstickt zu sein. Sie sackt gegen mich.

»Ich fand sie allerdings nicht sonderlich unterhaltsam«, fügt Doughty leichtfertig hinzu. »Aber vermutlich hat man mehr von ihr, wenn sie mit mehr Begeisterung bei der Sache ist? Sie schien sich nicht sehr ins Zeug legen zu wollen, das muss ich schon sagen.« Er kichert leise, höhnisch.

Seine Worte reißen Lady Arden aus ihrer Benommenheit; Wut flammt in ihr auf und funkelt in ihren Augen, als sie ihm einen durch den Knebel gedämpften Fluch entgegenschleudert. Ich spüre, wie sich ihre Muskeln anspannen, und ich empfinde den überwältigenden Drang, mich auf John Doughty zu stürzen und seinen Kopf gegen die Wand zu schmettern. Als würde er meine Gedanken lesen, hebt er die Pistole wieder und richtet sie auf mein Gesicht. Ich hege die absurde Hoffnung, dass er Lady Arden zuerst erschießt, dann würde ich mich nicht schuldig fühlen, sie nach meinem Tod der Folter überantwortet zu haben. Ihre Schultern beben heftig, dann scheint sie zu resignieren und schließt die Augen. Ich halte meine offen, fest auf Doughty geheftet. Ich werde ihm ins Gesicht sehen, wenn ich sterbe, damit er sich für den Rest seines elenden Lebens an diesen Blick erinnert.

Aber er betätigt den Abzug nicht, stattdessen blickt er zu Jenkes hinüber, der zielstrebig auf das Ostende der Kapelle zusteuert, wo ein kalter Steinaltar unter dem schmalen Fenster steht. Er stellt seine Laterne auf dem Altar ab, kauert sich dahinter und macht sich außerhalb meines Blickfeldes an etwas zu schaffen. Nach einer Weile höre ich ein angestrengtes Grunzen, das von dem Knirschen von Stein begleitet wird; Jenkes taucht wieder auf und gibt uns ein Zeichen. Doughty vollführt eine brüske Geste mit der Pistole, daher schlurfe ich vorwärts und ziehe Lady Arden mit, so gut ich kann. Sie scheint sicherer auf den Füßen zu sein, als wir auf Jenkes zugehen, ich bin es, der leicht schwankt, weil ich den kalten Pistolenlauf zwischen meinen Schulterblättern spüre.

Hier gibt es weniger Licht; die Kerzen, die Jenkes angezündet hat, befinden sich auf der anderen Seite der Kapelle und brennen schon herunter. Die halbkreisförmige Kanzel hinter dem Altar ist fast in der Dunkelheit versunken; ein orangefarbener Schein gleitet an dem Stein hinauf und herunter, als die Kerzenflamme wild in einem Luftzug tanzt. Jenkes deutet auf den Boden; er hebt die Laterne und hält sie näher an die Stelle, auf die er zeigt, damit ich auch etwas sehen kann.

Er hat einen in den Boden eingelassenen Gedenkstein entfernt und einen rechteckigen Raum freigelegt. Ich kann außer zwei ausgetretenen Stufen, die in tiefe Schwärze hinunterführen, nichts erkennen. Ein schaler, feuchter Geruch schlägt mir entgegen.

»Hinunter mit Euch«, sagt Jenkes vergnügt.

Schweiß prickelt auf meinen Handflächen und meiner Stirn. Ich zögere; bin unfähig, einen Fuß vor den anderen zu setzen. Hat er vor, uns unter der Erde einzukerkern? Mein Herz flattert wie ein verängstigtes Huhn. Seit ich ein Junge war, graut es mir vor engen Räumen, vor stickiger Dunkelheit. Ich werde von dem immer wiederkehrenden Albtraum geplagt, lebendig begraben zu werden. Es wäre mir lieber, er würde mich hier und jetzt erschießen, dann hätte ich es hinter mir, und beinahe hätte ich darum gebeten. Aber ich muss an Lady Arden denken.

»Lasst Euch nicht die ganze Nacht Zeit, Bruno, wir haben eine dringende Verabredung mit einem französischen Handelsschiff.« Jenkes deutet auf den Eingang der Krypta. »Wir kommen mit Euch, keine Sorge.« Wieder lächelt er rätselhaft, er amüsiert sich köstlich.

Ich versuche, jeglichen Gedanken an das auszublenden, was

uns dort unten erwartet, und konzentriere mich auf jeden Schritt, jeden Atemzug. Die Öffnung bietet nur Platz für eine Person nach der anderen. Ich gebe Lady Arden frei, warte, bis ich sicher sein kann, dass sie sich auf den Beinen zu halten vermag, dann kehre ich der Treppe den Rücken zu, fasse Lady Arden bei den Händen und steige, von ihr gefolgt, rückwärts in das dunkle Loch hinab, eine Stufe nach der anderen, bis ich überhaupt nichts mehr sehen kann. Ich habe keine Ahnung, wie tief es nach unten geht, aber ich zähle ein Dutzend Stufen, bevor ich einen soliden Steinboden erreiche. Ich lenke Lady Arden die letzten Stufen hinunter, sie stolpert und fällt gegen mich, und ich ziehe sie an mich, um uns beide vor der Kälte zu schützen. Ringsum ist nichts als undurchdringliche Finsternis und der Geruch feuchter Steine.

Lady Arden fröstelt in meinen Armen. Ich öffne meinen Umhang und lege ihn um ihre Schultern, aber sie hört nicht auf, heftig zu zittern. Ein schwaches Licht schwebt oben über der Treppe, und ich rechne jeden Moment damit, dass der Stein an seinen Platz zurückgeschoben wird. Doch getreu seiner Worte beginnt Doughty mit der Laterne in der einen und der Pistole in der anderen Hand nach unten zu steigen. Auf halber Strecke hält er inne, um auf Jenkes zu warten, aber es gibt nun genug Licht, um festzustellen, dass wir uns in einem mit alten Ziegeln ausgekleideten unterirdischen Gewölbe befinden. An den Wänden stapeln sich Kisten und Fässer. Endlich erscheint Jenkes auf den Stufen und zerrt an dem Gedenkstein, bis er sich mit einem schweren Krachen wieder in seine Lücke einfügt. Er hält eine weitere Laterne in der Hand. Über dem Arm trägt er ein aufgerolltes Seil, vermutlich das, mit dem Lady Arden an den Balken gefesselt war.

Jetzt sitzen wir vier, wie es aussieht, hier unten in der Falle. In meinem Kopf tobt ein Aufruhr namenlosen Entsetzens, aber Lady Arden zuliebe bemühe ich mich, ruhig zu atmen und keine Miene zu verziehen.

Jenkes kommt mit dem Seil in der Hand langsam auf uns zu.

»Ich hoffe, Ihr werdet Euch nicht zur Wehr setzen, Bruno«, sagt er. Seine Augen glänzen im Halbdunkel. »Vergesst nicht, nur ein Versuch Eurerseits, uns Schwierigkeiten zu machen, und Ihr habt eine Kugel zwischen den Augen, bevor Ihr zwinkern könnt. Dann wärt Ihr nicht mehr da, um die Lady zu beschützen, nicht wahr? Nicht, dass Euer Schutz viel wert wäre, aber es erlaubt Euch, die Illusion von Kontrolle aufrechtzuerhalten, richtig? Gut, das wird Euch interessieren. Kommt und schaut es Euch an.«

Am anderen Ende des Gewölbes sind drei Fässer in einer Ecke aufgestapelt. Ringsum auf dem Boden liegen die Reste zerbrochener Backsteine verstreut. Jenkes stellt die Laterne behutsam in einiger Entfernung von uns ab, packt ein Fass und hievt es aus dem Weg, dann macht er dasselbe mit den anderen beiden. Hinter uns streift Doughty geräuschlos wie eine Wildkatze durch den Raum, nur der hin und her schwingende Lichtkegel zeugt von seinen Bewegungen. Jenkes hebt die Laterne, um eine Reihe loser Ziegel im Boden zu beleuchten.

»Ich sagte doch, dass diese Mönche genial waren.« Er hockt sich hin, um einen Stein mit den Fingern herauszuklauben. Er lässt sich leicht lösen, und Jenkes wirft ihn beiseite. »Das ist eine schwere Arbeit, wollt Ihr sie mir nicht abnehmen, Bruno?«

Widerwillig gebe ich Lady Arden frei, die sich gegen einen Pfeiler lehnt, und kauere mich zu Jenkes' Füßen nieder. Als ich einen weiteren Ziegel anhebe, schlägt mir ein Schwall kalter, feuchter Luft entgegen, und ich bekomme eine Gänsehaut.

»Gut so, weiter«, sagt Jenkes. »Alle losen Ziegel herausnehmen. Die Kapelle war teils als heiliger Ort, teils als Aussichtspunkt gedacht. Dieses Gewölbe ist direkt in das Felsgestein der Insel gehauen. Aber sie hatten Angst, dass die Insel als Erstes eingenommen werden würde, wenn der Feind – Frankreich damals – in das Land einfallen sollte. Deswegen haben sie ihre Kapelle mit einem Fluchtweg versehen.«

»Ein geheimer Tunnel?« Also doch. Deswegen haben sich die beiden wegen Drakes wartender Flotte keine Sorgen gemacht.

Er wirkt fast enttäuscht. »Ihr wisst davon?«

»Drake weiß davon, sie werden am anderen Ende auf Euch warten.«

Ein flüchtiger Schatten des Zweifels huscht über sein Gesicht. »Wo ist denn dann das andere Ende?« Als ich nichts darauf erwidere, lacht er. »Ihr blufft. Netter Versuch, Bruno. Es ranken sich viele Legenden um diese Tunnel, aber nur sehr wenige Menschen wissen von ihrer Existenz. Die Zollbeamten haben diesen Eingang schon vor Jahren zumauern lassen, aber die Schmuggler sind erfinderisch, deshalb gibt es mehr als einen Ausgang, um die Behörden in die Irre zu führen. Der Tunnel selbst ist halb verfallen, aber noch begehbar. Drakes Männer werden bis zur Morgendämmerung warten, um uns auf dem Seeweg abzufangen. Zu diesem Zeitpunkt werden wir schon längst weg sein.« Er klopft auf die Tasche an seiner Seite.

»Sie werden Euch so oder so überwältigen.« Ich versuche, so zu klingen, als würde ich glauben, was ich sage. »Drake hat ein riesiges Aufgebot von Männern auf Euch angesetzt.«

Jenkes schüttelt den Kopf und schnalzt mit der Zunge, als wäre er von mir enttäuscht. »Ihr wisst sehr gut, dass das nicht stimmt, Bruno. Drake würde nichts unternehmen, was Lady

Ardens Leben gefährdet. Es war ein gewagtes Spiel, das gebe ich zu, aber Doughty war sich seiner Sache sicher.«

»Was ist mit Robert Dunne?«, wende ich mich an John Doughty. »War er auch ein gewagtes Spiel?«

Er lacht verdutzt auf. »Dunne? Ja, vermutlich schon. Ein Spiel, das ich am Ende verloren habe, was ich hätte vorhersehen müssen. Der arme Dunne war vom Pech verfolgt. Von schlimmerem Pech noch als meinem, wie es scheint.«

»Was habt Ihr dann von dieser Scharade?« Wenn ich sie am Reden halten kann, verschaffe ich mir Zeit zum Nachdenken. Leider fällt mir kein Ausweg ein, bei dem Lady Arden oder ich oder wir beide nicht am Ende tot sind. »Ihr könnt doch nicht wirklich geglaubt haben, Drake würde persönlich herkommen?«

Doughty denkt über die Frage nach. »Nein, tief in meinem Inneren habe ich das wohl nicht geglaubt. Aber dies hier genügt mir vorerst. Ich werde ihren Kopf in der Kirche zurücklassen, damit er ihn findet.«

Lady Arden stößt durch ihren Knebel einen wilden Laut aus. Sie sinkt zu Boden, Tränen strömen ihr über das Gesicht. Sie ist so blass, dass ich fürchte, sie könnte sich übergeben; mit dem Knebel im Mund würde sie sofort ersticken.

»Von Rechts wegen sollte ich ihn auf der Klippe aufstellen, damit die Seevögel ihr die Augen auspicken können, so wie er es mit dem Kopf meines armen Bruders getan hat«, fährt Doughty sachlich fort. »Mal sehen, wie ihm das gefällt. Gibt ihm einen Vorgeschmack auf seinen eigenen Tod.«

»Glaubt Ihr wirklich, dass Ihr Drake eines Tages töten werdet?«, frage ich.

Der Hohn in meiner Stimme entgeht ihm nicht. Seine Züge verhärten sich, als er näher tritt.

»Ich muss es glauben«, zischt er durch die ihm verbliebenen Zähne, und aus den Worten höre ich das Ausmaß seiner Verzweiflung heraus. »Das Einzige, was mich davon abhält, Robert Dunnes Beispiel zu folgen, ist der Schwur, den ich meinem Bruder geleistet habe: dass ich Francis Drake in seinem Grab sehen werde, bevor ich in meinem liege. Dieser Mann hat mir alles genommen.« Er ist mir so nah, dass ich seinen Atem auf meinem Gesicht spüren kann. Der Pistolenlauf presst sich gegen mein Brustbein. Ich höre das Blut in meinen Ohren rauschen. »Meinen Bruder, mein Geld, meinen Ruf. Meinen Patriotismus. Sogar meine gottverdammten Zähne«, fügt er mit einem säuerlichen Lachen hinzu. »Und ich hatte gute Zähne. Während er mit Land, Titeln, Ruhm, königlicher Gunst und einer schönen jungen Frau bedacht wurde.« Er schielt zu Lady Arden. »Natürlich hätte ich es vorgezogen, seine Frau in meine Gewalt zu bringen – nichts für ungut, Mylady –, aber Elizabeth Drake wird zu gut bewacht. Dieses Luder hier wird herhalten müssen. Ich werde ihm seine Besitztümer nehmen, Stück für Stück, bis er weiß, wie es sich anfühlt, alles zu verlieren. England wird mir nie Gerechtigkeit zuteilwerden lassen, also muss ich sie mir selbst verschaffen.«

»Oder einen verzweifelten Mann wie Robert Dunne dazu überreden, Euch die Arbeit abzunehmen«, sage ich, obgleich mir seine Anspielung auf »Dunnes Beispiel« nicht entgangen ist.

Er schenkt mir ein dünnes Lächeln. »Zu überreden … ja, es klingt besser, wenn man es so ausdrückt. Robert Dunne war ein verabscheuungswürdiger Feigling. Einen Feigling bringt man dazu, alles zu tun, wenn er glaubt, seine eigene Haut retten zu können. Vor allem einen hoch verschuldeten Feigling. Ich habe seine Schulden im *Haus der Vesta* beglichen, wisst Ihr. Danach war er mein Geschöpf.«

»Aber nicht ganz, nicht wahr?«, erwidere ich. »Am Ende hat er nicht getan, was Ihr wolltet.«

»Richtig.« Er klingt bedauernd. »Ich dachte, er wäre verzweifelt genug, um es um des Geldes wegen zu Ende zu bringen. Eine kleine Dosis Eisenhut in Drakes Wein hätte gereicht – kaum ein Problem, sobald sie draußen auf See gewesen wären. Ich habe Dunne sogar gezeigt, wie man das Gift destilliert. Anfangs schien er durchaus willig zu sein.« Doughty vollführt eine abrupte Bewegung und schnalzt mit der Zunge. »Ich hätte erkennen müssen, dass er von dieser pathetischen kindlichen Loyalität erfüllt war, die manche Männer Drake entgegenbringen. Am Ende siegte sein Gewissen über seine Furcht, und er wählte den Ausweg des Feiglings.«

Demnach glaubt er wirklich, dass Dunne sich umgebracht hat? Ich erinnere mich an den Brief mit dem Matthäusvers, der sich auf Judas' Selbstmord aus Reue bezieht, den Drake am Tag nach Dunnes Tod erhalten hat.

»Habt Ihr deswegen diesen Brief geschickt?«, frage ich. »Damit Drake denkt, Dunnes Tod würde mit dem Judasbuch zusammenhängen?«

Eine kleine Furche erscheint zwischen seinen Brauen; er wirft Jenkes einen Blick zu. »Welchen Brief?«

»Den mit dem Bibelvers: Matthäus 27,5.«

Doughty wirkt nur noch verwirrter; die Furche auf seiner Stirn vertieft sich. *»Matthäus?«*

»Judas ging fort und erhängte sich«, wirft Jenkes glatt ein.

»Seht Ihr? Er kennt ihn auswendig.«

»Mein lieber Bruno, ich kenne den größten Teil der Bibel auswendig. So wie Ihr. Aber warum sollte jemand Drake einen solchen Brief schicken?« Er hebt eine Braue.

»Sagt Ihr es mir. Um anzudeuten, dass Dunne sich aus Reue über seinen Verrat erhängt hat, so wie Judas? Als Warnung für Drake, dass das Judasevangelium nur Leid bringt?«, schlage ich vor. »Oder einfach nur, um ihm Angst einzujagen. Um ihm einmal mehr zu zeigen, dass Ihr über alles Bescheid wisst, was ihn betrifft, sogar auf seinem Schiff.«

Doughty stößt ein bellendes Gelächter aus. »Ihm Angst einjagen? Es braucht mehr als einen Brief mit einer Bibelzeile, um El Draco Angst einzujagen.«

»Wirklich? Was denn? Einen Brief, der mit dem Fluch des Teufels droht? Nein, das hat ja nicht funktioniert. Vielleicht der Hinweis darauf, dass Ihr seine Frau beobachtet?«

John Doughty sieht beschämt aus, aber nur kurz. »Ich war nicht ich selbst, als ich diese Briefe geschickt habe. Das Gefängnis kann einem den Verstand rauben, wisst Ihr. Aber ich habe ihm nie einen Bibelvers geschickt.«

»Ich auch nicht«, fügt Jenkes achselzuckend hinzu.

»Wir verschwenden unsere Zeit«, drängt Doughty ungeduldig. »Das Schiff segelt mit der Abendflut, und wir müssen an Bord sein, sonst riskieren wir es, unseren Verfolgern in die Hände zu fallen. Wieso ist es von Belang, wer den Brief geschickt hat?«

»Es ist von Belang, weil …«, beginne ich, merke aber, dass ich die Frage nicht beantworten kann. Die ganze Zeit haben wir geglaubt, der Brief wäre entweder von Dunnes Mörder oder von jemandem gekommen, der dessen Identität kannte und mit Drake spielen wollte wie die Katze mit der Maus. Die anderen Briefe hatten mich zu der Annahme geführt, sie stünden mit dem ersten in Zusammenhang. Aber die jüngsten Entdeckungen bezüglich Savile und Martha Dunne haben all diese Theorien über den Haufen geworfen.

»Wisst Ihr, wer Robert Dunne getötet hat?«, frage ich. »Weiht mich ein! Es ist ja nicht so, als könnte ich es noch irgendwem verraten. Befriedigt meine Neugier.«

»Ist das Euer letzter Wunsch, Bruno?« Jenkes legt den Kopf schief, doch Doughty bringt ihn mit erhobener Hand zum Schweigen. Er sieht mich immer noch stirnrunzelnd an.

»Glaubt Francis Drake wirklich, dass Dunne sich selbst getötet hat?« Er schüttelt verdutzt den Kopf. »Ich wusste, dass es eine gerichtliche Untersuchung der Todesursache gab, aber ich dachte, das wäre auf Betreiben der Witwe geschehen. Wer würde Dunne den Tod wünschen?« Doughty wirkt beunruhigt.

»Abgesehen von Euch?«, sage ich.

»Tot nützt er mir nicht. Jedenfalls noch nicht. Nicht, bevor er seinen Zweck erfüllt hat. Dunne wusste, dass ich ihn wegen seiner Rolle in der Jury, die meinen Bruder zu Unrecht verurteilt hat, im Visier hatte. Aber wie ich Euch sagte, er war ein Feigling. Ich überzeugte ihn, dass er eine Chance hatte, sich und seine Frauen zu retten, wenn er Drake für mich tötete.« Er lacht scharf auf. »Ich versprach ihm sogar einen Teil des auf Drake ausgesetzten Kopfgeldes. Ich dachte, das würde den Ausschlag geben.«

»Die zwanzigtausend Dukaten«, murmele ich. »Ihr wolltet sie von den Spaniern einkassieren?«

»Natürlich.« Er sagt das in einem nüchternen, geschäftsmäßigen Ton. »Aber ich vermute, Dunne war nicht so dumm zu glauben, ich würde ihn am Leben lassen. Ich bin davon ausgegangen, dass er beschlossen hat, es wäre besser, seine Seele wegen Selbstmord statt wegen Mord der Verdammnis zu überantworten.« Er schürzt die Lippen und zieht erneut die Brauen zusammen. »Aber denkt Ihr wirklich, jemand anders hätte ihn getötet?« Er blickt Jenkes an. »Jemand, der ahnte, was er plante, und Drake retten wollte?« Er schlägt sich mit der Faust in die Handfläche. »Also muss er jemandem an Bord gebeichtet haben, was er vorhatte. Hm?«

Jetzt ist es an dem Buchhändler, ungeduldig zu werden. »Wen interessiert das? Der Mann ist tot, und die Sache hat nichts mit uns zu tun. Genug geredet. Zeit zu gehen.«

Er bedeutet mir, mich umzudrehen, reißt meine Arme nach hinten und fesselt meine Handgelenke hinter meinem Rücken. Meine Knie krachen auf den harten Untergrund, als er mich zu Boden stößt und mich zu dem Pfeiler zerrt, wo Lady Arden zusammengerollt und wimmernd liegt, das Gesicht in den Knien vergraben, wie um sich so klein zu machen, dass sie von den beiden nicht bemerkt wird. Jenkes richtet mich in eine sitzende Position auf, sodass ich mit dem Rücken an dem Pfeiler lehne. Er verfährt mit Lady Arden auf der anderen Seite ebenso, dann nimmt er den Rest des Seils, schlingt es um uns beide und bindet uns so fest an den Pfeiler, dass ich spüre, wie der Strick jedes Mal, wenn ich Atem hole, in meine Brust schneidet. Lady Arden schluchzt hektisch wie ein Kind, dessen Wutanfall abgeebbt ist. Es ist ein Laut der Resignation. Ich hoffe, dass sie nur noch halb bei Bewusstsein ist. Ich wünschte, ich wäre selbst in diesem Zustand, aber die Nähe des Todes scheint meine Sinne zu schärfen; ich nehme alles klar und deutlich wahr. Ich sehe die schwarzen Haare auf Jenkes' Handrücken, als er die Laterne ein Stück entfernt abstellt und eines der Fässer auf uns zuzuschieben beginnt; ich höre das Kratzen von Holz auf dem festgetretenen Erdboden und bemerke, wie die Adern an seiner Schläfe vor Anstrengung hervortreten. Dann stellt er die anderen beiden Fässer rund um uns auf. Als er sie zu seiner Zufriedenheit arrangiert hat, klopft er sich die Hände ab und lächelt, als beglückwünsche er sich zu seinem Werk.

»Zur Zeit des Vaters und des Großvaters der Ketzerkönigin wurde dieses Gewölbe als Munitionslager benutzt«, erzählt er im Konversationston. »Ein paar Vorräte blieben hier, sie waren für die neue Festung bestimmt.« Er zieht mein Messer und benutzt es, um damit den Spundzapfen im Fassdeckel zu öffnen, dann ruft er Doughty zu Hilfe, um das Fass anzuheben.

Jetzt wird mir klar, warum er die Laterne in sicherer Entfernung abgestellt hat. Gemeinsam kippen sie das Fass um und verstreuen seinen Inhalt bis ans Ende des Gewölbes. Dann kommen sie wieder zu mir und Lady Arden zurück. Eine Spur aus feinem schwarzen Pulver schlängelt sich hinter ihnen her; sie verteilen es großzügig rund um uns herum, bevor sie das Fass neben mir abstellen. Dann durchqueren sie den Raum erneut und ziehen eine weitere Spur.

Als sie fertig sind, betrachtet Doughty das Bild, das sich ihm bietet, und kräuselt die Lippe. Das Ergebnis scheint ihn nicht zu befriedigen.

»Es wäre mir trotzdem lieber, wenn Drake ihren Kopf auf dem Altar finden würde«, murrt er. »Hier fehlt die poetische Gerechtigkeit.«

»Weißt du, wie lange es dauern würde, mit so einem Messer einen Kopf abzutrennen?«, faucht Jenkes. »Und sollen wir von Kopf bis Fuß mit Blut beschmiert hier herausmarschieren? Nein, dies ist eine praktische Lösung. Die Lunte ist lang genug, um uns die Zeit zu geben, ein gutes Stück Gang zurückzulegen. Die Explosion wird den Eingang hier versiegeln und laut genug sein, um Aufmerksamkeit zu erregen. Während Drakes Männer damit beschäftigt sind, das auszugraben, was von dem galanten Bruno und seiner Lady übrig ist, sind wir schon lange weg. Komm, nimm diese Laterne.«

»Sollten wir nicht wenigstens erst dafür sorgen, dass sie auch wirklich tot sind?« Doughty kauert sich vor uns und richtet die Pistole auf mich.

»Verschwende keine gute Munition. Wir werden sie noch brauchen. Meinst du, drei Fässer Schießpulver reichen nicht? Außerdem«, Jenkes sieht mich an und lächelt sein träges, reptilartiges Lächeln, »ich möchte Bruno Zeit zum Bereuen geben. Die Minuten zu zählen, während er seinen Tod auf sich zukriechen sieht. Ich habe oft beobachtet, wie Ketzer ihr Trotz verlässt, wenn sie begreifen, dass sie in Kürze vor ihrem Schöpfer stehen werden. Ihr seid ein Mann mit einem wachen Geist, Bruno, aber ich fürchte, das wird Euch nicht helfen, wenn Ihr Euch vor dem höchsten Richter verantworten müsst.«

Ich bleibe stumm. Er wirkt enttäuscht, als hätte ich ihm absichtlich sein Spiel verdorben.

»Dann komm«, sagt er zu Doughty, der die Pistole sichert, in seinen Gürtel schiebt, nach einer der Laternen greift und sich vorsichtig in das Loch sinken lässt, das unter den brüchigen Ziegeln zum Vorschein gekommen ist. Jenkes stellt die andere Laterne und die Tasche mit dem Buch beim Tunneleingang ab, und geht zum Anfangspunkt der Schießpulverspur zurück.

»Nehmt ihr wenigstens den Knebel aus dem Mund.« Meine Stimme klingt schrill vor Panik. Ich bin Jenkes schon einmal entkommen; es könnte mir wieder gelingen, wenn nur meine Gedanken sich nicht überschlagen würden, sodass ich einen klaren Weg sehen kann. Ich versuche, meine Handgelenke hinter meinem Rücken zu bewegen, aber die Stricke sitzen so fest, dass sie kaum nachgeben; ich erreiche nur, dass sie noch tiefer in mein Fleisch schneiden.

»Damit Ihr Euch ewige Liebe schwören könnt, wenn Ihr sterbt?«, entgegnet Jenkes belustigt. »Also gut. Niemand soll mir nachsagen können, dass ich keine Gnade walten lasse.« Wieder bricht er in dieses trockene Gekicher aus.

Ich sehe Stahl vor meinem rechten Auge aufblitzen, und für einen furchtbaren Augenblick frage ich mich, ob ich ihn mit meiner Bitte provoziert habe. Vielleicht wird er Lady Arden etwas noch Schlimmeres antun. Aber ich höre, wie Stoff reißt, dann ein leises Seufzen und einen würgenden Husten. Der

Pfeiler ist schmal, aber ich bin so fest gefesselt, dass ich den Kopf nicht drehen kann, um sie anzusehen. Jenkes lässt den durchtrennten Knebel zu Boden fallen und geht zu der Schießpulverlunte zurück, die er gelegt hat. Er hält ein dünnes Wachsstäbchen bereit und dreht sich um, um die Entfernung zwischen sich und dem Tunneleingang abzuschätzen, dann konzentriert er sich darauf, die dünnen schwarzen Pulverlinien mit der Spitze seines Stiefels zusammenzuschieben, damit es keine Unterbrechungen gibt, nichts, was dazu führen könnte, dass die Flamme keine Nahrung mehr findet und erlischt, bevor sie ihr Ziel erreicht. Als er mit seinem Werk zufrieden ist, betätigt er seine Zunderbüchse, wobei er mich mit glitzernden Augen beobachtet, und entzündet das Wachsstäbchen. Dann hält er es mit einer geschickten Bewegung an das Ende der Lunte, wartet, bis sie sicher Feuer gefangen hat, wiederholt den Vorgang bei der zweiten Lunte, huscht dann über den Boden, packt die Tasche und die Laterne und verschwindet in dem Loch in der Ecke. Als nur noch sein Kopf zu sehen ist, hält er inne.

»Lebt wohl, Bruno«, sagt er. »Mylady, ich hoffe, der heilige Michael erhört Euch.«

Sein Lachen hallt durch den Schacht, als er in die Tiefe steigt und wie eine diabolische Figur durch die Bühne einer Theateraufführung verschwindet. Der Schein der Laterne zittert und verschwindet mit ihm.

»Bruno?« Lady Ardens Stimme klingt heiser und kehlig, als wäre sie es nicht gewöhnt, sie zu benutzen. Ich denke an ihren wunden, geschwollenen Hals und den Strick, der ihr fast die Luft abgeschnürt hat – derselbe Strick, der uns jetzt an diesen Pfeiler kettet. Wäre es gnädiger gewesen, sie dort in der Kirche sterben zu lassen? Oder wird es so schneller gehen? Verliert man sofort das Bewusstsein, frage ich mich, oder spürt man die Gewalt, die den Körper zerfetzt und in alle Himmelsrichtungen verstreut.

»Ich bin hier«, erwidere ich, wohl wissend, dass mein Ton keinen Trost spenden kann. Ich kann noch nicht einmal nach ihrer Hand greifen.

»Werden wir sterben?«, krächzt sie.

Außer den beiden kleinen blaugoldenen tanzenden Flammen, die in einer Zangenbewegung unaufhaltsam auf uns zukriechen, gibt es kein Licht in dem Gewölbe. Ich strecke die Beine so weit aus, wie ich kann, und beschreibe erst mit dem linken und dann mit dem rechten Fuß in der Hoffnung, die Schießpulverlinie zu unterbrechen, weite, verzweifelte Kreise, obwohl ich nicht sehen kann, wohin ich trete, und weiß, dass Jenkes die Spur in einer Schleife außerhalb meiner Reichweite gelegt hat. Die Flammen wachsen, während sie das Schießpulver gierig verzehren, als würde die Strecke, die sie zurücklegen, sie nur noch hungriger machen.

»Versuch, das Pulver wegzutreten«, weise ich Nell verzweifelt an. Nur das abgehackte, heftige Kratzen unserer Absätze im Staub zerreißt die Stille.

»Ich kann nicht erkennen, wo es ist«, flüstert sie. »Und ich kann die Beine ohnehin kaum bewegen.«

»Macht nichts.« Ich weiß nicht, was ich sonst sagen soll. Sie beginnt leise und atemlos etwas vor sich hinzumurmeln, der Sprachrhythmus hebt und senkt sich. Ich bemühe mich, die Worte zu verstehen, aber ihre Stimme wiederholt den monotonen Gesang immer schneller, es klingt wie das Gebrabbel einer Irrsinnigen, und ich fürchte, dass die Angst ihr den Verstand geraubt hat, bis ich *jetzt und in der Stunde unseres Todes, Amen* aufschnappe.

»Nell?«, sage ich. Das hektische Gemurmel hält an. *Heilige Maria, Mutter Gottes, bitte für uns Sünder, jetzt und in der*

Stunde unseres Todes. »Es tut mir so leid.« Ich hebe die Stimme, um ihre fanatischen Wiederholungen zu übertönen. »Es ist alles meine Schuld. Ohne mich wärst du in all das nie hineingezogen worden.«

Sie hält mitten im Gebet inne. »Das stimmt nicht«, widerspricht sie. »Sie haben mich wegen Sir Francis entführt, weil sie an Elizabeth nicht herankamen. Du hast ihn gehört. Und wie dem auch sei«, fügt sie hinzu, wobei ihr Atem rascher und flacher wird, »selbst wenn sie es deinetwegen getan hätten, kann ich es nicht bereuen. Ich würde diese Nacht mit dir nicht ungeschehen machen wollen.«

»Wirklich?« Ich drehe den Kopf, soweit es geht, kann aber nur die näher rückenden Zwillingsflammen sehen. Die Luft ist vom Rauch erfüllt, Tränen treten mir in die Augen, und ich habe Mühe, in dem beißenden Geruch zu atmen. Ich weiß, dass ihre Erklärung genauso zu bewerten ist wie ihre Bittgebete; sie klammert sich an alles, was sie sich weniger allein fühlen lässt, während sie auf den fast unmittelbar bevorstehenden Tod wartet, trotzdem berührt sie mein Herz. Ich wünschte, ich könnte wenigstens ihre Hand halten, während wir uns für die Explosion wappnen.

»Liebst du mich, Bruno?«, fragt sie. Ich höre das nackte Entsetzen in ihrer Stimme. »Tust du das? O Gott, hab Erbarmen mit uns.« Sie beginnt leise zu stöhnen, was in unkontrolliertes Schreien überzugehen droht. Ich muss sie beruhigen, wenn auch nur, um zu verhindern, dass dieses Geschrei das letzte Geräusch ist, das ich höre.

»Ja«, erwidere ich, überrascht, wie ruhig ich klinge.

»Dann sag es«, verlangt sie. Es kommt als heiseres Krächzen heraus.

»Ich liebe dich.« Die Worte hängen zusammen mit dem Geruch des brennenden Schießpulvers in der Luft. Eine harmlose Lüge, um ihr die letzten Minuten leichter zu machen; niemand kommt dadurch zu Schaden.

Ich fühle mich seltsam leer, als würde ich diese Szene als unbeteiligter Zuschauer beobachten. Die Flammen haben sich weitergefressen und uns fast erreicht, allerdings beschreiben sie im Moment einen Umweg außerhalb unserer Reichweite. Wenn sie diese letzte Kurve genommen haben, werden sie das um uns verstreute Pulver und endlich die Fässer entzünden.

Hinter mir stößt Nell ein würgendes Schluchzen aus. »Ich dich auch«, krächzt sie. »In einem anderen Leben …«

Ich gebe einen beschwichtigenden Laut von mir, doch er kommt mir vor, als käme er von jemand anderem. Als die Flammen die letzten Zentimeter zurücklegen, biete ich den Rest meiner Energie auf, verrenke die Arme und kämpfe mit all meiner verbliebenen Kraft gegen den Strick an, der mich an den Pfeiler fesselt. Ich bin Rowland Jenkes einmal entkommen; vielleicht hat mir das eine falsche Zuversicht beschert, die Überzeugung, dass ich es erneut schaffen kann. Der Strick schneidet in mein Fleisch, scheuert es auf; Jenkes hat ganze Arbeit geleistet; diesmal kann ich mich nicht retten. Nell hat ihre Gebete wiederaufgenommen. Ich denke an die Frau, die ich einst geliebt habe und vielleicht immer noch liebe. Sie ist weit weg – ob sie überhaupt irgendwie von meinem Tod erfahren wird, und ob es sie interessiert? Vielleicht ist sie selbst bereits tot, ich werde es nie herausfinden.

Die mir am nächsten glimmende Flamme berührt das Pulver rund um meine Füße und flackert auf. Ich winde mich, als eine plötzliche Hitzewelle die linke Seite meines Körpers versengt. Es bleibt keine Zeit mehr zum Denken, ich ziehe die Knie an, wende das Gesicht von den Flammen ab und wappne mich für die alles verschlingende Feuersbrunst. In der dichten

Dunkelheit kreischt Nell auf, ein langer, durchdringender Ton, und der letzte Gedanke, der durch meinen vom Rauch benebelten Kopf schießt, ist, dass die Explosion wenigstens dem ein Ende setzen wird.

22

Aber der Schrei hält an, bohrt sich durch meinen Schädel, beharrlich und langgezogen, bis Nell die Luft ausgeht und der Schrei in einen anhaltenden Hustenanfall umschlägt. Ich rühre mich nicht; bleibe so weit wie möglich von den Fässern abgewandt. Jeder Muskel meines Körpers ist angespannt, während ich auf die weißglühende Feuerwand warte. Nach einer langen Pause hebe ich den Kopf. Rauch kratzt in meinem Hals und brennt in meinen Augen. Außer Schwärze und Rauchschwaden existiert nichts um mich herum. Ich stoße ein verwirrtes, bellendes Lachen aus.

»Bruno?«

»Es hat nicht funktioniert«, verkünde ich jubilierend. Meine Stimme ist jetzt gleichfalls heiser. »Das Pulver muss zu feucht gewesen sein. Es hat kein Feuer gefangen. Gott, ich danke dir!« Ich meine es fast ernst. Wieder lache ich laut auf. Tränen rinnen aus meinen Augen.

»Wir sind also sicher?« Ihre Stimme klingt dünn und zittrig.

»Sicher?« Meine Euphorie ebbt rasch ab; wir haben immer noch keine Möglichkeit, uns zu befreien, und in diesem Gewölbe gibt es bei Weitem nicht genug Luft. Ich merke jetzt schon, wie mir von dem Rauch, den ich einatme, schwindelig wird. Und was ist mit Jenkes und Doughty? Sie können den

Tunnel noch nicht so weit entlanggegangen sein. Sie rechnen mit einer Explosion; wenn diese nicht erfolgt, werden sie dann zurückkommen und uns auf eine andere Weise zum Schweigen bringen, oder haben sie es zu eilig zu entkommen? »Wir sind in besserer Verfassung, als wir es wären, wenn diese Fässer Feuer gefangen hätten, so viel steht fest«, sage ich.

»Ich fühle mich benommen«, erwidert sie. »Und mein Hals tut weh.«

»Hol nicht zu tief Atem. Wir werden bald hier herauskommen.« Ich versuche, überzeugend zu klingen. »Kannst du deine Hände bewegen?« Im Gegensatz zu den meinen sind ihre Hände vorne gefesselt, sie hat eine bessere Chance, sich zu befreien. Mein Hals brennt ebenfalls, und mein Mund ist trocken, die Lippen aufgesprungen; ich würde alles für einen Schluck Wasser geben. Drakes Männer werden kommen, wenn sie merken, dass niemand die Insel verlassen hat, aber vielleicht warten sie Stunden. In dieser Zeit könnten wir vom Rauch vergiftet oder von Jenkes und Doughty wie Vieh abgeschlachtet werden, falls sie zurückkommen.

»Ein bisschen.« Ihre Stimme flutet körperlos durch das Dunkel. »Aber ich habe nicht die Kraft dazu.«

»Versuch es«, sage ich schärfer als beabsichtigt. »Wenn du deine Hände freibekommst, kannst du uns losbinden. Es ist unsere einzige Chance, meine Fesseln haben sie so fest geschnürt, dass ich mich nicht rühren kann.«

Sie gibt keine Antwort. Ich fürchte schon, dass sie ohnmächtig geworden ist, bis ich ein schabendes Geräusch höre, das von Grunzen und schwerem Atmen begleitet wird, den Geräuschen der Anstrengung. Nach ein paar Augenblicken stößt sie einen durchdringenden Schrei aus, der Schmerz oder Triumph oder beides bedeuten kann.

»Ich habe eine Hand frei!«, ruft sie.

»Dann schnell, binde uns los.«

Diesmal dauert es länger; sie muss erst ihre andere Hand freibekommen und dann die Knoten finden, die das Seil, das uns an den Pfeiler fesselt, zusammenhalten. Wieder verwünsche ich den Verlust meines Messers. Ich lausche dem Geräusch ihrer herumnestelnden Finger, bemühe mich, meine Ungeduld zu zügeln, und erinnere mich an alles, was sie durchgemacht hat. Als sie flucht und dann frustriert schluchzt, gebe ich beruhigende Laute von mir, und als sie endlich verstummt, fürchte ich, dass sie aufgegeben hat oder zusammengebrochen ist, bis ich spüre, dass sich der Strick um meine Brust lockert und ich mich von dem Pfeiler lösen und vorbeugen kann. Sie kriecht, den Rest des Seils hinter sich herziehend, durch den Rauch, schmiegt sich an mich und vergräbt keuchend oder schluchzend das Gesicht an meinem Hals. Ich sage ihr sanft mahnend, dass meine Handgelenke noch hinter meinem Rücken gefesselt sind. Mit zitternden Händen macht sie mich los, und ich kann endlich meine steifen Arme und Schultern strecken, obwohl mich Nell, die sich wie ein kleines Kind an mich klammert, dabei behindert.

Ich schiebe sie so behutsam wie möglich weg.

»Wir müssen hier weg.« Ich versuche, es drängend klingen zu lassen, ohne sie noch weiter zu erschrecken. »Hast du dich verbrannt?«

»Auf einer Seite ein bisschen versengt, aber es ist nicht schlimm«, erwidert sie. »Doch hier drinnen kann man kaum atmen. Mein Hals …«

»Dann sprich nicht.« Ich halte sie bei den Armen, bis ich sicher bin, dass sie aus eigener Kraft stehen kann, dann hole ich meine Zunderbüchse und die Kerze, die ich glücklicherweise noch nicht in meine Laterne gestellt hatte, aus meinem Wams. Da ich in dem ganzen Gewölbe nur Rauch und Schwärze sehen kann, lege ich eine Hand auf die raue Oberfläche des Pfeilers und gehe ein paar Schritte nach links, um nicht zu nah bei dem Schießpulver zu stehen. Wir haben großes Glück gehabt, aber ich will kein Risiko eingehen. Der Feuerstein sprüht Funken, und nach ein paar Versuchen brennt die Kerze und verbreitet einen schwachen Schein im Raum.

»Bleib hier«, weise ich Nell an. Ich taste mich blind an der Wand entlang, bis ich die steinerne Treppe erreiche, die wir von der Kirche aus hinuntergestiegen sind. Erleichterung erfüllt meine Brust und lässt mich meine Schmerzen vorübergehend vergessen. Ich schütze die Kerze mit der Hand und erklimme die Stufen, bis ich gegen den Stein drücken kann, der den Eingang verschließt. Er rührt sich nicht. Fluchend steige ich noch ein paar Stufen hoch, damit ich die Schulter unter den Block schieben und mein gesamtes Körpergewicht einsetzen kann, um ihn hochzustemmen. Vor Anstrengung stöhnend, spanne ich alle meine Muskeln an. Wieder bewegt sich nichts. Jenkes muss den Eingang irgendwie verriegelt haben. Ich streiche mit den Fingern über den Rand, kann aber keinen Riegel oder ein Schloss ertasten. Es muss einen geheimen Schließmechanismus geben, den ich in dem wenigen Licht nicht sehen kann. Nach einem letzten Stoß gestehe ich meine Niederlage ein.

Die Kerze vorsichtig hinter meiner Hand haltend, steige ich wieder nach unten und rufe nach Nell. Es lässt sich schwer sagen, ob sich der Rauch aufzulösen beginnt, aber es kommt mir so vor, als könnte ich eine Spur freier atmen. Durch den dunklen Schleier sehe ich die Umrisse ihrer Gestalt auf mich zukommen.

»Der Eingang ist versperrt«, erkläre ich. »Uns bleibt nichts anderes übrig, als den Tunnel zu benutzen.«

»Aber da unten sind diese Männer!« Sie verdreht wie ein verängstigtes Pferd die Augen, sodass das Weiß darin aufblitzt.

»Sie werden uns umbringen, wenn sie bemerken, dass wir ihnen folgen.«

»Sie dürften inzwischen längst weg sein«, erwidere ich mit einer Bestimmtheit, die ich selbst nicht empfinde.

»Können wir nicht einfach hier warten? Drake wird doch irgendwann kommen und uns befreien, oder nicht?« Sie packt meinen Arm. Ihr Gesicht ist meinem ganz nah.

»Irgendwann ist keine gute Idee. Diese Luft wird uns vergiften, wenn wir sie noch länger einatmen. Du hast gesagt, du fühlst dich benommen, das kommt vom Rauch. Ich spüre es auch. Wenn wir hier das Bewusstsein verlieren, wachen wir vielleicht nicht mehr auf. Wir müssen es wagen. Komm!«

Ich führe sie zum Eingang des Tunnels; ertaste den Weg mit den Füßen, damit wir nicht hineinfallen. Die Kerzenflamme vermag den Rauch kaum zu durchdringen. Ein loser Ziegel rutscht weg, als ich dagegentrete, dann noch einer, bis ich einen willkommenen feucht-kühlen Luftzug spüre, der aus dem offenen Schacht hochweht.

»Ich gehe zuerst«, sage ich. Wenn Jenkes und Doughty da unten warten, ist es besser, wenn ich auf sie treffe; ich kann sie zumindest in einen Kampf verstricken. »Pass auf, wohin du trittst. Komm direkt zum Rand des Lochs! Ja, genau, dort, siehst du die Sprossen?« Der Tunneleingang klafft in dem Dämmerlicht wie ein bodenloser Abgrund vor uns auf. An einer Seite kann ich in die Wand eingelassene eiserne Krampen erkennen. Von hier aus sehe ich nur die ersten beiden, aber ich muss davon ausgehen, dass sie bis ganz nach unten reichen. »Klettere daran hinunter. Binde dir den Saum deines Umhangs um die Taille.«

Ich sitze zwischen zwei losen Ziegeln und lasse die Beine ins Leere baumeln. Sie rückt an mich heran, und ich reiche ihr die Kerze.

»Nimm die. Wenn ich ein paar Sprossen hinuntergeklettert bin, benutze sie. Blas sie wieder aus, wenn du auf der ersten Sprosse stehst, und steck sie in dein Mieder. Pass gut auf sie auf, wir werden sie noch brauchen. Auf den Sprossen musst du dich auf deinen Tastsinn verlassen. Kannst du das?«

Sie blickt auf, beißt sich auf die Lippe und nickt mir unglücklich zu. Am Rand des Loches knie ich mich mit dem Gesicht zur Schachtwand hin, stelle einen Fuß auf die erste Eisensprosse, den anderen auf die nächste, steige dann im schwachen Licht auf die nächsten beiden Sprossen und wundere mich jedes Mal, dass sie mein Gewicht tragen. Das Metall fühlt sich alt an, verrostet und körnig, von der Zeit und der Feuchtigkeit angenagt. Aber nach fünf Sprossen wird die Luft klarer. Ich blicke auf und sehe, dass Nell mit dem Fuß nach der ersten Sprosse tastet, sie findet sie, achtet auf sicheren Halt und löscht dann mit einem kräftigen Pusten die Kerzenflamme. Dunkelheit hüllt uns ein.

Ich verliere das Gefühl dafür, wie tief wir hinabsteigen und wie viel Zeit es in Anspruch nimmt. Je tiefer wir kommen, desto kälter wird es, und bald zittere ich trotz meines wollenen Wamses; ich kann meinen rasselnden Atem hören, meine Brust brennt jedes Mal, wenn ich meine Lunge fülle. Feuchtigkeit rieselt an den Schachtwänden hinunter, und stellenweise sind die Eisensprossen glitschig von Moos oder Seetang. Mich von einer Sprosse zur nächsten zu hangeln, wird zu einem Akt schierer Willenskraft. Es kommt mir vor, als würden wir in die eisigen Tiefen der Erde hinabsteigen, wo Dante auf den Teufel selbst stieß, der Judas Iskariot verschlang. Jeden Moment rechne ich damit, dass Nell aufgibt, die Sprossen loslässt, auf mich stürzt und mich mit in die Tiefe reißt, aber sie hält zäh durch und behält ein gleichmäßiges Tempo bei. Ich wage nicht, ihr etwas zuzurufen, falls Jenkes und Doughty irgendwo in Hörweite sind. Zwar kann ich Nells mühsames Atmen hören, aber sie beklagt sich nicht.

Endlich, gerade als meine Armmuskeln aufbegehren wollen, trifft mein Fuß auf unebenen, leicht abfallenden Felsboden. Ich finde mich in einem Tunnel wieder, der gerade hoch genug ist, dass ich gebückt darin stehen, und so breit, dass ich mit ausgebreiteten Armen beide Seiten berühren kann. Durch einen so kleinen Tunnel kann man nur eine begrenzte Menge an Schmuggelware schaffen, denke ich, als ich in die Finsternis vor mir spähe. Eine ganze Schiffsladung könnte mehrere Touren erfordern. Himmel, ein Mann musste schon sehr entschlossen – oder verzweifelt – sein, um sich so seinen Lebensunterhalt zu verdienen. Ich flüstere Nell zu, sie solle aufpassen, wohin sie tritt. Sie taucht neben mir auf, reckt die Arme und reicht mir die Kerze. Ich lausche ins Dunkel, ob außer dem ständigen Tröpfeln von Wasser noch andere Geräusche zu hören sind. Als ich einigermaßen sicher bin, dass sich vor uns nichts regt, entzünde ich mithilfe der Zunderbüchse die Kerze. Die Flamme flackert einige Male gefährlich, erlischt aber nicht, und wir können dem schwachen Lichtkegel folgen, der uns den Weg weist.

Der Tunnel ist grob in den Fels gehauen und in schlechtem Zustand; Risse klaffen in den Wänden und der Decke, das Wasser sickert erbarmungslos in das Innere, stellenweise tröpfelnd, aber anderswo als steter Strom, der am Gestein hinunter- und den Boden entlangrinnt. Ich denke an die Mönche vor fünfhundert Jahren und die Kraft, die es sie gekostet haben muss, diesen Fluchtweg aus dem gewachsenen Fels zu hauen. Hier und da liegt dort, wo Teile des Tunnels eingestürzt sind, Geröll im Gang. Ich versuche, nicht an das Gewicht des Meeres über uns zu denken, die uns einengenden Wände, den Umstand, dass ich keine Ahnung habe, wie weit wir gekommen sind und wie lange wir uns noch durch diese feuchten unterirdischen Röhren quälen müssen. Stattdessen bemühe ich mich, ruhig und gleichmäßig zu atmen, konzentriere mich auf jeden Schritt, schütze die Kerzenflamme und achte auf jedes Geräusch, das auf die Gegenwart eines anderen Menschen schließen lassen könnte. Ich spüre den Druck von Nells Hand auf meinem Rücken; ihre Finger krallen sich in mein Hemd, als würde sie fürchten, ich könne sie zurücklassen.

»Wer war die Frau?«, fragt sie wie aus heiterem Himmel.

»Was?« Ich verliere fast den Halt und stolpere, dann drehe ich mich um und halte die Kerze in die Höhe, um sie anzusehen. Ihr Haar hängt wirr herab, an einer Seite sind die Enden ein wenig angesengt, ihr Gesicht ist rußverschmiert, aber ihre Augen haben etwas von ihrem alten Feuer wiedererlangt.

»Welche Frau?«

»Die in Oxford. Der Mann ohne Ohren hat gesagt, du hast einmal dein Leben für sie riskiert.«

»Mehr als einmal«, berichtige ich sie, ohne nachzudenken.

»Hast du sie geliebt?« Ihr Ton ist anklagend.

»Das ist lange her.« Ich wende mich wieder zu dem Pfad vor uns und gehe weiter, teils, um ein Lächeln zu verbergen. Von allen Dingen, wegen denen sie sich momentan Sorgen machen könnte, bereitet ihr ausgerechnet der Gedanke an eine andere Frau Kopfzerbrechen. Ich finde das seltsam liebenswert. Frauen sind wirklich schwer zu verstehen.

Ich habe kaum fünf Schritte zurückgelegt, als ich erstarre und das Lächeln auf meinen Lippen erstirbt. Irgendwo vor uns ertönt ein fernes Rumpeln. Ich habe halb damit gerechnet, seitdem wir den Tunnel betreten haben; ich habe nie geglaubt, dass Jenkes und Doughty irgendetwas dem Zufall überlassen.

Vielleicht haben sie Sprengstoff mitgenommen, um den Tunnel zu blockieren, sobald sie das Ende erreicht haben. Das Rumpeln, erkenne ich mit Übelkeit erregender Gewissheit, ist das Geräusch einstürzenden Felsgesteins, das uns hier unten einschließt oder, schlimmer noch, die Tunneldecke aufreißt und die Tausende Tonnen Wasser über uns hereinströmen lässt. Ich zögere, wie gelähmt vor Angst, und warte mit wild rasendem Herzen auf die gewaltige Flutwelle, die im Dunkel auf uns zurast. Die Sekunden verstreichen, die Wassermassen bleiben aus. Nach einer Weile atme ich tief aus und bedeute Nell weiterzugehen.

Ein Stück weiter entdecke ich die Quelle des Geräuschs: Ein Teil der Wand hat nachgegeben und blockiert den Tunnel mit Geröll. Wasser strömt durch die Kluft, noch nicht schnell genug, um ein Problem darzustellen, aber der Spalt ist tief, und der Druck des Wassers könnte die Wand weiter aufreißen. Ich stecke die Kerze in eine Spalte in der Felsmauer, wo sie gefährlich flackert, und beginne die Steinbrocken mit beiden Händen wegzuräumen.

»Wir müssen uns beeilen.« Ich werfe die Steine hinter mich. Weitere rollen so schnell, wie ich sie entfernen kann, in die Lücken, die ich geschaffen habe.

»Sind wir in Gefahr?« Sie kauert sich neben mich und zerrt an einem Felsbrocken.

Ich schiele zu dem Wasser, das durch den Spalt in der Tunnelwand schießt. »Bis wir hier heraus sind, können wir uns nicht sicher fühlen. Hilf mir!«

Wir arbeiten schweigend, bis eine Lücke entstanden ist, durch die wir uns zwängen können. Die Kerze erlischt, als Nell versucht, sie mir auf die andere Seite durchzureichen, und es dauert eine Weile, sie mit der Zunderbüchse wieder zu entzünden. Der Tunnel ist in schwarze Finsternis getaucht, und ich habe das unbehagliche Gefühl, jemanden ganz in meiner Nähe atmen zu hören. Ich strecke den Arm aus, um Nell durch die Öffnung zu helfen. Sie lässt sich auf der anderen Seite hinunter, gleitet auf dem losen Gestein aus und zuckt zusammen, weil sie sich den Knöchel verdreht, als sie neben mir landet, aber sie beklagt sich nicht. Sie steht unsicher auf den Füßen, stützt eine Hand auf meine Schulter und atmet abgehackt und gequält. Ich sehe ihr an, dass sie kaum noch Kraft hat. Die Behandlung durch Jenkes und Doughty hat ihr zugesetzt, vielleicht mehr, als ich ahne, und obwohl sie tapfer durchhält, wird mir klar, dass sie Schmerzen leidet. Ich kann nur hoffen, dass sie stark genug ist, das Ende des Tunnels zu erreichen – freilich weiß ich nicht, wo dieses Ende sein könnte oder was uns dort erwartet.

»Stütz dich auf mich, wenn du müde bist«, weise ich sie an. »Ich muss die Kerzenflamme mit der Hand schützen, sonst geht sie aus.« Aber die Kerze brennt rasch herunter; bald wird sie ohnehin erlöschen. Ich muss sie von einer Hand in die andere nehmen, wobei heißes Wachs auf meine Finger tropft. Mir ist jegliches Zeitgefühl abhandengekommen; wir scheinen uns schon Tage hier unten aufzuhalten. »Ich komme mir vor wie Orpheus.« Ich trete einen Schritt vor. Das Licht flackert und wird schwächer.

»Dann dreh dich nicht um«, entgegnet sie mit einem leisen Lachen. »Sonst muss ich für immer hier ausharren.«

Die Tunneldecke ist jetzt niedriger, wir müssen gebückt gehen, was das Vorankommen zusätzlich erschwert.

»Er hat gelogen, weißt du«, sagt sie im Dunkel hinter mir. »Der Mann namens Doughty. Er hat mich nicht vergewaltigt. Er wollte dich nur verhöhnen.«

»Es würde Euch nicht entehren, wenn er es getan hätte, Mylady.« Ich halte den Blick fest auf die Kerze gerichtet und frage mich, ob Nell sich verpflichtet fühlt, es mir zuliebe abzustreiten, falls ich sie für kompromittiert halte.

»Aber es stimmt«, beharrt sie. »Er hätte es getan, aber der andere hat ihn davon abgehalten. Der Mann ohne Ohren. Sie haben deswegen gestritten. Ohneohr sagte, das wäre eine sündige Tat, die sie beide beflecken würde. Und trotzdem hätte er uns mit Wonne getötet.«

»Rowland Jenkes hat seinen eigenen Moralkodex«, versetze ich. »Sünden des Fleisches dienen nicht dem Ruhm Gottes. Ich glaube, er ist stolz auf seine Askese.«

»Du hast mich wieder ›Mylady‹ genannt«, sagt sie weich.

»Es tut mir leid. Für einen Mann von meiner Geburt ist es schwierig, diese Gewohnheit abzulegen.«

»Werden wir sterben, Bruno?«, fragt sie plötzlich, als würde sie meine Gedanken lesen.

»Ja«, erwidere ich. »Eines Tages. Aber nicht hier unten, wenn ich es verhindern kann.« Aus einem Impuls heraus drehe ich mich zu ihr, umschließe ihr Gesicht mit meinen Händen und presse meinen Mund auf ihre ausgedörrten Lippen, weil ich gerade gemerkt habe, dass der Tunnel leicht anzusteigen begonnen hat.

23

Der Tunnel endet abrupt, führt in einen runden, mit Ziegeln ausgekleideten Schacht, bei dem es sich um einen ausgetrockneten Brunnen zu handeln scheint. Der Boden ist mit einer Schicht feuchter welker Blätter bedeckt. Die Kerze ist zu einem Stummel heruntergebrannt, doch in ihrem schwachen Schein kann ich in die Wand gehämmerte Eisensprossen erkennen. Die Luft riecht hier weniger feucht, aber als ich mir den Hals verrenke, um nach oben zu blicken, sehe ich nur Dunkelheit. Ich sage mir, dass es mitten in der Nacht sein muss, aber trotzdem würde man einen Schimmer natürlichen Lichts am Eingang erwarten. Als ich darüber nachdenke, beschreibt mein Herz einen so heftigen Satz, dass ich taumele und mich an der schleimigen Wand abstützen muss: Vielleicht haben Jenkes und Doughty den Eingang zu diesem Schacht als letzten bitteren Scherz für uns verschlossen? Ich weiß nicht, wo wir jetzt sind: in der Nähe der Stadt, wo wir darauf hoffen können, gehört zu werden, oder an einem abgelegenen Flecken an der Küste, wo niemand hinkommt, wenn er nicht Bannware schmuggeln will. Es bleibt uns nichts anderes übrig, als es darauf ankommen zu lassen.

»Kannst du klettern?«, frage ich. Sie hebt den Blick zu der Schwärze über uns.

»Ich glaube kaum, dass ich eine Wahl habe.« Sie ringt sich ein Lächeln ab.

»Gut. Warte, bis ich dich rufe, es hat keinen Sinn, dass du deine Energie vergeudest, wenn wir oben nicht herauskommen.«

»Was?« Ihre Züge verzerren sich vor Schreck, und sie zerrt an meinem Ärmel. »Ich kann nicht umkehren, Bruno, ich habe nicht die Kraft dazu. Ich würde lieber einfach …« Ihre Augen füllen sich mit Tränen; die Entschlossenheit schwindet aus ihrem Gesicht, als sie gegen mich sackt. Ich wünsche mir, meine Worte zurücknehmen zu können.

»Wir werden einen Weg finden.« Ich drücke ihren Arm. »Komm, halt die, während ich hochklettere.« Ich reiche ihr den Kerzenrest. Sie erschauert und zuckt zusammen, als das heiße Wachs ihre Haut berührt. Ich stelle den Fuß auf die unterste Eisensprosse und beginne mich in die Höhe zu ziehen, wobei die Furcht mir schwer wie Blei im Magen liegt.

Der Schacht muss mindestens hundert Fuß tief sein, vielleicht noch mehr. Schatten schließen sich um mich, als ich klettere, bis die Kerze nur noch eine Nadelspitze Licht tief unter mir ist. Während ich mich langsam nach oben kämpfe, fällt mir ein, was Jenkes über die Chance zum Bereuen gesagt hat, die er mir geben wollte. Ein anderer Mann würde jetzt vermutlich anfangen zu beten; hätte vielleicht während der letzten paar Stunden inbrünstig jeden Heiligen angerufen, den er nennen kann, aber ich stelle fest, dass mir dies noch nicht einmal jetzt möglich ist, wo vielleicht mein letztes Stündlein geschlagen hat. Es ist eine Ironie des Schicksals, dass ich elf Jahre meines Lebens den größten Teil meiner wachen Stunden im Gebet verbracht habe, Gebete mir aber nicht über die Lippen kommen, wenn ich sie wirklich brauche. Die Erfahrung hat mich gelehrt, dass ich mich, wenn es darum geht, mich zu retten, nur auf mich selbst verlassen kann.

Am oberen Ende des Schachts treffen meine Finger auf eine raue Oberfläche; ich halte mich mit der linken Hand fest, strecke die rechte aus und ertaste die Form eines hölzernen Deckels. Ich lege die flache Hand dagegen und drücke. Er rührt sich nicht. Als ich mich dagegenstemme, gibt die Sprosse unter meiner linken Hand nach. Ich schreie auf, als ich mir die Knöchel an den Ziegeln aufschürfe. Eine Seite hat sich aus der Halterung gelöst, aber im Moment hält sie. Sollte sie sich ganz lösen, werde ich in das Dunkel hinabstürzen. Ich umfasse sie fest, sammele alle mir verbliebene Kraft und stemme die Schulter gegen die hölzerne Abdeckung. Sie bewegt sich knarrend, und durch den Spalt dringt frische, salzige Luft. Ich wappne mich, stoße erneut dagegen und steige noch eine Stufe höher, dabei hebe ich den schweren Deckel mit an, bis ich ihn weit genug zur Seite schieben kann, um den steinernen Rand des Brunnens zu packen und mich durch die Öffnung zu ziehen.

Ich sacke auf trockenem Erdboden zusammen und sauge die Luft mit großen Zügen ein; sie ist kalt und fühlt sich in meinem wunden Hals scharf wie eine Klinge an. Dann beuge ich mich über den Brunnenrand und rufe in das Dunkel zu Nell hinunter, dass sie sicher hochklettern kann, höre indes nur meine eigene Stimme, die sich in das Loch hinunterschraubt, und das Klackern einiger loser Steine, die ich über den Rand schiebe. Das Kerzenlicht kann ich nicht mehr sehen.

Während ich darauf warte, dass sie auftaucht, versuche ich, mich mit meiner Umgebung vertraut zu machen. Als sich meine Augen an die Dunkelheit gewöhnt haben, sehe ich, dass über den Brunnen eine Art Schutzhütte gebaut worden ist, einfach, aber solide, mit Steinmauern zu drei Seiten, die vierte ist offen. Ich kämpfe mich auf die Füße und stehe zum ersten Mal, seit ich gefesselt wurde, wieder aufrecht und strecke meine schmerzenden Arme und meinen Rücken. An der offenen

Seite des Schutzstandes wage ich es, den Kopf hinauszuschieben. Ich bin mir bewusst, dass Jenkes und Doughty noch immer auf uns warten könnten. Meine Hand wandert instinktiv zu meinem Gürtel, nur um daran erinnert zu werden, dass mein Messer verschwunden ist. Ich fluche verhalten; jetzt habe ich nur noch meine Fäuste und Füße, um mich zu verteidigen, und ich fühle mich so schwach, dass ich mich am liebsten in die Schutzhütte legen und tagelang schlafen würde.

Draußen herrscht Stille, aber diese Stille ist von den Geräuschen der Nacht erfüllt: Ein frischer Wind lässt die Blätter rascheln, Äste knarren, in der Nähe rauscht das Meer, und weit in der Ferne bellen Hunde. Etwas kühner trete ich ins Freie und blicke auf einen dichten Wald. Der Mond steht hoch über mir am wolkenlosen Himmel, eine zwischen den Bäumen leuchtende Silbermünze. Das fahle Licht würde ausreichen, um uns den Weg durch den Wald zu weisen, wenn Nell kräftig genug ist – nur, dass ich keine Ahnung habe, welche Richtung wir einschlagen müssen. Vielleicht wäre es besser, bis zur Morgendämmerung in dem Unterstand auszuharren, weil wir uns dann orientieren können. Oder wären wir im ersten Tageslicht noch verwundbarer? Ich reibe mir die Stirn; mein Hirn ist vor Schmerzen und der abgrundtiefen Erschöpfung, die auf lang dauernde Todesangst folgt, so benebelt, dass ich keine sinnvolle Entscheidung treffen kann. Ich lausche wieder in die mich umgebende Nacht und höre das Plätschern der Wellen; wir sind offenbar nah am Ufer herausgekommen. Ich beschließe, dass wir bis zum Morgen warten, damit wir sehen können, wo wir sind, um uns dann nach Plymouth durchzuschlagen.

Ich spähe in den Schatten zwischen den Baumstämmen vor mir und frage mich, welchen Weg Jenkes und Doughty genommen haben. Ihr Boot muss außer Sicht der im Plymouth Sound ankernden Flotte an der Küste gewartet haben. Drake hat nicht genug Männer, um die ganze Küstenlinie überwachen zu lassen; in der Zeit, bis sie gemerkt haben, dass niemand die Insel per Boot verlässt, können Jenkes und Doughty schon draußen auf dem Meer sein, und morgen zur Dinnerzeit könnten die beiden Frankreich erreicht haben. Im Moment verspüre ich bei dem Gedanken nur eine tiefe Mattigkeit. Ich bin vor Erleichterung darüber, dass wir beide mit dem Leben davongekommen sind, zu abgestumpft, um wegen des Buches wütend auf Jenkes zu sein.

Ich kehre zu der steinernen Hütte zurück und schiebe die hölzerne Abdeckung ganz weg, um den Zugang zu dem Brunnenschacht zu verbreitern. Dann spähe ich angestrengt in das dunkle Loch hinunter, aber von Nell ist nichts zu sehen.

»Bist du da?«, rufe ich. Meine Stimme hallt von den Steinen wider und verliert sich in der Finsternis. »Kletter weiter. Denk nicht darüber nach, zieh dich einfach mit einer Hand nach der anderen hoch. Komm, ich kann dich fast sehen.« Ich fahre fort, auf sie einzureden, wiederhole die aufmunternden Worte, so wie man ein verschrecktes Pferd beruhigen würde, bis Nells Kopf aus dem Dunkel auftaucht. »Geschafft«, ermutige ich sie und strecke ihr eine Hand hin. Sie verrenkt den Hals, um zu mir hochzuschauen, lächelt gequält und greift mit der linken Hand nach der letzten Sprosse; der, die sich gelockert hat, als ich sie mit meinem Gewicht belastet habe. Bevor ich sie warnen kann, versucht sie, sich daran hochzuziehen, und stößt einen wilden Schrei aus, als die Sprosse sich aus der Wand löst und Nell das Gleichgewicht verliert und nach hinten fällt. Ich bekomme gerade noch ihren Ärmel zu fassen; einen Moment hängt ihr gesamtes Gewicht an diesem Stoffstreifen über dem Brunnenschacht. Ich höre, wie die Nähte reißen, beuge mich weiter vor, stemme das Knie gegen den steinernen Rand des Brunnens und schließe in dem Moment, wo der Stoff nachgibt, meine andere Hand um ihr Handgelenk. Sie ist eine schlanke Frau, doch nun hängt ihr ganzes Gewicht an meinen beiden Händen, und meine Arme fühlen sich an, als würden sie aus den Gelenken gerissen. Schlimmer noch, Nells Hand ist vor Angst feucht und klamm, und ich spüre, wie ihre Finger meinem Griff zu entgleiten beginnen.

»Stell die Füße wieder auf die Sprossen«, weise ich sie mit zusammengebissenen Zähnen an, dabei bemühe ich mich, sie mit meiner linken Hand fester zu packen. Meine Handflächen sind jetzt schweißnass, und wenn sie sich nicht bald abstützt, werde ich nicht verhindern können, dass sie in die Tiefe stürzt. Ihre Schreie verstummen abrupt; ich höre sie schwer atmen, als sie zappelnd nach den Eisensprossen in der Wand sucht. Ein Geräusch draußen lenkt mich ab, ich hebe ruckartig den Kopf und stelle fest, dass das Hundegebell näher kommt. Meine Konzentration lässt angesichts dieser neuen Bedrohung plötzlich nach; gerade als ich kurz davorstehe, ihre Hand loszulassen, spüre ich kein Gewicht mehr, und ich kippe beinahe nach vorne. Es ist ihr gelungen, die Füße wieder auf die Sprossen zu schieben. Ich umfasse ihre Hand fester und helfe ihr die letzten Schritte hoch an der fehlenden Sprosse vorbei, bis ich sie über den Brunnenrand ziehen kann. Sie sackt in meinen Armen zusammen, zittert so heftig wie jemand, der vom Fieber geschüttelt wird. Ich halte sie fest und streichele sacht ihr Haar, bis sich ihre Atemzüge beruhigen, aber meine Nerven sind zum Zerreißen gespannt, während ich auf die Geräusche von draußen lausche. Die Hunde kommen immer näher. Durch die Fensterschlitze in der Mauer kann ich tanzende Flammen erkennen: flackernde, sich nähernde Fackeln. Schritte und laute Stimmen sind zu hören. Nell erstarrt und blickt mit fragenden Augen auf. Ich vermag mich nicht von der Stelle zu rühren.

»Heiliger Christus!«, ertönt eine Männerstimme nicht weit von unserem Versteck. Ein Chor von Rufen brandet auf; es lässt sich schwer bestimmen, wie viele Männer dort draußen sind, aber sie scheinen etwas Erschreckendes entdeckt zu haben. Ich bedeute Nell, sich ganz ruhig zu verhalten, während die Männer sich weiter etwas zurufen, dann erklingt direkt vor uns ein lautes Knurren, und Nell schreit erneut auf. In dem Eingang unseres Unterstandes steht ein großer Hund, die Augen und die gefletschten Zähne schimmern in der Nacht. Es ist zu dunkel, um die Rasse des Tieres auszumachen, vielleicht ein Mastiff. Er ist gereizt, so viel steht fest, das Fell im Nacken ist gesträubt, die Hinterläufe sind zum Sprung angewinkelt, aber er hält an sich und stößt nur ein wildes Gebell aus, um die Aufmerksamkeit auf sich zu lenken. Anscheinend wartet er auf den Befehl zum Angriff.

Schweißperlen bilden sich auf meiner Stirn, während der Hund und ich uns anstarren. In Oxford habe ich einmal einen Mann gesehen, der von einem Hund angefallen worden ist; ich versuche, den Gedanken zu verdrängen, aber das Bild seines mit zerfetzter Kehle im nassen Gras liegenden Leichnams steht mir mit grausamer Deutlichkeit vor Augen. Nell verkriecht sich hinter mir. Die Bewegung bewirkt, dass der Hund zusammenzuckt und erneut knurrt, aber er ist offensichtlich gut abgerichtet; er bleibt sitzen, seine muskulösen Schultern füllen den schmalen Eingang aus. Es scheint, als würde er ohne Erlaubnis nicht zum tödlichen Biss ansetzen.

»Wirf dein Gewehr weg und komm mit erhobenen Händen heraus, sonst hetze ich den Hund auf dich!«, ruft eine grimmige Stimme. Ich brauche einen Moment, um zu begreifen, dass der Mann mit uns spricht.

»Ich habe kein Gewehr«, rufe ich zurück. »Eine schwer verletzte Frau ist bei mir. Wir sind unbewaffnet.«

Daraufhin beraten die Männer sich hastig, und ich höre ganz deutlich die Worte: »Verfluchter Spanier.«

»Dann zeigt euch«, befiehlt einer.

»Ruft zuerst den Hund zurück«, erwidere ich.

Wieder erhebt sich unmutiges Geraune, aber nach einer Pause höre ich einen leisen Pfiff. Der Hund dreht den Kopf, wirft mir einen enttäuschten Blick zu und trottet widerwillig davon. Ich hieve mich hoch, ziehe Nell auf die Füße und trage sie halb ins Freie, dabei hoffe ich, dass meine Beine nicht unter mir nachgeben.

Wir treten in einen Fackelscheinkreis hinaus und stehen vier auf uns gerichteten Hellebarden gegenüber. Die Männer, die sie halten, tragen eine Livree, die ich nicht erkenne, aber unter ihren Umhängen haben sie gepolsterte Wämser angelegt, sie sind für einen Kampf gekleidet. Ein zweiter Hund kauert zu ihren Füßen und bleckt die Zähne.

»Wilderer, wie?«, sagt der Mann, der uns zu sich befohlen hat. Er ist um die fünfzig, hat einen graugesprenkelten Bart und schmale Augen.

Ich schüttele den Kopf; versuche, die zum Sprechen notwendige Energie aufzubringen.

»Wo ist dein Gewehr? Wirf es dahin, wo ich es sehen kann«, wiederholt er.

»Ich sagte doch, dass ich keine Waffe habe.«

»Und wie hast du sie dann getötet?« Er tritt zur Seite und bedeutet einem seiner Männer, die Fackel hochzuhalten. Vor uns auf dem Pfad sehe ich zwei dunkle Hügel. Ich muss nicht näher treten, um zu erkennen, dass es sich um die Leichen eines Mannes und eines Hundes handelt.

»Überhaupt nicht. Wir sind gerade eben aus dem Brunnen geklettert.« Ich zeige auf das Steinhäuschen hinter uns. »Wir sind auf St. Nicholas Island als Geiseln genommen worden, aber wir konnten durch den Tunnel entkommen, der auf dem Grund des Brunnenschachts endet. Die Männer, die uns gefangen genommen haben, kamen einige Zeit vor uns dort entlang. Einer von ihnen hatte eine Pistole.«

Die Männer sehen sich an. »Eine glaubhafte Geschichte«, brummt einer, und ich muss ihm zustimmen; was ich erzähle, klingt so grotesk, dass ich es an seiner Stelle auch nicht glauben würde. Doch aus den Blicken, die sie wechseln, schließe ich, dass sie von dem Tunnel wissen.

»Auseinander«, befiehlt der graubärtige Mann. »Durchsucht sie«, weist er einen aus seiner Truppe an. »Wenn ihr keine Wilderer seid, seid ihr Schmuggler, nehme ich an. Wie auch immer, Sir Peter wird euch aufknüpfen lassen.«

»Wer ist Sir Peter?« Nell lässt meine Schulter los. Es sind ihre ersten Worte, seit sie aus dem Brunnen gekrochen ist.

»Sir Peter Edgecumbe«, erwidert der Mann. »Das ist sein Land, das ihr widerrechtlich betreten habt, und ihr habt seinen Wildhüter ermordet, und dafür werdet ihr baumeln, das versichere ich euch.«

»Dann sind wir in Mount Edgecumbe Park?« Sie lacht ungläubig. »Aber ich kenne Sir Peter Edgecumbe.« Sie richtet sich etwas unsicher auf, nimmt dann ihre übliche Haltung an und schiebt das Kinn vor. »Ich bin Lady Eleanor Arden, Witwe von Sir Richard Arden von Beauchamp Hall in Somerset. Mein verstorbener Mann war mit Sir Peter gut bekannt. Bringt mich augenblicklich zu ihm, er wird uns helfen können.«

»Oh, ich bin sicher, dass du eine feine Dame bist, Süße.« Der Bärtige zeigt auf mich und lacht. »Und wer ist das? Der gottverdammte Kaiser von China?«

Nell stemmt eine Hand in die Hüfte. »Das ist der bekannte italienische Gelehrte Giordano Bruno.«

»Das ändert natürlich alles«, sagt der Bärtige, und seine

Untergebenen lachen ganz offen. »Hör zu, du unverschämte Dirne. Ich bin der Hauptmann von Sir Peters Leibgarde, und ich habe die Vollmacht, euch beide wegen widerrechtlichen Betretens dieses Besitzes, Wilderns und Mordes zu verhaften. Ihr seht nicht so aus, als wärt ihr imstande, einen Kampf anzuzetteln, aber wenn ihr einen wollt, nur zu.«

Sie tritt vor, bis sie ganz dicht vor ihm steht, und schiebt mit wütend funkelnden Augen und entschlossen verhärteten Zügen den Schaft seiner Hellebarde zur Seite. Er scheint zu überrumpelt zu sein, um sie daran zu hindern.

»*Du* hörst mir zu, du arroganter Klotz. Ich bin die Base von Lady Drake, und Doktor Bruno reist mit Sir Philip Sidney, dem Geschützmeister Ihrer Majestät. Siehst du das?« Sie legt den Kopf in den Nacken und zeigt auf ihren Hals. »Gestern wurde ich von zwei gesuchten Verbrechern gefangen genommen, die versucht haben, mich am Hals aufzuhängen – von denselben Männern übrigens, die euren Wildhüter getötet haben und sich wahrscheinlich noch auf dem Landsitz deines Herrn befinden. Doktor Bruno hat mich gerettet. Wir sind heute Nacht mindestens drei Mal dem Tod entronnen und daher verdammt erschöpft. Sir Francis' Männer suchen selbst jetzt noch nach uns, und wenn er herausfinden sollte, dass wir erneut schlecht behandelt worden sind, dann werdet ihr euch vor eurem Herrn dafür verantworten, das schwöre ich euch. Bringt mich sofort zum Haus und lasst mich mit Sir Peters Haushofmeister sprechen, wenn ihr mir nicht glaubt.«

Der Bärtige blickt seine Kameraden unsicher an, er fürchtet ganz offensichtlich, dass sie die Wahrheit sagen könnte. Sie hat das Auftreten und den gebieterischen Ton einer Angehörigen der Adelsschicht, die voraussetzt, dass man ihr widerspruchslos gehorcht. Ich beobachte sie mit wachsender Bewunderung. Sidney hatte recht, sie ist eine Frau, die es gewöhnt ist, Befehle zu erteilen. Jenkes und Doughty haben ihr mit ihren Drohungen von Vergewaltigung und Mord den Schutz, der ihr Rang ihr bietet, genommen, sie auf die unliebsame Wahrheit ihrer körperlichen Schwäche reduziert und sie verletzlich gemacht. Indem sie diesem Leibwächter gegenüber ihren Status ausspielt, kann sie die Kränkung wiedergutmachen, die sie erlitten hat. Es ist beeindruckend, wie sie diesen Hochmut so mühelos annimmt, als würde sie einen Umhang anlegen.

»Dann bringt sie zum Haus«, bellt der Bärtige den anderen zu und wendet sich ab. Nell lehnt sich gegen mich. Ich spüre, wie ihr Körper vor Erleichterung schlaff wird.

»Jetzt wird alles gut, Bruno«, sagt sie. »Du wirst schon sehen.«

24

»Ihr hattet Glück, dass dieser Leibwächter zu Euren Gunsten entschieden hat«, murmelt Drake. Er sieht mich nicht an, blickt immer noch mit hinter dem Rücken gefalteten Händen aus dem Kammerfenster. »Er hätte Euch des Mordes bezichtigen und gleich an Ort und Stelle einkerkern können. Wir hätten Euch tagelang nicht gefunden.«

»Lady Arden läuft zu großer Fahrt auf, wenn sie sich durchzusetzen wünscht.« Ich trinke noch einen Schluck Wein.

»Ich weiß.« Drake schneidet eine Grimasse.

»Wir hatten auch Glück, dass Sir Peters Haushofmeister uns behilflich war. Er hat seinen Herrn mitten in der Nacht wegen zwei Fremden geweckt, die aussahen wie Vagabunden oder Beutelschneider. Gott sei Dank hat Sir Peter Lady Arden trotz alldem erkannt.«

Ich schließe kurz die Augen und erinnere mich an das, was dann geschehen war. Das kühle Ale, mit dem wir die Schmerzen in unseren Hälsen gelindert haben, warmes Badewasser, Dienerinnen, die unsere Wunden versorgt haben. Weiche Federbetten, Brot und Fleisch am Morgen und saubere Kleider von Sir Peter und seiner Frau, die Nell zu bezahlen versprochen hat, sobald sie wieder zu Hause ist. Drakes Männer haben ein paar Stunden nach unserer Flucht schließlich bei der Insel angelegt, haben nach langem Suchen den Tunnel entdeckt, sind uns wacker durch selbigen gefolgt und auf Sir Peters Landsitz auf der Landspitze gegenüber von Plymouth auf der Westseite des Sunds herausgekommen. Sir Peter hat mir seine eigenen Männer mitgegeben, um mich in die Stadt zurückzubegleiten, nachdem ich gefrühstückt hatte. Nells Verletzungen waren nicht so schlimm, wie ich befürchtet hatte, aber Schock, Erschöpfung und der viele eingeatmete Rauch haben sie geschwächt, und sie muss sich ausruhen, bevor sie erwägen kann, zu uns zurückzukommen. Ich hatte ein paar leichte Verbrennungen am linken Arm erlitten, und meine Augen und mein Hals waren immer noch trocken vom Rauch und schmerzten, aber angesichts der Ereignisse der letzten Nacht konnte ich nur staunen, dass wir so glimpflich davongekommen waren.

Drake mustert mich eine Weile neugierig, dann verkündet er gewohnt forsch: »Gott hat Euch jedenfalls Seinen Schutz gewährt. Aber vor allem die Base meiner Frau verdankt Eurem Mut ihr Leben, Bruno. Ich stehe in Eurer Schuld, und ich werde das nicht vergessen.« Er streicht sich mit der Hand über den Bart. »Und jetzt, wo sie in Sicherheit ist, muss ich entscheiden, wie weiter verfahren werden soll. Dann kann ich vielleicht zu meiner Flotte zurück.«

Er versucht noch nicht einmal, die Ungeduld in seiner Stimme zu überspielen. Die ganze Sache mit Jenkes und Doughty war eine lästige Ablenkung für ihn, eine, zu der es nicht gekommen wäre, wenn die Flotte nicht durch Dunnes Tod aufgehalten worden wäre oder wenn Sidney und ich nicht in Plymouth aufgetaucht wären. Ich verstehe ihn, aber ich habe nach den Torturen der letzten Nacht eigentlich auf etwas innigere Dankesbezeugungen gehofft. Doch von Drakes Entscheidungen hängen eine Schiffsflotte und Hunderte von

Männern ab, und er brennt darauf, endlich seine Reise beginnen zu können.

Wir haben uns in seiner Kammer im *Star* versammelt, dem Raum, den einst Lady Drake bewohnt hat; diese ist jetzt Gast des Bürgermeisters und wird von sechs von Drakes stämmigsten Soldaten bewacht. Sidney und ich sollen gleich mit Dom Antonio und seinem Gefolge zu Abend essen, aber erst will Drake mich über all das in Kenntnis setzen, was sich in der Zwischenzeit ereignet hat.

»Meine und Sir Peters Männer haben letzte Nacht bis in die frühen Morgenstunden den gesamten Landsitz abgesucht, aber keine Spur von Jenkes und Doughty gefunden.« Drake steht mit dem Rücken zum Kamin. »Ich habe Boote mit Männern ausgeschickt, die an Bord der Schiffe gehen, die den Sund verlassen, und sie durchsuchen sollen, obgleich ich eigentlich nicht über die Autorität dazu verfüge. Aber meine Vermutung geht dahin, dass Jenkes und Doughty von einem anderen Küstenabschnitt aus abgelegt haben, in Cornwall. Vielleicht sind sie auf ein Schiff, das in einem anderen Hafen vor Anker lag. Auf jeden Fall haben sie einen beachtlichen Vorsprung.«

»Rowland Jenkes verfügt über zahlreiche Kontakte in Frankreich«, sage ich. »Er dürfte das Buch zweifellos nach Paris gebracht haben, wo Agenten des Vatikans ihm Unsummen dafür bezahlen werden.«

Drake winkt ab. »Das Buch interessiert mich jetzt nicht mehr. Es ärgert mich natürlich, dass dieser Jenkes Profit daraus schlägt, aber nicht so sehr, dass ich bereit bin, Männer und Mittel zu opfern, um es zu suchen. Es scheint mir ein geringer Preis dafür zu sein, dass Ihr und Lady Arden mit dem Leben davongekommen seid.«

Ich erwidere nichts darauf. Das Buch ist für Drake nicht

von Interesse, weil er kein Gelehrter ist und seine Bedeutung nicht ermessen kann; er betrachtet es lediglich unter dem Gesichtspunkt, wie viel Geld es einbringen würde. Ich kann nur an die feisten, ichbezogenen Kardinäle in Rom denken, die es in irgendeinem Gewölbe im Vatikan wegschließen und seine einzigartige Enthüllung für immer begraben werden. Wenigstens habe ich immer noch meine Übersetzung.

»Meine Sorge gilt der Frage, was aus John Doughty geworden ist«, fährt Drake fort. »Er hat trotz all seiner Anstrengungen sein Ziel nicht erreicht; es ist ihm nur gelungen, mir zu zeigen, wie nah er meiner Familie kommen kann. Und Euer Bericht beunruhigt mich sehr. Ich habe schon lange vermutet, dass er Elizabeth ins Visier nehmen würde, um mich da zu treffen, wo ich am verwundbarsten bin.« Er zupft an der Spitze seines Bartes. »Ich habe beschlossen, dass sie zu ihrer Familie nach Somerset gehen soll, während ich auf See bin. Wenn Lady Arden sich so weit erholt hat, dass sie reisen kann, werde ich sie beide mit einem Leibwächter nach Buckland schicken, damit sie ihre Vorkehrungen treffen können. Ich halte es für das Beste, wenn Dom Antonio sie begleitet. Eure Männer können sich ihnen anschließen und von dort nach London weiterreisen. Ich kann diese Expedition nicht vorbereiten, wenn ich mir die ganze Zeit Gedanken um seine Sicherheit und die der Frauen machen muss.«

Sidney blickt von seinem Platz am Fenster auf und nickt. Seine bewaffneten Männer sind an diesem Morgen eingetroffen, und er hat sie auf seine Kosten in einer Pension außerhalb der Stadtmauern untergebracht; je eher sie mit Dom Antonio auf dem Weg nach London oder zunächst auf Drakes Kosten in Buckland Abbey untergebracht sind, desto besser für ihn.

Der Gedanke, dass die Frauen abreisen, versetzt mir einen

Stich; die Aussicht darauf, ohne Nell in Plymouth zu bleiben, während meine eigenen Pläne noch in der Schwebe hängen, ist nicht sonderlich reizvoll.

»Wenigstens wissen wir, dass Doughty nichts mit Dunnes Tod zu tun hatte«, bemerke ich. »Ich bin sicher, dass er die Wahrheit gesagt hat und wirklich an Dunnes Selbstmord glaubt.«

Drake und Sidney wechseln einen Blick.

»Was das betrifft, gibt es Neuigkeiten«, sagt Drake.

Sidney geht durch den Raum, um sich gegen den Kaminsims zu lehnen. »Du hast die ganze Aufregung verpasst.«

Ich sehe ihn an. »Du hast recht, die ganze Zeit, während ich gefesselt darauf gewartet habe, dass mir ein Fass Schießpulver den Kopf wegbläst und ich durch einen Tunnel unter dem Meer gekrochen und einen Brunnenschacht hochgeklettert bin, um von einer Horde Hunde und bewaffneter Männer empfangen zu werden, habe ich nur daran gedacht, wie leid es mir tut, dass ich die ganze Aufregung verpasse.«

Drake lächelt.

»Savile hat gestanden«, verkündet Sidney mit einer Miene, die darauf hindeutet, dass dies sein Verdienst ist.

»Nun, nicht ganz«, wirft Drake ein. »Er hat alles gestanden, nur den Mord nicht. Das ist der springende Punkt.«

»Was hat er denn gestanden?« Ich blicke verwirrt von einem zum anderen. »Was ist passiert?«

»Sir Philip hat ihn auf frischer Tat ertappt«, erwidert Drake. Es ist ihm nicht anzusehen, ob er Sidneys Handeln billigt oder nicht.

Sidney zuckt die Achseln. »Ich habe das getan, was ich gestern schon vorgeschlagen habe. Ich bin gestern Abend hierhin zurückgekommen, um ein paar Sachen für Lady Drake zu holen, während du mit deinem Rettungsversuch beschäftigt warst.« Seine Stimme klingt lässig, als er das sagt, aber ich höre den indirekten Tadel heraus und frage mich, ob Drake ihn auch hört.

Sidney hatte mich mit offenkundiger Erleichterung umarmt, als ich in den *Star* zurückgekommen bin, aber die Freude, mich lebend wiederzusehen, war kurzlebig und wurde schnell von seinem üblichen Groll darüber getrübt, dass er bei den Frauen bleiben musste und keine Chance bekam, sich zu beweisen. Er hat mich nicht nach meinen Erlebnissen in der letzten Nacht gefragt. Ich kenne ihn zu gut, um deshalb gekränkt zu sein, aber ich knirsche mit den Zähnen, als er von seinen eigenen Heldentaten berichtet.

»Also bist du einfach in ihre Schlafkammer marschiert?«, frage ich verblüfft.

»Ja.« Er grinst. »Ich habe ihnen etwas Zeit gegeben, um in Fahrt zu kommen. Sie hatten diese kuhäugige Dienerin vor der Tür postiert, um Wache zu halten. Sie versuchte mir weiszumachen, ihre Herrin wäre indisponiert. Ich sagte, ich bin mir ganz sicher, dass sie das ist, und drängte mich an ihr vorbei. Sie hatten noch nicht einmal die Tür abgeschlossen.« Er schüttelt den Kopf, als würde er jeden bemitleiden, dem ein so dummer Fehler unterläuft.

»Und du hast sie *in flagranti* ertappt?«

»Nicht ganz. Sie waren noch angekleidet, Gott sei Dank«, fügt er hinzu. »Aber ich habe sie in einer innigen Umarmung überrascht, innig genug, um nur schwer eine Ausrede zu finden. Dann habe ich sie an Ort und Stelle mit alldem konfrontiert, was wir uns über ihre Affäre und die Schwangerschaft zusammengereimt haben.«

»Das war gefährlich«, rüge ich und sehe Drake zu meiner Befriedigung nachdrücklich nicken. »Was hätte sie daran gehindert, einfach alles zu leugnen?«

»Das haben sie zuerst ja auch. Sie zumindest.« Er verzieht das Gesicht. »Diese Frau ist hart wie Stein. Der Himmel weiß, was Savile an ihr findet.«

»Vielleicht die Aussicht auf ihr bevorstehendes Erbe?«

»Hu. Nun, sie versuchten natürlich, es abzustreiten. Sie gab zu, dass sie schwanger ist, sagte aber, das Kind wäre von ihrem Mann, und sie würde mich wegen übler Nachrede verhaften lassen, wenn ich etwas anderes behauptete. Sir William wäre ein alter Freund der Familie, wollte sie mir einreden, der sie in ihrer Trauer tröstete. Mit aufgeschnürter Hose?, fragte ich.« Sichtlich mit sich zufrieden, verschränkt Sidney die Arme vor der Brust. »Diese Narren. Dann holte ich zum *coup de grâce* aus. Ich sagte, wir hätten ausreichende Beweise, um Savile wegen des Mordes an Robert Dunne festzunehmen.«

»Aber die haben wir nicht.« Ich blicke zu Drake. Er presst die Lippen zusammen.

»Das wussten sie aber nicht«, verteidigt sich Sidney. »Savile erwies sich am Ende als der Schwächere. Ihn hat es schon nervös gemacht, dass wir ihr kleines Geheimnis entdeckt haben, als er dann des Mordes bezichtigt wurde, brach er endgültig zusammen.«

»Nicht endgültig«, berichtigt Drake ruhig.

Sidney wirft ihm einen verärgerten Blick zu. »Er sagte, er würde nur Kapitän Drake Rede und Antwort stehen. Also bestand ich darauf, dass er mit in meine Kammer kommt, wo ich ein Auge auf ihn haben konnte, während ich einen Boten losschickte, um Sir Francis vom Hoe zu holen. Ich sagte Savile, ich würde nicht darauf vertrauen, dass er keinen Fluchtversuch unternimmt. Das nahm er mir übel; ein unschuldiger Mann hätte keinen Grund zu fliehen, meinte er, und er würde jedenfalls nirgendwo hingehen, solange sein Geld in dieser Expedition steckt. Aber dann gab er nach und kam trotzdem mit.«

»Geld, das er am liebsten aus dem Unternehmen herausziehen würde, wie er sagte, wenn das der Respekt sei, den ihm andere Gentlemen entgegenbringen«, fügt Drake mit einem durchdringenden Blick zu Sidney hinzu. Ich verstehe seinen Zorn; Sidney hat gegen seine ausdrücklichen Wünsche gehandelt und einen wichtigen Investor des Mordes bezichtigt, ohne schlüssige Beweise dafür zu haben. Außerdem hat er Drake von der Operation zur Rettung der Base seiner Frau weggeholt. Obwohl Drake ein zu erfahrener Diplomat ist, um einen Mann von Sidneys Rang zu tadeln, verdrießt es ihn sichtlich, in diese Lage gebracht worden zu sein. »Als Sir Philips Bote eintraf, gab es ohnehin nicht mehr viel, was ich hätte tun können, um Euch zu helfen, Bruno«, fährt Drake, an mich gewandt, fort. »Die Bewaffneten unterstanden Carleills Befehl, also kehrte ich in den *Star* zurück, um mich mit dieser neuen Entwicklung des Falls Dunne zu befassen. Zum Glück hatte die – wenn auch übereilte – Beschuldigung, er habe einen Mord begangen, Savile erschüttert. Ihm war nicht klar gewesen, dass wir bereits so viel wussten, und er war bereit, seine Schuld teilweise einzugestehen, um seine Unschuld bezüglich des Hauptvorwurfs besser beweisen zu können.«

»Dann bleibt er dabei, dass er Dunne nicht ermordet hat?«

Drake nickt. »Er hat zugegeben, dass er und Martha Dunne ein Liebespaar sind – schon seit fast einem Jahr. Er hatte versprochen, ihr zu helfen.« Drake hält inne und schürzt die Lippen. »Er versprach mir, die ganze Wahrheit preiszugeben, aber nur unter der Voraussetzung, dass ich die Behörden nicht informiere.«

»Und wie lautet seine Version der Wahrheit?«, frage ich.

Drake wirkt mit einem Mal erschöpft. »Das solltet Ihr am besten von ihm selbst hören. Ich wüsste gerne, ob er Eurer Meinung nach lügt oder nicht.«

Neben der Tür von Saviles Raum lehnt ein bewaffneter Wachposten an der Wand. Er nimmt rasch Haltung an, als Drake näher kommt.

»Ich habe Sir William gebeten hierzubleiben, bis ich entschieden habe, wie ich in dieser Situation verfahre«, teilt Drake mir mit leiser Stimme mit. »Worüber er nicht gerade glücklich ist, wie Ihr Euch vorstellen könnt. Er findet, dass er quasi unter Arrest steht.«

»Warum hat er dann eingewilligt?«

»Weil er klug genug ist, um zu begreifen, dass es, wenn Dunnes Tod als Mord gewertet wird, genug Beweise gegen ihn gibt, um ihn zum Hauptverdächtigen zu machen.«

»Die aber wahrscheinlich nicht ausreichen, um ihn zu verurteilen.«

»Genau das ist unser Problem. Ich hatte meine Befürchtungen ja schon geäußert, als Sir Philip seine Idee zum ersten Mal vorgeschlagen hatte: Ich könnte den Coroner und Vertreter der Behörden hinzuziehen, aber bei einem Mann von Sir Williams Rang würde das Schwierigkeiten geben. Wenn ich diesen Weg beschreite, wird er einen Anwalt aus London kommen lassen. Wir könnten wochenlang aufgehalten werden.« Drake bleibt vor der Tür stehen und sieht mich offen an. »Und natürlich wird er von der Reise zurücktreten und sein investiertes Geld abziehen, daran hat er keinen Zweifel gelassen. Ihr werdet zugeben müssen, dass Sir Philip mich in eine sehr schwierige Lage gebracht hat. Ich wünschte wirklich, er hätte vorher mit mir gesprochen.«

Sidney hat sich geweigert, uns zu begleiten; er sagte, er habe Saviles Version der Ereignisse schon gehört, auf die seiner Meinung nach kein Kind hereinfallen würde. Drake hat die Bemerkung wohlweislich überhört, was aber nicht dazu beigetragen hat, die Spannung zwischen ihnen zu mildern.

Sidney kocht vor Groll; er hat gedacht, für die Überführung des Mörders gelobt zu werden, und auch wenn er es nie zugeben würde, legt er auf Drakes Lob Wert. Aber dass er, ohne den Generalkapitän zu fragen, die Angelegenheit selbst in die Hand genommen hat, hat sich als Bumerang erwiesen. Ich seufze bei dem Gedanken. Wenn uns die Geschichte von Thomas Doughty eines gelehrt hat, dann, dass Drake es nicht duldet, dass seine Autorität infrage gestellt wird. Man sollte meinen, dass Sidney das inzwischen begriffen hätte.

Drake klopft fest an die Tür. Trotz der Umstände ist er offenbar entschlossen, Savile höflich zu behandeln. Die Rangfrage ist teilweise für die heikle Situation verantwortlich, und Drake weiß das; obwohl Drake gleichfalls zum Ritter geschlagen wurde, ist Savile, wie Sidney, ein Gentleman von Geburt, und er betrachtet den Generalkapitän mit ziemlicher Sicherheit nicht als rangmäßig ebenbürtig.

»Ja?«, ertönt drinnen eine gebieterische Stimme.

Drake öffnet die Tür zu einer kleinen, aber behaglich eingerichteten Kammer. Savile sitzt an einem Tisch und schreibt einen Brief. Er hebt den Kopf, als wir eintreten, und seine Züge verhärten sich bei meinem Anblick.

»Wie, Francis, Ihr habt diesen *Mönch* mitgebracht, um mein Geständnis zu hören?«

»Gewissermaßen.« Drake ignoriert seinen Ton. »Ich möchte, dass Ihr Doktor Bruno Eure Geschichte genau so erzählt, wie Ihr sie mir erzählt habt.«

»Warum? Welche Vollmacht hat er, über mich zu richten?«

»Gar keine. Aber er hat die Beweise gegen Euch zusammengetragen, und deswegen wird er vor Gericht aussagen müssen, wenn es so weit kommt. Außerdem brauche ich für den Fall, dass Ihr versuchen solltet, alles abzustreiten, einen Zeugen.«

Ein Muskel an Saviles Kiefer zuckt.

»Ich dachte, wir hätten eine Übereinkunft getroffen?«

»Das ist ein Teil der Übereinkunft«, erwidert Drake ruhig. Er nimmt am Fenster Platz, ich bleibe stehen.

Savile dreht seinen Stuhl zu uns, um uns anzusehen.

»Na schön. Wo soll ich anfangen?«, fragt er.

»Alle Beweise deuten darauf hin, dass Ihr die Absicht hattet, Robert Dunne zu töten, damit Ihr seine Frau heiraten könnt, die Euer Kind trägt«, sage ich. »Fangt damit an.«

»Und ich fordere Euch auf, irgendetwas davon zu beweisen«, entgegnet er mit einem selbstzufriedenen Lächeln. Wenn ihn die Anschuldigungen am Abend zuvor aus der Fassung gebracht haben, ist ihm jetzt davon nichts mehr anzumerken. Er benimmt sich wie ein Mann, der bereits gewonnen hat.

»Robert Dunne hat seine Frau vier Monate nicht gesehen«, gebe ich zurück. »Seine Wirtin wird bezeugen, dass er Plymouth seit April nicht mehr verlassen hat. Und vorher ist es ihm nie gelungen, ein Kind zu zeugen.«

Savile sieht aus, als würde er im Geist ein weiteres Argument formulieren, aber Drake greift ein.

»Erzählt einfach die ganze Geschichte, Sir William. Und fasst Euch kurz.«

Savile zögert, dann dreht er sich um.

»Also gut. Ich erzähle Euch das im Vertrauen«, sagt er. »Sir Franics ist damit einverstanden, und ich tue es nur, weil das, was Ihr schon wisst, schlecht für mich aussieht. Aber ich habe Robert Dunne in dieser Nacht nicht getötet.« Er schlägt die Beine übereinander, stellt sie sofort wieder nebeneinander und starrt seine gefalteten Hände lange an, als würde er überlegen, wo er beginnen soll.

»Martha Dunne wollte sich aus ihrer Ehe befreien, das stimmt. Sie hatte eine Annullierung vorgeschlagen, aber ihr

Mann wollte nichts davon wissen«, sagt er endlich und blickt auf. »Zuneigung war natürlich nicht im Spiel, der raffgierige Hund klammerte sich an sie, weil er wusste, dass sie ihren Vater beerben würde. Damit Martha ihn endlich loswerden konnte, musste er sterben, aber sie hatte Angst, man würde sie verdächtigen, wenn ihm etwas zustieß. Wie Ihr wisst, macht sich eine Frau, die ihren Gatten tötet, des Hochverrats schuldig und wird verbrannt.« Er hält inne und reibt sich mit dem Daumen über die Unterlippe. »Sie wollte das Risiko nicht eingehen. Aber sie konnte den Gedanken, dass Robert ihr Erbe in die Hände bekommt, nicht ertragen, daher wusste sie, dass sie früher oder später gezwungen sein würde, etwas zu unternehmen. Als er verkündete, sich mit Sir Francis auf diese Expedition begeben zu wollen, hoffte sie, er würde auf See einen Unfall erleiden. Leider hatte er sich in der Vergangenheit als bemerkenswert unverwüstlich erwiesen.«

»Wart Ihr und sie da schon …?«

»Ich war gleich bei unserer ersten Begegnung von Martha fasziniert«, erwidert Savile so nachdrücklich, als hätte ich die Intensität seiner Gefühle infrage gestellt. »Wir wurden einander letztes Jahr bei Hof vorgestellt, als sie mit ihrem Mann dort war.« Er lacht bitter auf. »Martha … sie ist eine beeindruckende Frau. Ihr habt ja Zeit mit ihr verbracht, Ihr müsst das wissen.«

Ein abwesender Ausdruck huscht über sein Gesicht, und ich stelle fest, dass ihn die Frau wirklich fesselt. Ich kann mir noch nicht einmal ansatzweise vorstellen, das Bett mit Martha Dunne zu teilen; ihre Kälte stößt mich ab. Begierde kennt keine Logik, denke ich und mahne mich gleich darauf, dass auch das Geld ihres Vaters einen großen Anreiz dargestellt haben dürfte.

»Also überredete sie Euch, ihr aus ihren Schwierigkeiten

herauszuhelfen.« Ich versuche, das Bild von Savile und Martha Dunne beim Liebesakt abzuschütteln.

Savile saugt die Wangen ein. »Ich wusste, dass ich mit Robert viele Monate auf See sein würde. An Bord eines Schiffes gibt es für einen Mann unzählige Möglichkeiten, einem Unfall zum Opfer zu fallen.«

»Aber Dunne war im Gegensatz zu Euch ein erfahrener Seemann«, gebe ich zu bedenken. »Habt Ihr deswegen Muskatnuss benutzt, um seinen Geist zu verwirren und ihn über Bord stoßen zu können?«

»Ich hatte keinen so ausgeklügelten Plan.« Savile betrachtet seine Nägel. »Jedenfalls gab es da ein drängenderes Problem.«

»Sie stellte fest, dass sie schwanger war.«

Er nickt kaum merklich. »Wie ich hörte, wart Ihr derjenige, dem das aufgefallen ist. Ihr habt erstaunlich scharfe Augen, Bruno, die meisten unverheirateten Männer hätten die Anzeichen erst Monate später bemerkt. Aber Ihr wart ja ein Mönch. Ich nehme an, Ihr und Eure Mitbrüder habt da unten in Rom unzählige Schankdirnen geschwängert, richtig?«

»Neapel«, erwidere ich gleichmütig. »Hunderte.«

»Fahrt fort, Sir William«, sagt Drake trocken vom Fenster her.

»Zuerst dachte sie, sie könnte es geheim halten«, sagt Savile. »Sodass ihr Mann vor seiner Abreise nichts merkt. Er war der Einzige, der abstreiten konnte, der Vater zu sein, und wenn alles gut ginge, würde er nicht zurückkommen, um das herauszuposaunen. Aber die Schwangerschaft machte Martha in den ersten Wochen schwer zu schaffen, und obwohl sie sich nur ihrer Dienerin Agnes anvertraute, hatte einer der anderen Dienstboten für derlei Dinge ein genauso gutes Auge wie Ihr, Bruno. In ihrem Haushalt in Dartington waren bald Gerüchte im Umlauf. Ihr Haushofmeister hatte sich trotz all der Fehler seines Herrn noch einen Rest Loyalität ihm gegenüber bewahrt, und er schrieb Robert nach Plymouth, dass seine Frau ein Kind erwarten würde – wohl wissend, dass Robert sie seit Monaten nicht mehr gesehen hatte, versteht sich. Dieser Haushofmeister teilte Robert auch mit, dass ich auf dem Weg nach Plymouth im Haus zu Gast gewesen war.«

»Also konnte Robert kaum daran zweifeln, wer der Vater war«, bemerke ich. »Und er versuchte, Euch zu erpressen?«

»Erpressen?« Er runzelt die Stirn, als würde er nicht verstehen.

»Um fünf goldene Engelstaler. Hat er Euch brieflich gedroht, Euch bloßzustellen?«

Savile wirkt verwirrt. »Was für eine eigenartige Frage. Natürlich nicht. Er tat, was jeder Mann mit Selbstachtung tun würde, wenn er erfährt, dass ihm Hörner aufgesetzt wurden. Er schlug mir ins Gesicht.« Er reibt über seine inzwischen verschorfte aufgeplatzte Lippe.

»Aber laut derer, die ihn gesehen haben, stand er da schon unter dem Einfluss von Muskat«, erwidere ich. »Warum habt Ihr ihm den Muskat verabreicht? Hat Dunne Euch früher am Tag zur Rede gestellt?«

»Bevor die Truppe an diesem Abend an Land ging, forderte er mich auf, in seiner Kabine einen Schluck mit ihm zu trinken. Ich war natürlich auf der Hut; nahm vorsichtshalber etwas gewürzten Wein mit. Ich dachte, wenn ich ihm Muskat gebe, würde er wirres Zeug reden, wenn er dann wüste Behauptungen aufstellte, könnte ich das auf den Alkohol schieben.«

»Und hat er Euch beschuldigt?«

»In diesem Punkt war er ganz vernünftig«, versetzt Savile. »Er sagte mir nur, er hätte diesen Brief bekommen, und wollte wissen, ob etwas Wahres daran sei.« Savile krümmt die Finger und späht zu Drake. »Ich stritt natürlich alles ab. Ich sagte, ich hätte ihn zu Hause besuchen wollen und wäre nach Plymouth weitergeritten, als ich feststellte, dass er nicht daheim war. Machte ihm weis, dass der Haushofmeister wahrscheinlich nur Zwietracht stiften, Martha verunglimpfen und seine eigene Vormachtstellung in Roberts Abwesenheit stärken wollte, so wie Dienstboten das nun einmal tun.« Savile winkt so hochmütig ab, als wären wir alle mit den Ränken und Listen verschlagener Dienstboten vertraut. »Ich sagte, es wäre schiere Dummheit, solche haltlosen Gerüchte zu wiederholen, vor allem in Hörweite anderer, er würde nur seine Ehre und die seiner Frau in den Schmutz ziehen. Dunne wollte mir tatsächlich glauben. Er packte meine Handgelenke und entschuldigte sich dafür, an mir gezweifelt zu haben.«

Da wurde also der Knopf abgerissen, denke ich.

»Aber Ihr musstet dafür sorgen, dass er die Anschuldigungen nicht in der Öffentlichkeit wiederholte.«

»Nun, Ihr versteht meine missliche Lage sicher«, sagt Savile, als wäre sein Handeln für jeden vernünftigen Menschen nachvollziehbar. Er steht auf, geht zum Kamin und dreht sich zu mir um. »Er stimmte zu, dass ich, was den Haushofmeister anging, vermutlich recht hatte, und versprach, nichts zu sagen, bis er von Martha gehört hatte. Aber ich war nicht überzeugt, denn er war nicht gerade als diskret bekannt, und ich wusste, dass er sich oft dem Spanier Jonas anvertraute. Ich wollte nicht, dass mein Name mit derartigen Gerüchten in Verbindung gebracht wird. Schon gar nicht in Hörweite von jemandem von der Flotte.«

»Ja, das hätte den Unfall, den Ihr für ihn geplant hattet, etwas weniger glaubwürdig wirken lassen«, entgegne ich. »Vor allem, wenn Ihr irgendwann seine Witwe heiraten wolltet.«

»So sieht es aus.«

Savile wirkt gänzlich ungerührt. Ich frage mich, warum er so offen zu uns ist. Vielleicht, weil er weiß, dass wir uns all das bereits zusammengereimt haben.

»Also habt Ihr beschlossen, den Unfall in die Wege zu leiten?«

»Wer erzählt diese Geschichte, Bruno – ich oder Ihr?« Er lächelt, seine Zähne blitzen auf, aber in seiner Stimme schwingt ein Anflug von Schärfe mit. Ich vollführe eine einlenkende Geste, denn ich will seine Version zu Ende hören.

»Ich dachte, ich hätte das Problem erst einmal aus der Welt geschafft, aber ich wusste, dass er die Sache nicht lange für sich behalten würde. Ich wollte ihm deshalb an diesem Abend folgen. Er ging oft in das *Haus der Vesta*, aber in der letzten Zeit war er gesehen worden, wie er sich mit Fremden in weniger vornehmen Stadtvierteln traf, was mit seinen Spielschulden zusammenhing, wie ich vermutete. Aber das kam mir sehr zupass: Ein Gentleman, der in einer Hintergasse überfallen wurde, würde für das Opfer von Räubern gehalten werden. Wenn er dort tot aufgefunden worden wäre, wären kaum Fragen gestellt worden.« Er zuckt die Achseln. »Ich dachte, das Muskatpulver würde es mir erleichtern, ihn zu überwältigen.«

»Aber die Wirkung setzte früher ein, als Ihr erwartet hattet.« Ich deute auf seine Lippe.

»Ja.« Er berührt die Wunde behutsam. »Das war unvorhergesehen. Er ging zuerst mit den anderen in den *Star*, um etwas zu trinken, also musste ich mich ihnen anschließen. Da fing er schon an, außer Rand und Band zu geraten. Er wiederholte seine früheren Worte, nur wesentlich aggressiver. Ich versuchte ihn von der Gruppe wegzuziehen, weil ich Angst hatte, sie würden alles mitbekommen, aber er setzte sich zur Wehr und schlug nach mir. Zu meinem Glück warf die Wirtin ihn mithilfe eines ihrer Burschen hinaus, bevor er eine Schlägerei anzetteln oder weitere Aufmerksamkeit auf den Grund dafür lenken konnte.« Savile spreizt die Hände, wie um zu sagen, was hätte ich denn tun sollen? »Ich folgte ihm dann zum *Haus der Vesta*; ich dachte, ich würde einen Weg finden, ihn abzufangen, wenn er wieder herauskäme, und ihn in irgendeine abgelegene Ecke zu lotsen. Aber dazu bekam ich keine Gelegenheit. Als er ging, war er in Begleitung von Padre Pettifer.«

»Dem Kaplan?« Ich starre ihn verdutzt an. Der fromme Padre in einem berüchtigten Hurenhaus? »Was hat er denn da gemacht?«

Savile wirft mir einen Blick zu, der besagt, dass das eine reichlich naive Frage ist, aber es ist Drake, der an seiner Stelle antwortet.

»Für ihre Seelen gebetet, sollte ich annehmen.«

Savile lacht. Ich drehe mich zu Drake, um zu sehen, ob er scherzt, aber sein Gesicht ist todernst.

»Ich glaube, das ist Teil seiner christlichen Pflichten in der Stadt«, sagt er. »Einige Priester nehmen es sehr ernst damit, dem Beispiel unseres Herrn zu folgen und das Wort Gottes unter Huren und Zöllnern zu verbreiten.«

Savile schnaubt erneut. »Ich bezweifle, dass das das Einzige ist, was er dort …« Auf einen Blick von Drake hin verstummt er und wendet sich wieder an mich. »So, Bruno, jetzt wisst Ihr so viel wie Sir Francis und so viel, wie ich Euch sagen kann. Weil ich mit dem, was Robert Dunne nach seiner Rückkehr auf die *Elizabeth* zugestoßen ist, nicht das Geringste zu tun habe.« Er beendet den Satz mit einem Achselzucken, wie um mich herauszufordern, ihm zu widersprechen.

»Wie kann das sein?« Seine Selbstsicherheit ärgert mich. »Ihr habt gerade zugegeben, dass Ihr vorhattet, Dunne in dieser Nacht zu töten.«

Er schüttelt den Kopf. »Ihr habt genug Beweise, um zu wissen, dass ich Grund hatte, seinen Tod zu wünschen. Nachdem Sidney berauscht von seiner eigenen Klugheit in Marthas Kammer geplatzt ist, konnte ich die Affäre mit ihr schwerlich leugnen. Also kooperiere ich mit Euch, indem ich Euch die Wahrheit sage.«

»Das ist sehr klug von Euch«, gebe ich zurück. »Ihr gesteht alles bis auf das Wichtigste, und dann versucht Ihr zu verhandeln.«

Er schnalzt ungeduldig mit der Zunge. »Ich streite nicht ab, dass ich von Dunnes Tod profitieren würde. Jedoch nicht, wenn er als Selbstmord gewertet wird, und darauf fußt meine Verteidigung. Das war ganz offensichtlich nicht in Marthas Interesse, sie läuft Gefahr, alles zu verlieren. Also sollte der Umstand, dass der Mörder sich nach Kräften bemüht hat, es wie Selbstmord aussehen zu lassen, Beweis genug dafür sein, dass ich nicht der Täter bin.«

»Aber Ihr musstet Dunne schnell zum Schweigen bringen, bevor er jemandem von dem Brief des Haushofmeisters erzählen konnte. Außerdem wird Mistress Dunne nach dem Tod ihres Vaters viel gewinnen, wäre also nicht auf Dunnes Besitz angewiesen. Vielleicht habt Ihr beschlossen, Euren Plan noch einmal zu ändern.«

»Jetzt bewegt Ihr Euch im Reich der Spekulation, Bruno. Ich erwarte von einem Mann wie Euch nicht, dass er das Konzept der Ehre versteht«, fügt er mit gekräuselter Lippe hinzu, »aber Martha würde mehr als nur ihr Eigentum verlieren, wenn der Coroner auf Selbstmord urteilt. Der Schandfleck des Selbstmordes würde für immer auf ihrer Familie lasten. Ich hätte sie nie in diese Lage gebracht. Ein Gentleman würde so etwas instinktiv wissen.«

»Ihr schwängert die Frau eines anderen Mannes und plant

mit ihr, ihn zu ermorden, und Ihr wagt es, mir etwas von Ehre zu erzählen!« Ich trete vor und steche ihm fast einen Finger ins Gesicht.

»Dämpft Eure Stimme, Bruno, seid so gut.« Savile zieht eine Braue hoch.

Ich fange Drakes warnenden Blick auf und verkneife mir die Antwort, die mir auf der Zunge liegt.

»Nun, Sir Francis.« Savile verschränkt die Arme. »Was mich betrifft, weiß ich nicht, was wir hier erreicht haben, abgesehen davon, dass wir diesem *Katholiken* gestattet haben, sich einzubilden, er wäre mir moralisch überlegen, aber ich habe nichts hinzuzufügen. Ich würde es nur noch gern sehen, dass Ihr Euren Wachposten von meiner Tür abzieht. In England gilt ein Mann als unschuldig, bis seine Schuld erwiesen ist, wenn ich mich recht entsinne. Und da mir in dieser Sache nicht der Prozess gemacht wird, dauert meine Unschuld ewig an.«

Drake erhebt sich, um Savile gegenüberzutreten, auch wenn er nicht gleich antwortet. Sein Blick wandert abschätzend über Saviles Gesicht.

»Himmelherrgott, Mann, ich habe Euch doch schon zugesichert, dass ich nicht fliehen werde«, faucht Savile.

»Wenn Ihr das tätet, würde es wie ein Schuldeingeständnis aussehen«, erwidert Drake milde. Er stützt sein Kinn auf die zusammengepressten Fingerspitzen. »Ich denke, die Angelegenheit könnte geklärt werden, wenn Ihr in Eure Kabine an Bord der *Elizabeth* zurückkehren würdet, Sir William«, sagt er endlich mit tadelloser Höflichkeit. »Wenn Ihr immer noch vorhabt, mit uns zu reisen, versteht sich. Ich hoffe, dass der Wind bald günstig ist.«

Savile mustert ihn lange misstrauisch, als fürchte er, überlistet zu werden. »Das ist eine andere Art, mich inoffiziell unter Bewachung zu stellen, schätze ich.«

»Ganz und gar nicht. Es ist eine Art, Euch zu beweisen, dass ich Eurem Unschuldsprinzip folge.«

»Es stünde mir frei, an Land zu gehen, wenn es mir beliebt?«

»Selbstverständlich. Es läge allerdings in Eurem Interesse, diskrete Distanz zu Mistress Dunne zu wahren, bis die Untersuchung abgeschlossen ist.«

Savile verstummt, überlegt und nickt dann. »Und ich habe Euer Ehrenwort, dass keiner von Euch etwas hiervon an den Coroner oder die Behörden weitergibt?« Eine leise Warnung schwingt in seiner Stimme mit. Er spielt auf die zuvor erwähnte Übereinkunft an; Drakes Schweigen ist der Preis dafür, dass Savile sich auch weiterhin finanziell an der Reise beteiligt.

Drake neigt den Kopf und wendet sich zum Gehen. Er scheint den Preis für akzeptabel zu halten. Ich beobachte Savile, versuche, nicht auf das selbstzufriedene Lächeln zu reagieren, das langsam über sein Gesicht kriecht, als er mich ansieht. Irgendetwas an seinem Verhalten bewegt mich dazu, ihm zu glauben, trotzdem bringt mich dieser Handel in Rage; Savile trägt die selbstgefällige Miene eines reichen Mannes zur Schau, der zuversichtlich ist, sich mit Geld aus allen Schwierigkeiten herauszuwinden. Ich balle die Fäuste, öffne sie wieder und schweige. Er hat recht, ich verfüge über keinerlei Autorität, und Drake scheint die Angelegenheit als erledigt zu betrachten.

»Lasst uns gehen, Doktor Bruno.« Der Generalkapitän deutet auf die Tür. Als er sie erreicht, drehe ich mich zu Savile um.

»Und was ist mit Jonas Solon?«

Savile wirkt alarmiert. »Was soll mit ihm sein?«

»Ihr sagtet, Ihr hättet befürchtet, Dunne könnte ihm von dem Brief des Haushofmeisters und der Schwangerschaft erzählen.«

»Ich habe befürchtet, er könnte es irgendjemandem erzählen«, verteidigt sich Savile. »Den Spanier habe ich nur erwähnt, weil ich wusste, dass sie Freunde waren.« Seine Augen flackern unruhig.

»Ich glaube, Ihr habt vermutet, dass Dunne es Jonas bereits erzählt hatte.« Ich erwärme mich für den Gedanken. »Musstet Ihr ihn deswegen zum Schweigen bringen? Hat er Euch beschuldigt?«

Savile bewegt ruckartig den Kopf, als würde er eine lästige Fliege wegscheuchen. »Nein und noch mal nein. Der Spanier hat mir gegenüber nie ein Wort über die Sache fallen lassen. Ich habe keine Ahnung, ob Dunne sich ihm anvertraut hat, aber ich habe Jonas ganz sicher kein Haar gekrümmt. Ausgeschlossen.«

»Ganz und gar nicht. Ihr sprecht Spanisch«, sage ich in demselben bockigen Ton. Aus dem Augenwinkel heraus blicke ich kurz auf Drakes Gesicht. Mit jedem Wort säge ich an seiner glatten Abmachung mit Savile. »Als ich in dem Ruderboot mit Jonas Spanisch gesprochen habe, habt Ihr unsere Unterhaltung verstanden.«

»Ein bisschen davon.« Savile zuckt die Achseln. »Was hat das mit alldem hier zu tun?«

Ich blicke Drake an. Dieser nickt knapp.

»Ihr habt Kapitän Drake einen Brief geschrieben, der vorgeblich von Jonas kam. Und der sein Verschwinden erklärt.«

»Ich habe nichts dergleichen getan«, schnarrt Savile. Das Blut steigt ihm in die Wangen. »Ich verstehe Spanisch, aber nicht gut genug, um in der Sprache zu schreiben. Doch auf jeden Fall habe ich ein Alibi.«

»Dann heraus damit.«

»Ich war in der Nacht, als Jonas starb, gar nicht in seiner Nähe. Sondern den ganzen Abend im *Haus der Vesta*. Das kann eine Reihe von Leuten bezeugen.«

Ich bin versucht, erneut auf die Frage der Ehre zu sprechen zu kommen, aber ich verbeiße es mir; wohinein er seinen Schwengel steckt, geht mich nichts an. Mich interessiert nur, ob er versucht, sich aus zwei Morden herauszureden. »Ihr musstet vom Kai dorthin und wieder zurück laufen«, sage ich. »Ihr hättet den Weg über den Hoe nehmen und Jonas dort oben treffen können.«

»Vielleicht hätte ich das, wenn ich alleine gewesen wäre«, erwidert Savile glattzüngig. »Aber ich bin in Begleitung zum *Haus der Vesta* und zurückgegangen. Ich war den ganzen Abend nicht allein.«

»Wird Euer Begleiter das beschwören?«, frage ich merklich aggressiver, da ich spüre, wie meine Überzeugung ins Wanken gerät.

»Oh, ich denke schon«, erwidert Savile fröhlich. »Sir Francis könnte ihn fragen. Mein Begleiter war Thomas Drake.«

»Thomas?« Drake wirkt verwirrt, dann schüttelt er den Kopf. »Aber Thomas geht nicht in das *Haus der Vesta*. Das würde er nie tun.«

»Das macht er Euch vielleicht weis.« Ein rachsüchtiges Glitzern tritt in Saviles Augen. »Geht und fragt ihn!« Er spreizt erneut die Hände. »Da habt Ihr es: Ich kann kein Wort Spanisch schreiben, und ich war an dem Abend, an dem Jonas von der Klippe stürzte oder gestoßen wurde oder was auch immer, in Gesellschaft. Also müsst Ihr mit Sidney in Eure Kammer zurückkehren und die nächste halbgare Theorie austüfteln, Bruno. Und jetzt«, fügt Savile hinzu, »möchte ich diesen Brief an meinen Anwalt beenden, wenn Ihr nichts dagegen habt, *Gentlemen*.«

Vor dem Raum wechselt Drake ein paar Worte mit dem Wachposten, dieser nickt und huscht geräuschlos davon. Das Gesicht des Generalkapitäns ist vor Wut verhärtet, doch ich kann nicht sagen, ob sie sich gegen mich richtet. Ich warte darauf, dass er das Wort ergreift.

»Glaubt Ihr ihm?«, fragt er leise, als wir weit genug von Saviles Tür entfernt sind. »In Bezug auf Dunne, meine ich?«

Ich sehe Drake an. Ich habe einen Tadel wegen meiner übereilten Anschuldigungen im Fall von Jonas erwartet; Saviles Enthüllung über seinen Bruder beschämt ihn offenbar.

»Ich denke schon.« Ich spreche langsam; mein Urteil beginnt sich erst herauszukristallisieren, als ich den Satz formuliere. »Ich bezweifle nicht, dass er sehr überzeugend lügen kann. Aber meine Frage bezüglich der Erpressung hat ihn überrumpelt, die Antwort erschien mir aufrichtig. Er wusste nicht, wovon ich rede.«

Drake nickt. Wir gehen schweigend zum Ende des Ganges.

»Und Ihr, Sir Francis?«, frage ich in einem Anflug von Kühnheit. »Glaubt Ihr ihm?«

»Ich bin geneigt, seine Version zu akzeptieren«, entgegnet er bedächtig.

Das ist nicht dasselbe, denke ich, sage aber nichts.

»Doch jetzt muss ich mit meinem Bruder sprechen.« Wieder spannen sich seine Gesichtszüge an.

»Es tut mir leid. Mir war nicht klar, dass Thomas mit hineingezogen werden würde«, beginne ich, aber er wischt die Entschuldigung beiseite.

»Während all der Jahre, die ich Bürgermeister von Plymouth war, habe ich versucht, etwas gegen dieses Haus zu unternehmen, wie ich schon sagte.« Er spricht rasch und scharf. »Es ist verabscheuungswürdig, dass in einer Gemeinde zivilisierter Christen junge Mädchen wie Vieh behandelt werden.«

»Und auf die Straße gesetzt werden, wenn sie als verbraucht gelten«, füge ich hinzu.

»Genau.« Er schüttelt den Kopf. »Ihr könnt Euch vorstellen, auf wie viel Widerstand ich gestoßen bin. Ich war überzeugt, dass einige Ratsherren Bestechungsgelder angenommen und im Gegenzug alle Versuche, das Etablissement zu schließen, abgeschmettert haben.«

»Vermutlich haben sie behauptet, wo Seeleute sind, wird es auch immer Huren geben«, meine ich.

»So ist es. Aber Ihr wisst sicherlich, dass der Vater der Königin, König Henry, alle Bordelle in Southwark für einige Zeit geschlossen hat. Es ist also machbar.«

»Nur war er der König von England.«

Drake lächelt müde und klopft mir auf die Schulter. »Wie wahr. Der Bürgermeister von Plymouth hat keinen so langen Arm. Am Ende musste ich mich mit dem Versuch begnügen, die Lebensbedingungen der Mädchen zu verbessern. Ich übte Druck auf die Kirche aus, aus Gründen der Nächstenliebe einzugreifen. Padre Pettifer war mir eine enorme Hilfe, er hat versucht, mit der Hurenwirtin zusammenzuarbeiten, um die unerwünschten Babys in christlichen Familien unterzubringen und den Mädchen ehrliche Arbeit zu verschaffen, wenn sie nicht mehr gewollt wurden.«

»Ich muss zugeben, dass es mich überrascht hat zu hören, dass er dort war. Ich dachte, dies wäre die Art von Ort, die er mit Vorliebe verteufelt.«

Drake lächelt. »Ja, Pettifer kann ein bisschen aufgeblasen wirken. Aber unter dem Schwulst ist er ein guter Priester, sonst würde ich ihn nicht auf die Reise mitnehmen. Er hat keine Angst davor, sich die Hände schmutzig zu machen.«

Vielleicht spricht das seinen Hang zu moralischer Überlegenheit an, denke ich unchristlich. Dann fällt mir der illegale Handel der Bordellbetreiberin mit unerwünschten Kindern ein, und ein Verdacht nimmt in meinem Kopf Gestalt an. »Ich kann mir nicht vorstellen, dass die Hurenwirtin über seine Einmischung hocherfreut war.«

»Oh, sie hat natürlich vor Wut geschäumt«, sagt Drake. »Aber damals war es ein Kompromiss, den wir beide akzeptierten – sie zog ihn der Aussicht auf andere Maßnahmen vor, die ich vielleicht gegen ihr Unternehmen einleiten könnte. Das ist jetzt freilich vier Jahre her. Ich glaube nicht, dass es dem jetzigen Bürgermeister Sorgen bereitet, was dort vor sich geht.« Er schiebt die Lippe vor. »Aber ich hätte nie gedacht, dass Thomas dort gesehen wird, er weiß, was ich von diesem Haus halte.«

»Und Padre Pettifer führt sein christliches Werk mit ihnen fort?«, frage ich mit betont unbeteiligter Stimme.

Drake schielt aus dem Augenwinkel zu mir.

»So sieht es aus, allerdings habe ich schon lange nicht mehr mit ihm darüber gesprochen. Er sagte, er fände die Mädchen bemerkenswert empfänglich.«

»Tat er das?«

Wir schauen uns einen Moment an und brechen dann in Gelächter aus. Es löst die Spannung, die sich seit Saviles Geständnis aufgebaut hat. Ich spüre, wie sich meine Schultern lockern; ich hatte mich unbewusst für Drakes Tadel gewappnet.

»Für die Botschaft Christi, meine ich natürlich«, sagt Drake immer noch lächelnd. »Er sagte, den Mädchen würde die Vorstellung, dass ein Geistlicher kommt, um mit ihnen zu beten, sehr gefallen. Der Hurenwirtin zufolge verbessert es ihre Moral, deswegen hat sie nichts dagegen. Ich glaube, er nimmt ihnen auch die Beichte ab, auch wenn er das nicht zugibt.«

»*Dio porco*. Was für Beichten müssen das sein. Kein Wunder, dass er immer diesen Gesichtsausdruck zur Schau trägt.«

»Was für einen Gesichtsausdruck?«

»Als hätte ihm jemand einen Korken in den Arsch geschoben, und er könnte jeden Moment vor Überdruck platzen.«

Drake versucht sein Lächeln zu unterdrücken. »Das ist eine sehr boshafte Art, einen Diener Gottes zu beschreiben, Bruno. Ich werde ihn nie wieder ansehen können, ohne dass sich mir dieses Bild aufdrängt.« Oben auf den Stufen bleibt er stehen. »Ich hoffe, Ihr und Sir Philip habt nichts dagegen einzuwenden, heute mit Dom Antonio zu speisen, wenn Ihr Euch wohl genug fühlt? Der arme Kerl, er sehnt sich nach intelligenter Gesellschaft, aber ich kann ihn nicht ununterbrochen unterhalten. Ich will zu meinem Schiff zurück, ich war die letzten paar Tage häufiger weg, als mir lieb war.«

»Natürlich. Da wäre allerdings noch etwas.« Ich blicke mich um, falls Hetty oder sonst jemand im Schatten lauert. »Wenn wir darin übereinstimmen, dass Savile die Wahrheit sagt, dann …«

»Dann läuft immer noch ein Mörder frei herum«, sagt Drake leise.

»Also ist die Jagd noch nicht beendet.«

Er legt den Kopf zur Seite und sieht mich lange an. »Nach allem, was Ihr durchgemacht habt, widerstrebt es mir, noch mehr von Euch zu verlangen, Bruno. Wenn Ihr nicht weitermachen wollt, müsst Ihr es nur sagen.«

»Ich habe Euch mein Wort gegeben, dass ich Euch helfen werde, Sir Francis«, erwidere ich. »Ich gebe nicht gerne auf, bevor eine Sache erledigt ist.«

»Guter Mann.« Er klopft mir auf die Schulter. »Genießt Euer Essen. Und habt ein Auge auf Sidney. Versucht ihn ein wenig zu zügeln. Ich weiß, dass er nur helfen will, aber …« Er schüttelt den Kopf und spricht den Rest des Gedankens nicht aus.

Ich nicke. »Die Atmosphäre an Bord wird nun sehr angespannt sein, jetzt, wo Sidney Savile mit diesen Beschuldigungen konfrontiert hat, nicht wahr?«

»Ja«, bestätigt Drake. Sein Gesicht ist wieder ernst. »Genau das habe ich auch gedacht.«

25

Die Schankstube wimmelt von Menschen; trotz Drakes Bemühungen um Diskretion ist das Gerede rasch in die Stadt geschwappt, und die Geschichten sind immer blumiger ausgeschmückt worden. Zwei Todesfälle unter Drakes eigener Besatzung haben für Interesse und Spekulationen gesorgt, waren ein willkommenes Thema für den Stadtklatsch, aber der Mord an den beiden Kanonieren von St. Nicholas Island hat nackte Wut ausgelöst, seit ihre Leichen an Land gebracht worden sind. Beide waren laut Mistress Judith Einheimische und hatten Familien; die Bürger werden danach lechzen, dass sich jemand für die Morde verantwortet. Aufmerksame Beobachter hatten die Bewegungen von Drakes kleinen Booten rund um die Insel bemerkt und beides in Zusammenhang miteinander gebracht, was zu Gerüchten führte, eine Vorhut spanischer Invasoren hätte bei der Insel angelegt und wäre nach Plymouth entkommen. Leicht zu beeindruckende Stadtbewohner packen sogar schon ihre Habseligkeiten und bereiten ihre Flucht vor. Einige sagen, Drakes Reise wäre verflucht und hätte den Zorn Gottes oder des Teufels auf Plymouth herabbeschworen; sie sagen voraus, dass es weitere Todesfälle geben wird, bis die Schiffe die Segel setzen.

»Das wird Euch und Euresgleichen das Leben nicht leichter machen«, sagt Mistress Judith, dabei sieht sie mich seufzend an. »Oder den ausländischen Kaufleuten. Es lässt sich aber nicht leugnen, dass es gut für das Geschäft ist.« Sie deutet auf die überfüllte Eingangshalle. »Sie wollen alle einen Blick auf Drake und seine Kapitäne erhaschen.«

Vor dem Schankraum treffe ich auf Gilbert Crosse, der einige zusammengerollte Papiere in der Hand hält.

»Tag, Gilbert. Ihr habt es eilig?«

»Ah, Doktor Bruno.« Er zwinkert heftig und blickt gehetzt zur Treppe hinter mir. »Ihr geht nicht zufällig nach oben zu Sir Francis? Es sind einige Botschaften für ihn eingetroffen, und ich bin gerade auf dem Weg zum Papierhändler ein Stück die Straße hoch, um mehr Papier und Tinte zu besorgen, bevor er für heute schließt. Dank all dieser dramatischen Ereignisse hatte Sir Francis einen ganzen Berg von Korrespondenz, und unsere Vorräte werden knapp. Wenn das so weitergeht, werden wir nichts für die Reise übrig behalten. Falls sie überhaupt je stattfindet«, schließt er niedergeschlagen.

»Ich komme gerade von ihm.« Ich wende mich halb ab. »Ich glaube, er beabsichtigt, bald zum Schiff zurückzukehren. Soll ich ihm die Briefe hochbringen?«

»Nein, nein, macht Euch keine Umstände.« Er drängt sich an mir vorbei. »Ihr seht aus, als hättet Ihr genug hinter Euch.« Er nickt in Richtung meiner Prellungen. »Ich bin froh, dass Ihr in Sicherheit seid«, fügt er mit gedämpfter Stimme hinzu. »Die Männer haben letzte Nacht viel darüber geredet, wieso so viele kleine Boote rund um St. Nicholas Island unterwegs waren. Einzelheiten habe ich nicht mitbekommen, nur so viel, um daraus zu schließen, dass Lady Drake in Gefahr war und Ihr Sir Francis geholfen habt. Hatte das etwas mit Robert Dunne oder Jonas zu tun? Wird die Flotte bedroht?« Er sieht mich erwartungsvoll an und zwinkert hinter seinen Augengläsern.

Ich lächele. »Lady Drake hat nie in Gefahr geschwebt, das versichere ich Euch, genauso wenig wie die Flotte gefährdet ist. Jetzt sollte ich Euch besser die Briefe hochbringen lassen.«

»Ja.« Er seufzt. »Ich sollte ihm wirklich jeden einzelnen Brief selbst aushändigen. Gingen welche verloren, würde man mich dafür verantwortlich machen. Könnt Ihr Euch das vorstellen? Ich wünsche Euch einen schönen Tag, Doktor Bruno.«

Er schiebt sich an mir vorbei und hat bereits die Treppenbiegung erreicht, als mir ein Gedanke kommt.

»Gilbert!« Ich laufe ihm eilig hinterher, bis wir uns auf Augenhöhe befinden. »Überreicht Ihr Sir Francis seine Briefe immer persönlich, oder bittet Ihr manchmal andere Leute, sie mitzunehmen, wenn sie ohnehin auf dem Weg zu seiner Kabine sind?«

Er runzelt die Stirn. »Ich achte fast immer darauf, sie persönlich zu übergeben, aber bei manchen Gelegenheiten – wenn ich in Eile bin und eine vertrauenswürdige Person auf dem Weg zum Generalkapitän ist – bitte ich diese vielleicht, ihm die Briefe zu bringen. Warum?« Er klingt abwehrend, als würde er fürchten, ich könnte ihn beschuldigen, seine Pflichten zu vernachlässigen.

»An dem Tag, an dem Robert Dunne tot aufgefunden wurde«, ich dämpfe meine Stimme, »habt Ihr da jemanden gebeten, Kapitän Drake seine Briefe zu bringen?«

Er verzieht das Gesicht. »Ich bin nicht sicher, ob ich das noch weiß, alle waren an diesem Tag in heller Aufregung. Ich bin früh an Land gegangen, um den Coroner zu suchen, und ich erinnere mich, wie immer Briefe für Kapitän Drake im *Star* abgeholt zu haben. Aber ich bin erst viel später zum Schiff zurückgekehrt.«

»Versucht Euch zu erinnern, wenn Ihr könnt. Kapitän Drake hat an diesem Tag einen ungewöhnlichen Brief erhalten. Ich frage mich, ob er unter denen war, die Ihr im *Star* abgeholt habt.«

»Ich fürchte, ich habe sie mir nicht genauer angesehen.« Er beißt sich auf die Lippe. »Aber, wartet, ich kam kurz vor dem Dinner zum Schiff zurück, als mir zufällig jemand über den Weg lief. Ja, jetzt fällt es mir wieder ein! Ihr habt recht, ich *habe* die Briefe an diesem Tag jemand anderem anvertraut.«

»Und wer war das?«

Er murmelt einen Namen. Ich nicke verstehend, als sich eine Anzahl Mosaiksteinchen zu einem Gesamtbild zusammenzufügen scheint.

26

Ich finde Sidney zusammen mit Dom Antonio und dessen Gefolge in dem privaten Speiseraum. Zwei bewaffnete Wachposten flankieren die Tür. Sidney hebt fragend die Brauen, woraufhin ich unmerklich den Kopf schüttele.

Dom Antonio blickt auf, und seine Trauermiene hellt sich ein wenig auf. »Ah! Da ist ja unser italienischer Held. Retter der Frauen und Vergelter aller Übeltaten.«

Ich winke verlegen ab. »Kein sehr effektiver Vergelter, fürchte ich. Die Übeltäter sind geflohen.«

»Trotzdem habt Ihr einer jungen Frau das Leben gerettet, mein Freund. Das können nicht viele von uns von sich behaupten. Habe ich nicht recht, Sir Philip?«

Sidney gibt einen höflichen, unverbindlichen Laut von sich und lächelt mir gezwungen zu.

Ich deute zur Tür.

»Verzeiht mir, Dom Antonio, Gentlemen, aber dürfte ich Euch Sir Philip entführen? Es handelt sich leider um eine sehr dringende Angelegenheit.«

Der Portugiese streckt resigniert die Hände vor.

Sidney schiebt seinen Stuhl zurück und folgt mir gespannt nach draußen.

»Nun?«, fragt er, sowie wir außer Hörweite der Wächter sind.

»Ich glaube, ich weiß, wer der Mörder ist. Komm mit.«

»Wovon redest du eigentlich? Wohin soll ich mitkommen?«

Ich drehe mich um und sehe ihn mit in die Hüften gestemmten Händen vor mir stehen.

»Du hast mir nichts von Savile erzählt«, zischt er. »Ich dachte, wir wären alle übereingekommen, dass er der Mörder ist? Er hat so gut wie gestanden. Erzähl mir nicht, dass du seinem Leugnen glaubst. Und was jetzt? Hast du dir schon wieder eine neue Theorie ausgedacht?«

»Ich glaube nicht, dass es Savile war. Drake glaubt das auch nicht. Er hat zugegeben, Dunnes Tod geplant zu haben – das hätte er nicht getan, wenn er nicht davon überzeugt wäre, dieses Eingeständnis würde ihn von dem eigentlichen Mord freisprechen.«

»Er ist nicht dumm; er glaubt, er könnte uns täuschen, indem er die Wahrheit zerlegt. Und du bist offenbar darauf hereingefallen. Willst du mich wie einen Narren dastehen lassen, ist es das?«

Ich höre die Frustration in seiner Stimme und seufze.

»Es geht nicht um dich, Philip. Savile kann Jonas nicht getötet haben: Thomas Drake kann ihm für die ganze Nacht ein Alibi geben.«

Sidneys Gesicht wird lang. »Bist du sicher? Savile ist gerissen wie eine Schlange, er könnte ihm entwischt sein.«

»Drake spricht mit seinem Bruder darüber. Aber ich habe endlich herausbekommen, woher der Judasbrief stammt.«

»Wirklich?« Er mustert mich zweifelnd.

Ich schaue mich in der Eingangshalle um. Eine nicht enden wollende Menschenmenge schiebt sich durch den Schankraum. Einige zögern jedoch am Fuß der Treppe, vielleicht hoffen sie, wie Mistress Judith meinte, darauf, einen Blick auf Drake zu erhaschen.

»Hier sollten wir lieber nicht reden. Komm mit, ich erkläre dir unterwegs alles.«

Sidney stößt einen theatralischen Seufzer aus. »Also schön. Wohin gehen wir?«

»Zum *Haus der Vesta*.«

»Um Gottes willen, weitere Besuche dort kann ich mir nicht leisten.« Er verdreht die Augen. »Außerdem ist es heller Tag, sie werden geschlossen haben, meinst du nicht?«

»Ich hoffe, ich kann trotzdem finden, was ich brauche.«

»Hm.« Er lässt die Knöchel knacken. »Versprichst du, diesmal nicht aus Fenstern zu springen?«

Ich grinse. »Ich werde es versuchen. Noch so eine Nacht würde ich nicht überleben.«

»Du überlebst alles, Bruno, du bist unzerstörbar. Der Himmel weiß, woraus du bestehst, aber jedenfalls nicht aus gewöhnlichem Fleisch und Blut, das schwöre ich.«

»Wir sind davon ausgegangen, dass derjenige, der Drake den Matthäusbrief geschickt hat, ihn zum *Star* gebracht hat, damit er dort von Gilbert zusammen mit dem Rest der Korrespondenz abgeholt wird«, sage ich, sowie wir im Freien sind. »Geh langsamer, ja?« Ich habe auch ohne meine momentanen Verletzungen Mühe, mit seinen weit ausgreifenden Schritten mitzuhalten. Mein Körper schmerzt an unerwarteten Stellen, und ich merke, dass ich leicht hinke, um das auszugleichen. »Und das hat mich durcheinandergebracht, weil es bedeutete, dass der Mörder ihn am Abend zuvor, bevor Dunne getötet wurde, dort hinterlassen haben musste. Aber niemand im *Star* erinnert sich daran, dass an diesem Abend ein Brief abgegeben wurde, und er kam nicht von Jenkes.«

»Aber Drake sagte, Gilbert hätte diesen Brief zusammen mit den anderen für ihn aus dem *Star* geholt«, erwidert Sidney, dabei verlangsamt er seine Schritte, bis ich ihn eingeholt habe.

»Der Brief wurde ihm zusammen mit den anderen ausgehändigt, deshalb sah es so aus, als käme er aus dem *Star*«, erkläre ich. »Aber Gilbert hatte es an diesem Tag eilig, er musste sich um so viel kümmern. Er gab die Briefe jemandem, dem er vertraute, jemandem, der auf dem Weg zu Drake war.«

»Und du glaubst, derjenige hat den Brief in den Stapel geschoben, als wäre er mit dem Rest gekommen?« Seine Augen werden groß. »Wer war es?«

»Jemand, der regelmäßig das *Haus der Vesta* besucht, auch wenn du es nicht glauben würdest. Aber ich brauche Beweise, bevor ich ihn zur Rede stelle.«

Obwohl er mich weiter bedrängt, sage ich nichts mehr, bis wir die Looe Street erreichen und das Apothekerschild sehen.

Sidney packt meinen Arm. »Was hast du vor? Nach unserem letzten Besuch wird uns Mistress Grace nicht hereinlassen, das weißt du. Wahrscheinlich wird sie ihre Schläger rufen, die dann dafür sorgen, dass wir nie wiederkommen.«

»Ich wende mich nicht direkt an sie«, entgegne ich, als ich die Tür der Apotheke aufstoße.

Ich habe die in Apotheken herrschende Atmosphäre immer gemocht: den scharfen, bitteren Kräuterduft, der in der Luft hängt, den von den Destillierapparaten aufsteigenden Dampf, der die Fenster beschlagen lässt, die sorgfältig auf den Regalen angeordneten Flaschen und Krüge mit Kuriositäten, die Aura des Wissens, die die Apotheker selbst umgibt, welche in seltenen Fällen genauso beschlagen und erfahren sein können wie ein Arzt, was die Funktionen des menschlichen Körpers betrifft. Zumeist handelt es sich aber um zungenfertige Scharlatane, die Gartenkräuter und Zuckerwasser verkaufen und dabei ein langes Leben und Heilung von Krankheiten versprechen. Als ich diese Apotheke nun betrete, erinnere ich mich jedoch an meine Erlebnisse in Canterbury im letzten Sommer und erschauere.

Sidney schielt zu mir und schließt die Tür hinter sich.

Der Apotheker, ein kleiner, glattrasierter Mann mit ängstlichen Augen und schütterem Haar, ist damit beschäftigt, mit raschen, geschickten Fingern Blätter in einem weißen Marmormörser auf der Theke zu zerstoßen.

»Gentlemen«, begrüßt er uns, immer noch auf seine Arbeit konzentriert, mit einem Nicken. Als er fertig ist, blickt er auf und starrt mich ohne Hemmungen an. »Lieber Himmel, Sir, da weiß ich kaum, wo ich anfangen soll!« Ich entdecke ein Glitzern in seinen Augen, als er hinter seiner Theke hervorkommt, um mich genauer in Augenschein zu nehmen; er wittert ein gutes Geschäft. »Eine Salbe für die Verbrennungen, denke ich, sie sehen nicht allzu schlimm aus, aber die oberflächlichen Brandwunden sind oft die schmerzhaftesten. Und eine Arnikatinktur für die Prellungen. So, wie Ihr steht, habt Ihr auch Schmerzen in der Seite, wie ich sehe – Rippen oder Muskeln? Ich kann Euch für beides einen Quarkwickel herstellen …«

Ich hebe eine Hand, um seinen Redefluss zu stoppen. »Ich suche Euren Gehilfen.«

Seine Züge verhärten sich. »Welchen Gehilfen?«

»Toby. Euren Lehrling.«

»Hier gibt es keinen Toby.« Der Apotheker ist jetzt auf der Hut; sein eifriges Verkäufergeschwätz versiegt.

»Wie auch immer er sich nennt. Ich werde ihn nicht lange aufhalten, ich möchte nur mit ihm reden.«

Sein Blick wandert über meine Schulter zum Hinterzimmer, wo jemand herumrumort. »Was auch immer Ihr mit ihm zu schaffen habt, Ihr könnt es ihm sagen, wenn seine Arbeitszeit vorbei ist«, erwidert der Apotheker. Er spricht mit fester Stimme, aber seine Augen flackern immer noch nervös; ich frage mich, ob er weiß oder ahnt, was Toby im Nachbarhaus treibt, und das möglichst von seiner Apotheke fernhalten will.

Ich suche gerade nach einem überzeugenden Argument, als Toby selbst aus der Tür des Hinterzimmers kommt. Er trägt eine Schürze aus Sackleinen und wischt sich die Hände an einem Tuch ab. Bei meinem Anblick zuckt er zusammen, scheint zu erstarren und unschlüssig zu überlegen, ob er auf dem Absatz kehrtmachen und davonlaufen oder so tun soll, als würde er mich nicht kennen.

»Hallo, Toby«, sage ich lächelnd.

Er stammelt etwas, dabei wirft er seinem Arbeitgeber einen furchterfüllten Blick zu.

»Ich werde dich nicht von der Arbeit abhalten«, beginne ich so sanft wie möglich. »Ich möchte dir nur schnell eine Frage stellen. Es geht um Ovid.«

Sein Gesicht ist schon vom Dampf des Destilliergeräts gerötet; als er den Mund öffnet und keine Worte findet, vertieft sich die Farbe vom Hals bis zum Haaransatz.

»Eine Frage, guter Mann«, sagt Sidney in seinem aristokratischsten Tonfall und tritt vor, um sich direkt an den Apotheker zu wenden. »Ich suche schon lange nach einem Mittel, das die Folgen von übermäßigem Weingenuss lindert. Wenn mir jemand eine solche Mischung verschaffen könnte, wäre ihm meine ewige Dankbarkeit gewiss.« Er tippt leicht gegen die Geldbörse an seinem Gürtel. »Wisst *Ihr* vielleicht von einer derartigen Arznei?« Sidney lässt ein strahlendes Lächeln folgen, und der Apotheker richtet seine Aufmerksamkeit auf ihn. Er vollführt eine knappe Geste in Richtung des Jungen, der mich zu einer Tür an der Seite des Ladens winkt.

Während Sidney den Apotheker mit seinem Charme einwickelt, folge ich Toby in die entlang der Ladenseite verlaufende Passage hinaus. Hier dringt kein Sonnenstrahl zwischen den Häusern hindurch, aber ich erkenne die Gasse als jene, die zum Hof und zum Eingang des *Hauses der Vesta* hinter der Apotheke führt. Der Junge scheint meine Furcht zu spüren, denn er blickt zum Ende des Ganges und senkt zum Reden den Kopf, als könne man ihn so schlechter sehen.

»Wir müssen uns beeilen«, flüstert er. »Ich werde hierfür ohnehin schon Prügel bekommen. Mein Meister fürchtet um seinen Ruf, wisst Ihr. Er denkt wahrscheinlich …« Toby wirft mir einen vielsagenden Blick zu und beendet den Satz nicht.

Ich beschließe, direkt auf den Punkt zu kommen.

»Dieses Buch, das du in deiner Kammer hast … das, von dem du sagtest, ein Gentleman hätte es dir gegeben.«

Sein ganzer Körper versteift sich. »Was ist damit?«

»Ich brauche es.«

»Warum?«

»Es könnte mir helfen, einen Mörder zu überführen.«

Seine Augen werden groß, aber er schüttelt den Kopf. »Ich habe es nicht mehr.«

Die Enttäuschung sackt wie ein Stein in meinen Magen. »Du hast es verkauft?«

»Natürlich nicht.« Er wirkt einen Moment gekränkt, dann senkt er wieder den Blick. »Mistress Grace hat es gefunden. Sie hat nicht geglaubt, dass es ein Geschenk war.«

»Toby, niemand glaubt das.«

Er krümmt die Schultern, dann hebt er den Kopf, um mich anklagend anzustarren. »Habt *Ihr* es ihr verraten?«

»Nein, ich schwöre es. Ihr und mir blieb nicht viel Zeit für ein Gespräch, nachdem ich aus deiner Kammer fliehen musste.«

»Sprecht leise!« Er blickt sich um, doch die Gasse ist menschenleer. Dann deutet er auf meine Verletzungen. »Ich habe gehört, wie Ihr aus einem Fenster gesprungen seid. Seid Ihr verprügelt worden? Das tut mir leid. Aber ich habe Leute in weitaus schlimmerer Verfassung das Haus verlassen sehen.«

»Sie haben mich nicht angerührt. Hör zu.« Ich beuge mich vor. »Wenn du das Buch nicht mehr hast, hast du dann wenigstens die Seite noch, die du herausgerissen hast?« Er zögert lange genug, dass ich das als Bestätigung werte. »Die Seite, die du herausgerissen hast, weil eine Widmung für den Besitzer daraufstand, ja? Oder er hatte seinen eigenen Namen daraufgeschrieben. Du hast sie behalten, nicht?«

Er schaut wieder auf seine Füße und nickt schuldbewusst. »Mir hat das Bild gefallen.« Seine Röte vertieft sich.

»Toby.« Ich lasse meine Stimme so sanft wie möglich klingen. »Ich brauche diese Seite wirklich dringend. Ich kann dir nicht alles erklären, aber sie könnte von entscheidender Bedeutung sein.«

»Dann kennt Ihr seinen Namen, und er wird mich beschuldigen, es gestohlen zu haben«, erwidert der Junge kläglich.

»Ich kenne seinen Namen bereits«, versetze ich ruhig.

Toby sperrt den Mund auf.

»Und er wird es nicht wagen, dir irgendetwas anzulasten«, fahre ich fort. »Er wird zu viel damit zu tun haben, sich zu verteidigen.«

Wieder schüttelt er den Kopf. »Mistress Grace hat schon gedroht, mich auf die Straße zu setzen, weil ich einen Kunden bestohlen habe.«

»Wenn du mir diese Seite gibst, werde ich Mistress Grace sagen, dass du das Buch von mir bekommen hast. Ohne die Seite kann sie nicht beweisen, dass es mir gar nicht gehört hat. Aber wenn sie sie findet, hat sie alle Beweise gegen dich, die sie braucht.«

Er sieht mich zweifelnd an.

»Wegen Diebstahls hacken sie dir die Hände ab«, füge ich

beiläufig hinzu. Sein Blick wandert zu seinen mit Blasen übersäten Fingern mit den abgekauten Nägeln und dann wieder zu mir. Nacktes Entsetzen steht in seinen Augen. »Aber da es sich um einen so wertvollen Gegenstand handelt, wirst du wahrscheinlich gehängt.«

»Also gut, ich hole sie«, sagt er so leise, dass ich ihn kaum verstehen kann. »Aber ich kann nicht gleich gehen. Ihr werdet warten müssen, bis ich für heute mit der Arbeit fertig bin.«

»Ich brauche sie jetzt. Außerdem … was, wenn sie ihm das Buch zeigt und er bestätigt, dass du es ihm gestohlen hast, bevor ich Gelegenheit hatte, mit ihr zu sprechen?«

Er verzieht angesichts dieses Dilemmas das Gesicht. »Aber mein Meister wird nicht erlauben …« Er deutet zu dem Laden.

»Mein Freund beschäftigt deinen Herrn, indem er dort drinnen gutes Geld lässt«, gebe ich zurück. »Du brauchst nur kurz, um nach oben zu laufen. Jetzt beeil dich.«

Er zögert, dann huscht er bis zum Ende der Gasse und verschwindet um die Ecke.

Minuten verstreichen, und nach fünf Minuten fange ich an, mir Sorgen zu machen. Vielleicht hat er vergessen, wo er die Seite versteckt hat, oder vielleicht hat die Hurenwirtin ihn ertappt. Ich drehe mich zur Tür der Apotheke um. Wenn wir nicht bald zurückkommen, wird der Meister des Jungen herauskommen, weil er sich fragt, warum ich seinen Lehrling so lange von der Arbeit abhalte und was für lasterhafte Szenen sich vielleicht in der Gasse abspielen. Zumindest kann ich mich darauf verlassen, dass Sidney versucht, den Mann abzulenken. Wahrscheinlich erfindet er ein ganzes Lehrbuch von Beschwerden.

Die Erleichterung, die mich durchströmt, als ich am Ende der Gasse Schritte höre, ist nur von kurzer Dauer, denn ich stelle fest, dass sie von einer Frauenstimme begleitet werden, gefolgt von der gemurmelten Antwort eines Mannes. Ich eile in den Laden zurück, wo der Apotheker und Sidney, die gerade ein grünliches Pulver begutachten, die Köpfe heben und mich ansehen, als würde ich sie bei etwas Intimem stören.

»Wo ist mein Lehrling?«, will der Apotheker wissen, als hätte ich Toby in der Gasse verscharrt.

»Ich glaube, er wollte sich erleichtern«, erwidere ich freundlich.

Er sieht mich finster an.

»Was sagtet Ihr?« Sidney deutet auf die Substanz auf dem viereckigen Stück Wachspapier auf der Ladentheke.

Aber wir kommen nicht mehr dazu, uns anzuhören, welches Wundermittel der Apotheker anpreist, weil die Eingangstür geöffnet wird, Mistress Grace eintritt und ihre Handschuhe abstreift. Sie bringt eine Welle Lavendelparfümduft mit sich und tritt so hochmütig und gelassen auf wie eine Lady bei Hof. An einem Arm hängt ein Samtbeutel an einem dünnen Goldkettchen, in der anderen Hand hält sie einen Flechtkorb. Als sie uns sieht, zieht sie überrascht die sorgfältig gezupften Brauen hoch.

»Na, wenn das nicht unsere Freunde …« Sie knetet die Finger, während sie nach unseren Namen sucht. »Es tut mir leid, ich habe Euren Namen vergessen.«

»Ich denke, Ihr kennt meinen Namen sehr gut, Mistress«, sage ich, ohne zu lächeln.

Sie mustert mich scharf von Kopf bis Fuß.

»Ihr seht nicht gut aus, Sir. Vielleicht bekommt Euch das raue Leben in Plymouth nicht.« Sie wendet sich mit einem eleganten Knicks an Sidney. »Guten Tag, Sir Philip. Ich hoffe, Euch geht es besser.« Ihr Gesicht ist unbewegt, aber es besteht kein Zweifel daran, dass sie sich über ihn lustig macht. Dennoch starrt der Apotheker ihn an und strafft sich ein wenig, als ihm klar wird, dass er sich in der Gegenwart eines Adeligen befindet. Vielleicht wünscht er, er hätte ihm mehr berechnet.

»Ich bin froh, Euch wiederzusehen, Mistress«, sage ich ebenso glatt wie sie. »Ich wollte Euch nach einem Freund von Euch fragen. Master John Doughty.«

Sie erbleicht unter ihrer Schminke, wahrt aber die Fassung. »Ihr irrt Euch, Sir, ich kenne niemanden dieses Namens.«

»Wirklich nicht? Das ist seltsam, er sagte klar und deutlich, er würde Euch kennen. Vielleicht ist er Euch auch unter einem anderen Namen bekannt. Wie dem auch sei, er wird wegen Mordes gesucht, also ist es ganz gut, dass er nicht zu Euren engeren Bekannten gehört. Seine Freunde und Komplizen würden sicherlich verdächtigt, ihn versteckt oder ihm zur Flucht verholfen zu haben, und deshalb verhört.« Ich lächele mit gebleckten Zähnen.

Mistress Grace blickt zum Fenster zur Straße, wo man den Schatten ihres draußen herumlungernden breitschultrigen Leibwächters erkennen kann, der sich mit dem Finger im Ohr herumbohrt.

»Dann ist es wirklich ein Glück, dass ich mit solchen Leuten keinen Umgang pflege«, erwidert sie süß und wendet sich an den Apotheker, wie um anzudeuten, dass das Thema beendet ist und ich für sie nicht mehr von Interesse bin.

Er hält ihr einige in Papier gewickelte Päckchen hin. »Hier bitte, Mistress Grace, Gartenraute, Beifuß und Flohkraut. Diese Woche war die Gartenraute etwas knapp, aber das kann ich ausgleichen, wenn die nächste Lieferung kommt. Ich werde Eure Rechnung natürlich anpassen.«

»Das sind alles Abortiva, nicht wahr?« Ich nehme einen Krug von der Ladentheke und schnuppere daran.

Der Apotheker wirft mir einen bösen Blick zu.

»Es sind Kräuter, die verschiedenen medizinischen Zwecken

dienen, Sir, wenn man über das Wissen verfügt, sie richtig anzuwenden.«

»Aber hauptsächlich dafür bekannt, Fehlgeburten herbeizuführen«, gebe ich zurück. »Wenn auch nicht immer erfolgreich, soweit ich weiß. Es gibt natürlich auch andere Wege, unerwünschte Kinder loszuwerden.«

Mistress Grace lässt nicht erkennen, dass sie meine Worte gehört hat, sondern ist damit beschäftigt, ihre Päckchen zu untersuchen; sie wiegt sie in der Hand, bevor sie jedes einzelne öffnet, es an die Nase hebt und zimperlich daran schnuppert. Danach hält sie jedes Mal inne und lässt den Blick ziellos zu den Regalen an der Wand wandern, als wäre sie tief in Gedanken versunken, während der Apotheker die Hände ringt, hinter seiner Theke herumzappelt und nervös auf ihr Urteil wartet. Nur ein Narr würde versuchen, sie zu betrügen, sinniere ich. Sidney wirft mir einen warnenden Blick zu.

In diesem Moment wird die Tür zur Gasse geöffnet, und Toby taucht atemlos wieder auf. Beim Anblick von Mistress Grace erstarrt er auf der Schwelle und blickt von mir zu seinem Meister.

»Wo warst du?«, bellt der kleine Mann, obschon ich vermute, dass er seinen Ärger nur wegen Mistress Grace so zur Schau stellt. »Entleere deinen Darm in deiner Freizeit, nicht während deiner Arbeitszeit, Junge. Und es würde uns allen das Leben leichter machen, wenn keine fremden Männer in meine Apotheke kommen und nach dir fragen würden.« Er funkelt mich grimmig an, und Mistress Grace dreht sich endlich mit einem süßen Lächeln um.

»Pengilly, mir fällt gerade ein, dass ich noch mehr Muskat brauchen könnte«, sagt sie zu dem Apotheker. Ich schnaube, doch sie überhört es. »Ich bin sicher, Ihr findet hinten noch welchen.«

Er versteht den Hinweis und lässt uns mit einer kleinen Verbeugung im Laden allein. Mistress Grace verstaut ihre Päckchen sorgfältig in ihrem Korb und verlagert das Gewicht an ihrem Arm.

»Gentlemen«, sagt sie, noch immer lächelnd. »Ich fürchte, bei Eurem ersten Besuch in meinem Haus hat unsere Gastfreundschaft zu wünschen übriggelassen. Das gilt vor allem für Euch, Sir.« Sie nickt mir mitfühlend zu. »Ich denke, wir sollten Euch dafür entschädigen. Kommt heute Abend vorbei und trinkt etwas mit uns – als meine Gäste.« Sie blickt unter ihren Wimpern hervor nach oben. Ihre Augen glitzern auf eine Art, die früher überwältigend gewirkt haben muss.

»Ich habe gesehen, wie Ihr Eure Gäste behandelt, Madam.« Ich weiche ihrem Blick aus. »Und ich würde es vorziehen, diese Erfahrung nicht zu wiederholen.«

Sie legt eine weiße Hand auf meinen Arm. »Das war ein unseliges Missverständnis. Ich würde gern mit Euch sprechen. Aber ich würde Euch bitten, diesen Jungen nicht zu belästigen, während er arbeitet. Master Pengilly und ich haben eine Abmachung. Und dieser Junge redet leider zu viel Unsinn.« Ihre Augen wandern erneut zu der hohen Gestalt ihres Dieners vor der Tür.

Toby zuckt zusammen, als hätte sie ihn geschlagen.

»Ich danke Euch, Mistress«, greift Sidney ein, bevor ich antworten kann. »Aber wir essen heute Abend mit Kapitän Drake, deswegen fürchte ich, dass wir Eure Einladung ablehnen müssen.«

»Ich würde dennoch gerne mit Euch sprechen, Mistress, wenn Ihr mir ohne die Gesellschaft Eures Freundes draußen eine Minute Eurer Zeit schenken würdet.« Ich nicke zur Tür. »Ich bin unbewaffnet«, füge ich hinzu, dabei hebe ich die Hände, um ihr zu zeigen, dass kein Dolch an meinem Gürtel hängt.

»Das habt Ihr letztes Mal auch behauptet«, versetzt sie schneidend.

»Dann ist es ein Glück, dass ich gelogen habe. Ich wäre fast von Eurem Freund John Doughty angegriffen worden.«

Sie lacht. »Ich sagte doch schon, dass ich keinen Freund dieses Namens habe. Ihr wart an diesem Abend sehr betrunken, Sir. Ich fürchte, Ihr habt Euch Dinge eingebildet.«

Wir starren einander einen langen Moment an. Sie wendet sich ostentativ als Erste ab.

»Habt Ihr den Muskat, Pengilly?«, fragt sie. »Ich möchte jetzt gehen.«

Ich baue mich vor ihr auf und versperre ihr den Weg zur Tür.

»Wie viel bekommt Ihr für sie? Die Babys?«, frage ich. Ihr überheblicher Blick ärgert mich. »Sir Francis Drake dachte, er hätte diese Praxis abgeschafft, aber Ihr habt einen Ausweg gefunden, nicht wahr? Ihr und Euer Komplize. Hattet Ihr Angst, Robert Dunne würde versuchen, Euch Einhalt zu gebieten? War es das?«

Zum ersten Mal bekommt ihre Gelassenheit Risse; sie zaudert, blickt zur vorderen Tür, dann zum Hinterzimmer des Ladens.

Ich schiele zu Toby. Er steht geduckt an der Tür zur Gasse und versucht, sich unsichtbar zu machen. Ich bemerke, dass seine rechte Hand zur Faust geballt ist.

»Ich weiß nicht, wovon Ihr redet, Sir.« Sie strafft sich mit leicht zitternden Schultern. »Aber es klingt nach bösartiger Verleumdung, was in diesem Land unter Strafe steht.«

»Dann klagt mich doch vor dem Sheriff an«, sage ich. »Ich wiederhole es ihm zuliebe noch einmal. Auch vor dem Bürgermeister und jedem anderen, den Ihr zu nennen beliebt.«

Sie lässt ein leises, helles, leicht mitleidiges Lachen erklingen. »Ich glaube nicht, dass das nötig sein wird. Ich fürchte ohnehin, Ihr würdet bei ihnen auf nicht allzu viel Verständnis stoßen.«

»Ach ja, richtig. Ihr meint ja, Ihr habt sie alle an den Eiern.« Ich trete einen Schritt auf sie zu. »Wir könnten die Sache auch vor die Sternkammer bringen, wenn Ihr das vorzieht. Vielleicht finden wir dort einen unvoreingenommenen Richter.«

»Die Sternkammer würde sich nicht mit solchen Provinzangelegenheiten abgeben«, sagt sie, doch diesmal klingt ihr Lachen gezwungen.

»Und ob sie sich mit dem Mord an einem Gentleman befassen würde!« Ich verschränke die Arme vor der Brust.

»Mir scheint, Ihr müsst verwirrt sein, Sir. Kein Gentleman wurde in meinem Etablissement oder in dessen Nähe ermordet, und auch kein anderer Mann.«

»Ein Mann könnte auf Euren Befehl hin getötet worden sein, von jemandem, der Euch nahsteht. Jemandem, der ebenfalls ein Interesse daran hatte, den Mann zum Schweigen zu bringen.«

»Ich denke, Ihr habt genug gesagt, Sir. Pengilly!«

Der Apotheker taucht augenblicklich aus dem Hinterzimmer auf; er hat sich ganz offensichtlich außer Sichtweite gehalten und gelauscht.

»Ah, gut.« Sidney reibt sich fröhlich die Hände, um die Atmosphäre aufzulockern. »Wir sollten uns auch auf den Weg machen. Ich nehme den Löwenzahnaufguss und das andere Zeug, von dem Ihr gesagt habt, es hilft gegen Magenschmerzen. Und die Salbe für meinen Freund. Wie viel?«

Er legt die Münzen auf die Ladentheke. Während der Apotheker gebannt auf das glänzende Silber schaut, gehe ich zu Toby hinüber, der einen verzweifelten Eindruck macht.

»Auf Wiedersehen.« Ich strecke die Hand aus, damit er sie

schüttelt. Er starrt sie zunächst an, doch dann dämmert es ihm, und er ergreift sie fest. Ich klemme den Papierklumpen zwischen meine Finger. »Pass auf dich auf und arbeite hart für deinen Meister.« Ich nicke zu dem Apotheker hinüber, der kurz aufblickt und schnaubt. In Tobys Augen lese ich zahlreiche panikerfüllte Fragen; ich antworte mit einem kurzen Kopfschütteln. Mistress Grace beobachtet uns, das ist mir klar, im Moment weiß sie noch nicht, ob ich Beweise für meine Anschuldigungen habe; wenn ich das Buch erwähne, verliere ich diesen Vorteil. Mir bleibt nichts anderes übrig, als das Versprechen zu brechen, das ich Toby gegeben habe.

»Und Ihr passt auch besser auf Euch auf, Doktor Bruno«, rät sie mir mit einem eisigen Lächeln. »Die Straßen von Plymouth können für Ausländer gefährlich sein.« Mit einem letzten stechenden Blick über ihre Schulter rauscht sie hinaus.

Der Apotheker schiebt Toby zum Hinterzimmer und deutet mit dem Finger auf mich. »Euer Freund hier ist ein guter Kunde, deswegen werde ich diesmal den Mund halten. Aber wenn Ihr in Zukunft etwas von dem Jungen wollt, Master, dann trefft ihn außerhalb meines Ladens. Ich bin ein gottesfürchtiger Mann. Versteht Ihr mich?«

Gottesfürchtig genug, um dir deinen Lebensunterhalt damit zu verdienen, Prostituierten Quacksalbermittel gegen Syphilis und zur Abtreibung zu verkaufen, wäre mir fast herausgerutscht, aber ich halte ebenfalls den Mund. Stattdessen neige ich den Kopf, um mein Bedauern zum Ausdruck zu bringen, und verabschiede mich.

»Du hirnloser Narr«, sagt Sidney, als wir die Apotheke verlassen haben. Seine rechte Hand umfasst das Heft seines Schwertes; wir halten in beiden Richtungen der Straße nach Mistress Grace und ihrem muskelbepackten Diener Ausschau. »Glaubst du, du kannst eine Frau wie sie ganz offen des Mordes bezichtigen? Wenn du recht hast, will sie dir die Zunge herausreißen lassen, bevor du es irgendjemandem gegenüber wiederholen kannst. Wir können von Glück sagen, wenn wir es mit heiler Haut zum *Star* zurückschaffen, vor allem, wo jetzt nur noch einer von uns bewaffnet ist.« Er schielt erneut verstohlen über seine Schulter und beschleunigt seine Schritte.

»Das ist nicht meine Schuld. Und wir gehen nicht zum *Star* zurück, wir gehen zur *Elizabeth*. Ich zumindest.« Ich humpele hinter ihm her. »Ich muss dort sein, bevor sie eine Botschaft losschicken kann. Ich möchte nicht, dass unser Mann vorgewarnt ist.«

»Dann komm«, sagt er, als wir auf den Kai zuhasten und uns dabei von den abzweigenden Gassen und Seitenstraßen fernhalten, wo mögliche Angreifer lauern könnten. »Heraus mit der großen Enthüllung! Obwohl ich glaube, es bereits erraten zu haben«, fügt er hinzu. Er scheint seinen früheren Groll darüber, bezüglich Savile des Ruhmes beraubt worden zu sein, vergessen zu haben.

»Warum tötet ein Mann?«, frage ich.

Sidney lässt sich zurückfallen, um neben mir herzugehen. »Geld? Eifersucht? Rache? Macht?«

»Alles gute Gründe. Oder um jemanden zum Schweigen zu bringen, der ein Geheimnis von ihm kennt. Etwas, das ihn um seine Stellung und seine Zukunft bringen könnte.«

»Hör mit deinen Spielchen auf, und sag es mir!«

Ich ziehe ihn in einen Hauseingang, vergewissere mich, dass niemand uns folgt, und falte das Papier auseinander, das mir Toby in die Hand gedrückt hat. Es zeigt ein Bild der Nymphe Daphne, die sich in einen Baum verwandelt, ihre jungen Brüste lugen keck zwischen den Blättern hervor. Ich verstehe, warum der arme Toby es behalten wollte, aber mein Interesse gilt dem mit Tinte oben auf die Seite geschriebenen Namen. Ich spüre, wie sich meine Brust vor Erleichterung hebt. Es wäre besser gewesen, das ganze Buch vorweisen zu können, aber die Seite wird es auch tun.

Sidney starrt sie wortlos an, dann pfeift er leise und nickt, wie um meinen Sieg einzugestehen.

27

»Bruno! Sir Philip! Kommt herein! Ich hatte nicht mit Euch gerechnet. Setzt Euch.« Drake öffnet die Tür seiner Kabine und winkt uns zu seinem riesigen Tisch, der jetzt mit Stapeln von Papieren voller Zahlen übersät ist. Thomas Drake sitzt, eine Schreibfeder in seiner Hand, mit dem Rücken zu dem langen Fenster dahinter. Unser Anblick scheint ihn mehr denn je zu verdrießen.

»Mein Bruder hat mir von Eurem Mut gestern Nacht berichtet, Doktor Bruno«, sagt er mit einem leichten Neigen des Kopfes. »Es ist eine Schande, dass diese Halunken entkommen sind – und auch noch mit dem Buch. Aber wie es aussieht, hat Gott Seine schützende Hand über Euch gehalten.« Es ist schwer zu sagen, ob er es ernst oder wieder höhnisch meint.

»Entweder das Buch oder unser Leben«, murmele ich. »Es hätte eines Wunders bedurft, mit beidem dort herauszukommen.«

»Meine Familie steht in Eurer Schuld«, bemerkt Drake mit einem strengen Blick zu Thomas. »Nun, was führt Euch her?«

»Bruno hat Euch etwas zu sagen«, erwidert Sidney theatralisch in einem so verschwörerischen Ton, dass er passend dazu mit den Augen hätte zwinkern können.

»Hat es mit Dunne zu tun?« Drake stürzt sich förmlich auf mich.

»Es gibt da etwas, das ich mit Euch besprechen möchte, Sir Francis«, sage ich. »Aber könntet Ihr bitte erst nach Padre Pettifer schicken? Und bittet ihn, ein Notizbuch mitzubringen. Erwähnt nicht, dass Sidney und ich hier sind.«

Drake runzelt die Stirn, öffnet aber die Tür und wechselt ein paar Worte mit einem der Wächter vor der Kabine.

»Was soll das alles, Bruno?«, fragt er und schließt die Tür, als die Schritte des Mannes die Treppe hinunter verhallen. »Hat es mit Saviles Aussage zu tun? Er ist wieder an Bord und in seiner Kabine so gut wie unter Arrest, aber ich fürchte, mein Bruder hat seine Geschichte bestätigt. Sie sind an diesem Abend zusammen zum *Haus der Vesta* und von da wieder fortgegangen und haben zumindest die Hälfte der Zeit mit einigen anderen Gentlemen Karten gespielt.« Er sieht Thomas finster an. »Also scheint es unwahrscheinlich, dass Savile sich fortgestohlen hat, um Jonas zu treffen.«

Thomas Drake durchbohrt erst mich und dann Sidney mit einem bitterbösen Blick. Dass wir Savile so übereilt zur Rede gestellt haben, hat sein Geheimnis enthüllt und ihn der vernichtenden Kritik seines Bruders ausgesetzt. Wofür er uns eindeutig nicht dankbar ist.

»Wir wollen hören, was der Kaplan zu sagen hat.« Ich wende mich von Thomas ab; ich hege nicht den Wunsch, ihn noch mehr zu provozieren.

»Was hat er denn mit alldem zu tun?«, erkundigt sich Drake mit leichter Ungeduld.

»Es kann sein, dass er über Informationen verfügt.« Ich halte es für das Beste, vorerst noch nicht konkret zu werden.

»Himmel, wenn er etwas über die Sache weiß, warum hat er es mir dann nicht gesagt?« Drake schreitet mit geballten Fäusten durch den Raum. »Muss jeder auf diesem Schiff auf Kosten meiner Reise seine Geheimnisse hüten?« Dies gilt seinem Bruder; Thomas sinkt noch tiefer in seinen Stuhl und schlägt die Augen nieder.

Es klopft leicht an der Tür. Drake bellt einen Befehl, und Pettifer tritt mit einem unter seinen Arm geklemmten Notizbuch zaghaft über die Schwelle. Schweißperlen kribbeln auf meinem Rücken; ich kann nur hoffen, dass ich mich dieses Mal nicht irre. Auf eine Geste von Drake hin schließt Pettifer die Tür, bleibt mit vor sich gefalteten Händen vor seinem Kapitän stehen und sieht ihn erwartungsvoll an.

»Sir Francis?«

Drake winkt ihn zu einem Stuhl am Tisch. »Es war Doktor Bruno, der mit Euch sprechen wollte.«

Pettifers Kopf fährt herum. Seine Augen funkeln augenblicklich wachsam. Er legt sein Notizbuch auf den Tisch, neigt den Kopf zur Seite und zieht in einer stummen Frage die Brauen hoch. Auf seinem Gesicht liegt immer noch ein überheblicher Ausdruck; er hält es für unter seiner Würde, sich von Männern wie mir herzitieren zu lassen.

»Ich möchte Euch ein paar Fragen über Euer Gespräch mit Robert Dunne in der Nacht seines Todes stellen, Padre«, sage ich so freundlich, wie es mir möglich ist.

»Also wirklich, müssen wir das noch einmal durchkauen? Ich habe Kapitän Drake, lange bevor Ihr angekommen seid, alles erzählt, was ich weiß.« Er wendet sich bittend an Drake.

»Hört ihn an, Ambrose.« Drake bedeutet mir fortzufahren.

»Es würde mir helfen, wenn ich mir Notizen mache. Ich frage mich, könnte ich eine Seite aus Eurem Notizbuch haben?« Ich nicke zu dem Buch auf dem Tisch. Es ist ein schlichtes, in Tuch und Pappe gebundenes Notizbuch, weder besonders schön noch kostspielig.

»Ich muss schon sagen!«, braust Pettifer auf, dabei verstärkt er seinen Griff um das Buch. »Papier ist teuer, wie Ihr wisst. Ihr habt doch sicher ein eigenes? Oder vielleicht Kapitän Drake?« Er zeigt auf den Papierstapel vor Thomas auf dem Tisch.

»Ich habe meine Schreibutensilien leider alle im Gasthof gelassen«, erwidere ich bedauernd.

»Ich möchte das Buch nicht zerreißen«, sagt er, allerdings nur halbherzig, als wüsste er, wie lahm die Ausrede klingt.

»Gebt ihm Papier, ich werde Euch das Buch ersetzen, bevor wir abreisen, wenn die Kosten ein Problem sind.« Drake schnippt mit den Fingern, sieht mich aber finster an. Ich hoffe, das ist es alles wert, scheint er zu sagen.

Widerwillig klappt Pettifer das Buch hinten auf, reißt vorsichtig eine leere Seite heraus und schiebt sie mir über den Tisch zu. Ich hocke mich auf den Rand der Bank ihm gegenüber und greife nach einer Feder in dem Gestell vor Thomas, tauche sie aber nicht in das Tintenfass.

»Ihr sagtet, Ihr hättet in Cambridge studiert, Padre Pettifer.« Ich studiere die Spitze der Feder. »Kehrt Ihr oft dorthin zurück?«

Der veränderte Tonfall scheint ihn zu erschrecken. »Nicht oft. Warum?«

»Aber Ihr habt noch Freunde dort?«

»Natürlich, ein paar. Hört, was hat das …«

»Schicken sie Euch Bücher, diese Freunde? Vielleicht zu bestimmten Anlässen als Geschenke?«

»Bücher?« Er täuscht Verwunderung vor, aber ich sehe Begreifen in seinen Augen aufkeimen, als sich seine Gedanken überschlagen und er sich fragt, was als Nächstes kommt. Gut, denke ich. Ich habe ihm Angst eingejagt. Alles, was er von jetzt an sagt, wird auf den Versuch hinauslaufen, die Wahrheit zu umgehen.

»Bücher«, erwidere ich lächelnd.

»Nein«, sagt er, verkrallt dabei aber die Finger ineinander. »Nicht, dass es Euch etwas angeht, ob mir jemand Bücher schickt«, fügt er hochmütig hinzu.

»Ich habe mir nur Gedanken gemacht«, fahre ich fort, »weil ich kürzlich auf ein Buch gestoßen bin, von dem ich annahm, dass es Euch gehört, und ich habe befürchtet, es wäre Euch gestohlen worden.«

»Was für ein Buch?«, faucht er. Die Farbe weicht aus seinen Wangen, während sein Ton aggressiv wird. »Wo? Mir sind keine Bücher gestohlen worden. Wie kommt Ihr darauf, es könnte mir gehören?«

»Eine Frage nach der anderen, Padre. Dieses Buch wurde von der neuen Universitätspresse von Cambridge gedruckt, die letztes Jahr gegründet wurde. Sie haben bislang nur wenige Bücher veröffentlicht. Dieses eine ist ein Band von Ovids Fabeln – sagte ich das nicht? –, eines ihrer neueren Werke. Letztes Jahr gedruckt und schwer zu bekommen, außer in Cambridge selbst, denn wie ich hörte, boykottieren die Londoner Buchhändler die neuen Verlage.« Ich lege die Schreibfeder weg und fixiere Pettifer scharf.

»Niemand hat mir so ein Buch geschickt«, sagt er, aber seine Stimme klingt jetzt gedämpfter.

»Aber Ihr wart dieses Jahr in Cambridge, Ambrose, ich erinnere mich, dass Ihr es mir erzählt habt«, wirft Drake leise ein. »Als ich mich im Frühjahr wegen meiner Reise an Euch gewandt habe, wart Ihr gerade zurückgekommen. Ihr hattet Euren alten Lehrer besucht, glaube ich.«

Pettifer dreht sich um, um seinen Kapitän erschrocken anzusehen. »Schon, ja, das stimmt, aber ich habe nicht so viel Geld übrig, um brandneue Bücher zu kaufen.«

»Wie ist der Name Eures Lehrers?«, frage ich.

Pettifer kneift die Augen zusammen. »Ich wüsste nicht, was Euch …«

»Lautet er Roger?« Ich ziehe die Seite mit dem Holzschnitt von Daphne, die der junge Toby aus dem Buch gerissen hat, aus meinem Wams. Bei deren Anblick umfasst Pettifer seine Hände fester, um zu verhindern, dass sie zittern. »Seht Ihr, dieses Vorsatzblatt wurde aus dem Ovid-Band gerissen, den ich gefunden habe; dem, der von der Cambridge University Press stammt. Die Widmung darauf lautet: ›Für den teuren Ambrose, in liebevoller Erinnerung, Roger, 1585.‹« Ich halte die Seite hoch, damit Pettifer sehen kann, dass ich nicht bluffe. »Es wäre ein außergewöhnlicher Zufall, wenn es einen weiteren Ambrose in Plymouth gäbe, der denselben Lehrer in Cambridge hatte.«

Pettifer sagt nichts dazu, ist aber totenbleich geworden und presst die Lippen zu einem schmalen Strich zusammen.

»Was soll das, Bruno? Kommt um Gottes willen auf den Punkt, wenn es denn einen gibt«, wirft Thomas Drake gereizt ein.

Sir Francis gebietet ihm mit erhobener Hand zu schweigen und bedeutet mir fortzufahren.

»Das werde ich, Thomas, denn es betrifft einen Ort, den Ihr gut kennt.« Ich lächele ihn an. »Ihr fragt mich, wo ich auf dieses Buch gestoßen bin, Padre. Aber ich glaube, das wisst Ihr bereits. Ich fand es im Besitz eines Jungen in dem als *Haus der Vesta* bekannten Bordell.«

»Ah.« Pettifer schüttelt ruckartig den Kopf, wie um eine lästige Fliege zu verscheuchen. »Ja. Also gut, es wurde mir gestohlen.«

Drake hebt eine Braue. »Das habt Ihr vor einem Moment noch abgestritten.«

»Ich wollte den armen Jungen nicht in Schwierigkeiten bringen«, erwidert er. Auf seinen Wangen bilden sich jetzt zwei rote Flecken; er spricht schneller, als würden seine Lügen von ihrem eigenen Schwung zusammengehalten und liefen sonst Gefahr auseinanderzufallen. »Gott weiß, dass diese armen jungen Menschen verzweifelt genug sind. Und Sir Francis ist bekannt, dass ich nur deshalb einen Fuß in solche Häuser setze, um Gott zu dienen, indem ich versuche, diese gequälten Seelen zu retten. Ja, ich habe das Buch dort verloren, es aber nicht gemeldet, weil ich Angst hatte, der Junge würde leiden.« Er blickt von mir zu Drake. Sein Trotz ist zurückgekehrt. »Habt Ihr alles zu Eurer Zufriedenheit aufgeschrieben, Doktor Bruno?«, fügt er giftig hinzu. »Mehr gibt es nämlich nicht zu sagen.«

»Ich fürchte, das ist noch nicht alles, Padre«, sage ich entschuldigend. »Eure Besuche im *Haus der Vesta* hängen zum Teil mit der Unterbringung unerwünschter Kinder bei christlichen Familien zusammen, habe ich recht?«

Pettifer erhebt sich halb von seinem Stuhl und legt die Hände flach auf den Tisch. »Sir Francis, ich muss protestieren! Über solche Dinge sollte man nicht mit Leuten wie …«

»Lasst ihn seine Fragen stellen, Ambrose«, sagt Drake in diesem trügerisch sanften Ton, der keine Widerrede duldet. »Ich interessiere mich für Eure Antworten.«

Ich hole tief Atem. »Der Junge sagte, Ihr habt ihm manchmal aus dem Buch vorgelesen.«

»Ich hoffte, etwas für seine Bildung zu tun. Ein bedauernswertes Geschöpf.« Pettifer schiebt einen Finger in seinen Kragen und lockert ihn.

»Und deswegen habt Ihr ihn alleine besucht?«

»Was?«, stottert er. »Man sollte lieber fragen, was *Ihr* in der Kammer des Jungen getan habt«, schießt er dann zurück.

»Ich habe versucht herauszufinden, wer Robert Dunne getötet hat.«

Pettifer öffnet den Mund, um etwas zu erwidern, blinzelt mich stattdessen aber an, als hätte ich ihn auf dem falschen Fuß erwischt.

»Seht Ihr«, fahre ich fort, dabei lehne ich mich über den Tisch, »Dunne hatte vor Kurzem ein schreckliches Geheimnis von irgendjemandem hier an Bord herausgefunden. Etwas, was, wenn es bekannt würde, den Ruf des Betreffenden ruinieren und seine Chancen, jetzt oder in Zukunft mit Kapitän Drake zu segeln, zunichtemachen würde.«

Pettifer fährt sich mit der Zunge über den Mund. Schweiß glitzert auf seiner Oberlippe. Er schüttelt den Kopf.

»Ich glaube«, sage ich langsam, »Robert Dunne hat in Erfahrung gebracht, dass Ihr diesen Jungen nicht besucht habt, um ihn vor seinen Sünden zu bewahren. Tatsächlich habt Ihr ihn zu weiteren Sünden genötigt.«

Schweigen hängt über dem Tisch, als Drake Pettifer anstarrt.

»Das ist üble Nachrede«, empört sich der Kaplan. Seine Stimme klingt schrill und quiekend. »Der verabscheuungswürdigsten Art. Ihr solltet das lieber schleunigst zurücknehmen, Sir.«

»Gehörte der Junge sozusagen zu den Schmiergeldern, die Ihr von Mistress Grace erhalten habt?«, beharre ich. »Dafür, dass Ihr ihr erlaubt habt, weiterhin die ungewollten Kinder ihrer Mädchen zu verkaufen, bevor sie dann die Mütter auf die Straße setzt? Ich nehme an, Ihr habt auch einen Anteil des Profits kassiert. Wusste Dunne davon? Er wusste sicherlich, dass Ihr sehr wohl in der Lage wart, seinen erpresserischen Forderungen nachzukommen.«

Jetzt zuckt Pettifer vor Überraschung zusammen und runzelt die Stirn. »Was für Forderungen?«

»Dunne hat Euch erpresst, nicht wahr? Fünf goldene Engelstaler sind eine stolze Summe, und Ihr habt befürchtet, weitere Forderungen könnten folgen. Ihr wusstet, dass er Euch ruinieren könnte, wenn er Kapitän Drake von Eurer Abmachung mit dem *Haus der Vesta* erzählen würde. Ihr hattet Angst vor ihm.«

»Nein, nein, Ihr versteht das alles ganz falsch«, blökt er, dabei fuchtelt er wild mit den Händen. »Ich habe Dunne nie Geld gegeben, und er hat nie welches gefordert. Ich weiß nichts von fünf goldenen Engelstalern.«

Der Wirkung halber stehe ich auf, sodass ich auf Pettifer hinabblicken kann. Drake, Sidney und Thomas beobachten mich so gespannt wie Zuschauer bei einem Hundekampf. »Ihr habt gesehen, in was für einem Zustand Dunne war, als er an diesem Abend das *Haus der Vesta* verlassen hat. Wusstet Ihr, dass man ihm Muskat verabreicht hatte, oder habt Ihr geglaubt, er wäre einfach nur betrunken? Wie dem auch sei …«, ich spreche weiter, ehe er Einwände erheben kann, »Ihr habt ihn zum Schiff zurückgebracht und mit der Hilfe von Thomas Drake in seine Kabine getragen. Thomas machte sich auf die Suche nach dem Spanier, der Dunne eine Medizin bringen sollte. Ihr bliebt mit Dunne, der so gut wie hilflos war, alleine, und Ihr saht Eure Chance, Euren Peiniger ein für alle Mal zum Schweigen zu bringen. Was habt Ihr getan? Sein Gesicht in das Kissen gepresst? Seine Sinne müssen so benebelt gewesen sein, dass er sich nicht gewehrt hat. Ihr habt ihn erstickt und dann zurückgelassen. Als Jonas in die Kabine blickte, dachte er, Dunne hätte das Bewusstsein verloren, und ging wieder.«

»Nein, nein, das ist eine Lüge, ich schwöre es!«, kreischt Pettifer. Er wird zunehmend nervöser, sein Blick wandert flehend von mir zu Drake.

»Ambrose«, sagt Drake schwach, als wolle er nicht glauben, was er da hört.

»Aber Ihr müsst gefürchtet haben, dass Jonas die Wahrheit erkannt hat, und habt beschlossen, auf Nummer sicher zu gehen. Ihr seid unter dem Vorwand, mit ihm beten zu wollen, in Dunnes Kabine zurückgekehrt und habt ihn aufgeknüpft, um es wie Selbstmord aussehen zu lassen. Und dann habt Ihr wahrscheinlich seine Kabine abgeschlossen und den Schlüssel über Bord geworfen.«

»Das ist frei erfunden. Ihr müsst mir glauben, Sir Francis, wir kennen uns doch …«

»Am nächsten Tag«, fahre ich erbarmungslos fort, »saht Ihr eine Gelegenheit, Dunnes Tod mit dem Judasbuch in Verbindung zu bringen, das Ihr für ketzerisch haltet, um Kapitän Drake daran zu hindern, es lesen zu lassen. Ihr habt Drake einen Vers aus dem Matthäusevangelium geschickt, damit es so aussah, als wäre Dunnes Tod auf den gefährlichen Einfluss des Buches zurückzuführen. Und Ihr habt dadurch angedeutet, dass Dunne selbst ein Verräter war. Vielleicht hat er Euch ja seine Pläne gestanden, Sir Francis während der Reise zu ermorden?«

Pettifer springt mit hochrotem Gesicht auf. »Zu ermorden? Ich weiß nicht, wovon Ihr redet, Sir, aber ich weise alles auf das Schärfste zurück! Wenn Ihr auch nur einen Moment glaubt, ich könnte von einem Komplott gegen Sir Francis erfahren und ihn nicht sofort davon in Kenntnis setzen, dann ist Euer Verstand noch verwirrter, als ich bislang gedacht habe. Sir Francis, Ihr kennt mich«, wiederholt er schmeichelnd. Unvergossene Tränen schimmern in seinen Augen. »Schenkt Ihr den Lügen eines Fremden und Ausländers mehr Glauben als meinem Wort?« Er faltet die Hände wie zum Gebet und deutet mit ihnen auf Drake.

Ich schiebe die Seite aus dem Notizbuch zu Pettifer hinüber.

»Wenn Ihr Dunne nicht getötet habt, dann bezeugt es, indem Ihr dieses Papier unterzeichnet.«

»Welches Recht habt Ihr …«

»Wollt Ihr hier unterschreiben? Um zu bestätigen, dass Ihr die Wahrheit sagt?«

»Ihr versucht mich in eine Falle zu locken«, braust Pettifer auf, hebt den Kopf und blickt unterstützungsheischend in die Runde, wo er aber nur versteinerte Gesichter sieht. Ich tauche die Schreibfeder in die Tinte und halte sie ihm hin. Er schaut zu Drake, der auffordernd nickt. Pettifer nimmt mir die Feder mit einem hasserfüllten Gesichtsausdruck ab und kritzelt seinen Namen auf die Seite. »Und was habt Ihr jetzt damit vor?«, fragt er. Seine Stimme zittert, jetzt allerdings vor Wut.

»Nichts«, erwidere ich. »Nur etwas vergleichen. Habt Ihr den Brief mit dem Bibelvers da, Sir Francis?«

»Natürlich.« Drake sieht mich unsicher an.

»Dürften wir ihn sehen?«

Er nickt, schließt die Truhe in der Ecke auf, nimmt den Matthäusbrief heraus, faltet ihn auseinander und hält ihn hoch. Ich halte die Seite, die Pettifer gerade unterschrieben hat, daneben. Beide Seiten sind gleich groß, und beide weisen in der rechten unteren Ecke einen identischen Wasserfleck auf. Bei Drakes Brief wurde der Versuch unternommen, die Handschrift zu verstellen, aber das doppelte t in »Matthäus« entspricht dem Doppel-t in »Pettifer«: Es hat einen breiten Querstrich, der das erste t nicht ganz trifft. Kaum jemand würde bezweifeln, dass dieses Blatt und die Schrift darauf derselben Quelle entspringen. Zwecks weiterer Bestätigung reichen wir das Blatt an Thomas und Sidney weiter, die die Köpfe darüberbeugen und sie nach genauer Inspektion mit einem zustimmenden Nicken wieder heben.

»Habt Ihr diesen Brief geschrieben, Ambrose?« Es ist der

ruhige Kummer in Drakes Stimme, der Pettifer schließlich kapitulieren lässt. Er sinkt auf seinen Stuhl zurück und birgt das Gesicht in den Händen.

»Ja. Möge Gott mir vergeben.« Die Worte kommen als ersticktes Flüstern heraus. Seine Schultern beben. »Den Brief ja. Aber der Rest ist gelogen.«

»Das Ovid-Buch?«, sagt Drake in demselben enttäuschten Ton.

Pettifer blickt auf. »Ich sehe hier kein Buch.«

Ich schnalze ungeduldig mit der Zunge. »Das Buch befindet sich im Besitz Eurer Freundin Mistress Grace im *Haus der Vesta*. Aber Ihr erkennt dieses Vorsatzblatt, nicht wahr?«

Er nickt kläglich. Niemand sagt ein Wort; nur das Knarren der Schiffsplanken, das Plätschern des Wassers und der Möwenchor sind zu hören. Nach einer Weile scheint Pettifer seine Gedanken zu sammeln. Er hebt den Kopf und wendet sich an Drake. Als er spricht, hat er das Zittern in seiner Stimme fast unter Kontrolle.

»Ich gebe zu, dass ich das Buch in dem Hurenhaus verloren habe, Sir Francis. Ihr wisst, dass es meine Gewohnheit war, mit den armen Sündern dort zu beten, so wie es unser Herrgott getan hat. Es schien ihnen Trost zu spenden. Ein Buch wie dieses ist kostbar, deswegen mache ich einem verzweifelten Jungen keinen Vorwurf daraus, dass er es genommen hat. Ich hatte das Leben der armen Geschöpfe ein wenig mit Geschichten aufhellen wollen. Hauptsächlich solchen aus der Bibel«, fügt er hastig hinzu, »aber ich dachte, die Klassiker würden ihnen auch gefallen. Leider war ich auch an dem Abend dort, an dem Robert Dunne sturzbetrunken hereinkam. Als er erfuhr, dass seine bevorzugte Hure fortgeschickt worden war, drohte er in seiner Wut gewalttätig zu werden. Ich dachte, es wäre für alle Beteiligten das Beste, wenn ich ihn zum Schiff zurückbringe. Ich ließ ihn dann in seiner Kabine zurück, damit er seinen Rausch ausschläft, und später ging ich zurück, um zu sehen, ob mit ihm alles in Ordnung war. Er war aufgewacht, wirkte aber ungewöhnlich bedrückt und fragte mich, ob ich mit ihm beten würde, wie ich es Euch schon gesagt habe. Danach wünschte ich ihm eine gute Nacht und ging in meine eigene Unterkunft. Das war das letzte Mal, dass ich ihn gesehen habe, und ich versichere Euch, dass er da sehr lebendig war.« Pettifer hält inne, um Atem zu schöpfen, und wischt sich mit der Hand über den Mund. »Und er hat mir nie gestanden, dass er Euch schaden wollte, Sir Francis. Das hätte ich Euch sofort gesagt.«

»Nachdem Jonas bei ihm hereingeschaut und gedacht hat, er würde schlafen, hat ihn außer Euch niemand mehr gesehen«, sage ich. »Als Ihr gehört habt, dass ich Dunnes Leichnam untersucht habe, wolltet Ihr unbedingt wissen, ob mir sein Anblick etwas über die Todesursache verraten hat.«

»Ich wollte nur wissen, ob die Angelegenheit schnell erledigt werden kann, so wie jeder andere auch.«

»Wirklich? Ihr hattet keine Angst, dass ein erfahrenes Auge dem Leichnam ansehen könnte, dass Dunne nicht durch Erhängen gestorben ist?«

Pettifer gibt keine Antwort, wirft mir aber einen äußerst unchristlichen Blick zu.

»Dann erklärt den Brief!«, fordert Thomas Drake schroff. Er mag den Kaplan nicht, muss das aber gegen seine Abneigung gegen mich und seinen offenkundigen Wunsch, dass ich mich irren möge, abwägen.

»Der Brief …« Pettifer schlägt übertrieben zerknirscht die Augen nieder. »Ich gebe zu, dass ich da eine Dummheit begangen habe. Als ich Einzelheiten über Dunnes Tod erfahren hatte, machte ich mir natürlich Sorgen. Aber ich hielt die Symbolik für zu wichtig, um sie zu ignorieren. Ich glaubte wirklich, er hätte sich das Leben genommen, und was mir das gemeinsame Beten mit ihm am Abend zuvor verraten hatte – nun, es war klar, dass irgendetwas auf seinem Gewissen lastete. Ich kam zu dem Schluss, dass er von Reue überwältigt worden sein musste, obwohl ich schwöre, dass ich keine Ahnung hatte, weshalb. Er hatte mit mir nur über Sünde im Allgemeinen und die Angst um seine Seele gesprochen.« Pettifer bricht ab und schluckt hart. Ein Muskel hat unter seinem rechten Auge zu zucken begonnen. »Ein Todesfall an Bord ist ein schlechtes Omen für eine Reise, wie jeder weiß. Ich dachte, wenn ich Euch, Sir Francis, überzeugen könnte, dass er mit dem Judasbuch zusammenhängt, würdet Ihr vielleicht aus Angst von der Übersetzung des Buches Abstand nehmen. Es war falsch, das sehe ich jetzt. Aber ich habe in guter Absicht gehandelt: Ich wollte uns alle vor den Folgen davon bewahren, sich mit Sachen abzugeben, die so eindeutig gegen Gottes Gebote verstoßen.«

»Wohingegen Gott wohlwollend billigt, dass Ihr Eure Begierde an halbwüchsigen Jungen stillt?«, gebe ich mit gepresster Stimme zurück.

Pettifer erhebt sich. Sein fleischiges Gesicht schwillt vor Wut an, als er sich mit lodernden Augen vor mir aufbaut. »Wenn Ihr diese Verleumdung wiederholt, Italiener, werde ich …«

»Was werdet Ihr dann? Den Constable rufen? Den Sheriff? Oder werdet Ihr mich einfach von einer Klippe stoßen, so wie Ihr es mit Jonas Solon gemacht habt?«

»Noch mehr Lügen! Ich habe dem Spanier kein Haar gekrümmt. Wie begründet Ihr Eure Anschuldigung?«

»Ich denke, Ihr hattet Angst, dass Jonas klar geworden ist, dass Dunne schon tot war, als er ihm den Trank bringen wollte. Er mag ihn anfangs für bewusstlos gehalten haben, aber angesichts all dieser Spekulationen hatte er Zeit, dies noch einmal zu überdenken. Er musste gewusst haben, dass Ihr mit Dunne allein wart, als Ihr zum Schiff zurückkamt. Hat er seinen Verdacht Euch gegenüber geäußert? Habt Ihr die Gelegenheit genutzt, ihn zum Schweigen zu bringen und gleichzeitig zu belasten?« Ich halte inne, um Luft zu holen.

Pettifer starrt mich an, als hätte ich den Verstand verloren. Er dreht sich mit flehend ausgestreckten Händen zu Drake um.

»Sir Francis, lasst Ihr zu, dass dieser Mann dort steht und mich in Eurer Gegenwart beleidigt? Ich habe nicht die geringste Ahnung, wovon er redet, das müsst Ihr mir glauben.«

»Ihr sprecht Spanisch, nicht wahr? Und Ihr habt bereits eingeräumt, den einen Brief geschrieben zu haben – wollt Ihr da leugnen, den anderen, das angebliche Geständnis von Jonas, nicht auch verfasst zu haben?«

Pettifers Augen drohen aus den Höhlen zu quellen. »Alles, was Ihr von dem Moment an, in dem ich den Raum betreten habe, zu mir gesagt habt, ist für mich in höchstem Grade ehrverletzend, und ich werde dafür sorgen, dass Ihr dafür bezahlt. Ich hätte bei einem Dominikaner mit so etwas rechnen …«

»Gentlemen.« Drakes Stimme schneidet uns das Wort ab, und wir verstummen augenblicklich wie gescholtene Kinder. Er fixiert den Kaplan mit einem festen Blick. »Habt Ihr Jonas in der Nacht seines Todes gesehen, Ambrose?«

»Natürlich nicht«, faucht Pettifer, dann erinnert er sich, mit wem er spricht, und mäßigt seinen Ton. »Ich war überhaupt nicht in der Nähe des Hoe, Sir Francis.«

»Wo wart Ihr dann? Und kann das irgendwer bezeugen?«

Pettifer holt tief Atem und stößt ihn langsam wieder aus. Als er antwortet, klingt seine Stimme merklich ruhiger. »Ich war im *Haus der Vesta*. Mistress Grace wird das bestätigen.«

Sidney schnaubt vernehmlich. Pettifer funkelt ihn finster an.

»Offensichtlich war die Hälfte meiner Besatzung an diesem Abend dort.« Drake klingt müde.

»Seid Ihr alleine dorthin und wieder zurück gegangen?«, fragt Thomas den Kaplan.

»Ja.« Er betrachtet den Boden, und seine Stimme wird leiser. »Ich ziehe es vor, beim Betreten des Hauses nicht gesehen zu werden. Sie lassen mich durch eine Seitentür ein. Ihr versteht – obwohl der Herr weiß, dass mein Gewissen rein ist, halte ich es für besser, anderen keinen Anlass für Klatsch zu geben.«

»Und Ihr seid auf direktem Weg zum Schiff zurückgegangen?«, bohrt Thomas nach.

Pettifer zögert. »Tatsächlich habe ich bei der Kirche haltgemacht, um zu beten.«

»Zu welcher Zeit war das?«, fragt Drake. Die Schärfe in seinem Ton lässt darauf schließen, dass er die Geduld mit Pettifer verliert.

»Ich weiß es nicht.« Pettifer sieht aus, als würde er sich nicht wohl in seiner Haut fühlen. »Es war schon fast dunkel. Ich bin nicht lange geblieben.«

»Kann das jemand bezeugen, Ambrose? Haben andere Euch in der Kirche gesehen?«

»Der Küster war noch da, ich bin sicher, er würde sich an mich erinnern. Aber als ich am Kai ankam, um mit einem Boot zur *Elizabeth* überzusetzen, traf ich Euren Sekretär, Sir Francis. Er kam zur selben Zeit zurück.«

Drake runzelt die Stirn. »Gilbert? Da war er für seine Verhältnisse lange an Land. Hat er gesagt, wo er war?«

Pettifer sieht ihn verdutzt an. »Nein. Ich habe ihn auch nicht danach gefragt. Ich glaube, wir hätten alle mehr Frieden, wenn sich jeder um seine eigenen Angelegenheiten kümmern würde.« Er durchbohrt mich mit einem giftigen Blick.

»Nicht, wenn zwei meiner Männer tot sind«, erwidert Drake. Eine neue Härte hat sich in seine Stimme geschlichen. Er sammelt die Blätter ein, ohne Pettifer anzusehen. »Ich glaube, Ihr bleibt erst einmal an Bord des Schiffes, Ambrose, bis sich diese Anschuldigungen als wahr oder falsch herausgestellt haben.«

»Sir Francis, Ihr könnt doch nicht ernsthaft glauben …«

Drake gebietet ihm mit erhobener Hand zu schweigen. »Ich werde mir mein Urteil vorbehalten, bis ich die Aussage dieses Jungen gehört habe. Es sollte sich leicht herausfinden lassen, ob er in gewinnsüchtiger Absicht lügt oder die Wahrheit sagt. Bruno, ich möchte, dass Ihr und Sir Philip den Jungen holt und zum Haus des Bürgermeisters bringt. Die geschwätzigen Zungen im *Star* müssen davon nichts mitbekommen. Nehmt Sir Philips Leibwächter mit. Wenn Ihr richtig vermutet, könnte diese Grace versuchen, Euer Vorhaben zu vereiteln.«

»Ich würde mich besser fühlen, wenn ich selbst bewaffnet wäre, Sir Francis«, entgegne ich. »Mein Messer haben mir Doughty und Jenkes gestern Nacht abgenommen, und ohne kann ich im Moment schlecht kämpfen.«

»War die Waffe wertvoll?«

»An und für sich nicht sehr. Aber für mich hatte sie einen Wert. Sie war alles, was mir von meinem alten Leben geblieben ist.«

Er nickt verständnisvoll, dann geht er zu dem verschlossenen Schrank in der Ecke der Kabine. Während er beim Öffnen mit den Schlüsseln klirrt und dann in den Fächern herumwühlt, bohren sich Pettifers Augen mit einem so glühenden Hass in mich, dass ich weiß, dass ich mir einen Feind für das Leben gemacht habe, egal, ob er schuldig ist oder nicht. Ich wende mich ab, aber sein Blick hat so viel Kraft, dass er sich weiterhin in meine Haut brennt. Wenn ich abergläubisch wäre, würde ich fürchten, verflucht worden zu sein.

»Hier.« Drake kommt mit einer über seine Handflächen gelegten Waffe zurück. Er zieht sie aus der Scheide. Ein Dolch aus brüniertem Stahl kommt zum Vorschein, dessen Klinge zu einer nadelfeinen Spitze zuläuft. Das Metall ist dunkel und glänzt nur schwach, aber bei genauerer Betrachtung liegt das daran, dass die Oberfläche mit Mustern bedeckt ist, die an die Maserung von Holz erinnern. Der Griff ist mit Bronzedraht umwickelt, Knauf und Stichblatt sind mit Ranken und Blumen verziert. Es handelt sich um ein erlesenes Stück Handwerkskunst.

»Damaszener Stahl«, erklärt Drake, den mein Staunen zu freuen scheint. »Wir haben den Dolch vor Nicaragua einem Offizier auf einem spanischen Schiff abgenommen. Schön, nicht? Und wertvoll. Das Muster auf der Klinge ist einzigartig. Damaszener Stahl übertrifft alles, was aus Toledo kommt. Es heißt, man kann ein Haar auf die Klinge fallen lassen, und es wird sauber in zwei Hälften zerschnitten. Ich habe es nie ausprobiert, aber Ihr dürft gerne damit experimentieren. Macht schon, nehmt ihn.« Er hält mir den Dolch mit dem Griff zuerst hin.

»Ich kann ihn nicht annehmen, Sir Francis, er muss ein Vermögen wert sein.« Ich wiege den Dolch in der Hand. Er ist so leicht und so perfekt ausbalanciert, dass er die Luft mit einem Seufzer zu durchschneiden scheint, als ich den Arm krümme. Ich bemerke, dass Pettifer einen Schritt zurückweicht.

»Ich schulde Euch viel mehr«, meint Drake. »Und was diese Angelegenheit betrifft …«, er macht eine ausschweifende Handbewegung, um Pettifer, mich und die Briefe mit einzuschließen, und schüttelt den Kopf, »wir sollten rasch handeln. Ambrose, Ihr wartet hier mit Thomas, bis wir Antworten haben.«

»Sir Francis«, sagt Pettifer kleinlaut, als Drake nach dem Türknauf greift. »Könnte ich privat mit Euch sprechen? Da gibt es etwas, was ich Euch erklären muss – und was nichts mit diesen irrsinnigen Anschuldigungen zu tun hat.«

Drake nickt mir und Sidney zu, um uns zu verstehen zu geben, dass wir entlassen sind, und schließt die Tür hinter uns.

»Drake hätte seine Kabine durchsuchen lassen sollen«, sagt Sidney mit gedämpfter Stimme, als wir auf dem unteren Deck warten. »Vielleicht hat er die Erpresserforderung von Dunne irgendwo aufbewahrt.«

»Das bezweifle ich. Was auch immer er sein mag, Pettifer ist nicht dumm.« Ich beiße die Zähne zusammen. »Ich bin sicher, er hätte nichts behalten, das ihn belastet. Ich fürchte, dass wir außer der Aussage des Jungen nichts gegen ihn in der Hand haben. Und wie wird das aussehen: Ein ungebildeter Lehrling beschuldigt einen allseits geachteten Pfarrer der Sodomie?«

»Es werden sich doch wenigstens ein paar Mädchen finden lassen, die gegen Mistress Grace aussagen.«

Ich denke an Sara in dem Elendsviertel, deren Geist und Körper von der Syphilis zerstört werden. »Es gibt Zeugen, aber ich bin nicht sicher, wie glaubwürdig sie wirken würden.«

»Hu. So, wie ich das sehe, könntest du dich glücklich schätzen, wenn du einen angesehenen Mann in der Stadt finden würdest, der bereit ist, Mistress Grace vor einen Richter zu bringen.« Sidney schnaubt. »Ihr Gewerbe bringt ihnen zu viele Vorteile. Bete, dass die Aussage des Jungen ausreicht, weil …« Sidney bricht ab, als er Gilbert Crosse auf dem Hauptdeck herumlungern sieht. Er presst eine lederne Mappe gegen seine Brust.

»Ist alles in Ordnung, Sir Philip?« Gilbert tritt von einem Fuß auf den anderen und nagt wie ein Schuljunge an seiner Lippe. »Wart Ihr beide bei Sir Francis? Ich bin hochgekommen, um ihn zu bitten, diese Briefe zu unterzeichnen, habe aber Stimmen gehört und hielt es für besser, ihn nicht zu stören. Ich weiß, dass er im Moment viele andere Sorgen hat.« Er zieht den Kopf ein und lächelt verlegen.

»Ich bin sicher, er wird gleich kommen.« Ich tue so, als würde ich nicht merken, dass Gilbert mir Neuigkeiten zu entlocken versucht. Sidney hat sich angewöhnt, ihn ganz zu ignorieren. Gilberts falsche Unterwürfigkeit zerrt an seinen Nerven. Ich frage mich, wie lange sich der junge Kartograf vor Drakes Kabine herumgedrückt und wie viel er gehört hat.

»Ah, da ist er ja.« Gilbert hält Drake, der vom Achterdeck kommt, seine Mappe hin. »Ich habe Kopien von diesen Briefen gemacht, Sir Francis, möchtet Ihr sie jetzt unterschreiben?«

Drake bleibt stehen und betrachtet Gilbert mit einem eigenartigen Ausdruck, als würde er versuchen, sich zu erinnern, wozu er da ist. »Später, Gilbert. Ich muss jetzt an Land gehen und nach meiner Frau sehen. Leg sie in meine Kabine, dort wirst du meinen Bruder vorfinden.«

»Es ist nur so, dass ich auch an Land gehe, in die Kirche«, beharrt er, immer noch zappelig. »Und ich dachte, wenn sie unterschrieben und versiegelt sind, könnte ich sie dem Boten bringen, sodass sie noch heute Abend befördert werden. Sonst müssen sie bis zum Morgen warten.«

Drake seufzt. »Dann sollen sie warten. Ich darf mich heute Abend nicht verspäten. Geh und ruf einen der Männer, damit er uns rudert, ja? Und sag Kapitän Fenner, dass ich länger wegbleibe. Er hat so lange die Befehlsgewalt.«

»Wenn ich Euch bitten dürfte zu warten, bis ich meinen Umhang und meine Tasche geholt habe, dann könnte ich jetzt mit Euch kommen und müsste kein anderes Boot nehmen.« Gilberts Augen leuchten hoffnungsvoll auf.

Drake zögert. »Nein, dieses Boot ist schon voll. Ich schicke es dir zurück.«

Gilbert wirkt enttäuscht, nickt aber klaglos und eilt davon, um weiter seinen Pflichten nachzukommen.

»Vorerst darf kein Wort von diesen Verdächtigungen bekannt werden«, flüstert Drake, sowie wir im Boot sitzen. »Erst wenn es Beweise gibt. Diese Verbrechen, derer Pettifer bezichtigt wird, wären für jeden Mann ungeheuerlich, aber für einen Priester ...« Er schüttelt den Kopf. »Wenn die Männer Züge von Verderbtheit bei denen sehen, die eine religiöse Autorität besitzen, was für ein Vorbild bietet sich ihnen dann? Chaos würde ausbrechen. Die Aufgabe eines Schiffskaplans besteht darin, die Besatzung Gottesfurcht zu lehren.«

»Ich dachte, er sollte Trost spenden«, meint Sidney.

»Auf See kommt die Furcht zuerst«, erwidert Drake grimmig.

Ein Bote wird zu Sidneys Männern geschickt; sie sollen am Kai zu uns stoßen. Drake begibt sich mit seinen eigenen Leibwächtern zum Haus des Bürgermeisters. Nervosität steigt in mir auf, als ich ihm nachblicke, und meine Augen schweifen unaufhörlich über die belebten Kaianlagen; suchen die Menge nach Verdächtigen ab, die uns allzu aufmerksam beobachten, die Köpfe gesenkt halten oder die Hände in den Umhang geschoben haben. Mistress Grace' deutliche Warnung kommt mir wieder in den Sinn; sie wird eine Bedrohung ihres Gewerbes nicht kampflos hinnehmen. Die Rümpfe der auf dem Wasser schaukelnden Fischerboote prallen gegeneinander, ihre Besitzer stapeln Bottiche auf oder entwirren Netze für ihre nächtliche Arbeit. Die Fischweiber vom Kai sind schon nach Hause gegangen, aber andere Frauen, die große Körbe vor sich tragen, gehen umher und verkaufen den Leuten, die von den Schiffen kommen, Erdbeeren oder Pasteten. Die meisten Straßenhuren lassen sich erst bei Einbruch der Dämmerung blicken, doch ein paar lungern schon hoffnungsvoll an den Ecken herum, wo die steilen gepflasterten Straßen in den Kai münden. Ihre geschminkten Gesichter wirken im fahlen Licht grell. Ein paar versuchen, unsere Aufmerksamkeit auf sich zu lenken, doch ich wende mich ab. Wir können es uns nicht leisten, uns ablenken zu lassen.

Sidney hat eine Hand auf den Knauf seines Schwerts gelegt; auch er betrachtet die Gesichter der Vorübergehenden forschend, ist auf Schwierigkeiten gefasst.

»Die Waffe, die er dir gegeben hat, ist so viel wert wie das Lösegeld für einen König, weißt du«, bemerkt er nach einer Weile. Ein neidischer Blick trifft den jetzt an meinem Gürtel befestigten Dolch. Er ist größer als mein altes Messer und schwerer zu verbergen, dafür macht er einen imposanteren Eindruck. »Anscheinend schätzt er dich sehr.«

Ich zucke die Achseln. »Ich war ihm nützlich. Aber ich fürchte, seine Hochachtung wird bald dahinschwinden, wenn wir keine ausreichenden Beweise gegen Pettifer zusammentragen können.«

Sidney zieht zischend den Atem ein. »Es macht mich wahnsinnig. Alles, was du vorhin vorgebracht hast, passt, alles deutet auf den Kaplan hin. Wir müssen es nur beweisen.«

»Das haben wir bei Savile auch gesagt.« Tatsache ist, dass mir leise Zweifel gekommen sind, ob es klug war, Pettifer öffentlich so schwer zu beschuldigen.

»Die Aussage des Jungen wird doch ausreichen, oder nicht?« Sidney klingt, als brauchte er Bestätigung.

»Er wird Angst haben. Vielleicht meint er, es wäre das Beste für ihn, den Mund zu halten.«

Sidneys bewaffnete Eskorte besteht aus breitschultrigen, kräftigen jungen Männern mit groben, gutmütigen Gesichtern, die jetzt auf uns zukommen. Sie sind anscheinend hastig zusammengerufen worden und wirken ein bisschen verlegen; sie hatten offensichtlich nicht damit gerechnet, an diesem Abend noch benötigt zu werden, und verströmen einen schwachen Bierschenkengeruch, scheinen aber trotzdem wach und nüchtern genug zu sein, um ihren Pflichten nachzukommen. Sie tragen farbige Uniformumhänge und Schwerter am Gürtel und bilden einen schützenden Kreis um uns. Ihr bloßer Anblick müsste ausreichen, um auch den entschlossensten Angreifer abzuschrecken, denke ich, als wir gemeinsam hügelaufwärts auf das *Haus der Vesta* zusteuern. Gruppen von Umstehenden geben uns tuschelnd und mit den Fingern zeigend den Weg frei. Ich bin nicht daran gewöhnt, ein solches Aufsehen zu erregen, doch es verschafft mir eine eigenartige Genugtuung, für einen Mann von Stand gehalten zu werden.

Als wir die Apotheke erreichen, bedeute ich Sidney und den Wächtern, draußen zu warten, lasse aber die Tür offen, damit man sie sehen kann. Der kleine Mann steht auf einem Stuhl und macht eine Bestandsaufnahme der Mittel in seinen Regalen, als ich eintrete. Seine erwartungsvolle Miene versteinert augenblicklich, als er mich erkennt.

»Oh, Ihr seid es«, sagt er.

»Wo ist der Junge? Ich muss ihn dringend sprechen.«

Pengilly kräuselt angewidert die Lippe. »Ich dachte, ich hätte mich klar genug ausgedrückt. Wie dem auch sei, er ist nicht hier.«

»Und wo ist er dann?«

»Was geht Euch das an?«

»Meine Freunde würden es gerne wissen.« Ich deute auf die offene Tür.

Er erblickt die Männer, die ihn angrinsen, aber so dastehen, dass ihre Schwerter zu sehen sind, und schluckt.

»Sie hat ihn ins Haus zurückgerufen. Ich schätze, dort werdet Ihr ihn finden. Und dort könnt Ihr ihn auch in Zukunft treffen, wie ich bereits sagte.«

Ich nicke und wende mich zur Tür.

»Sir«, ruft er und zeigt auf die Bewaffneten. »Ihr werdet ihm nichts zuleide tun, ja? Er ist ein guter Junge.«

»Ihm wird nichts geschehen, das verspreche ich Euch.«

Sidney und ich laufen, gefolgt von den Männern, die Gasse neben dem Laden entlang in den Hinterhof. Hinter den Fenstern über uns regt sich nichts. Ich hämmere gegen die Tür des *Hauses der Vesta* und höre nicht auf, bis ich näher kommende Schritte vernehme.

»Um Himmels willen«, ertönt eine Frauenstimme von drinnen. »Wir ruhen uns aus. Kommt später wieder.«

»Öffnet sofort diese Tür, sonst öffnen wir sie für euch!«, brüllt Sidney in seinem besten Kommandoton.

Eine kurze Pause tritt ein, dann wird der Schieber hinter dem Eisengitter zurückgeschoben. Das Gesicht einer Frau erscheint. Es ist nicht Mistress Grace.

»Was wollt Ihr?« Sie wirkt verängstigt. »Wir haben noch nicht geöffnet.«

»Ich will den Jungen sehen«, sage ich.

»Es geht ihm nicht gut«, erwidert sie, aber ihr leichtes Zögern verrät sie. Sie streckt die Hand aus, um das Gitter zu schließen.

»Los, Männer.« Ich trete zur Seite. »Macht diese Tür auf.«

Es ist eine leere Drohung, die Tür sieht massiv genug aus, um Kanonenfeuer standzuhalten, aber die Frau schreit leise auf, und einen Moment später höre ich das Klicken des Schlosses, und die Tür öffnet sich einen Spalt breit.

»Tut niemandem etwas!«, fleht sie und bekreuzigt sich, als ich mich an ihr vorbeidränge und, zwei Stufen auf einmal nehmend, die Treppe zum zweiten Stock hochstürme. Sidney und seine Männer halten sich dicht hinter mir. Der Lärm, der unser Eindringen begleitet, löst Frauengeschrei aus, das durch das Haus hallt. Ich stoße die Tür zu Tobys Kammer auf und sehe ihn in Hemd und Hosen auf dem Bett liegen. Mistress Grace steht am Fenster und beobachtet ihn, ihre schmale Silhouette wird vom Licht eingerahmt. Sie erholt sich bemerkenswert schnell von ihrem Schreck und setzt ein trauriges Lächeln auf.

»Armer Junge«, flötet sie in einem gespielt mitfühlenden Ton, der niemanden täuschen würde. »Ich fürchte, er hat etwas gegessen, das ihm nicht bekommen ist.«

Ich stürze zum Bett. Toby atmet mühsam, seine Haut hat eine grünliche Färbung angenommen. Ein dünnes Rinnsal aus mit Blut versetztem Erbrochenem läuft aus seinem Mundwinkel. Rings um seinen Kopf ist das Laken mit dunkelroten Flecken übersät. Ich verwünsche meine eigene Dummheit; ich war so mit der Möglichkeit beschäftigt, Mistress Grace könne mich zum Schweigen bringen wollen, dass ich die deutlich näherliegende Gefahr übersehen habe. Ich beuge mich dicht über das Gesicht des Jungen. Sein Atem riecht faulig, und seine Augen sind trübe. Seine Muskeln verkrampfen sich erneut, und er stößt einen Klagelaut aus.

»Toby.« Ich rüttele ihn leicht an den Schultern. »Toby, kannst du mich hören?«

Er starrt mich an, aber seine Augen nehmen nichts wahr. »Der Junge braucht einen Arzt«, herrsche ich Mistress Grace an. »Ihr müsst sofort nach einem schicken. Und er muss dazu gebracht werden, sich zu übergeben.«

»Ich glaube, Ihr überreagiert«, erwidert sie glatt. »Wahrscheinlich waren es verdorbene Schalentiere. Aber ich habe trotzdem einen Arzt rufen lassen.«

Ich betrachte den Jungen. Sein Brustkorb bewegt sich kaum noch, und er atmet mit einem gequälten Krächzen aus, als falle es ihm nach jedem Luftholen schwerer. Ich packe seine Schultern und ziehe ihn in eine sitzende Position hoch. Er ist nahezu bewusstlos. Ich stütze seine knochigen Schultern mit meinem linken Arm, schiebe zwei Finger meiner rechten Hand in seinen schlaffen Mund nach hinten, bis er zu würgen beginnt. Seine Brust hebt sich ein paar Mal. Ich stoße ihn nach vorne, bis ein dünner gelber Strahl an seinem Kinn hinuntertropft. Mistress Grace steht nur da und schaut zu. Was ich tue, ist nicht genug, und wir beide wissen es.

»Was habt Ihr ihm gegeben?«, fahre ich sie an.

Sie reißt die Augen auf, wie um zu sagen, dass sie keine Ahnung hat, was ich meine, und schüttelt den Kopf.

Toby gibt einen kleinen Laut von sich, gleichzeitig spüre ich, wie seine Finger schwach über meinen Handrücken kratzen. Er versucht zu sprechen. Ich lege das Ohr an seinen Mund und höre das Wort »trinken«.

»Er will etwas trinken«, sage ich. »Holt ihm Wasser!«

Mistress Grace rührt sich nicht von der Stelle. Erst jetzt bemerke ich den leeren Becher auf dem Boden. Die Flecken rund um seinen Kopf und auf seinem Kittel sind kein Blut, sondern Wein; man muss ihm gewaltsam vergifteten Wein eingeflößt haben, das ist es, was er mir zu sagen versucht. Seine Gliedmaßen schnellen in verschiedene Richtungen, und sein Körper bäumt sich in einem weiteren heftigen Krampfanfall auf, bis er in meinen Armen erschlafft. Seine Lider zucken schwach.

»Schick einen deiner Männer zum Apotheker hinunter, er soll nach einem Brechmittel oder einem Gegengift fragen«, wende ich mich verzweifelt an Sidney, aber es ist klar, dass wir zu spät gekommen sind. Was immer Toby zu sich genommen hat, es hat sein Werk bereits getan. Ich drücke die Hand des Jungen. Seine Finger sind zwar noch warm, aber er reagiert nicht.

»Der Arzt wird bald hier sein«, sagt Mistress Grace in einem beschwichtigenden Ton. »Ich bin sicher, er wird wissen, was zu tun ist.«

»Da wird der Junge schon tot sein, und Ihr wisst das.« Ich lasse Toby wieder auf das schmale Bett sinken. Sein langes Haar klebt an seiner Stirn, und sein Mund steht halb offen, während er nach Atem ringt, wobei seine Kräfte zusehends nachlassen. Er sieht aus wie ein Kind. Eine Welle von Mitleid und Zorn schlägt über mir zusammen. Ich hebe den Kopf und sehe Mistress Grace an. Die selbstgefällige Miene, mit der sie dasteht und zuschaut, wie ein halbwüchsiger Junge stirbt, bringt mich in Rage. Ich durchquere mit einem Satz den Raum, packe sie am Oberarm und stoße sie so schnell gegen die Wand, dass sie keine Zeit hat, mir auszuweichen. »Der Arzt wird feststellen, was hier geschehen ist, und wir werden den Sheriff holen, bevor Ihr die Leiche wegschaffen könnt. Ihr werdet wegen Mordes hängen, *Mistress*.«

Sie verzieht die bemalten Lippen zu einem Schmollmund und wendet das Gesicht ab, als fände sie es unschicklich, so dicht bei einem Mann zu stehen. Heuchlerische Hexe, denke ich, gebe aber ihren Arm angewidert frei. Es bringt nichts, sie zu bedrohen.

Sie reibt sich den Arm und tritt zum Fenster. »Ihr hättet nie hierherkommen sollen. Ihr hättet die Warnung beherzigen und aufhören sollen, Eure Nase in Angelegenheiten zu stecken, die Euch nichts angehen. Seht Euch doch an, wozu Eure Einmischerei geführt hat.« Sie nickt zu dem Jungen auf dem Bett.

Meine Brust scheint vor Wut anzuschwellen und droht zu explodieren, sodass ich kaum sprechen kann.

»Ihr wagt es, *mir* die Schuld zu geben? Es war ein jämmerliches Leben, das dieser Junge geführt hat, aber es stand Euch nicht zu, es wegzuwerfen, als Ihr keine Verwendung mehr für ihn hattet. Ihr habt nicht das Recht, Euch irgendeines dieser Kinder zu entledigen. Und dafür werdet Ihr hängen, dafür werde ich sorgen!«

»Werdet Ihr das?« Der Anflug eines Lächelns spielt um ihre Lippen. »Ihr, Doktor Bruno, mit all Eurem Einfluss in dieser Stadt? Der Junge ist Euch ans Herz gewachsen, wie ich sehe. Und das nach nur einer einzigen Nacht.«

»Habt Ihr überhaupt kein Mitgefühl?«, brülle ich, dabei trete ich einen Schritt auf sie zu. Meine Hand fliegt zu dem unvertrauten Messer an meinem Gürtel, und ich registriere zufrieden, dass sie ernsthaft verängstigt wirkt. »Er ist ein Kind«, sage ich etwas ruhiger und lasse die Hände sinken. »Ein Kind.«

»Bruno«, sagt Sidney ruhig von der Tür her. »Wir können hier nichts tun. Lass uns gehen.«

»Hört auf Euren Freund, Bruno.« Mistress Grace verschränkt die Arme vor der Brust, doch ihr Blick wandert wachsam zu dem Dolch. »Ich hege keinen Zweifel daran, dass der Arzt feststellen wird, dass der Junge an einem plötzlichen Anfall gestorben ist. Das passiert nur allzu häufig.«

»Da bin ich ganz sicher, vor allem hier.« Noch während ich ihr die Worte entgegenschleudere, spüre ich, wie sich Hoffnungslosigkeit in mir ausbreitet. Der Arzt wird ein Mitglied ihres Kreises sein, genau wie der Richter, der Sheriff, die Constables. Gerechtigkeit für einen Waisenjungen wird es nicht geben. Und niemand wird jetzt bezeugen, dass im *Haus der Vesta* etwas Illegales zwischen ihm und Ambrose Pettifer stattgefunden hat. Meine Anschuldigungen werden wie bösartige Verleumdungen erscheinen. »Wir sollten zwei von den Männern hierlassen, um dafür zu sorgen, dass sie nicht flieht.« Ich drehe mich zu Sidney. »Sir Francis Drake will, dass sie verhört wird.«

»Ich habe nicht die Absicht, irgendwo hinzugehen, aber ich werde Eure Männer nicht in meinem Haus dulden.« Ihre Augen werden schmal. »Es besteht keine Veranlassung für eine solche Maßnahme. Und Sir Francis Drake täte gut daran, sich zu erinnern, dass er nicht mehr der Bürgermeister dieser Stadt ist.« Sie sagt das mit einem Anflug von Genugtuung. Wir wissen beide, dass ich nur leere Drohungen aussprechen kann. Sie ist überzeugt davon, hier strafrechtliche Immunität zu genießen, an der noch nicht einmal Drakes Einfluss rütteln kann.

Ich werfe ihr einen letzten strengen Blick zu, um ihr zu verstehen zu geben, dass ich nicht klein beigegeben habe, dann gehe ich zum Bett und blicke auf Toby hinunter. Seine Lider flattern noch, und seine schlaffe Hand zuckt unfreiwillig, doch sein Gesicht hat eine wächserne Graufärbung angenommen, und die Augen sind in die Höhlen gesunken. Er hat die Schwelle zum Tod schon halb überschritten; wenn wirklich ein Arzt gerufen wurde, würde dieser ein Wunder vollbringen müssen, um den Jungen jetzt noch zurückzuholen. Ich greife nach seiner Hand. Die Finger sind kalt und klamm. Ich frage mich, was sie ihm gegeben hat; bei dem Arsenal von Abtreibungsmitteln, über das sie verfügt, dürften sich ihr zahlreiche Möglichkeiten geboten haben. Ich murmele einen Segen in meiner eigenen Sprache. Es ist viele Jahre her, seit ich zuletzt ein kirchliches Ritual vollzogen habe, und ich werde es nie wieder tun, doch in diesem Moment meine ich, dem Jungen sonst nichts bieten zu können. Die Worte kommen mir so mühelos über die Lippen, als hätte ich sie jeden Tag wiederholt, und in den alten vertrauten Formulierungen liegt ein seltsamer Trost, allerdings nur für mich – Toby kann mich jetzt nicht mehr hören und würde auch nichts verstehen, wenn er es könnte.

»Möge Gott der Allmächtige dir durch das Geheimnis der Wiederauferstehung die Strafen des gegenwärtigen und des kommenden Lebens erlassen, und möge Er dir die Tore des Paradieses öffnen und dir ewiges Glück gewähren.«

So, wie ich die Worte betone, klingen sie eher wie eine Herausforderung als wie ein Gebet. Dennoch herrscht eine gewisse Ehrfurcht im Raum; als ich mich zur Tür umdrehe, stehen Sidney und seine Männer mit gesenkten Köpfen da. Ich dränge mich an ihnen vorbei, dabei halte ich den Blick auf den Boden gerichtet, damit sie mein Gesicht nicht sehen. Die Frau hat recht, ich habe Tobys Tod verschuldet. Ich habe ihn nicht retten können. Und wofür das alles?

28

»Du darfst dir keine Vorwürfe machen, Bruno. Wer konnte wissen, dass sie so skrupellos handeln würde? Hier entlang.«

Ich habe kein Wort gesagt, als Sidney uns zum Haus des Bürgermeisters brachte. Wir sind so schnell gegangen, dass meine Beine und meine Rippen schmerzen, aber ich beklage mich nicht; worüber hätte ich mich zu beklagen? Irgendwo hinter den Hausgiebeln läutet unaufhörlich eine Kirchenglocke und ruft die Stadt zum Abendgottesdienst.

»*Ich* hätte es wissen müssen. Eine Frau, die junge Mädchen in die Gosse stößt, nachdem diese ihr ein Kind zum Verkaufen geboren haben? Schau uns an, wir laufen mit bewaffneten Leibwächtern durch die Straßen. Wir waren so darauf bedacht, für unsere eigene Sicherheit zu sorgen, dass wir die wahre Gefahr nicht gesehen haben. Es war so viel leichter für sie, einfach den Jungen unschädlich zu machen. Gott verdamme sie!«, entfährt es mir, als ich an der Ecke einer Seitenstraße stehen bleibe, um Atem zu schöpfen. »Wir hätten ihn heute Nachmittag mitnehmen sollen. Dann wäre er noch am Leben.«

»Du konntest es nicht wissen«, wiederholt Sidney und legt mir eine Hand auf den Arm.

Ich verfalle in Schweigen. Er weiß nicht, wie schwer die Toten auf meinem Gewissen lasten, weil ich nie darüber spreche. In den turbulenten Jahren, seit ich San Domenico Maggiore verlassen habe, hat es einige gegeben, deren Leben ich meiner Meinung nach hätte retten können, wenn ich einen Mörder schneller erkannt hätte – sogar solche, die zu Opfern wurden, weil sie mir zu helfen versucht haben. In manchen Nächten erscheinen mir ihre Gesichter und klagen mich stumm an. Sidney vertritt die Ansicht, dass Reue das sinnloseste aller Gefühle ist, da man die Vergangenheit nicht ändern kann, aber er ist noch jung. Ich stelle fest, dass mich die Reue umso stärker bedrückt, je älter ich werde.

»Ich frage mich, ob deine Geliebte schon von Mount Edgecumbe zurück ist«, bemerkt Sidney beiläufig, als er in eine kleine Seitenstraße einbiegt. »Sie will sich bestimmt bei dir bedanken.«

»Sie ist schwerlich meine Geliebte.«

Das Haus des Bürgermeisters ist das größte in der Straße: ein schönes vierstöckiges Gebäude aus weißem Stein mit zwei Giebeln und mit riesigen Fenstern, die sich bei den ersten drei Stockwerken fast über die gesamte Breite der Fassade erstrecken: eine imposante Zurschaustellung von Reichtum für all die, die den Preis von Glas kennen.

Ein livrierter Diener führt uns in einen geräumigen Salon im Erdgeschoss. Drake sitzt hinter einem Tisch am Ende des Raums und brütet über Papieren. Als wir eintreten, hebt er ruckartig den Kopf und sieht uns fragend an.

Lady Drake sitzt am Fenster. Ihr kastanienbraunes Haar ist in ein goldenes Netz gebunden. Sie unterhält sich angeregt mit einem stämmigen älteren Mann, der ein feines Wollwams und Lederstiefel trägt und dessen Finger vor Goldringen strotzen. Er verbeugt sich vor Sidney und stellt sich mir als Bürgermeister vor. Als ich seine Hand schüttele, fällt mir Mistress Grace' vielsagende Bemerkung, Drake solle sich daran erinnern, dass er nicht mehr Bürgermeister von Plymouth ist, wieder ein. Wollte sie damit andeuten, dass sie von dem jetzigen Bürgermeister keine Strafmaßnahmen zu befürchten hat? Der Verdacht färbt auf meinen Eindruck von dem Mann ab; seinem Benehmen haftet etwas Öliges an, und ich muss mich zwingen, seinen Willkommensgruß mit einem Lächeln zu erwidern. Aber er bekommt kaum eine Gelegenheit, etwas zu sagen, denn Lady Drake stürzt sich auf mich und umfasst meine beiden Hände.

»Doktor Bruno, ich stehe für immer in Eurer Schuld. Ich hätte nie gedacht, dass ich meine Base Nell lebend wiedersehen würde.«

»Ist sie hier?« Zwar habe ich kaum an Nell gedacht, seit ich sie heute Morgen verlassen habe, aber jetzt, wo ich hier bin, wird mir klar, wie gerne ich sie sehen möchte, um mich zu vergewissern, dass sie sich langsam erholt.

»Sie haben sie uns nach dem Essen gebracht, in einer Kutsche! War das nicht nett von Sir Peter? Sie redete nur davon, dass sie Euch ihr Leben verdankt.« Ich fürchte, Lady Drake könnte in Tränen ausbrechen, aber sie fasst sich, drückt meine Hände fester und fixiert mich mit einem anderen, wissenderen Blick. »Sie wird Euch belohnen wollen.«

»Eure Dankbarkeit und die Eures Mannes sind für mich Belohnung genug, Mylady«, murmele ich. Der Bürgermeister starrt mich an wie ein exotisches Tier. Sidney blickt ostentativ aus dem Fenster. »Außerdem«, ich ziehe meine Hände zurück und tippe gegen den Dolch an meinem Gürtel, »hat mir Sir Francis bereits ein kostbares Geschenk gemacht.«

»Meine Base ruht sich aus«, sagt sie, »aber ich werde ihr ausrichten, dass Ihr hier seid. Ich bin sicher, das trägt mehr dazu bei, ihre Lebensgeister zu heben, als irgendein Trunk eines Arztes.«

»Elizabeth, Mylord Bürgermeister.« Drake erhebt sich von seinem Platz. »Ich muss mit diesen Gentlemen alleine sprechen.«

»Natürlich, natürlich. Ich werde eine Erfrischung bringen lassen. Die Straßen sind heute besonders staubig, nicht wahr?« Der Bürgermeister eilt übertrieben diensteifrig zur Tür. »Lady Drake, möchtet Ihr einen Spaziergang durch den Garten machen?«

»Danke, aber ich schaue besser, wie es meiner Base geht«, erwidert Elizabeth mit einem süßen Lächeln. »Und überzeuge mich, dass sie schon Besuch empfangen kann.«

»Nun?«, beginnt Drake ungeduldig, als beide den Raum verlassen haben. »Wo ist der Junge?«

»Tot«, versetzt Sidney geradeheraus.

»Was?«

»Mistress Grace hat ihn vergiftet. Sie muss ihm direkt nachdem wir heute Nachmittag gegangen sind, eine tödliche Dosis verabreicht haben.« Ich schüttele erbittert den Kopf. »Ich hätte ihn nie allein lassen dürfen.«

»Ich werde sofort einen Constable dorthin schicken lassen.« Drakes Stimme klingt schneidend vor Wut. »Aber diese Wendung der Ereignisse ist schlecht für uns. Ohne den Jungen gibt es keinen Zeugen für das Verbrechen, dessen Ihr Pettifer bezichtigt. Und wenn Ihr das Verbrechen nicht beweisen könnt, könnt Ihr auch nicht beweisen, dass es Gründe für eine Erpressung gibt, und die Mordanklage löst sich in Luft auf.« Drake blickt mich fest an, als er das sagt. Mir entgeht die Betonung nicht, die er auf das Wort »Ihr« gelegt hat.

»Ihr glaubt, dass ich mich irre?«, frage ich ruhig.

»Nicht in jeder Hinsicht«, gibt er zurück. »Pettifer wird das, was Ihr ihm bezüglich des Jungen vorwerft, nie zugeben. Und obgleich es mich schmerzt, das sagen zu müssen, räume ich ein, dass ein Fünkchen Wahrheit daran sein könnte. Was den Handel mit den Babys betrifft, diesen Teil glaube ich unbesehen. Aber ich denke, solange die mächtigsten Männer der Stadt nichts gegen Mistress Grace unternehmen wollen, stehen unsere Chancen, sie zur Rechenschaft zu ziehen, eher schlecht. Ich habe Männer ausgeschickt, um das schwangere Mädchen aus Stonehouse zu holen, aber ich fürchte, sie werden ebenfalls daran gedacht und sie anderswo untergebracht haben. Ich kann nur hoffen, dass sie in Sicherheit ist.«

»Dann können wir nicht beweisen, dass Pettifer die Morde begangen hat?« Ich höre, wie meine Stimme schwankt.

»Solange es keine Beweise dafür gibt, dass Dunnes erpresserische Forderungen an ihn adressiert waren, steht Euer Wort gegen seines. Und er hat gute Beziehungen in der Stadt.«

»Wohingegen ich ein Ausländer und ein Katholik bin«, führe ich den Gedankengang für ihn zu Ende.

Drake hebt die Hände, wie um zu zeigen, dass er dies nicht leugnen kann. »Pettifer würde das gegen Euch verwenden. Kein Gericht in der Grafschaft würde einen Prozess gegen ihn anstrengen, das kann ich Euch jetzt schon versprechen.«

»Was nun?« Ich blicke von ihm zu Sidney; warte darauf, dass einer von ihnen einen Vorschlag macht. Den Mörder ausfindig gemacht und im Rahmen seiner Überführung den Tod eines Jungen verursacht zu haben, nur, um dann zusehen zu müssen, wie er sich mühelos seiner gerechten Strafe entzieht, wäre eine bittere Niederlage. »Werdet Ihr ihn auf die Reise mitnehmen, Sir Francis, obwohl Ihr ihn des Mordes verdächtigt?«

»Ich möchte, dass Ihr Euch etwas anseht, Bruno. Kommt her.« Er winkt uns zum Tisch hinüber, wo er eine Reihe von Papieren ausgebreitet hat. Er sucht eines heraus und reicht es mir.

Ich überfliege den Inhalt flüchtig. Es handelt sich um einen kurzen, an Kapitän Drake adressierten, ein paar Monate zurückdatierten und in einer ordentlichen, leicht geneigten Handschrift verfassten Brief; der Schreiber legt seine Argumente für mehr Verantwortung auf der Reise und eine Erhöhung seiner Heuer als Anerkennung für seine umfassenden Kenntnisse der spanischen Küstenlinie und Häfen sowie seiner inoffiziellen Tätigkeit als Schiffsarzt dar. Er bittet auch um eine bessere Kabine. Der Brief ist zwar in englischer Sprache geschrieben, aber mit Jonas Solon unterzeichnet. Ich blicke von dem Papierbogen auf und starre Drake verwirrt an. Seine Kiefermuskeln haben sich angespannt.

»Ich verstehe nicht, also konnte Jonas doch schreiben?«, stottere ich.

»Nein. Er hat jemanden gebeten, das Schreiben für ihn zu übernehmen. Er dachte, ich wäre eher geneigt, seiner Bitte zu entsprechen, wenn er sie formell in einem Brief an mich heranträgt, wie ein gebildeter Mann.« Er hält inne, um der Emotionen Herr zu werden, die die Erinnerung an Jonas in ihm ausgelöst hat. »Ich hatte das ganz vergessen, bis ich daran erinnert wurde. Bruno, Ambrose Pettifer hat das Schreiben für ihn aufgesetzt. Das wollte er mir sagen.«

Ich senke den Blick, rechne halb damit, dass sich die Erde unter mir auftut. Eine lange Stille folgt. Ich weiß nicht, was ich sagen soll; mein einziger Gedanke gilt der Entschuldigung, die ich Pettifer schulde, und wie sie mir im Hals stecken bleiben wird.

»Dieser Brief befand sich unter meiner Korrespondenz«, sagt Drake. »Ich musste ihn suchen, als Ambrose ihn erwähnte. Aber was mich daran interessiert, ist dies hier. Schaut her, hier ist das angeblich von Jonas stammende Geständnis. Ich habe beide Briefe verglichen, während ich auf Euch gewartet habe. Die Handschrift ist sich stellenweise ähnlich, findet Ihr nicht?

Es sieht aus, als hätte der Verfasser des Geständnisses, wer immer es auch war, versucht, die Handschrift in diesem Brief hier zu imitieren …«, er deutet auf das Papier in meiner Hand, »… ohne zu erkennen, dass er nicht von Jonas selbst stammte.«

»Was heißt, dass jemand ihn unter Euren Papieren gefunden haben muss«, sage ich langsam, wie zu mir selbst. Jemand mit Zugang zu Drakes Privatkorrespondenz.

»Aber es könnte doch ein doppelter Bluff sein«, mischt sich Sidney ein. »Pettifer könnte behaupten, jemand hätte versucht, seine Handschrift nachzuahmen, während er in Wirklichkeit beide geschrieben …«

»Philip«, erwidere ich mit stiller Verzweiflung, »es bedeutet, dass Pettifer bereits wusste, dass Jonas Analphabet war. Er hätte das Geständnis nicht geschrieben.«

»Er könnte Dunne immer noch auf die Art getötet haben, die du beschrieben hast.« Sidney versucht, ermutigend zu klingen. »Die Erpressung lässt das plausibel erscheinen.«

»Möglich«, sagt Drake erneut auf diese bedächtige, nachdenkliche Weise, die ganz klar besagt, dass er anderer Ansicht ist. »Aber irgendetwas an diesem Geständnis stört mich, und ich kann den Finger nicht darauflegen, was das ist.«

»Wohingegen der Verfasser seine Finger überall gehabt hat.« Sidney untersucht den Brief. »Er ist kein sorgfältiger Schreiber, egal wen er zu imitieren versucht. Seht, hier am linken Rand sind die Worte auf der ganzen Seite verschmiert und verkleckst. Ich erinnere mich an einen Burschen in Oxford, der genau dasselbe gemacht hat. Er schrieb mit der linken Hand und lernte einfach nicht, die rechte zu benutzen, deswegen hat er beim Schreiben bei jeder Zeile den Anfangsteil verwischt. Sein Lehrer weigerte sich, seine Arbeiten zu lesen, deswegen hat er …«

»Gib mir das!« Ich reiße Sidney das Blatt aus der Hand und

halte es ins Licht. Sidney hat recht; ich war blind für das, was ich die ganze Zeit vor Augen hatte.

Drake starrt den Brief an; er hat ebenfalls zu begreifen begonnen.

»Nein. Nein, das ist nicht möglich. Aber warum?« Er blickt zu mir auf. »Er war die ganze Zeit in meiner unmittelbaren Nähe. Ich kann kaum …«

»*Wer?*« Verärgert, weil ich ihn im Dunkeln tappen lasse, wendet sich Sidney von mir zu Drake. »Was habt Ihr herausgefunden?«

»Gilbert Crosse ist Linkshänder.« Ich tippe gegen den Brief. »Bei unserer ersten Begegnung hielt er mir die falsche Hand zum Schütteln hin und berichtigte sich dann. Ich dachte, er würde sich auf Kosten eines Ausländers einen Scherz erlauben, wir lachten darüber, weißt du noch?«

»Gilbert? Du glaubst, er hat das geschrieben? Dann, dann hat er Dunne getötet?« Sidney starrt mich an. Ungläubige Furchen bilden sich auf seiner Stirn. »Warum?«

»Weil Dunne wusste, was er vorhatte«, erwidere ich. »Und ihn dafür bezahlen ließ.«

»Und was *hatte* er vor?«

Ich schiele zu Drake. »Als ich Gilbert in der Kirche gesehen habe, stahl sich der Mann, der neben ihm saß, während des Gottesdienstes davon. Er trug Reitkleidung. Ich könnte wetten, dass Gilberts allzu öffentliche Zurschaustellung von Frömmigkeit ihm einen nützlichen Treffpunkt verschafft hat, auf den niemand gekommen wäre.«

»Zur Weitergabe geheimer Briefe, meinst du?« Sidneys Augen werden groß. Drake presst die Finger gegen die Schläfen. »An wen?«

»Jonas hat es mir quasi gesagt, nur habe ich es damals noch nicht begriffen«, versetze ich. »Er sagte: ›Wenn ein Spion auf diesem Schiff ist – ich bin es nicht.‹ Ich dachte, er hätte das so dahingesagt, um seine Unschuld zu beteuern. Aber ich glaube, er vermutete, dass es tatsächlich einen Spion gab. Und vergiss nicht, wie erpicht Gilbert darauf war, von Anfang an unseren Verdacht auf Jonas zu lenken.«

»Gilbert hat als mein Sekretär gearbeitet, seit wir begonnen haben, diese Reise zu planen.« Drake spricht leise, dabei hält er sich immer noch den Kopf, als würde ihm das Reden Schmerzen bereiten. »Er hat alle Navigationskarten gesehen, er kennt jede Seemeile unserer vorgesehenen Route und hat alle Koordinaten in seinen Büchern vermerkt. Was, meint Ihr, würden die Spanier für diese Informationen zahlen? Ich würde unsere Flotte geradewegs in eine Falle führen.«

»Robert Dunne muss es irgendwie erraten haben«, sage ich.

»Und anstatt mich zu warnen, wollte er mit seinem Wissen Geld aus Gilbert herauspressen; er dachte, dieser hätte die Taschen voll spanischen Goldes und könnte es sich leisten.« Drake ballt die Fäuste, und sein Kiefer spannt sich wieder an.

»Und wir wissen jetzt, dass Dunne beabsichtigte, Euch irgendwo unterwegs zu vergiften; seine Loyalität galt nicht mehr der Reise. Er war mehr an dem interessiert, was er kurzfristig aus Gilbert herausholen konnte.«

»Das erklärt aber Gilberts Verrat nicht.« Sidney schaut skeptisch drein. »Warum sollte er für die Spanier spionieren? Die Sicherheit der ganzen Flotte aufs Spiel setzen, wo er doch mit ihr reiste? Es kann doch nicht nur wegen des Geldes gewesen sein.«

»Diese Frage kann nur Gilbert beantworten.« Drakes Stimme klingt vor Kummer oder Wut oder beidem belegt. Ich mustere ihn.

»Wir müssen ihn finden. Er sagte, er würde in die Kirche gehen, nicht wahr? Rasch! Wenn wir rechtzeitig dort sind, ertappen wir ihn vielleicht sogar dabei, wie er seinem Kontaktmann einen Brief zusteckt. Wir könnten beide festnehmen und hätten gleich Beweismaterial in der Hand.« Ich bin, eine Hand an mein Messer gelegt, schon fast an der Tür, als Drake mich zurückhält.

»Wartet, Bruno, Gilbert ist nicht in der Kirche. Er wollte gehen, aber ich hatte vergessen, dass ich Dom Antonio einen Rundgang über die *Elizabeth Bonaventure* versprochen hatte; er hat mir seit seiner Ankunft damit in den Ohren gelegen. Er wollte unbedingt die Karten von unserer Reise sehen, und ich bat Gilbert, sich an Bord um ihn zu kümmern, während ich an Land ging, um meine Frau zu besuchen und nach Lady Arden zu sehen.«

»Nun, wenn Gilbert noch an Bord ist, worauf warten wir dann?«, meint Sidney. »Er kann nicht weg. Wir sollten schnell zum Schiff zurückkehren und ihn verhaften.«

»O Gott!«, entfährt es mir. Ich starre Drake an.

»Was ist, Bruno?« Er bemerkt den Schrecken in meiner Stimme.

»Dom Antonio hat Gilbert beim Festmahl erkannt. Er wusste, dass sie sich schon einmal begegnet sind. Gilbert hat es abgestritten, und zwar ziemlich heftig. Er sagte mir, Dom Antonio müsse von all seinen Reisen verwirrt sein. Am Ende war sich Dom Antonio nicht sicher und kam zu dem Schluss, dass er sich wohl geirrt hatte.«

»Ich erinnere mich daran.« Besorgnis flammt in Drakes Augen auf.

»Was, wenn Dom Antonio recht hatte? Warum würde Gilbert die Bekanntschaft leugnen, wenn nicht aus dem Grund, dass sie sich an einem Ort getroffen haben, der etwas verraten würde, was niemand erfahren darf?«

Drake zieht die Brauen zusammen. »Gilbert hat in Europa

gearbeitet und studiert, so viel weiß ich. Letztes Jahr war er eine Zeitlang Sekretär des englischen Botschafters in Paris, vielleicht sind sie sich da über den Weg gelaufen.«

»Wo auch immer es war, Gilbert hat es aus einem ganz bestimmten Grund abgestritten. Und er hat bereits zwei andere Menschen zum Schweigen gebracht, die sein Geheimnis hätten verraten können.«

»Himmel hilf! Ihr glaubt, Dom Antonio schwebt in Gefahr?« Drakes Gesicht erstarrt. »Aber er hat meine eigene bewaffnete Eskorte bei sich.«

»Ihr sagtet, er wollte sich die Karten ansehen. Wenn Gilbert einen Schlüssel zu Eurer Kabine hat, könnte er vorschlagen, die Wächter draußen zu lassen, damit er und Dom Antonio ungestört sind. Dann wären sie allein im Raum, und Gilbert hätte seine Gelegenheit.«

Drake schweigt, während er sich alle möglichen Szenarien ausmalt. Dann sammelt er sich, stößt einen kurzen, scharfen Atemzug aus und nimmt die Haltung eines Kommandanten an.

»Wir müssen schnellstmöglich zum Schiff zurück. Sir Philip, da Gilberts ursprünglicher Plan vorsah, heute Abend die Kirche zu besuchen, kann es sein, dass er ein Treffen mit seinem Kontaktmann vereinbart hat. Nehmt Eure Männer und begebt Euch dorthin! Seht, ob Ihr auf irgendjemanden stoßt, bei dem es sich um Gilberts Kurier handeln könnte. Falls dies der Fall ist, bringt ihn zum Verhör. Bruno, wir beide werden unverzüglich aufbrechen.«

Lady Drake kommt die Treppe herunter, als wir den Gang zur Vordertür entlangeilen.

»Doktor Bruno! Ich habe wunderbare Neuigkeiten«, ruft sie zu uns hinunter und klatscht in die Hände. »Lady Arden geht es viel besser, und sie kann es kaum erwarten, Euch zu sehen.«

»Nicht jetzt, Elizabeth«, erwidert Drake, der bereits die Tür aufstößt. »Bleib hier, bis wir zurückkommen.«

»Ausgezeichnet! Richtet ihr meine besten Wünsche aus«, rufe ich ihr zu, ohne stehen zu bleiben, aber die Worte gleichen einem Krächzen. Meine Kehle ist vor Angst strohtrocken; ich kann nur hoffen, dass wir nicht zu spät kommen.

29

»Ich will es nicht glauben, Bruno, aber wie es aussieht, bleibt mir nichts anderes übrig.« Das Ruderboot erklimmt eine weitere Welle und sackt dann in die Tiefe, sodass uns Gischt in die Gesichter spritzt. Drake wendet sich zu dem Mann an den Rudern. »Verdammt, Mann, geht es nicht schneller?«

»Es tut mir leid, Sir Francis, ich tue mein Bestes, aber der Wind ist heute Abend gegen uns.«

»Entschuldige! Ich weiß.« Drake lehnt sich über den Bug des Bootes, als könne ihm das helfen, schneller an sein Ziel zu kommen. »Ich muss nur dringend zu meinem Schiff. Mach so weiter! Ich werde dafür sorgen, dass du belohnt wirst.«

Der Mann ächzt und senkt den Kopf. Seine muskulösen Schultern spannen sich bei jedem Ruderschlag an.

»Ich weiß, dass ich mich, was die anderen betrifft, zumindest teilweise geirrt habe, Sir«, sage ich, »aber jetzt fügt sich alles zusammen. Ich kann nur beten, dass wir das Schiff rechtzeitig erreichen.«

Drake winkt mich näher zu sich, und ich rücke auf der Bank an ihn heran, um ihn besser verstehen zu können, da er die Stimme dämpft, damit der Bootsmann ihn nicht hören kann.

»Aber Gilbert kann doch unmöglich Dom Antonio in meiner Kabine töten, ohne dass es nach etwas anderem als Mord aussieht und er als Täter feststeht?«, fragt er. »Er hat sich alle Mühe gegeben, die anderen Todesfälle zu verschleiern. Er würde doch sicher nicht riskieren, sich jetzt zu verraten?«

»Das hängt von dem Ausmaß seiner Verzweiflung ab«, gebe ich zurück. Der Wind reißt mir die Worte von den Lippen, und Drake muss sich so dicht zu mir beugen, um mich zu verstehen, dass sein Haar meine Stirn streift. »Und davon, wo sie einander begegnet sind. Wenn er fürchtet, Dom Antonio könnte ihn belasten, wird er vielleicht unvorsichtig, vor allem, wenn er diese Gelegenheit für seine einzige Chance hält, mit ihm alleine zu sein, ohne die Wächter. Und was die Art des Mordes betrifft …« Ich verstumme, um mir meine Haare aus den Augen zu streichen, die der Wind sofort wieder zurückweht. »Ich denke nicht, dass er vorhat, Dom Antonio in Eurer Kabine die Kehle durchzuschneiden. Aber wenn er ihm etwas in ein Glas Wein tut, irgendein langsam wirkendes Gift, dessen Folgen sich erst später bemerkbar machen? Das ließe sich leicht bewerkstelligen. Dom Antonio würde keinen Verdacht schöpfen.«

»Wie sollte Gilbert sich kurzfristig ein solches Gift beschaffen?«

Ich zucke die Achseln. »Wahrscheinlich hat noch niemand Jonas' Kabine ausgeräumt? Er hat eine ganze Truhe potenziell tödlicher Gifte an Bord. Gilbert ist ein gebildeter Mann; ich würde es ihm durchaus zutrauen, sich über Arzneikräuter informiert zu haben.«

Drake nickt, nimmt meine Worte in sich auf. »Ich dachte, er würde sich aufregen, weil er heute nicht zum Abendgottesdienst an Land gehen konnte. Erst war er tatsächlich nicht sehr angetan davon, aber dann schien er sich über die Änderung seiner Pläne sogar zu freuen.«

»Kaum verwunderlich. Und Ihr habt ihm einen Schlüssel zu Eurer Kabine gegeben?«

»Er hatte bereits einen, damit er dort arbeiten kann, wenn ich anderweitig beschäftigt bin. Er kann nur die Haupttür und die Truhe öffnen, in der meine Unterlagen und Karten aufbewahrt werden, alles Wertvolle ist weggeschlossen. Ich fand nichts dabei.« Er reibt sich mit den Knöcheln über die Stirn. »Ich habe ihm vertraut, verdammt!« Er hebt den Kopf und sieht mich an. »Mein Bruder schilt mich immer, weil ich meinen Männern zu rasch Vertrauen schenke. Er ermahnt mich, an das auf mich ausgesetzte Kopfgeld zu denken. Aber ich bin stolz darauf, ein guter Menschenkenner zu sein. Hochmut kommt vor dem Fall, wie es aussieht.« Er presst die Lippen zusammen. »Dom Antonio und ich haben vor einigen Jahren Seite an Seite gekämpft. Ich befehligte eine Truppe, die ihm helfen sollte, den portugiesischen Thron zurückzuerobern. Aber Philip von Spanien war zu übermächtig, und es gelang uns lediglich, die Azoren einzunehmen. Der arme Mann flieht schon genauso lange vor spanischen Attentätern wie ich; wenn ihm an Bord meines Schiffes etwas zustoßen, wenn mein eigener Sekretär ihm etwas zuleide tun sollte, würde Ihre Majestät …« Er bricht ab, will sich noch nicht einmal ansatzweise vorstellen, wie die Königin reagieren würde. »Gilbert kam durch Walsingham zu mir, wie Ihr wisst. Ich dachte, ich könnte ihm vertrauen.« Drake dreht sich zu mir um. Sein Gesichtsausdruck schwankt irgendwo zwischen Bitte und Zorn. Es ist nicht klar, ob er von Gilbert oder Walsingham spricht.

»Walsingham hat sich früher schon geirrt«, erwidere ich ruhig, dabei drücke ich das Kinn in meinen Kragen. Ich werde nie vergessen, was mir ein Mann angetan hat, dem Walsingham ebenfalls vertraut hat – zu Unrecht vertraut hat.

Drake schüttelt den Kopf und versinkt in Schweigen. Ich zähle jede Welle, jedes Gleiten der Ruder durch das Wasser, jeden Atemzug, jeden Herzschlag. Der Bootsmann setzt offensichtlich seine gesamte Kraft ein, und trotzdem scheint die Überfahrt eine halbe Ewigkeit zu dauern. Als wir gegen den Rumpf der *Elizabeth* prallen und Drake nach einer Leiter brüllt, fürchte ich jede weitere Welle, jeden weiteren Moment der Verzögerung.

Kapitän Fenner eilt über das Hauptdeck, sowie er Drake an Bord klettern sieht.

»Generalkapitän, wir hatten Euch noch nicht so bald zurückerwartet. Ist alles in Ordnung?«

»Wo ist Dom Antonio?« Wieder einmal bewundere ich Drakes Fähigkeit, seine Furcht nicht in seinem Verhalten durchschimmern zu lassen. Seine Stimme klingt schroff, aber man würde nie vermuten, dass er kurz davorsteht, in Panik zu geraten.

»In Eurer Kabine, mit dem jungen Gilbert«, entgegnet Fenner. »Ich habe ihm nach seiner Ankunft die ganze Munition gezeigt, dann sagte er, er wollte einen Blick auf die Karten werfen. Sie gingen gemeinsam davon, und ich widmete mich wieder meinen Pflichten. Soll ich ihn holen?«

»Danke, Fenner.« Drake legt dem Kapitän eine Hand auf den Arm. »Kommt, Bruno. Ihr auch, Fenner, wir könnten Euch brauchen.«

Ein alarmierter Ausdruck huscht über Fenners graubärtiges Gesicht, doch er nickt nur.

Ich folge Drake die Stufen hinauf zur Kapitänskabine. Zwei bewaffnete Wachposten flankieren die Tür. Drake begrüßt sie flüsternd und bittet sie und Fenner, so leise wie möglich zu sein.

»Ist der Portugiese drinnen?«

Einer der Wächter nickt. »Mit Eurem Sekretär, Sir. Sie befahlen uns, hier draußen Wache zu halten.«

Drake wendet sich an mich und dämpft seine Stimme. »Wir

müssen vorsichtig vorgehen. Wir wollen ihn nicht erschrecken. Wenn er sich in die Enge getrieben fühlt, könnte er etwas Unüberlegtes tun.«

»Trägt Gilbert eine Waffe bei sich?«, frage ich.

»Nicht, dass ich wüsste.« Drake verzieht das Gesicht. »Aber anscheinend entzieht sich, was ihn betrifft, vieles meiner Kenntnis, also ist das keine Garantie.«

Drake dreht den Türknauf. Die Tür ist abgeschlossen. Er nimmt den Schlüssel vom Ring an seinem Gürtel und schiebt ihn geräuschlos ins Schloss, trifft aber auf halber Strecke auf Widerstand. Der Generalkapitän flucht verhalten.

»Er hat den Schlüssel von innen im Schloss stecken lassen, sodass die Tür nicht geöffnet werden kann«, flüstert er.

»Müssen wir sie aufbrechen, Sir?«, erkundigt sich Fenner.

Drake schüttelt den Kopf. »Nein. Wir wollen Gewalt vermeiden, bis es nicht mehr anders geht.«

»Kommen wir von der anderen Seite hinein?«, flüstere ich. »Von der Quartergalerie?«

Drake runzelt die Stirn. »Es ließe sich machen, wenn die Hintertür oder ein Fenster offen ist. Allerdings müsste man an einem Seil vom Achterdeck hinunterklettern; es wäre gefährlich.« Er mustert mich prüfend. »Ihr seid verletzt, Bruno, besser, einer meiner Männer versucht es.«

Ich schüttele den Kopf. »Ich schaffe das schon. Lasst mich das machen. Ihr bleibt hier: Wir kesseln ihn von zwei Seiten ein.«

Drake überlegt und nickt dann. »Also gut. Fenner, bringt Doktor Bruno hoch und achtet auf seine Sicherheit. Beeilt Euch! Sie werden inzwischen gemerkt haben, dass wir hier draußen sind. Und, Fenner …«, er dämpft seine Stimme zu einem kaum hörbaren Flüstern, »wenn Ihr oben fertig seid, möchte ich, dass Ihr wieder nach unten geht und Master Crosses Unterkunft durchsucht. Bringt mir alle Papiere, Geld, alles, was Ihr für wichtig haltet. Sucht gründlich.« Er dreht sich wieder zu der Kabinentür. »Gilbert? Bist du da drin? Ich bekomme die Tür nicht auf. Könntest du sie aufschließen?«

»Komme schon, Kapitän«, dringt Gilberts Stimme von drinnen fröhlich und unbekümmert an unsere Ohren. Ich zögere, rechne halb damit, dass er zum Beweis dafür, dass ich mich erneut geirrt habe, die Tür weit aufreißt und wir Dom Antonio friedlich am Tisch Navigationskarten studieren sehen. Aber die Tür bleibt geschlossen. Drake rüttelt an dem Knauf.

»Gilbert, lass mich herein! Das ist ein Befehl!«

»Ich versuche es, Sir Francis, es scheint ein Problem mit dem Schloss zu geben.« Sein Ton ist immer noch fröhlich. Die Akustik verrät jedoch deutlich, dass er nicht in der Nähe der Tür steht.

»Er spielt auf Zeit«, flüstere ich.

Drake vollführt eine schroffe Geste mit dem Kopf, als er die Hand hebt, um gegen die Tür zu hämmern.

Fenner und ich hasten auf das Achterdeck über uns. Der alte Kapitän verschwendet keine Zeit damit, mich zu fragen, was unter uns geschieht, er deutet wortlos auf den hölzernen Handlauf auf der Steuerbordseite. Ich beuge mich hinunter und sehe, wo die Takelage des Kreuzmastes an den Seiten des Heckkastells befestigt ist; es erscheint mir nicht schwierig, an einem dieser Seile hinunterzuklettern und auf die Galerie unten zu springen.

»Alles in Ordnung?«, fragt Fenner.

Ich nicke, schwinge mich über das Geländer und halte mich auf der anderen Seite daran fest. Unter mir geht es steil zum Wasser hinunter. Ich erschauere, konzentriere mich auf die Seite des Rumpfs unmittelbar vor mir, taste mich vorwärts, bis ich das Seil der Takelage packen kann, beuge mich vor, stemme die Füße gegen das Holz, um Halt zu finden, und halte die Arme dabei angespannt, obgleich das raue Seil in meinen Handflächen brennt. Einmal rutscht mein Fuß vom Rumpf ab, weil das Schiff plötzlich auf einer Welle schlingert; ich spüre ein scharfes Reißen in den Schultern, als mein gesamtes Gewicht ungefähr dreißig Fuß über dem Meer an meinen Armen hängt, aber ich erlange mit den Füßen tastend das Gleichgewicht wieder, bis ich das linke Bein ausstrecken kann und auf dem Geländer der Galerie Halt finde.

Ich lasse mich so leise wie möglich auf die hölzernen Planken sinken und ducke mich unter den breiten Fensterflügel, der um drei Seiten der Kabine herum verläuft. Die Tür zur Kapitänskabine liegt direkt vor mir; ich überlege, ob ich versuchen soll, sie zu öffnen, aber wenn sie abgeschlossen ist, wird Gilbert mich hören, und der Überraschungseffekt ist dahin. Ich schleiche weiter, bis ich den Kopf hoch genug heben kann, um durch das Fenster zu spähen.

Dom Antonio sitzt mit dem Rücken zum Fenster auf der Bank hinter dem großen Tisch des Kapitäns. Vor sich hat er einige Papiere ausgebreitet. Seine rechte Hand spielt mit dem Stiel eines Weinglases, das mit einer tiefroten Flüssigkeit gefüllt ist. Mein Herz macht einen Satz, aber der Portugiese scheint abgelenkt zu sein; er beobachtet Gilbert, der hinter der inneren Tür steht. Er scheint mit dem Schlüssel zu kämpfen oder tut zumindest so. Von meinem Blickwinkel aus scheint es nicht so, als hielte er irgendeine Waffe in der Hand, aber das kann ich nicht als selbstverständlich voraussetzen, denn Gilbert ist überaus einfallsreich. Ich betrachte die Kabine und stelle fest, dass einer der Fensterflügel auf der anderen Seite einen Spalt offen steht, gerade so weit, dass ich die Hand hindurchschieben kann. Ich möchte nicht, dass Gilbert meine Anwesenheit bemerkt, bevor ich in die Kabine gelangen und

Dom Antonio mit meinem Messer verteidigen kann, falls Gilbert ihn attackiert.

»Was ist denn los?«, höre ich Dom Antonio mit ängstlicher Stimme fragen.

»Nichts, weswegen Ihr Euch Sorgen machen müsstet, ich glaube, das Schloss klemmt ein wenig«, erwidert Gilbert. »Ist der Wein gut?«

Dom Antonio betrachtet das Glas in seiner Hand, als hätte er vergessen, dass er es festhält. Drake hämmert immer noch ungeduldig gegen die Tür. Ich darf keine Zeit mehr verlieren. Ich ducke mich tiefer und husche um die Galerie herum, bis ich unter dem leicht geöffneten Fensterflügel kauere. Dann ziehe ich geräuschlos meinen Dolch, klemme mir den Griff zwischen die Zähne, greife nach oben und bekomme den Fenstersturz zu fassen. Ich stoße das Fenster ganz auf, schwinge mich hindurch und lande auf dem Tisch. In dem Luftzug segeln die Papiere zu Boden. Dom Antonio schreckt zurück, presst sich gegen die Bank und bekreuzigt sich. Gilbert fährt herum und starrt mich an.

»Was …«

»Jesus, Maria und Josef, er ist gekommen, um mich zu ermorden!«, schreit Dom Antonio. Ich nehme das Messer aus dem Mund und richte es auf ihn; er duckt sich hinter den Tisch.

»Rührt diesen Wein nicht an«, belle ich. »Stellt das Glas ab. Habt Ihr davon getrunken?«

Der Portugiese schüttelt den Kopf und tut, wie ihm geheißen, als hielte er es für das Beste, meinen Befehlen Folge zu leisten.

»Ihr«, herrsche ich Gilbert an, zeige mit der Spitze des Dolches auf ihn und springe vom Tisch herunter. »Weg da von der Tür. Und haltet die Hände so, dass ich sie sehen kann.«

Der junge Kartograf zwinkert heftig hinter seinen Augengläsern und geht von der Tür weg, dabei hält er die Hände mit nach außen gekehrten Handflächen vor sich in die Höhe, wie um einen Irrsinnigen abzuwehren. Seine Zunge zuckt nervös um seine Lippen. »Doktor Bruno, habt Ihr den Verstand verloren?«

Ich strecke die Hand mit dem Dolch vor und halte die Waffe und die Augen auf ihn gerichtet, während ich rückwärts zur Tür hinübergehe, hinter mich taste und den Schlüssel mit einer geschickten Bewegung drehe. »Mit dem Schloss scheint alles in Ordnung zu sein, soweit ich das sehe«, sage ich, als Drake, gefolgt von seinen zwei Wächtern, in den Raum stürmt. Gilbert weicht rücklings zum Tisch zurück und stiert verwirrt von mir zu Drake.

»Dom Antonio, fehlt Euch etwas?« Drake ist nicht sicher, an wen er sich zuerst wenden soll.

»Mir geht es gut, danke. Ich habe gerade Eure Karten hier durchgesehen, als … was ist los, Francis? Ist dieser Mann gefährlich?« Er deutet auf mich.

»Dieser nicht.« Jetzt, wo er die Situation wieder unter Kontrolle hat, lockern sich Drakes Schultern. »Gilbert, wie ich sehe, gibst du Dom Antonio meinen guten Wein?«

Gilbert läuft rot an. »Ich, ja, ich dachte, Ihr hättet gewollt, dass ich es in Eurer Abwesenheit Eurem Gast gegenüber nicht an der gebotenen Höflichkeit fehlen lasse …«

»Sehr aufmerksam von dir.« Drake tritt einen Schritt näher an den Tisch heran. In seiner Stimme schwingt ein Anflug von Schärfe mit, der Gilbert nicht entgangen sein kann. »Aber er scheint keinen Durst zu haben. Warum trinkst du ihn stattdessen nicht?« Drake zieht das Glas unter Dom Antonios Nase weg und hält es Gilbert hin.

Der junge Kartograf schüttelt nachdrücklich den Kopf. »Ich kann nicht, Sir Francis, Ihr wisst, dass ich starke Getränke nicht anrühre. Ich habe eine schwache Konstitution.« Er bricht in nervöses Gelächter aus.

»Unsinn! Das ist ein ausgezeichneter Wein. Er wird ein Feuer in deinem Magen entfachen. Trink ihn aus!«

Gilbert öffnet und schließt den Mund, zwinkert heftig und scheint zu dem Schluss zu kommen, dass er keine Wahl hat. Er streckt eine Hand nach dem Glas aus, aber als er es Drake abnimmt, gleitet es ihm aus den Fingern. Das feine venezianische Glas zerschellt auf den Bodenplanken, der Wein spritzt wie Blut in hohem Bogen auf. Gilbert entfährt ein leiser Schrei, und er presst die Finger gegen die Lippen.

»Verzeiht mir meine Ungeschicklichkeit, Sir Francis, ich wollte nicht …« Er schluckt heftig. »Ich werde natürlich für den Schaden aufkommen.«

»Wirst du das?« Drake hebt eine Braue. »Weißt du, wie viel venezianisches Glas kostet? Wo willst du so viel Geld hernehmen?«

Gilbert schluckt erneut. Die Weinpfütze sickert in das Holz zu seinen Füßen. Also werden wir nie erfahren, ob der Wein vergiftet war; Gilberts Weigerung, ihn zu trinken, spricht indes nicht zu seinen Gunsten. Ich beobachte ihn genau; wenn er schauspielert, macht er seine Sache gut. Bislang hat er sich noch durch nichts verraten, obwohl er überrumpelt wurde.

»Dom Antonio«, wende ich mich an den Portugiesen, den unser Eindringen in völlige Verwirrung gestürzt hat, »Ihr dachtet, Ihr würdet diesen Mann wiedererkennen.« Ich deute mit dem Dolch in Gilberts Richtung.

»Ja, aber ich habe mich anscheinend geirrt.« Dom Antonio seufzt theatralisch. »Bei all diesen Reisen … ich verliere den Überblick, wisst Ihr. Gesichter kommen mir bekannt vor, selbst wenn sie es nicht sind.«

»Ja, ja.« Ich bemühe mich, meine Ungeduld aus meiner

Stimme herauszuhalten. »Aber was dachtet Ihr denn, woher Ihr ihn kennt? Ihr müsst doch eine Idee haben.«

»Nun ja.« Dom Antonio mustert mich mit milder Verwunderung. »Es kam mir so vor, als wären wir uns in Paris begegnet. Ganz sicher vor nicht mehr als einem Jahr. Dieser junge Mann trug damals einen Bart, der ihm aber nicht stand.«

»Ich habe Dom Antonio mit größtem Respekt gesagt, dass er sich irrt«, wirft Gilbert ein. »Wir sind uns nie zuvor begegnet. Und ich habe mir auch nie einen Bart stehen lassen, nicht, seit ich es mit zwanzig vergeblich versucht habe.« Wieder dieses selbstironische Lachen.

Dom Antonio hebt entschuldigend die Hände. »Da habt Ihr es. Ein alter Mann bringt viel durcheinander.«

»Wo in Paris?«, will ich wissen.

»Wenn ich mich festlegen müsste«, erwidert der Portugiese, dabei spannt er vor Konzentration das Gesicht an, bis seine Brauen sich treffen, »würde ich sagen, ich habe ihn in der spanischen Botschaft gesehen. Ich war dort, um die Bedingungen für eine Übereinkunft mit Spanien auszuhandeln, und zwar mit dem Botschafter persönlich …«

»Bernadino de Mendoza.«

»Ich sehe, Ihr kennt ihn. Ja, ein doppelzüngiger Bursche. Die Spanier boten mir Gespräche an, aber sie führten zu nichts. Wie immer bei König Philip.« Dom Antonios Mundwinkel ziehen sich nach unten.

»Und was war mit Master Crosse?«, schneide ich weitere Klagen ab.

Dom Antonio kneift die Augen zusammen, um Gilbert zu mustern. »Ich könnte schwören, dass ich diesen jungen Mann in Mendozas Residenz gesehen habe. Er wurde hereingeführt, als man mich hinausgeleitete. Aber wenn er sagt, das wäre unmöglich …« Er zuckt erneut die Achseln.

»Wenn ich so darüber nachdenke«, beginnt Gilbert zaghaft, »könnte es sein, dass ich dem Botschafter einen Brief überbracht habe. Das gehörte damals in Paris gelegentlich zu meinen Pflichten.«

»Habt Ihr Euch da die Gewohnheit zugelegt, Briefe an die Spanier weiterzuleiten?«, sage ich. Mein Dolch ist unverwandt auf ihn gerichtet. Die Klinge spiegelt ein stumpfes Licht wider.

Gilbert hebt den Kopf und starrt uns an. »Was?« Jegliche Farbe weicht aus seinem Gesicht. Sein Blick schießt zu Drake, der eine Hand hebt, um mir Schweigen zu gebieten.

»Steckt Eure Waffe weg, Bruno, wir reden nur«, befiehlt er mit ruhiger Autorität. Gilberts Gesicht glättet sich sichtlich, als er mich den Dolch in die Scheide schieben sieht. »Wo wir gerade von Briefen sprechen … kurz bevor seine Leiche am Fuß der Klippen gefunden wurde, erhielt ich einen sehr beunruhigenden Brief von Jonas Solon. Darin gestand er den Mord an Robert Dunne.«

Drake lässt die Worte in der Luft hängen, während wir beide Gilberts Reaktion beobachten. Einen Moment hat Gilbert Mühe, die Fassung zu wahren, dann sieht er Drake an, als wäre er jetzt vollkommen verwirrt.

»Wenn das so ist, warum habt Ihr das bei der gerichtlichen Untersuchung nicht erwähnt, Sir Francis, wenn Ihr wusstet, dass er gestanden hat?«

Er ist gut, das muss ich ihm lassen. Er blinzelt in unschuldiger Verwunderung hinter seinen Augengläsern und hält dem Blick seines Herrn stand. Fast könnte ich ihm glauben.

»Weil ich wusste, dass der Brief eine Fälschung ist.« Drake sieht Gilbert ruhig an. »Jonas Solon konnte weder lesen noch schreiben. Dieser Brief konnte nur von jemandem stammen, der versucht, die Schuld einem anderen zuzuschieben. Wahrscheinlich von dem Mann, der sowohl Dunne als auch Jonas getötet hat.«

»Aber …« Gilbert stiert ihn an und schüttelt den Kopf, doch es lässt sich schwer sagen, ob der starre Ausdruck in seinen Augen von Angst oder Ungläubigkeit herrührt. »Das kann nicht sein, da war doch …«

»Ein von Jonas unterschriebener Brief bei meinen Unterlagen?« Drake lächelt fast. »Ja. Er wurde für ihn geschrieben. Aber jemand, der Zugang zu meiner persönlichen Korrespondenz hat, könnte ihn gesehen und das nicht erkannt haben.«

Gilbert schüttelt den Kopf und weicht zum Tisch zurück, als würde dieser ihm Schutz bieten.

»Hat man Euch an der spanischen Botschaft angeworben?«, frage ich im Konversationston. »Ihr hattet Angst, dass Dom Antonio Euch wiedererkennen würde, nicht wahr? Was habt Ihr ihm in den Wein getan, den Ihr ihm gegeben habt?«

»Es war nichts in dem Wein. Ich weiß nicht, wovon Ihr redet. Ich habe keine angeblich von Jonas stammenden Briefe geschrieben, mein Kastilisch ist nicht gut genug. Ihr müsst Euch beide irren …« Seine Worte überschlagen sich, bis er ins Stocken gerät.

»Wer hat Euch gesagt, dass der Brief in kastilischer Sprache verfasst war?«, frage ich.

Gilbert sperrt den Mund auf; sein Adamsapfel hüpft, als er zu schlucken versucht.

»Ich habe den Brief mit dem Geständnis niemandem außer Bruno gezeigt«, ergänzt Drake. »Obschon ich dich beinahe gebeten hätte, ihn zu übersetzen. Darauf hast du vermutlich gebaut.«

»Nein … ich … es gibt noch andere auf dem Schiff, die Spanisch sprechen, warum fragt Ihr die nicht?«, platzt er heraus.

»Weil sie keine Linkshänder sind«, entgegne ich.

Bei diesen Worten scheint Gilbert zu schrumpfen; sein Kampfgeist verlässt ihn, und er sackt gegen die Tischkante, sodass er halb darauf zu sitzen kommt.

Drake spreizt die Hände. »Warum, Gilbert?« Er klingt wie ein enttäuschter Vater.

Gilbert schaut kurz zu seinem Kapitän auf, dann senkt er den Blick. Er gibt keine Antwort.

»Robert Dunne fand heraus, was Ihr vorhattet, richtig?«, sage ich. »Und er hat versucht, dieses Wissen zu seinem Vorteil zu nutzen. Fünf goldene Engelstaler sind viel Geld, egal was die Spanier Euch zahlen. Und dann forderte er mehr, nicht wahr? Da wäre ich auch wütend geworden. Und hätte gefürchtet, dass das Geld sein Schweigen nicht lange erkaufen würde. Besser, man sorgt dafür, dass er gar nichts mehr preisgeben kann.«

Gilbert erwidert noch immer nichts darauf und hebt auch nicht den Kopf.

»Und danach wurde Euch klar, dass Ihr immer noch nicht sicher wart«, fahre ich fort. »Sir Francis war von der Selbstmordtheorie nicht überzeugt, daher habt Ihr beschlossen, Jonas zu Eurem Sündenbock zu machen.«

Noch immer schlägt mir Schweigen entgegen. Ich fange Drakes Blick auf; er schüttelt kaum merklich den Kopf. Nach einigen Momenten blickt Gilbert auf.

»Ihr könnt nichts davon beweisen.« Seine Stimme klingt dumpf, als würde er selbst nicht glauben, was er sagt.

»Ich habe Kapitän Fenner beauftragt, deine Unterkunft zu durchsuchen«, sagt Drake sachlich. »Wenn du dort Korrespondenz versteckt hast, werden wir sie finden.«

»Das dürft Ihr nicht.« Er wirkt empört. »Nicht meine privaten Sachen …«

»Auf meinem Schiff ist nichts privat«, faucht Drake.

»Ihr werdet nichts finden«, erwidert Gilbert, aber er klingt jetzt verängstigt.

»Wartet«, sage ich. »Bevor Ihr ihn gebeten habt, an Bord zu bleiben und Dom Antonio die Seekarten zu zeigen, dachte Gilbert, er würde heute Abend in die Kirche gehen. Vielleicht solltet Ihr *ihn* durchsuchen. Ihr versteckt die Briefe in Eurem Hemd, nicht wahr?« Ich trete einen Schritt auf Gilbert zu. »Als ich Euch an diesem ersten Abend in der Kirche sah, hieltet Ihr die Arme um die Brust verschränkt, aus Angst, die Briefe könnten herausfallen.«

Im selben Augenblick weiß ich, dass wir ihn überführt haben. Gilberts Gesicht wird weiß und starr, seine linke Hand legt sich instinktiv auf seine Brust, wie um das zu schützen, was er dort verborgen hat. Drake sieht mich an und nickt zustimmend. Das kurze Zögern reicht Gilbert. Er schwingt die Beine über den Tisch und stürzt sich auf Dom Antonio. Der Portugiese, der das Geschehen die ganze Zeit mit wachsendem Staunen verfolgt hat, wird überrumpelt; bevor er reagieren kann, hat Gilbert Dom Antonios kunstvoll verzierten Dolch aus der Scheide an seinem Gürtel gezogen und hält sie dem Mann an die Kehle.

»Lass ihn gehen, Gilbert. Was hilft dir das denn jetzt noch?« Drake kämpft darum, seiner Stimme einen beruhigenden Klang zu verleihen.

Dom Antonio stößt ein ersticktes Wimmern aus.

»Das sind alles Lügen«, zischt Gilbert durch die Zähne. »Aber Ihr wollt nicht zuhören. Ihr werdet mich mit Euren Lügen in den Kerker bringen. Ihr habt überhaupt keine Ahnung.«

»Lass Dom Antonio gehen, dann bin ich bereit, mit dir über alles zu reden, worüber du reden willst«, sagt Drake beschwichtigend.

Gilbert schüttelt den Kopf. Er sitzt aufrecht da und zieht das Messer nicht weg. »Ihr lügt.« Er dreht sich zu mir. Verzweiflung malt sich auf seinem Gesicht ab. »Das ist alles Eure Schuld. Wenn Ihr nicht hergekommen wärt und Euch in Angelegenheiten gemischt hättet, die Euch nichts angehen …« Er bricht ab. »Ich dachte, Ihr und ich, wir hätten als Gelehrte einiges gemeinsam.«

Ich betrachte ihn, registriere seine seltsam ernste, selbstgerechte Miene. Wir haben mehr gemeinsam, als er ahnt; ich habe dieselbe geheime Arbeit verrichtet, das Vertrauen anderer missbraucht, sie verraten, indem ich verschlüsselte Botschaften verfasst habe, die im Dunkel der Nacht von schnellen berittenen Boten überbracht wurden. Ich habe es des Geldes wegen getan, aber auch, weil ich an die Freiheiten im Königreich England glaube, so unvollkommen es auch ist, und ich es verteidigen will, auch wenn ich nicht dort geboren bin. Ich frage mich, was Gilbert zu seiner Spionagetätigkeit verleitet hat. Sidney hat recht, ich glaube nicht, dass es nur das Geld war. Dafür ist Gilberts Persönlichkeit zu komplex.

»Leg das Messer weg, dann reden wir«, wiederholt Drake in demselben ruhigen Ton. »Wenn du im Sinne all dieser Anklagen unschuldig bist, dann will ich hören, was du dazu zu sagen hast, glaub es mir, ich möchte nichts lieber hören als plausible Erklärungen, die dich entlasten. Aber du tust dir keinen Gefallen, wenn du Unbeteiligten schadest.« Er streckt eine Hand nach dem Messer aus und nickt ermutigend.

Gilbert späht rasch über seine Schulter zu dem Fenster, das ich offen gelassen habe, als ich hereingesprungen bin. »Lasst mich das Schiff verlassen«, fordert er. »Gebt mir Euer Wort, dass ich das Schiff ungehindert verlassen kann.«

»Wo willst du denn hin?«, fragt Drake. Allmählich klingt er erschöpft.

»Zu Euren spanischen Freunden?« Ich rücke einen Schritt näher. Gilbert zuckt zusammen, als wäre er geschlagen worden. Ich lese die Angst in seinen Augen. Er gleicht einem in die Enge getriebenen Tier, das nicht weiß, ob es kämpfen oder fliehen soll. Aber die Hand, die das Messer hält, zittert heftig; er hat nicht das Herz eines Mörders. Er hat getötet, aber ich würde schwören, dass er noch nie jemandem ein Messer in den Leib gerammt hat und auch nicht das Verlangen danach verspürt – doch die Panik treibt ihn zu verzweifelten Taten. Drake hebt eine Hand, um mich aufzuhalten. Ohne den Blick von uns zu wenden oder die Spitze des Messers von Dom Antonios Hals zu nehmen, zieht sich Gilbert in gehockter Haltung auf die Bank. Im letzten Moment reißt er den Fensterflügel weiter auf, stößt Dom Antonio zur Seite und flieht durch das auf die Galerie hinausgehende Fenster. Ich werfe mich über den Tisch, um die Verfolgung aufzunehmen, während Drake zur Tür stürzt, die zum Achterdeck führt. Wenn Gilbert versucht, zu einem der oberen Decks hochzuklettern, sitzt er in der Falle.

Als ich mich durch das offene Fenster gezwängt habe, hat sich Gilbert bereits die hölzerne Reling hochgezogen und beugt sich vor, um den unteren Teil der Takelage zu fassen zu bekommen. Ich greife nach seinem Bein und hätte ihn beinahe packen können, aber er ist jung und wendig und nicht verletzt wie ich. Er befreit seinen Fuß mit einem Ruck aus meinem Griff und hangelt sich an der äußeren Takelage am Rumpf des Schiffes entlang, obwohl ihn das Messer behindert, das er mit der rechten Hand umklammert. Der Wind zerrt an meinem Haar, die Planken knarren, und das Schiff schlingert sacht, doch hier oben, über dem Wasser hängend, fühlt sich auch die leichteste Bewegung so an, als könnte sie mich das Gleichgewicht verlieren lassen. Ich schwinge mich an den Seilen hoch, um Gilbert weiter zu verfolgen, als ich sehe, wie er zögert. Er hat das Ende der Takelage erreicht; er muss auf das Schiffsdeck klettern oder versuchen, die Takelage des einige Fuß entfernten Hauptmastes zu fassen zu bekommen. Er blickt auf und sieht Drake und Fenner zusammen mit anderen Besatzungsmitgliedern und den Wächtern von der Reling des Achterdecks zu ihm hinunterstarren. Dann späht er nach unten, zu dem dunkelgrünen Wasser unter ihm. Ich sehe, wie er sich windet; er will zu dem nächsten Takelagenetz hinüberspringen, doch sein Zögern hat mich ein paar Fuß näher kommen lassen. Gerade als er die Kraft für den Sprung sammelt, lasse ich mit der linken Hand die Seile los und halte mich nur noch mit der rechten fest, stoße mich vom Schiff ab und werfe mich auf Gilbert. Er fuchtelt mit dem Messer herum und streift meine Hand, bevor ich den Ärmel seines Wamses packe und die Finger um sein rechtes Handgelenk schließe. Ich verstärke meinen Griff; er kann die Hand nicht bewegen, um das Messer zum Einsatz zu bringen, und er hat das Gleichgewicht verloren; er taumelt zurück, und seine Augengläser fallen in die Tiefe, doch er erlangt die Kontrolle wieder. Ich stelle dankbar fest, dass er zwar flink und wendig ist, ich aber stärker bin; ich ziehe seine Hand zurück und schmettere sein Handgelenk mit aller Kraft gegen den Schiffsrumpf. Etwas knackt, als seine Knochen auf das Holz treffen, und er schreit vor Schmerz auf, hält aber das Messer fest. Dann versucht er, seinen Arm meinem Griff zu entwinden, doch ich zerre seine Hand zurück und schlage sie ein zweites Mal fest gegen die Seite des Schiffs. Diesmal jault er auf und lässt das Messer fallen. Ich mache mir nicht die Mühe zuzuschauen, wie es in die Tiefe trudelt und fast ohne ein Platschen im Wasser verschwindet.

Aber ich kann mein eigenes Messer nicht ziehen, ohne mit der rechten Hand die Takelage loszulassen. Stattdessen gebe ich mit der linken Gilberts Handgelenk frei, packe ihn bei den Haaren, zerre seinen Kopf nach hinten und manövriere mich, ohne auf seine Schreie zu achten, hinter ihn, hake mein linkes Bein um seine Knie und presse ihn von hinten gegen die Seile. Er versucht nach mir zu schlagen, doch ich schiebe meinen rechten Arm unter eines der Seile, halte mich an der Takelage fest, indem ich mir das Seil in die Armbeuge klemme, und umklammere wieder sein Handgelenk.

»Gebt Ihr mir jetzt diesen Brief, Gilbert, oder müssen wir darum kämpfen?«, zische ich ihm ins Ohr. Mein Atem gleicht einem abgehackten Keuchen. Er setzt sich zur Wehr, aber ich drücke ihn jetzt mit meinem Körpergewicht gegen die Takelage, und ich spüre, wie seine Kräfte erlahmen.

»Ihr könnt nirgendwohin mehr flüchten, Gilbert.« Ich schleudere ihm die Worte durch den schneidenden Wind entgegen. Hier oben erscheinen mir die Dünung stärker und die Windböen heftiger. »Ergebt Euch jetzt und gebt mir den Brief, dann lässt Drake vielleicht Gnade walten.«

Er gibt einen Laut von sich, der wie ein hohles Lachen klingt. Dann stößt er plötzlich rückwärts mit dem Ellbogen nach mir. Ich knirsche mit den Zähnen.

»Ich tue das nicht gern, müsst Ihr wissen«, murmele ich, als ich die Finger erneut in sein Haar kralle, seinen Kopf nach hinten reiße und ihn dann zwischen den Seilen hindurch gegen den hölzernen Rumpf des Schiffes schmettere. Es liegt nicht so viel Wucht in dem Stoß, wie ich hätte aufbringen können, trotzdem ertönt ein hässliches Knirschen, und Gilbert heult auf. Sein Kopf fällt schlaff nach vorne, und ich spüre, wie der Widerstand in seinem Körper nachlässt. Ich greife unter seinen linken Arm, ziehe an der Vorderseite seines Wamses, bis ich einen Knopf abspringen höre, greife in das Wams und taste herum, bis meine Finger auf Papier treffen und ich einen zusammengefalteten Brief herausziehe. »Danke«, knurre ich. »Das hättet Ihr Euch einfacher machen können. Ihr könnt jetzt genauso gut zu Drake hochklettern«, füge ich hinzu, dabei versetze ich ihm einen Stoß in den Rücken. Sein Kopf hängt immer noch nach vorne, und ich frage mich, ob der Schlag ihn betäubt hat. Wenn ja, wird Drake ein Seil hinunterlassen und ihn hochziehen müssen. Ich blicke auf und will gerade nach Drake rufen, als Gilbert plötzlich ruckartig den Kopf mit aller Kraft nach hinten stößt, sodass sein Hinterkopf gegen meinen Nasenrücken prallt. Ich schreie vor Schmerz und Schreck laut auf und lasse mit der linken Hand das Seil los, halte aber den Brief weiterhin fest. Blut rieselt über meine Lippe und über mein Kinn. Gilbert schenkt mir ein seltsames flüchtiges Lächeln, krallt eine Hand um mein Handgelenk, wirft sich nach hinten, taumelt zurück und zieht mich mit sich.

Ich spüre die Zugkraft seines Gewichts. Mein rechter Arm wird vom Seil weggerissen, und mir bietet sich ein schwindelerregender Blick auf die steile Holzwand hinter meinem Rücken und die Wasserfläche unter mir. Aber mein Bein ist immer noch um eines der Seile gehakt, und mein Sturz wird dadurch jäh aufgehalten. Ein sengender Schmerz schießt durch meinen Arm, als Gilbert im Fallen meinen linken Ärmel zu fassen bekommt und ihn umklammernd in der Luft baumelt. Mein Bein ist nach hinten gebogen, irgendetwas reißt in meinem Knie, als ich kopfüber gegen das Schiff zurückschwinge, während Gilbert wild mit seiner freien Hand fuchtelt, um mich besser zu fassen zu bekommen. Ich schließe die Augen. Nur zwei Dinge zählen jetzt noch: mich mit dem Bein am Seil festzuhalten und den Brief nicht loszulassen. Über uns bellt Drake Befehle, aber es besteht keine Hoffnung darauf, dass er uns rechtzeitig erreicht. Gerade als ich fürchte, dass mein Arm die Belastung nicht länger aushält, höre ich ein reißendes Geräusch; ich blicke nach unten und sehe, wie sich die Manschette meines Hemdes vom Ärmel löst. Auch Gilbert sieht, was passiert; er fuchtelt mit der freien Hand in der Luft, doch die letzten Stiche geben nach, und ich sehe, wie er fast anmutig in die Tiefe stürzt und beim Auftreffen auf dem Wasser eine weiße Gischtfontäne aufspritzt. Fast im selben Moment wird ein Langboot vom Hauptdeck herabgelassen, und Männer rufen sich gegenseitig etwas zu. Ich behalte das schäumende Wasser unter mir im Auge. Versucht Gilbert zu fliehen, oder nimmt er seine Geheimnisse absichtlich mit zum Grund des Sunds. Während ich auf die wechselnden Lichtmuster auf der Oberfläche hinunterblinzele, taucht ein dunkler Schatten auf, durchschneidet die Wellen und bewegt sich vom Schiff weg. Gilbert kann also schwimmen, und ich habe meine Antwort. Das Langboot hat das Wasser fast erreicht. Weit wird er nicht kommen.

»Gib uns deine Hand, Mann«, sagt eine Stimme ganz dicht bei mir. Ich reiße den Kopf hoch und schnaube durch das Blut, das meine Nase füllt. Ein stämmiger Mann, ein Mitglied von Drakes Besatzung, ist an der Takelage heruntergeklettert und hält mir einen Arm vom Umfang eines dicken Astes hin. Er schiebt ihn unter mich, richtet mich gegen die Takelage auf und trägt mich halb nach oben, wo Drake über die Reling späht. Mit letzter Kraft schaffe ich es, den Arm zu heben und ihm einen mit Blut bespritzten, mit weinrotem Wachs versiegelten Brief zu reichen. Als sie mich auf das Deck heben, drehe ich mich um und sehe zwei Männer eine tropfende Gestalt aus den Wellen und in das Langboot ziehen.

30

»Drake wird jetzt seine gesamte Route neu berechnen müssen.« Sidney zieht die Vorhänge vor dem Fenster der Kammer zurück und stößt die Schlagläden weit auf. Ich öffne ein Auge und kann gerade so einen Blick auf den blassblauen Himmel im frühen Morgensonnenlicht erhaschen.

»Vielleicht bittet er uns sogar, ihm zu helfen«, fährt er fort, dabei schnürt er seine Hose zu. »Du verstehst ein wenig von Navigation, und er hat jetzt schließlich keinen Kartografen mehr. Nach allem, was wir für ihn getan haben, kann er uns einen Platz an Bord unmöglich verweigern. Dieser Kurier hat sich heftig gewehrt, das sage ich dir.«

»Ähäm.« Ich stütze mich auf einen Ellbogen. Jede Bewegung meiner linken Schulter bereitet mir Schmerzen. Mein geprellter Nasenrücken pocht leicht. Sidney hat mir schon mehrfach von seiner Begegnung mit Gilberts Kontaktmann in der Kirche erzählt und seine eigenen Heldentaten mit jeder Wiederholung ausgeschmückt. Ich lasse es ihm durchgehen; ich bin nur froh, dass er endlich das Gefühl hat, bei der Lösung von Drakes Problemen eine Rolle gespielt zu haben.

»Er saß tatsächlich da in der hintersten Bank.« Sidney streift sein Wams über. Ich gebe einen ermunternden Laut von mir, schwinge die Beine vorsichtig über die Bettkante und überprüfe den Schaden nach einer Nacht der Ruhe, während der meine Muskeln steif geworden sind. Alles schmerzt.

»Ich postierte meine Männer an beiden Enden der Bank, dann setzte ich mich neben ihn. Er tat so, als würde er beten. Ich beugte mich zu ihm und flüsterte: ›Gilbert kommt heute Abend nicht, mein Freund.‹ Du hättest sein Gesicht sehen sollen.« Er hält mit dem Schließen der Knöpfe inne und lächelt bei der Erinnerung in sich hinein. »Natürlich versuchte er zu behaupten, er würde keinen Gilbert kennen und wüsste nicht, wovon ich rede. Aber als ich ihm sagte, dass Gilbert verhaftet worden sei und uns alles gestanden hätte und wir ihm seine Version auf die sanfte oder harte Tour entlocken könnten, erwies er sich als äußerst hilfsbereit.«

»Das war ein kluges Vorgehen«, sage ich wie schon zuvor an diesem Punkt während seiner früheren Berichte.

»Es war ein riskantes Spiel, das gebe ich zu.« Er rückt seine Halskrause zurecht und überprüft seine Erscheinung in dem fleckigen Spiegel. »Aber es hat sich ausgezahlt. Als ich vorschlug, dass er auch im Tower befragt werden könnte, geriet er in Panik. Er ist nur ein kleiner Fisch: ein französischer Kaufmann, der hier in Plymouth lebt und von Agenten der Katholischen Liga angeheuert wurde, um Briefe an Kuriere auf französischen Schiffen weiterzuleiten. Von dem Inhalt hatte er keine Ahnung, er wollte nur leicht Geld verdienen.«

»Also gingen Gilberts Briefe auf direktem Weg an die spanische Botschaft in Paris«, murmele ich, ziehe mich in die Höhe und bleibe neben dem geschnitzten Bettpfosten stehen.

»Direkt in die Hände von Mendoza«, sagt Sidney. »Wenn wir das Ganze nicht rechtzeitig aufgedeckt hätten, wäre Drakes gesamte Flotte geradewegs in einen spanischen Hinterhalt gesegelt.« Er schüttelt den Kopf. »Ich begreife es immer noch nicht. Gilbert Crosse kam mir nie wie ein Mann vor, der Wert auf Geld legt; das sieht man schon an seinen Kleidern. Und es gibt keinen Hinweis darauf, dass er von religiöser Überzeugung getrieben wurde; er stammt aus einer Familie guter Protestanten. Wenn es nicht um Geld oder Glauben ging, worum dann?«

Ich ziehe die weniger schmerzende Schulter hoch. »Vielleicht verrät der Brief uns das. Er ist natürlich verschlüsselt, aber Drake wird Walsingham inzwischen eine Kopie geschickt haben. Seine Entschlüsselungsexperten werden sie in kürzester Zeit dechiffriert haben.«

»Sie werden den Inhalt schon kennen, wenn Gilbert im Tower eintrifft.« Er fährt sich mit einem Schildpattkamm durch das Haar. »Dann kann er persönlich alles erklären.« Er klingt völlig unbekümmert. Ich versuche, nicht daran zu denken, wie man Gilbert im Tower zum Reden bringen wird.

»Dann, Bruno, sind wir beide schon auf dem Meer«, fährt Sidney fort. »Stell es dir vor: Der Wind weht uns durch die Haare, die Stadt mit all ihren Lastern liegt weit hinter uns und der weite Horizont und die Abenteuer vor uns.« Bei der Aussicht leuchtet sein Gesicht vor Vorfreude.

»Und Pettifer und Savile lauern nur auf eine Gelegenheit, uns versehentlich über Bord zu stoßen, wenn wir raue See haben«, füge ich hinzu.

Sidney dreht sich um und funkelt mich finster an.

»Du solltest mit deiner Schwarzseherei lieber aufhören, wenn Drake in Hörweite ist.« Er deutet mit dem Kamm auf mich.

Wie es aussieht, kann ich die Entscheidung nicht länger aufschieben. Im Moment wünsche ich mir nichts außer mehr Zeit, um mich auszuruhen. Mir bleibt eine Antwort erspart, weil jemand heftig gegen die Tür hämmert.

»Mach auf, Bruno, ja!« Sidney schnallt sein Schwert um.

»Das wird Drakes Bote sein, darauf könnte ich wetten. Ob er uns wohl Dunnes Kabine gibt? Du hast doch keine abergläubischen Bedenken dagegen, im Bett eines Toten zu schlafen? Ich persönlich gebe nichts auf diesen Unsinn, aber ich weiß, dass die meisten Seeleute … oh, um Gottes willen, wir kommen ja schon!«

Das Klopfen wird beharrlicher. Ich öffne die Tür, und Hetty steht mit ihrer üblichen mürrisch-verdrossenen Miene vor mir. Ich wundere mich, dass sie immer noch hier arbeitet; vielleicht hat Mistress Judith noch keinen Ersatz für sie gefunden. Hetty hat wenigstens den Anstand, in meiner Gegenwart verlegen zu wirken.

»Hab mir fast die Knöchel wund geklopft«, murrt sie. »Jemand ist unten und will Euch sehen. *Sir*. Sagt, es ist dringend.«

»Wer ist es denn?« Ich trage nur mein Hemd und meine Unterhose und suche jetzt nach meiner Hose.

»Er will nicht zu Euch, sondern zu ihm.« Sie deutet durch die offene Tür auf Sidney. »Ich weiß es nicht, aber er sieht wichtig aus.«

»Nun, dann wollen wir ihn nicht warten lassen.« Sidney drängt sich an mir vorbei, lächelt dem Mädchen großmütig zu und wirft sich in die Brust, als er auf die Treppe zusteuert. Er macht den Eindruck eines Mannes, der damit rechnet, endlich belohnt zu werden.

Ich kleide mich an, bändige mein Haar, so gut es geht, und folge Sidney kurz darauf in die Eingangshalle hinunter. Über das Geländer hinweg sehe ich ihn mit einem Mann sprechen, der die grün-weiße Tudor-Livree trägt, aber von Kopf bis Fuß mit Schlamm bespritzt ist. An seinem Mantel glänzt ein goldenes Abzeichen, das ich aus der Nähe als das Wappen von Königin Elizabeth erkenne. Sidney, der sich zu mir umdreht, ist so bleich, als wäre er krank.

»Dieser Bote kommt vom Hof. Hat unterwegs kaum einmal haltgemacht, sagt er. Um mir das hier zu bringen.« Er hält einen cremefarbenen, mit dickem roten Wachs versiegelten Brief in die Höhe. Der Bote steht mit gesenktem Blick und gefalteten Händen geduldig neben ihm, während Sidney den Brief aufreißt. Ich sehe, wie sein Blick über die Zeilen wandert und sich sein Gesicht vor Wut verzerrt, als er die Bedeutung des Schreibens erfasst. Er dreht sich mit flammenden Augen zu mir um.

»Dieser hinterhältige Bastard!«, schnaubt er und fährt zu dem unglücklichen Boten herum, der einen Schritt zurückweicht.

»Was ist denn, Philip?«, frage ich, obwohl ich meine, es erraten zu können.

»Sieh doch selbst«, faucht er, drückt mir den Brief in die Hand und stürmt zur Tür hinaus, die mit einem vernehmlichen Knall hinter ihm zufällt.

Ich weiß, wo ich ihn finden werde. Ich humpele ihm über die Nutt Street hinterher, aber seine Wut lässt ihn ein Tempo anschlagen, mit dem ich wegen meiner momentanen Verletzungen nicht mithalten kann; als ich den Brief überflogen, dem armen Boten ein Trinkgeld gegeben und Mistress Judith gebeten habe, ihm zu essen und zu trinken zu geben, ist Sidney schon weit vor mir. Ich verstehe den Zorn meines Freundes, nicht aber seine Überraschung. Hat er wirklich geglaubt, der Generalkapitän würde ihn an das andere Ende der Welt mitnehmen, obwohl er weiß, dass die Königin ihm nicht erlaubt hat, England zu verlassen? Drake muss noch am Tag unserer Ankunft einen Boten losgeschickt haben, er hat sofort erkannt, dass selbst die größte Menge spanischen Goldes Königin Elizabeth nicht über einen so krassen Ungehorsam hinwegsehen lassen würde. Von dem Moment an, als Sidney seine Absicht verkündet hat, mit der Flotte zu reisen, war er ein Risiko für Drake. Ich muss die Täuschungskunst des Generalkapitäns bewundern, die Versprechen, mit denen er uns während der letzten Tage hingehalten hat, Versprechen, mit denen er sich unsere unablässige Hilfe bei seinen Problemen gesichert hat – obgleich er die ganze Zeit wusste, dass sein Bote zum Hof nach London galoppierte, um den Zorn der Königin zu entfesseln.

Ich blicke auf den Brief in meiner Hand, als ich auf das Haus des Bürgermeisters zugehe. Es ist eine eigenartige Vorstellung, dass Elisabeth Tudor ihn eigenhändig verfasst hat und kaum imstande war, ihren Ärger zu bezähmen, als sie ihre Feder in die Tinte tauchte. Die Schrift ist kühn und schwungvoll, mit lang auslaufenden Enden und Schleifen, die Unterschrift ist mit Schnörkeln unterstrichen. Es ist eine selbstbewusste Handschrift, aber die Feder ist so fest auf das Papier gedrückt worden, dass die Tinte stellenweise verspritzt und verschmiert ist. Es ist ein Brief, dessen Unvollkommenheit tiefe Gefühle verrät, ein in der Hitze königlichen Zorns geschriebener Brief. Sie verbietet Sidney unter Androhung, beiden ihre Gunst zu entziehen, ausdrücklich, mit Drake zu segeln. Wenn er jetzt den Hof verlässt, teilt sie ihm mit, täte er gut daran, nicht zurückzukommen. Er hat an dem Tag, an dem er diesen Brief erhält, unverzüglich aufzubrechen und Dom Antonio wie vereinbart direkt zum Hof zu bringen. Sie ruft ihren Schoßhund zurück, schnippt mit den Fingern, um zu sehen, wie er angelaufen kommt. Und er hat keine Wahl. Kein Wunder, dass er vor Wut schäumt. Ich hoffe nur, dass ich rechtzeitig gekommen bin, um ihn davon abzuhalten, sich mit Drake zu prügeln; ich habe das Gefühl, dass er den Kürzeren ziehen würde.

Ich hätte auch Grund, mich getäuscht zu fühlen, denke ich,

während ich darauf warte, dass die Tür geöffnet wird. Ich habe in der letzten Woche mein Leben aufs Spiel gesetzt, um Drake zu helfen – für eine in Aussicht gestellte Belohnung, von der er die ganze Zeit nicht die Absicht hatte, sie mir je zukommen zu lassen. Sicher, ich habe es Sidney und Lady Arden zuliebe getan, aber es ist schwer, sich von dem Gedanken freizumachen, dass Drake uns ausgenutzt hat.

Als ich durch einen Gang zu dem Salon geleitet werde, in dem wir gestern waren, kann ich laute Stimmen hören. Doch bevor die Dienerin die Tür erreicht, werden wir von Lady Drake abgefangen, die einen Finger auf die Lippen legt, sich bei mir einhakt und mich trotz meiner Proteste durch das Haus zur Gartentür führt.

»Lasst sie ihre Differenzen lieber unter sich ausmachen«, flüstert sie, dabei nickt sie zu dem Salon hinüber, wo Sidneys gekränkter Tonfall mit Drakes leisem, beschwichtigendem, wetteifert. Ich kann ihre Worte nicht verstehen, aber das muss ich auch nicht. »Sir Philip ist sehr böse, nicht?«, fügt sie hinzu. »Der Arme. Ich weiß, wie sehr er sich nach diesem Abenteuer gesehnt hat. Aber im Großen und Ganzen verärgert mein Mann besser ihn als die Königin, findet Ihr nicht? Außerdem stimmt ihn das, was mein Mann ihm stattdessen vorzuschlagen hat, vielleicht versöhnlich.« Sie beugt sich zu mir, wie um mir ein großes Geheimnis anzuvertrauen, und kichert mit vor die Lippen gepresster Hand. Lady Drake hat etwas Mädchenhaftes an sich, denke ich, als ich den Kopf neige, um mitzuspielen. Manche Männer würden das anziehend finden, ich jedoch habe immer Frauen bevorzugt, die nicht davor zurückscheuen, einem Mann wie ein erwachsener Mensch dem anderen in die Augen zu schauen. »Er meint, Ihr, Sir Philip und Dom Antonio solltet ein paar Tage in Buckland Abbey unsere Gäste sein, bevor Ihr nach London aufbrecht.«

»Sir Francis bleibt nicht in Plymouth?«

Sie schüttelt ungeduldig den Kopf. »Doch, natürlich tut er das. Sowie Jonas begraben ist, will er so schnell wie möglich die Segel setzen, aber erst möchte er mich und meine Base aus Plymouth weghaben. Wir sollen morgen nach Hause zurückkehren, in Eurer Begleitung, wenn Sir Philip einverstanden ist. Ich denke, wir könnten Euch den Aufenthalt angenehm machen.« Sie schenkt mir ein wissendes Lächeln. »Aber jetzt, Bruno, denke ich, würde Euch etwas frische Luft guttun«, fügt sie hinzu, als sie mich in den Garten hinausschiebt.

Nell sitzt im Schatten eines Apfelbaums und tut so, als würde sie ein Buch lesen. Sie blickt erst im letzten Moment auf und heuchelt bei meinem Anblick Überraschung und Schüchternheit. Ihr Haar ist aufgesteckt und von einer engen französischen Haube bedeckt, um die Schäden zu verbergen, die das Feuer angerichtet hat. Außerdem trägt sie einen Seidenschal um den Hals, damit man die Spuren des Seils nicht sieht. Sie ist zwar blass, aber die Schnittwunden in ihrem Gesicht fallen nicht mehr so auf, und in ihre Augen ist etwas von ihrem früheren Funkeln zurückgekehrt. Zwischen uns herrscht wieder eine gewisse Verlegenheit, als sie das Buch vorsichtig neben sich legt und mich zaghaft anlächelt, obgleich ihre Augen angesichts meiner neuen Verletzungen groß werden.

Ich verbeuge mich leicht. »Mylady. Ihr seht ausgeruht aus. Wie geht es Euch?«

»Ich sehe grässlich aus, Bruno, du brauchst nicht zu lügen.« Behutsam betastet sie die Wunde an ihrer Wange. »Und du hast auch schon besser ausgesehen, wenn wir bei der Wahrheit bleiben wollen. Aber Verletzungen heilen, und wir sind noch am Leben, Gott sei Dank.« Sie lacht, aber ich sehe, dass ihr das Schlucken immer noch Schmerzen bereitet. »Sir Francis sagt, du warst extrem tapfer und hast den Mörder gefasst.«

Ich zucke bescheiden die Achseln. »Er hat sich im Grunde genommen selbst verraten. Armer Junge.«

Sie hebt eine Braue. »Wie kannst du Mitleid mit ihm haben? Er wird als Verräter hingerichtet werden, sagt Sir Francis.« Sie erschauert theatralisch. Ich habe den Eindruck, dass sie die Vorstellung eher genießt, daher kann ich nur annehmen, dass sie noch nie der Hinrichtung eines Verräters beigewohnt hat.

»Er wird vermutlich vor Angst sterben, bevor er auch nur in die Nähe des Towers kommt.« Ich setze mich neben sie auf die Bank. Noch bevor er dafür gemordet hatte, wusste Gilbert bereits, dass das, was er getan hatte, Verrat war, und er musste die Strafe kennen: den langsamen Transport nach Tyburn auf einem Holzgestell, den Anblick des Galgens und des hölzernen Blocks mit dem Kohlebecken, auf den der Verurteilte nach einer kurzen, aber nicht tödlichen Strangulation gelegt wird, wo ihm dann die Genitalien abgetrennt werden, der Leib vom Hals bis zum Nabel aufgeschlitzt wird, die Eingeweide anschließend vor seinen Augen auf einen Stock gewickelt werden und schließlich das Herz herausgerissen und ins Feuer geworfen wird. Jeder, der eine solche Hinrichtung mit angesehen hat, kann diese Bilder nie wieder aus seinem Gedächtnis tilgen. Wenn man dieses Ende bedenkt, braucht man einen mehr als zwingenden Grund, um sein Land zu verraten.

Ich verstehe immer noch nicht, was Gilbert dazu getrieben hat. Er wies keinen der Charakterzüge eines religiösen Fanatikers auf, das konnte ich sehen. Ganz im Gegenteil: Er betrachtete sich als Mann der Wissenschaft, dachte ich, aber manche der jungen Konvertiten können sich ausgezeichnet verstellen. Vielleicht werden wir es nie erfahren, es sei denn, er beginnt im Tower zu reden. Bei dem Gedanken zucke ich zusammen.

Nell streckt ihre Hand aus und streicht über meine. Ich verflechte unwillkürlich meine Finger mit ihren, obgleich es mir schwerfällt, die Bilder von dem abzuschütteln, was Gilbert im Tower erwartet.

»Aber du bist nicht allzu erbost darüber, nicht mit Sir Francis segeln zu dürfen?« Sie sagt das mit einem wissenden Blick.

»Ich kann mit der Enttäuschung leben. Aber Sidney kocht vor Wut. Er ist jung, er lechzt nach Abenteuern.«

»Und du?«

»Ich bin nicht mehr so jung. Und was Abenteuer betrifft … ich suche sie nicht, aber sie scheinen mir trotzdem zu folgen. Ich brauche keinen Ozean zu überqueren, um sie zu finden.«

»Das habe ich gemerkt.« Sie lässt meine Hand los und berührt den Schal um ihren Hals; anschließend malt sie mit den Fingerspitzen kleine Muster auf meinen Handrücken. Ich bekomme eine Gänsehaut. »Bruno …«, beginnt sie zögernd. »Dort in der Krypta, als wir dachten … ich habe ein bisschen zu kühn gesprochen, fürchte ich. Ich habe dich dazu gebracht, etwas zu sagen, was du nicht so gemeint hast.«

»Mylady … Nell …«, stottere ich, weiß aber nicht, wie ich fortfahren soll.

»Komm, Bruno, lass uns ehrlich zueinander sein. Du liebst mich nicht, du kennst mich kaum und ich dich auch nicht. Ich fühle mich in deiner Gesellschaft wohl, wohler als in der irgendeines anderen Mannes seit langer Zeit. In dieser Nacht in höchster Not habe ich gedacht, wenn wir überleben, könnte ich den Mut aufbringen, mich über alle Konventionen hinwegzusetzen, aber …« Sie bricht ab und drückt meinen Arm. Tiefes Bedauern zeigt sich auf ihrem Gesicht. »Ich bin nicht so blauäugig, mir einzubilden, ich könnte die Kluft zwischen uns vergessen.«

Ich nicke. Eine unerwartete Traurigkeit schnürt mir die Kehle zu; weniger, weil ich Nell verliere, sondern eher wegen der Mahnung, dass es für mich immer so ausgehen wird. Ich weiß aus bitterer Erfahrung, dass jemanden zu lieben für mich heißt, nicht mehr auf der Hut zu sein, und wenn man so ein Leben führt wie ich, kann man sich das nicht leisten.

Nell lehnt den Kopf gegen meine Schulter. »Ich wünschte, es könnte anders sein, Bruno. Manchmal verfluche ich die Verpflichtungen eines hohen Ranges, aber es gibt sie. In einem anderen Leben wärst du der Mann gewesen, den ich gesucht hätte. Aber da es mir nicht freisteht, meine eigene Wahl zu treffen, glaube ich, dass ich zurzeit ohne Ehemann glücklicher bin. Vielleicht ist keiner von uns beiden für die Ehe geschaffen, nicht wahr?« Sie lächelt. »Obwohl ich gestehen muss, dass ich zu gerne die Gesichter meiner Familie gesehen hätte, wenn ich ihr dich als meinen Verlobten vorgestellt hätte. Vor allem das von Vetter Edgar dem Eber. Es hätte ihnen die Sprache verschlagen.«

»Ich glaube«, erwidere ich vorsichtig, »dass ich, sollte ich je heiraten, es aus einem gewichtigeren Grund tun wollte, als um Verwandte zu schockieren.«

»Richtig«, bestätigt sie seufzend. »Aber Spaß hätte es trotzdem gemacht.« Sie streicht mir über den Oberschenkel. Ich blicke zum Haus hoch, wohl wissend, dass der gesamte Haushalt des Bürgermeisters uns sehr wohl von den Fenstern aus beobachten kann. Dann nehme ich ihre Hand, ziehe sie an meine Lippen, aber mehr aus einem Gefühl des Bedauerns heraus als vor Verlangen, und lege sie wieder in ihren Schoß.

»Ich gehe besser und sehe, ob Sidney seinen Streit mit Sir Francis beigelegt hat«, sage ich, als ich aufstehe. »Und dann müssen wir unsere Taschen packen.«

»Aber Elizabeth hat dir doch von unserem Plan erzählt, gemeinsam nach Buckland zu gehen?« Sie erhebt sich ebenfalls und schiebt eine lose Haarlocke unter ihre Haube. »Ein paar Tage, bevor wir alle zu unseren eigenen Leben zurückkehren;

vielleicht können wir die Unterschiede zwischen uns vorübergehend vergessen?« Sie lächelt anzüglich und wirft mir unter den Wimpern hervor einen Blick zu, der genau verrät, was sie meint.

»Ich hoffe, dass uns das gelingt«, entgegne ich erleichtert. Ich verspüre den plötzlichen Drang, Nell hier und jetzt in die Arme zu nehmen und den Mund auf ihre Lippen zu pressen, aber stattdessen drücke ich einen weiteren keuschen Kuss auf ihre Hand. Sidney mag über die Gesellschaft von Frauen spotten, aber ich habe sie in meinem Leben nicht oft genug genossen, um ihrer überdrüssig zu werden. Ein paar unbeschwerte Tage, bevor ich mich meiner Zukunft stellen muss, können nicht schaden. Solange ich nicht vergesse, auf mein Herz aufzupassen.

»Es tut mir wirklich leid, dass Ihr abreist, Bruno.« Drake beschattet seine Augen mit einer Hand und lässt den Blick über die Aussicht schweifen, die sich uns vom Hoe aus bietet. Die frühe Abendsonne senkt sich langsam zum Horizont und hinterlässt einen breiten Streifen aus Korallenrot und Gold am Himmel. Schattenbänder schieben sich im Takt der ziehenden Wolken über die Wasseroberfläche und wechseln dabei immer wieder die Farbe. Kleine Wellen mit weißen Schaumkronen tanzen um die großen Schiffe. Von den Decks weht Musik über das offene Wasser herüber, Flöten- und Gambenklänge. Auf St. Nicholas Island ist alles still und friedlich. Drake holt tief Atem und zieht die Schultern hoch. Ich mustere ihn verstohlen, während sich seine Aufmerksamkeit auf den Horizont konzentriert. Der angespannte Ausdruck, der seit unserer Ankunft auf seinem Gesicht gelegen hat, ist verflogen; er trägt eine Lockerheit zur Schau, als hätte er einen bleiernen Umhang abgelegt. Wenn er lächelt, sieht man den warmherzigen Mann hinter der Fassade des unerbittlichen Kommandanten. Mich beschleicht das Gefühl, dass es eine wertvolle Erfahrung hätte sein können, mit ihm zu segeln.

»Mir auch. Wann wollt Ihr ablegen?«

»So bald wie möglich. Ich werde dafür sorgen, dass der arme Jonas unter die Erde kommt und Gilbert und sein Kurier von einer bewaffneten Eskorte nach London gebracht werden. Ich habe einen berittenen Boten mit dem verschlüsselten Brief zu Walsingham geschickt; er ist also gewarnt.« Plötzlich ernst geworden, dreht er sich zu mir. »Ich tue das nur schweren Herzens. Die Leute halten mich für gefühllos, weil ich Wert auf Disziplin lege. Ein Kapitän, der das nicht tut, ist kein richtiger Kapitän, und dasselbe gilt für einen Herrscher. Aber ich weiß, was Gilbert bevorsteht, und ich liefere ihn dem nicht gern aus.«

»Unsentimental ist nicht dasselbe wie gefühllos«, murmele ich.

»Richtig. Ihr drückt das besser aus als ich.« Er seufzt und blickt wieder über das Wasser. »Sir William Savile hat beschlossen, nicht mit uns zu kommen, wisst Ihr«, sagt er nach langem Schweigen.

»Er hat sein Geld nicht abgezogen?«

»Nein, Gott sei Dank nicht. Aber jetzt, wo Robert Dunne ein christliches Begräbnis erhält und seine Frau eine ehrbare Witwe sein wird, hält er es für einfacher, uns die Arbeit machen zu lassen, hierzubleiben und abzuwarten, bis er sie ohne Skandal heiraten kann. Und ich bringe ihm seine Investition mit sattem Gewinn zurück. Das Kind wird als das von Dunne getauft werden, und Savile wird es legal adoptieren, wenn er Martha heiratet. So hat alles seine Ordnung.« Drake verschränkt die Arme und lächelt. »Der Himmel weiß, dass ich keine große Bewunderung für William Savile hege, aber vielleicht wird er der Frau ein besserer Ehemann als der erste. Armer Robert. Möge er in Frieden ruhen.«

»Und Pettifer?« Ich kann Drake bei der Frage nicht fest in die Augen sehen.

»Pettifer begleitet mich als Schiffskaplan.« Drake wirft mir einen Seitenblick zu. »Überrascht Euch das?«

»Ich habe ihn fälschlich der Morde bezichtigt, und das tut mir leid, aber alles, was ich ihm sonst vorgeworfen habe, Sir Francis – ich bin überzeugt, dass es der Wahrheit entspricht. Wenn Ihr das Gesicht dieses armen Jungen gesehen hättet, würdet Ihr nicht daran zweifeln.«

Drake hebt eine Hand, um meinen Wortschwall zu unterbrechen. »Ich kann es glauben, Bruno, alles. Pettifer mag gegen Eure Anklagen wettern, bis er heiser ist, aber es war ihm anzusehen, was für einen Schock es ihm versetzt hat, beinahe aufgeflogen zu sein. Er ist äußerst zerknirscht, und ich bilde mir gern ein, dass er sein Verhalten ändern wird.« Drake faltet die Hände hinter dem Rücken. »Außerdem kann er auf See, weit weg von der Versuchung, weniger Schaden anrichten, als wenn er hierbliebe und weiter mit dieser Frau gemeinsame Sache machte. Und was das *Haus der Vesta* angeht …« Er kräuselt die Lippe. »Ich habe mit dem Bürgermeister lange über eine Ausrottung dieses Ungeziefernestes gesprochen. Sie können sich dort nicht länger in dem Glauben wiegen, über dem Gesetz zu stehen. Außerdem habe ich dem Sheriff geschrieben.«

»Was, wenn der Bürgermeister und der Sheriff zu Mistress Grace' Kundschaft gehören? Dann geschieht gar nichts. Darauf ist ja ihr ganzes Geschäft aufgebaut.«

»*Wenn* sie dazugehören, Bruno …«, Drake betont seine Vorsicht, »… dann werden sie eingehend darüber nachdenken müssen, auf welcher Seite des Gesetzes sie stehen wollen. Ich habe die Möglichkeit angedeutet, dass ein königlicher Beauftragter aus London kommt, um Nachforschungen anzustellen, wenn das Treiben dort so weitergeht. Das sollte ihnen ausreichend Angst einjagen. Ich bin sehr zuversichtlich, dass das *Haus der Vesta* in Plymouth nur noch ein Ammenmärchen sein wird, wenn ich von der Reise zurückkehre.« Er lächelt mir zu. Sein Goldzahn blitzt im Licht auf.

Ich nicke. Niemand könnte etwas gegen Drakes Vorgehensweise einzuwenden haben, obwohl ich mich unwillkürlich frage, was aus all den jungen Mädchen wird, wenn das *Haus der Vesta* geschlossen wird. Werden sie sich dann unten bei den Docks verkaufen müssen, ohne wenigstens ein Dach über dem Kopf zu haben und eine Mahlzeit zu erhalten, und schließlich so enden wie die arme syphiliskranke Sara? Ich beiße mir auf die Lippe; mir sind die Hände gebunden. Zumindest kann Mistress Grace sie dann nicht länger ausbeuten.

»Also habt Ihr an Bord der *Elizabeth* ein paar freie Kojen«, bemerke ich.

»Ich fürchte, ja. Weswegen ich es umso mehr bedauere, dass Ihr nicht mit uns kommen könnt. Ich hätte einen Mann mit Euren Fähigkeiten gerne bei der Reise dabeigehabt.« Drake hält inne. Er blinzelt immer noch auf das Meer hinaus. »Ihr müsst denken, ich hätte Euch getäuscht.«

»Ich wusste von Anfang an, dass Ihr nicht die Absicht hattet, uns mitzunehmen. Ich habe ein paar Mal versucht, Sidney von der Idee abzubringen, aber er wollte nicht hören. Sein Entschluss stand fest.«

»Ja, er spricht immer noch nicht mit mir.« Drake zupft an seinem Bart. »Aber er weiß besser als ich, wie gefährlich es wäre, sich der Königin zu widersetzen. Eines Tages wird er mir dankbar sein.«

»Seine Frau wird Euch jetzt dankbar sein. Und Walsingham.« Ich zögere, da ich nicht weiß, wie er auf meine nächste Frage reagieren wird. »Habt Ihr nach seiner Verhaftung noch einmal mit Gilbert gesprochen?«

»Nein.« Drake wirkt wieder angespannt, und seine Stimme wird hart. »Ich habe es erwogen, aber ich bringe es nicht über mich, ihm in die Augen zu sehen. Loyalität, Bruno.« Er dreht sich mit ernster Miene zu mir um. »Für einen Mann in meiner Position ist sie die höchste aller Tugenden. All diese Schiffe, all diese Leben – sie unterstehen meiner Obhut.« Er deutet auf die Flotte, die friedlich den Sund beherrscht. Die großen Schiffe heben sich von dem glitzernden Wasser ab. »Deswegen kann ein Kapitän einen Verrat wie diesen am schwersten verzeihen. Schwerer noch als die Morde. Wenn ich daran denke, dass Gilbert an meinem Tisch gesessen, mit mir gegessen und unsere Karten gezeichnet hat, während ich mit meinen Kapitänen gesprochen habe, und dann jedes Wort an die Spanier weitergeleitet hat … es lässt mir das Blut in den Adern gefrieren.« Er ballt die Fäuste, dann öffnet er sie langsam wieder und lässt die Hände an seinen Seiten baumeln. »Es war Treulosigkeit, die mir all die Probleme mit den Doughty-Brüdern eingetragen hat, und Ihr seht ja, was dabei herausgekommen ist.«

»Gibt es Neuigkeiten von Doughty und Jenkes?«

»Noch nicht.« Er presst die Lippen zusammen. »Ich habe Boten auf jedes Schiff geschickt, das von diesem Küstenstreifen zu französischen Häfen aufbricht, und die Zollbeamten gebeten, nach den beiden Ausschau zu halten. Jenkes fällt auf, sollte man meinen. Aber wenn sie es bis nach Frankreich geschafft haben, werden sie wie Ratten in den Gossen verschwinden, um irgendwo anders wieder aufzutauchen. John Doughty wird mich verfolgen, bis einer von uns im Grab liegt, daran hege ich keinen Zweifel.«

»Aber trotzdem … wenn Gilbert Robert Dunne nicht ermordet hätte, dann hätte Dunne seinen Plan, Euch zu töten, vielleicht ausgeführt, bevor Ihr die Bucht von Biskaya durchquert hättet.«

Er nickt nachdenklich. »Da ist etwas Wahres daran, schätze ich. Aber bittet mich nicht, Gilbert auch noch dankbar zu sein.«

»Ich denke, ich werde mit ihm sprechen, bevor ich abreise«, verkünde ich ruhig.

»Warum?« Drakes Augen werden schmal.

»Ich will verstehen, warum er es getan hat.« Und da ich weiß, was sie ihm antun werden, bevor er stirbt, will ich dafür sorgen, dass er nicht den Fehler macht zu versuchen, seine Geheimnisse für sich zu behalten.

Drake gibt einen unverbindlichen Laut von sich und schaut wieder auf das Meer hinaus. »Ich habe diese Aussicht immer geliebt«, sagt er nach einer Weile. »Aber noch viel mehr liebe ich den Anblick von der anderen Richtung her, wenn ich nach Monaten auf See wieder in den Hafen von Plymouth einlaufe.« Er hebt den Kopf. Die salzige Brise lässt sein Haar flattern. »Von allen Eindrücken, die sich mir in der Welt geboten haben, liebe ich keinen so sehr wie den Blick auf die Heimat.«

Ich erwidere nichts darauf, weil sich meine Kehle bei seinen Worten zuschnürt und Tränen in meinen Augen brennen. Ich zwinkere sie weg. Einen Verbannten schmerzt nichts so sehr wie der Traum, nach Hause zu kommen. Einen Moment gestatte ich mir, mir vorzustellen, wie ich über das pfauenblaue Wasser der Bucht von Neapel schaue, und ich frage mich, ob ich dieses Panorama je wiedersehen werde.

Drake deutet auf den Horizont, wo ein wellenförmiges, fliederfarben und golden umrandetes Wolkenband auf das Land zugleitet. »Sollten die Spanier je eine Flotte losschicken, um

England zu überfallen, glaube ich, dass wir sie hier zuerst ausmachen würden. Manchmal bilde ich mir ein, sie zu sehen: Reihen von Galeonen, die an der Horizontlinie auftauchen. Dann blinzele ich, und es sind nur Wolken. Aber die Vorstellung jagt mir einen Schauer über den Rücken.«

»Gott behüte, dass dieser Tag je kommt«, erwidere ich. »Aber wenn es doch so kommen sollte, kann ich mir niemanden vorstellen, den ich lieber als Kommandanten von Englands Verteidigungsflotte sehen würde.«

Bei diesen Worten lächelt Drake, und die feinen Fältchen legen sich wieder um seine Augenwinkel. Er legt mir eine Hand auf die Schulter. »Gott mit Euch, Bruno. Vielleicht verdankt diese Reise ihren Erfolg nur Euch. Wenn Ihr Gilbert nicht überführt hättet, wären wir geradewegs in einen spanischen Hinterhalt gesegelt. Ich werde dafür sorgen, dass Ihr belohnt werdet, keine Sorge. Und Sir Philip für seine Hilfe ebenfalls.«

Ich neige ehrerbietig den Kopf. »Gute Reise, Sir Francis, und kommt sicher zurück.«

»Ich bete, dass wir uns wiedersehen.« Er tritt vor und umarmt mich, seine kräftigen Hände drücken meine schmerzenden Schultern. Als er mich freigibt, verbeuge ich mich tief und lasse ihn auf der Klippe zurück, wo er mit vor der Brust verschränkten Armen im Licht der Abendsonne steht und seine Schiffe, sein Meer und seinen Horizont betrachtet. Jedes Zeitalter bringt nur eine Handvoll wirklich großer Männer hervor, und ich habe das Gefühl, dass mir das Glück zuteilgeworden ist, die Bewunderung von einem von ihnen errungen zu haben.

Das Stadtgefängnis befindet sich hinter dem Rathaus, ein hässliches Gebäude aus schmutzig weißem Stein und Reihen vergitterter Fenster, die auf die vor ihnen liegende Gasse blinzeln wie zusammengekniffene Augen. Ich wappne mich, bevor ich eintrete, presse ein Taschentuch vor Mund und Nase und versuche, die Erinnerungen an meine eigenen Erfahrungen in einem englischen Gefängnis zu verdrängen, die der faulige Geruch mir zurückbringt. Ich reiche dem Wärter die fällige Gebühr. Er schließt eine Tür auf und führt mich einen schmutzstarrenden Gang entlang. Hinter einer der Türen auf dem Gang erklingt ein dünnes, schrilles Jammern, und jemand hämmert gegen eine weitere, als wir daran vorbeikommen.

»Da hinein.« Der Wärter öffnet eine Tür am Ende des Ganges. Er bohrt sich mit einem Zeigefinger im Ohr herum und betrachtet dann das, was er zutage gefördert hat. »Ihr habt zehn Minuten. Er kann Euch nichts tun, er liegt in Ketten, aber ruft mich, wenn Ihr früher wieder herauskommen wollt.«

Ich zwinkere, um mich an das Dämmerlicht zu gewöhnen, und höre, wie die Tür hinter mir abgeschlossen wird. Hier drinnen herrscht ein starker animalischer Gestank nach Exkrementen und Urin, aber das Stroh unter meinen Füßen sieht relativ frisch aus. Gilbert hockt zusammengekauert in einer Ecke. Sein Gesicht ist von dem Sturz ins Meer grünblau verfärbt, sein salzverklebtes Haar verfilzt und strähnig. Er hebt den Blick, um zu mir hochzuspähen; ohne seine Augengläser wirkt er wie ein Geschöpf der Nacht. Als ich einen Schritt näher trete, erkennt er mich und dreht sich wieder zur Wand.

»Geben sie Euch Essen?«, frage ich, um das Schweigen zu brechen.

»Wenn man es so nennen kann«, murmelt er.

»Dann muss Drake dafür bezahlen. Sonst würdet Ihr gar nichts bekommen.«

»Bitte richtet ihm meinen untertänigsten Dank aus.« Er hebt den Kopf und schleudert mir die Worte entgegen. »Sie würden mich sowieso nicht verhungern lassen; ich werde jeden Tag im Tower erwartet, wusstet Ihr das nicht?«

Es gibt nichts, was ich darauf sagen könnte. Ich schlinge die Arme um meine Brust und blicke zu Boden. Vielleicht war es ein Fehler hierherzukommen.

»Was haben sie mit dem Brief gemacht?«, fragt er nach einer Weile. Es klingt, als wäre es ihm egal.

»Nach London geschickt.« Ich kauere mich vor ihn hin, sodass ich ihm in die Augen sehen kann, ohne direkt auf dem Boden sitzen zu müssen. »Ihr würdet Euch viele Unannehmlichkeiten ersparen, wenn Ihr einfach den Verschlüsselungscode nennen würdet. Sie bringen ihn so oder so aus Euch heraus.«

Er zuckt die Achseln. »Sollen sie ihn doch entschlüsseln. Dann werden sie es sehen.«

»Was werden sie sehen?«

»Dass ich kein Verräter bin.«

Ich atme behutsam durch das Tuch, das ich mir vor Mund und Nase halte, doch die Luft löst trotzdem einen leichten Würgereiz in mir aus. »Es wird Euch schwerfallen, Kapitän Drake davon zu überzeugen.«

»Er würde es verstehen, wenn er den Brief lesen würde.«

»Das kann er nicht, er ist verschlüsselt. Ihr sprecht in Rätseln, Gilbert. Was würde er verstehen?« Ich versuche, geduldig zu bleiben, und sage mir, dass es mir freisteht, jederzeit zu gehen.

»Dass ich ihn nicht verraten habe. Diese Briefe, die ich an den spanischen Abgesandten geschickt habe … ich habe ihnen nie Drakes wahre Pläne mitgeteilt. Ich habe die Einzelheiten, die Koordinaten jedes Mal so geändert, dass es glaubwürdig genug wirkte, um sie zu täuschen, aber die Reise nicht gefährdete.« Er verlagert sein Gewicht auf eine Seite, streckt die Beine vor sich aus und zuckt dabei zusammen. »Es bestand nie

Gefahr für die Flotte, dafür habe ich gesorgt. Aber Robert Dunne war von Anfang an gegen mich; ich habe einmal in Drakes Gegenwart sein Urteilsvermögen kritisiert. Er suchte nach Möglichkeiten, mich zu diskreditieren. Eines Abends folgte er mir zur Kirche und sah, wie ich einen Brief übergab. Er dachte, er könnte Profit daraus schlagen. Hätte er sich herausgehalten, wäre nichts von alldem je passiert.« Seine Stimme zittert vor Wut, und er wischt sich mit der Faust Speichel vom Mund.

»Aber Ihr müsst gewusst haben, dass fünf goldene Engelstaler Dunnes Schweigen nicht lange erkaufen würden«, sage ich. »Was geschah dann? Habt Ihr beschlossen, ihn zum Schweigen zu bringen?«

»Ich habe es nicht *beschlossen*, wie Ihr es ausdrückt.« Er sackt gegen die Wand zurück. »Ich wusste nicht, was ich tun sollte.« Ich höre einen Anflug von Verzweiflung aus seiner Stimme heraus. Er wirkt in diesem Moment sehr jung. »Und dann war ich an Deck, als der Kaplan nachts den fast bis zur Besinnungslosigkeit betrunkenen Dunne zurückbrachte.«

»Da habt Ihr Eure Chance gesehen?«

»Ich habe sie beobachtet. Niemand achtete auf mich; sie hatten sich alle daran gewöhnt, mich mit meinen Instrumenten dort draußen zu sehen. Dunne war in einem furchtbaren Zustand. Er kotzte quer über das Deck. Padre Pettifer half ihm zu seiner Kabine. Ich sah ihn gehen und anschließend den Spanier mit einem seiner Tränke kommen. Nachdem er wieder fort war, blieb ich an Deck und versuchte den nötigen Mut aufzubringen. Ich dachte, er würde vermutlich schlafen. Ich hatte nicht geplant, so etwas zu tun, aber …«

»Ihr hattet keine Wahl, ist es das?«

»Ich dachte, es wäre meine einzige Chance. Ich wartete, bis alle außer den Wachposten gegangen waren, und die waren zu sehr damit beschäftigt, auf dem Vorderdeck Karten zu spielen, um sich wegen mir Gedanken zu machen. Zu meiner Überraschung ließ sich Dunnes Tür öffnen. Er lag noch immer mit dem Gesicht nach unten auf dem Bett. Ich wusste, dass ich nur sein Gesicht in das Kissen drücken und ihn in dieser Position festhalten musste; wenn mir das gelänge, würden alle denken, er wäre in seinem Rausch im Schlaf erstickt. Aber er begann sich zu regen, und ich hatte Angst, er würde aufwachen, bevor ich fertig war. Er war stärker als ich, ich hätte es nicht geschafft, wenn er versucht hätte, sich zu wehren. Dann verlor ich die Nerven und wollte gerade fortlaufen, als es an der Tür klopfte. Ich geriet in Panik. Unter Dunnes Koje war ein Hohlraum, den gibt es als Stauraum in allen Offizierskabinen. Ich konnte hören, wie der Kaplan Dunne fragte, ob er wach sei, kroch in den Unterschrank und schloss dessen Tür. Gerade rechtzeitig, denn Pettifer kam in den Raum und weckte Dunne.«

»Warum hat er das getan?«

Gilbert zuckt die Achseln. Dieser Teil des Rätsels hat für ihn keine Bedeutung mehr. »Ich habe nicht verstanden, was er gesagt hat. Er hat immer wieder auf Dunne eingeredet, den Lügen einer gewöhnlichen Hure keine Beachtung zu schenken, und wenn er sie jemals weitergeben würde, würde es das für das Mädchen nur noch schlimmer machen. Ich weiß nicht, von was für einem Mädchen er redete.«

»Was hat Dunne darauf geantwortet?«

»Er war nur halb bei Bewusstsein, er hat gar nicht richtig zugehört. Er fing nur an, irgendetwas von der Hölle zu brabbeln, und fragte, ob Gott so schwere Sünden wie seine jemals vergeben würde. Pettifer sagte, er würde Dunne die Absolution zusichern, wenn er aufhören würde, üble Gerüchte zu verbreiten.«

Ich nicke vor mich hin. Pettifer wusste genau, wie er sein Amt nutzen konnte, um seine eigenen schmutzigen Geheimnisse zu schützen. »Hat das Dunne beruhigt?«

»Ich glaube nicht, dass er überhaupt etwas mitbekommen hat. Er war eindeutig nicht bei klarem Verstand und hat nur weitergejammert, seine Seele wäre verdammt, und er verdiene für das, was er getan hat, den Tod. Ich dachte, ihn würden Schuldgefühle quälen, weil er mich erpresst hat.«

»Wohl kaum«, erwidere ich. »Macht es das leichter?«

»Nicht wirklich.« Er zupft an der Nagelhaut seiner Finger. »Endlich gab Pettifer auf. Er sagte, sie würden weiterreden, wenn Dunne nüchtern wäre. Ich hörte, wie er die Tür hinter sich schloss, aber ich musste unter der Koje bleiben, bis ich sicher sein konnte, dass Dunne schläft. Ich fand einen Strick in dem Hohlraum. Vermutlich hat Dunne damit seine Schrankkoffer zusammengebunden, als sie an Bord gebracht wurden. Aber das brachte mich auf eine Idee.«

»Ihn aufzuhängen und es so aussehen zu lassen, als hätte er es selbst getan.«

»Wenn Ihr ihn gehört hättet … Ich wusste, dass der Kaplan bestätigen würde, dass Dunne sich in einem Zustand äußerster Verzweiflung befunden hat. Er würde glauben, Dunne wäre einige Zeit nach ihrem Gespräch von seinen Dämonen überwältigt worden, also würde der Rest der Männer diese Erklärung ebenfalls akzeptieren. Es kam mir wie die perfekte Lösung vor. Nur dass er so schwer war.«

»Ihr habt ihn erst erstickt?«

Gilbert nickt; starrt die ganze Zeit blicklos auf die Wand. »Ich schloss die Kabine ab. Dunne schlief wieder mit dem Gesicht nach unten. Ich setzte mich auf ihn, stemmte die Knie auf seine Arme und drückte sein Gesicht in das Kissen. Er war zu betrunken, um sich groß zu wehren. Ihn vom Bett zu ziehen war der schwierigste Teil. Ich habe mich gewundert, dass niemand uns gehört hat.«

»Ihr seid nicht auf den Gedanken gekommen, dass ein Mann, der durch Erhängen stirbt, anders aussieht als einer, der erstickt wurde? Dass das Verdacht erregen würde?«

Gilbert schiebt sich ein Haarbüschel aus dem Gesicht. »Nein, daran habe ich nicht gedacht. Erst am nächsten Tag, als ich hörte, wie Drake mit seinem Bruder darüber sprach. Ich wollte nach meiner Tat nur noch weg. Ich schloss die Kabine hinter mir ab, damit man die Leiche möglichst spät findet, und warf den Schlüssel ins Wasser.«

»Hat Euch niemand aus der Kabine kommen sehen?«

»Nein. Aber der Spanier war wach, als ich unter Deck ging. Er fragte, wo ich gewesen bin. Ich sagte, die Sterne betrachten, und er beließ es dabei. Aber am nächsten Tag wurde mir schnell klar, dass Drake nicht von einem Selbstmord überzeugt war. Ich dachte, wenn das herauskommt, wird Jonas unsere Begegnung erwähnen.«

»Ihr habt also einen Weg gesucht, ihn unschädlich zu machen und alle Zweifel bezüglich Dunnes Tod mit einem Schlag auszuräumen.« Ich lasse das nicht wie eine Frage klingen.

»Ich wusste, dass Jonas nichts zu Drake sagen würde, bevor er ganz sicher war«, entgegnet Gilbert. Keinerlei Gefühlsregung schwingt mehr in seiner Stimme mit, er rechtfertigt sich nicht mehr, sondern zählt nur eine Abfolge von Ereignissen auf, die schon lange der Vergangenheit anzugehören scheinen. »An dem Abend, an dem wir alle an Land gingen, fragte ich ihn, ob ich ihn allein sprechen könnte. Ich ging mit ihm auf die Klippen am Hoe.« Gilbert zuckt die Achseln, als wäre der Rest es kaum wert, erzählt zu werden.

»Wenn Jonas kein Analphabet gewesen wäre, wärt Ihr ungeschoren davongekommen«, sage ich.

»Vielleicht.« Sein Kinn sinkt auf seine Brust; er scheint das Interesse an mir verloren zu haben. Ein paar Minuten sitzen wir schweigend da. Ich kann spüren, wie der Gestank in meine Kleider, mein Haar und meine Haut einsickert.

»Habt Ihr Drake gesagt, dass Ihr den Spaniern bewusst falsche Informationen geliefert habt?«, frage ich endlich.

Gilbert sieht mich an, als hätte ich den Verstand verloren. »Meint Ihr, er hätte das geglaubt? Er würde mir vorwerfen, dass ich lüge. Wie dem auch sei, er wird sich nicht dazu herablassen, mich zu fragen. Das wird er Walsingham und seinen Freunden überlassen.« Bei der Aussicht wird seine schmale Gestalt von einem Schauer geschüttelt.

»Sagt ihnen alles«, werfe ich rasch ein. »Ich bin gekommen, um Euch das zu raten. Versucht nicht, aus falsch verstandener Loyalität gegenüber Euren spanischen Geldgebern irgendetwas zurückzuhalten. Ihr werdet ohnehin reden, und es wäre besser, Ihr tut es freiwillig.«

»Glaubt Ihr, ich wüsste das nicht? Ich kenne Walsingham, ich weiß, wozu er fähig ist.« Er schluckt hart. »Aber ich bringe den Spaniern keinerlei Loyalität entgegen. Täte ich das, hätte ich sie nicht belogen, oder?«

»Warum habt Ihr es dann überhaupt getan?«

Er schnaubt verächtlich durch die Nase. »Geld… warum sonst? Sie haben mich für das, was sie für Drakes Pläne hielten, gut bezahlt. Natürlich haben sie das.« Er lacht wehmütig, es klingt, als wäre er den Tränen nah.

»Aber Ihr habt für Walsingham gearbeitet, für die Königin. Sie haben Euch doch sicher auch gut bezahlt? Ihr habt mir gesagt, Ihr würdet Englands erster berühmter Kartograf werden.«

Gilbert blickt auf und fixiert mich mit seinen hellen, durchdringenden Augen. »Das war ja das Problem.«

»Ich verstehe nicht.«

»Nachdem ich eingewilligt hatte, die Reise mitzumachen, informierten sie mich, dass die Karten, die ich für Königin Elizabeth anfertigte, nie veröffentlicht werden würden. Das war ein Teil meines Vertrags. Sie sollten geheim bleiben, damit Englands Vorteil gegenüber Spanien gewahrt bleibt.« Er wischt sich mit dem Handrücken über die Augen. Bei der Bewegung klirren die Ketten bedrohlich. »Die Vorstellung, dass diese ganze Arbeit irgendwo weggeschlossen wird und nur eine Handvoll Hochseekapitäne sie zu Gesicht bekommt, war unerträglich. Ich konnte es nicht zulassen, versteht Ihr das nicht? Karten sollten nicht als Kriegswerkzeuge benutzt werden, die ein Land unter Verschluss hält, um Macht über ein anderes zu gewinnen. Ich wollte, dass die Karten veröffentlicht und gelesen werden. Wie sollen wir sonst unser Wissen bezüglich dieser Welt erweitern? Der spanische Botschafter hat mir eine große Summe Geld geboten. Aber er hat auch versprochen, dass er meine Arbeit nach meiner Rückkehr auf seine Kosten in den Niederlanden herausbringen würde.«

»Und danach? Wie habt Ihr Euch Eure Rückkehr nach England vorgestellt? Immerhin hättet Ihr Karten veröffentlicht, die als Staatsgeheimnis gedacht waren.«

»Ich hatte nicht die Absicht, jemals zurückzukommen. Der spanische Botschafter hat mir eine lebenslange Leibrente versprochen.« Er dämpft seine Stimme. »Ihr müsst Euch nur ansehen, wie sich die Dinge entwickeln. Drake ist ein mutiger Mann, aber es wird bald zum Krieg mit den Spaniern kommen, und wir dürfen nicht hoffen, eine Invasion abwehren zu können, dazu ist Spanien zu mächtig. Ich dachte, ein kluger Mann sollte seine eigene Zukunft im Auge haben.« Er nagt an seiner Unterlippe und verfällt in Schweigen.

»Es ist Euch nicht in den Sinn gekommen, dass es mit der

Freundlichkeit der Spanier schlagartig vorbei gewesen wäre, sobald sie herausbekommen hätten, dass alle Eure Informationen falsch waren?«

»Sie hätten einfach angenommen, dass Drake seine Pläne geändert hat.«

Er ist naiv, wenn er sich einbildet, dass sich der spanische Botschafter so leicht hätte täuschen lassen, aber andererseits ist Gilbert die ganze Zeit naiv gewesen. Es hilft ihm nicht, ihn jetzt darauf hinzuweisen.

»Ihr wärt fast damit durchgekommen.« Ich erhebe mich unter Schmerzen. »Und jetzt werden Eure Karten nie angefertigt werden. Bei Gott, Gilbert, Ihr habt Euer Leben riskiert und anderen das Leben genommen, nur um Euren eigenen Ehrgeiz zu befriedigen? War es das wert?«

Seine Lippen krümmen sich zu einem schmerzlichen Lächeln. »Ich dachte, es würde sich lohnen. Die Geschichte erinnert sich an Menschen, die viel wagen, um Wissen zu erwerben, Bruno. Ohne sie gäbe es keinen Fortschritt. Einer der Männer zu sein, die den Lauf der Welt ändern, davon habe ich geträumt. Ich dachte, gerade Ihr würdet das verstehen. Habt Ihr nicht ebenfalls Euer Leben aufs Spiel gesetzt, um Eure Bücher zu veröffentlichen?«

Ich sehe ihm fest in die Augen. Er hat recht, ich erkenne den Hunger, der in ihm brennt. Der brennende Ehrgeiz eines Gelehrten in Bezug auf seine Werke lässt sich mit der Liebe eines Vaters zu seinem Kind vergleichen. Ich habe mich dieses Ehrgeizes selbst schuldig gemacht, aber wäre ich so weit gegangen, dafür mein Land zu verraten?

Ich hatte nie Gelegenheit, dies in Erwägung zu ziehen, denn mein Land hat mich zuerst verstoßen. Um meiner Bücher willen habe ich ein Leben im Exil gewählt. Und wenn ich töten müsste, um sie zu verteidigen, oder für sie sterben – würde ich es tun? Ich kann die Möglichkeit nicht ganz von der Hand weisen.

»Sagt Walsingham, dass Ihr falsche Informationen verkauft habt, um die Spanier in die Irre zu führen. Vielleicht lässt er dann Gnade walten«, sage ich, als ich mich zum Gehen wende.

Er lacht trocken und brüchig, ein Lachen, das an das Knistern von Reisig erinnert.

»Das wird er sicher nicht.« Er schüttelt den Kopf. »Für das, was ich getan habe, gibt es keine Gnade. Walsingham würde seine eigenen Enkelkinder nach Tyburn schicken, wenn er glauben würde, dass sie England verraten hätten.«

Darauf kann ich nichts erwidern, ich weiß, dass es stimmt. Der Leiter von Königin Elizabeths Spionagenetzwerk ist unerbittlich, wenn es um den Schutz des Königreichs geht, und ebenso skrupellos wie Drake. Vielleicht ist das auch ein Teil dessen, was einen großen Mann ausmacht.

»Ich werde als Verräter sterben.« Gilbert scheint noch stärker zusammenzuschrumpfen, als er das sagt. Seine Stimme ist hohl; frei von Selbstmitleid, aber auch von Hoffnung. Ich kann ihm in diesem Punkt keinen Trost spenden.

»Deine Zeit ist um, Spanier.« Der Schlüssel rasselt im Schloss, und die Tür wird knarrend geöffnet. »Hinaus mit dir. Lass dieses Schwein hier verrotten.« Jetzt, wo ich den Gegenwert für mein Geld erhalten habe, hält es der Wärter offenbar nicht mehr für nötig, sich um Höflichkeit zu bemühen.

»Denkt daran, was ich gesagt habe, Gilbert. Beantwortet ihre Fragen, und Euch bleibt vielleicht das Schlimmste erspart.«

Der Wärter kichert hämisch. »Wohl kaum. Der hier geht morgen in den Tower und der französische Bastard nebenan auch. Dann sorge ich dafür, dass das hier wie ein gottverdammter Palast aussehen wird.«

»Doktor Bruno«, ruft Gilbert, als sich die Tür schließt. Die formelle Anrede klingt in diesem Loch eigentümlich. Er zieht sich auf die Knie. Seine Ketten schleifen über den Stein. »Werdet Ihr Drake sagen, dass ich ihn nicht verraten habe? Ich möchte, dass er das wenigstens weiß, selbst wenn er mir nicht glaubt.«

Ich bin selbst immer noch nicht sicher, ob ich Gilbert glaube, aber ich nicke trotzdem und werfe ihm durch das kleine Gitter in der Tür einen letzten Blick zu, bevor ich in die frische Luft und das Sonnenlicht hinausstürze und über die Risiken nachdenke, die ein Mann auf sich nimmt, um der Welt seinen Stempel aufzudrücken. Für Drake bedeutet dies, sich den Elementen und der Macht Spaniens zu stellen, um in einer Holzwanne den Ozean zu überqueren – nicht um reicher Beute willen, sondern nur, um sagen zu können, dass er es geschafft hat. Für Sidney heißt es, eine Frau, ein neugeborenes Kind und ein komfortables, aus Poesie und Politik bestehendes Leben gegen Blut und Staub auf einem Schlachtfeld einzutauschen. Für Gilbert bedeutet es, einen möglichen Tod als Verräter in Kauf zu nehmen, nur um der Chance willen, dass seine Karten in ganz Europa bestaunt werden und sein Name in einem Atemzug mit Mercator und Ortelius genannt wird. Und für mich? Ein Leben im Exil zu führen, von einem Königshof zum nächsten zu jagen und dabei zu wissen, dass ich meine Heimat nie wiedersehen werde, ohne mit dem Tod rechnen zu müssen. Und das alles, weil ich mich geweigert habe, meine Ideen für mich zu behalten; weil auch ich wusste, dass ich meine Bücher der Welt zugänglich machen *musste*, selbst wenn es mich das Leben kosten sollte. Ich habe Gilbert geglaubt, als er sagte, sein Ehrgeiz wäre mehr als bloße Eitelkeit. Er hatte kein geringeres Ziel, als das Bild der Menschen von der Welt zu verändern, und er hatte recht: Das kann ich verstehen.

EPILOG

»Verbrennt es!« Sir Francis Walsingham schiebt mir die Papiere über den Tisch hinweg zu. Sie sind zusammengerollt und mit einem schwarzen Band zusammengebunden. Ich strecke eine Hand aus und lege sie beschützend darüber.

»Aber die Königin …«

Er schüttelt den Kopf. »Sie will nichts davon wissen. Ohne das Original ist das nichts als extrem gefährliche Fiktion.« Er mustert mich ernst.

»Aber wenn der Vatikan versucht, der gesamten Christenheit einen so bedeutsamen Text vorzuenthalten, geht sie das doch sicher etwas an, oder?« Sidney legt die Handflächen flach auf den Tisch, beugt sich vor und misst seinen Schwiegervater mit einem trotzigen Blick. Walsingham bleibt stumm, seine Aufmerksamkeit gilt seinen vor ihm auf dem Tisch gefalteten Händen. Die Kerzen in den Wandhaltern und den silbernen Kerzenleuchtern auf dem Esstisch sind heruntergebrannt, sie tauchen die Ränder unserer Weinkelche in einen goldenen Schein und werfen tanzende Schatten auf die Holztäfelung. Jetzt, wo der September fast verstrichen ist, bricht die Abenddämmerung früh herein, und die Luft bringt die Kühle des Herbstes mit sich.

Das sanfte Licht betont die Eigenheiten von Walsinghams

Gesicht: die Schatten unter den Augen, die von den vielen Nächten herrühren, in denen die Angelegenheiten Englands ihm den Schlaf geraubt haben; die Furchen auf der hohen Stirn, die vom Brüten über verschlüsselten Botschaften aus dem gesamten Königreich und dem Rest Europas stammen; der düster nach unten gezogene Mund unter dem schmalen Schnurrbart. Man sieht Walsingham nicht oft lachen; seine Arbeit lässt nicht viel Zeit für Leichtigkeit. Er ist jetzt über fünfzig, und obwohl er über die Vitalität eines halb so alten Mannes zu verfügen scheint, beginnt die Mühsal, England und seine Königin zu schützen, Spuren zu hinterlassen.

»Der Vatikan kann alle möglichen ketzerischen Schriften in seinen Archiven unter Verschluss halten.« Er hebt den Kopf. »Sie haben jahrhundertelang versucht, die gnostischen Sekten zu unterdrücken.«

»Vielleicht, weil sie Angst hatten«, erwidere ich ruhig. »Vielleicht mussten sie ihre eigene Überlegenheit schützen, weil sie fürchteten, dass eines dieser gnostischen Evangelien die Wahrheit enthält.«

»Das ist nicht Königin Elizabeths Kampf«, sagt Walsingham. Er klingt erschöpft. »Seht doch, wie sich das Christentum schon wegen Differenzen bei der Auslegung der Schriften zerreißt, die wir kennen. Und Ihr bringt ihr ein Buch, das sich nicht mit den feineren Einzelheiten der Beschaffenheit von Brot und Wein befasst, sondern droht, die gesamte Lehre von der Erlösung umzustoßen, und überdies die Auferstehung leugnet.« Er spreizt die Hände weit, um das Ausmaß meiner Dummheit zu veranschaulichen. »Ihr erwächst kein Vorteil daraus, ein solches Buch der Öffentlichkeit zugänglich zu machen, dafür aber jeder nur erdenkliche Schaden. Sowie sie verstanden hatte, um was es geht, wollte sie nichts mehr damit zu tun haben. Und sie riet mir, dass ich, falls jemand Kopien druckt oder in Umlauf bringt, denjenigen sofort wegen Ketzerei bestrafen lassen solle.«

»Aber was, wenn es sich als *echt* erweisen sollte?«, beharre ich.

»Haltet *Ihr* es denn für echt?«, fragt Walsingham nach einer Pause.

Ich mustere ihn, finde in seinen unergründlichen dunklen Augen keinen Hinweis darauf, wie meine Antwort ausfallen sollte. Walsinghams protestantischer Glaube ist durch nichts zu erschüttern, und er ist da konservativ; trotz all seiner scheinbaren Milde wird er Männer eher foltern oder ausweiden lassen, als zu dulden, dass dieser Glaube bedroht wird. Glaube ich an das Judasevangelium? Es ist keine Frage, die sich so einfach beantworten lässt, wie er wohl weiß. Ich glaube, dass sich die Gnostiker trotz all ihrer Irrtümer an die Wahrheit herangetastet haben. Wir Menschen sind mehr als mit Mängeln behaftete sterbliche Hüllen, sündenbefleckt geboren, ohne Erlösung wertlos, wie es uns die Kirche seit Jahrhunderten einzureden beliebt hat. Dieser Funke von Göttlichkeit, den die Gnostiker erkannt haben, dieses Potenzial, das Universum zu erschaffen, zu erfinden, zu begreifen und dabei Gott gleich zu werden, es schlummert in uns allen. Wir verdienen Besseres als eine Ewigkeit, die wir damit verbringen, uns aus dem Fegefeuer zu befreien, oder eine, bei der wir der Hölle durch eine willkürlich vorherbestimmte Erlösung entkommen – je nachdem, welche Lehre man bevorzugt. Jedenfalls glaube ich das. Ich bin nur nicht sicher, dass es das ist, was Walsingham hören will.

»Es enthält Teile, die ich einleuchtend finde«, erwidere ich vorsichtig.

Er gestattet sich ein kleines Lächeln. »Diplomatisch wie eh und je, Bruno. Es ist zweifellos ein faszinierendes Dokument. Aber trotzdem gehört es vernichtet. Zu unser aller Bestem.«

Ich ziehe die Papiere zu mir heran, nicke und senke mit angemessener Ehrerbietung den Blick. Aber ich gebe ihm kein Versprechen.

»Und Ihre Majestät?« Ich wage kaum, den Rest der Frage auszusprechen.

Walsingham antwortet nicht sofort, aber als ich den Kopf hebe und seinem unverwandten Blick begegne, kenne ich seine Antwort bereits, und meine Hoffnungen rauschen wie ein Anker in die Tiefe.

»Ich habe mit der Königin über Eure Situation gesprochen, Bruno, aber …« Er schürzt die Lippen und schüttelt den Kopf. »Sie kann nicht viel tun. Eure Ideen sind zu kontrovers. Sie findet, dass Euer Buch zum Nachdenken anregt, das hat sie mir gesagt, aber sie kann es sich nicht leisten, es öffentlich zu billigen. Es wäre ihr unmöglich, Euch irgendein offizielles Hofamt zu übertragen, schon gar nicht, nachdem sie gezwungen war, John Dee zu verbannen.«

Ich nicke, fühle mich aber wie betäubt. John Dee war als Einziger nah daran gewesen, von Königin Elizabeth zum Hofphilosophen ernannt zu werden. Aber seine Astrologiekenntnisse und seine alchemistischen Experimente haben ihn bei den extremeren Puritanern unter ihren Beratern verdächtig gemacht, die daraufhin begannen, üble Gerüchte über ihn in Umlauf zu bringen, die ihn der schwarzen Magie und aller Arten von Unsittlichkeit beschuldigten, und sogar die Königin selbst zu verunglimpfen, weil sie auf Dees Rat hörte. Endlich gab sie ihm, um seinen Ruf und ihren zu schützen, Geld, damit er durch Europa reisen und seine Studien betreiben konnte, obgleich Dee und alle seine Freunde wussten, dass dies einer Verbannung gleichkam. Er ist jetzt seit zwei Jahren fort und hat keine Aussicht darauf, zurückbeordert zu werden. Also bestand kaum eine Chance, dass sie bereitwillig die Mäzenin eines anderen Philosophen werden würde, dessen Kenntnisse bezüglich okkulter Wissenschaften ihn genauso gefährlich gemacht haben und der noch nicht einmal ein gebürtiger Engländer ist. Dennoch hatte ich zu hoffen gewagt.

»Ich verstehe.«

»Nach allem, was Bruno für sie getan hat, sollte man doch meinen, dass sie eine Möglichkeit findet«, ereifert sich Sidney und erhebt sich. »Wenn Bruno nicht gewesen wäre, könnte sie, könnten wir alle jetzt Gefangene der Königin der Schotten und ihrer französischen Verbündeten sein.« Er wirkt gekränkt. »Und wenn er nicht mit mir nach Plymouth gekommen wäre, hätte Drake vielleicht nie erfahren, dass sein Sekretär Vorabinformationen über seine Route an die Spanier verkauft. Sie hätte ihre gesamte Investition verloren, wäre von König Philip zutiefst gedemütigt worden, und Hunderte englische Leben wären ausgelöscht worden. Wenn das keine Belohnung wert ist, dann weiß ich ja nicht.«

Walsingham neigt den Kopf. »Ihre Majestät weiß sehr gut, was Bruno in ihren Diensten geleistet hat. Vielleicht interessiert es dich, dass sich herausgestellt hat, dass der junge Master Crosse nicht gelogen hat.«

»Tatsächlich?« Sidney runzelt die Stirn. »Aber ich dachte, er hätte die Morde gestanden?«

»Das ja. Aber wir haben den Brief entschlüsseln lassen: Alle Einzelheiten, die er an den spanischen Botschafter weitergeleitet hat, waren falsch. Ich habe es Drake mitteilen lassen, bevor er die Segel gesetzt hat, und er hat den Empfang meiner Botschaft bestätigt. Wenn Gilberts sämtliche Nachrichten diesem Muster gefolgt sind, hätte die Flotte in keiner größeren Gefahr geschwebt als der, in der sie sich Drakes Ansicht nach ohnehin befindet.«

»Er ist trotzdem ein Mörder«, beharrt Sidney.

»Und dafür wird er sterben«, erwidert Walsingham milde. »So lautet das Gesetz. Doch da es so aussieht, als hätte er nur eingeschränkten Verrat begangen, besteht unser Zugeständnis darin, dass wir ihn am Galgen sterben lassen, bevor wir ihn dem Henkersmesser überlassen. Ich habe ihm mein Wort gegeben.«

Wir sitzen alle schweigend da; jeder von uns malt sich das Ende eines Verräters aus.

»Ihre Majestät hat versprochen, Euch zu belohnen«, fügt er an mich gewandt hinzu. »Genau wie Drake und Dom Antonio, der in höchsten Tönen Lobeshymnen auf Euch singt. Für Euch wird gut gesorgt werden, Bruno. Zumindest für einige Zeit.«

»Das ist sehr großzügig von ihnen allen.« Ich versuche, meine Worte so klingen zu lassen, als würde ich sie ernst meinen. Ein Geldgeschenk ist immer willkommen, aber es würde mir nur ein paar Monate Aufschub verschaffen. Ich brauche eine gut gefüllte Geldbörse nicht so dringend wie eine feste Arbeit, irgendeinen offiziellen Posten, der es mir erlaubt, in England zu bleiben, meine Bücher zu schreiben, sie zu veröffentlichen und ihnen so ein gewisses Ansehen zu verleihen. Eine Lehrerstelle an einer der Universitäten wäre hilfreich, ein Hofamt noch besser. Jetzt sieht es so aus, als käme beides für mich nicht infrage. Ich war nie wirklich ein Mitglied des höfischen Kreises, obgleich er mir für einige Zeit seine Türen geöffnet hat. Aber ich könnte mich Männern wie Sidney, seinem Onkel, dem Earl of Leicester, oder gar Walsingham nie ebenbürtig fühlen, sie sind alle seit fast drei Jahrzehnten durch Blut, Heirat und Politik zusammengeschweißt. Mein Gesicht, meine Stimme und meine Ideen brandmarken mich als Außenseiter. Vielleicht gehört ein Mann wie ich, wie ich oft gefürchtet habe, überallhin und nirgends.

Ich versuche, mir die Enttäuschung, mit der ich ringe, nicht anmerken zu lassen, und greife nach dem Krug, um mir ein weiteres Glas Wein einzuschenken.

»Ihre Majestät hat Euch gerne unterstützt, solange sie es im Geheimen tun konnte«, fährt Walsingham freundlich fort, »und nach einiger Diskussion haben wir einen Weg gefunden, der es ihr ermöglicht, dies auch weiterhin zu tun.« Er bemerkt, dass meine Augen aufleuchten, und hebt eine Hand, wie um mich zu warnen, meine Hoffnungen nicht seinen Worten vorausgaloppieren zu lassen. »Informationen aus Paris besagen, dass Maria Stuarts Anhänger immer noch Verschwörungen gegen die Königin anzetteln und dass ihre Komplotte von Tag zu Tag ehrgeiziger werden. Wenn wir einen Mann in Paris hätten, der sie im Auge behalten und uns über ihre Schritte auf dem Laufenden halten könnte, wäre das Ihrer Majestät einiges wert, und mir natürlich auch.« Er misst mich mit einem langen Blick.

»Aber Euer Gnaden, es ist mein Herzenswunsch, in London zu bleiben.« Ich bemühe mich, nicht so zu klingen, als würde ich ihn anflehen. Ich muss ihm die Gefahren nicht aufzählen, die mich am französischen Hof erwarten würden.

»Das weiß ich, Bruno.« Er stößt vernehmlich den Atem aus und schüttelt den Kopf. »Und ich bedauere es, Euch diesen Wunsch nicht erfüllen zu können. Aber ich biete Euch eine Chance, weiterhin in den Diensten Ihrer Majestät zu verbleiben. Wer weiß, vielleicht sieht in ein paar Jahren alles schon ganz anders aus.« Er hebt die Hände und kehrt die Handflächen nach außen, um mir zu zeigen, dass dies das Äußerste ist, was er für mich tun kann.

»Danke, Master Staatssekretär.« Ich ringe mir ein Lächeln ab, obwohl mein Herz bleischwer geworden ist. »Ich werde darüber nachdenken.« In ein paar Jahren könnte König Henri von Frankreich von der Katholischen Liga, die mich schneller in Stücke reißen würde, als man eine Novene beten kann, vom Thron gestürzt werden. In ein paar Jahren könnten die Spanier in England einfallen. Es sind unsichere Zeiten: In ein paar Jahren könnte keiner von uns mehr dort sein, wo er heute ist. Außerdem wissen wir alle, dass es sich um ein leeres Versprechen handelt, das nur den Schlag abmildern soll. Wenn Königin Elizabeth jetzt, wo ihr Gedanke an die Dienste, die ich ihr erwiesen habe, noch frisch ist, keinen Platz für mich finden kann, ist es unwahrscheinlich, dass sie sich in zwei Jahren stärker für mich einsetzen wird.

»Vielleicht triffst du in Paris auf Rowland Jenkes, Bruno.« Sidney lehnt sich zurück und faltet die Hände hinter dem Kopf. »Du könntest ein paar Worte über das Benehmen verlieren, das er in Plymouth an den Tag gelegt hat. Vielleicht gelingt es dir sogar, das Original dieses Buches aufzuspüren.« Er nickt zu den Papieren auf dem Tisch hinüber.

Walsingham runzelt die Stirn.

»Jenkes möchte ich in diesem Leben nicht wiedersehen«, wehre ich ab. Der Gedanke, dass er in Paris frei herumläuft, steigert mein Widerstreben noch.

Jemand klopft an die Tür. Walsingham bittet einzutreten, und die Tür öffnet sich weit genug, dass die zögernde Gestalt von Sidneys Frau Frances sichtbar wird. Sie huscht in den Raum und stellt sich hinter den Stuhl ihres Mannes. Sidney dreht sich um und legt eine Hand auf die Wölbung ihres Bauches.

Walsinghams Züge werden merklich weicher.

»Was gibt es, Tochter?«, fragt er.

»Ein Bote von Lord Burghley ist eingetroffen, Vater«, erwidert sie, dabei knickst sie, soweit es ihre fortgeschrittene Schwangerschaft zulässt. »Er ist über den Flussweg von Whitehall gekommen und sagt, es ist dringend.«

»Nun gut. Würdet Ihr mich entschuldigen, Gentlemen?«

Wir erheben uns alle, als Walsingham seinen Stuhl zurückschiebt. Er wirkt angesichts der Unterbrechung merklich erleichtert.

Nachdem sich die Tür hinter ihm geschlossen hat, legt Sidney einen Arm um seine Frau und zieht den Stoff ihres Kleides über ihrem Bauch straff.

»Was meinst du, Bruno, sieht das hier nicht nach einem strammen Sohn aus? Allein der Umfang deutet schon darauf hin.«

»Ich meine, Lady Sidney sieht aus, als würde sie sich bester Gesundheit erfreuen, und ich bin sicher, dem Kind geht es ebenfalls gut«, gebe ich zurück und sehe, wie das arme Mädchen errötet. Sie blickt auf und schenkt mir ein dankbares Lächeln. Sie ist erst neunzehn, blass und hübsch, wirkt allerdings erschöpft. Nachdem ich nun ein paar Tage mit Sidney zusammengelebt habe, kann ich nachvollziehen, warum – und ich bin noch nicht einmal schwanger.

»Außerdem ist er ein Kämpfer.« Sidney tippt gegen ihre Bauchdecke. »Tritt und boxt heftig, nicht wahr, Liebes? Er wird ein Soldat wie sein Vater«, fügt er mit stolzgeschwellter Brust hinzu.

Frances lächelt schwach und beißt sich auf die Lippe. »Nicht, wenn ich es verhindern kann«, murmelt sie.

»Dann geh! Du solltest dich ausruhen und keine Botengänge für deinen Vater machen.« Er tätschelt sie geistesabwesend. »Bruno und ich haben noch etwas zu besprechen.«

Ich verneige mich, als sie sich zurückzieht. Mir entgeht nicht, dass sie an der Tür verharrt und ihr Blick kurz auf ihrem Mann ruht. Ich kann nur ahnen, was in ihr vorgeht.

»Also gehst du wirklich fort?«, frage ich, als sie den Raum verlassen hat.

»Ja. Gott sei Dank hat die Königin eingelenkt. Ende letzter

Woche hatte ich eine Audienz bei ihr, und sie hat meine Abkommandierung bestätigt.« Sidneys Gesicht strahlt vor freudiger Erregung. Er sieht aus wie ein frisch verliebter Mann, sinniere ich, nur dass es sich bei dem Objekt seiner Begierde um das Kommando einer Garnison in Flushing handelt.

Ich bin etwas überrascht, denn Drake hatte sie von seinen Absichten, ihn auf der Reise zu begleiten, unterrichtet.

»Also hat sie dir verziehen, dass du versucht hast, in die Neue Welt zu flüchten?«

»Es scheint so. Zumindest habe ich den Eindruck, dass sie sich ein wenig schuldig fühlt, weil sie mich zu solch verzweifelten Maßnahmen getrieben hat. Das Gouverneursamt in Flushing ist ihre Art der Wiedergutmachung. Sie hat sich sogar erboten, Patin des Kindes zu werden. Aber *er* hat mir nicht vergeben«, fügt Sidney düster hinzu und deutet mit dem Daumen auf die Tür, durch die Walsingham verschwunden ist. »Erstens nicht, dass ich versucht habe, an Drakes Reise teilzunehmen, ohne ihm etwas zu sagen, und jetzt nicht, dass ich kurz vor der Geburt des Kindes in den Krieg ziehe.«

»Ich kann seinen Standpunkt verstehen.«

»Es ist ja nicht so, als wäre ich die Amme des Kleinen!«

»Was sagt Lady Sidney dazu?« Ich kann mir die Frage schenken; ihre Gedanken waren ihr deutlich genug vom Gesicht abzulesen.

»Oh, sie kocht vor Wut. Lässt mich nicht mehr in die Nähe ihres Bettes, seit ich ihr die Neuigkeit mitgeteilt habe. Aber du weißt ja, wie *Ehefrauen* sind.« Er verzieht das Gesicht.

»Nein, das weiß ich nicht.«

Er rückt seinen Stuhl zurecht und richtet sich mit entschuldigender Miene auf. »Nein, es tut mir leid. Das war gedankenlos von mir.« Er hält inne und wägt seine nächsten Worte ab. »Der Abschied von Lady Arden muss schwer gewesen sein.«

Ich tue die Frage mit einem Schulterzucken ab. »Es war, was es war. Eine flüchtige Affäre, mehr nicht. Es ist nicht so, als hätte sich einer von uns diesbezüglich Illusionen hingegeben.«

»Trotzdem«, beharrt er. »Ich glaube, sie fing an, dich gernzuhaben.« Er fragt nicht direkt, ob ich etwas für sie empfunden habe. Vielleicht fürchtet er, damit die Grenzen der Freundschaft zu überschreiten.

»Möglich.«

Während dieser wenigen Tage auf Drakes Landsitz hat die Sonne einen letzten wackeren Versuch unternommen, den Sommer zurückzubringen, und wir sind abends im goldenen Licht über die weitläufigen, leicht abfallenden Rasenflächen spaziert, während Schwalben über uns hinwegflogen. Es war ein kurzes glückliches Zwischenspiel, das durch das Wissen, dass es nicht von Dauer sein konnte, nur noch süßer wurde.

»Dennoch zweifle ich nicht daran, dass viele der Schönheiten am französischen Hof entzückt sein werden, dich wiederzusehen«, sagt Sidney, als er meinen abwesenden Blick bemerkt.

»Sie werden im Vergleich mit den Anhängern der Katholischen Liga, die über meine Rückkehr entsetzt sein werden, absolut in der Unterzahl sein.« Beim Gedanken an Paris sinken meine Lebensgeister wieder. »Außerdem liegt mir nichts an französischen Kurtisanen.«

»Nein. Ich kenne dich zu gut. Du hoffst immer noch darauf, Sophia wiederzufinden, habe ich recht? Das ist das Einzige, was dir die Aussicht auf Frankreich erträglich macht.«

Ich schaue zum Fenster. Mir war nicht klar gewesen, dass ich so leicht zu durchschauen bin.

»Du musst sie vergessen, Bruno«, sagt Sidney sanft. »Such dir eine andere.«

»So wie du Penelope Deveraux vergessen hast?« Ich drehe mich wieder zu ihm und ziehe eine Braue hoch. »Wenigstens habe ich Sophia nicht hundert Sonette geschrieben.«

»Hundertundacht, um genau zu sein«, erwidert er gespielt hochmütig. Wir sehen uns an und brechen in Gelächter aus.

»Ich wünschte, du würdest nicht gehen«, sagt er, als sein Lachen abebbt.

»Welchen Unterschied macht es für dich, wo ich bin? Du wirst genug damit zu tun haben, Flushing zu verteidigen.« Ich verstumme abrupt; ich hatte nicht so verstimmt klingen wollen. Tief in meinem Inneren ist ein Teil von mir noch immer der Ansicht, er und Walsingham hätten sich mehr Mühe geben können, mir den Verbleib in London zu ermöglichen.

Sidney wirkt überrascht.

»Aber du wärst bei meiner Rückkehr hier gewesen.« Sein Gesicht wird plötzlich ernst.

Ich mustere ihn. Wie jung er im Kerzenschein wirkt. Seine Augen leuchten vor Vorfreude auf das große Abenteuer. Aber du kannst nicht sicher sein, dass du zurückkommst, denke ich, behalte es jedoch für mich. Mich überkommt der plötzliche Drang, ihn zu bitten, nicht in den Krieg zu ziehen, ihm die geringen Chancen eines Sieges gegen die Spanier auszurechnen, aber er ist ein erwachsener Mann, und er will eine Gelegenheit, sich zu beweisen.

Er schenkt uns beiden mehr Wein ein.

»Im Nachhinein bin ich froh, dass wir jetzt nicht schon den halben Atlantik überquert haben, weißt du. Ich glaube nicht, dass ich es ertragen hätte, wenn Drake mich monatelang zum Latrinenschrubben eingeteilt hätte. Und denk an die *Feuchtigkeit*.«

»Und das Pissetrinken und die Käfer«, lache ich. »Ich habe es dir gesagt.«

»Außerdem hätte ich die Chance verpasst, nach Flushing zu gehen.«

»Richtig. Weil dir ein Militärlager im Vergleich wie Whitehall Palace vorkommen wird. Überall türkische Teppiche und Federbetten – keine Läuse und kein Skorbut.«

»Sei still, Bruno«, sagt er voller Zuneigung. »Du kannst sagen, was du willst, du wirst mich nicht davon abbringen. Ein militärisches Kommando ist alles, was ich je gewollt habe. Und wenn ich nach Hause zurückkomme, wird man mich wie einen Helden empfangen. Dann soll mich noch einmal jemand als Schoßhund bezeichnen.« Er grinst, als er aufsteht und sein Glas hebt. Es glüht im Kerzenschein tiefrot, satt und warm wie Blut. »Auf uns, Bruno. Auf unser beider Zukunft. Auf Freiheit und Ruhm und Poesie. Und darauf, dass ich dich sehr bald wiedersehe und wir uns von großen Taten berichten können.«

Ich erhebe mich gleichfalls und stoße mit ihm an. »Auf all das«, sage ich. »Vor allem auf Letzteres.« Doch als ich trinke, spüre ich, wie mich ein Schauer überläuft, als hätte sich eine Wolke vor die Sonne geschoben. Als wäre jemand über mein Grab gelaufen, hätte meine Mutter gesagt. Ich glaube nicht an Vorahnungen, rede ich mir ein. Die Kerzen sind fast ganz heruntergebrannt. *Auf unser beider Zukunft*, murmele ich erneut, als könnte ich die Worte mit genug Überzeugungskraft zwingen, der Wahrheit zu entsprechen.

Ein mysteriöser Mordfall erschüttert den Hof der Tudors – Giordano Bruno ermittelt!

512 Seiten. ISBN 978-3-442-38397-9

England, 1583. Königin Elisabeth steht kurz vor ihrem Thronjubiläum. Doch mächtige Verschwörer arbeiten heimlich am Sturz der Protestantin, um die katholische Maria Stuart auf den Thron zu heben. Auch Giordano Bruno befindet sich in der Stadt – und ist heimlich dem Komplott auf der Spur. Doch als eine junge Hofdame Elisabeths ermordet wird, steht Bruno vor einem Rätsel. Arbeitete die Tote für oder gegen die Monarchin? Wie viel Zeit bleibt ihr noch? Bruno ermittelt und verstrickt sich dabei immer tiefer in das tödliche Spiel der Intrigen um Macht und Glauben …

Lesen Sie mehr unter: **www.blanvalet.de**